Simona Ahrnstedt
Nur noch ein bisschen Glück

Simona Ahrnstedt

Nur noch ein bisschen Glück

Roman

Aus dem Schwedischen
von Maike Barth

Ullstein

Besuchen Sie uns im Internet:
www.ullstein-buchverlage.de

Deutsche Erstausgabe im Ullstein Paperback
1. Auflage Juli 2020
© für die deutsche Ausgabe Ullstein Buchverlage GmbH, Berlin 2020
© Simona Ahrnstedt 2019
Titel der schwedischen Originalausgabe: *Bara lite till* (Forum, Stockholm)
Published by agreement with Salomonsson Agency
Umschlaggestaltung: zero-media, München
nach einer Vorlage von Emma Graves
Umschlagmotive: © istockphoto/aldomurillo; © stocksy/Treasures & Travels;
© shutterstock/Distanceo
Gesetzt aus der Quadraat Pro powered by pepyrus.com
Druck und Bindearbeiten: CPI books GmbH, Leck
ISBN 978-3-86493-150-5

~ 1 ~

Nie hätte Stella Wallin es für möglich gehalten, dass ihr so etwas passiert. Sie hatte ja schon so einiges erlebt. Aber das? Wahrscheinlich glaubte jede Frau, dass ausgerechnet ihr so etwas nicht passieren könne, dass ausgerechnet sie nicht so dumm, einfältig und unfassbar gutgläubig sei.

Doch offenbar war sie genau das.

Stella war schockiert. Nein, sie war wütend. Nein, sie war schockiert und wütend.

Sie drückte ihre Chanel-Handtasche an sich, für die sie jahrelang gespart hatte und die sie fast mehr liebte als ihr Leben.

Zuerst hatte sie es natürlich nicht wahrhaben wollen, hatte es ganz einfach nicht glauben können. Aber es war so. Sie war eine betrogene Frau. Ihr Freund hatte sie betrogen. Während Stella mit eigenen Problemen kämpfte, während sie sich endlich einmal auf sich selbst konzentrierte, war er mit einer anderen Frau ins Bett gegangen. Viele Male. Mit ... mit ... dieser ...

Und Stella hatte nichts geahnt.

Sie war betrogen. Und obdachlos, denn die Wohnung gehörte ihm. Und arbeitslos. Weil, ja ... weil.

Betrogen, obdachlos, arbeitslos. Sie war noch unschlüssig, was davon das Schlimmste war.

Sie blickte sich um und fand sich überhaupt nicht zurecht. Die Luft war unnatürlich frisch. Keine Abgase, kein Lärm. Das machte sie ganz nervös.

Sie rückte ihre Sonnenbrille zurecht. Es war ihr gut gegangen vorher. Sie hatte einen ziemlich guten Job gehabt, bei dem sie sich mit Dingen beschäftigen konnte, die ihr am Herzen lagen.

Und eine Wohnung, was für eine Achtundzwanzigjährige in Stockholm wahrlich keine Selbstverständlichkeit war.

Sie hatte ein Ziel und einen Traum gehabt.

Ihr Traum, ja. Den hatte sie schon, solange sie denken konnte. Ein Traum, der zum ersten Mal seit zwei Jahren in Reichweite gekommen war. Der Traum von einer Zukunft, in der ihre Kreativität und ihre Leidenschaft sich endlich entfalten könnten.

Und sie hatte einen Freund gehabt.

Dieser Dreckskerl.

Wie hatte sie nur so gutgläubig sein können? Sie, die niemals naiv gewesen war, die immer für sich selbst gesorgt hatte. Die wusste, dass einem das Leben jederzeit eine Ohrfeige verpassen konnte.

Stella blinzelte durch ihre Sonnenbrille. Sie konnte mit dem platten Land nichts anfangen. Die Luft war so klar und aromatisch, dass ihr schwindelig wurde. Die Stille war geradezu abartig. Sie war in Stockholm aufgewachsen, im dreckigen Stadtteil Södermalm. War schon mit zehn Jahren allein U-Bahn gefahren. Sie liebte das Tempo der Stadt, die vielen Menschen. Dass man nicht auffiel, egal welche Kleidung oder Hautfarbe man hatte. Parks mit Blumen in schnurgeraden Reihen und mit mickrigen Bäumen, umgeben von Beton und Steinen.

Sie schwankte auf ihren viel zu hohen Schuhen von Louboutin, die so gar nicht zum Reisen gemacht waren – nichts, was sie anhatte, war dafür gemacht. Sie trug Sachen für einen Drink in der City und die Taxifahrt bis zur eigenen Haustür, total unpraktisch, aber sie wollte sich hübsch und stark fühlen, deshalb hatte sie ihr bestes Seidentop angezogen, an dessen Entwurf und Zuschnitt sie wochenlang gearbeitet hatte. Eines der besten Stücke, die sie je genäht hatte. Sie wollte sich wie eine Powerfrau fühlen.

Jetzt stand sie also hier auf dem Land, mit geglätteten Haaren, in High Heels, in Seide und Kaschmir, und unterdrückte ihre Angst, so gut es ging. Aber sie hatte einen Plan. Einen soliden Plan. Kein bisschen verrückt.

Sie wollte ihr Haus an einen Gutsbesitzer namens Erik verkaufen. Das Haus sei klein und wertlos und das Grundstück steinig, hatte Erik gesagt, aber wenn sie sich schnell entscheide, würde er ihr einen guten Preis machen, und sie wollte nehmen, was sie kriegen konnte, denn was sie jetzt vor allem brauchte, war Geld. Außerdem wollte sie nach Hinweisen auf ihre geheimnisvolle Mutter suchen und auf ihren noch geheimnisvolleren Vater, und danach wollte sie schleunigst nach Stockholm zurückkehren, um ihren Umzug nach New York zu organisieren, koste es, was es wolle. Alles ganz weit hinter sich lassen.

Easy peasy.

Natürlich nur, falls das Haus genügend einbrachte. Und falls sie an der Schule angenommen wurde.

Sie verscheuchte ein Insekt.

Ziemlich viele »falls«.

Zuallererst musste sie aber Laholm finden.

Stella rückte ihre Chanel-Handtasche zurecht, griff nach ihrer Halskette, die sie wie einen Talisman immer, wirklich immer trug, und ließ ihren Blick über die öde Gegend schweifen: ein menschenleerer Bahnhof, eine Autobahn und jede Menge Acker.

Wo auch immer dieses Laholm liegen mochte.

~ 2 ~

Der Hahn krähte aus vollem Hals. Ein Lärm, der bis in Thor Nordströms Träume vordrang. Während der Hahn krakeelte, stand Thor auf, steckte den Kopf aus dem offenen Fenster und rief: »Es reicht jetzt!«

Der Lärm brach ab, aber man konnte förmlich hören, wie der Hahn Anlauf nahm, um zur Antwort noch lauter zu krähen. Thor zog seine Sachen an: ausgewaschene Arbeitshosen, weißes T-Shirt und ein altes kariertes Hemd, und ging in die Küche hinunter, um den ersten Kaffee des Tages aufzusetzen und wach zu werden.

Die Sonne schien durch das Küchenfenster. Das eiskalte Wasser des Lagan glitzerte durch die Bäume, und die Hügel leuchteten in sattem Grün. Auf dem Hof war die Frühjahrsbestellung in vollem Gange, und ihm stand ein langer Arbeitstag bevor.

Er öffnete die Tür, und seine beiden Hunde stürmten hinaus.

»Alles in Ordnung?«, fragte er Nessie, als sie von ihrer Kontrollrunde zurückkam.

Der schwarz-weiße Border Collie wedelte mit dem Schwanz. Nessie war ein Hütehund und klüger als die meisten Menschen, die Thor kannte. Er kraulte sie hinter den Ohren, als Pumba, der dicke gelbe Labradorwelpe, in die Küche tapste, immer in Nessies Kielwasser und immer auf der Suche nach etwas Essbarem. Futter war das Beste, was Pumba kannte, und sein Bäuchlein war schon jetzt bemerkenswert prall.

Nachdem Thor beide Hunde gefüttert, eine Tasse Kaffee getrunken und den Rest in eine Thermoskanne umgefüllt hatte, war er so weit.

»Kommt, wir drehen eine Runde«, sagte er.

Nessie preschte aus der Tür, und Pumba wackelte hinterher, so schnell ihn seine kurzen Beine trugen.

Zu dieser Jahreszeit arbeitete Thor vom frühen Morgen bis zum späten Abend. Sein großer Hof umfasste Weiden, Felder, Äcker und Wäldchen, bei deren Bewirtschaftung er zwar Hilfe hatte, aber selbst die Hauptverantwortung trug. Er baute Getreide, Gemüse und Obst an und hielt Tiere.

Als Erstes ließ er die Hühner aus dem Stall. Der stimmgewaltige Hahn warf sich in die Brust, überzeugt, dass er auf dem Hof das Sagen hatte. Thors Hühner lebten in einer strengen Hierarchie, weshalb die Hähne einander bekämpften, wann immer sich die Gelegenheit bot. Die Hühner begannen zu picken, während die Hähne Wache hielten.

Die sechs weißen Fjällrinder warteten bereits vor dem Stall. Thor holte sie herein, säuberte ihre Euter und melkte sie. Er produzierte genug Milch für den Eigenbedarf und machte darüber hinaus Käse, den er verkaufte. Sein »Feuerkäse« war beliebt – eine schwedische Variante des Halloumi, die sich perfekt zum Grillen eignete. Danach ließ er die Kühe wieder auf die Weide und ging eine Runde über seine Ländereien, um sich zu vergewissern, dass während der Nacht nichts passiert war. Auf einem Hof dieser Größe gab es immer viel zu tun, und kein Tag glich dem anderen. Immer musste irgendwo etwas repariert, transportiert oder gegraben werden, aber das gefiel ihm, weil er sich gern körperlich anstrengte. Vielleicht bewahrte ihn das vor dem Nachdenken, überlegte er, während er einen Zaun kontrollierte, der ausgebessert werden musste.

Aus alter Gewohnheit ging er einen Schlenker zu der Magnolie, die vor vielen Jahren gepflanzt worden war. Sie war zwar nicht tot, aber in all den Jahren, die der Baum hier schon stand, hatte er nie geblüht, nicht einmal eine Knospe gebildet, nur hellgrüne Blätter und dürre Äste.

Ich sollte sie fällen, dachte er, wie schon tausendmal zuvor. Aber er brachte es einfach nicht fertig.

»Kommt«, rief er stattdessen die Hunde, die angerannt kamen.

Zusammen liefen sie durch den Garten, wo die Obstbäume sich in unterschiedlichen Stadien der Blüte befanden. Äpfel, Birnen, Kirschen und exotischere Arten: Aprikosen und Mandeln an einem sonnigen, geschützten Platz. Ein Habicht segelte am Himmel und verscheuchte kurzzeitig kleine Singvögel und andere Beutetiere. Bachstelzen und Lerchen suchten nach Insekten, und auf dem Teich hatte sich ein geräuschvolles Schwanenpaar niedergelassen, zum Ärger der Enten.

»Ach, Pumba«, seufzte Thor, beugte sich hinunter und hob den Welpen vorsichtig aus einem Kaninchenbau heraus, wo er feststeckte, das Hinterteil in der Luft. Der Hund sprang bellend einer Hummel hinterher.

Thors Blick fiel auf die Kate an dem Flüsschen, das an seiner Grundstücksgrenze verlief. Die Bruchbude war ein einziges Ärgernis. Sie war in den letzten Jahren zusehends verfallen. Sie gehörte jemandem aus Stockholm, der sich nicht darum kümmerte. Thor hatte über die Jahre immer mal wieder danach gesehen, aber das Beste wäre vermutlich, das Gebäude einfach einstürzen zu lassen. Das Dach hatte ein Loch, die Fenster mussten abgedichtet werden, die Isolierung fehlte und Gott allein wusste, welche Tiere sich drinnen angesiedelt hatten. Der Garten bestand aus Dickicht und Unkraut sowie einer riesigen Eiche, die man fällen sollte, bevor ein Unglück geschah. Er hatte einiges am Grundstück getan, Gräben ausgehoben, entwässert, es von Gebüsch befreit, viel mehr, als er hätte sollen, aber er konnte den Verfall einfach nicht mit ansehen. Außerdem stellte das Grundstück eine wichtige Pufferzone gegen seinen unangenehmsten Nachbarn dar. Er konnte ein Teil des Gewässers am Haus erkennen, einen kleinen Tümpel voller Frösche und Salamander, die sich im Schatten der Bäume wohlfühlten. Auch Schmetterlinge, Blumen und Insekten vermehrten sich dort prächtig – es war wie eine kleine ökologische Oase. Vielleicht sollte er den Besitzer des Grundstücks ausfindig machen und ihm ein Kaufangebot unterbreiten, aber das stand auf seiner To-do-Liste ganz weit unten. Meistens war er schon froh, wenn es ihm gelang, den Tag ohne größere Katastrophen zu überstehen.

»Hallo!«, erklang Stunden später eine Stimme.

Thor warf einen Blick auf seine Armbanduhr. Es war fast Mittag, und My kam den Hügel herauf.

»Was machst du da?«, fragte sie, gab ihm einen Kuss und begrüßte die Hunde.

Irgendetwas an ihr war anders, das spürte er sofort, ohne dass er hätte sagen können, was es war. Er hielt den Hammer hoch, wie um ihr zu zeigen, was er als Nächstes vorhatte.

»Eine der jungen Ziegen ist ausgebrochen. Ich muss einen besseren Zaun bauen.«

Gemeinsam gingen sie zu den Ziegen. Die Hunde folgten ihnen. My runzelte die Stirn, und Thor spürte, wie sich in seiner Brust etwas zusammenzog. Ständig war er auf der Hut, dass etwas Schreckliches geschehen könnte. War etwas passiert?

Bei der Weide angekommen, betrachtete My den Ausreißer: eine weiße Ziege mit schwarzen Punkten, die mit Unschuldsmiene zu ihnen aufsah. Thor warf der Missetäterin einen strengen Blick zu. Er hatte sie gestern bis zur Straße verfolgen müssen. Sie erwiderte den Blick und wackelte mit den Ohren. Ihre Mundwinkel wiesen nach oben, sodass es aussah, als ob sie lachte.

»Ist sie neu?«, fragte My.

Thor nickte.

»Wie heißt sie?«

»Ich nenne sie Trouble.«

»Hallo, Trouble, du Süße, hör nicht auf ihn«, sagte My und streckte die Hand aus. Die Ziege begann sofort an ihrem Ärmel zu knabbern, und My zog die Hand schnell wieder zurück.

»Thor, wir müssen reden«, sagte sie und biss sich auf die Lippe.

»Oh nein.« War der Ankündigung »wir müssen reden« schon jemals etwas Gutes gefolgt?

»Du weißt, dass ich dich mag«, begann sie.

»Ich mag dich auch«, sagte Thor ehrlich. Sie kannten einander schon lange, schon seit der Schule. Im letzten halben Jahr hatten sie sich öfter getroffen und waren auch ein paarmal zusammen im Bett gelandet. Er betrachtete sie zwar als seine Freundin, aber sie hatten noch nie über die Zukunft gesprochen. Oder über ihre Beziehung, die sich allmählich veränderte, wie er schon bemerkt hatte.

»Hm«, sagte My mit verschränkten Armen und abgewandtem Blick. Er mochte ihre direkte Art, aber jetzt sah sie traurig und zornig aus.

»Was ist?«, fragte er.

»Das verbirgst du allerdings gut, finde ich.« My hob das Kinn.

Wenn er ehrlich war, musste er zugeben, dass ihre Beziehung eher bequem war als leidenschaftlich. Aber er hatte gedacht, sie sei damit zufrieden. Er wusste nicht, was er sagen sollte, was sie von ihm erwartete.

»Findest du, dass zwischen uns alles in Ordnung ist?«, fragte sie.

My war lustig, klug und sexy. Hübsch, mit ihren hellen Haaren und blauen Augen. Für diesen Typ hatte er schon immer eine Schwäche gehabt. Seine Frau war auch blond und blauäugig gewesen. Und auch sie war eine Expertin darin gewesen, suggestive Fragen zu stellen.

»Was findest du denn?«, fragte er vorsichtig.

»Ehrlich gesagt, weiß ich nicht, was ich denken soll. Du bist wunderbar.«

»Aber?«

»Kein Aber. Du bist ein guter Mann. Aber ich frage mich, ob wir eine Pause machen sollten.«

Pause? Er verstand sie nicht. »Willst du Schluss machen?«

»Das ist ein großer Schritt. Vieles ist ja auch gut«, sagte sie, klang aber nicht ganz überzeugt.

Thor steckte den Hammer in den Gürtel. Er ließ den Blick über das Feld schweifen, in dessen Mitte der Traktor stand. Der hatte schon eine Weile Zicken gemacht, und jetzt schien er ganz zu streiken.

»Ich glaube, ich muss nachdenken«, sagte My.

Er kratzte sich an der Wange.

»Vielleicht auch andere kennenlernen?«, sagte sie.

Thor hörte auf, sich zu kratzen. »Welche anderen?«

»Thor, ich will dich nicht verletzen, aber du spürst doch sicher auch, dass das zwischen uns nirgendwohin führt.«

Sie hatte recht. Und es war seine Schuld, das war ihm klar. My hatte jemanden verdient, der sie aus ganzem Herzen liebte, davon war er überzeugt. Jemanden, der sich für sie entschied. Der ihr das geben konnte, was sie sich wünschte. Der nicht kaputt, abgefuckt und sonst was war.

»Wenn es das ist, was du willst«, sagte er. Sie wäre nicht der erste Mensch, der ihn verließ. Im Gegenteil. Ständig verschwanden Menschen aus seinem Leben. Das musste man aushalten. Oder daran zerbrechen.

»Ich weiß nicht, was ich will, aber ich glaube, es ist das Beste, ehrlich zu sein.«

»Da hast du recht.« Er schaute wieder zum Traktor hinüber. Der Fahrer, ein junger Mann, der hin und wieder aushalf, war abgesprungen und kratzte sich am Kopf.

»Ich habe nur eine kurze Mittagspause, ich muss zurück zur Arbeit«, sagte My. »Ist das okay?«

»Natürlich, ich muss auch weitermachen«, sagte er mit einer Geste in Richtung Traktor und Feld.

Sie umarmte ihn zögerlich, verabschiedete sich und ging. Er blickte ihr nach, sah ihr helles Haar um ihre Schultern spielen, sah ihre Körperhaltung, die Erleichterung ausdrückte.

Dieser Tag gehörte definitiv nicht zu seinen besten.

Später am selben Tag saß Thor im Auto, während der Zug nach Malmö langsam in der Ferne verschwand. Er hatte seine Eltern zum Bahnhof gefahren. Sie wollten sich mit Freunden treffen, in die Oper gehen und im Hotel übernachten. Das machten sie nur sehr selten, und er freute sich für sie.

Sein Körper schmerzte nach dem langen Arbeitstag.
Der langen Woche.
Dem langen Leben.

Er war sechsunddreißig, aber in diesem Moment fühlte er sich doppelt so alt. Er atmete aus. Ließ seine Gedanken los.

Es war schön, einfach hier im Auto zu sitzen und so zu tun, als ob das Leben keine Anforderungen an ihn stellte. Als ob er keine anderen Probleme auf dieser Welt hätte, als nach Hause zu fahren, eine Flasche Bier zu öffnen und sich zu überlegen, ob er fernsehen oder lieber ein Buch lesen sollte. Beinahe hätte er laut aufgelacht, denn das war so weit entfernt von seinem wirklichen Leben, wie es nur ging.

Er gönnte sich noch einen Moment, aber dann war es Zeit, sich zusammenzureißen. Sich um den Hof zu kümmern und Verantwortung zu übernehmen.

Als er den Zündschlüssel umdrehte, sah er eine Frau über den Platz kommen. Sie hatte langes dunkles Haar, und ihr Gesicht war fast ganz hinter einer riesigen Sonnenbrille verborgen, obwohl die Maisonne bereits unterging. Um diese Zeit war der Bahnhof verwaist, der Bus war abgefahren, und Thor sah auch keine anderen Autos.

Er zögerte, die Finger am Zündschlüssel. Nicht, dass er alle in der Stadt gekannt hätte, so klein war Laholm dann doch nicht. Obwohl er schon sein ganzes Leben lang hier wohnte, gab es noch immer viele Laholmer, denen er noch nie begegnet war. Aber er hatte einen ganz guten Überblick über die Menschen in seinem Alter, und diese Frau hatte er noch nie gesehen. Außerdem unterschied sie sich so deutlich von den Einwohnern von Laholm, dass sie mit ziemlicher Sicherheit eine Zugereiste war. Aus Stockholm, vermutete er. Er wusste nicht genau, woran es lag, vielleicht an den Schuhen mit den außergewöhnlich hohen Absätzen oder an ihrem eleganten Look, aber sie sah jedenfalls nicht aus wie eine Kleinstadtbewohnerin.

Sie schien auch nicht zu wissen, wohin sie wollte, und sah sich um, als suche sie etwas. Lange starrte sie die alte Taxisäule an, las das Schild, das verkündete, dass man derzeit in Laholm und Umgebung kein Taxi bestellen könne. Die Taxifrage war hier in der Gegend ein einziges Elend.

Thor zögerte, hin- und hergerissen zwischen seinem Wunsch, nach

Hause zu kommen, und seiner Neugier darauf, was die Stockholmerin tun würde. Würde jemand sie abholen? Anders konnte man hier kaum wegkommen. Ein Bahnhof mitten im Nirgendwo, ein missglücktes Projekt, wodurch der Bahnhof von Laholm weit draußen auf dem Land errichtet worden war.

Thor umklammerte das Lenkrad.

Diese Frau war nicht seine Aufgabe. Er hatte genug eigene Probleme. Genau genommen quoll sein Problemkonto bereits über. Was er brauchte, war einmal ein Tag, eine halbe Stunde, ohne Krisen.

Sie war erwachsen und konnte selbst für sich sorgen.

Obwohl ...

Widerwillig machte er den Motor wieder aus. Er wusste nicht einmal, warum. Er wartete und hoffte weiter, dass irgendjemand auftauchen würde, doch als die Gegend um den Bahnhof auch weiterhin verwaist blieb, öffnete er widerstrebend die Autotür und stieg aus.

Die Frau drehte sich abrupt zu ihm um.

Ein Windstoß trug ihm den Duft von Jasmin und Sandelholz zu.

Vielleicht war das auch Einbildung, genau wie der kleine Schauer, der sein Rückgrat hinunterlief.

»Hallo, alles in Ordnung?«, rief er.

Die Sonnenbrille starrte ihn an, als ob er sie erschreckt hätte. Thor versuchte, ungefährlich und nett auszusehen, also nicht groß, ungepflegt und gereizt, was er eigentlich war.

»Alles okay?«, fragte er. Wieder traf ihn der Hauch von Sandelholz und Blumen.

»Wie kommt man von hier in die Stadt?«, fragte sie mit tiefer Stimme und einem eindeutigen Stockholmer Akzent. Natürlich kam sie aus der Hauptstadt. Das sah man an allem, von der lässigen Haltung bis zu den unpraktischen Schuhen. Sein Blick fiel auf ihre glänzenden schwarzen Schuhe mit den spitzen Absätzen. Sie waren ziemlich schick, das musste er zugeben. Ihre Beine wirkten endlos darin.

Er zeigte in Richtung Laholm.

»Da lang«, sagte er.

Ohne ein Wort lief sie los.

Er sah ihr nach. War das ihr Ernst?

»Du kannst nicht zu Fuß gehen«, rief er ihr nach. Sie war definitiv nicht für einen längeren Spaziergang gekleidet. Eher für einen entspannten Abend in einer Bar. Auf einem luxuriösen Ledersofa würde sie gut aussehen. Vielleicht in einem Abendkleid und mit Strumpfhosen, die bei jeder Bewegung knisterten. Dunkle Haare auf nackten Schultern. »Das ist zu weit, fast zehn Minuten mit dem Auto«, fügte er hinzu.

Die Frau blieb stehen. Sie nahm ihre große, glänzende Handtasche auf die andere Schulter. Sogar Thor konnte erkennen, dass es ein exklusives Stück war. Wieder erreichte ihn der Duft von Parfüm. Warm. Sinnlich. Völlig deplatziert.

»Wo fährt denn der Bus ab?«, fragte sie und fügte leise hinzu: »In diesem Kaff.«

»Den Bus hast du verpasst.« Das passierte andauernd.

Sie schnitt eine Grimasse. »Unglaublich. Und wo bekomme ich ein Taxi her?«

»Taxis gibt es auch nicht«, antwortete er. Die Taxifirmen kamen und gingen.

»Gar keine? Machst du Witze?«

Ja, klar. Schließlich war er ja für seinen Humor bekannt.

»Du bist hier auf dem Land«, erklärte er, zunehmend verärgert. Er war müde, und sie hatte keinen Grund, so genervt zu sein, und hübsche Beine und eine heisere Stimme konnten nicht alles wettmachen. »So ist das auf dem Land. Kommt dich niemand abholen?«

Sie warf ihm einen Blick zu, als sei das die dümmste Frage, die sie je gehört hatte. Vielleicht war sie das ja auch. Sie strahlte etwas Einsames aus.

»Nein.«

Thor wartete auf weitere Informationen.

»Ich komme allein zurecht«, fügte sie hinzu.

»Na dann.«

Thor war hin- und hergerissen zwischen zwei widerstreitenden Impulsen. Er sollte jetzt wirklich nach Hause fahren. Sie ihrem Schicksal überlassen. Sich um die ungefähr tausend anderen Dinge kümmern, die auf ihn warteten. Allerdings ...

Die Frau stand trotzig da. Mit der einen Hand umklammerte sie ihre Handtasche. Ihre Fingerknöchel waren weiß.

»Soll ich dich vielleicht mitnehmen?«, fragte er, offensichtlich nicht in der Lage, sie so einfach stehen zu lassen.

»Ich habe doch gesagt, dass ich zurechtkomme«, erwiderte sie brüsk und wandte sich ab.

Thor starrte auf ihren Rücken.

Tja, dann.

Er setzte sich ins Auto. Ließ den Motor an. Legte den Rückwärtsgang ein. Sah in den Rückspiegel.

Sie stand immer noch da. Nur fünf Minuten Ruhe hatte er sich gegönnt, und statt jetzt auf dem Nachhauseweg zu sein, war er in diese Situation geraten. Trotzdem, er konnte sie nicht einfach hier stehen lassen. Auf dem Land half man sich gegenseitig. So war er erzogen. So verhielt man sich einfach.

Verärgert öffnete er die Autotür wieder.

»Willst du ins Hotel?«, rief er. Das wäre kein allzu großer Umweg, er könnte sie dort herauslassen.

Sie schwieg lange und antwortete dann: »Nein.« Immer noch in derselben stolzen Haltung. Aber irgendetwas, ein Zittern in ihrer Stimme, die weißen Knöchel, verriet, dass sie nicht so cool war, wie sie sich gab.

»Willst du hier jemanden besuchen?«

»Nein.«

»Bist du vielleicht am falschen Bahnhof ausgestiegen?«, fragte er.

»Ich bin doch nicht blöd.«

»Wenn du es sagst«, antwortete er, nicht ganz überzeugt.

Wie gesagt. Er sollte sie einfach stehen lassen. Aber es wurde bereits kühl. Die Maiabende waren noch nicht besonders warm. In der letzten Woche hatten sie noch Minusgrade gehabt, und es standen ihnen sicher noch ein paar Frostnächte bevor, ehe die Gefahr ganz vorüber war.

»Gibt es wirklich keine Busse oder Taxis?«, rief sie.

Thor schüttelte den Kopf.

»Wie lange dauert es zu Fuß?«

Er betrachtete ihre unpraktischen Schuhe. »Das kommt darauf an, wie schnell du gehst. Es sind fast fünf Kilometer. Willst du ins Zentrum?«

»Das weiß ich nicht. Nein, ich glaube nicht. Ich will in den Magnoliavägen.«

»Welche Hausnummer?«

»Drei.« Sie biss sich auf die Lippe und machte einen Schritt auf ihn zu. »Weißt du, wo das ist?«

Plötzlich wurde ihm alles klar. Sie war das also. Sie musste es sein. Die Frau aus Stockholm. »Das liegt hinter dem Fluss«, sagte er, jetzt mit weniger Mitgefühl, und fügte hinzu: »Das ist noch weiter.«

»Natürlich«, sagte sie.

Ihre Kraft schien sie verlassen zu haben. Sie strich sich übers Haar und nahm die Sonnenbrille ab. Er stand zu weit weg, um ihre Augen erkennen zu können, aber es sah aus, als ob sie dunkle Ringe unter den Augen hätte. Er hatte nicht vor, sie zu bemitleiden, sagte er sich. Obwohl sie müde aussah. Und ein bisschen niedergeschlagen.

»Was willst du da?«, fragte er.

»Wo?«

»Im Magnoliavägen.«

»Ich will da wohnen.«

Er konnte seine Überraschung kaum verbergen. »Wirklich?«

»Es ist mein Haus«, sagte sie mit trotzig vorgeschobenem Kinn. »Es gehört mir.«

»Soll ich dich hinfahren?«, hörte er sich schließlich sagen. Sie konnte ja schlecht zu Fuß gehen.

Sie sah ihn an, betrachtete ihn eingehend von Kopf bis Fuß, als ob sie einschätzen wollte, ob er ein durchgeknallter Mörder war. Wieder lief ihm ein Schauer über den Rücken. Offenbar bestand er die Prüfung.

»Wenn es nicht zu viele Umstände macht«, sagte sie und kam in den absurd hohen Absätzen auf ihn zu. Auf dem unebenen Boden geriet sie ins Stolpern.

Beinahe hätte er die Augen verdreht.

»Steig ein«, sagte er.

Das könnte interessant werden.

~ 3 ~

Stella fragte sich, ob es nicht unklug gewesen war, zu einem fremden Mann ins Auto zu steigen. Ihre Urteilskraft, was Männer anging, war erwiesenermaßen unterirdisch. Peder, ihr Ex-Freund, Kulturmensch, Typ aus der Oberschicht und untreuer Mistkerl, hatte sie schließlich eine Ewigkeit lang betrogen, ohne dass sie auch nur das Mindeste geahnt hatte.

Mit Ann. Ann!

»Ich kann gar nicht glauben, dass die Busse so selten fahren«, sagte sie und legte die Hand auf den Türgriff. Sicherheitshalber. Der dunkelhaarige Fahrer könnte ja schließlich ein Serienmörder sein, der seinen nichts ahnenden Opfern am Bahnhof auflauerte.

Er bog auf die Straße ein. Seine Bewegungen waren ruhig, und er strahlte etwas Solides aus, als ob er dafür gemacht wäre, Wetter und Wind zu trotzen.

»Du bist hier auf dem Land. Man kann froh sein, dass überhaupt welche fahren.«

Er klang nicht gefährlich. Eher gereizt. Und mit seinen erdigen Nägeln und dem ausgewaschenen Flanellhemd war er jedenfalls kein Kulturmensch, was in diesem Fall für ihn sprach.

Dass sie auch nie klüger wurde.

Stella schloss die Augen. Sie konnte sich nicht helfen, aber sie fühlte sich von Männern angezogen, die französische Klassiker zitieren konnten, sich in der Theaterszene auskannten und ganz allgemein sprachgewandt waren. Peder mit seiner prominenten Herkunft, seiner Familie aus der Oberschicht, seiner Arbeit als Regisseur und seinem modebewussten Stil war sie sofort verfallen. Und er ihr. Zumindest bis er mit Ann ins Bett ging. Mit der Stylistin Ann Bokgren, die eine ungesunde Vorliebe für die Farbe Beige hatte. Und offenbar auch für die Freunde anderer Frauen.

Stella öffnete ihre Augen wieder und warf einen verstohlenen Seitenblick auf die Hosenbeine des Mannes. Sie waren sauber. Seine Oberschenkel zeichneten sich unter dem abgetragenen Jeansstoff ab.

»Wie weit ist es bis zum Magnoliavägen?«, fragte sie, während draußen vor dem Fenster die Landschaft vorbeihuschte. Alles war geradezu unglaublich grün.

»Es dauert noch etwas«, antwortete er, ohne sie anzusehen.

Stella holte ihr Smartphone heraus. Der Akku war fast leer, und sie hatte das Ladekabel vergessen. Anscheinend konnte sie nicht mehr klar denken. Sie hatte Stockholm spontan und ohne nachzudenken verlassen, hatte quasi nur Unterwäsche, Schminke und Kreditkarte in eine Tasche gestopft. Schließlich war sie eine Frau, die allein zurechtkam. Allerdings wusste niemand, dass sie in dieses Auto eingestiegen war. Das war ein unnötiges Risiko. Schnell tippte sie eine Nachricht an ihre beste Freundin, Maud Katladottír.

> STELLA: *Ich sitze in einem Auto. Werde zum Haus gefahren. Der Akku ist gleich leer.*

Sie sah wieder aus dem Fenster. Zwar war sie als Kind hier gewesen, erkannte die Landschaft aber überhaupt nicht wieder. Halland. Nicht einmal bei den schwedischen Provinzen kannte sie sich richtig aus.

> MAUD: *Im Auto? Alles okay bei dir?*
> STELLA: *Ja.*

Jedenfalls hoffte sie das.

> MAUD: *Hast du den Gutsbesitzer schon getroffen? Sieht er gut aus?*
> STELLA: *Kein Gutsbesitzer. Nur ein mies gelaunter Bauer.*

Stella legte das Smartphone in ihren Schoß.

»Bist du von hier?«, fragte sie, während sie daran herumspielte. Wie lange reichten siebzehn Prozent?

»Yes, hier geboren und aufgewachsen«, sagte er und blinkte, um abzubiegen.

»Ich kann dir Geld für Benzin mit dem Handy schicken«, sagte sie und bemühte sich dabei, freundlich zu klingen.

Er reagierte nicht.

»Hast du Swish?«, fragte sie.

Er schüttelte langsam den Kopf, als ob das eine idiotische Frage wäre. Vielleicht wusste er nicht, dass man mit Swish Geld schicken konnte? Oder?

»Ich kann dir auch Bargeld geben«, sagte sie. Sie hatte noch einige Scheine in ihrer Brieftasche. Sie brauchte einen Geldautomaten. Es gab doch hier Geldautomaten?

»Kein Problem«, sagte er.

Er bewegte sich kontrolliert, lenkte, bog ab und schaltete bedachtsam. Er war groß, und die Jeans spannten über seinen Oberschenkeln, wenn er die Pedale durchtrat. Und er nahm viel Raum ein. Er warf ihr einen schnellen Blick zu. Nur ganz kurz, aber er ertappte sie dabei, wie sie ihn beobachtete, und aus irgendeinem Grund wurde sie rot. Sie wurde rot! Stella konnte sich nicht erinnern, wann ihr das zum letzten Mal passiert war. Und wenn schon. Er war ja nicht direkt hässlich. Wenn man den ländlich-robusten Typ mochte.

»Wie heißt du?«, fragte er.

»Warum willst du das wissen?«, erwiderte sie scharf.

Er bog noch einmal ab.

»Jetzt hör mal zu. Entspann dich. Ich will mich nur unterhalten. Ich heiße Thor.«

»Stella«, sagte sie nach kurzem Zögern.

Und entspannen würde sie sich erst, wenn sie aus diesem Auto raus war. Männer kapierten wirklich gar nichts. Schließlich stand es einem Mann nicht ins Gesicht geschrieben, ob er in Ordnung war oder ein Grabscher oder noch Schlimmeres.

Wieder machte sich Schweigen breit.

Die Zugfahrt von Stockholm war ein Albtraum gewesen, mit schreienden Kleinkindern und einer Gruppe hysterisch lachender Frauen mittleren Alters. Beim Umsteigen in Göteborg hatte Stella sich im Bahnsteig geirrt und fast ihren Anschluss verpasst. Auf der Höhe von Halmstad war sie in Panik geraten, als ihr aufging, dass sie sich tatsächlich mitten auf dem Land befand. Sie kannte niemanden hier und wusste kaum, wo dieses Hier war.

Sie kamen an Häusern, Bauernhöfen und Wald vorbei. Einige der Häuser waren frisch gestrichen und gepflegt, andere leer und verlassen. Nach einer Weile bogen sie auf eine kleinere Straße ab, und sie vermutete, dass sie gleich da sein würden, und entspannte sich ein wenig. Auf der einen Straßenseite stand ein ziemlich verfallenes Haus. Stella fand, dass man das Ganze abreißen und etwas Neues hinbauen sollte. Jetzt freute sie sich darauf, ihr eigenes Haus zu sehen. Sie vergewisserte sich noch einmal, dass sie den Schlüssel hatte: Er hing wie immer an ihrem Schlüsselbund. Sie berührte ihn mit dem Zeigefinger und fragte sich, was ihre Mutter wohl jetzt gesagt hätte. Sie hatte nicht die leiseste Ahnung. Ihre Mutter hatte alles verabscheut, was mit Laholm zu tun hatte, und alle Verbindungen zu ihrer Herkunft gekappt. In ihrer Handtasche hatte Stella einen Schokoriegel und einen zerdrückten Teebeutel, beides hatte sie aus dem Erste-Klasse-Wagen mitgenommen. Sie würde sich eine Tasse heißen Tee machen und den Riegel essen. Sie hatte keine Ahnung, was im Haus vorhanden war. Geschirr und Möbel, hatte der Anwalt gesagt, als sie das Nachlassverzeichnis erstellten. Sie war damals völlig verstört gewesen, und es war schon einige Jahre her, seit sie zum letzten Mal mit ihm gesprochen hatte, daher wusste sie es nicht. Morgen wollte sie sich um alles kümmern.

Thor bremste.

»Gibt es ein Problem?« Mist, er wollte doch wohl jetzt keine Schwierigkeiten machen?

Das Auto hielt.

Thor nahm den Gang raus, und Stella war drauf und dran zu protestieren.

»Willst du hier etwas abholen?«, fragte sie stattdessen. Sie wollte nicht unhöflich sein, aber sie sehnte sich danach anzukommen.

»Wir sind da«, sagte er mit einer Kopfbewegung in Richtung Haus.

»Hinter dieser Bruchbude?«, fragte sie skeptisch.

Oder wollte er sie mitten im Nirgendwo absetzen?

»Du, es tut mir leid, wenn ich vorhin unfreundlich war«, sagte sie so freundlich sie konnte. »Aber ich habe einige harte Tage hinter mir.«

Thor lachte auf, kurz, trocken und völlig humorbefreit.

Stella zwang sich zu einem Lächeln. »Es wäre wirklich sehr nett, wenn du mich ganz bis zu meinem Haus fahren könntest. Das Benzin bezahle ich dir gern. Wenn du kein Swish hast, regeln wir das irgendwie anders.«

Stella benutzte die Stimme, die sie für besonders schwierige Kunden in der Boutique reserviert hatte. Für hungrige Hausfrauen von Östermalm, die sich nicht gut genug bedient fühlten, oder für honigblonde Millionärserbinnen, die Stella anfuhren, sie solle sich mal ein bisschen sputen.

Mit einer plötzlichen Bewegung lehnte sich Thor über sie hinüber. Beinahe hätte sie aufgeschrien. Es kam so unerwartet, und sie war ja bereits auf der Hut. Sie presste den Rücken gegen die Lehne. Sein Hemd streifte sie, und sie nahm den Duft von Natur und die Wärme wahr, die von ihm ausgingen. Aber er berührte sie nicht, sondern murmelte nur etwas, streckte die Hand aus, zog am Türgriff und öffnete die Autotür für sie.

»Du bist nicht die Einzige, die harte Zeiten hinter sich hat.« Er nickte in Richtung Hütte. »Das ist dein Haus.«

Stella zögerte, ehe sie langsam ausstieg. Sie drehte sich um. Das musste ein schlechter Witz sein.

»Bist du sicher ...«, begann sie, aber er schlug die Beifahrertür zu und gab Gas, sodass der Staub aufwirbelte.

Ohne sich der bizarren Situation richtig bewusst zu sein, wandte sie sich dem Haus zu und starrte es an. Wenn sie genau hinsah, konnte sie tatsächlich den Ort ihrer Kindheit wiedererkennen. Als sie klein war, hatte zu Hause ein Bild davon in einem vergoldeten Rahmen gestanden. Aber auf dem Bild war eine gepflegte und behagliche Kate zu sehen gewesen, eine schwedische Idylle mit weiß gestrichenen Hausecken und blühenden Rosen und Rittersporn, keine schäbige, kleine Bude, die fast von Sträuchern und Büschen überwuchert wurde. Sie machte einen Schritt darauf zu. Der Kies knirschte unter ihren Schuhen, und auf einmal konnte sie sich genau an dieses Geräusch erinnern. Das Haus hatte ihren Großeltern gehört, und es war lange her, dass sie hier gewesen war, sie war damals vielleicht neun oder zehn Jahre alt gewesen. Sie erinnerte sich an frisch geharkten Kies unter ihren Füßen, an glatte Holzfußböden, bunte Flickenteppiche und knallrote Pelargonien auf den Fensterbänken. Natürlich war seitdem die Zeit vergangen, aber das hier ... war ja kaum bewohnbar ...

Ein plötzlicher Laut ließ sie zusammenfahren. Während der kurzen Autofahrt war es dunkel geworden, und sie wühlte hektisch in ihrer Handtasche. Sie fand den Schlüssel und umklammerte ihn fest. Was hatte sie eigentlich erwartet? In ihrer Fantasie hatte sie von dem Häuschen geträumt, das sie geerbt hatte. Wie man es aus Büchern und Filmen kennt. Ihre Hand zitterte, als sie den Schlüssel ins Schloss steckte und ihn herumdrehte. Doch wenn dies ein Film wäre, wäre Thor ein charmanter Schönling gewesen, der geradewegs in ihr Inneres sah und sie lehrte, sich selbst zu verstehen. Kein mürrischer Bauer, der sich aus dem Staub machte, sobald er sie aus seinem Auto geworfen hatte.

Natürlich klemmte der Schlüssel. Stella versuchte krampfhaft, ihn zu drehen, jetzt fast schon hysterisch, aber er rührte sich nicht. Was, wenn sie nicht ins Haus kam? Es wurde mit jeder Minute dunkler und kälter. Sie fror, sie war hungrig und musste aufs Klo, und sie hörte seltsame Geräusche.

Warum war sie überhaupt hergekommen? Warum, warum, warum?

Sie rüttelte wütend am Schlüssel, und zu ihrer großen Erleichterung drehte er sich endlich.

Langsam öffnete sie die Tür. Ein muffiger, abgestandener Geruch schlug ihr entgegen. Es war stockfinster. Sie tastete mit der Hand nach einem Lichtschalter und drückte darauf, aber nichts geschah. Es gab kein Licht. Der Strom war abgestellt, daran hatte sie gar nicht gedacht. Das bedeutete natürlich, dass sie vermutlich weder Licht noch Heizung hatte. Ganz toll. Sie kämpfte gegen die aufkommende Panik an, während sie einige vorsichtige Schritte ins Haus hinein machte. Es bestand aus einem dunklen Flur, einer Küche auf der einen Seite und einer winzigen Wohnstube auf der anderen. Alles war viel kleiner als in ihrer Erinnerung. Sie tastete sich bis zur Toilette vor. Sie war trocken, es lag ein wenig Gras darin, und als sie den Hahn über dem Handwaschbecken aufdrehte, in dem ihre Hände kaum Platz fanden, kam kein Wasser. Sie hatte also weder Heizung noch Strom oder Wasser.

Sie pinkelte trotzdem in die trockene Toilettenschüssel und wischte sich mit ihrem letzten Papiertaschentuch ab. Dann ordnete sie ihre Kleidung und ging in die winzige Küche. Dort gab es immerhin ein Fenster, durch das das letzte Abendlicht hereinfiel, obwohl die Scheibe vor Schmutz ganz grau war. Bald würde es draußen dunkel sein.

Die Küchenschubladen waren größtenteils leer. Sie fand darin nur vertrocknete Gummibänder, staubige Büroklammern und einzeln darin herumfliegende, schmutzige und rostige Besteckteile. Doch – halleluja – in einer der Laden lagen ein paar Kerzen und eine alte Schachtel Streichhölzer. Sie stellte die Kerzen auf einen Untersetzer, der einen Sprung hatte, zündete sie an und streifte die Schuhe ab. Der Fußboden war eiskalt, aber ihre Füße schmerzten von den hohen Absätzen. Es war ein Fehler gewesen, darin zu reisen. Aber sie hatte ein Bedürfnis danach gehabt, sich mit coolen Schuhen und edler Kleidung für ihre Reise auszurüsten. Nicht, dass es viel genützt hätte.

Sie öffnete die Hängeschränke. Darin standen nur einige Tassen, ein fleckiges Glas und zwei angestoßene Teller. Als Letztes öffnete sie die Tür zum Vorratsschrank. Die Regale waren leer, bis auf ein paar verbeulte Konserven, deren Etiketten nicht mehr zu entziffern waren. Gerade wollte sie die Tür wieder schließen, als ihr Blick auf etwas ganz hinten im Schrank fiel. Sie streckte die Hand aus und holte eine staubige Schnapsflasche mit abblätterndem Etikett hervor. Als sie den Verschluss aufschraubte, verbreitete sich ein scharfer Geruch, aber als sie einen Schluck nahm, floss billiger, aber durchaus trinkbarer Whisky warm durch ihre Kehle in ihren Magen. Sie nahm den Teller mit den Kerzen, die Flasche und die Streichhölzer mit in den Raum, an den sie sich als das Wohnzimmer erinnerte. Sie nahm noch einen Schluck und betrachtete das Elend. Eine Küchenbank mit abgestoßener Farbe, dünner, fleckiger Matratze und kaputter Rückenlehne sowie eine große Truhe waren die einzigen übrig gebliebenen Möbel. Keine Teppiche, Gardinen oder Kissen. Weder Bilder noch Regale. Nur der nackte Fußboden, zwei kaputte Möbelstücke und der muffige Geruch. Sie erinnerte sich, dass das Haus einen Dachboden hatte, aber sie wagte es nicht, im Dunkeln da hinaufzugehen. So, wie sie gerade vom Pech verfolgt wurde, würde sie wahrscheinlich fallen und sich etwas brechen.

Stella nahm noch einen Schluck Whisky. Sie wurde schon ein wenig beschwipst. Sie setzte sich auf das dünne Polster auf der Küchenbank, aß von dem Schokoriegel und fragte sich, ob sie noch tiefer sinken konnte. Vermutlich würde sie heute Nacht aufgefressen werden. Von Spinnen und Mäusen. Und niemanden auf der Welt würde das interessieren.

Sie umklammerte die Flasche und hielt ihre Handtasche im Arm. All dies gehörte jetzt ihr. Eine Bruchbude. Eine alte Whiskyflasche, die Kette ihrer Mutter, die Designertasche und ihre Schuhe. Es war idiotisch gewesen, einfach so hierherzukommen. Wieder hörte sie den Tierlaut draußen und dann ein Kratzen. Sie nahm noch einen großen Schluck. Das Landleben war definitiv nicht ihr Ding.

Ihr Smartphone piepte. Eine Nachricht von Peder.

PEDER: *Ich vermisse uns.*

Sie tippte wütend:

STELLA: *Dann hättest du vielleicht nicht mit Ann schlafen sollen.*

Sie konnte es immer noch nicht fassen, dass Peder sie mit Ann betrogen hatte. Von allen Menschen, von denen sie sich hätte vorstellen können, dass Peder sie anziehend fände, wäre Ann wirklich die Letzte gewesen: Ann mit ihrer Babystimme und ihrer Vorliebe für Kleider, Haargummis und Lippenstifte in allen beigen Nuancen. Stella hatte mehrere Jahre lang in einem schicken Designerladen gearbeitet. Hatte an der Kasse gestanden, Rechnungen und Bestellungen bearbeitet und die Kunden hofiert. Ann kam als freiberufliche Stylistin regelmäßig, um Kleider für Promis und Fernsehstars zu besorgen. Peder war ihr mehrmals begegnet und hatte lachend gesagt, wie dämlich sie zu sein scheine. Well. Das hatte ihn offensichtlich nicht daran gehindert, mit ihr im Bett zu landen.

PEDER: *Vermisst du mich?*

Leider konnte Stella nichts Spöttisches mehr antworten, weil ihr Akku sich verabschiedete.
 Sie zog die Beine hoch, nahm noch einen Schluck und legte sich auf die knarzende Küchenbank. Peder hatte sie so furchtbar verletzt, dass sie nicht einmal mehr wusste, welche Gefühle sie für ihn hatte.
 Sie bewegte sich. Es war seltsam, aber ihr Körper erinnerte sich an diese Küchenbank. Hier hatte sie als Kind oft gesessen oder gelegen. Damals war das Holz angestrichen und glatt gewesen, und die Kissen hatten geduftet wie frisch gewaschen. Einmal beim Abendessen war sie auf dem Schoß ihrer Mutter eingeschlafen. Hatte gedöst und zugehört, wie ihre Mama, Oma und Opa sich unterhielten. Fröstelnd kauerte

sie sich zusammen, so gut es ging, und versuchte die Erinnerung festzuhalten. Sie schloss die Augen und bemühte sich, all die ungewohnten Geräusche, das Knacken und Rascheln zu ignorieren und stattdessen das Bild jenes Abends heraufzubeschwören. Es war eine angenehme Erinnerung, eine der wenigen Gelegenheiten, bei denen ihre Mutter nicht mit ihren Großeltern gestritten hatte. Ein Abendessen bei Rotwein und in friedlicher Stimmung. Ihre Mutter Ingrid war ein bisschen beschwipst gewesen, aber sie wurde nie übellaunig, wenn sie getrunken hatte, nur ausgelassen und albern, und Stella hatte es geliebt, ihre energische, kühle Mutter so froh und mit rosigen Wangen zu sehen. Weicher als sonst.

Allmählich glitt Stella auf der alten Küchenbank in einen unruhigen Schlaf. Sie träumte von untreuen Männern, von Geld, das ihr durch die Finger rann, und von lebenswichtigen Dingen, nach denen sie suchte, die sie aber nicht finden konnte.

~ 4 ~

Am nächsten Morgen stand Thor genauso früh auf wie immer. Es war Samstag, aber den Tieren war es egal, welcher Wochentag war. Er füllte Kaffeepulver in die Maschine und ließ die Hunde hinaus. Pumba begann sich sofort an einem Grasbüschel zu schubbern.

»Aus dir wird mal keine Hilfe«, rief Thor dem schmutzigen Welpen zu, während er seine Stiefel anzog. Pumba hob seine erdige Schnauze, nieste und kläffte dann glücklich. Nessie schnüffelte herum, voller Erwartung auf die Arbeit des Tages. Zuerst ließ Thor die Hühner hinaus. Sie fingen sofort an, eifrig nach Körnern und Insekten zu picken. Der größte der Hähne beäugte Thor, widmete sich dann aber wieder der Aufsicht über seine Schar. Die Kühe mussten gemolken werden und standen wie immer vor dem Stall und warteten darauf, dass er sie hineinließ. Fjällrinder sind eine widerstandsfähige kleine Rasse, die gut an das schwedische Klima angepasst ist. Drei von ihnen hatten gerade Kälber bekommen, und er kraulte sie und sprach mit ihnen. Sie alle waren unterschiedliche Persönlichkeiten, die eine liebte es, an der Schulter gestreichelt zu werden, die andere ließ sich lieber den Hals kraulen. Nach dem Melken schickte er die Kühe wieder hinaus. Nachts waren die Kälber im Stall, aber tagsüber liefen sie mit ihren Müttern auf der Weide. Er arbeitete mit Wechselbeweidung, was bedeutete, dass Schafe und Kühe hin und wieder die Weiden miteinander tauschten – ein naturgemäßes und ruhiges Leben, das sowohl für die Tiere als auch für die Landschaft gut war.

»Wir müssen nach den Schafen sehen«, sagte er zu Nessie, als er alles wieder gesäubert hatte. Ihre Antwort war ein kurzes, zustimmendes Bellen.

Die meisten Mutterschafe hatten schon gelammt, aber ein paar waren spät dran, und er wollte nachsehen, wie es ihnen ging.

Nessie lief voraus, und Thor und Pumba folgten ihr. Thor fragte sich, wie es der Stockholmerin – Stella – in der letzten Nacht wohl ergangen war. Vielleicht hätte er sie doch nicht sich selbst überlassen dürfen? Ihm fiel ein, dass es in ihrem Haus vermutlich weder Wasser noch Strom gab. Gestern hatte er daran gar nicht gedacht. Der Strom musste schon vor Ewigkeiten abgestellt worden sein, und er war sich nicht sicher, ob das Grundstück überhaupt an die öffentliche Wasserversorgung angeschlossen war. Er wusste nur, dass es einen eigenen Brunnen hatte, den er schon mehrfach kontrolliert hatte, der aber jetzt womöglich ausgetrocknet war. Er spürte den Anflug eines schlechten Gewissens.

Den Schafen auf der Weide schien es gut zu gehen. Die Lämmer saugten in der Morgensonne, die Mutterschafe grasten, und alle schienen wohlauf zu sein, auch wenn sie Nessie sehr skeptisch beäugten. Ein Stück entfernt meckerte Trouble fröhlich von einem großen Stein herab, auf den sie geklettert war, um an einer Eberesche zu knabbern. Thor ging noch am Teich vorbei, und als er wieder ins Haus kam, um Kaffee zu kochen, war es acht Uhr.

Während der Kaffee durchlief, holte er Weizenzwieback und Roggenkekse aus dem Schrank und wickelte sie in ein Küchenhandtuch. Er kochte Eier, trank eine Tasse Kaffee und goss den Rest in eine Thermoskanne. Im Stehen aß er ein Butterbrot und füllte dann einen großen Plastikkanister mit Wasser. Zuletzt packte er Käse und einige Äpfel aus dem Laden ein und spazierte den kurzen Weg zu Stella.

Das Haus sah völlig verlassen aus, als er sich näherte, und wider besseres Wissen – die Gegend war vollkommen sicher – wurde er unruhig. Er hätte sie vielleicht doch nicht allein lassen sollen.

»Was meinst du, Nessie?«, fragte er.

Der Hütehund legte den Kopf schräg und blickte ihn aus intelligenten Augen an.

»Das finde ich auch«, sagte Thor. »Wir schauen nach.«

Er klopfte an die Tür, von der die Farbe abblätterte. Das Holz war solide, aber wettergegerbt. Er wartete und lauschte, und als er nichts hörte, hämmerte er härter an die Tür, wobei das ganze Haus zu wackeln schien.

Die Tür flog auf, der Türrahmen erzitterte, und Stella stand da. Schlecht gelaunt und zerknautscht, aber offensichtlich unversehrt. Sie hatte Schatten unter den Augen, ihr schwarzes Haar, das gestern ganz glatt gelegen hatte, stand in alle Richtungen ab, und sie sah alles andere als munter aus. Immerhin ging es ihr gut. Auch wenn sie in ihren Kleidern geschlafen zu haben schien. Und sich nicht abgeschminkt hatte.

»Guten Morgen«, sagte Thor forsch, und eine plötzliche Welle der Erleichterung durchlief ihn. Erleichterung und noch etwas anderes, das er nicht benennen konnte. Trotz ihres verwuschelten Aussehens und der alles andere als frohen Miene war sie ... wahnsinnig hübsch. Klein und kurvig. Die Haut von goldenem Braun und überall weiche Linien. Außer den Augenbrauen, die gerade, kohlrabenschwarz und beeindruckend waren.

»Ach, du schon wieder«, begrüßte sie ihn ohne Begeisterung.

»Gut geschlafen?«

Sie schniefte und fuhr sich mit dem Handrücken über den Mund. »Kann man nicht behaupten.«

Sie klang verquollen, und ihre Augen waren geschwollen.

»Bist du allergisch?« Die Pollensaison war auf ihrem Höhepunkt, und manche kamen damit nicht zurecht.

»Nein«, antwortete sie heiser. Sie hatte eine tiefe Stimme, das war ihm gestern schon aufgefallen. Warm und dunkel wie eine Augustnacht.

Thor betrachtete ihre geschwollenen Augen und die dunklen Ringe darunter eingehender. Hatte sie etwa geweint? Sein schlechtes Gewissen behagte ihm nicht, aber es war wohlverdient. Er hätte sie warnen müssen, hätte sich nicht von seiner Müdigkeit und Gereiztheit überwältigen lassen dürfen. Er warf einen Blick auf ihre nackten Füße. Die Zehennägel waren glänzend pflaumenlila lackiert. Sie duftete immer noch nach diesem sinnlichen Parfüm, und ihr elegantes Top sah teuer aus, trotz der Knitterfalten. Sie schien einer ganz anderen Art anzugehören. Mit ihren sexy Zehennägeln, den fantastischen Haaren und dem Duft nach exotischen Gewürzen und Lilien aus anderen Breitengraden wirkte sie deplatziert in dieser rustikalen, ländlichen Umgebung.

Er hielt die Thermoskanne hoch.

»Ich habe Kaffee mitgebracht.«

Sie zog die Nase kraus.

»Ich mag keinen Kaffee«, sagte sie in klagendem Ton. Eine Fliege summte vorbei, und sie wedelte hektisch mit der Hand.

»Du bist hier auf dem Land. Hier trinken alle Kaffee.«

»Aha, tja, was das angeht ... Ich mag wohl auch das Landleben nicht so besonders.«

»So schlimm?«

Sie verzog den Mund, und es war, als ob ihre Lippen, diese kleine Bewegung, eine direkte Verbindung zu seinem Schritt hätten, denn er konnte sie spüren. Ihr Lächeln machte ihn an. Er räusperte sich verlegen.

»Ich könnte sagen, dass ich schon schlimmere Nächte erlebt habe, aber das wäre gelogen.«

Thor musste beinahe lächeln. Stella war nicht ganz so hochnäsig, wie sie schien, auch wenn er noch nie einem erwachsenen Menschen begegnet war, der keinen Kaffee trank. Er hielt den Wasserkanister und die Tüte mit dem Essen hoch und schlug einen forschen Ton an. Es war eigentlich nicht seine Art, sich von Lächeln und Nagellack und tiefen Stimmen beeindrucken zu lassen.

Oder?

»Was sagst du zu Wasser und Brot?«

Sie blinzelte ein paarmal. Sie hatte dunkle Augen und lange Wimpern, und er ertappte sich dabei, wie er die ebenfalls bewunderte.

»Ich sollte wohl besser etwas essen«, sagte sie schließlich, zögerlich, als ob sie nicht ganz überzeugt davon wäre. Sie streckte den Fuß aus und beschrieb einen kleinen Kreis mit den Zehen, bevor sie wieder aufblickte.

»Möchtest du reinkommen?«

»Wenn ich darf?«

Mit einer nachlässigen Schulterbewegung hielt sie die Tür weit auf und ließ ihn hinein. Als Thor an ihr vorbeiging, streifte er ihren Arm. Zwischen ihnen befanden sich mehrere Lagen Stoff, ihr dünnes Top und sein grobes Flanellhemd, und doch spürte er die von ihr ausgehende Hitze wie einen Stromschlag auf der Haut. Eine Wolke ihres Duftes und ihrer Körperwärme traf seine Nase, es gab ein schwaches Knistern, als ihre Kleidungsstücke sich berührten, und dann war er im Haus und konnte wieder normal atmen.

»So schlimm sieht es hier ja gar nicht aus«, log er.

Das Gebäude war wirklich in einem erbärmlichen Zustand, drinnen wie draußen. Stellas Handtasche lag auf der Küchenbank, die im Wohnzimmer stand. Hatte sie auf der harten Bank geschlafen? Dann war es wirklich kein Wunder, dass sie so mitgenommen aussah.

Sie gingen in die Küche, die völlig leer war, keine Möbel, keine Textilien, nichts außer einer Schachtel Streichhölzer und etwas, das aussah wie eine halb leere Schnapsflasche.

Thor hob den Kanister auf den Küchentresen und stellte ihn dort wegen seines schlechten Gewissens mit einem lauten Plumps ab. Sie hatte die Nacht ... hier drin verbracht.

Stella holte ein Glas. »Ich habe nur eins«, sagte sie entschuldigend.

»Kein Problem.« Er schenkte ihr Wasser ein und sah ihr dabei zu, wie sie in großen Schlucken trank. Sie hielt ihm das Glas hin, damit er es wieder auffüllte. »Puh, habe ich einen Durst.« Sie wischte sich mit der Zunge über die Zähne. »Und ich muss mir die Zähne putzen.«

Sie trank noch einmal, während Thor das mitgebrachte Essen auspackte.

»Kommst du aus Stockholm?«, fragte er und wickelte den Zwieback aus. Mit seinem Taschenmesser schnitt er Käse und einen der Äpfel auf, legte alles auf einen Teller mit Sprung, den sie ihm gegeben hatte, und schob ihn zu ihr hinüber.

Sie hob ihre schwarzen Augenbrauen und ihm wurde bewusst, dass er ihr das Essen zubereitet hatte. Aus alter Gewohnheit, vermutete er. Sie nahm einen Bissen vom Zwieback, ein Stück Käse und ein dünnes Apfelschnitz, mehr nicht. Aber sie trank noch mehr Wasser. Sie musste ausgedörrt sein. Er schnupperte. Bildete er sich das ein, oder roch sie nach Alkohol? Sein Blick fiel wieder auf die Schnapsflasche.

Sie nahm sich noch einen Apfelschnitz. »Ich habe mein ganzes Leben in Stockholm gewohnt. Das Haus hat meinen Großeltern gehört, den Wallins. Kanntest du sie?«

In der kleinen Küche gab es keine Sitzgelegenheit, darum standen sie einander gegenüber. Ihre Hand hielt das Wasserglas. Sie hatte schöne Hände, schmal und mit langen, glänzenden Nägeln von fast genau derselben goldenen Farbe wie ihre Haut.

Thor erinnerte sich undeutlich an das Ehepaar Wallin. Grauhaarig und gebeugt waren sie mit nur wenigen Monaten Abstand gestorben. In der Gegend war darüber geredet worden, dass der eine nicht mehr ohne den anderen weiterleben wollte. Traurig, aber gleichzeitig auch schön.

»Ich weiß, wer sie waren, aber sie sind gestorben, als ich noch sehr jung war, das muss schon viele Jahre her sein?«

Sie nickte. »Ich hatte sie schon lange nicht mehr gesehen, bevor sie starben. Meine Mutter hatte den Kontakt mit ihnen abgebrochen. Mit ganz Laholm, übrigens.«

Eine vage Erinnerung meldete sich. Irgendwann hatte er schon davon gehört. Es gab mehrere solcher Geschichten, über die beim Friseur oder in der Kassenschlange bei ICA getratscht wurde. Die Skandale aus der Gegend. Seine eigene Jugend hatte wohl auch Material für die eine oder andere Anekdote geliefert. Sein Lebenswandel und der seines Bruders Klas waren mehrere Jahre lang ziemlich wild gewesen. Er galt immer noch als Raufbold, obwohl er mittlerweile erwachsen und völlig ruhig war. Aber man wurde in eine Schublade gesteckt, und dort blieb man. Man war der, für den man immer schon gehalten wurde. Er schob den Gedanken an Klas beiseite, denn er tat zu weh.

»Meine Eltern haben sie bestimmt gekannt«, sagte er stattdessen. »Wenn du möchtest, kann ich sie fragen, ob sie noch etwas wissen.« Vor allem seine Mutter kannte fast jeden. Viele kamen in ihre Buchhandlung in Laholm, um Klatsch und Tratsch auszutauschen. Und wenn sie wieder gingen, hatten sie einen Roman, ein Fachbuch oder mindestens einen Zehnerpack karierter Notizblöcke in der Tasche und hatten versprochen, beim nächsten Treffen des Bücherzirkels dabei zu sein.

»Danke. Aber ich weiß gar nicht, wie lange ich bleibe. Es war unüberlegt hierherzukommen.«

»Dabei ist es hier doch so gemütlich. Ohne Wasser und Strom.«

Sie lachte. Ein tiefes Lachen, das ihn wie eine heiße Welle ins Zwerchfell traf.

»Gefällt es dir hier?«, fragte sie, nahm ein Stück Käse und steckte es in den Mund. »In Laholm, meine ich.«

»Meistens.«

»Ich vermute, dass es hilfreich ist, wenn man fließendes Wasser hat.«

Thor nickte. »Sehr.«

»Ich habe nie darüber nachgedacht, wie abhängig man doch ist. Ich meine, ich weiß es natürlich, aber trotzdem.«

»Jeder Schwede verbraucht hundertsechzig Liter Wasser am Tag. In diesem Kanister sind zehn Liter.« Er verstummte. Sie hatte ihn ja nicht um einen Vortrag gebeten. Aber als Bauer dachte man viel über Wasser nach. Er wollte sich um ihre Wasserversorgung kümmern, beschloss er. Natürlich nur, wenn sie hierblieb.

»Was machst du beruflich?«, fragte sie und lehnte sich an den Küchenschrank. Die Sonne fiel durch die schmutzigen Fenster. Sie schien jetzt wacher zu sein.

»Ich betreibe eine ökologische Landwirtschaft.«

Sie strich sich eine unordentliche dunkle Haarsträhne hinter das Ohr. »Kann man davon leben?«

»Das ist eine Definitionsfrage. Aber doch, ich bin Selbstversorger und schlage mich durch, indem ich einen Teil von dem verkaufe, was ich anbaue und was ich verarbeite.« Im Herbst verkaufte er Gemüse, Raps und verschiedene Feldfrüchte direkt an die Endkunden, außerdem bot er Blumen und Tomaten zum Selberpflücken an. Er produzierte eigenen Käse und Öl, experimentierte mit verschiedenen Rezepten für Glögg, Honig und anderes. Er kam zurecht. Vor allem weil er pfleglich mit seinen Maschinen umging, die Kosten niedrig hielt und ständig an der Weiterentwicklung seines Betriebs arbeitete.

»Dann bist du also Bauer?«

»Ja.«

Sie lächelte. »Nicht, dass ich wüsste, was Bauern genau machen. Ich bin eine hoffnungslose Stadtpflanze.«

»Echt? Da wäre ich nie drauf gekommen.«

»Natur ist für mich eine Bank im Park. Danke, dass du mich gestern mitgenommen hast. Und entschuldige, falls ich überheblich war.«

»Kein Problem. Ich habe mich ein bisschen um den älteren Mann gekümmert, der hier vorher gewohnt hat.« Eines der Originale der Gegend hatte sich hier im Haus niedergelassen. Da niemand etwas dagegen gehabt hatte, war er geblieben. »Er ist vor mehreren Jahren gestorben.«

»Ist er etwa hier gestorben?«, fragte sie mit bestürzter Miene.

Noch ein Unterschied zwischen Stadtbewohnern und Bauern. Für ihn waren Leben und Tod eng miteinander verflochten, der Tod war oft traurig, manchmal unerträglich, aber immer ein Teil des Lebens.

»Nein, im Krankenhaus. Und er war freundlich, er wird dich nicht heimsuchen. Aber ich habe mich schon gefragt, ob irgendwann der Eigentümer auftauchen würde.«

Thor versuchte einen Schrank zu schließen, der sofort wieder aufging. Er betrachtete die braunen Wände und den fleckigen Fußboden, die staubtrockene Spüle.

»Das Haus ist in schlechtem Zustand.«

»Nicht dein Ernst«, bemerkte sie trocken.

Sie schwiegen. Stella sah aus dem schmutzigen Fenster. »Dieses Haus ist alles, was ich besitze.«

Sie dachten über ihre Worte nach.

Nessie bellte draußen.

»Ich muss gehen«, sagte Thor widerstrebend.

Ihm fiel auf, dass sie von dem mitgebrachten Essen kaum etwas gegessen hatte. Und dass sie ihr Glas fest umklammerte, als ob sie sich aufrecht halten wollte, indem sie alle Muskeln anspannte.

»Ich erwarte heute Helfer. Auf dem Hof ist gerade viel zu tun, die Frühjahrsbestellung.« Er hörte selbst, dass er fast schon schwafelte, was ihm sonst gar nicht ähnlich sah. Aber er fühlte sich unsicher. Er wollte keine Verantwortung für Stella übernehmen, wusste, dass das nun wirklich nicht seine Aufgabe war, und trotzdem …

»Ich verstehe«, sagte sie und machte einen verlorenen Eindruck.

Thor kämpfte mit sich. »Warum trinkst du keinen Kaffee?«

»Ich bin Teetrinkerin.« Sie nahm einen zerknautschten Teebeutel vom Tresen. »Ich wollte mir Tee machen.«

»Bei mir zu Hause gibt es Tee«, sagte er. »Und heißes Wasser. Du darfst gern zum Sonnenblumenhof mitkommen.«

»Heißt dein Hof so?«

»Ja.« So hatten sie ihn genannt, damals, als die Sonnenblumen blühten und sie noch jung waren. Und gesund.

Stella blickte sich in der Küche um. »Hat mein Haus auch einen Namen?«

»Bruchbude?«

Sie lächelte. »Das ist komisch, weil es stimmt.«

»Du kannst bei mir duschen. Tee trinken. Auf die Toilette gehen.« Etwas essen, dachte er. Sie hatte den halben Apfel und ein paar Scheiben Käse gegessen, aber sie brauchte etwas Gehaltvolleres, wenn sie hier zurechtkommen wollte.

Stella schien zu zögern. Er machte einen Schritt auf sie zu. Sie blinzelte. Er hob die Hand und hätte sie beinahe auf ihren Arm gelegt. Es schien, als ob die ganze Luft aus dem Haus gesaugt worden wäre und jemand die Heizung aufgedreht hätte. Sie starrten einander an. Er ließ seine Hand verlegen sinken und trat einen Schritt zurück.

»Meine Kinder sind auf dem Hof, vielleicht auch noch andere Leute, es ist immer jemand da.«

»Du hast Kinder?« Sie legte den Kopf schief, und er konnte sehen, wie es in ihr arbeitete.

»Zwei.«

»Hm.«

»Es gibt eine separate Dusche. Jede Menge heißes Wasser und große Handtücher. Seife.«

Er begriff selbst nicht, warum er versuchte, sie zu überreden. Er wollte, dass sie mitkam, und wollte es gleichzeitig auch nicht. Er wollte es, weil sie hübsch und lustig war und er sich ein wenig für sie verantwortlich fühlte. Und aus genau denselben Gründen wollte er es auch wieder nicht. Er konnte nicht noch mehr Verantwortung gebrauchen. Nicht einmal für hübsche und lustige Frauen. Besonders nicht für die. Und dann diese seltsame Spannung zwischen ihnen – spürte sie die auch?

Draußen ließ Nessie ein ungeduldiges Bellen hören.

Stella verzog das Gesicht. »Ich mag keine Hunde.«

»Verstehe. Du magst weder das Landleben noch Kaffee oder Hunde.«

Oder Kinder, dachte er, denn sie hatte nicht besonders begeistert ausgesehen, als sie hörte, dass er Kinder hatte. Dabei hatte sie sie noch nicht einmal kennengelernt.

Thor sah, dass sie schwankte. Und er verstand sie. Es war halt nicht jeder für das Landleben gemacht. Vor allem keine Stockholmer mit glänzenden Nägeln und duftender Haut.

»Hast du ein Ladekabel hierfür?« Stella hielt ein goldenes iPhone hoch.

»Klar.« Thor holte zum Todesstoß aus. »Und ich habe massenweise Internet auf dem Hof.«

»Wusstest du, dass es hier praktisch keinen Empfang gibt?«

Er nickte.

»Ich kann ja kurz mitkommen«, sagte sie.

»Hat das Internet den Ausschlag gegeben?«

Sie nieste. »Internet, Toilette, Tee«, sagte sie und wischte sich die Nase mit dem Zeigefinger ab. »In dieser Reihenfolge. Du hast doch eine richtige Toilette? Wenn du ein Plumpsklo hast, fange ich vielleicht an zu weinen. Nicht, dass ich wüsste, was ein Plumpsklo ist, aber es klingt schrecklich.«

Seine Mundwinkel zuckten. Fast wünschte er sich, dass er das alte Plumpsklo noch hätte, aber er hatte es abgerissen, um Platz für ein Gewächshaus zu schaffen.

»Nein, ich habe ganz gewöhnliche, ehrenwerte Toiletten mit Wasserspülung. Drei Stück sogar, und die funktionieren ganz ausgezeichnet.«

Er atmete mit einem langen Seufzer der Erleichterung aus. Eine verwöhnte Großstadtfrau, die das Leben auf dem Land hasste – wirklich eine super Idee, sie mit auf seinen Hof zu nehmen, in das gelinde gesagt rustikale Chaos, das dort herrschte. Was konnte da schon schiefgehen?

Doch aus irgendeinem Grund war Thor ziemlich guter Laune, als er eine Weile später mit der Großstadtfrau Stella zu seinem Hof hinüberging.

Die Hunde sprangen um sie herum, die Sonne schien, und die Vögel zwitscherten. Er nahm an, dass sie nicht lange hierbleiben würde, weshalb er sich über ihre mögliche und irrationale Anziehungskraft auf ihn keine Sorgen zu machen brauchte.

~ 5 ~

Stella war immer davon ausgegangen, dass sie in einer Beziehungskrise Würde bewahren würde. Mit kühlem Kopf und ganz gechillt. Vor allem aber hatte sie wohl nicht erwartet, betrogen zu werden, überlegte sie, während sie hinter Thor her durch das Gras lief. Sie wich einem Kuhfladen aus, sank im Gras ein, stolperte und fand ihre Balance wieder. Sie schlug nach einem Insekt. Die Natur war nass, schmutzig und unzuverlässig, falls jemand ihre Meinung hören wollte. Sie sah Thors breiten Rücken an.

Erstaunlich, dass er gekommen war. Sie wollte gerade zu flennen anfangen, als er anklopfte. Kein bisschen würdevoll.

Der kleine, dicke Hund, Pumba, hopste durch das Gras, jagte Schmetterlinge, kaute auf Löwenzahn herum und attackierte mit der gleichen Begeisterung Stöckchen. Er hatte an ihren Schuhen geschnüffelt, ihre Handtasche angebellt und war dann weggerannt. Hin und wieder wandte er sich jedoch um und sah sie mit sehnsuchtsvollen Hundeaugen an, als ob er hoffte, dass sie aufhörte, langweilig zu sein, und sich stattdessen am Spiel beteiligte.

Die geschmeidige schwarz-weiße Hündin, Nessie, umkreiste sie alle in großem Bogen. Ab und zu legte sie sich hin, lauerte und sprang wieder auf, konzentriert und still.

»Was macht sie da?«, rief Stella Thors Rücken zu.

Er blieb stehen und folgte ihrem Blick.

Wie er da so vor der prachtvollen Landschaft stand und die Sonne mit seinem dunkelbraunen Haar spielte, sah er gar nicht so übel aus, stellte Stella fest. Das überraschte sie, aber es war, als ob sie ihn plötzlich sah, wirklich sah. Und er schien durch und durch solide zu sein. Gewissermaßen stabil und unerschütterlich, wie die uralten Bäume und riesigen Felsblöcke, an denen sie vorbeigingen.

»Sie ist ein Hütehund. Nessie, komm«, rief er, und der Hund kam sofort. Stella streckte zaghaft die Hand aus. Nessie schnüffelte daran und ließ sich über den Kopf streichen. Ihr Fell war seidenweich.

»Sie hat freundliche Augen«, sagte Stella. Der schwarz-weiße Hund ähnelte so gar nicht den nervösen, angeleinten und unaufhörlich pinkelnd ihr Revier markierenden Stadthunden, die sie bisher kannte.

Nessie schaute auf und warf Thor einen fragenden Blick zu. Als er nickte, lief sie wieder los.

»Sie hört ja richtig gut«, sagte Stella. Zwischen dem Hund und Thor gab es ein Band, das war offensichtlich. Es gefiel ihr.

»Ich habe sie schon als Welpen trainiert.« Er schaute Pumba an, der die Schnauze tief in den Boden gebohrt hatte und das stramme Hinterteil in die Luft streckte. »Der da ist allerdings ein hoffnungsloser Fall.«

Stella lachte. »Er ist aber auch süß.«

Sie sah zu, wie Thor sich hinunterbeugte und dem Welpen etwas aus der Schnauze zog. Mit seinem ausgewaschenen T-Shirt, den derben Stiefeln und verstärkten Arbeitshosen ähnelte er kein bisschen den symmetrisch trainierten und modebewussten Stadtmännern, die sie sonst kannte. Er strahlte eine herbe maskuline Energie aus, die ihr völlig neu war. Etwas, das mit Draußen und Kompetenz und Überleben zu tun hatte. Und worauf offenbar etwas in ihr reagierte, das …

»Da wären wir«, sagte Thor plötzlich und stoppte so abrupt, dass Stella, die ganz in Gedanken versunken war, fast mit ihm zusammengestoßen wäre. Sie hob den Blick und blieb stehen, ein wenig außer Atem, aber vor allem ungläubig. Sie wusste zwar nicht, wie sie sich Thors Hof vorgestellt hatte, aber das hier …

»Wow. Und hier wohnst du?«, hauchte sie. Es war ein großes weißes Steinhaus mit leuchtend grünen Fensterrahmen und mehreren kleineren Nebengebäuden. Grüne, wogende Hügel im Hintergrund und überall blühende Obstbäume und üppige Büsche. Weiße und hellrosa Narzissen und Tulpen in allen Farben in verschwenderischen Beeten. Es war ein grünes Paradies. Als sie den Hof betraten, wurden sie von Hühnern in unterschiedlichsten Farben empfangen, braunen, grauen, gesprenkelten und einem großen schwarzen Huhn mit befiederten Füßen. Die Hühner gackerten und scharrten und pickten in den Blumenbeeten.

Eine glänzend schwarze Katze lag ausgestreckt auf der Treppe und sonnte sich. Nessie verjagte sie sofort.

»Haus und Hof sind Nessies Revier«, erklärte Thor. »Hier dürfen sich keine Katzen blicken lassen.«

»Hast du noch mehr Katzen?«

»Drei. Da tobt ein ständiger Kampf um die Vorherrschaft.«

Sie stiegen eine breite, stabile Steintreppe hinauf und betraten eine unordentliche, aber helle und freundliche Diele.

Von drinnen waren Stimmen und Lachen zu hören, die verrieten, dass sie in dem großen Haus nicht allein waren.

»Willst du jetzt gleich Hallo sagen oder nach dem Duschen?«, fragte Thor.

»Danach«, antwortete Stella mit Nachdruck. Sie war es nicht gewöhnt, so schmutzig zu sein, und es gefiel ihr kein bisschen. Entbehrungen waren definitiv nicht ihr Ding.

Thor führte sie zum Badezimmer. Sie kamen an mehreren unordentlichen, aber gemütlichen Zimmern und Nischen vorbei. Sie warf einen Blick ins Badezimmer. Es war einfach eingerichtet, doch es roch sauber, und das war alles, was sie sich wünschte. Thor gab ihr zwei Handtücher, die zwar verschlissen, aber frisch gewaschen waren, und sagte: »Ich bin in der Küche. Lass dir Zeit. Du kannst alle Flaschen und Tuben benutzen. Nur nicht die auf dem Regal, auf dem steht: *Anfassen unter Todesstrafe verboten*. Die gehören meiner Tochter.«

»Alles klar.«

Thor ging, und Stella schloss ab. Sie zog sich aus und drehte den Wasserhahn auf. Sie wusch sich die Haare mit einem Shampoo, das nach Äpfeln duftete, schrubbte sich mit Handseife von Barnängen und duschte sich gründlich ab. Sie, die es liebte, mit Maud in die Sauna zu gehen und im Internet teure Cremes zu shoppen, fand, dass dies die beste Dusche ihres Lebens war. Sie hatte saubere Unterwäsche mitgenommen, trocknete sich ab und genoss das Gefühl, frisch geduscht zu sein. Sie hatte auch zwei weitere Tops aus Stockholm mitgebracht, wusste aber nicht, was sie sich dabei gedacht hatte, denn beide waren aus heller, dünner Seide und so gar nicht für das Landleben gemacht. Aber sie hatte sie selbst entworfen und liebte sie. Sie zog das eine an und faltete das zerknitterte Seidentop und die dünne Kaschmirjacke zusammen, in denen sie sowohl hergefahren war als auch geschlafen hatte und denen eine Wäsche guttun würde. Sie würde sie später lüften. Jetzt war sie jedenfalls sauber. Sie kämmte ihr Haar, so gut es ging, mit den Fingern und vermisste ihre Haarpflegemittel und ihr Glätteisen. Sie hatte daran gedacht, ihre Tagescreme mitzunehmen, und trug sie auf ihr Gesicht auf, cremte Arme und Beine mit ihrer Handlotion ein, die nicht lange reichen würde, und putzte die Zähne mit ihrer Reisezahnbürste und Zahnpasta aus einer großen Familientube. Zum Schluss betrachtete sie sich in dem angestoßenen, beschlagenen Spiegel. Ihr Haar war lockig und nicht zu bändigen und ohne Glätteisen würde es auch so bleiben. Aber es war sauber. Ihr goldbrauner Teint war ungewöhnlich blass und gewissermaßen glanzlos, sie hatte Ringe unter den Augen und kannte definitiv bessere Tage, sowohl äußerlich wie innerlich, aber sie fühlte sich halbwegs präsentabel. Die Goldkette ihrer Mutter lag um ihren Hals, und sie trug ihre goldenen Ohrringe und war schon fast wieder sie selbst.

Nachdem sie das Badezimmer wieder in Ordnung gebracht und die Tür geöffnet hatte, hörte sie neben Thors tiefer auch einige helle, jugendliche Stimmen. Sie folgte dem Geräusch zu einer großen, farbenfrohen Küche, die ihren Eindruck von Thors Haus als unordentlich, einladend und gemütlich noch bestätigte.

Thor erblickte sie.

»Da kommt unser Gast. Stella, ich habe Tee gekocht«, sagte er und hielt eine gepunktete Teekanne in die Höhe. »Eine ganze Kanne für dich allein. Ich hoffe, du magst Earl Grey, wir haben nichts anderes.«

»Wunderbar«, sagte sie begeistert. Tee, sie bekam Tee. Ihre Stimmung stieg um ungefähr einhundert Prozent.

»Das ist meine Tochter Juni«, sagte Thor und nickte in Richtung eines jungen Mädchens mit blauschwarzem Haar und mürrischem Gesicht.

»Hallo«, sagte Stella.

Das Mädchen antwortete nicht, sondern machte nur eine Bewegung mit dem Kinn, die im Prinzip alles bedeuten konnte. Übellauniger Teenager – check. Thor wich dem kleinen Hund aus, der ihnen kläffend um die Beine wuselte. Er zeigte auf die Tür.

»Pumba, raus.« Beim Klang der strengen Stimme ließ der Welpe die Ohren hängen, aber er gehorchte. Er setzte sich mit den Vorderpfoten auf die Türschwelle und schaute sie sehnsüchtig an.

»Und das ist mein Sohn Frans.«

Thor zeigte auf einen hochgewachsenen, schlaksigen Jungen, der blau-weiße Teller auf den Tisch stellte.

»Hallo«, sagte Stella.

»Hi«, sagte Frans. Er blies sich die Haare aus der Stirn, die ihm sofort wieder ins Gesicht fielen.

Es kam so unerwartet, dass Thor Kinder hatte. Er trug keinen Ring, und Stella konnte keine Hinweise auf eine Ehefrau entdecken, genau genommen überhaupt nichts Feminines. Und Thor war sicher kaum älter als sie selbst. Merkwürdig, dass er schon halb erwachsene Kinder hatte.

»Ich bin dreizehn«, sagte Frans. Er hatte noch kindlich sanfte Augen und runde Wangen, zeigte aber auch erste Anzeichen der beginnenden Pubertät. Sein Adamsapfel trat hervor, und er hatte ein wenig Flaum auf der Oberlippe. Er hatte lange, schlaksige Arme und auf seinem Pulli stand der Name einer Band, von der Stella noch nie gehört hatte. Eine Hardrockband, vermutete sie. Falls man überhaupt noch Hardrock sagte.

»Juni ist sechzehn. Ich sage das nur, weil ältere Leute immer wissen wollen, wie alt wir sind. Ich gehe in die sechste Klasse, Juni in die neunte. Und ja, ich bin groß für mein Alter.«

»Okay«, sagte Stella und versuchte damit zurechtzukommen, dass sie in Frans' Augen offenbar alt war. Doch natürlich war sie das. Für einen Dreizehnjährigen war eine achtundzwanzigjährige Frau uralt. Stella wollte gern etwas Schlaues sagen, aber ihr fiel überhaupt nichts ein. Wie redete man mit Teenagern? Sie hatte keine Ahnung von Computerspielen, dem Einzigen, von dem sie sicher war, dass Kinder sich dafür interessierten, und sie hörte nicht gern Hardrock, und mehr fiel ihr nicht ein. Lasen Kinder Bücher? Trieben sie Sport? Aus ihrer eigenen Kindheit erinnerte sie sich, dass sie es gehasst hatte, wenn Erwachsene sich nach der Schule und ihren Zukunftsplänen erkundigt hatten, also schnitt sie diese Themen gar nicht an.

Pumba hatte sich wieder in die Küche geschlichen und bettelte um Futter und Streicheleinheiten. Er stellte sich auf die Hinterbeine, versuchte seinen Kopf auf Junis Schoß zu legen und wedelte so heftig mit dem Schwanz, dass sein ganzer runder Körper wackelte. Juni streichelte seinen Kopf, und er winselte selig.

Als Juni mit dem Welpen spielte, veränderte sich ihre Miene. Von bösem Emo zu weniger bösem Emo. Oder sagte man überhaupt noch Emo, überlegte Stella. Sie hatte wirklich gar keine Ahnung von Teenagern.

»Was riecht denn hier so gut?«, fragte sie stattdessen und schnupperte. Es roch nach frischem Gebäck und Geborgenheit.

»Scones«, sagte Thor.

Er öffnete die Ofenklappe, nahm ein Blech heraus und legte die frisch gebackenen Scones in einen Korb, den er auf den Tisch stellte. Er hatte also gebacken, während sie in der Dusche war.

»Setz dich hin, wo du willst«, sagte er, und Stella setzte sich auf einen der ungleichen Stühle, die um den Tisch herumstanden, den Kindern gegenüber. Der Tisch war rustikal und sah aus wie selbst gebaut, als ob jemand unterschiedliche Bretter zusammengenagelt hätte. Auch die Stühle waren unterschiedlich, und das Geschirr unterschied sich in Farbe, Form und Größe.

Frans reichte ihr den Korb mit den Scones. Sie strich Butter und Marmelade auf eins der warmen Gebäckstücke und nahm einen großen Bissen. Dann trank sie von ihrem Tee. Er war stark, siedend heiß, und sie stöhnte genüsslich, als er ihren Magen und Kreislauf erreichte.

Juni trank Kaffee aus einer zarten, altmodischen Tasse. Sie trug einen dünnen schwarzen Strickpullover, den Stella mit geübtem Auge als französische oder möglicherweise italienische Vintage identifizierte. Er sah einfach aus, doch Stella, die für Design lebte, für ihr Leben gern nähte und sich immer die Kleidung anderer genau ansah, erkannte das handwerkliche Geschick in den Details. Man konnte sehen, dass der Pulli von guter Qualität war, obwohl er für Juni mindestens zwei Größen zu groß war.

»Was für ein schöner Pullover«, sagte sie.

Juni warf ihr einen misstrauischen Blick zu. »Er ist schwarz«, sagte sie und zuckte mit den Schultern.

»Er ist hübsch. Wo hast du ihn her?« Gab es solche Stücke in Laholm? Ihre natürliche Neugier auf gut gemachte Kleidung war geweckt.

»Ich habe ihn secondhand gekauft. In Laholm.«

Juni trank ihren Kaffee und konzentrierte sich auf ihren Scone. Die ganze sechzehnjährige Person sendete die Botschaft aus, dass sie keinerlei Interesse an diesem Gespräch hatte.

»Wunderschön«, sagte Stella. Sie sollte sich den Laden einmal ansehen, vielleicht konnte sie dort ein Schnäppchen machen, dachte sie, und ihr Puls ging schneller. Sie mochte secondhand, aber Peder fand alte Kleidungsstücke eklig. Das half. Sich an Negatives an ihm zu erinnern. Das fiel ihr im Augenblick auch nicht besonders schwer. Seine guten Seiten waren von dem, was er getan hatte, ziemlich beschmutzt worden.

»Übrigens, hat einer von euch ein Ladekabel?« Sie hielt ihr Telefon hoch.

»Frans, du hast doch sicher ein Kabel dafür?«, sagte Thor.

Der Junge nickte, und kurz darauf konnte Stella beobachten, wie ihr Telefon dank eines Kabels in einer schwarzen Bakelit-Steckdose wieder zum Leben erwachte. Während sie wartete, nippte sie an ihrem Tee. Sie hatte acht Nachrichten von Maud, die sich erkundigte, ob sie noch lebte. Stella antwortete schnell, dass es ihr gut gehe und sie später anrufen würde. Keine Nachricht von Peder, was eigentlich angenehm war. Sie ließ das Telefon weiter aufladen und ging zum Tisch zurück.

»Was hat dich eigentlich hierher verschlagen?«, fragte Frans, als Stella sich wieder hingesetzt hatte. Nicht so direkt, dass es unhöflich gewesen wäre, aber trotzdem. Die Kinder waren nicht gerade hocherfreut, sie hier zu haben, das merkte sie.

Sie wechselte einen Blick mit Thor. Er trank seinen Kaffee schwarz und aß seine Scones mit schnellen, effektiven Bewegungen.

Stellas Blick blieb an seinen Händen hängen. Sie waren groß und mit schwarzen Haaren auf dem Handrücken, sonnengebräunt mit kurzen Nägeln und hier und da kleinen hellen Narben. Die Hände eines hart arbeitenden Mannes.

Mein Freund hat mich abserviert, ich bin obdachlos, arbeitslos, ein bisschen verrückt und habe den Boden unter den Füßen verloren, wäre wohl die wahrheitsgemäße Antwort auf Frans' Frage gewesen, aber Stella beschränkte sich auf: »Ich wollte mein Haus sehen. Seit ich klein war, bin ich nicht mehr hier gewesen.«

Damals hatte sie beschlossen, das Land zu hassen, wie sie sich plötzlich erinnerte. Darüber hatte sie bisher gar nicht nachgedacht, sondern einfach akzeptiert, dass sie eine Frau war, die Großstädte mochte.

Aber jetzt erinnerte sie sich daran, wie sie das letzte Mal in Laholm und in der Kate gewesen war. Sie war vielleicht neun oder zehn Jahre alt gewesen, es war jener Sommer mit knirschendem Kies unter den Fußsohlen und roten Pelargonien. Eines Abends hatte ihre Mutter sich mit Oma und Opa gestritten, als sie dachten, dass Stella schlief. Die lauten, verärgerten Stimmen hatten sie erschreckt. Stella hatte sich die Decke über den Kopf gezogen und gehört, wie sie sich über Papa stritten. Immer dieser Streit über Papa. Ihr ganzes Leben hatte Stella sich gefragt, wer er war. Das Einzige, was sie wusste, war, dass er aus Indien kam, mehr nicht. Also nichts. Als sie klein war, hatte sie natürlich danach gefragt. Immer wieder. Wieso sie keinen Vater hatte. Warum sie so einen dunklen Teint hatte und ihre Mutter einen hellen. Warum sie so einen merkwürdigen zweiten Vornamen hatte. Ob er noch lebte. Aber sie lernte schnell, dass ihre Mutter entweder böse oder traurig wurde, wenn sie fragte. Über ihren Vater zu sprechen war tabu. Stella gab es auf und gewöhnte sich daran. Sie hatte wohl gedacht, dass sie darüber sprechen würden, wenn sie größer wäre, reifer. Vielleicht hatte ihre Mutter auch wirklich vorgehabt, Stella irgendwann davon zu erzählen. Schließlich plante niemand, im Alter von neunundfünfzig Jahren von einem Tag auf den anderen zu sterben und seine einzige Tochter ohne Mutter und auch nur einen einzigen Hinweis darauf zu hinterlassen, wer ihr Vater war. Doch das hatte Ingrid Wallin getan, und jetzt würde Stella es nie erfahren. Falls keine bisher verborgene Information hier in Laholm aus dem Nichts auftauchte.

Sie hatte ihre Mutter damals auf dem Heimweg im Auto danach gefragt.

»Hör auf, Stella, es hat keinen Sinn«, hatte ihre Mutter mit ihrer kühlsten Stimme gesagt. »Vergiss es einfach. Die Leute auf dem Land sind Idioten. Oma und Opa sind beschränkt und verstehen das nicht. Es ist das Beste, wenn wir nicht mehr herkommen.« Und so wurde es gemacht. Ihre Mutter war so. Wenn jemand sich nicht so verhielt, wie sie es wollte, brach sie den Kontakt ab. Sie wurde böse und war gekränkt, als Stella sich nicht fügen wollte.

Dieses Ereignis hatte Stella völlig vergessen. Erinnerungen waren etwas Seltsames. Manchmal poppten sie auf und gaben Informationen frei, die man verdrängt hatte. Wie zum Beispiel, warum man das Land hasste. Oder dass ihre Mutter wegen ihres Vaters mit den Großeltern gebrochen hatte.

»Wie lange ist das her?«, fragte Frans höflich, den Mund voller Scones, Marmelade und Butter.

Es dauerte etwas, bis ihr einfiel, worüber sie gesprochen hatten.

»Sehr lange, noch bevor ihr geboren wart.« Aber Thor musste es ja schon gegeben haben, fiel ihr ein.

»Und wie lange bleibst du?«, fragte Juni unter ihrem geraden schwarzen Pony. Pumba war auf ihren Schoß geklettert und schnarchte laut. Junis Tonfall war nicht besonders freundlich, aber die Frage war berechtigt. Die vergangene Nacht war, ehrlich gesagt, furchtbar gewesen. Bei jedem kleinsten Geräusch war sie hochgeschreckt. Die Küchenbank war steinhart, sie hatte gefroren und alles, wirklich alles im Haus musste dringend gescheuert, geschrubbt und desinfiziert werden.

Aber trotzdem.

Stella fingerte an ihrem Becher herum. Er war hübsch, mit kleinen Blumen und Schmetterlingen, hier und da hatte er kleine Sprünge und war vermutlich auf dem Flohmarkt keine einzige Krone wert, aber er passte hierher. Bei Tageslicht kam ihr das Landleben gar nicht mehr so schrecklich vor. Sie war immerhin frisch geduscht und bekam frisches Gebäck und jede Menge Tee. Sie warf einen Seitenblick auf Thor. Doch, das Land hatte durchaus auch seine Vorteile. Und es gab einen Grund, warum sie hier war.

»Eine Weile«, antwortete sie auf Junis Frage. Sie war einem Plan gefolgt, als sie herkam, und noch war sie nicht bereit, ihn aufzugeben.

Sie rührte in ihrem Becher.

In Stockholm wartete nichts auf sie, und in zehn Tagen würde sie den lebensentscheidenden Bescheid erhalten.

Sie streckte sich nach dem Brotkorb.

»Willst du denn in der Hütte wohnen?«, fragte Thor.

Sie hob den Kopf. »Ja.«

Schon vor ihr hatten Menschen dort gewohnt. Ihre Großeltern hatten ihr ganzes Leben dort verbracht, also würde sie wohl einige Tage und Nächte aushalten. Sie war eine toughe Frau, war seit ihrem neunzehnten Lebensjahr allein zurechtgekommen, hatte seit ihrem vierzehnten Lebensjahr eigenes Geld verdient. Sie war hartnäckig. Und kreativ.

»Ja, das ist der Plan«, wiederholte sie. Vielleicht tat es ihr ja sogar gut. Sie konnte versuchen, in der Hütte ein wenig klar Schiff zu machen, vielleicht auch im Garten. Es war mindestens bis neun Uhr abends hell. Körperliche Arbeit war genau das, was sie brauchte. Eine Ablenkung, während sie auf den Bescheid aus New York wartete.

Sie begegnete Thors Blick. Darin glomm etwas, etwas Ungezähmtes und Spannendes. Er mochte zwar Bauer und Vater von Teenagern sein, aber er hatte eine große Anziehungskraft auf sie. Das war natürlich rein körperlich. Vielleicht eine Kombination aus Pheromonen, Landluft und Schlafmangel. Oder sie war tatsächlich durchgeknallt. So etwas konnte passieren. Dass man verrückt wurde. In die Boutique war einmal eine Frau gekommen, in die Umkleidekabine gegangen und hatte angefangen zu brüllen, von Einwanderern, Gruppenvergewaltigungen und Pfefferspray zu faseln. Sie musste schließlich von Polizei und Notarzt abgeholt werden, weil sie sich nicht beruhigen wollte. Stella fragte sich, wie es ihr ergangen war. Jedenfalls war sie nie wieder im Laden aufgetaucht.

»Mal sehen, ob es geht«, sagte sie und legte den Kopf auf die Seite. Vielleicht, eventuell, möglicherweise versuchte sie zu flirten. Es gefiel ihr, dass Thor männlich war, ohne deswegen ein nerviger Macho zu sein. Ein Mann, der mit sich und seinem Leben im Reinen zu sein schien, war attraktiv.

»Noch Tee?«, fragte er und hob die Kanne. Dabei sah er ihr ruhig in die Augen, und Stella spürte ein Ziehen im Bauch. Flirtete er etwa zurück? Interessant.

»Gern«, antwortete sie und hätte beinahe gelächelt. Dann sah sie Junis Gesichtsausdruck. Sie riss sich zusammen. Mit einem Mann zu flirten, war okay, aber noch weiter zu gehen, wenn er Kinder hatte? Teenager. No way, das wäre unklug. Und es war höchste Zeit, dass sie klug wurde.

~ 6 ~

Als Stella am späten Nachmittag ihre Haustür öffnete, stand Thor davor und sah aus, als hätte er sich auf ihrer Treppe als Werbung für das Leben in der Natur und für harte körperliche Arbeit materialisiert.

»Noch mal Hallo«, sagte er.

Stella trocknete sich den Schweiß von der Stirn. Ihr war heiß und sie war überzeugt, von oben bis unten schmutzig zu sein. In empfindlichen Seidenklamotten zu putzen, war alles andere als optimal.

»Hi.« Aus irgendeinem Grund war sie kein bisschen erstaunt, dass er gekommen war.

»Ich wollte nur mal schauen, wie es läuft«, sagte er und betrachtete sie prüfend mit seinem intensiven Blick. Er lächelte zwar nicht, aber seine Augen unter den markanten schwarzen Brauen funkelten. Sie waren dunkelblau, wie das unendliche Weltall oder wie ein richtig edler Seidenstoff. Stella hatte die Arbeit mit Seide schon immer geliebt, und Nachtblau war eine ihrer Lieblingsfarben. Die Farbe vermittelte eine dramatischere Spannung als Schwarz.

»Es läuft.«

Irgendetwas war da zwischen ihnen. Stella spürte es auf der Haut, wie eine schwache Unterströmung, ein Rauschen und Brodeln. Es war ein angenehmes Gefühl, wie wenn man zu schnell Auto fuhr oder mit dem Fahrrad einen steilen Abhang hinuntersauste. Schwindelerregend und spannend und gefährlich, wenn man nicht aufpasste. Thor war Vater zweier Kinder. Bauer. Sie war eine Frau, die vierundzwanzig Stunden nachdem sie Stockholm den Rücken gekehrt hatte, schon das Gedränge, die Take-aways und den Luxus vermisste.

»Was machst du?«, fragte er.

»Ich putze«, antwortete sie, um zu erklären, warum sie über und über mit Schmutz bedeckt war. Sie putzte und suchte. Sie hatte irgendwie gehofft, dass sie hier Hinweise auf ihre Herkunft fände, dass es zumindest irgendetwas von ihrer Mutter oder ihrem Vater gäbe, einen Brief, ein Foto, ein vergessenes Andenken. Aber nope, nix, nada. Fehlanzeige.

»Ohne Wasser?«

»Vor allem gefegt«, gab sie zu. Sie hatte einen Besen und einen Staubwedel gefunden und losgelegt. »Aber es war noch ein bisschen Wasser übrig, das ich von dir hatte, und das habe ich benutzt.« Sie hatte alles sogar ziemlich sauber bekommen, fand sie. Sie hatte Schränke und Fenster geöffnet, gelüftet und Staub, tote Insekten, Spinnenweben, diverse Hinterlassenschaften von Tieren und kleine Nester unbekannter Herkunft nach draußen befördert. Das hatte sie schon immer gut gekonnt – Dinge anpacken, ordnen und strukturieren.

Thors Blick blieb an ihrer Stirn und Nasenspitze hängen.

Verlegen fuhr sie sich mit dem Handrücken über das Gesicht.

Wie ein Zauberer zog er ein sauberes Stofftaschentuch aus der Hosentasche und reichte es ihr, damit sie sich damit abputzte.

»Deswegen bin ich hier«, sagte er. »Ich dachte, ich könnte mal nach deiner Pumpe schauen.«

Ihre Mundwinkel kräuselten sich. »Das klingt wie der Anfang eines schlechten Sexfilms.« Sie gab ihm das Taschentuch wieder.

»Behalt es«, sagte er und lehnte sich mit der Schulter an den Türpfosten. »Wie würde der Anfang eines guten Sexfilms deiner Ansicht nach lauten?«

Stella lachte. Obwohl Thor meistens ernst war, konnte er offenbar flirten. Und er hatte so schöne Augenwinkel mit sonnengebräunten Lachfalten. Sie fand es angenehm, dass er nicht in jedem zweiten Satz Knausgård und von Trier erwähnte und dass er bisher noch keinen jener

Promis zitiert hatte, die behaupteten, Frauen zu lieben, aber in Wahrheit nur süße Mädchen mochten, die an ihren Lippen hingen. Sie atmete aus und ließ die negativen Gedanken hinter sich.

»Ich habe das ernst gemeint«, sagte Thor.

»Das mit dem Sexfilm?«

Seine Mundwinkel zuckten. »Das mit der Pumpe.«

»Ich dachte nicht, dass man da etwas machen könnte«, sagte sie.

Aber natürlich konnte man. Und natürlich wusste ein Mann wie Thor auch, wie.

Er hielt eine Papiertüte hoch. »Außerdem habe ich dir ein paar Sachen mitgebracht.«

Stella musterte die Tüte. »Definiere Sachen«, sagte sie, während sie ihm bedeutete, ins Haus zu kommen. Er ging dicht an ihr vorbei durch die enge, niedrige Türöffnung, duckte sich und brachte einen Duft von Natur, Wind und noch etwas anderem, Ungezähmtem, mit in ihr Haus und in ihre Küche.

»Das ist ja wirklich sauber geworden«, sagte er und stellte die Tüte auf der Spüle ab.

»Danke.«

Stadtfrauen konnten, wenn sie wollten.

Thor holte eine robuste Sturmlaterne und eine Schachtel extralanger Streichhölzer aus der Tüte.

»Licht für abends, besser als Teelichter, auf die ist kein Verlass. Sei vorsichtig damit. Die Hütte steht schon seit hundertfünfzig Jahren, es wäre schade, sie abzufackeln.«

»Sehr schade.«

Sie musterten die Bruchbude.

»Und dann habe ich noch Tee mitgebracht«, sagte er und hielt eine Thermoskanne hoch. »Und das hier.« Er entrollte etwas, das sich als Wolldecke in gedämpften warmen Farben entpuppte. »Nachts wird es kalt«, sagte er und wirkte betreten, als ob zwischen Sturmlaternen und Decken eine Grenze verliefe, als ob er zu privat geworden wäre.

Sie umarmte die Decke, die nach Wolle und Blumen duftete und ganz weich war. Die Nacht in der Hütte war wirklich erstaunlich kalt gewesen. Sie dachte sehnsüchtig an ihre Daunendecken in Stockholm, an die grobe, aber angenehme Leinenbettwäsche, und ihr stiegen Tränen in die Augen, als sie an die Merinodecke dachte, die sie für Peder gekauft hatte, aber selbst benutzte. Sie vermisste ihr Zuhause.

»Stella?«

»Entschuldige. Danke, das ist wunderbar.«

Mit einer Handbewegung, die zu sagen schien, das sei doch selbstverständlich, packte er weiter aus. »Ich habe ein bisschen Proviant eingepackt, der nicht in den Kühlschrank muss. Obst, Käse, Brot. Zimtschnecken.«

»Zimtschnecken und Tee. Das ist pures Glück«, sagte sie mit Überzeugung.

»Und das hier.« Er hielt eine Powerbank hoch. »Aufgeladen.«

»Jetzt fange ich gleich an zu weinen«, sagte sie und nahm die Powerbank ehrfürchtig entgegen. »Etwas zu essen und ein Akku. Das ist ja besser als Weihrauch und Gold.«

»Ich wollte schon immer wissen, was Weihrauch ist.«

»Da fragst du die Falsche. Aber das Wort klingt suspekt, also ist es sicher etwas, das vom Land kommt.«

Sie hatte ganz oben auf einem Regal einen größeren Teller entdeckt. Wie alles andere auch hatte er einen Sprung und war an den Rändern abgestoßen, aber trotzdem hübsch mit kleinen Rosenknospen, was ihre Künstlerseele ansprach, also legte sie die Zimtschnecken darauf. Sie bewunderte den hübschen Teller. Provinziell, hätte ihre Mutter geschnaubt. Mama hatte alles Provinzielle verabscheut. Stella stellte sich vor, wie ihre Mutter da oben im Himmel alles organisierte und allen, die ihren Anforderungen nicht entsprachen, mit Strenge und Hohn begegnete. Dass sie die Engel für naiv und uninteressant hielt. Entschlossen stellte Stella den Teller auf den Tisch. Wenn es ihr passte, würde sie provinzielle Dinge mögen. Sie war viel zu alt, um sich noch darüber Gedanken zu machen, was ihre Mutter mochte oder nicht. Auf das, was andere schön fanden, herabzusehen und es schlechtzumachen – war das nicht eigentlich ziemlich abscheulich?

»Wollen wir rausgehen und nachschauen?«, schlug Thor vor.

Sie fanden die grüne Pumpe.

»Ich bin schon öfter hier gewesen. Die Anlage ist stabil, aber sie muss gewartet werden. Ich habe dem alten Mann geholfen, der früher hier wohnte, und mich auch später noch darum gekümmert.« Er sah ein bisschen verlegen aus, als ob er angegeben und sich aufgespielt hätte.

»Das war sehr nett von dir«, sagte sie. »Was machen wir nun?«

Thor zog das karierte Flanellhemd aus und legte es ins Gras. Stella betrachtete ihn verstohlen. Er hatte ein eng anliegendes T-Shirt darunter, das seinen Körper wunderschön zur Geltung brachte. Sie konnte nicht anders, als ihn genauer anzusehen. Sonnengebräunte Arme, ein muskulöser Hals und dunkles Haar, das im Nacken ein wenig zu lang war. Sie ließ ihren Blick auf Wanderschaft gehen und konnte sich nicht einmal einreden, dass sie es aus einer Art beruflichem Interesse als Schneiderin tat. Er trug eine verschlissene, aber saubere Hose, die exakt auf seinen Hüftknochen hing. Es war eine Arbeitshose mit Reißverschlüssen, Schlaufen und Taschen, und sie war überraschenderweise supersexy. Thor inspizierte die Pumpe.

»Was machst du da?«, fragte sie.

»Ich schaue nur, welche Werkzeuge ich eventuell brauche. Aber es sieht gut aus.«

»Ich sollte das wohl lernen, damit ich es dann auch selbst machen kann«, sagte sie nachdenklich, wenn auch nicht ganz aufrichtig. Sie interessierte sich kein Stück für Pumpen.

»Das ist nicht schwierig.«

»Aber trotzdem. Woher kannst du das?«

»Ich habe vieles lernen müssen, als ich Bauer wurde. Schweißen. Kühe entbinden.«

»Klingt logisch.«

Er zog am Pumpenschwengel, es knirschte und rasselte, und er musste kräftig arbeiten. Stella schaute zu. Und dann kam Wasser. Halleluja.

»Ich schlage vor, dass du das Wasser sicherheitshalber abkochst, bevor du es trinkst. Oder du trinkst das, was du von mir bekommen hast, und benutzt dies hier zum Waschen, Eierkochen, Blumengießen und so. Du kannst die Gemeinde anrufen, wenn du möchtest, dass sie die Wasserqualität überprüfen.«

»Geht klar.«

Als sie wieder im Haus waren, sah Thor sich den Herd an.

»Der Mann, der früher hier gewohnt hat, hat ihn benutzt. Funktioniert er noch?«, fragte er.

»Keine Ahnung.« Der Herd war ein schwarzes, verrußtes Monster, und Stella hatte sich nicht an ihn herangewagt. »Ich habe Angst, ganz Laholm abzufackeln. Das würde sicher nicht zu einem guten Nachbarschaftsklima beitragen. Es ist ein Holzherd, oder?« Sie hatte nur sehr nebulöse Vorstellungen davon, wie Geräte funktionierten, die man nicht an das Stromnetz anschloss. Hätte sie zu früheren Zeiten gelebt, wäre sie wahrscheinlich gestorben, dachte sie. Wahnsinnig deprimierend.

»Ich kann es dir zeigen«, erbot er sich. »Das ist erst ein bisschen umständlich, aber eigentlich ist es ganz einfach.«

»Gern.«

»Zuerst machst du die Ofenklappe ganz auf. Und danach die kleine Rußklappe.«

Thor zeigte es ihr. »Dann tust du alte Zeitungen hinein«, sagte er, wobei er Papier zusammenknüllte und es vorsichtig anzündete. »Warte, bis die Flammen größer werden. Dann legst du zuerst dünne Holzscheite darauf und danach dickere.« Er bewegte sich beherrscht und methodisch, ganz gelassen, und seine Erläuterungen waren tatsächlich ziemlich sinnlich.

»Kein Herd ist wie der andere«, sagte er gedämpft. »Genau wie Menschen.«

Wie gesagt. Sinnlich.

»So ein angenehmes Geräusch«, sagte sie, als das Feuer größer wurde und zu knistern begann. Draußen schien immer noch die Sonne und beim Arbeiten war ihr warm geworden, obwohl es ein kühler Frühlingstag war. Die Wärme des Feuers war weich und angenehm. Jetzt hatte sie eine Kate, Wasser und ihr eigenes Herdfeuer. Jedenfalls solange das Holz reichte. Stella warf einen Blick in den ramponierten Holzkorb. Darin lagen nur noch ein Bogen altes Zeitungspapier und einige Zweige.

Thor folgte ihrem Blick. »Soll ich noch Holz hacken, wo ich schon einmal dabei bin? Draußen liegt gutes, trockenes Holz.«

»Würdest du das machen?«, fragte sie.

Thors Blick ruhte auf ihrem Mund. Verweilte auf ihren Lippen. Stella stand ganz still. Interessant. Ihr Körper war offensichtlich nicht völlig abgestorben, denn diesen Blick spürte sie von den Zehen bis in die Haarspitzen.

Thor wischte sich die Hände an einem Lappen ab und nickte, und Stella wusste nicht einmal mehr, was sie gefragt hatte.

»Dazu müssen wir rausgehen«, sagte er.

Genau. Brennholz.

»Eigentlich ist das ein schöner Garten«, sagte Thor draußen und hob einen trockenen Ast auf.

Stella sah sich um. So weit sie sehen konnte, bestand der Garten überwiegend aus vertrocknetem Gras, Laub und verkümmertem Gemüse. Beim genaueren Hinschauen bemerkte sie allerdings, dass aus einigen Grasbüscheln Blumen hervorsahen. Hellgrüne Stängel und weiße und rosa Blüten, deren Namen sie nicht kannte. Und die riesige Eiche.

Sie zeigte darauf und sagte: »Die gefällt mir.«

»Klar gefällt sie dir. Sie ist ja halb tot.«

»Gar nicht. Sie ist nur ein bisschen in die Jahre gekommen.« Sie streichelte den rauen Stamm. Dieser Baum hatte schon ihre Großeltern und ihre Mutter gesehen. Er musste mehrere Hundert Jahre alt sein.

Sie gingen zu einem Schuppen, den sie bisher nicht einmal bemerkt hatte, weil er fast ganz hinter hohem Gras und Gebüsch verborgen war.

Thor bahnte ihnen einen Weg durch das Unkraut und öffnete eine altersschwache Tür. Drinnen wurden sie von muffigem Geruch, Spinnweben und Staub empfangen.

»Schau mal«, sagte er und hielt eine riesige Axt hoch. »Die muss bestimmt geschliffen werden, aber sie ist noch in Ordnung.« Er fuhr mit dem Daumen über die Schneide.

»Habe ich mir schon gedacht«, sagte Stella, die noch nie im Leben eine Axt in der Hand gehabt und schon gar nicht darüber nachgedacht hatte, wie man eine schliff.

Thor schulterte die Axt, und Stella lächelte.

»Was?«

»Du siehst aus wie ein Holzfällerklischee.«

»Bäume kann ich nicht fällen, aber ein bisschen Brennholz hacken schaffe ich.«

Stella sah ihm dabei zu, wie er Holz auswählte und es auf einem bemoosten Hauklotz in kleinere Stücke schlug. Das sollte sie ebenfalls lernen, dachte sie, als er ein Scheit spaltete. Falls es Äxte gab, die mehr ihrer Körpergröße entsprachen. Diese war ganz einfach zu groß.

Thor legte sich ein Stück Holz bereit, hob die Axt und spaltete es. Und noch eins.

Also.

Sie hatte schon Hässlicheres gesehen.

~ 7 ~

»Du hast also vor, noch eine Weile zu bleiben?«, fragte Thor.

Er lehnte mit der Hüfte an der Spüle. Er hatte alle Holzscheite eingesammelt und sie für Stella ins Haus getragen. Der uralte Holzkorb war bis obenhin voll. Stella trank Tee, und er trank von seinem mitgebrachten Wasser.

Das Holzhacken war schweißtreibend gewesen, aber befriedigend, und jetzt hatte sie jedenfalls genug Holz für die nächsten Tage.

Sie stand am Fenster, und die Nachmittagssonne ließ ihr Haar glänzen, das so schwarz war wie ein Rabenflügel.

»Ja«, antwortete sie und wandte sich ihm zu. »Allerdings weiß ich nicht, ob ich das schaffe.«

»Bisher hast du es geschafft.«

Sie sah skeptisch aus. Er konnte sie verstehen. Kam man aus einer Großstadt und war an alle Annehmlichkeiten gewöhnt, konnte das schon ein Schock sein. Man war einfach anders. Er selbst konnte sich nicht vorstellen, irgendwo anders zu wohnen. Außer den Kindern verliehen auch die Tiere und die Natur seinem Leben einen Sinn. Für ihn war eine Großstadt so etwas wie die Vorhölle. Er sah, wie Stella sich wieder in ihre eigene Gedankenwelt zurückzog, und er wartete ab, während sich wechselnde Gefühle auf ihrem Gesicht widerspiegelten. Sie hatte eine ausdrucksvolle Mimik, die unaufhörlich in Bewegung war.

»Ich bin frisch getrennt«, sagte sie nach einer Weile.

»Bist du deswegen hier? In Laholm?«

»Unter anderem«, sagte Stella. »Ich weiß nicht. Ich bin einfach hier im Nirgendwo gelandet. Zwischen Ungeziefer und Entbehrungen.«

»Meine Kinder mögen dich«, sagte er. Sie hatten sie zumindest nicht direkt abgelehnt, und sie schien es zu brauchen, das zu hören. »Und sie mögen nicht jeden.«

»Sie sind nett«, sagte sie.

»Danke.«

Schweigen machte sich breit.

»Und ihre Mutter?«, fragte sie nach einer Weile vorsichtig. »Oder ist das zu privat? Es ist völlig okay, wenn du nicht darüber reden willst.«

Die Frage war persönlich, vielleicht die persönlichste und privateste Frage von allen. Aber es war kein Geheimnis.

»Ida ist vor sechs Jahren gestorben. Jetzt sind die Kinder und ich allein.«

»Da waren sie ja noch ganz klein«, sagte sie traurig. »Das tut mir wirklich leid. Meine Mutter ist gestorben, als ich 18 war, und das war schon traurig. Aber ich war immerhin erwachsen. Es tut mir so leid. Für sie. Und für dich.«

Viele Menschen gingen sehr unbeholfen damit um. Verstrickten sich in ihren eigenen Gefühlen. Aber sie machte das gut.

»Danke«, sagte er und räusperte sich. Er war beinahe zerbrochen an Idas Tod, und er hatte keine Lust, sich von den Gedanken daran, was einmal gewesen war, herunterziehen zu lassen. Nicht jetzt, wo er sich ausnahmsweise einmal lebendig fühlte.

»Das muss hart sein. Sich um den Hof zu kümmern und alleinerziehend zu sein. Hast du Geschwister? Leben deine Eltern noch?«

»Meine Eltern sind sehr lebendig«, entgegnete er trocken. Vivi und Gunnar Nordström waren immer auf dem Sprung, immer sozial. »Sie sind sehr vital und haben zu allem eine Meinung. Meine Mutter führt die Buchhandlung in Laholm. Mein Vater ist pensioniert. Früher war er Schuldirektor. Er hilft ihr bei der Buchführung und mit den Bürotätigkeiten. Auf dem Hof habe ich Hilfe von Jugendlichen von den Landbauschulen der Gegend. Viele interessieren sich für Bio-Landwirtschaft.«

»Ja, das scheint ein Trend zu sein.«

»Nicht nur ein Trend. Das ist wichtig«, sagte er mit Nachdruck, denn er brannte für das Thema. Ohne Gift auszukommen, zu biologischer Vielfalt beizutragen, die auch zur Rückkehr seltener Pflanzen und Tiere führte.

»Ich verstehe. Glaube ich. Aber kann man davon leben? Kannst du alles anbauen?«

»Nicht alles. Kaffee muss ich kaufen. Zucker. Erdnussflips.«

»Schokolade?«

Er lachte. »Auf jeden Fall Schokolade.«

»Hast du Geschwister?«

»Ich habe einen Bruder«, sagte er, und seine Stimme klang gepresst, denn das war ein schwieriges Thema. »Aber Klas ist weggezogen, und wir haben nicht viel Kontakt.« Er schämte sich dafür, dass er und sein Bruder sich voneinander entfernt hatten. »Klas ist der Gelungenere von uns beiden«, fügte er hinzu und sah das glatt rasierte, strenge Gesicht seines Bruders vor sich.

Sie legte den Kopf schief und sah ihn forschend an. »Warum?«

Weil er das nun einmal war. In jeder Hinsicht. Klas hatte fleißig gelernt und war weit weggezogen. Als sie klein waren, hatten sie alles zusammen gemacht, sich geprügelt, gestritten und gespielt. Sie waren die Brüder Nordström gewesen, mit denen es keiner aufnehmen konnte. Sie hatten einander sehr nahegestanden, sich das Zimmer, die Freunde, die Klasse, alles geteilt. Aber dann war etwas passiert, und Thor wusste bis heute noch nicht richtig, was. Nach der Schule war Klas auf die Uni gegangen, und Thor, frisch gebackener Vater und Bauer, war zurückgeblieben. Klas hatte natürlich seine Gründe gehabt, warum er fortwollte. Thor fragte sich oft, ob er mit der Situation hätte besser umgehen können. Ob er etwas hätte tun können. Aber Klas hatte beschlossen wegzuziehen.

Oder zu fliehen, wenn man es so sehen wollte.

»Ich finde dich ziemlich gelungen. Du ziehst allein zwei Kinder groß, bewirtschaftest einen Bauernhof, hast ein fantastisches Haus. In meinen Augen ist das ziemlich erfolgreich.«

Thor wischte das Absurde an dem Kompliment beiseite. Er tat nur, was er tun musste.

»Und dein Vater, lebt er noch?«, fragte er, denn der Gedanke, dass Stella schon so früh ihre Mutter verloren hatte, tat weh. Kinder sollten ihre Mutter nicht verlieren. Mütter waren wichtig. Wichtiger als Väter, meistens jedenfalls. Er hatte es noch nie zu irgendjemandem gesagt, aber er hatte sich schon oft gewünscht, Ida würde leben und er wäre an ihrer Stelle gestorben. Sie wäre besser mit allem zurechtgekommen.

»Mein Vater ist in meinem Leben nie vorgekommen. Von Tag eins an gab es nur meine Mutter und mich. Er kommt nicht aus Schweden.« Stella deutete erklärend auf ihr Haar und ihr Gesicht. »Falls du dich wunderst. Ich bin halb indisch.«

Er hatte sich nicht direkt gewundert, aber ihre dramatischen Farben verrieten ihre Herkunft.

»Und was machst du, wenn du in Stockholm bist?«, fragte er und ließ seinen Blick auf ihr ruhen. Sie sah so unglaublich exklusiv aus, dass er sich nicht gewundert hätte, wenn sie ein Filmstar oder eine internationale Spionin gewesen wäre.

»Ich habe in einer Designer-Boutique gearbeitet. Im Augenblick bin ich arbeitslos.«

»Ah. Die berühmte Orientierungsphase.« Das erklärte zumindest ihre plötzliche Lust, nach Laholm zu kommen. Frisch getrennt und ohne Arbeit. Das konnte auch den Stärksten aus der Bahn werfen. In Krisensituationen hatte er auch selbst schon ein oder zwei oder zwanzig spontane Entscheidungen getroffen. Schlechte und kostspielige Entscheidungen, die von vornherein zum Scheitern verurteilt waren.

»Genau. Und du? Bist du schon immer Bauer gewesen?«

»Ida und ich haben den Hof gekauft, als Juni unterwegs war. Davor konnte ich kaum eine Zwiebel von einer Mohrrübe unterscheiden.«

Sie waren noch so jung gewesen. Er konnte es kaum fassen, dass Ida damals nur einige Jahre älter gewesen war als Juni heute. Ida hatte Juni im Bauch gehabt, sie hatten sich Geld geliehen und den Hof gekauft, die erste Zeit damit zugebracht, Steine zu schleppen, Fundamente zu gießen, das Land von Gestrüpp zu befreien und zu entwässern. Meine Güte, was hatte er entwässert! Er selbst wäre nie auf die Idee gekommen, auf einem Hof zu leben und zu arbeiten. Er hatte davon geträumt, eine Weltreise zu machen, Eishockeyprofi oder Rennfahrer zu werden. Vielleicht auch Sachen zu bauen, er konnte gut hämmern und tischlern, sich vorstellen, wie die Dinge aussehen würden. Sein Talent fürs Bauen hatte ihm tatsächlich einige willkommene Extraeinkünfte beschert. Er hatte viele der Veranden und Schuppen in der Gegend errichtet und damit seine Finanzen aufgebessert. Vielleicht wäre er ja Zimmermann geworden, wenn das Leben sich anders entwickelt hätte. Doch Ida und er waren verliebt und dumm gewesen, hatten sich auf sichere Tage verlassen, die alles andere als sicher waren, und plötzlich war Ida schwanger und wollte sesshaft werden. Schuldbewusst hatte er alles getan, was sie sich wünschte. Einen Kredit mit hohen Zinsen aufgenommen, um den Hof und die Felder von dem versnobtesten Gutsherrn und größten Landbesitzer der Gegend kaufen zu können. In der Kirche geheiratet und praktisch rund um die Uhr im Stall und auf dem Feld gearbeitet. Dabei stellte sich heraus, dass er auch das gut konnte. Oder dass er zumindest durchhielt und lösungsorientiert war. Wenn auch anfangs schreckensstarr. Jetzt war er schon fast länger Bauer, als er jemals irgendetwas anderes gewesen war. Und seit sechs Jahren Witwer und alleinerziehender Vater. Das Leben war schon seltsam.

»Fühlst du dich nicht sehr gebunden?«, fragte sie.

Am Anfang waren ihm seine ganzen Verpflichtungen wie eine Falle vorgekommen. Aber je mehr Zeit vergangen war, desto reifer war er geworden. Hatte sich angepasst.

»Meine Eltern helfen mir, aber natürlich gibt es Dinge, die ich nie gemacht habe. Zum Beispiel bin ich so gut wie nie verreist.« Mittlerweile vermisste er das nicht mehr. Sein Leben gefiel ihm, wie ihm klar wurde. Er hielt nicht nur durch, sondern er fühlte sich wohl bei den Tieren und in der Natur. Und mit den Kindern, natürlich. Vater zu werden veränderte so vieles. Wieder einmal eins dieser Klischees, die sich als wahr herausstellten. Mit den Kindern wurde alles anders. Meist im positiven Sinn.

»Und du? Reist du viel?« Sie und ihre Flachzange von Ex-Freund hatten sicher ausgefallene Reiseziele besucht. Er konnte sie sich auf einer Luxusjacht oder in einem Fünf-Sterne-Hotel vorstellen. Vielleicht mit einem knappen Bikini. Er räusperte sich, schämte sich ein wenig. Er war nicht sexistisch. Hoffte er.

»Ein wenig. Nach Mamas Tod bin ich nach Indien gefahren. Das war meine weiteste Reise.«

»Um deinen Vater zu treffen?«

»Nein. Komischerweise nicht. Aber ich wollte das Land sehen und erleben. Und das Essen. Du liebe Güte, das indische Essen.«

»War es gut?«

»Ich mag ja vieles, aber das indische Essen war fast schon eine religiöse Erfahrung. Ich koche auch gerne. Kannst du gut kochen?«

Er schüttelte den Kopf. »Nicht wirklich. Mir fehlt die Geduld. Und die Detailverliebtheit.«

»Holzhacken und Pumpen reparieren ist mehr dein Ding?«

Sie strich sich eine Haarsträhne aus dem Gesicht, und sein Blick blieb an ihrem Mund hängen. Schon wieder. Schnell schaute er weg. Sie war frisch getrennt und vermutlich verletzt. Alles an ihr strahlte impulsive Entscheidungen und Panik aus. Und er war ja nicht wirklich auf der Suche, offenbar lagen ihm Beziehungen nicht – My war nicht die Einzige, die sich beschwert hatte –, und er war wohl kaum als Hauptgewinn zu bezeichnen. Aber es gefiel ihm, sich mit Stella zu unterhalten und sie anzuschauen.

Irgendwann, zwischen der ersten und zweiten Tasse Tee, zogen sie auf das Küchensofa um und zwängten sich gemeinsam darauf, sie mit hochgezogenen und er mit ausgestreckten Beinen. Sie sprachen über Fernsehserien (er hatte noch keine einzige gesehen), Landwirtschaft und Essen. Es war ihr ernst gewesen, als sie sagte, dass sie gerne aß. Er liebte den Morgen, sie war eine Nachteule, sie liebte das Großstadtleben, für ihn waren mehr als fünf Personen schon ein Menschenauflauf. Er war fast den ganzen Tag lang draußen, sie konnte tagelang drinnen sitzen und nähen.

»Wie sieht es mit Filmen aus?«, sagte sie, nachdem sie lachend festgestellt hatten, dass sie nichts gemeinsam hatten.

»In den letzten Jahren habe ich nur einen Film gesehen«, sagte er.

»Welchen denn?«

»Versprich mir, dass du nicht lachst.«

»Ich verspreche es«, sagte sie, und ihr Gesicht spiegelte unterdrücktes Lachen wider.

»*Vaiana*«, sagte er widerstrebend und bereute es schon.

»Ist das dein Ernst?«

»Ja, und er hat mir gefallen«, sagte er kampfeslustig. Er hatte den Film über das mutige Mädchen geliebt und an einer Stelle sogar geweint. Oder an zweien.

»Das ist mein Lieblingsfilm«, sagte sie eifrig.

Er schüttelte ungläubig den Kopf.

»Doch, ehrlich, ich habe ihn hundertmal gesehen.«

»Dann haben wir also wohl doch etwas gemeinsam«, sagte er.

Sie nickte und legte ihre Hand auf sein Bein. Plötzlich war die Albernheit wie weggeblasen.

Thor räusperte sich. Ihre Hand brannte auf seiner Haut, und es fühlte sich an, als hätte sich jemand auf seine Brust gesetzt.

»Ich muss nach Hause«, sagte er mit erstickter Stimme, obwohl er gern noch geblieben wäre. Stella füllte die kahle und leere, unmöblierte Hütte mit ihrer Gegenwart. Mit Wärme, Duft und Lachen.

Sie zog ihre Hand zurück. »Die Kinder?«

Er nickte. »Und die Hunde.«

Er hatte Nessie und Pumba im Haus gelassen. Gott mochte wissen, welche Verwüstung da auf ihn wartete. Nessie reagierte gekränkt, wenn man sie einschloss, und der Welpe glaubte jedes Mal, wenn Thor irgendwohin ging, dass er ihn für immer verließ.

»Verstehe«, sagte sie sanft.

Er sah, dass ihre Augen schräg standen und dunkel goldbraun waren, wie richtig dunkler Herbsthonig oder wie Harz. Wahrscheinlich die schönsten Augen, die er je gesehen hatte. Sie sah überhaupt gut aus, eine kurvige Brünette, die er gerne anschaute, aber ihre Augen waren etwas ganz Besonderes. Augen, in denen man ertrinken konnte.

Und das war auch das Signal zu gehen, dachte Thor trocken. Er war kein poetischer Mensch. Er las Fachbücher über Dünger und im Internet Texte über Motoren. Er ertrank nicht in jemandes Augen.

Sie erhoben sich gleichzeitig. Der Raum war klein und hatte eine niedrige Decke, weswegen sie dicht nebeneinander standen. Ohne nachzudenken, hob Thor seine Hand und strich ihr etwas Schmutz aus der Stirn. Oder vielleicht war es auch kein Schmutz, sondern nur ein Schatten.

Vielleicht brauchte er auch nur einen Vorwand, um sie zu berühren.

Stella blinzelte nicht. Sie atmete nur, als seine Finger sie streiften.

»Du hattest da etwas Ruß ...«, sagte er und musste sich wieder räuspern. Er senkte die Hand. »Danke für den Tee.«

»Ich habe zu danken. Für alles.«

Sie machte einen Schritt auf ihn zu. Jetzt war sie ihm so nah, dass er den Duft ihres Haares spürte und die Wärme ihrer Haut. Ihre Arme legten sich um seinen Hals und verschränkten sich warm und weich in seinem Nacken. Es war eine kurze, freundschaftliche Umarmung, von der Art, wie sie zwei Menschen, die sich eben begegnet waren, austauschen konnten, ohne dass es mehr zu bedeuten hatte als Danke und Tschüs, aber die Berührung kam unerwartet. Hölzern erwiderte er die Umarmung, legte seine Arme um sie, ohne mehr im Sinn zu haben als eine kurze, unpersönliche Geste. Ein wenig unbeholfen. Aber die Umarmung hörte gar nicht wieder auf. Er konnte sie nicht wieder loslassen, und sie blieb mit den Armen um seinen Hals stehen. Er verstärkte seinen Griff, senkte seine Nase in ihr Haar und hatte den Arm voll duftender Weichheit und hörte auf zu denken. Er spürte sie überall. Weiche Brüste drückten sich gegen seinen Brustkorb, bis ihm schwindelig wurde. Der Duft ihrer Haut und der glatte Stoff ihrer Bluse, all das war ein einziger Angriff auf seine Sinne. Er umarmte sie, atmete sie ein, hielt sie, bis sie sich ihm entzog und ihn mit einem Ausdruck ansah, den er nicht deuten konnte. Allerdings war er auch außerstande, noch einen vernünftigen Gedanken zu fassen. Sie war so ... so. Ihm fehlten die Worte dafür, was Stella in seinen Augen war. Sie war fantastisch. Hübsch. Stark. Hübsch. Das hatte er schon mal gedacht. Er schluckte.

»Vielleicht solltest du bei mir auf dem Hof übernachten?«, fragte er mit heiserer Stimme. Dann merkte er, dass seine Worte recht zweideutig waren.

Stella schob die Hände in die Hosentaschen. Sie schien keineswegs so aufgewühlt zu sein wie er. Mit entschlossener Miene hob sie das Kinn. Sie war viel tougher, als sie auf den ersten Blick wirkte. Ein Mensch, der es gewohnt war zu kämpfen, der nichts für selbstverständlich nahm. Eine Frau mit einer Weichheit, die eben noch seine Arme und seine Sinne erfüllt hatte, ja, aber mit einem harten Kern darunter.

Sie streckte sich. »Ich muss allein zurechtkommen. Jetzt habe ich all die Sachen, die du mitgebracht hast. Und ich bin sehr dankbar dafür, mehr, als ich sagen kann.«

»Es war nett mit dir«, sagte er, und das war wohl seine größte Lüge seit Langem. Es war herrlich gewesen, und er hätte sie gerne noch drei, vier Stunden lang umarmt. Oder länger.

Er ging, bevor er sich noch lächerlich machte. Immer noch unschlüssig, ob es fantastisch war, sie zur Nachbarin zu haben. Oder ob es geradewegs in die Katastrophe führte.

~ 8 ~

Langsam schloss Stella die Tür, wobei sie gleichzeitig die Luft ausstieß.
Wow.
Eine Sekunde länger, und sie hätte sich mit ihrem ganzen Körper an Thor gepresst. Doch wundersamerweise hatte sie es geschafft zu verbergen, wie aufgewühlt sie war. Sie schaute aus dem Fenster. Natürlich hätte sie mit ihm zum Hof gehen sollen, wo warmes Wasser, Strom und eine Toilette auf sie warteten. Ein Teil von ihr bereute ihren Entschluss schon, und zwar gründlich. Aber sie konnte sich ja nicht einfach in die Arme eines Mannes werfen, sobald es anstrengend wurde. Allein zurechtzukommen hatte höchste Priorität.

Stella ging mit ihrem Smartphone ans Fenster, die einzige Stelle im Haus, wo sie ein wenig Empfang hatte, wenn sie sich in einem bestimmten Winkel hinstellte. Dann rief sie Maud an. Sie waren schon seit der Vorschule miteinander befreundet, und Maud kannte sie besser als irgendjemand sonst.

»Wie geht es deinem Bauch?«, fragte Stella, als die Freundin sich meldete.

Die Antwort war eine Tirade von Verwünschungen.

»Mein Mann geht mir auf die Nerven, ich kann meine Schwangerschaftsstreifen nicht ausstehen, und ich hasse meine Hebamme, die sich weigert, das Kind rauszuholen«, schnaufte Maud. Sie war hochschwanger mit ihrem ersten Kind und von ihrem Zustand alles andere als begeistert. Bisher hatte sie Stella schon über Symphysenlockerung, saures Aufstoßen, Übelkeit und auslaufende Brüste aufgeklärt.

»Ich leide mit dir«, sagte Stella, die für alle Zeiten von der Vorstellung geheilt war, dass eine Schwangerschaft der schönste und natürlichste Zustand der Welt sei. Es war offenbar absolut grauenhaft.

»Ich schwöre, der Nächste, der ankommt und mich fragt, ob das Kind noch nicht da ist, kriegt eine gescheuert. Man sieht doch verdammt noch mal, dass es noch drin ist?«

»Es dauert doch noch mehrere Wochen«, sagte Stella.

Der berechnete Geburtstermin war Mitte Juni. Wie auch immer das möglich war. Letzte Woche hatte Maud sie informiert, dass sie ihre Muschi und ihre Füße nicht mehr sehen konnte.

»Ja«, antwortete Maud finster. »Und bei Erstgebärenden dauert es oft länger.«

»Du Ärmste«, sagte Stella mitfühlend.

»Wie geht es dir? Hast du was von Peder gehört?«

»Er hat eine SMS geschrieben, dass er mich vermisst.«

»Er ist ein Schwein. Stalkst du ihn immer noch im Netz?«

Stella schwieg beschämt. Diese Zeit gehörte nicht zu den besten in ihrem Leben. »Nicht mehr.«

Sie hatte einige schwierige Tage durchgemacht, an denen sie viel zu viel billigen Wein getrunken, Rotz und Wasser geheult und Peinlichkeiten auf seinen Social-Media-Seiten gepostet hatte. Sie schämte sich, wenn sie nur daran dachte. Dass es ausgerechnet der schlechte Empfang war, der ihr dabei geholfen hatte, sich dieses Verhalten abzugewöhnen, kam ihr unwürdig vor. Nie wieder.

»Wie lautet jetzt der Plan?«

Das mochte Stella so an Maud. Dass sie Stella für kompetent hielt und überzeugt war, dass sie einen Plan hatte. »Ich rede mit dem Gutsbesitzer hier im Ort. Meine Großeltern haben das Grundstück damals von seinem Großvater gekauft. Er hat gesagt, dass er Interesse habe, das Land zu kaufen. Es ist nicht besonders viel wert, aber ich treffe ihn am Montag.«

»Willst du das Haus nicht behalten? Es hat immerhin deiner Mutter gehört.«

Das war anfangs so geplant gewesen, aber seit Stella Single war, hatte sich ihre finanzielle Situation drastisch verschlechtert.

»Ich brauche das Geld. Und bevor du etwas sagst: Ich will mir nichts leihen. Aber trotzdem danke. Ich habe übrigens meinen Nachbarn Thor wiedergetroffen. Er hat meine Wasserpumpe repariert.«

»So. Ich muss pinkeln. Zum zehnten Mal. Du musst mitkommen. Sieht er gut aus, dein Nachbar?«

Stella überlegte, während sie es plätschern hörte. Sie dachte an Thors kantige Gesichtszüge und seine engen T-Shirts. An sein Beinahelächeln und die sonnengebräunten Augenwinkel.

»Ja.«

Maud spülte. »Schick mir ein Foto.«

»Klar, das ist ja auch völlig normal.«

»Versprich mir, dass du mit ihm ins Bett gehst.«

So fühlte sich das also an. Wenn man Single war und wohlmeinende Freunde, die in Beziehungen lebten, einem erzählten, dass man mehr Sex haben sollte, einen fragten, ob man jemanden getroffen habe, während man selbst noch der Vergangenheit nachtrauerte. Das war wirklich verletzend. Sie zweifelte daran, dass die Leute sich auch so verhalten würden, wenn Peder gestorben wäre.

»Wenn ich Witwe wäre, würdest du nicht wollen, dass ich mit Thor ins Bett gehe«, sagte sie missmutig.

»Doch, auf jeden Fall.«

»Jaja.« Nicht, dass Stella nicht schon dieselbe Idee gehabt hätte. Sex mit Thor war garantiert heißer, verschwitzter Gegen-die-Wand-Sex. Sie fächelte sich mit der Hand Luft zu. Vielleicht mochte er es ein bisschen auf die harte Tour. Auf dem Tisch, auf Sesseln, mit Dirty Talk. Sie hatte nichts dagegen. Sie hatte selbst eine schmutzige, entfesselte Seite, die sie gern gemeinsam mit einem gleichgesinnten und nicht wertenden Partner erforschen würde. Sex mit Peder war ... korrekt gewesen. Reinlich und strukturiert. Einmal hatte sie ihm beim Sex etwas ins Ohr geflüstert. Nichts Gewagtes: Gib mir deinen Schwanz, nimm mich hart.

Er war erstarrt, dann aufgestanden und auf die Toilette gegangen und war danach ohne ein Wort eingeschlafen.

Keins ihrer besten Sexerlebnisse, könnte man sagen.

»Mal sehen«, sagte Stella.

Nachdem sie aufgelegt hatten, schickte Maud eine Nachricht mit applaudierenden Händen, einer Aubergine, einem Pfirsich, einer Zunge und sprühenden Wassertropfen, und dann war der Empfang weg.

Stella drehte noch eine Runde durchs Haus, räumte ein bisschen auf und holte noch mehr Holz. Der Abend war hell, die Vögel sangen, und es duftete nach Tau und Frühling. Sie hängte ihr Top und ihre Strickjacke über einen Busch und hoffte, dass sie davon nicht kaputt gingen.

Auch wenn sie die chemische Reinigung, Delikatessenläden und schnelles Breitbandinternet vermisste, würde sie versuchen, noch einige Tage hier auszuhalten. Vielleicht gab es draußen im Schuppen noch etwas zu entdecken? Oder auf dem Dachboden? Vielleicht fand sie ja genau das, wonach sie suchte. Und wenn sie Lust hatte, mit Thor ins Bett zu gehen, dann würde sie das tun, dachte sie rebellisch und ging auf den Zehenspitzen wieder ins Haus, damit ihre Absätze nicht im Gras einsanken. Drauf gepfiffen, dass Thor ein bisschen zu groß war, ein bisschen zu still, ein bisschen zu ländlich. Peder war in jeder Hinsicht perfekt gewesen. Er hatte die richtige Größe, war sozial kompetent und charmant. Sie hatten sich über Kultur und Politik unterhalten können, und er war smart. Aber er hatte sich als untreues Arschloch entpuppt. Vielleicht war es also an der Zeit, ihren Horizont zu erweitern.

Sie legte Holz im Herd nach, bis das Feuer knackte und prasselte. Dann schloss sie sorgfältig die Klappe. Thor hatte gesagt, das sei sicher, und sie vertraute ihm. Sie blieb dort stehen, das Geräusch war beruhigend, die Wärme verströmte Behaglichkeit und Geborgenheit. Dann ging sie ins Wohnzimmer, breitete die Decke auf der Matratze auf der Küchenbank aus und bewunderte die Farben im Schein der Sturmlaterne. In der Küche kochte sie Wasser, machte sich noch mehr Tee und wusch sich dann, so gut es ging, mit einem Waschlappen.

Vorhin, beim Putzen, hatte sie den Deckel der Küchenbank geöffnet und darin jede Menge alte Zeitschriften aus den 1920ern und später gefunden. Sie nahm den Tee, Brot, Zimtschnecken und Käse mit hinüber, legte sich auf die Bank und las dann Reportagen, Rezepte und Schminktipps von früher, während sie alles bis zum letzten Krümel verputzte. Sie sah sich uralte Schnittmuster an und las im Schein der Taschenlampen-App auf ihrem Smartphone. Mitten in einem Text darüber, wie die Hausfrau ihren Ehemann am besten bei Laune halten kann, schlief sie ein.

~ 9 ~

Als Stella am nächsten Morgen aufwachte, schien ihr die Sonne direkt ins Gesicht. Sie gähnte und streckte sich. Sie konnte sich nicht erinnern, wann sie sich zuletzt so erholt gefühlt hatte. Nach der Uhr auf ihrem Smartphone hatte sie zehn Stunden geschlafen.

Es war schon eine Weile her, dass sie das letzte Mal so lange geschlafen hatte.

Das Vogelgezwitscher wurde plötzlich von einem Laut übertönt, der klang, als kratze jemand an der Haustür.

Sie wickelte sich in die Decke, stand auf und tapste zur Tür.

»Hallo?«

Keine Antwort, nur wieder das Kratzen.

Sollte sie jetzt etwa von einem verrückten Serienmörder um die Ecke gebracht werden? Als sie klein war und einmal einen Abend allein zu Hause verbrachte, hatte sie die Tür geöffnet, obwohl das verboten war, und ein Mann mit roten Augen hatte sie angeschrien. Sie hatte es geschafft, die Tür wieder zuzuknallen und abzuschließen, und hatte sich nie getraut, ihrer Mutter davon zu erzählen. Auf dem Land war alles noch viel, viel unheimlicher.

Doch als sie langsam die Tür öffnete, die Hand um das Schlüsselbund gekrampft und bereit zum Angriff, wurde sie nur von einem »Määäh« empfangen.

Eine kleine weiße Ziege mit schwarzen Flecken und wedelnden Ohren stand vor der Tür und sah sie auffordernd an.

»Hallooo«, sagte Stella und entspannte sich. Offenbar würde sie auch heute nicht ermordet werden. Obwohl der Tag ja eigentlich gerade erst begonnen hatte.

Die Ziege stampfte mit ihrem kleinen Huf auf. »Määäääh.«

Stella spähte in ihren überwucherten Garten, entdeckte aber keinen Hinweis darauf, wie das Tier hierhergekommen war. Der Garten war verwaist. Nur Bäume, Vögel und eine gefleckte Ziege. Die blökte noch einmal, schien dann aber genug von Stella zu haben, senkte den Kopf und begann an ein paar Grashalmen neben der Treppe zu knabbern.

»Tja«, sagte Stella und kratzte sich am Hals, nach dem Adrenalinschock ganz munter geworden. Beim Klang ihrer Stimme schaute die Ziege auf. Die kleinen Kiefer mahlten, hielten inne und mahlten dann weiter. Sie blickte Stella starr an, aber als nichts Interessantes mehr passierte, ging sie wieder dazu über, wahllos Pflanzen auszureißen – Gras, vertrocknete Blätter und kleine pastellfarbene Knospen.

»Friss aber bitte keine seltenen Pflanzen.«

Stella ließ die Tür einen Spalt weit offen, ging wieder hinein, machte Feuer im Herd, kochte Tee und nahm den Rest von dem Brot aus dem Schrank, das Thor ihr mitgebracht hatte. Sie sah aus dem Fenster. Die Ziege war noch da, also nahm sie ihren Becher und setzte sich draußen in die Sonne, turnte mit den Zehen und überlegte, was sie nun tun sollte. Die Ziege sah sie an und schnupperte in die Luft. Ihre kleine rosa Nase zuckte.

»Möchtest du auch?«, fragte Stella und hielt ihr ein Stück Brot hin. Sie wusste nicht, was Ziegen gern fraßen, abgesehen von ihrem Garten, aber die mochten wohl alles. Oder waren das Haie, die alles fraßen? Sie war im Biologieunterricht nicht immer geistig anwesend gewesen. Die Ziege kam auf ihren dünnen Beinen auf sie zu, schnupperte und nahm dann vorsichtig das Stück Brot. Nach dem letzten Bissen ließ sie sich gnädig am Kopf kraulen.

»Wo kommst du denn her?«, fragte Stella und kitzelte sie unter dem Kinn.

»Määäh«, antwortete die Ziege.

»Ja, dann.«

Während die Ziege weiter ihren Garten fraß, trank Stella Tee, wandte das Gesicht der Sonne zu und dachte darüber nach, wozu sie diesen Tag nutzen wollte.

Die Ziege hob den Kopf und blökte wieder.

»Als Erstes muss ich mich um dich kümmern«, sagte sie.

Es endete damit, dass Stella zu Thors Hof hinüberspazierte. Es war keine Kunst, die Ziege mit Brot zu locken, die ihr dann ganz einfach folgte.

Sie ging zum Sonnenblumenhof, weil er am nächsten lag und das Tier wahrscheinlich Thor gehörte, nicht etwa, weil sie ihn gern wiedersehen wollte. Auf keinen Fall.

Auf ungefähr halbem Wege traf sie Frans.

»Guten Morgen«, sagte sie, als sie sich auf dem schmalen graswachsenen Pfad begegneten. Sie war außer Atem, die Sonne wärmte bereits, und obwohl sie sich bemühte, ihr Gewicht nach vorn zu verlagern, sank sie mit ihren Absätzen im Gras ein. Bald würden ihre teuren Schuhe nicht mehr zu retten sein.

Frans trug ein Cap, das sein sommersprossiges Gesicht beschattete, und ein T-Shirt mit einer weiteren Band, von der Stella noch nie gehört hatte. Es hing lose um seinen schlaksigen Körper, war über den Schultern ein bisschen zu breit und dafür unten zu kurz.

Als er die Hand ausstreckte, um die Ziege zu streicheln, sah Stella, dass seine kurzen Fingernägel schwarz lackiert waren.

»Ist sie schon wieder abgehauen?«

»Määääh«, kam die fröhliche Antwort.

»Ich dachte mir schon, dass sie aus dieser Richtung gekommen ist«, sagte Stella.

»Sie büxt oft aus. Sie sucht das Abenteuer.«

Stella fragte sich, ob Frans mit dem Band~ ? ~Shirt und dem nicht normenkonformen Nagellack auch das Abenteuer suchte. Er war süß. Immer noch ein Kind, aber ganz offensichtlich dabei, erwachsen zu werden. Er hatte Thors dunkle Haare, aber hellere blaue Augen. Lange

Gliedmaßen, die verrieten, dass er einmal so groß wie sein Vater werden würde. Und dann dieser träumerische Blick. Sie erkannte sich selbst darin wieder. Ihre Hoffnung, dass das Leben mehr bereithalten würde als gewöhnlichen Alltag. Dass einem etwas Großes und Besonderes vorherbestimmt war. Stella kannte das aus den Momenten, wenn sie nähte und kreativ war. Den Traum und das brennende Verlangen danach, das zu tun, wofür man geschaffen war. Für sie würde das vielleicht bald in Erfüllung gehen. Sie wünschte es sich so intensiv, dass es ihr schien, als müsste es einfach geschehen. Müsste.

Als sie Peder kennenlernte, hatte sie sich gerade an ihrer Traumschule beworben, einer internationalen Schule für Modedesign in New York, The New York Institute of Fashion, The NIF. Außenstehenden war es schwer zu vermitteln, wie bedeutend diese Schule war. »Das ist das Harvard oder Oxford der Modewelt«, hatte sie Peder erklärt. Damals hatte sie es bis in die zweite Runde geschafft, aber dann war ihr das Leben dazwischengekommen, und sie hatte nicht getan, was sie hätte tun sollen. Aber jetzt ging es um alles. Sie war absolut bereit und besser vorbereitet als je zuvor.

»Papa wollte, dass ich dich frage, ob du mit uns Kaffee trinken willst«, sagte Frans.

Stellas Herz machte einen kleinen Satz. Dummes, leicht zu beeindruckendes Herz, dachte sie streng. Aber bei der Erinnerung an die gestrige Umarmung wurde ihr immer noch schwindelig. Sie hatte Thor eigentlich nur zum Abschied umarmen wollen, aber seine Arme hatten sie in Wärme und Wildheit eingehüllt und die Umarmung hatte sich zu etwas ganz anderem entwickelt.

»Das ist nett«, sagte sie, so ruhig und erwachsen sie konnte. Vielleicht umarmten sich hier auf dem Land alle so fest und schwindelerregend, kein Grund, weiche Knie zu bekommen. Kein Grund, von Sex zu träumen, was sie ja auch nicht tat. Haha. Keine Spur.

Frans nahm das Cap ab, um sich die Haare zurückzustreichen, und setzte es dann wieder auf.

»Wir wollten sowieso Kaffee trinken. Oma ist da.«

Er schaute weg, aber Stella bemerkte trotzdem seine Grimasse.

»Freust du dich nicht, wenn eure Oma kommt?«, fragte sie vorsichtig. Familienkonstellationen waren eine heikle Angelegenheit. Als einziges Kind einer alleinerziehenden Mutter hatte sie immer von einer tollen großen Familie geträumt. Sie hatte sich Geschwister, Cousinen, Tanten und Onkel ausgedacht. Im echten Leben machten nur leider die meisten großen Familien so einen untollen Eindruck.

»Du lernst sie ja kennen, dann kannst du dir dein eigenes Bild machen«, sagte Frans und strich mit der Handfläche über das meterhohe Gras.

So jung und schon so diplomatisch.

Die Ziege, die offenbar der Meinung war, dass man ihr zu wenig Aufmerksamkeit schenkte, stupste Stella an der Hand.

»Sie ist also ein kleines Mädchen. Hat sie auch einen Namen?«

»Papa nennt sie Trouble«, sagte Frans.

Stella lachte. Das war ein ungewöhnlich passender Name.

»Ich habe mich schon gefragt, ob etwas passiert ist«, hörte sie eine tiefe Stimme hinter sich.

Thor.

Ihr Herz ignorierte alle Anweisungen, vernünftig zu sein, und schlug einen Purzelbaum vor Freude. Stella ordnete ihre Gesichtszüge.

»Ich habe Besuch bekommen«, rief sie, lächelte freundschaftlich und zeigte auf die Ziege. Sie gratulierte sich dazu, dass man ihr unmöglich ansehen konnte, wie sehr Thors Anblick sie aus dem Gleichgewicht brachte. Obwohl sie bemerkt hatte, dass er frisch rasiert war, ein enges weißes Shirt trug und Jeans, die auf seinen Hüften saßen.

Thor kam näher. Nessie folgte ihm. Die kleine Ziege beäugte den Hütehund aus respektvollem Abstand.

»Darf ich fragen, ob du sie gefüttert hast?«

Stella biss sich auf die Lippe und fühlte ein Lachen in sich aufsteigen. »Kann sein«, gab sie zu.

»Dachte ich mir's doch. Dann hast du sie am Hals.«

»Willst du behaupten, dass ich jetzt eine Ziege adoptiert habe?«

»Genau. Als Nächstes wirst du dann Vollblut-Landei. Wie läuft es bei dir? Ich habe Frans gebeten, dich abzuholen.«

»Gut, aber ich wurde unterbrochen, ich hatte ein akutes Ziegenproblem.« Gemeinsam betrachteten sie die kleine Ziege, die jetzt den Kopf senkte und mit ihren kaum vorhandenen Hörnern Nessie zu stoßen versuchte. Der Hütehund bellte warnend, und das Zicklein hopste schnell beiseite und versteckte sich hinter Stella.

»Wir wollen jedenfalls Kaffee trinken, und ich dachte mir, dass du bestimmt Hunger hast«, sagte Thor.

Seine Worte waren ganz alltäglich und an seiner Frage war nichts Besonderes, sie sollte da nichts hineininterpretieren, sollte nicht übertrieben reagieren, aber sie wurde so ausgelassen, als ob eine kleine Sonne in ihrer Brust schien.

»So einer Einladung kann ich ja kaum widerstehen«, antwortete sie wahrheitsgemäß, denn sie hatte einen Bärenhunger. Ihr wurde klar, dass sie sich um die Frage ihrer Ernährung kümmern musste.

Thor entgegnete nichts und schien ungeduldig, nach Hause zu kommen. Sie wurde aus diesem Mann nicht richtig schlau. War er an ihr interessiert? Manchmal hatte sie den Eindruck, dass er sie beobachtete. Oder war sie nur eine bedauernswerte Nachbarin, derer er sich erbarmte? Den Eindruck hatte sie häufiger. Sie duckte sich, als ein Insekt vorbeiflog, und sah, dass er über sie seufzte. Das spielte keine Rolle. Sie hatte Hunger und sehnte sich nach Gesellschaft. So viel Stille und Zeit zum Nachdenken war sie nicht gewohnt. Außerdem brachte Thor etwas in ihr zum Prickeln.

»Klar komme ich mit«, sagte sie in normalem, nachbarschaftlichem Ton. Nicht wie eine Frau, die sich an ihm reiben wollte. Und die womöglich gerade eine Fliege verschluckt hatte.

Frans ging voraus, und die Ziege sprang ihm fröhlich hinterher. Thor folgte mit Stella, und Nessie beaufsichtigte die Gruppe.

Thor führte Stella zu einer von der Sonne ausgebleichten Sitzgruppe, wo schon eine ältere Frau saß und wartete. Ihr graues Haar war in einem strengen Knoten hochgesteckt, und sie trug eine langärmelige Bluse mit Stehkragen.

»Rakel, das ist Stella, meine neue Nachbarin. Und das ist Rakel, die Großmutter meiner Kinder.«

»Hallo, ich wohne in der rot gestrichenen Hütte da hinten«, begrüßte Stella die Frau und streckte ihre Hand aus.

»Sieh an«, sagte Rakel, ohne die Hand zu ergreifen. Ihr Mund war ein schmaler Strich, ihr Gesicht ungeschminkt. Es war nicht leicht, ihr Alter zu schätzen. Sechzig? Stellas Mutter wäre jetzt neunundsechzig, wenn sie noch leben würde, aber Rakel musste jünger sein.

Rakel betrachtete Stella eingehend mit gerunzelten Augenbrauen. »In der Hütte? Bist du die Enkelin der Wallins?«

»Ja, bin ich.«

Es war ein merkwürdiges Gefühl, in einer Gegend zu sein, wo sie quasi herstammte. Sie war sich noch nicht sicher, ob ihr das angenehm oder unangenehm war. Vielleicht war es eine Frage der Gewohnheit. In Stockholm wusste schließlich niemand, wer sie war.

»Kanntest du meine Großeltern?«, fragte sie, als Rakel nicht weitersprach. Die schien es vorzuziehen, einfach nur missmutig herumzusitzen.

»Nicht wirklich. Aber ihre Tochter Ingrid kannte ich natürlich.«

Sie sagte das so, als wäre es nichts Gutes.

»Meine Mutter.«

»Ingrid Wallin, ja. Studierte in Stockholm und bildete sich etwas ein«, fuhr Rakel mit zusammengekniffenen Lippen fort. »Doch dann kam sie mit einem Kind an, ohne Vater. Eine erwachsene Frau, hatte sich tatsächlich mit über vierzig schwängern lassen. Da redete dann keiner mehr davon, wie toll und wohlgeraten sie war.«

»Ja, das Kind war ich«, sagte Stella und schaffte es, sich nicht provozieren zu lassen. »Übrigens habe ich einen Vater«, konnte sie sich nicht verkneifen zu sagen, so ganz unempfänglich war sie offenbar nicht für Rakels Worte. »Alles andere wäre ja auch schwierig gewesen.«

Ohne zu antworten, wandte Rakel sich Thor zu. »Ich bin hier, um meine Enkel zu treffen. Aber Frans rennt die ganze Zeit rum, und deine Tochter hat offenbar Besseres zu tun. Ich habe sie noch gar nicht zu Gesicht bekommen.«

»Ich gehe Juni suchen«, bot Frans an, der gerade auftauchte, nachdem er Trouble eingesperrt hatte.

»Setz dich«, befahl Thor ihm und zeigte auf einen Stuhl.

Frans gehorchte mit hängenden Ohren. Er setzte sich weit von Rakel weg.

»Dann bekommt man jetzt vielleicht endlich mal einen Kaffee«, sagte Rakel und sah vielsagend ihre leere Tasse an.

»Selbstverständlich. Aber Stella trinkt keinen Kaffee. Ich gehe rein und koche Tee.«

»Sicher?«, sagte Stella. »Soll ich dir helfen?«

»Bleib du hier«, sagte Thor ruhig. Seine Ruhe war berauschend. Und erregend.

Rakel legte ihre Hände in den Schoß. Sie betrachtete Stella. Nicht direkt feindlich, aber auch nicht freundlich.

»Tee also. Das muss ja schön sein, so eine Extrawurst zu bekommen. Ich kann nicht behaupten, dass ich wüsste, wie das ist.«

Thor warf Stella einen langen Blick zu. Stella lächelte ihn an.

»Wir kommen zurecht«, sagte sie. Mit kleinen verbitterten Frauen konnte sie umgehen. Das war fast so, als wäre sie wieder in der Boutique.

Thor verschwand im Haus, und Stella setzte sich an den Tisch. Sie hatte nicht vor, sich zu streiten. Sie war hier Gast, und sie war wohlerzogen, aber sie würde sich auch nicht alles gefallen lassen.

Rakel starrte in die Luft. Sie sah nicht böse aus, eher traurig oder resigniert.

Stella beobachtete sie unauffällig. Sie war klein und hatte ein paar Falten, sah aber gesund aus und hatte keine Altersflecken. Fingernägel und Hände waren glatt und gepflegt. Gute Proportionen, schöne Linien. Wenn sie wollte, könnte sie leicht etwas aus sich machen, besonders mit einer schickeren Frisur und anderer Kleidung. Doch Rakel hatte ein Kind verloren. Stella konnte sich nicht einmal vorstellen, wie sich das anfühlte. Wie einen so etwas veränderte. Rakel hatte sicher das Recht, traurig und übellaunig zu sein.

Außerdem hatte Stella ja genug andere Sorgen. Rakels Unleidlichkeit stand auf ihrer Liste ganz weit unten.

Irgendwie musste Stella an Geld kommen. Zum einen konnte sie ja schlecht jeden Tag hierherkommen und schmarotzen, zum anderen brauchte sie Geld für ihre Zukunft. Ihre wichtige Zukunft.

Natürlich konnte sie immer noch ihren Stolz über Bord werfen und Maud bitten, ihr etwas zu leihen, denn Maud würde ihr liebend gern helfen. Aber schon der Gedanke daran widerstrebte ihr. Stella hatte immer auf eigenen Beinen gestanden. Mach doch, was du willst, denn das tust du ja sowieso, war der Standardspruch ihrer Mutter gewesen, wenn Stella bockig und stur war. Stella war klug genug, um zu wissen, dass jeder manchmal auf die Hilfe anderer angewiesen war, aber dies war etwas anderes. Sie musste es allein schaffen. Nie wieder wollte sie von einem anderen Menschen abhängig sein. Bevor sie Peder kennenlernte, hatte sie ihr ganzes Geld für Stoffe und Material ausgegeben, von Nudeln gelebt und war hervorragend zurechtgekommen. Das hier würde sie ebenfalls schaffen, dachte sie und sah in die rauschenden Baumwipfel. Sie musste nur eine Lösung für all die praktischen Probleme finden. Ihre Zukunft finanzieren, ihre Stoffe und Kleidungsstücke nicht verlieren und einen Job finden. Was noch? Genau, Hinweise über ihren geheimnisvollen Vater finden, nicht verhungern und ihre Hütte an den Gutsbesitzer verkaufen. Puh. Sie lächelte Rakel freundlich an und erhielt ein extrem verkniffenes Lächeln zur Antwort.

Als Thor wiederkam, hatte er eine missmutige Juni im Schlepptau. Er stellte ein angestoßenes Milchkännchen, nicht zusammenpassende Teller und Buttermesser sowie eine Teekanne, eine Thermoskanne mit Kaffee und einen Krug mit hellem Saft und klirrenden Eiswürfeln auf den Tisch. Stella genoss den Anblick seiner ruhigen Bewegungen. Er ertappte sie dabei, wie sie ihn anstarrte, und sie lächelte. Er blinzelte.

»Hallo, Oma«, murmelte Juni.

»Wie schön, dass du auch noch auftauchst«, sagte Rakel weder herzlich noch großmütterlich.

Juni schnaufte hörbar. Sie stellte Teller mit Hefegebäck, Zwieback, Butter, Käse und Gemüse auf den Tisch, bevor sie sich neben Frans auf einen Stuhl fallen ließ. Dann verschränkte sie die Arme und blies sich die Haare aus der Stirn. Auch heute hatte sie einen viel zu großen Pulli an und zog an den Ärmeln. Sie warf Stella durch schmale Augenschlitze einen wenig einladenden Blick zu. Unter ihrem Stuhl lag Pumba. Der Welpe war angeleint und machte einen zutiefst unglücklichen Eindruck.

»Wo ist Nessie?«, fragte Stella leise.

»Nessie ist schlau. Sie ist abgehauen, als sie Oma gesehen hat«, flüsterte Frans.

»So schlau sind wir nicht, stimmt's, Pumba«, sagte Juni zu dem Welpen, der winselnd an seiner Leine zog.

Thor warf seiner Tochter einen strengen Blick zu und schenkte Rakel Kaffee in die dünnwandige Tasse.

Stella streckte sich nach der Teekanne. Die Kinder nahmen sich Saft.

»Warst du in der Kirche?«, brach Thor das Schweigen und ließ sich mit seinem Kaffee auf einen Stuhl sinken. Er trank ihn schwarz, und obwohl Stella nicht gern Kaffee trank, hatte sie den Duft schon immer gemocht. Das hatte so etwas Heimeliges. Thor reichte Rakel den Teller mit den Zimtschnecken.

Die schüttelte den Kopf. »Nichts Süßes für mich. Natürlich war ich in der Kirche, schließlich ist heute Sonntag. Unglaublich, was für einen Hunger du hast«, sagte sie, als Juni sich noch eine Zimtschnecke nahm. »Das muss an dieser komischen Diät liegen, die du machst.«

»Das ist keine Diät. Ich bin Vegetarierin, Oma. Das ist nichts Komisches, viele Menschen sind Vegetarier und wollen keine ermordeten Tiere essen.«

Rakel kniff die Lippen zusammen.

»Juni, bitte ...«, sagte Thor leise.

Juni schnitt über den Tisch hinweg eine gequälte Grimasse.

Nur noch einen kleinen Augenblick, grimassierte er diskret zurück. Die arme Familie.

Stella betrachtete sie. Als sie noch im Designerladen angestellt war, hatte sie mit vielen unzufriedenen Frauen zu tun gehabt. Nörgelnde Frauen aus der Oberschicht mit mehr Geld als Verstand. Sie war es gewohnt, Menschen für sich zu gewinnen, sie aufzuheitern. War es gewohnt, sich gut zu benehmen, um gewissermaßen alle Nichtweißen zu repräsentieren. Man wurde so, wenn man anders war, anders aussah, denn man fiel immer aus dem Rahmen. Man war der, den alle ansahen, wenn etwas passierte, gestohlen wurde oder etwas einfach nur Geräusche machte. Aber sie erkannte, dass dies etwas anderes war als Rassismus aus Gleichgültigkeit. Dass Rakel und die anderen jeweils ihre eigene Art hatten, mit ihrer Trauer umzugehen. Der Trauer um eine Tochter, eine Mutter, eine Ehefrau. Stella sah das, denn auch sie kannte das: Die Trauer, die so unterschiedliche Dinge mit den Menschen machte. Einige wurden wütend. Andere hyperaktiv. Einige fühlten sich schuldig. Das war hart, und sie konnte in ihrem Leben nicht noch mehr davon gebrauchen. Sie schwor sich, dass sie sich in nichts hineinziehen lassen würde. Egal, wie heiß Thor auch sein mochte.

~ 10 ~

Nach Rakels Besuch war Thor völlig ausgelaugt. Die Kinder waren an sie gewöhnt, aber er musste immer eine ganze Weile an irgendetwas hämmern oder sägen, nachdem seine Schwiegermutter wieder gegangen war.

Er bückte sich und ließ Pumba von der Leine.

»Tut mir leid«, sagte er, als er dessen unglücklichen Blick sah.

Stella streckte dem Welpen ihre Hand entgegen, und als ihre langen Nägel durch sein Fell fuhren, wedelte Pumba glücklich mit dem Schwanz. Solche Nägel waren unpraktisch, aber da alles andere in Thors Leben praktisch und funktional war, beschloss er, die Nägel zu mögen. Es war schon lange her, dass es in seinem Leben Glamour gegeben hatte, wenn überhaupt jemals. Sie hatte schöne Hände. Schmal. Braun. Sie fühlten sich sicher weich an, und dann diese feurigen Nägel. Er holte tief Luft. Doch dann schenkte Stella ihm ein Lächeln, und ihm stockte wieder der Atem.

Von irgendwoher tauchte Nessie auf, und Thor wandte widerstrebend seinen Blick von Stellas großzügigem Mund und ihren funkelnden Augen ab.

Nessie witterte aufmerksam, als ob sie überprüfen wollte, ob die Luft rein war.

»Sie ist weg«, sagte Juni.

Nessie schüttelte sich und legte sich etwas entfernt hin, als wollte sie alle im Blick haben. Ihr Kopf ruhte auf den Vorderpfoten, ihr eines Auge war halb geöffnet, das andere geschlossen.

»Sogar die Hühner machen sich dünne, wenn Oma kommt«, sagte Frans mit vollem Mund.

Er warf einer braunen Henne, die aus einem der Büsche kam, einen Krümel zu. Ihr folgten fünf piepsende Küken. Frans warf noch mehr Krümel, die die Hühner eifrig aufpickten.

Thor wollte sagen, dass Rakel sich bemühte, aus ihrem Leben das Beste zu machen. Aber er war völlig am Ende und hatte keine Kraft mehr, um noch Weisheiten von sich zu geben. Außerdem hatte Frans recht. Wenn Rakel auftauchte, waren alle Tiere plötzlich wie vom Erdboden verschluckt. Thor hatte nie wirklich begriffen, wie das sein konnte, woher die Tiere wussten, dass sie im Anmarsch war. Als ob sie ein Sturm oder ein Erdbeben wäre. Er hätte schwören können, dass sowohl Vögel als auch Insekten verstummten, wenn Rakel die Grundstücksgrenze überschritt. Hühner, Katzen und Hunde lösten sich in Luft auf.

»Gibt es auch noch einen Opa?«, fragte Stella, die nicht eingeschüchtert wirkte. Sie war ruhig geblieben, obwohl Rakel beleidigt und unhöflich gewesen war. An Stellas Bluse war ein Knopf aufgegangen, und Thors Blick blieb an der goldenen Haut in ihrem Ausschnitt hängen. Bräunliche Haut, der Duft von Lilien und Wärme sowie die Sonnenstrahlen, die faszinierende Schatten warfen. Ein Mann konnte schon für weniger den Verstand verlieren. Wenn er sich nur ein wenig vorlehnen würde, könnte er die Spalte erahnen, in der der Stein ihrer Kette ruhte. Er musste sich jetzt zusammenreißen, sonst würde er sich lächerlich machen. Er hob seine Kaffeetasse.

»Mein Großvater hat meine Großmutter schon vor langer Zeit verlassen«, erzählte Frans.

Stella hockte jetzt im Gras und versuchte, eins der Küken zu sich zu locken.

»Wirklich?«, fragte sie. Eins der mutigsten Küken, nur ein paar Tage alt und noch nicht mehr als ein gelbes Flaumbällchen, näherte sich vorsichtig, aber auch neugierig. Es hopste in die Luft und schnappte nach einem vorbeifliegenden Insekt, ehe es sich Stellas verlockendem Stück Zimtschnecke näherte.

Thor fand, dass sie nicht über Rakel lästern sollten. Ihre traurige Geschichte war allerdings in der Gegend kein Geheimnis. Im Gegenteil. Sie gehörte zu den Skandalen, an denen man sich weidete. Genauso, wie man sich an Leuten ergötzte, die zu einer der Freikirchen übergetreten waren, Gruppensex hatten oder ihre Tiere vernachlässigten.

»Das wissen alle«, sagte Juni wie ein Echo von Thors Gedanken. Sie spielte mit den runden Hagelzuckerkörnern, die auf dem Tisch lagen.

»Es ist eine traurige Geschichte, über die sie leider noch nicht wirklich hinweggekommen ist«, sagte Thor, wobei er sich um einen möglichst neutralen Tonfall bemühte. Er beugte sich hinunter, hob das gelbe Küken auf und setzte es auf Stellas Hand. Sie machte große Augen, und Thor lächelte, als sie es sacht streichelte. Die anderen Küken pickten um sie herum, und auf ihrem Gesicht lag ein glückliches Strahlen, als wäre es ein Abenteuer, hier mit den Tieren zu sitzen. Hühner waren lustige Tiere. Einmal hatte Juni sie mit gekochten Spaghetti gefüttert, und dabei waren sie ganz kopflos geworden, hatten die Nudeln für Würmer gehalten und waren herumgerannt, wobei ihnen die weißen Nudeln aus den Schnäbeln baumelten. Auch Pumba kam an und schnüffelte an dem Küken in Stellas Hand.

»Määäh«, hörten sie plötzlich, und dann stieß das Zicklein Stella in den Rücken.

»Trouble ist mal wieder ausgebüxt«, teilte Frans überflüssigerweise mit.

Die Ziege wedelte mit dem Schwanz und fing dann an, auf einer von Stellas Haarsträhnen herumzukauen, die offenbar unwiderstehlich war. Stella schrie auf. Frans kicherte, aber Juni schien zurückhaltend, als fragte sie sich, was vor sich ging. Machte sie sich Sorgen? Thor hatte sie immer beschützt, hatte zum Beispiel nie von My erzählt oder von einer der wenigen anderen Frauen, mit denen er sich nach Idas Tod getroffen hatte. Juni hatte ihre Mutter nicht vergessen, und sie sollte keine Angst haben, dass er einen Ersatz ins Haus holte.

»Dürfen wir gehen?«, fragte Juni, ohne Stella anzusehen.

Thor nickte. Falls es Stella auffiel, dass Juni kurz angebunden war, ließ sie sich jedenfalls nichts anmerken.

Beide Kinder räumten ihr Geschirr ab und verschwanden auf ihre Zimmer. Frans mit einem Winken in Richtung Stella, Juni wortlos.

Als Stella vom Boden aufstehen wollte, reichte Thor ihr automatisch seine Hand. Sie sah erst die Hand an und dann ihn, und ihre Blicke verhakten sich ineinander. Sie hatte wirklich ein faszinierendes Gesicht – schräge dunkle Augen, kräftige Augenbrauen, sinnliche Linien. Sein Mund wurde trocken, er wollte etwas sagen, wusste aber nicht, was. Seine Hand schwebte in der Luft, und einen Augenblick lang glaubte er, dass sie sie ignorieren würde, dass er eine Grenze überschritten hätte, aber dann legte sie ihre kleine warme Hand in seine und nahm die Hilfe an, richtete sich mit festem Griff auf und ließ seine Zeit sekundenlang stillstehen.

»Danke«, sagte sie leise und ohne die Augen abzuwenden. Ihre Augen waren fast schwarz, mit braungoldenen Flecken, wie er sie noch nie vorher gesehen hatte. Ausdrucksvolle, fröhliche Augen. Statt ihn loszulassen, drückte sie seine Hand, und Thors Blut rauschte unter seiner Haut wie ein Fluss im Frühling. Er erwiderte den Druck. Er fühlte sich wie eine alte Eiche, die alle für tot gehalten hatten, die aber ganz plötzlich einen Energieschub bekam, vom Frühling, von der Sonne, von ihr. Stellas Nasenspitze war rötlich von der Sonne verbrannt, und wenn er sich nur ein wenig vorbeugte, könnte er sie küssen. Sie blinzelte, und er ließ sie los. Natürlich.

Sie trat einen Schritt zurück und schwankte.

Thors Hand kam ihr rasch wieder entgegen.

»Was ist los?« Er legte ihr die Hand auf den Oberarm. Vielleicht, um sie zu stützen, oder auch, um einen Vorwand zu haben, sie noch einmal zu berühren.

»Die High Heels sind einfach nicht für das Landleben gemacht.«

Sie schauten auf ihre Füße hinunter. Die hochhackigen Schuhe waren lehmverschmiert, und die Absätze sanken im Gras ein.

Er ließ ihren Arm los und versuchte sich zusammenzureißen.

»Hast du keine anderen?«

Sie schüttelte den Kopf. »Meine Abreise war ziemlich chaotisch.«

»Wie ist es jetzt – immer noch chaotisch?«

»Jetzt ist es besser. Aber mir ist klar geworden, dass ich ein paar Sachen einkaufen muss. Essen. Klopapier.«

»Ich könnte dir auch Sachen mitgeben?«

»Das ist wirklich nicht nötig. Außerdem muss ich wohl so oder so in die Stadt fahren.«

»Wie wäre es, wenn ich dir die Sachen mitgebe, die du brauchst, um bis morgen über die Runden zu kommen? Morgen muss ich sowieso in die Stadt, dann kannst du mitfahren und dich um den Rest kümmern.«

»Dann möchte ich das aber gern bezahlen.«

Thor wollte protestieren. Er wollte für Toilettenpapier und ein bisschen Essen kein Geld annehmen. Stella hob die Hand. »Keine Diskussion.«

»Okay«, sagte er, ziemlich widerwillig.

»Und ich fahre gern mit dir in die Stadt. Vielen Dank.« Ihre Blicke verfingen sich wieder ineinander. Unmöglich, dass nur er das fühlte. Was immer das auch sein mochte. Lust? Anziehung?

»Nichts zu danken.«

Sie lächelte, und er wollte sie an sich ziehen. Stattdessen steckte er die Hände in die Hosentaschen.

»Erzähl mir mehr über den Großvater deiner Kinder. Ist er einfach so verschwunden?« Wieder lächelte sie, ein anziehendes Lächeln, bei dem er Schmetterlinge im Bauch bekam.

Er machte eine Kopfbewegung in Richtung der Hügel und Weiden. Er musste gehen, sich bewegen. Sie ging an seiner Seite, berührte ihn bei jedem Schritt, ihr Arm an seinem, ihre Schulter an seinem Bizeps. Ihm wurde schwindelig, und er hatte vergessen, worüber sie gesprochen hatten. Genau. Großvater.

»Er hat Rakel für die Sängerin einer Band verlassen, die auf Tournee hier durchkam.«

Wieder stolperte Stella, und ihre Brüste pressten sich gegen seinen Arm. Bildete er sich das ein, oder verharrte sie dort einen Atemzug lang?

»Die Sängerin einer Band?«, fragte sie etwas heiser.

»Das war damals ein Skandal.«

Wenn etwas aus dem Rahmen fiel, wurde hier leicht ein Skandal daraus, etwas, worüber man sich das Maul zerriss. Als Ida von Thor schwanger war, hatte es zum Beispiel auch Gerede gegeben. Sie hatten zwar dann das Richtige getan und geheiratet, aber das Gerede hörte nicht auf. Als Idas Vater mit der Sängerin aus Värmland auf und davon ging, war das ein wahrer Paukenschlag. Rakel war daraufhin immer häufiger in die Kirche gegangen und hatte sich allmählich verändert. Ida hatte es mit ihrer Mutter nicht immer leicht gehabt, was vielleicht erklärte, warum sie es so eilig hatte, den heruntergekommenen Hof zu kaufen und Thor zu heiraten.

»Ich kann zu Hause nicht mehr wohnen«, hatte sie gesagt, und dann hatten sie geheiratet und waren auf den Hof gezogen.

»Ist er nie zurückgekommen?«, fragte Stella, die immer noch bei der Geschichte von der Untreue war.

Thor schüttelte den Kopf. Nicht einmal, als Ida starb. Das war damals schrecklich gewesen. Seine Frau zu begraben, die Mutter seiner Kinder, die trauernde Rakel zu trösten zu versuchen und dann auch noch die Tatsache, dass Idas Vater nicht kam. Thor fuhr sich mit der Hand über das Gesicht. Er war dankbar, dass er an jene Tage kaum Erinnerungen hatte. Nach Idas Tod hatte alles wie hinter einem Schleier gelegen. Er hatte zwei verstörte, weinende, klammernde Kinder gehabt, die Tiere und auch Rakel, um die er sich kümmern musste. Die Beerdigung war wie in grauen Nebel gehüllt.

»Wie schrecklich es für Rakel gewesen sein muss, auf diese Art verlassen zu werden.«

Stella warf ihm einen auffordernden Blick zu. Es war deutlich, dass Stella auf Rakels Seite stand. Das hatte Thor auch getan. Zumindest zu Anfang. Zu Anfang hatte Rakel allen leidgetan. Man glaubte, dass jemand, der einen großen Verlust erlitten hatte, ein besserer Mensch würde, aber Rakel war in ihrem Selbstmitleid und schließlich in Verbitterung stecken geblieben.

»Hat sie niemand Neues getroffen?«

»Nein.«

Sie schwiegen. Die Vögel zwitscherten, die Hunde waren vorausgelaufen, und die Sonne schien.

»Das ist wirklich ein Paradies.« Stella klang atemlos, und er ging langsamer, ihm war bewusst geworden, wie schnell er lief. Sie blieben stehen und blickten über die Hügel und die grüne Landschaft hinweg.

»Ist das der Fluss?«, fragte sie mit einer Kopfbewegung dahin, wo ein Glitzern zu sehen war.

»Ja.«

»Bei mir fließt ein kleiner Bach.«

»Das ist die Grenze zwischen unseren Grundstücken. Er mündet in einen kleinen See, oder vielmehr Tümpel.« Das kleine Gewässer war für ihn der schönste Ort.

»Gehört der auch mir?«

»Weiß ich nicht.« Die alten Grenzlinien kannte heute niemand mehr. Er hatte das Gewässer immer als seinen Besitz betrachtet, oder den der Natur.

Sie gingen weiter. »Das ist mein Pavillon«, sagte er und zeigte mit dem Finger. Er hatte ihn oben auf einem Hügel mit kilometerweiter Aussicht über Wiesen und Felder erbaut.

»Er ist hübsch«, sagte sie und berührte die Wände, als sie bei dem Gebäude ankamen.

Er blickte auf ihre Finger, die das Haus berührten, das er gebaut hatte.

»Die Leute meinen immer, man müsse die Vergangenheit hinter sich lassen und nach vorne schauen«, sagte sie langsam. Die sie umgebende Luft lud sich wieder auf, wurde warm und wie elektrisiert, angefüllt mit Bedeutung und mit unausgesprochener Sehnsucht.

»Ja.«

»Hast du das gemacht?« Stella sah ihm direkt ins Gesicht. Ihre Wangen glühten, ihr war warm und ihre Haut glänzte.

»Ich habe gedatet«, antwortete er zögernd. Er wusste nicht, wie er seine paar Beziehungen nach Ida nennen sollte. Aber nach vorne geschaut? My hatte ja gerade erst Schluss gemacht, er könnte also sagen, dass sein Leben in dieser Beziehung vollkommen stillstand.

»Ist es schwer, auf dem Land zu daten?« Stella beobachtete ihn immer noch mit diesem offenen Blick. Aus seinen Lungen entwich langsam die Luft.

»Kommt darauf an, was man möchte.« In einem kleinen Ort war das Angebot nicht besonders groß. Und es war schwierig, diskret zu sein.

Sie blinzelte bedächtig, spielte mit einem Blatt, das sie gepflückt hatte. »Ich glaube, es ist ganz gut, eine Zeit lang allein zu sein.«

Das glaubte er auch. Grundsätzlich. Einsamkeit konnte sowohl Segen als auch Fluch sein. »Absolut.«

»Andererseits …« Sie verstummte und wandte sich ihm zu. Blickte zu ihm auf. Der Wind fuhr ihr in die Haare und spielte damit. Thor hob die Hand zu einer ihrer Haarsträhnen.

Stella biss sich auf die Lippe.

Thor beugte sich vor und hielt dann in der Luft zwischen ihnen inne. Die Kette, die so verlockend zwischen ihren Brüsten ruhte, schimmerte. Es war eine hübsche Goldkette, schlicht und mit einem großen Stein.

»Andererseits?«, fragte er leise.

Stella legte ihm eine Hand in den Nacken und zog ihn zu sich heran. Er hatte schon einige Frauen geküsst, nicht viele, aber immerhin einige. Manchmal fühlte sich das gut an, manchmal sprang der Funke nicht über. Mit Stella funkte es.

Sein Mund lag auf ihrem, jeder atmete die Luft des anderen. Ihre Lippen berührten einander leicht, kein Kuss, kaum ein Küsschen, eher ein Tasten ihrer Lippen, die einander kennenlernten.

Stella war so beständig wie ein frisch gepflanzter Pfirsichbaum. Beim geringsten Kälteeinbruch würde sie verschwinden. Wie viele Pfirsichbäume hatte er schon großzuziehen versucht? Ziemlich viele. Er hatte gelernt, dass es keinen Sinn hatte, darauf zu hoffen, dass Pflanzen überlebten, die hier nicht zu Hause waren. Man musste sich an ihnen erfreuen, solange es dauerte.

»Du bist wirklich ein guter Nachbar, Thor«, sagte sie an seinem Mund, und er hörte wieder dieses Lächeln in ihrer Stimme, ein Lächeln, von dem er mehr wollte.

Das war das erste Mal, dass sie seinen Namen sagte. So, wie sie ihn aussprach, klang er spannend und sexy, als ob sie ihn und das, was er tat, mochte. Dann küsste er sie wieder, langsam, ohne Eile, ein Kuss ohne Hände und Zunge, nur um jeden einzelnen Millimeter ihres Mundes, ihrer Lippen und Mundwinkel kennenzulernen. Ihre Hand lag in seinem Nacken, und er schloss die Augen und genoss das Gefühl, wie ihre langen Nägel durch sein Haar fuhren.

»Papa! Was machst du da?«

Junis vorwurfsvolle Stimme ließ Thor und Stella auseinanderfahren. Als Thor den Blick hob, sah er, dass Juni sie von der anderen Seite des Pavillons aus vorwurfsvoll ansah.

Er zog sich so schnell von Stella zurück, dass er beinahe gestolpert wäre. Verdammt. Genau das hatte er vermeiden wollen.

»Ich kann dir das erklären«, rief er hilflos.

Juni drehte sich um und lief ohne ein Wort den Pfad entlang. Ihre schwarz gefärbten Haare flatterten im Wind. Thor warf Stella einen entschuldigenden Blick zu.

»Geh hinterher«, sagte Stella verständnisvoll.

»Danke«, sagte er und eilte seiner Tochter nach.

~ 11 ~

»Was willst du denn in der Stadt?«, fragte Stella am folgenden Morgen, als sie beide in Thors Auto auf dem Weg nach Laholm waren.

Bauernhöfe mit weidenden Pferden und Kühen, gepflegte Gärten und Häuser huschten vorbei. Thor hatte sich wieder rasiert, Wangen und Kinn waren glatt und dufteten gut. Sein Haar war oben auf dem Kopf noch feucht, als hätte er gerade eben geduscht, bevor er sie abholen kam. Stella dagegen hatte sich mit erhitztem Brunnenwasser und einem Waschlappen, den sie aus einem ihrer Slips gemacht hatte, notdürftig gewaschen. Danach hatte sie, und das hatte ihr gar nicht gefallen, einen Busch als Toilette benutzt. Sie hatte sich noch einmal gewaschen und dann den Slip vergraben. Um Punkt acht hatte sie bei der Gemeinde angerufen und zur Antwort bekommen, selbstverständlich werde man gleich am Nachmittag jemanden schicken, um eine Probe ihres Brunnenwassers zu nehmen, dazu müsse sie nicht einmal zu Hause sein. Das wollte sie sich leisten, um nicht von Thors Wohlwollen und Wasserkanistern abhängig zu sein, was ihr zutiefst widerstrebte. Es reichte ihr schon, dass sie gezwungen war, in die Natur zu kacken, herzlichen Dank. Ein Citygirl brauchte nun mal fließendes Wasser, einen Kühlschrank und eine Toilette mit Wasserspülung.

Thor schaltete und beschleunigte.

»Ich habe ein paar Dinge zu erledigen«, antwortete er auf ihre Frage. »Ich will mit einem Freund sprechen, einkaufen und vielleicht noch zum Friseur.«

Seine Haare waren lang und ungepflegt, und sie spürte einen Stich in der Brust. Er sah gut aus, auf rustikale und irgendwie authentische Art. Heute trug er ein blaues T-Shirt, und trotz all seiner Verpflichtungen wollte er sich auch noch die Haare schneiden lassen. Das war irgendwie süß. Und er war ein guter Autofahrer, bedächtig. Das stand in starkem Kontrast zu seiner gestrigen Intensität. Als sie sich daran erinnerte, musste sie sich mit der Hand Luft zufächeln. Ihr Geknutsche war jetzt nichts Außergewöhnliches gewesen, aber sie konnte immer noch seine Hände auf ihrer Haut spüren, seinen brennenden Blick, den schweren Atem, als ihre Münder sich begegneten. Es war eigentlich gar kein richtiger Kuss gewesen, aber sie hätte trotzdem einiges darauf gewettet, dass Thor ein fantastischer Liebhaber war. Sie rutschte ein bisschen auf dem Beifahrersitz herum. Die meisten ihrer Fantasien handelten im Augenblick vom Essen, aber gleich dahinter kamen definitiv verschiedene Kombinationen von sonnengebräunten Muskeln und Erotik.

»Geht es Juni gut?«, fragte sie. Das Mädchen hatte keinen frohen Eindruck gemacht.

»Sie war etwas schockiert«, räumte er entschuldigend ein.

Stella fragte nicht weiter nach. Sie begriff, dass es ein blödes Gefühl war, wenn Papa die neue Nachbarin umarmte.

Heute Morgen war sie schon drauf und dran gewesen, sich zu schminken. In ihrer Chanel-Handtasche hatte sie Mascara und Foundation, etwas Lipgloss und einen Kajalstift, aber dann hatte sie beschlossen, dass die Welt sie nehmen musste, wie sie war. Es war nicht ihre Aufgabe, anderen zu gefallen. Später hatte sie es sich anders überlegt und doch etwas Lipgloss aufgetragen.

Nicht für Thor, sagte sie sich, sondern für sich selbst.

Ja, klar.

»Und was hast du für Pläne?«, fragte Thor.

Sie wollte gerade antworten, als sie eine Nachricht erhielt. Sie entschuldigte sich und las sie schnell.

ERIK: *muss das Treffen verschieben auf 14.*

Mist.

STELLA: *Kein Problem.*

Sie legte das Smartphone weg.

»Ich muss einkaufen. Und den Mann treffen, der an meinem Grundstück interessiert ist. Jetzt hat er das Treffen verschoben, und ich muss schauen, was ich bis dahin mache.«

Thor gab Gas und wechselte die Spur.

»Wer ist es?«, fragte er. Die Frage lag nahe, aber irgendetwas in seiner Stimme verriet eine innere Anspannung.

»Er heißt Erik Hurtig. Kennst du ihn?«

Thor schwieg einen Moment. »Ja, ich kenne ihn.«

»Stimmt was nicht mit ihm?«

»Kann ich nichts zu sagen«, antwortete er knapp, was ja schon alles sagte.

Sie schwiegen eine Weile, und dann fragte Thor: »Bist du deswegen hier? Um das Haus zu verkaufen?«

Sie nickte. »Ich brauche das Geld. Und außerdem habe ich ja keine Verbindung mehr hierher.« Sie konnte sich nicht vorstellen, ständig nach Laholm zu fahren. Es lag weit weg von allem, und sie gehörte nicht hierher. Natürlich war es hier pittoresk, vielleicht sogar eine Weile lang heimelig, aber dann?

»Verstehe.«

»Außerdem hoffe ich, etwas über meinen Vater herauszufinden«, fügte sie hinzu, denn diesen Punkt musste sie so oder so in Angriff nehmen.

»Wohnt er hier?«

»Nein, er wohnt wohl in Indien. Meine Mutter ist gestorben, ohne mir etwas über ihn zu erzählen. Es gibt niemanden, den ich fragen könnte. Und unter ihren Sachen war auch nichts über ihn.« Sie hatte gesucht und gesucht, bis sie fast durchgedreht war. Dann hatte sie Maud gezwungen, alle Sachen noch einmal durchzusehen. Aber nada. Nichts.

»Ich dachte, hier finde ich vielleicht etwas, vielleicht wussten meine Großeltern etwas. Das will ich überprüfen, bevor ich verkaufe.«

»Hast du schon etwas gefunden?«

»Kann ich nicht behaupten.«

Die Kate war ja praktisch leer, und die Chancen, einen Hinweis zu finden, gingen wohl gegen null. Da war natürlich noch der blöde Dachboden, aber vor dem hatte sie richtig Angst. Stella zog eine Grimasse. Sie verachtete Frauen, die sich anstellten. Sie würde erst den Schuppen und alles andere durchsuchen und sich dann ihrer albernen Angst stellen, beschloss sie resolut.

Sie schaute durch die Windschutzscheibe in den Himmel. Ein großer Vogel kreiste ganz hoch oben, ein überwältigender Anblick.

»Ist das ein Adler?«, fragte sie und zeigte nach oben.

»Vermutlich ein Milan.«

»Nein, das ist bestimmt ein Adler«, sagte Stella, die kaum einen Spatz von einer Krähe unterscheiden konnte. Doch dieser Raubvogel war riesig. Sie fragte sich, wie es wäre, fliegen zu können. War das nicht das, was sich die Menschen am meisten wünschten? Fliegen zu können. Sie selbst träumte davon, zu nähen und kreativ zu sein. Das war wie ein Verlangen. Schon als sie klein war, hatte sie das geliebt. Handarbeit war ihr Lieblingsfach in der Schule gewesen, und fast alle ihre Tagträume hatten von Mustern und Designs gehandelt. So war es schon immer gewesen. Stoffe waren ihre große Leidenschaft. Sie begutachtete Schnitte und Entwürfe, träumte von Designs. Mittlerweile waren praktisch alle ihre Kleidungsstücke selbst genäht, und ihr einziger Wunsch war es, von The NIF angenommen zu werden. Unbegreiflich, dass sie diese Chance beim letzten Mal ungenutzt hatte verstreichen lassen. Und das wegen Peder. Doch er konnte so überzeugend und charmant sein, und sie war so schrecklich verliebt gewesen. Nicht noch einmal, schwor sie sich und schaute zum Adler/Milan hinauf.

»Welche Superkraft würdest du haben wollen, wenn du dir etwas wünschen könntest?«, fragte sie, während der Vogel hoch oben am Himmel verschwand.

»Keine Ahnung. Welche gibt es denn?«

»Man kann unsichtbar sein. Superstark. Fliegen.«

»Ich glaube, ich bin damit zufrieden, den Alltag zu meistern. Und du?«

»Ich glaube, ich würde am liebsten fliegen können.« Sie schaute aus dem Fenster und lächelte. Ihre Haut kribbelte, wie sie so neben Thor saß, der sich womöglich ihretwegen rasiert hatte. Man lernte das Leben ganz anders zu schätzen, wenn man ein Feuer entfachen musste, um warmes Wasser zu bekommen, und wenn man nicht wusste, ob es etwas zum Abendessen geben würde. Nicht, dass sie sich mit Leuten verglichen hätte, die es wirklich schwer hatten, die hungerten oder obdachlos waren, aber wenn sie sich mit der Frau verglich, die sie selbst noch vor einer Woche gewesen war, dann betrachtete sie viele Dinge heute nicht mehr als selbstverständlich. Das Landleben war in jeder Hinsicht schrecklich, rief sie sich ins Gedächtnis. Sie liebte Stockholm, warmes Wasser aus dem Hahn, chemische Reinigungen und so weiter. Allerdings war das Leben in ihrer Kate auch ein klein, klein bisschen lehrreich, wie ein Überlebenskurs. Schrecklich, solange es dauerte, aber nützlich.

»Laholm ist klein, also blinzel jetzt lieber nicht, sonst verpasst du es womöglich«, sagte Thor, als er in die Stadt fuhr.

»So klein ist es nun auch wieder nicht.« Stella betrachtete die Menschen auf den Straßen und Bürgersteigen. Sie wusste nicht, was sie erwartet hatte, aber die Leute in Laholm sahen völlig normal aus. So viel zum Thema Vorurteile. Sie näherten sich einem Parkplatz auf einem Markt. Es gab jede Menge Parkplätze im Zentrum, was für eine Stockholmerin bislang das Exotischste war.

»Es gibt in Laholm genau eine Ampel. Nicht ganz das, was du gewohnt bist.«

»Kann sein.« Aber Stella sah einen Springbrunnen, ein Café und Läden, und es fühlte sich an wie die Zivilisation.

»Ich brauche sicher eine Weile«, sagte Thor, als er den Wagen abschloss und auf ihre Seite herüberkam. Beim Aussteigen sah sie, wie ein paar Frauen ihm Blicke zuwarfen. Sie konnte sie verstehen. Thor hatte etwas an sich, das die Aufmerksamkeit auf ihn zog. Er war zwar nicht auffallend hübsch und sah eigentlich ziemlich gewöhnlich aus, wenn man jeden Zug einzeln betrachtete, aber er hatte etwas. Ausstrahlung, eine selbstsichere Beherrschung. Das war unglaublich anziehend. Sie wollte die anderen Frauen mit Blicken durchbohren, ihnen mitteilen, dass er ihr gehörte. Wie auch immer sie jetzt darauf gekommen war. Aber sie hatten sich gestern beinahe geküsst, also gehörte er wohl tatsächlich ein wenig ihr. Zumindest für den Moment.

»Ich komme schon zurecht«, sagte sie und wich geschickt den Unebenheiten der Pflastersteine unter ihren Absätzen aus. Und nur weil sie es konnte, legte sie ihm eine Hand leicht auf den Oberarm.

Er blieb stehen. »Stella ...«, sagte er nur.

»Ja?«

»Wenn Juni gestern nicht dazugekommen wäre ...«

Er hatte gestern ganz verstört ausgesehen. Aber jetzt ... »Was hättest du dann getan?« Sie biss sich auf die Lippe. Abgeschmackt, klar, aber ihm schien es zu gefallen, denn er starrte sie an.

»Dann hätte ich dich richtig geküsst«, sagte er dumpf.

»Und ich hätte dich geküsst. Richtig. Mich an dich gepresst.«

Seine Augen wurden dunkel, und er kam ihr so nahe, dass die Luft zwischen ihnen zu flimmern begann. Stella hob sich leicht auf die Zehenspitzen, presste behutsam ihre Brüste an seinen Brustkorb und hörte ihn nach Luft ringen.

Dann fiel er gegen sie.

»Ups«, sagte sie und schwankte.

Thor richtete sich wieder auf. »Entschuldigung. Alles in Ordnung?«

»Was war das denn?«

Thor wandte sich um und sah das Kind an, das ihn mit seinem Fahrrad angefahren hatte, ein Knirps mit Fahrradhelm, Stützrädern und Eis um den ganzen Mund.

»Ich habe einen Unfall gebaut«, teilte der Knirps fröhlich mit, und dann nieste er so kräftig, dass das Eis Thors Hosenbeine besprühte.

»Entschuldigung, ist alles in Ordnung?«, fragte eine junge Frau mit Kinderwagen, die atemlos auf sie zukam.

»Kein Problem«, sagte Thor. »Wir hatten nur einen kleinen Zusammenstoß.«

»Es tut mir leid. Er hat überhaupt keine Koordination. Komm, Kevin«, sagte die Mutter, und die beiden verschwanden.

Thor bürstete sich einen Eisfleck vom Bein. »Wo waren wir stehen geblieben?«, grinste er.

»Du wolltest dich um Bauernkram kümmern, und ich habe eigene Pläne«, sagte Stella. Zwischen ihnen herrschte eine derartige Spannung, dass ihre Haare sich aufrichteten. Aber warum auch nicht? Sie war eine Frau und Thor ein Mann. Nichts sprach dagegen, miteinander ein bisschen Erwachsenenspaß zu haben, wenn sie das wollten.

»Genau«, sagte er und warf ihr noch einen dieser Blicke zu, der sie direkt in ihrem Lustzentrum traf.

»Du bist nicht so toll, wie du tust«, sagte sie.

»Glaub mir, neunundneunzig Prozent der Zeit bin ich extrem toll. Oder langweilig.«

»Und was ist mit dem letzten Prozent?«

Er sah sie lange an. »Da bin ich bei dir«, sagte er einfach.

Nachdem sie Telefonnummern ausgetauscht und vereinbart hatten, wann und wo sie sich wieder treffen wollten, verschwand Thor und Stella machte sich auf den Weg in Richtung Stadtkern, den ihr Smartphone ihr anzeigte. Sie hatte eine mentale Liste, einen vagen Plan und ihre natürliche Neugierde. Alles würde hervorragend laufen. Sie war immerhin schon allein mit der U-Bahn gefahren, als sie kaum über den Fahrkartenschalter gereicht hatte, hatte sich mit Maud in der Stadt herumgetrieben, hatte heimlich hinter Würstchenbuden geraucht und mit Freunden in den Stockholmer Parks herumgeknutscht. Wenn sie verreist war, dann immer in Großstädte. Mit dem kleinen Laholm sollte sie also fertigwerden.

Stella folgte Google Maps und kam an einem großen Platz, an Cafés, asiatischen Restaurants, Bekleidungsgeschäften, kleinen Maklerbüros und Gassen mit Kopfsteinpflaster und Anwaltskanzleien und Lokalzeitungen mit altmodischen Schildern vorbei. Sie suchte nach dem Secondhand-Laden, von dem Juni erzählt hatte. Nachdem sie an einer Weinhandlung und einem Geldautomaten vorbeigekommen war und weitere malerische Gassen mit in großen Trauben blühendem Flieder gesehen hatte, fand sie den Laden und ging hinein.

Sie begrüßte die Verkäuferin, ein junges Mädchen mit schwarzen Haaren und ostasiatischem Aussehen – aus China, vermutete Stella –, und sah sich dann unter den gebrauchten Sachen um. Zwischen den Kunden liefen zahlreiche Angestellte in roten Shirts und mit Namensschildern herum, die sich unterhielten und aufräumten.

»Ihr habt schöne Sachen«, sagte Stella, als sie die Regale durchstöbert hatte und wieder vor der Verkäuferin stand. Der Laden mit seiner eklektischen Mischung aus Vinylschallplatten, Puzzles, Anzügen, Küchengeräten und Dingen, die aussahen wie Motoren, und diversen Werkzeugen erinnerte an einen Flohmarkt.

So stand da zum Beispiel ein rostiges rotes Moped auf Zeitungspapier, als ob jemand gerade daran herumgeschraubt hätte und nur eine kurze Pause machen würde. Einer abgestoßenen Plakette zufolge hieß das Moped Svalan Svalette. Es schien uralt zu sein. Sie hatte noch nie von der Marke gehört. Ansonsten gab es erstaunlich viel im Laden zu entdecken, einiges war natürlich Müll, aber es gab auch richtig schöne Sachen, und die Preise waren deutlich niedriger als in Stockholm.

»Hast du etwas gefunden, was dir gefällt?«, fragte die Verkäuferin. Sie war jung, vielleicht einundzwanzig, und hatte einen kleinen silbernen Nasenring. Das war vielversprechend. Vielleicht. Auf ihrem Namensschild stand JinJing.

»Fährt das?«, fragte Stella und zeigte auf das Moped.

»Jepp. Bist du interessiert?«

Das war sie nicht, sie machte nur Small Talk. Stella wappnete sich. Jetzt kam es darauf an.

»Hm, JinJing, ich wüsste gern, ob ihr auch Sachen in Zahlung nehmt?« Sie benutzte ihre beste Servicestimme, selbstsicher, freundlich und kompetent.

»Normalerweise nicht. Woran hast du gedacht?«

Stella bückte sich, zog ihre Schuhe aus und stellte sie auf den Tresen. Es waren schwarze Louboutin-Schuhe bester Qualität. Sie hatte sie für fünftausend Kronen gekauft und sie heute Morgen geputzt. Selbst jetzt, nachdem sie sie getragen und die roten Sohlen abgenutzt hatte, sollten sie noch einiges wert sein. Sie wollte sich absolut nicht von ihnen trennen, aber die Not kannte kein Gesetz und sie war in Not. Sie konnte nicht ewig weiter von ihrem Ersparten leben. Wenn sie noch hierbleiben wollte, musste sie unabhängiger werden. Sie wusste nicht recht, wieso sie in Erwägung zog, noch zu bleiben. Oder doch, sie wusste es, aber sie wollte im Augenblick nicht näher darüber nachdenken. Sie würde die Dinge auf sich zukommen lassen. Sie würde nie wieder hierherkommen, also konnte sie alles auf eine Karte setzen. Auch wenn sie dafür eins ihrer liebsten Besitztümer opfern musste.

Die junge Verkäuferin betrachtete die Schuhe mit leuchtenden Augen.

»Was würdest du denn dafür haben wollen?«, fragte sie.

Stella legte ein Paar weiße Turnschuhe und ein Paar Gummistiefel in ihrer Größe auf den Tresen. Gebrauchte Schuhe statt Louboutins, das tat weh. Aber sie brauchte Schuhe, die sie hier auch wirklich tragen konnte, und sie brauchte sie jetzt sofort.

»Wenn du die Handtasche verkaufst, kannst du noch mehr bekommen«, sagte JinJing und betrachtete lüstern Stellas schwarze Chanel-Handtasche. Offenbar verstand sie sich auf Qualität. Und erkannte Verzweiflung, wenn sie sie sah.

Stella umklammerte den Griff. Sie hatte die Tasche auf ihrer letzten New-York-Reise in einem Outlet gekauft. Es war ihre absolute Lieblingstasche und eins der teuersten Dinge, die sie je besessen hatte.

»Nie im Leben«, sagte Stella mit Nachdruck.

Sie legte ein rotes, langärmeliges Baumwollshirt auf den Tresen und eine Latzhose, Kleidungsstücke, die deutlich praktischer waren als ihre maßgeschneiderten Sachen, sowie ein Paar grobe Wollsocken. Außerdem holte sie verschiedene Besteckteile aus ihrem Einkaufskorb, vier unterschiedlich große Trinkgläser mit hübschem Dekor, zwei unmoderne, aber heile Becher, einen großen und zwei nicht zueinanderpassende kleine Teller. Nichts davon gehörte zusammen, daher waren sie billig, aber jedes Teil, das Stella ausgesucht hatte, war von hoher Qualität. »Die will ich auch noch haben. Und das hier.« Sie holte einen Stapel herrlicher antiker Laken und Küchenhandtücher mit sehr feiner handgeklöppelter Spitze und Stickerei. Die Qualität war einfach sensationell und der Preis beschämend niedrig. Außerdem einen gusseisernen Topf, eine Bratpfanne, eine Kupferkanne und schließlich noch einen herausragenden Designerrock, den sie genau genommen nicht brauchte, an dem sie aber auch nicht vorbeigehen konnte. Er würde ihr perfekt passen. Als Letztes legte sie einen alten Nähring auf den Tresen – wie ein Fingerhut, aber als Ring. Ohne den fühlte sie sich nackt.

JinJing musterte die Waren. Sie sagte zu allem Ja, außer zum Rock. »Sorry, der ist zu teuer.«

»Die Schuhe sind von Louboutin«, wandte Stella ein.

»Und wir nehmen eigentlich nichts in Zahlung. Dies ist eine Ausnahme«, antwortete JinJing hart.

Stella schwatzte ihr zumindest noch ein Paar Clogs ab und packte murrend ihre Schnäppchen ein. Bisher hatte das Land ihr kaum versöhnliche Seiten gezeigt. Sie steckte sich den Nähring an. Er passte perfekt.

In dem Moment, als Stella den Laden verließ, schickte Maud eine SMS.

> MAUD: *Bist du schon zu Hause?*
> STELLA: *Nö. Ich bleibe noch ein bisschen in Laholm. Ich habe gerade meine Schuhe gegen Latzhosen, Gummistiefel und gebrauchtes Geschirr eingetauscht.*
> MAUD: *Doch wohl nicht die Louboutins?*
> STELLA: *Doch.*

Autsch, das tat immer noch weh. Ihre geliebten Schuhe. Das Smartphone klingelte so prompt und wütend in ihrer Hand, dass sie es fast fallen gelassen hätte.

»Bist du jetzt völlig durchgedreht? Diese Schuhe waren doch deine Babys«, sagte Maud aufgebracht, als Stella sich meldete.

»Stimmt. Ich bin eine schlechte Mutter, denn ich habe soeben meine Kinder verkauft. Und warst du nicht diejenige, die gesagt hat, hochhackige Schuhe seien eine Strategie des Patriarchats, um Frauen aus dem Gleichgewicht zu bringen?«

»Ich bin im Zwiespalt. Es waren immerhin Louboutins.«

»Ich kaufe mir eine Sandwichtorte als Trost. Die ist hier auf dem Land spottbillig.«

Maud schwieg lange.

»Soll ich kommen?«, fragte sie dann. »Sandwichtorte? Muss ich eine Intervention machen? Um Himmels willen.« Mauds Stimme sank zum Flüstern herab. »Stella? Hast du dich einer Sekte angeschlossen? Kannst du frei sprechen?«

Die liebe Maud.

»Keine Sekte, ich schwöre.«

»Ich weiß nicht, ob ich dir glauben soll. Du klingst seltsam. Du tust seltsame Dinge. Ich durfte mir die Schuhe noch nicht einmal ausleihen, und jetzt sind sie weg?«

»Du durftest sie dir ausleihen. Und du hast Rotwein darübergegossen.«

»Ein Unfall.«

»Ich muss jetzt auflegen. Ich muss in den Supermarkt und Slips kaufen.«

Stella legte mitten in Mauds Protesten auf. Natürlich hatte sie nicht vor, Unterwäsche im Supermarkt zu kaufen, schließlich musste auch die Barbarei Grenzen haben, aber Maud war so leichtgläubig, dass sie nicht widerstehen konnte. Sie blieb stehen und sah in ein Schaufenster mit Kleidern. Schaufensterpuppen mit glänzenden Blusen, Samttabletts mit Schmuck und Tüchern. Die Stücke waren gut genäht, das konnte man sehen, und sie waren heruntergesetzt. Vielleicht konnte sie ein Schnäppchen machen.

Der Laden war schweineteuer, das sah sie sofort beim Eintreten.

»Hallo«, sagte die Frau hinter dem Tresen. Sie war superposh, zwischen fünfzig und sechzig, mit dramatischen Augen mit verlängerten Wimpern und hochtoupiertem, glänzendem Haar. Aus dem Nahen Osten, vermutete Stella, und ihr Blick fiel auf ein dickes, glänzendes Nachthemd in einem Korb neben dem Tresen. Als vollbusige und kurvige Frau konnte man nicht alles tragen. Sie mied enge Kleidung und stumpfe Stoffe, aber das hier würde ihr stehen.

»Kann ich dir helfen?«

»Du hast sehr schöne Sachen, aber sie sprengen mein Budget«, klagte Stella. »Entschuldige, wenn ich frage, aber gibt es hier kein H&M oder Lindex?«

»Nein, leider nicht. Nur in der Stadt.«

»Ich dachte, das hier ist die Stadt?«

»Ich meine Halmstad.«

Stella befühlte das Nachthemd. Es war um die Hälfte herabgesetzt und von guter Qualität. Doch sie konnte es sich einfach nicht leisten.

»Du bist nicht von hier«, sagte die Frau. Sie hatte eine heisere Stimme, als würde sie vierzig Zigaretten am Tag rauchen und mit Whisky nachspülen.

Stella war es gewohnt, dass man ihre Herkunft kommentierte. Die Leute wollten immer wissen, woher sie eigentlich kam, ob sie adoptiert war und warum sie so gut Schwedisch sprach, aber sie vermutete, dass die Frau meinte, Stella sei nicht aus Laholm.

»Aus Stockholm.«

»Machst du hier Urlaub?«

»Meine Mutter war von hier. Ich bin hier, um mich um ihr Haus zu kümmern. Auf der anderen Seite vom Fluss.«

»Bist du etwa die in der Kate? Wallins Enkelin?«

Stella nickte. Es war schon merkwürdig, dass die Leute wussten, wer sie war. Sie, die sich ihr ganzes Leben lang nur halb gefühlt hatte, besaß hier Wurzeln. War Teil einer Geschichte. Die die Leute kannten.

»Dann hast du auch Thor Nordström getroffen?«

»Ja.«

»Sieht gut aus, oder?«, sagte sie grinsend.

Stella war nicht erfreut, als sie merkte, dass sie rot wurde. Aber er sah gut aus. Und war sexy. Und brachte ihre Lady Parts zum Jubeln.

»Ja, also die zwei Brüder. Nur traurig wegen Klas.«

»Wieso traurig?« Sie verstand nicht, ahnte aber eine Geschichte.

Die Frau zuckte mit den Schultern, ohne auf die Frage zu antworten. »Ich heiße Nawal, und die Boutique gehört mir. Was machst du so in Stockholm?«, fragte sie und faltete einen Cardigan zusammen.

»Ich habe in einer ähnlichen Boutique gearbeitet. Nettans, in Östermalm.«

»Da war ich schon einmal«, sagte Nawal und ordnete einen Stapel mit verschiedenfarbigen Pullis. »Ziemlich versnobt, soweit ich mich erinnern kann.«

Das könnte man so sagen. Außer den Frauen der Oberschicht war Stella dort auch vielen Prominenten begegnet. Der Finanzfrau Natalia Hammer, die wie eine schlanke Prinzessin aussah, aber eine hart arbeitende Mutter von zwei Kindern war. Der Künstlerin Jill Lopez, die alle außer Stella schlecht behandelte.

»Arbeitest du da nicht mehr?«, wollte Nawal wissen.

»Ich studiere erst einmal«, sagte Stella, denn das musste einfach klappen. »Modedesign in New York.« Vor Stolz und Sehnsucht brach beinahe ihre Stimme.

»Beeindruckend. Dann hast du sicher was drauf.«

»Ja, das habe ich«, sagte Stella ehrlich. Sie hatte Kleidung entworfen und privat verkauft. Hübsche, gut genähte Stücke: ein Brautkleid, ein Festkleid und einen Brokatblazer. Sie hatte in jedes ein Etikett genäht. Stella, mit verschnörkelten Buchstaben und einem gestickten Stern. Und war so stolz gewesen.

Die Ladenglocke bimmelte.

Eine Kundin, eine Frau um die vierzig, ging direkt auf Nawal zu. Sie war gut gekleidet und wusste offenbar, welche Schnitte ihr am besten standen, bemerkte Stella automatisch. Blanke Lederschuhe, ein Mantel aus hellem Stoff. Sie legte eine steife Papiertüte auf den Tresen.

»Diese Hose müsste umgenäht werden, Nawal. Ich habe sie letzte Woche bei dir gekauft.«

»Ja, ich erinnere mich. Wolltest du sie nicht zu einer Abendeinladung anziehen? Dunkelblau. Schick.«

»Sie ist mir zu lang.«

Stella lächelte mitfühlend. Sie wusste genau, wie das war. Sie selbst war auch viel zu klein für die meisten Hosen, und weil sie um Po und Oberschenkel breiter war, brauchte sie größere Größen. Sie musste ihre Hosen immer umnähen, da die Modebranche offensichtlich der Meinung war, dass alle Frauen, die von der Norm abwichen, ohne gut sitzende Kleidung auskommen mussten. Interessanterweise gab es Männerkleidung in viel mehr Größen. Sie berührte einen französischen Seidenschal in hellen, fröhlichen Farben. Er fühlte sich an wie Luft.

»Meine Näherin hat sich den Arm gebrochen«, hörte sie Nawal sagen. »Es tut mir leid.«

Stella trat näher, jetzt ernsthaft interessiert.

»Was soll ich denn jetzt machen?«, fragte die Kundin. Sie lehnte sich über den Tresen. »Ich will sie am Wochenende anziehen. Meine Schwägerin kommt.« Sie senkte die Stimme. »Sie ist sehr kritisch.«

Nawal rang die Hände. Ihre Kunden lagen ihr am Herzen, das konnte man sehen. »Es tut mir wirklich sehr leid.«

Stella räusperte sich. »Ich könnte sie kürzen.«

Die beiden Frauen drehten sich um und starrten sie an, als ob sie gerade verkündet hätte, aus einer geschlossenen psychiatrischen Anstalt entlaufen zu sein.

»Ich kann das machen«, wiederholte Stella mit Nachdruck. Sie überlegte rasch. »Ich kürze die Hose für zweihundert Kronen. Und zwar mit der Hand. Ich bin gut.«

Nawal sah sie an. In ihren Augen leuchtete Interesse, als ob sie einen einarmigen Banditen gesehen hätte, der jedes Spiel gewann.

»Ich habe da noch mehr Bestellungen, wenn du wirklich so gut bist, wie du sagst«, sagte sie, als ob sie testen wollte, ob Stella log, ob sie vielleicht durch die Gegend fuhr und die Leute dazu brachte, ihr ihre Kleidung zu geben.

»Das bin ich«, sagte Stella selbstbewusst.

Denn wenn sie etwas wirklich richtig gut konnte, dann Hosen und Röcke mit kleinen, fast unsichtbaren Stichen zu kürzen. Oder Kleidung zu ändern. Sie sah die beiden Frauen an.

»Ich kann Sachen auch weiter oder enger machen.«

Damit war es entschieden. Nawal und Stella schüttelten sich die Hände, und als Stella um einen Vorschuss bat, erhielt sie ihn ohne Weiteres. Mit diesem Geld kaufte sie das Nachthemd und bekam sogar Rabatt. »Selbstverständlich«, sagte Nawal und zog noch einmal fünfundzwanzig Prozent ab. Stella hatte plötzlich einen Job! Mit Personalrabatt! Und sie bekam sogar noch Essensmarken für das örtliche Lunchrestaurant.

»Nimm du sie, ich benutze sie sowieso nie«, sagte Nawal und steckte sie zusammen mit dem in Seidenpapier eingeschlagenen Nachthemd in die steife Papiertüte.

»Danke.« Stella mochte Nawal mit jeder Sekunde lieber.

Sie rückte die Tüten zurecht, an denen sie schleppte.

»Ich liefere alles ab, so schnell ich kann«, sagte sie und verließ stolz und froh die Boutique.

Sie war eine Überlebenskünstlerin!

Provinz, nimm das!

~ 12 ~

»Und wie geht es den Kindern?«

Thor sah die Frau, die die Frage gestellt hatte, in dem großen Silberspiegel vor ihm an.

Ulla-Karin hatte die Finger in seinen Haaren.

»Du hast doch nichts Seltsames vor, oder?«, sagte er, aus früheren Erfahrungen klug geworden.

Nach einem kurzen Abstecher zur Bank hatte er hier auf einen schnellen Haarschnitt hereingeschaut. Wenn Stella ihr Land verkaufte, wollte er versuchen mitzubieten, wenn nicht aus anderen Gründen, dann damit Erik ihm nicht zu dicht auf die Pelle rückte. Er würde sehen, wie es lief. Erik und er waren noch nie gut miteinander ausgekommen. Nicht zuletzt, weil Erik in der Schule Klas gemobbt hatte. Erik hatte viele Jungs um sich geschart, die sich mit der reichsten Familie der Gegend gut stellen wollten.

Ulla-Karin fuhr ihm mit den Händen durchs Haar, hob es an und begutachtete Länge und Struktur, bevor sie seinem Blick im Spiegel begegnete.

»Wäre nicht mal etwas Neues fällig?«, schlug sie vor.

Thor drehte den Kopf weg. »Ich meine es ernst«, sagte er streng. »Nur ein gewöhnlicher Haarschnitt, weiter nichts.«

»Wenn du dir sicher bist«, sagte sie ohne Überzeugung in der Stimme.

»Ganz sicher.«

»Aber, Thor ...«

Er sah sie streng an. »Keine Diskussion.«

»Ja, okay.«

Thor seufzte erleichtert. Als Friseurin machte Ulla-Karin gern Experimente, und viele Laholmer liefen mit »schrägen« Frisuren herum. Thor erinnerte sich an eine Hochzeit, bei der die Braut, eine seiner ehemaligen Klassenkameradinnen, während der ganzen Zeremonie geweint hatte, nachdem sie Ulla-Karin ihre Frisur anvertraut und sie »eine Sache, die ich auf YouTube gesehen habe« hatte ausprobieren lassen.

»Wie laufen die Festvorbereitungen?«, fragte Ulla-Karin.

Seine Eltern feierten bald ihren vierzigsten Hochzeitstag und hatten dazu an die hundert Gäste eingeladen.

»Gut. Klas kommt auch.«

»Ich habe schon davon gehört. Steht er immer noch auf Männer?«

»Und du?«

»Ich liebe Männer. Sorry, das war wohl eine dumme Frage. Wie steht's bei dir mit der Liebe?« Sie legte Scheren und Kämme, Haarpflegeprodukte und einen Rasierapparat auf einem Frotteehandtuch bereit.

Aber er ging ihr nicht in die Falle. Ein einziges Wort zu Ulla-Karin und alle wüssten Bescheid. Er schwieg.

»Wie ich höre, hast du einen neuen Nachbarn?«, fragte Ulla-Karin scheinbar ungezwungen.

Wie gesagt. Hier gab es keine Geheimnisse.

»In der Kate. Eine Frau.«

»Wie ist sie so?«

»Sie ist okay, glaube ich. Aus Stockholm. Die Enkelin der Wallins. Denen die Hütte gehört hat.«

Die Hütte und das Grundstück hatten dem Ehepaar Wallin ewig gehört. Dass Stella verkaufen wollte, war ein Schock gewesen. Es war ihr gutes Recht, aber ausgerechnet an Erik? Nicht, wenn er es verhindern konnte.

»Es gab da mal einen Skandal um ihre Mutter, oder?«

Er wollte nicht mit ihr über Stellas Herkunft reden, also schwieg er nur.

»Und wie geht es den Kindern? Fühlen sie sich in der Schule wohl?«, fragte Ulla-Karin und zückte die Schere.

Thor hob die Schultern. »Es ist, wie es ist«, sagte er.

Ulla-Karin legte ihm eine Hand auf die Schulter und sandte ihm einen warmen Blick.

»Es ist nicht leicht«, sagte sie. »Und wenn es doch leicht ist, macht man etwas falsch. Sag Bescheid, wenn ich dir helfen kann. Immerhin habe ich drei Kinder. Nicht die wohlgeratensten, das gebe ich gern zu, aber trotzdem.«

»Danke.«

Er wusste ihr Angebot wirklich zu schätzen. Aber Ulla-Karin führte eine glückliche und stabile Ehe mit einem Mann aus der Gegend, dessen einzige Eigenheit es war, alles Essen in der Mikrowelle zuzubereiten. Thor wollte sie nicht mit seinen Problemen belasten.

Ulla-Karin hielt einen Handspiegel hoch.

»Sieht gut aus«, sagte er und versuchte seine Erleichterung zu verbergen.

Ulla-Karin bürstete die Haare aus seinem Nacken und nahm ihm den Umhang ab.

»Soll ich dir nicht aus der Hand lesen, wo du schon einmal hier bist?«

Ulla-Karin war nämlich ein Medium, wie sie behauptete. Die meisten ihrer medialen Tätigkeiten bot sie unter einer gebührenpflichtigen Telefonnummer an, hielt aber in ihrem Salon nach Feierabend einzelne Workshops für Menschen, die ihre eigenen medialen Fähigkeiten ausloten wollten. Und im Sommer hatte sie abends immer einige Stunden offene Sprechstunde und las vorwiegend Touristen mit zu viel Geld und Freizeit aus der Hand. Natürlich konnte man abgefahrenere Dinge machen, aber in Thors Augen stand diese Tätigkeit doch ziemlich weit oben auf der Verrücktheitsskala. Und falls sie wider Erwarten tatsächlich medial war, wollte er jedenfalls nicht wissen, was seine Zukunft bereithielt. Mit der Gegenwart hatte er genug zu tun.

»Ich mache dir einen Freundschaftspreis. Gib mir deine Hand«, sagte sie.

»Lieber nicht.«

»Komm schon, gib sie mir.«

Sie legte den Kopf schräg, und Thor erinnerte sich daran, wie er vor ihrem Haus gestanden hatte, als er vierzehn war und sie neunzehn, und gehofft hatte, einen Blick auf sie zu erhaschen. Er hatte immer eine kleine Schwäche für sie gehabt. Widerstrebend streckte er ihr seine Hand hin. Ulla-Karin nahm sie in ihre beiden Hände und betrachtete ausgiebig seine schwielige Handfläche.

Thor glaubte zwar nicht an Übernatürliches, aber nur weil man nicht daran glaubte ...

»Siehst du etwas?«, fragte er und spürte ein Flattern der Besorgnis, wie ein Schatten, der im Augenwinkel vorbeihuschte. Er zog seine Hand zurück.

Sie lächelte. »Wir wiederholen das später.«

Oder auch nicht, dachte er.

~ 13 ~

»Ich lade dich ein«, sagte Thor sicher schon zum fünften Mal und hielt der Kassiererin seine EC-Karte hin.

Die Schlange hinter ihnen im Restaurant wurde immer länger.

»Ich lade *dich* ein«, wiederholte Stella genauso hartnäckig und schob ihre Essensmarken über den Tresen. Die hatte sie anscheinend bekommen, als sie sich einen Job besorgt hatte.

»Wie bist du so schnell an einen Job gekommen?«, fragte er und sah sie an, wie sie triumphierend mit den hellgrünen Essensmarken wedelte. »Wir waren nur ungefähr fünfzehn Sekunden getrennt.«

Alles ging schnell bei Stella Wallin.

In der Zeit, in der er eine Tasse Kaffee kochte, mistete sie ihre Kate aus und machte sie bewohnbar, änderte ihr Leben und lernte Leute kennen. Doch dass er bei ihrem Tempo nicht mithalten konnte, bedeutete nicht, dass er sie für das Mittagessen bezahlen lassen würde. Hier verlief seine Grenze.

»Die Typen in der Großstadt lassen sich vielleicht von Frauen einladen. Männer vom Land machen das nicht«, sagte er mit lauter Stimme. Schon bei dem Gedanken, dass jemand das von ihm glauben könnte, schämte er sich. Das Restaurant war voll: ehemalige Schulfreunde, Männer, von denen er Mähdrescher und Werkzeug gekauft hatte. Es war undenkbar.

»Sei kein Chauvi. Ich lade dich ein«, sagte Stella unerbittlich. Auf so einen steinharten Widerstand war er nicht gefasst. Schließlich war er völlig im Recht.

Die Schlange hinter ihnen wurde immer länger. Die Kassiererin verfolgte die Diskussion. Sie hieß Natalie, und Thor hatte in der Oberstufe mit ihr zusammen Englisch gehabt. In den Pausen hatte sie heimlich geraucht. Sie war eins der tougheren Mädchen gewesen. Mit interessiertem Gesichtsausdruck hörte Natalie dem Wortwechsel zu und traf dann eine Entscheidung. Entschlossen nahm sie Stella die Essensmarken aus der Hand.

»Es ist ein bisschen altmodisch, Frauen nicht zahlen zu lassen«, sagte sie und tippte beide Essen in die Kasse.

Stella grinste ihn triumphierend an.

Thor war es gewohnt, seinen Willen durchzusetzen. Oft zog er einfach sein Ding durch, wenn er wusste, dass er recht hatte, das war am effektivsten, aber er war definitiv kein Chauvi, also gab er diese Schlacht verloren. Nicht weil die Frauen sich gegen ihn zusammengerottet hatten, redete er sich ein, sondern weil er sich dafür entschieden hatte. Aber er warf Natalie einen Blick aus schmalen Augen zu. Sie war in der Neunten abgegangen, als sie von einem Jungen aus Halmstad schwanger wurde. Danach hatte sie sich als alleinerziehende Mutter von erst einem, dann zwei Mädchen durchgeschlagen. Ihre Cassandra und seine Juni gingen in dieselbe Klasse, und Natalie war Ur-Laholmerin seit Generationen. Kurz, sie sollte eigentlich auf seiner Seite stehen. Aber sie blinzelte nur mit ihren unnatürlich dichten Wimpern und tippte weiter Essen ein.

Das Restaurant Gröna Hästen war gut besucht, und nachdem sie bezahlt hatten, reihten Stella und Thor sich in die Schlange am Buffet ein. Als sie dran waren, schaufelte Stella sich Essen auf, als gäbe es kein Morgen.

»Hunger?«, fragte er belustigt. Sie reichte ihm kaum bis zur Schulter, aber sie lud sich Essen auf den Teller, das für eine ganze Kompanie gereicht hätte.

»Total ausgehungert«, sagte sie mit Nachdruck. »Ich liebe Buffets.«

»Es gibt auch noch Kuchen. Lass noch ein wenig Platz.«

»Für Kuchen habe ich immer Platz«, antwortete sie und streckte sich nach dem Löffel im hausgemachten Salatdressing.

Thor nahm Gemüse, Fisch und Soße. Sehnsüchtig betrachtete er die Buletten. Sie dampften und dufteten fantastisch, aber Juni würde ihn ermorden, wenn er Fleisch aß, besonders das Fleisch von Rindern, deren Herkunft er nicht kannte, und übrigens war er ja Vegetarier, rief er sich in Erinnerung. Wenn man Tiere essen wollte, sollte man sie auch selbst töten, war seine Philosophie, und er war beinahe in Ohnmacht gefallen, als er das erste Mal ein Tier schlachtete. Deswegen aß er kein Fleisch mehr. Obwohl es so gut duftete. Er nahm sich stattdessen noch Kartoffelsalat und Bohnenpüree. Stella schaffte es, noch einen Löffel Nudelsalat und einen Berg geriebener Möhren auf ihrem überfüllten Teller unterzubringen.

Er fand einen Tisch am Fenster und setzte sich so hin, dass Stella die beste Aussicht auf das Wasser und die hügelige grüne Landschaft am anderen Ufer des Lagan hatte.

Sie setzte sich ihm gegenüber, und sein Blick wanderte automatisch zu ihr. Das passierte ständig. Thor reagierte auch auf ihre Stimme. Über alle anderen Stimmen, über den Lärm hinweg, hörte er sie.

»Hier ist es wirklich schön«, sagte sie und schaute aus dem Fenster.

Elegant zerteilte sie Gemüse und Kartoffeln, gab Soße darauf, schob alles in den Mund und schloss die Augen. »Lecker. Wie sind deine Treffen gelaufen?«, fragte sie und wiederholte die Prozedur mit dem Essen. Sie aß schnell, aber mit untadeligen Tischmanieren. Thor beugte sich über seinen Teller, wollte sie nicht anstarren, wollte die sonderbaren Gefühle nicht analysieren, die ihn überkamen, wenn er mit ihr zusammen war. Jetzt hatte er vergessen, worüber sie gesprochen hatten. Er war wohl etwas geistesabwesend.

»Ich habe mit jemandem über einen Stier gesprochen«, erinnerte er sich.

Stella prustete. »Wirklich? Erzähl mir mehr davon.«

Das Lachen in ihren Augen und ihre gute Laune waren ansteckend. Wenn er mit ihr zusammen war, war er fröhlicher. Unbeschwerter.

»Ich glaube, du betrachtest meine Stiergeschäfte nicht mit dem nötigen Ernst. Ich überlege, eine meiner Färsen im nächsten Jahr kalben zu lassen. Dafür brauche ich einen erstklassigen Stier.«

»Verstehe«, sagte sie, allerdings mit einem neckischen Funkeln in den Augen, und Thor blieb an ihrem Blick hängen. Flirtete sie mit ihm, oder bildete er sich das nur ein? Er war nicht so erfahren und wurde nicht schlau daraus, was geschah, wenn er von ihrer Freude angesteckt wurde und ihm von ihrem Duft schwindelig wurde. Er war sich nicht ganz sicher, was er für Stella empfand. Sie war ihm nicht unsympathisch, definitiv nicht. Aber sie war so ... so anders als alle, die er kannte. Dass sie eine rein körperliche Anziehung auf ihn ausübte, hatte er ja schon bemerkt. Sein Körper führte in ihrer Nähe ein Eigenleben, und immer, wenn er in ihre dunklen Augen blickte, nahm seine Intelligenz um ungefähr zehn IQ-Punkte ab. Das war für ihn ein ganz neues Gefühl. Überwältigend. Als säße er in einem Auto, über das er die Kontrolle verloren hatte.

»Und du warst beim Friseur«, sagte sie, und seine Haut kribbelte, als ihr Blick auf seinem Haar ruhte. Er rutschte auf dem Stuhl herum und wusste nicht, was er sagen sollte.

Stella wischte sich den Mund mit der Papierserviette ab. »Weißt du was? Ich bin auf gut Glück nach Laholm gekommen. Aber jetzt wird daraus vielleicht eine Reise, auf der ich faszinierende und dunkle Geheimnisse über mich und meine Familie entdecke.«

»Willst du das denn? Dunkle Geheimnisse aus der Vergangenheit entdecken?«

Er selbst fand das Leben so schon schwer genug, auch ohne dass die Vergangenheit es noch verkomplizierte. Der Witz an der Vergangenheit war ja, dass sie vorbei war.

»Vielleicht.«

»Und jetzt hast du einen Job. Wie hast du das gemacht, wenn ich fragen darf?«

Sie erzählte, wie sie in einen Modeladen gegangen war, angeboten hatte, etwas auszubessern, und plötzlich einen Job hatte.

»War das Nawal?«

»Genau. Wir sind ins Gespräch gekommen«, sagte sie und erzählte weiter. Er lauschte ihrer fröhlichen Stimme. Ida, My und andere Frauen hatten sich manchmal beklagt, dass man mit ihm nicht gut reden könne, und damit hatten sie sicher recht. Es fiel ihm schwer, kluge Gedanken über Gefühle und Beziehungen zu formulieren, aber das bedeutete ja nicht, dass er keine hatte. Er zog es nur einfach vor, handfeste Dinge zu tun. Stella wiederum hatte überhaupt kein Problem damit zu reden, und er hörte ihrer Erzählung darüber zu, wie sie, mit der für sie typischen Schnelligkeit, sich Kleidung, Hausrat und Arbeit besorgt hatte. Sie legte das Besteck hin und schnaufte. Ihr Teller war leer gekratzt.

»Deswegen bist du kleiner«, sagte er, als er das Rätsel gelöst hatte. Irgendetwas an ihr war anders, aber er war nicht darauf gekommen, was es war. Sie schauten gleichzeitig auf ihre Füße hinunter. Sie trug flache weiße Turnschuhe.

»Ah, smart«, sagte er, fühlte aber einen Stich in der Brust. Ihm hatten die hohen Absätze gefallen.

»Die hochhackigen waren unpraktisch. Es war schwer, darin zu laufen. Und vor Kühen wegzurennen war völlig ausgeschlossen.«

»Siehst du darin eine Gefahr?«

»Das kann vorkommen. Und laut meiner Freundin sind hochhackige Schuhe antifeministisch.« Sie trank einen Schluck Wasser und tupfte sich den Mundwinkel ab. »Da hat sie nicht unrecht.«

Sie warf ihm einen Blick zu, als wollte sie ihn zum Widerspruch herausfordern.

Thor war vielleicht manchmal nicht der Schnellste, aber er war klug genug, nicht in diese Falle zu tappen. Dafür hatte Juni ihn viel zu gut erzogen. Also entgegnete er nicht, dass er die hohen Absätze lieber mochte, die ihre Beine zur Geltung brachten, ihre Brüste hervortreten ließen und ihr Gesicht seinem näher brachten.

»Wenn du meinst«, sagte er nur und schob den unfeministischen

Gedanken beiseite, dass er die unpraktischen, aber verdammt sexy Schuhe vermissen würde.

»Willst du einen Tee?«, fragte er stattdessen, da diese Frau ja nun mal keinen Kaffee trank.

Sie nickte energisch. »Und ganz viel Kuchen. Vergiss das nicht. Und nimm einen großen Becher. Vielleicht komme ich besser mit?«

Sie wollte aufstehen.

»Setz dich«, sagte er, durchaus in der Lage, Kuchen zu holen und große Becher zu besorgen.

Als er mit einem Tablett mit einem dampfenden – großen – Becher Tee, Kaffee für sich und einem hoch mit Kuchen beladenen Teller zurückkam, wurde er mit einem wohlwollenden Blick belohnt. Es war beunruhigend, was er alles zu tun bereit war, um diesen Blick auch weiterhin geschenkt zu bekommen, dachte er. Er stellte das Tablett ab, und Stella griff nach einem Haferkuchen mit Schokoglasur.

»Bisher habe ich deine Kinder und ihre Großmutter getroffen. Du hast aber doch auch einen Bruder? Der gelungene, der weggezogen ist? Erzähl mir von ihm.«

Sie nippte an ihrem Tee und warf ihm einen aufmunternden Blick zu.

Thor verschränkte die Arme. »Wir sind Zwillinge, habe ich das schon erwähnt?«

Sie schüttelte den Kopf.

»Eineiige Zwillinge.« Als sie klein waren, hatte niemand sie auseinanderhalten können. Obwohl sie sich auf vielerlei Weise unterschieden, wie sich im Laufe der Zeit gezeigt hatte.

»Interessant.«

Thor antwortete nicht. Die Wahrheit war, dass Klas und er überhaupt nicht dem Zwillingsklischee entsprachen. Sie waren Geschwister, sie stritten sich, und die Tatsache, dass sie Zwillinge waren, war allmählich immer mehr zur Belastung geworden. »Klas ist in Stockholm zum gut gekleideten Partylöwen geworden«, sagte er nur. Klas war Anwalt in einer »schicken« Kanzlei und bearbeitete große Fälle. Feierte. Hielt sich von seiner Familie fern. Redete über Geld, bla, bla, bla. Wie gesagt. Sie waren einander nicht mehr besonders ähnlich.

»Wieso habe ich den Eindruck, dass du Stockholm nicht magst?«

»Großstadtbewohner halten sich für den Mittelpunkt des Universums, aber auf dem Land würden sie nicht einen Tag überleben.«

Er wartete darauf, dass sie explodierte.

Sie hielt sich die Hand vor den Mund und rülpste diskret in die Handfläche. »Ich bin zu satt, um mich zu ärgern. Oder um getroffen zu sein. Außerdem hast du ja recht. Ohne dich wäre ich wahrscheinlich gestorben.«

Ein kleiner gefährlicher Funke lag in ihrem Blick. Sie hatte unglaublich ausdrucksvolle Augen. Dunkel wie eine mondlose Nacht, warm wie ein Sommerabend. Und dann ihre goldbraune Haut, das kleine Grübchen am Kinn. Es war fast unmöglich, sie nicht ständig anzusehen.

»Meine Freundin Maud findet, ich sollte Sex haben, während ich hier bin«, sagte sie und biss in ein Stück überzuckerten Zimtkuchen, wobei sie ihn nicht aus den Augen ließ.

Thor, der gerade von seinem Kaffee trank, hustete.

Stella lehnte sich zufrieden in ihrem Stuhl zurück.

»Was hältst du selbst von der Idee?«, fragte er, als er sich fertig geräuspert hatte. Vielleicht machte sie sich nur einen Spaß daraus, ihn aus einem verrückten Impuls heraus zu provozieren.

Allein der Gedanke an ihren weichen, duftenden Körper unter seinem, über seinem ... Thor musste sich wieder räuspern. Er hatte sicher schon seit dreißig Sekunden nicht mehr geblinzelt.

Stella sah ihn über ihren Teebecher hinweg an. Lange schwarze Wimpern. Prüfende Augen, die genau zu wissen schienen, was er gerade gedacht hatte. Sie glitzerten, ein erwachsenes, gefährliches Glitzern, von dem sein Mund trocken wurde.

»Das wäre dann wirklich nur Sex, glaube ich. Nichts, was weiterführen würde. Einfach etwas, das zwei ungebundene Personen gern miteinander teilen möchten.« Ihr Finger liebkoste den Rand des Bechers.

Thor saß stocksteif da. »Ohne weitere Erwartungen«, sagte er heiser.

Sie nickte bedächtig. »Gerne heißer Sex, aber nicht mehr.«

Sein Gehirn befand sich in Aufruhr.

Er hatte nicht vorgehabt, sich noch einmal in eine Frau zu vergucken, hatte sich oft gesagt, dass er damit nach Idas Tod abgeschlossen hatte. Er hatte seine Familie, seine Kinder und seinen Hof, hatte er gedacht, als er seinen Ehering weggelegt hatte. Das war genug. Wahrscheinlich hatten deswegen My und die wenigen Frauen, mit denen er geschlafen hatte, bald wieder genug von ihm gehabt. Er hatte nichts mehr zu geben, es war, als ob ein Teil von ihm tot oder abgeschaltet wäre. Juni und Frans hatten so viel durchgemacht, er wollte nicht jemand Neues in seine Familie hineinlassen, wollte das Leben nicht noch komplizierter machen.

Aber er mochte Sex, und er wollte in diesem Leben noch einmal mit jemandem schlafen. Dieser Jemand durfte sehr gern Stella sein.

»Bist du dir sicher?«, fragte er. Sie war momentan verwundbar, das merkte sogar er. Instabil und impulsiv nach einer Trennung, deren Details er nicht kannte. Was, wenn sie zu ihrem Freund zurückwollte? Thor hatte keine Lust, etwas anzufangen, das sie später bereuen würde. »Was ist mit deinem Ex?«, musste er einfach fragen.

Sie berührte das Tischtuch, folgte mit ihrem langen Nagel einem Krümel. »Mein Freund hat mich nach Strich und Faden betrogen, und es ist aus.«

Untreue. Abscheulich. »Das tut mir leid«, sagte er ernst. Sie musste sehr verletzt sein.

»Danke. Ich glaube, das ging schon lange so. Vielleicht sogar mit mehreren, was weiß ich. Aber ich weiß, dass er mit einer Frau im Bett war, die ich kenne. Das hat mich sogar meinen Job gekostet.«

»Das war also erst kürzlich?«

»Ja. Deswegen bin ich mir im Moment in vielen Punkten unsicher. Die Zukunft. Das Leben. Die Finanzen. Was ich mit dem Haus machen soll, wie die nächste Zeit aussehen wird.« Sie hob den Kopf und sah ihn direkt an. »Aber bei dem, worüber wir gerade gesprochen haben, bin ich mir ganz sicher. Das will ich.«

Das – traf ihn direkt in seine vitalen Körperteile.

Stella stützte das Kinn in die Hand und lächelte geheimnisvoll.

»Soll ich dir was verraten?«, fragte sie mit einem jetzt geradezu elektrischen Funkeln im Blick.

Thor nickte.

»Gestern Abend, im Dunkeln, auf meiner Küchenbank, unter der Decke. Ich habe dagelegen und an deine Umarmung vorher gedacht.«

»Du hast *mich* umarmt«, stellte er fest.

Sie hatte sich in seine Arme geschmiegt, ihn mit ihren Brüsten, ihrem Haar und ihrer duftenden Haut in Verwirrung gestürzt.

Sie klapperte mit den Augenlidern. »Okay, ich habe dich umarmt. Aber du hast mich geküsst. Und ich habe an uns gedacht. Als ich so dalag.«

»An uns?«

Ihre Lippen glänzten und sie nickte langsam.

»Ja. Es fühlt sich an, als wäre da etwas zwischen uns. Findest du nicht?« Sie trank einen Schluck Tee, fing einen Tropfen im Mundwinkel auf und alles Blut in Thors Körper rauschte aus seinem Kopf in seinen Schritt. Das ging so schnell, dass ihm schwindelig wurde. Aber ihre Zungenspitze zu sehen, ihre Worte zu hören, das war, als ob sich eine heimliche und heiße Fantasie in ihr materialisiert hätte. Er lehnte sich über den Tisch, sie ebenso. Dabei wurden ihre Brüste im Ausschnitt hochgedrückt, und er konnte nicht anders, als einen Blick auf all das zu werfen, das sich ihm darbot. Thor hatte immer gedacht, unkomplizierte, robuste und blonde Kleinstadtfrauen, die die Natur liebten und keine Allüren hatten, seien sein Typ. Frauen, die ihn verstanden und auf die er sich verstand. Aber jetzt saß er hier und spürte eine größere Anziehungskraft als jemals zuvor von einer Frau, die die Großstadt liebte, die Laholm für die Provinz hielt, die lange Nägel hatte und in jeder Hinsicht sein kompletter Gegensatz war. Die nicht in sein Leben passte, aber so sexy war, dass er nicht mehr klar denken konnte.

»Nur um sicher zu sein, dass ich das richtig verstanden habe«, sagte er. »Du willst Sex.« Bevor er weitersprechen konnte, musste er durchatmen und sich räuspern. Sein Herz hämmerte gegen seine Rippen. »Und du willst ihn mit mir?«

Sie biss sich auf die Lippe. »Nur wenn es für dich okay ist.«

Jetzt musste Thor sich beherrschen, um nicht vom Stuhl aufzuspringen, sich Stella über die Schulter zu werfen und sie zu dem nächsten Bett, Sofa oder einer Bank zu schleppen, also war es wohl okay.

Aber er zügelte sich und nahm einen Schluck Kaffee. Kratzte sich am Hals. »Glaube schon«, sagte er, übertrieben unbekümmert.

Für die Darbietung hatte er einen Oscar verdient.

Stellas Augen verengten sich gefährlich. »Wenn es dir zu anstrengend ist, finde ich sicher auch jemand anderen.«

Ja, klar, das konnte sie vergessen.

»Ich bin begeistert, glaub mir. Und so leicht überanstrenge ich mich nicht«, fügte er selbstsicher hinzu. Es war ihr gutes Recht, sich auszusuchen, wen sie wollte. Und seins, dafür zu sorgen, dass er derjenige war. »Wie sollen wir deiner Meinung nach vorgehen? Rein praktisch?«

Falls es auf seinem Hof passieren sollte, wollte er die Kinder nicht im Haus haben. Nach Ida hatte er dort keine Frau mehr gehabt. Und die Küchenbank in ihrer Hütte war nicht direkt sexfreundlich. Er bezweifelte, dass er da draufpassen würde, wie entgegenkommend er auch sein mochte.

»Vielleicht in einem Hotel?«, schlug sie vor, als ob sie schon darüber nachgedacht hätte. »Falls etwas daraus wird. Sollten wir das nicht zuerst antesten?«

»Antesten?«

Sein Gehirn kam wirklich überhaupt nicht mehr mit. Allerdings hatte es ja auch in der letzten Viertelstunde keine Blutzufuhr mehr gehabt.

»Wir haben uns noch nicht einmal richtig geküsst«, sagte sie, als wäre es das Selbstverständlichste in der Welt. »Sollten wir das nicht ausprobieren? Dass wir kompatibel sind, meine ich.«

Sie sah ihn auffordernd an.

Dieses Gespräch war ganz klar eines der surrealistischeren Art. Aber was sie sagte, hatte eine gewisse Logik. Sie wollte wohl von diesem Idioten von Ex-Freund loskommen. Und er selbst hätte gern eine komplikationslose Affäre mit einer Auswärtigen. Etwas Kurzes. Einen heißen Flirt mit Küssen, Petting und hoffentlich noch etwas mehr, mit jemandem, mit dem es niemals ernst werden könnte. Mit einer Frau, die er nicht dadurch enttäuschen könnte, dass er nicht mehr zu geben hatte.

Thor sah sich im Restaurant um.

»Nicht hier«, sagte er, bevor sie auf die Idee kommen konnte, sich auf ihn zu stürzen oder irgendeine andere spontane Aktion zu starten. Er kannte mindestens die Hälfte der Gäste. Die meisten waren vermutlich Kunden der Buchhandlung seiner Mutter, hatten seinen Vater als Rektor gehabt oder hatten Kinder in den Klassen seiner eigenen Kinder. Er hatte nicht vor, eine Frau vor Publikum aufzureißen, wenn nicht aus anderen Gründen, dann um Komplikationen zu vermeiden. Alle wussten alles über alle in Laholm. Man konnte nicht einmal ein Kondom kaufen, ohne dass die ganze Gegend davon erfuhr. Aber davon abgesehen: Stella zuerst richtig zu küssen und dann hoffentlich mit ihr im Bett zu landen, stand ab sofort ganz oben auf seiner To-do-Liste. Die Kinder am Leben zu erhalten stand natürlich eigentlich ganz oben, korrigierte er sich hastig. Die Kinder waren immer am wichtigsten, aber danach ...

Sie schenkte ihm noch ein fröhliches Lächeln. Sie sah so zufrieden aus, dass er seine Hand ausstreckte und sie neben ihre auf den Tisch legte. Vielleicht, um sie ein wenig aus dem Gleichgewicht zu bringen. Vielleicht, um sie berühren zu können. Ihre Hand wirkte klein neben seiner. Sie hatte glatte Haut in einem dunklen Goldton, während seine Hand sonnenverbrannt war, mit Narben und Haaren auf dem Handrücken. Sie war dunkler, eher braun, während sein Sonnenbrand neben ihr fast rötlich wirkte. Er berührte ihren kleinen Finger mit seinem, vorsichtig, diskret, und die Berührung brannte auf seiner Haut. So hatte er Chemie noch nie erlebt. Eine unmittelbare und heftige körperliche Reaktion beim kleinsten Kontakt – er hatte nicht geglaubt, dass es so etwas gab.

Aber es existierte. In ihm summte es, als ob er einen Elektrozaun angefasst hätte.

»Willst du?«, fragte sie, und trotz ihres Lächelns sah er die Verletzlichkeit in ihrem Blick.

»Ich will dich sehr gerne küssen«, sagte er leise und aufrichtig.

»Und?«

Ihr kleiner Finger berührte wieder seine Hand.

»Und dann schauen wir weiter, was hältst du davon?«, schlug er vor.

»Klingt wie ein guter Plan.«

Sie sahen einander an. Ob es ein guter Plan war oder nicht, konnte er nicht beurteilen. Aber es war das, was er wollte. Mehr, als er jemals irgendetwas gewollt hatte.

~ 14 ~

Erik Hurtig ging voraus in sein Büro. Stella folgte ihm.

»Hier arbeitest du also?«, erkundigte sie sich höflich.

»Oh nein, meine Liebe. Ich arbeite auf meinem Gut.«

Sie atmete zur Beruhigung tief ein. Sie hasste es, von Männern, die sie gerade erst kennengelernt hatte, »meine Liebe« genannt zu werden.

Erik blieb stehen und zeigte auf ein Gemälde in einem Goldrahmen, das ein großes Haus darstellte. »Ich bin Gutsbesitzer in vierter Generation. Mein Urgroßvater hat das Gut übernommen. Im 19. Jahrhundert wohnte hier ein Baron, deshalb ist es ein adeliges Gut.«

»Ich verstehe«, sagte sie, verstand aber überhaupt nichts. Es interessierte sie auch nicht.

»Ich habe Fleischrinder und Milchkühe. Dies ist der größte Hof in Halland. Aber das wusstest du ja sicher.«

Na ja. Bis vor einigen Tagen war sie noch nicht einmal sicher gewesen, ob sie Halland auf der Landkarte finden könnte.

Sie setzten sich in sein Büro, und er fuhr fort, ihr auf den Gemälden, die sie umgaben, Personen zu erläutern. Porträts in Öl und in Goldrahmen. Alles weiße Männer.

Stella nickte und heuchelte Interesse. Es war nicht so ganz ihr Ding, männlichen Egos zu schmeicheln, aber da er ihr unter Umständen viel Geld zahlen würde, verkniff sie sich sarkastische Kommentare über den Frauenmangel an den Wänden.

Bis jetzt hatte er ihr noch keine einzige Frage gestellt, sondern nur von sich selbst geschwafelt. Es war faszinierend, dass jemand sich selbst so interessant finden konnte.

Es klopfte, und ein junger Mann trat ein.

»Das ist Hassan Johansson. Er ist Jurist«, sagte Erik.

»Hallo.« Hassan schüttelte ihr die Hand. »Ich bin Anwalt. Darf ich mich zu euch setzen?«

»Holst du uns bitte Kaffee, Hassan?«, sagte Erik.

»Möchtest du Kaffee?«, fragte Hassan und sah Stella freundlich an.

»Nein danke.«

»Na dann.« Hassan setzte sich. Stella lächelte in ihren Schoß.

Erik ignorierte ihn.

»Also, dein Fleckchen Erde«, sagte er und lehnte sich in seinem Stuhl zurück, wobei er die Hände über seinem flachen Bauch faltete. Er trug ein blaues Hemd, und seine blonden Haare kontrastierten mit seinem sonnengebräunten Gesicht. Eigentlich sah er gar nicht so übel aus. »Was meinst du? Wollen wir die Sache elegant über die Bühne bringen?«

»Ja, ich …«

»Bei mir bist du an der richtigen Adresse«, unterbrach er sie. »Ich kenne alle hier in der Gegend, ich bin der, an den man sich wenden sollte.« Er blinzelte jungenhaft. »Die Gemeindeverwaltung, Lokalpolitiker, ich sitze in allen wichtigen Gremien und kenne alle Chefs in der Umgebung, den Schuldirektor, den Chefredakteur. Ja, du weißt schon. Ohne zu übertreiben, kann ich sagen, dass ich zu den großen Playern der Gegend gehöre.«

Stella schlug ihre Beine übereinander. »Was hast du mit dem Grundstück vor? Wenn ich es dir verkaufe.«

Erik streckte die Hand aus und begutachtete seine Fingernägel.

»Das weiß ich noch nicht. Ich mache das Ganze ja in erster Linie aus Gefälligkeit. Das Land ist eigentlich nichts wert, der Boden ist schlecht.« Er setzte eine betrübte Miene auf. »Und das Haus ist in schlechtem Zustand. Ich tue dir einen Gefallen. So bin ich nun einmal.«

Stella besah sich ein Foto auf seinem Schreibtisch, ein Familienbild mit Erik, einer lächelnden Frau und einem Jungen mit Seitenscheitel, der Eriks Augen hatte. »Ich bin gerade erst angekommen. Ich brauche noch etwas Bedenkzeit«, sagte sie versuchsweise, um ihn ein wenig auf die Probe zu stellen.

»Aha, und worüber musst du nachdenken? Ich habe dir ja gerade erklärt, dass der Boden praktisch nichts wert ist. Niemand anderes wird daran interessiert sein. Was ist daran noch unklar?«

Er straffte seinen Rücken und ihr fiel auf, dass er etwas weniger geschmeidig war, wenn er auf Widerstand stieß. Erik Hurtig war ein Mann, der es gewohnt war, seinen Willen durchzusetzen. Wahrscheinlich wegen all der Gremien, in denen er saß.

»Nichts ist unklar. Ich muss nachdenken. Und nachspüren«, konnte sie sich nicht verkneifen zu sagen. Er schien kein Mensch zu sein, der Gefühlen einen Wert beimaß. Aber es war unerheblich, wie er als Mensch war, solange er sie nicht über den Tisch zog. »Ich muss mit meinem Anwalt sprechen. Ich will schließlich, dass alles mit rechten Dingen zugeht«, fügte sie hinzu und warf einen Blick auf Hassan, der still dasaß und das Gespräch verfolgte.

»Niemand könnte daran ein größeres Interesse haben als ich«, sagte Erik und klang jetzt wieder verbindlich. »Das Grundstück gehörte früher einmal zum Gut. Mein Großvater hat es verkauft, viel zu billig, er war zu gut für diese Welt.« Er nickte Hassan zu, der daraufhin etwas auf ein Blatt Papier schrieb und es Stella mit einem freundlichen Lächeln überreichte. Sie las die Summe. Sie war zwar nicht hoch, aber es war trotzdem viel Geld. Das würde sie in New York brauchen, es würde ihr ein bisschen Spielraum verschaffen.

Sie stand auf.

»Ich muss die Sache auf jeden Fall überdenken, bevor ich eine Entscheidung treffe«, sagte sie.

»Selbstverständlich«, sagte Erik. »Aber denk nicht zu lange. Damit ich es mir nicht anders überlege«, lachte er.

Sie lächelte freundlich. »Oder ich.«

Sie verabschiedete sich und schüttelte beiden Männern die Hand, bevor sie ging.

Es war nie gut, übereilte Entscheidungen zu treffen.

Sie tat das ständig, darum wusste sie, wovon sie sprach. Aber natürlich würde sie an Erik verkaufen. Alles andere wäre idiotisch.

~ 15 ~

»Man könnte aber schon zu Fuß gehen?«, fragte Stella.

»Ja, aber das ist weit.« Thor sah gar nicht glücklich aus. Sie hatten sich ein bisschen gekabbelt.

Sie gab nicht nach. »Würdest du das schaffen? Oder Juni?«

»Ja, aber ...«

Sie unterbrach ihn entschlossen. »Dann schaffe ich das auch.«

Stella hatte beschlossen, zu Fuß nach Hause zu gehen. Jetzt, wo sie sich ordentliche Schuhe besorgt hatte, wollte sie sich gern bewegen, die Gegend erkunden und ein bisschen nachdenken.

»Ruf an, wenn es zu anstrengend ist.«

»Jaja.«

»Du?«, sagte er.

»Ja?«

»Wie lief das Gespräch mit Erik?«

Sie wusste, warum er fragte. Erik mit dem öligen Lächeln konnte sicher sehr ungemütlich werden.

»Es ist gut gelaufen. Er ist sehr daran interessiert, das Grundstück zu kaufen. Weißt du, warum?«

»Dafür gibt es sicher mehrere Gründe. Aber falls du wirklich verkaufen willst, bin ich auch interessiert.«

»Ernsthaft?«

»Ja.«

Sie würde lieber an Thor verkaufen.

»Ich bin eigentlich nicht der Meinung, dass man Geschäftliches und …« Er verstummte und runzelte die Stirn. Stella lächelte in sich hinein und fragte sich, wie er fortfahren würde.

Thor nahm ihre Einkaufstüten.

»Man soll nichts miteinander vermischen«, sagte er nur. »Aber verkauf nicht an Erik, ohne mir die Chance zu geben, dir ein Angebot zu machen. Ich muss jetzt Juni abholen, die Schule hat angerufen und gesagt, dass es ihr nicht gut geht. Die hier stelle ich vor deine Tür.«

»Danke.«

Sie winkte ihm nach und ging los. Nach wenigen Metern kam sie an einem Schild vorbei, bei dessen Anblick sie abrupt stehen blieb. Gynäkologe.

Shit.

Es traf sie wie ein Blitz.

Heute war es zehn Tage her, seit sie Peders Untreue auf die Schliche gekommen war. Dass er mit der beigefarbenen Ann im Bett gewesen war. Viele Male, den SMS nach zu urteilen, die sie entdeckt hatte. Der Schock, die Wut, die Obdachlosigkeit – alles zusammen hatte dazu geführt, dass ihr Gehirn nicht mehr funktionierte. Aber jetzt traf sie die Erkenntnis. Wie eine verdammte Atomexplosion.

Sollte sie sich gynäkologisch untersuchen lassen?

Auf den Gedanken war sie noch gar nicht gekommen, was außerordentlich dämlich war. Denn wer wusste, wo Peder überall seinen Schwanz hineingesteckt hatte, während sie zusammen gewesen waren? Er war nicht der Typ, der sich um Schutz kümmerte. Es war ein einziger Krampf gewesen, bis sie sich die Pille besorgt hatte. Was, wenn Ann irgendeine grässliche Geschlechtskrankheit hatte? Herpes oder so etwas, das man nie wieder loswurde? AIDS? Nein, kein AIDS, das hatte sie doch wohl nicht? Der Sexualkundeunterricht in der Schule und alle alarmierenden Berichte, die Stella je gehört hatte, sprachen eine deutliche Sprache. Die Leute steckten sich in einer Tour mit Geschlechtskrankheiten an. Und wenn Peder mit einer anderen Frau ins Bett gegangen war, konnte er es genauso gut mit mehreren getan haben. Alles, was sie über Menschen wusste, die untreu waren, war, dass sie es nie nur einmal waren. Nie. Stella musste sich an die Wand lehnen. Vom Verstand her wusste sie, dass das Risiko für sie gering war. Aber wann hatte die Vernunft schon je eine Chance gegen Todesangst gehabt? Sie zögerte. Aber dann öffnete sie die Tür. Besser, sie vergewisserte sich.

Lieber Gott, mach, dass ich kein Syphilis-Herpes-AIDS habe.

»Stella, was kann ich für dich tun?«, fragte die Gynäkologin, als Stella in dem einladenden, fast schon gemütlichen Behandlungsraum Platz genommen hatte. Sie war sofort drangekommen, was vermutlich ungefähr so selten war, wie im Wald einem Einhorn zu begegnen. Sie hatte eine Urinprobe abgegeben, und man hatte ihr auch schon Blut abgenommen.

Die Gynäkologin, eine blonde Frau um die fünfunddreißig, hatte wuchernde Pflanzen auf der Fensterbank, farbenfrohe Aquarelle mit Motiven aus der Provence und der Toskana an den Wänden und ein sonnengebräuntes Gesicht mit Sommersprossen und vorurteilsfreien blauen Augen. Sie wirkte rundherum tüchtig und bodenständig und machte in dem weißen Kittel auch noch eine gute Figur. Stella mochte sie sofort.

»Ich will mich vergewissern, dass ich keine Geschlechtskrankheit habe. Mein Freund, mein Ex, war untreu.« Sie knibbelte an dem Pflaster in ihrer Armbeuge.

»Ich verstehe.« Die Ärztin machte sich Notizen und blickte dann wieder auf. Das gleiche freundliche, sichere Lächeln. »Wann war deine letzte Regel?«

»Letzte Woche. Ich habe die Pille abgesetzt.«

Sie hatte die Pille vergessen, und jetzt fühlte sich das richtig an. Warum sollte sie ihren Körper mit Hormonen vollstopfen?

Die Gynäkologin lächelte empathisch. »Welche Geschlechtskrankheit befürchtest du denn?«

Stella schlug die Beine übereinander. »Alle«, antwortete sie aufrichtig.

»Ich verstehe. Du kannst dich da drüben ausziehen, damit ich dich untersuchen kann.«

Stella besah sich den blumigen Vorhang und zögerte. »Ich habe mich nicht so supergründlich gewaschen«, sagte sie verlegen. Weil sie sich nur mit kaltem Wasser und einem Waschlappen gewaschen hatte, fühlte sie sich unsauber.

Die Ärztin sah sie freundlich an. »Mach dir deswegen keine Gedanken. Du bist hier willkommen, so wie du bist. Es gibt nichts, was ich nicht schon gesehen hätte, nichts, was mir unangenehm wäre, im Gegenteil, es ist das Natürlichste der Welt, glaub mir.«

Stella nickte und zog sich aus. Die Untersuchung war ungefähr genauso angenehm wie immer, aber die Ärztin war sanft und behutsam, als sie in ihrem Unterleib wühlte.

»Ich glaube, ich höre auf mit Waxing. Machen die Frauen das hier?«

»Waxing? Das sehe ich hier selten. Vielleicht in Halmstad? Aber ich kann es nicht empfehlen. Die Haare wachsen ja deswegen dort, weil sie eine Funktion erfüllen.« Sie klang streng, als ob Haare auf der Muschi wichtig wären. Sie legte klirrend ein Instrument auf ein Tablett.

»Entspann dich, so gut es geht«, sagte sie und fing dann an, Stellas Bauch abzutasten. »Bist du sexuell aktiv?«, fragte sie mit einer Hand auf Stellas Bauch und einem Finger in ihr drin. Stella versuchte, trotz der unbehaglichen Situation tief und normal zu atmen.

»Kann ich nicht behaupten.«

Es sei denn, natürlich, dass schmutzige Fantasien über den Nachbarn dazuzählten. Das sagte sie aber nicht laut.

»Vergiss nicht das Kondom, das bietet ja auch einen guten Schutz gegen Geschlechtskrankheiten. Ich mache sicherheitshalber noch ein paar Abstriche, aber so weit sieht alles gut aus. Du hast jedenfalls keinerlei Symptome. Das muss nicht unbedingt etwas heißen, aber es ist ein guter Anfang.«

»Okidoki«, sagte Stella, etwas überrumpelt davon, wie schnell und effektiv und freundlich alles war.

Sie mochte diese Gynäkologin.

Jedenfalls bis sie den Kopf drehte und plötzlich auf der Pinnwand über dem Schreibtisch ein Selfie mit Thor, Juni und Frans zusammen mit der Ärztin sah.

»Ist das unangenehm?«, fragte die besorgt. »Du bist ja ganz verkrampft, kannst du dich etwas mehr entspannen?« Sie führte irgendetwas Schmales, Kaltes in Stellas Unterleib ein, aber Stella merkte es kaum, weil sie nur auf das Foto starrte. Es konnte natürlich alle möglichen Gründe dafür geben, dass Thor und seine Kinder mit dieser Ärztin zusammen waren. Aber ihr fiel kein einziger ein.

»Das ist mein Nachbar«, sagte sie, während sie gleichzeitig versuchte, zu atmen und sich zu entspannen, obwohl sie gerade die Krise kriegte.

»Wie bitte?« Die Gynäkologin schaute zwischen ihren Beinen hoch. Sie folgte Stellas Blick, und ihr Gesichtsausdruck wurde weicher, als ihr Blick auf das Bild fiel. »Ach so. Da sind wir im Kino gewesen. Wir haben *Vaiana* gesehen. Kennst du den? Ein wunderbarer Film.«

»Hat er den nicht mit seinen Kindern gesehen?«, sagte Stella und hörte, dass ihr Ton scharf war, vielleicht sogar verletzend. Sie wusste nicht, wieso sie sich derartig aufregte, aber es hatte so geklungen, als ob Thor den Film nur mit seinen Kindern gesehen hätte. Ohne eine hübsche Ärztin.

»Ja, mit mir und den Kindern, woher weißt du das?«

Stella antwortete nicht. Sie betrachtete wieder das Foto.

Die Gynäkologin wühlte weiter in ihr.

»Au!«, rief Stella.

Die Ärztin hatte sie in die Schamlippe gezwickt. Stella stützte sich auf die Ellenbogen. »Was machst du da?«

»Verzeihung, aber du warst ganz verkrampft, und da ist das Instrument zusammengeklappt und muss dich eingeklemmt haben. Bitte entschuldige, das ist mir noch nie passiert, es tut mir so leid.«

Stella stützte sich auf den Unterarm und starrte die Ärztin an. »Entschuldigung. Wie war doch noch dein Name?«

»My Svensson.«

»Und du bist mit ihm zusammen? Mit Thor Nordström?«

My war schon wieder zwischen ihren Beinen und klang jetzt zerstreut. »Jaa …« Sie blickte auf. »Hast du ihn getroffen?«

Allerdings, dachte Stella und dachte an die Küsse, die Liebkosungen, die aufgeladene Stimmung. Der verdammte Mistkerl.

»Nur ganz kurz«, antwortete sie mit erstickter Stimme.

My legte alle Instrumente auf das Tablett. »Er ist toll, oder? Einer der besten Männer, die ich je getroffen habe.«

Das konnte verdammt noch mal nicht wahr sein. Gerade eben noch hatte Thor geplant, unverbindlichen, heißen Sex mit ihr zu haben. War er untreu? Betrog er Doktor My? Mit ihr? Das konnte verflucht noch mal nicht wahr sein! Wohin man schaute, überall untreue Männer. Verdammte verfluchte Scheiße.

»Kann ich mich aufsetzen?«, fragte Stella. Sie wollte nicht hier liegen und vor einer Frau die Beine breit machen, die offenbar mit Thor zusammen war, dem besten Mann der Welt. Klar. Wenn »der Beste« das Gleiche bedeutete wie »treuloses Schwein«.

»Ich bin fertig«, sagte My genauso freundlich wie vorher. Sie legte Stella eine Hand aufs Knie. »Geht es dir denn gut? Du bist ganz blass. Möchtest du ein Glas Wasser?«

Stella setzte sich auf, sprang vom Stuhl, raffte ihre Kleidung zusammen, zog sich an und lief, so schnell sie konnte, zur Tür.

»Warte!«

Stella konnte sich kaum dazu überwinden, My anzusehen.

Die öffnete eine Schreibtischschublade und nahm einen Streifen Kondome heraus. »Hier. Man kann ja nie wissen«, und dann stand Stella draußen auf der Straße mit einer Rechnung und einer Handvoll Kondome, die sie von Thors Freundin bekommen hatte. Sie war so wütend, dass sie sich nicht gewundert hätte, wenn Rauch aus ihren Ohren aufgestiegen wäre. Wie konnte er das tun? Wie? Ja, er war natürlich ein Mann.

Sie riss das Smartphone aus der Tasche. Atmete tief durch. Dann rief sie Erik Hurtig an.

»Hallo, hier ist Stella Wallin.«

»Hallo, meine Liebe. Vermisst du mich schon?«

Sie ignorierte seine Art zu reden, sie wollte alles einfach so schnell wie möglich hinter sich bringen. Es geschah Thor nur recht, Erik zum Nachbarn zu bekommen.

»Ich habe mich entschieden. Den Preis müssen wir noch aushandeln, aber ich verkaufe dir das Land.«

Scheiß auf Thor.

Und scheiß auf Laholm.

~ 16 ~

Sie war stinksauer, dachte Stella zum tausendsten Mal, als sie auf einem knatternden und stinkenden Moped die Landstraße entlangfuhr.

Gleich nach dem Telefonat mit Erik, in dem sie vereinbart hatten, sich noch einmal zu treffen, war sie zu JinJings Laden zurückgegangen, regelrecht kochend vor Wut. Ehe sie es sich wieder anders überlegen konnte, hatte sie dort ihre Chanel-Handtasche gegen das Moped eingetauscht. Es tat zwar immer noch weh, aber sie wollte nicht eine Sekunde länger darauf angewiesen sein, dass Thor sie fuhr. Deswegen hatte sie die Tasche auf den Tresen gelegt und gesagt, dass sie das Moped wolle.

»Aber du musst noch einen Helm mit drauflegen. Und den Rock und dieses Kleid«, hatte Stella verlangt und die zwei Sachen auf den Tresen gepackt. »Und dieses Tuch«, fiel ihr noch ein, als sie ein buntes Tuch an der Kasse sah. »Und das Radio.« Sie blickte JinJing kampfeslustig an.

»Okay«, hatte JinJing mit einem breiten Lächeln gesagt. Jetzt besaß Stella also ein verrostetes rotes Svalan-Moped aus dem Jahr 1961. Und einen Helm. Und ein batteriebetriebenes Transistorradio.

Sie schlingerte laut knatternd nach Hause. Die Leute drehten sich nach ihr um, aber darum kümmerte sie sich nicht, sie hatte genug damit zu tun, den Weg zu finden, und verfuhr sich öfter, als sie gedacht hätte. Zurück an der Kate parkte sie das Moped und setzte den Helm ab.

Ihre Tüten standen auf der Treppe, wie Thor versprochen hatte. Sie hasste seine Zuverlässigkeit. Im Augenblick wünschte sie sich, er hätte keine positiven Eigenschaften.

Sie räumte ihre Einkäufe in den Vorratsschrank. Ihr Geld schwand dahin, dachte sie, während sie Teebeutel, Honig, Salz und gehackte Tomaten auf das obere Regalbrett stellte und Kardamomzwieback, schwedisches Rapsöl und Pasta auf das untere. Sie hatte Brot gekauft, das sie in eines der Küchenhandtücher einwickelte, die sie JinJing abgeschwatzt hatte. Thor hatte ihr Eier, Petersilie, Rosmarin, Erdbeeren und Kartoffeln auf die Treppe gestellt, die sie ebenfalls einräumte, sowie einen Teller mit hausgemachter Butter, die einfach herrlich aussah. Sie würde ihre Wut nicht an seinem Essen auslassen, beschloss sie widerstrebend. Sie hatte außerdem Nadel und Garn, Batterien und Seife gekauft. Und ein großes Stück Sandwichtorte aus der Konditorei Cecil. Denn man musste ja leben, und trotz des umfangreichen Mittagessens war sie schon wieder hungrig. Nun sollte aber Schluss sein mit den Ausschweifungen, schwor sie sich.

Geübt machte sie Feuer im Herd und lauschte dem Knistern. Sie goss Wasser in die Kupferkanne, die ihr JinJing bei ihrem Tauschhandel noch dazugegeben hatte. Als sie sie oben auf den Holzherd stellte, zischte es. Ihre Mutter und sie hatten einen Gasherd gehabt. Stella hatte Angst vor ihm gehabt, aber gelernt, wie er funktionierte. Ihre Mutter hatte selten gekocht, deswegen waren Kochen, Braten und Backen schon früh Stella zugefallen. Sie erinnerte sich an einen Eintopf, den sie für eine Abendeinladung ihrer Mutter zubereitet hatte. Alle Gäste hatten sie gelobt. Ihre Mutter hatte es geliebt, im Mittelpunkt zu stehen, und hatte ihren Humor, Charme und ihre Ausstrahlung angeschaltet. »Keiner feiert solche Feste wie du, Ingrid«, hatten die Gäste gesagt, als sie satt und zufrieden nach Hause gingen. Ihre Mutter war spät ins Bett gegangen, war fröhlich, fühlte sich aber etwas schlapp. Eine Erkältung, hatte sie gesagt und sich damit ganz fürchterlich geirrt.

Am nächsten Tag war sie gestorben. Alles war so schnell gegangen. Stella erinnerte sich bis heute an das unwirkliche Gefühl, auf einmal ganz allein auf der Welt zu sein. Mutterlos. Es gab keine Anleitung dafür, wie man damit umging.

Als das Wasser kochte, goss Stella es über den Teebeutel in ihrem Becher und tauchte den Beutel mehrmals unter. Das Smartphone vibrierte, und wider besseres Wissen hoffte sie, dass es Thor war, damit sie ihn ignorieren konnte. Oder eine richtig bösartige Bemerkung über My schreiben – seine verdammte Freundin.

Aber es war Peder. Ihr verdammter Ex.

Sie würde sofort aufhören zu fluchen, aber jetzt mussten die Verwünschungen erst einmal aus ihr raus.

PEDER: *Wir müssen reden. Ich vermisse dich.*

Typisch Peder. Nur weil er sie vermisste, mussten sie also plötzlich reden. Am liebsten würde sie ihn zur Hölle schicken. Aber Peder hatte immer noch den Schlüssel zu ihrem Atelier. Wenn er sich gekränkt fühlte, wurde er vielleicht wütend und kam auf dumme Ideen. Sie mietete das Atelier von seinen Eltern und bezahlte eine geringe Miete, und Peder würde vielleicht ihre Sachen auf die Straße werfen. Bei ihm wusste man nie, woran man war. Was, wenn er Ann hineinließ? Betrogen zu werden, war eine Sache. Etwas ganz anderes wäre es, wenn jemand mit ihren selbst genähten Teilen und all ihren geliebten Stoffen ruppig umging. Sie brauchte sie. Ein weiterer Grund, sich nie wieder finanziell von jemandem abhängig zu machen. Sie überlegte. Immer diese Grübeleien darüber, wie sie mit Peder umgehen sollte, wie sie ihm schmeicheln und sich anpassen könnte. Total krank. Wann war sie so geworden? Wie war sie, die stark, cool und mit allen Wassern gewaschen war, zu einer Frau geworden, die sich so ängstlich durch eine Beziehung zu einem Mann schlängelte?

STELLA: *Wir können reden, wenn ich wieder zu Hause bin.*

Sie legte das Smartphone weg. Sie war schrecklich in Peder verliebt gewesen. Alles, was sie sich wünschte, besaß er im Überfluss. Er sah gut aus. War groß, sehnig und stark vom Joggen. Sie mochte es, dass er smart war und gebildet zu sein schien. Allerdings hatte er zu viel über Feminismus, Gleichberechtigung und Toleranz geschwafelt, um sich dann als treuloses Schwein zu entpuppen.

Sie setzte sich mit der Sandwichtorte und ihrem Teebecher auf die Vortreppe und nahm einen Bissen.

Warum musste Thor auch eine Freundin haben?

Sie war sich so sicher gewesen, dass sie mit ihm ins Bett gehen wollte.

Er war das genaue Gegenteil all der Männer, mit denen sie bisher geschlafen hatte – das waren zwar nicht so schrecklich viele, aber immerhin einige –, und vor allem das Gegenteil von Peder. Zwei unterschiedlichere Männer konnte man sich kaum vorstellen. Peder war wortgewandt und geschmeidig. Thor wortkarg und ein bisschen kantig. Während sie die Sandwichtorte aß (das half tatsächlich ein bisschen), dachte sie weiter nach.

Sie wollte mit mehr Männern schlafen. Oft hatte sie sich gewünscht, dass sie die Chancen genutzt hätte, die sich ihr geboten hatten. Sie mochte Sex, jedenfalls guten Sex, aber man wusste ja nie vorher, wie es werden würde, und meist hatte sie dann lieber verzichtet, als einen miesen One-Night-Stand zu riskieren. Jetzt wünschte sie sich, sie hätte sich öfter etwas gegönnt. Die ganze Zeit hatte sie das Gefühl gehabt, dass sie sich mehr wünschte als Peder, rein sexuell. Mehr erleben, ausprobieren, fühlen. In ihrer Beziehung hatte sie sich angepasst, wie ihr jetzt klar wurde, darauf geachtet, nicht zu viel Raum einzunehmen, nicht zu laut zu sein, nicht zu viel zu sein. Sie hatte darüber nie nachgedacht, es hatte sich einfach irgendwie so ergeben. Peder liebte es, wenn sie ihm einen blies – so war es ja oft bei Männern –, aber umgekehrt versuchte er es bei ihr immer möglichst zu vermeiden. Wenn sie ganz frisch gewaxt und geduscht war und ihre Regel weit weg, hatte er sich schon mal geopfert – was sie an sich schon hätte aufrütteln müssen, fand sie. Aber hinterher war man immer schlauer, hinterher war es leicht, die weniger attraktiven Seiten eines Partners zu entschuldigen.

Zehn Tage war es jetzt her, dass sie die SMS zwischen ihm und Ann entdeckt hatte. Wie lange trauerte man über so etwas? Eine Woche? Einen Monat? Sie hatte keine Ahnung, und sie war noch nie auf diese Weise betrogen worden, jedenfalls nicht, soviel sie wusste, und war auch selbst nie untreu gewesen. War es selbstverständlich, einfach nach vorn zu schauen? Schaute sie nach vorn? Sollte sie schon über Peder hinweg sein? Oder sollte sie mehr darunter leiden, als sie es anscheinend tat?

Sie stellte den leeren Teller auf den Boden und ließ den Blick über ihr unkrautüberwuchertes Grundstück schweifen.

Thor hatte sich nicht gemeldet.

Sie ging ins Haus, wusch den Teller ab, kochte noch mehr Tee und setzte sich mit einer der alten Illustrierten wieder auf die Treppe. Sie nippte an dem heißen Getränk, las Rezepte für in Vergessenheit geratene Gerichte und überflog Schnittmuster für Röcke und Kinderkleider. Als sie die Bilder von milde lächelnden Frauen mit schmalen Taillen in wohlgeordneten Heimen betrachtete, machte sich irgendetwas in ihrem Hinterkopf bemerkbar. Sie blätterte um, sah ein Muster für ein Abendkleid und versuchte, die Erinnerung zu fassen zu kriegen. Und dann, plötzlich, mitten in der Beschreibung, wie man einen sogenannten Diego-Salat zubereitete (Ananas, Rote Bete, Apfel und Mayonnaise in Salatblättern mit darübergestreuten Weintrauben), erinnerte sie sich. Ihre Großmutter hatte eine Nähmaschine gehabt. Eine alte Husqvarna, die in dem großen Zimmer gestanden hatte. Jetzt sah Stella sie ganz deutlich vor sich, schwarz und glänzend mit zierlichem Blumendekor in Gold und Rosa.

Womöglich existierte die noch? Vielleicht im Schuppen?

Da lag so viel alter Krempel, Bretter, Kartons und Lumpen. Dort konnte sich durchaus auch eine alte Nähmaschine verstecken, die man vielleicht dort vergessen hatte. Als Stella die Tür zum Schuppen öffnete, quietschte es und Staub wirbelte ihr entgegen. Sie kletterte zwischen den Sachen herum und hob eine durch Feuchtigkeit beschädigte Spanplatte hoch. Und da stand sie. Unter all dem alten Kram, staubig und traurig. Omas Nähmaschine. Sogar der hübsche Holztisch, der dazugehörte, war noch da, unter weiteren Brettern verborgen. Als sie alles zusammen in die Kate geschleppt hatte, trank sie etwas Wasser, verschnaufte und sah sich dann die Nähmaschine genauer an. Ihre Großmutter hatte daran gesessen. Stella konnte sich noch genau an das Geräusch der Nadel und der Fußplatte erinnern, an das weiche Licht von der geblümten Öllampe, die darüber hing. Sie schaute zur Decke. Tatsächlich, der Haken für die Lampe war noch da.

Sie nähte gern mit der Hand, schaffte an die dreißig Stiche in der Minute, was ziemlich schnell war. Aber eine solche Tretnähmaschine schaffte dreihundert Stiche pro Minute. Als sie Ende des 19. Jahrhunderts aufkam, kam das einer Revolution gleich, das wusste Stella noch aus der Modeschule in Stockholm. Die Nadel schien heil zu sein, und es saß sogar noch eine staubige schwarze Garnrolle auf der Spule. In einer der kleinen Schubladen im Tisch fand sie eine Blechdose mit Nadeln mit schimmernden Perlmuttköpfen. Das war ein Schatz. Sie opferte einen der Kissenbezüge, die sie eingetauscht hatte, fädelte einen neuen Faden ein und fing an zu treten. Zuerst ging es langsam und unsicher, aber bald hatte sie ein Deckchen gesäumt und genäht.

Als das Telefon klingelte, stand Maud auf dem Display. Sie hatte fast gar nicht an Thor gedacht.

»Wie geht's dir?«

»Immer noch kein Baby. Ich habe es so satt. Und du? Was machst du eigentlich da unten?«

»Ich habe heute in meinem Schuppen eine antike Nähmaschine gefunden. Also habe ich genäht. Meine Vorratskammer geschrubbt. Meine Schamhaare nicht entfernt.« Bin wieder betrogen worden. Dies Letzte sprach sie nicht aus, weil sie sich schämte.

»Das klingt ja schrecklich. Willst du nicht wieder nach Hause kommen?«

»Ich muss mich hier noch um einiges kümmern. Secondhand-Kleidung ändern. Mein Land zum Verkauf vorbereiten. Essen, was die Erde mir schenkt.«

Langes Schweigen.

»Hast du nicht gesagt, dass da hauptsächlich Unkraut wächst? Willst du Unkraut essen?« Mauds Stimme klang zutiefst skeptisch.

»Man kann Unkraut essen.«

»Stella, ich mache mir Sorgen um dich. Du klingst anders als sonst.«

»Es ist alles ein bisschen viel.« Sie wollte nichts von Thor erzählen, das war ihr unangenehm. Nicht, dass Maud sie verurteilt hätte. Oder doch, das kam schon mal vor.

»Ist etwas passiert?«

»Nicht direkt.« Stella merkte, dass ihre Stimme gleich brechen würde, und wollte Maud nicht beunruhigen. »Der Empfang ist hier so schlecht. Sag deinem Baby, dass ich Sehnsucht nach ihm habe.« Sie legte auf und hoffte, dass Maud glaubte, dass die Verbindung unterbrochen worden war.

Sie ging wieder nach draußen, ließ die Sonne ihr Gesicht streicheln und streckte ihren Rücken. Alles blühte, und Bienen summten in ihrem unkrautüberwucherten Garten. Sie ging wieder hinein, holte ihre Decke, unterdrückte eine unkontrollierbare Welle von Sehnsucht nach … nach irgendetwas und legte sich ins Gras, umgeben vom Duft von Schlüsselblumen, verwilderten Küchenkräutern und Wiesenblumen. Sie beobachtete die Wolken und folgte den Vögeln mit ihrem Blick. Vögel zwitscherten, und Insekten summten. Eine Hummel landete auf einer rosa Blüte und taumelte dann wieder weiter. Das Gras schwankte sanft im Wind. Das war so schön einschläfernd. Ihr Körper entspannte sich, sie ließ die Sonne ihre Augenlider liebkosen, ließ ihre Gedanken zu gebräunten Muskeln und kurz geschnittenem Haar schweifen. Sonnengebräunte Haut und derbe Hände, die sich um ihre Taille legten. Feste Knie, die ihre Beine auseinanderdrückten. Ein muskulöser Körper und geschickte Finger, die Dinge mit ihrem Körper machten. Schöne Dinge. Schmutzige Dinge. Hände, die streichelten und drückten, eine Zunge, die …

Sie musste eingedöst sein, denn sie erwachte davon, dass etwas die Sonne verdeckte.

»Da bist du ja«, sagte Thor.

Stella stützte sich auf die Ellenbogen. Und da bist du, du untreuer Dreckskerl, dachte sie wütend.

»Wie geht es Juni?«, sagte sie laut.

»Ihr geht es gut. Sie ist zu Hause und ruht sich aus. Sie hat …« Er verstummte, räusperte sich und setzte neu an. »Du weißt schon. Sie hat ihre …« Thor deutete eine vage Geste in der Luft an.

»Ihre Regel?«, sagte Stella ironisch.

Thor nickte und sah unangenehm berührt aus. Männer und Menstruation, sie hörte nie auf, sich darüber zu wundern, wie schwierig Männer das fanden.

»Ich verstehe«, sagte sie, denn das tat sie wirklich. Sie konnte sich an dieses Alter erinnern. Als Teenager hatte sie starke Schmerzen gehabt. Menstruation war ein einziges Ärgernis, und Juni hatte keine Mutter, die ihr zur Seite stand. Thor machte zwar den Eindruck, ein in jeder Hinsicht kompetenter und moderner Vater zu sein, das musste sie ihm lassen, aber manche Dinge konnte ein Mann nur schwer verstehen.

»Aber sie ist jetzt zu Hause und hat sich eine Wärmflasche auf den Bauch gelegt. Sobald es ihr besser geht, macht sie ihre Hausaufgaben. Es ist ein ewiger Kampf.«

»Teenager zu sein ist nicht leicht«, sagte Stella. Dieser Abschnitt ihres Lebens war nicht besonders schön gewesen. Sie war die einzige Nichtweiße in ihrer Klasse gewesen, und sogar die Kinder von Södermalm konnten ekelhaft sein. Besonders als Teenager, wenn Aussehen und Normen besonders wichtig wurden.

Thor stand mit dem Rücken zur Sonne, und ihre Haut reagierte auf seine virile Gegenwart. Ihre Härchen stellten sich auf wie kleine Fühler, die nach ihm suchten. Ihr Mund war sich seines Mundes bewusst, und ihre Hüften spürten seine. Es war eine starke körperliche Reaktion, die sie nicht kannte und die ihr nicht gefiel. Sie wollte keine Frau sein, die auf schlechte Männer abfuhr.

Sie sah ihn wütend an. Er bewegte sich unsicher.

»Bist du gut nach Hause gekommen?«, fragte er.

»Ja.«

Er betrachtete sie aufmerksam. Sie kniff die Lippen zusammen.

Mental presste sie auch die Beine zusammen und rief sich My und seine Lügen in Erinnerung.

»Ist alles in Ordnung?«, fragte er.

»Klar. Alles gut.«

»Bist du sicher?«

»Jepp. Wieso?«

»Stella?«

»Ja?«

»Habe ich etwas falsch gemacht?«

»Keine Ahnung. Was würdest du selbst sagen?«

Thor seufzte tief. »Ich war viele Jahre lang verheiratet, ich kenne die Anzeichen. Irgendwas habe ich falsch gemacht. War es der Kuss? Das, worüber wir gesprochen haben? Hast du es dir anders überlegt? Sag mir, was ich gemacht habe. Ich kann doch sehen, dass irgendetwas ist.«

»Du hast eine Freundin«, sagte sie nur.

»Eine Freundin?«, fragte er perplex.

»Ja.«

»Neeeinn. Davon wüsste ich aber.«

Oh, sie hatte keine Lust auf Spielchen.

»Ich habe My getroffen. Du weißt doch. Deine *Freundin*.«

Viele unterschiedliche Gefühle spiegelten sich auf seinem Gesicht. Überraschung. Unsicherheit. Und noch etwas, das aussah wie Erleichterung. Als ob er ein Rätsel gelöst hätte. »Ach so. Nein. My und ich sind nicht zusammen. Wir sind ein paarmal zusammen ausgegangen, und wir waren eine Zeit lang zusammen, aber das ist vorbei.« Er runzelte die Stirn und sah ehrlich verblüfft aus. »Glaubst du, ich hätte dich geküsst, wenn ich mit einer anderen zusammen wäre?«

»Ja«, sagte sie verärgert und keineswegs bereit, ihm einfach so zu glauben.

»Wenn du mich gefragt hättest, hätte ich die Wahrheit gesagt. Lügen ist nicht mein Ding. Ich hätte es dir vielleicht erzählen sollen, aber ich habe einfach nicht daran gedacht. Wir waren zusammen, es ist vorbei, allerdings erst seit Kurzem, aber trotzdem.«

Die Anspannung in Stellas Körper ließ ein wenig nach. Sie wusste nicht, was sie glauben sollte. Peder hatte gelogen, bis er schwarz wurde, hatte so lange geleugnet, dass sie ihm fast geglaubt hätte, obwohl sie die SMS selbst gesehen hatte. Thor klang ehrlich, und er sah auch ehrlich aus. Sie war noch nicht ganz überzeugt, aber sie hatte immerhin wieder angefangen zu atmen.

»Ich meine ja nicht, dass du und ich zusammen sind oder so, aber wenn du eine Freundin hast ...«, begann sie.

»Ich habe keine Freundin«, sagte er nachdrücklich.

Es klang tatsächlich so, als sagte er die Wahrheit.

»Aber warum scheint My das dann zu denken?«, fragte sie, denn My hatte doch gesagt, Thor sei ihr Freund. Oder? Sie wurde unsicher. My hatte sich zu diesem Zeitpunkt immerhin zum Teil in Stellas Körper befunden. Konnte Stella etwas missverstanden haben? Sie hatte nicht weiter gefragt, sondern sich ihre Klamotten gegriffen und war abgerauscht.

Thor steckte die Hände in die Taschen. Sein T-Shirt hatte knappe Ärmel, und sein Trizeps schwoll bei der Bewegung an. »Wir waren zusammen, aber sie war diejenige, die es beendet hat, was immer es gewesen ist. Ich bin völlig unbeweibt. Und wenn ich ehrlich bin, habe ich nicht hundertprozentig in sie und unsere Beziehung investiert.«

Sie wollte ihm so gern glauben. Vielleicht hatte sie sich verhört, vielleicht hatte es gar nichts zu bedeuten, dass My ein Foto von ihm und den Kindern in ihrer Praxis hatte. Er wirkte so ernsthaft, so aufrichtig. »Schwörst du?«

Er legte die Hand aufs Herz. »Ich schwöre. Hier auf dem Land sind wir immer nur mit einer Person auf einmal zusammen.«

Etwas in ihr entspannte sich. Er klang ehrlich und schien seine Worte ehrlich zu meinen.

»Du weißt ja, dass mein Ex untreu war. Ich möchte niemanden so verletzen, wie ich verletzt worden bin. Und ich will auch selbst nicht verletzt werden. Nicht noch einmal.«

»Das kann ich verstehen. Vertraust du mir?«

Konnte sie ihm vertrauen? Sie horchte in sich hinein. Und dann beschloss sie, seine Worte zu akzeptieren. Mit einer Geste lud sie ihn ein, sich zu setzen.

Als Thor sich hinsetzte, berührte er sie, und sein Gewicht und seine Gegenwart brachten die Luft zwischen ihnen zum Flimmern.

»Fühlst du dich jetzt besser?«, fragte er.

»Ich weiß nicht. Ich war so wütend. Aber wenn du sagst, es ist wahr, dann glaube ich dir wohl.«

»Es ist wahr.«

»Hm.«

»Ich schwöre, Stella.«

Sie schwieg.

»Okay«, sagte sie dann.

»Sicher?«

»Jepp. Sicher.«

»Gut. Was machst du eigentlich hier?«, fragte er.

Sie klopfte mit der Hand auf die Decke, und er legte sich neben sie und faltete die Hände hinter dem Kopf.

Sie sog seinen Duft ein.

»In den Himmel schauen. Denken«, antwortete sie.

Ihre Stimme war ruhig, aber ihr Herz und ihr Puls hämmerten und pochten unter ihrer Haut, jetzt, wo sie alles geklärt hatten. Bevor er sie weckte, hatte sie von ihm geträumt. Als sie im Sonnenschein döste, war er bei ihr gewesen, in ihrem Kopf. Seine muskulösen, behaarten Beine hatten sich um ihre geschlungen, und er hatte sie gierig und hungrig geküsst.

»Woran?«, fragte er.

»An nichts«, sagte sie und wandte ihr Gesicht der Sonne zu.

~ 17 ~

Es gab keinen einzigen Millimeter von Thors Haut, der sich Stellas Körper nicht bewusst war. Das Auf und Ab ihres Brustkorbs beim Atmen. Ihrer Wärme, ihrer weichen Hüften und ihrer langen Haare.

Sie hatte geschlafen, als er sie fand. Entspannt und mit geschlossenen Augen hatte sie auf seiner Decke im hohen Gras gelegen. Ihr Mund hatte gelächelt, als ob sie etwas Schönes träumte. Die Sonne hatte auf ihrer Haut gespielt und dabei Schatten und faszinierende Linien gezeichnet.

Thor drehte sich zur Seite, damit sie nicht sah, dass er eine Erektion bekam. Das war ihm peinlich. Aber was konnte er tun, wenn sein Körper glaubte, wieder sechzehn zu sein? Nie zuvor, seit er erwachsen war, war er so von Lust beherrscht gewesen. Aber solange er sich dessen bewusst war, war alles im grünen Bereich, sagte er sich.

Stella verschränkte die Arme hinter dem Kopf, und sein Blick wurde automatisch von ihren Brüsten angezogen. Sie waren großartig. Wie große, runde Hügel.

»Was findest du das Beste daran, hier zu wohnen?«, fragte sie.

Er schaffte es, seinen Blick von ihr loszureißen, und schaute in den Himmel. Es gab so vieles, was gut war.

»Das Geräusch der wiederkäuenden Kühe am Abend gehört zu den schönsten Geräuschen, die es gibt. Wenn man alle gefüttert und wieder aufgeräumt hat und alles fertig ist. Wenn es den Tieren gut geht.« Den Tieren ein gutes Leben zu bereiten, sodass sie einem vertrauten, war eine echte Aufgabe. »Wenn man merkt, dass man ein guter Bauer ist.«

»Bist du das? Ein guter Bauer?«

»Ja.« Es lag ihm, auch wenn er keine Ahnung hatte, warum.

»Was noch?«

»Zu dieser Jahreszeit bin ich einfach glücklich, hier zu wohnen. All die neugeborenen Tiere, Kälber, Hasen, Lämmer und Küken. Die Sonne und die Pflanzen, dass alles, was man gesät hat, wächst und sprießt. Dann fühle ich mich so reich.«

»Du hast ziemlich große Felder. Esst ihr alles selbst?«

»Ich verkaufe ziemlich viel an Überschüssen. Mein Hof gehört zu einer Genossenschaft, in der ich Käse, Eier und Gemüse verkaufe. Und im Herbst verkaufe ich auf dem Bauernmarkt.«

»Das klingt alles ziemlich ursprünglich.«

»Ja. Wir Landwirte sehen uns als Teil einer Einheit, als Teil eines größeren Ganzen. Das macht einen demütig. Wenn man eine Landwirtschaft hat, wirkt sich das auf das ganze Leben aus. Wenn man abends bis zehn oder elf auf dem Feld ist und die Sonne einfach nicht untergehen will. Die intensive Erntezeit. Für die Kinder ist das natürlich ein gutes Leben. Man lernt, die Natur zu lieben.«

Stella rupfte einen Grashalm ab und liebkoste damit spielerisch seinen Arm. Es kitzelte, und er hielt den Atem an. Er war Gefühle, die ihn ins Chaos stürzten, nicht gewohnt.

»Klar. Die Natur ist gar nicht so übel. Was findest du noch gut hier?«

Wie sollte er das erklären? Er konnte sich nicht vorstellen, irgendwo anders zu wohnen. Er war hier zu Hause, genau wie die Hügel, die Bäume und der Boden.

»Von körperlicher Arbeit so richtig ausgepowert zu sein. Morgens früh aufzustehen und den Nebel auf den Wiesen zu sehen.« Das war pures Glück.

»Gibt es auch irgendwelche Nachteile?«

Haufenweise, dachte er. Der Boden, um den man sich ständig sorgte. Gutsbesitzer, die Schwierigkeiten machten. Er sah Stella an. Neue Nachbarn, die alles auf den Kopf stellten. »Man ist immer vom Wetter abhängig, das ist mental belastend. Wenn nicht Hitze und Trockenheit herrschen, dann Kälte, Frost oder zu viel Regen. Wildgänse, die zu Tausenden einfallen und die ganze Saat auffressen. Das ganze Geld fließt in den Hof. Man ist auf Subventionen angewiesen, und das bedeutet viel Bürokratie. Ich schwöre dir, wenn ein Kalb geboren wird, gibt es mehr Papierkram zu erledigen, als wenn ein Mensch geboren wird. Und wenn es draußen minus zwanzig Grad sind, ist es auch nicht ganz so herrlich.«

»Gott, das kann ich mir vorstellen.«

»Viele von uns hier fühlen sich nicht wertgeschätzt. Als wenn nur die Leute in Stockholm zählen würden.« Stockholmer waren anscheinend ein Völkchen für sich. Weltfremde Menschen, die sich darüber beklagten, dass die Bauern in EU-Subventionen schwammen, während sie selbst kaum auf die Toilette gehen konnten, ohne einen Steuernachlass zu beantragen. Beschränkte Idioten, die glaubten, man könne Fleisch und Getreide genauso gut aus dem Ausland kaufen. Das war wirklich wahr, er hatte das tatsächlich einen Holzkopf aus Stockholm im Fernsehen behaupten hören.

Sie biss sich auf die Unterlippe. Sie hatte kleine, scharfe weiße Zähne. Ihre Lippen waren dunkel, und als sie sich auf die Unterlippe biss, wurde sie noch dunkler und glänzte.

»Und du? Hast du schon positive Seiten am Landleben entdeckt?« Er konnte selbst hören, dass seine Stimme rau war. Sein Puls pochte hektisch unter der Haut.

Stella drehte sich auf die Seite und begegnete seinem Blick. Ihr Gesicht war seinem ganz nah. Sie hatte einen makellosen goldenen Teint.

»Ein paar Vorteile habe ich gefunden.« Sie berührte sein Kinn, strich mit dem Zeigefinger am Kiefer entlang. »Ich mag es, wie du riechst«, sagte sie.

Er konnte nichts antworten und nickte nur. Jedenfalls glaubte er, dass er nickte.

Ihre Lippen kamen sich näher. Er ließ sie das Tempo bestimmen, und dann spürte er ihren Mund an seinem und stöhnte leise und tief aus der Brust. Es war ein weicher Kuss, ihre Lippen strichen übereinander hin. Er schmeckte sie, sie schnappte nach Luft, öffnete ebenfalls ihren Mund und ließ ihn ein. Ihre Zungen begegneten sich und erforschten einander, bis sie sich zurückzog und ihre Handfläche um seine Wange legte. Ihre Hand war warm und duftete nach Gras und Seife und nach etwas, das er mit ihr verband, etwas Exotischem, Gefährlichem, Spannendem.

»Du küsst gut«, sagte sie.

»Erstaunt dich das?«

»Nicht wirklich.« Sie drehte sich wieder auf den Rücken und zog das eine Bein an. »Hier in der Stille hat man viel Zeit zum Nachdenken. Darüber, was man machen möchte.«

»Und was möchtest du machen?«, fragte er und studierte all ihre faszinierenden Kurven. Die Brüste. Die weichen Wangen. Ihre Oberschenkel. Aber sie war nicht nur weich und sinnlich, sie hatte auch eine innere Stärke, die sich in allem zeigte, was sie tat und was sie sagte.

»Ich habe beschlossen zu nähen«, sagte sie.

»Kannst du das gut?«, fragte er und ahnte schon die Antwort. Sie hatte geschickte Finger und ein Auge für Schönes, das hatte er ja schon bemerkt. Und Nawal hatte sie angestellt. Nawal war allem Ungenügenden gegenüber kritisch. Er fühlte sich nach dem Kuss immer noch ganz wackelig. Er wollte sie noch einmal küssen, ihre Lippen auf seinen spüren. Ihre Zunge in seinen Mund einsaugen. Ihren Mund erobern.

Sie nickte.

»Ja. Ich wollte schon immer entwerfen und nähen.«

»Was gefällt dir so am Nähen?«

»Eigentlich alles. Das kreative Arbeiten ist einfach herrlich. Dass man ein Resultat seiner Arbeit sieht. Ein Kleidungsstück zu tragen, das ich selbst genäht habe. Auszutüfteln, wie ich ein kompliziertes Detail hinkriegen kann, entwerfen und Probleme lösen. Es geht ja nicht nur ums Zuschneiden, man muss tüfteln und überlegen und analysieren. Sich überlegen, in welcher Reihenfolge man die Arbeitsschritte machen soll.« Sie lachte. »Manchmal kommt auch nichts Vernünftiges dabei heraus.«

»Inwiefern?« Es war faszinierend, ihr zuzuhören. Sie brannte ganz offensichtlich für ihre Arbeit.

»Wenn ich zum Beispiel den falschen Stoff ausgewählt habe, der zu stumpf oder zu dünn ist. Oder wenn ich zu schluderig bin und mir einbilde, dass das nicht auffällt. Aber es fällt immer auf. Die Leute haben keine Ahnung, was man alles können muss, um gute Kleidung zu nähen. Manchmal denke ich wochenlang über ein Kleid nach. Welche Stoffe und Materialien ich nehmen soll, welche Details ich haben möchte. Bisher habe ich nur einzelne Kurse besucht und mir vieles auf YouTube angeschaut. Aber mein Traum ist es, professionell zu arbeiten.«

»Was hindert dich daran?« Sie wirkte wie jemand, der schaffte, was er sich in den Kopf gesetzt hatte.

»Gute Frage. Zuerst lag es am Geld. Es ist nämlich teuer. Dann haben mein Ex und ich andere Dinge priorisiert. Ich war so dumm, seinetwegen meine Ausbildung zu verschieben.«

»Was für eine Ausbildung ist das?«

»Eine Schule in New York, meine Traumschule. Ich habe etwas unklug Prioritäten gesetzt.«

»In einer Beziehung passt man sich immer an«, sagte er neutral. Manchmal passte man sich so sehr an, dass man ein anderer wurde. So hatte es sich manchmal mit Ida angefühlt.

»Ja, das tut man.«

»Ist zwischen euch alles vorbei? Ich meine, das ist noch so frisch. Vielleicht will er es noch einmal probieren. Was willst du?«

Würde sie ihren Ex zurücknehmen, wollte er wissen. Würde sie zu einem Mann zurückgehen wollen, der sie betrogen hatte?

Stella wich seinem Blick aus und antwortete nicht, und er hakte nicht nach, wollte es vielleicht auch gar nicht wissen.

Sie hob ihr Bein an und bürstete sich einen Grasfleck von der Hose. Die Hose war neu, wie er sah. Eine Latzhose aus Jeansstoff. Sie hatte irgendetwas daran verändert, gewöhnliche Arbeitskleidung mit Cityschick ausgestattet. Vielleicht lag es am Schal, den sie sich um die Taille gebunden hatte, vielleicht war es etwas anderes, aber sogar in diesen Hosen und auf dieser Decke sah Stella glamourös und großstädtisch aus.

Sie lagen schweigend nebeneinander. Vögel flogen über sie hinweg. Ein Zitronenfalter flatterte vorbei.

»Du?«, sagte er.

»Mhm.«

»Als ich dein Holz gehackt habe, wollte ich dich beeindrucken«, sagte er und wandte ihr sein Gesicht zu.

Stella drehte sich auf die Seite. Sie stützte den Kopf in die Hand und blickte ihn intensiv an. Ihre langen Wimpern gingen langsam auf und ab. »Ich weiß«, sagte sie.

»Wirklich?«

Sie nickte. Ihre Augen funkelten, als wären sie voller Sternchen oder auch Feuerwerkskörper, die glitzerten, wenn sie lächelte oder lachte. »Ja, und es ist dir gelungen«, fügte sie hinzu, wobei die gute Laune in ihrem Blick tanzte. Dann streckte sie ihre Hand aus und legte sie auf seinen Bizeps. Stellas weiche Hand auf seiner nackten Haut – das war wie eine Explosion. Sie drückte leicht seinen Oberarm. Ihm wurde sofort der Mund trocken.

»Ich war schwer beeindruckt«, fuhr sie fort und presste ihre Handfläche gegen seine Haut. »Ich hatte ja keine Ahnung, dass ein Mann, der Holz hackt, so sexy ist.«

»Findest du?«, flüsterte er und berührte ihre Hüfte mit seinem Daumen.

»Dass es sexy war?«

Er nickte.

»Und wie.«

Thor hob die Hand und berührte ihren Oberarm. Durch zahlreiche Missgeschicke mit Sägen, Schraubenziehern und anderen Werkzeugen, Splitter unzähliger Bretter und andere harte Arbeit waren seine Hände rau und vernarbt, deswegen streichelte er Stella sehr behutsam.

»Dann muss ich wohl hin und wieder vorbeischauen und Holz hacken«, murmelte er.

»Das klingt gut«, flüsterte sie und rückte noch näher an ihn heran.

Seine Hand glitt auf ihre Hüfte und blieb dort liegen.

Sie legte ihre Hand auf seinen Brustkorb. Ihre Wärme brannte durch das T-Shirt hindurch beinahe Löcher in seine Haut. Um ihn herum drehte sich alles.

Thor zog Stella zu sich heran, bis ihre Brüste sich gegen seine Rippen pressten. Sie wandte ihm ihr Gesicht zu, aber er tat noch nichts weiter, legte nur seine Arme um sie und hielt sie. Stella legte ihm eine Hand an die Wange, zog ihn zu sich heran und legte ihren Mund auf seinen, suchend, Lippen auf Lippen. Er hörte, wie sie nach Luft schnappte, als wäre der Kontakt unerwartet intensiv. Das überraschte ihn nicht, denn er fühlte genauso, er legte ihr eine Hand in den Nacken, wölbte sie und verstärkte den Druck.

Stella öffnete die Lippen und strich mit ihrer Zungenspitze über seinen Mund. Er öffnete ihn und sog ihre Zunge ein. Sie antwortete sofort. Stella Wallin wusste, was sie tat. Er stöhnte in ihren Mund. Sie entzog sich ihm wieder.

»Was ist?«, fragte er.

»Nichts. Es ist nur das erste Mal seit …«

Er konnte sich auch noch an das seltsame Gefühl erinnern, als er zum ersten Mal eine andere Frau geküsst hatte als Ida.

Er wickelte sich eine schwarze, seidenweiche Strähne ihres Haars um den Finger. Ihre Wange lag an seiner, und er rieb seine vorsichtig daran, nur ein wenig, damit seine Bartstoppeln sie nicht kratzten.

»Ich mag dich«, sagte er in ihr Haar.

»Warum?«, fragte sie. Ihre Lippen waren von den Küssen geschwollen. Ein Knopf ihrer Bluse hatte sich geöffnet, und er sah ihr phänomenales Dekolleté.

»Was meinst du mit ›Warum‹? Du bist hübsch«, sagte er, beugte sich vor und küsste die Haut oberhalb der Brust. Sie gab einen ermunternden Laut von sich, und er fuhr fort, ihre Haut zu küssen.

»Du bist auch ziemlich hübsch«, sagte sie.

»Wirklich? Inwiefern? Du darfst gern ins Detail gehen.« Er presste sein Knie zwischen ihre Schenkel. Sie rang nach Luft.

»Jetzt weiß ich wieder, warum ich dich anfangs nicht mochte. Du bist eingebildet.«

»Keine Spur. Alle mögen mich zuerst, bevor sie mich kennenlernen. Erst später beginne ich sie zu nerven. Erzähl mir jetzt, wieso ich hübsch bin.«

»Ich bereue, dass ich überhaupt etwas gesagt habe.«

»Ich kann ja anfangen.«

»Tu das.« Sie blinzelte mehrmals schnell, lange schwarze Wimpern, die flatterten wie edle Nachtfalter und Schatten auf ihre Wangen warfen.

»Du hast den hübschesten Hintern, den ich je gesehen habe«, sagte er mit allem Gefühl, das er aufbrachte. Er war ein Po-Mann. Und ein Brust-Mann. Und Lippen. Und offenbar war er auch ein Halsgruben-Mann. Ihre ganze Anatomie war außergewöhnlich.

»Ich habe zwar noch nie woanders gewohnt als in Laholm, aber ich bin mir absolut sicher, dass deiner der hübscheste Hintern der Welt ist.«

»Findest du ihn nicht zu groß?« Sie schwenkte ihren Körper ein wenig.

»Meiner Ansicht nach ist er perfekt«, sagte er. Denn das war er. Groß und herzförmig und vollendet.

Stella sah so zufrieden aus wie die Hofkatze, wenn sie Sahne schleckte. »Sprich weiter«, sagte sie.

Er ließ einen Finger über ihre Hose wandern, über die runde Form ihrer Pobacke. Er legte seine ganze Handfläche darauf, streichelte und drückte. Er stöhnte – oder war sie das? Sie blinzelte jedenfalls nicht mehr, sah ihn nur noch an, atmete mit leicht geöffneten Lippen. Seine Fingerspitzen, die über sie hinglitten, spürten jede Naht ihrer Kleidung und ihren Puls darunter.

»Was?«, sagte er. Er hatte vergessen, was er hatte sagen wollen.

»Erzähl mehr«, sagte sie.

»Worüber?« Er war vollauf damit beschäftigt, ihren Körper zu erkunden. Es war schwierig, sich gleichzeitig auf ihre Kurven und auf ein Gespräch zu konzentrieren, aber er versuchte es.

»Darüber, wie hübsch und perfekt und sexy ich bin.«

»So funktioniert das nicht. Jetzt musst du etwas Nettes über mich sagen.«

Sie schien zu überlegen. »Also nicht, dass du ein Besserwisser bist, vermute ich?«

»Ich bin kein Besserwisser, ich bin nur zufällig in ziemlich vielen Dingen ziemlich gut.«

»Ich mag deine Haare. Sie fliegen im Wind und sehen cool aus. Jedenfalls bis du sie abgeschnitten hast.«

»Meine Haare?«, sagte Thor. »Meine Haare? Du hast da etwas missverstanden.«

Stella hob die Hand und strich ihm das Haar aus dem Gesicht.

»Ich mag dein Lachen.«

Er küsste sie.

»Schon besser. Nächstes Mal darfst du gern meine muskulösen Oberarme und meinen großen ... Brustkorb erwähnen.«

»Ist dein männliches Ego so empfindlich?«

»Sind das nicht alle männlichen Egos?«

»Stimmt.«

Er rollte sich wieder auf den Rücken und zog sie mit sich. Sie legte den Kopf auf seine Brust.

»Du riechst gut«, murmelte sie und schnupperte an seinem Shirt.

»Du auch«, sagte er. Überall duftete es nach Stella. Ein Duft, der alle anderen übertraf. Ihre Fingerspitzen erforschten sein Gesicht, berührten seine Wangenknochen, kratzten auf seinen Bartstoppeln. Ihr Zeigefinger bog seine Unterlippe nach unten. Sie glitt mit ihrer Brust über seine.

»Was ich da vorhin gesagt habe?«

»Du musst dich etwas klarer ausdrücken«, sagte er heiser. »Mein

Gehirn bekommt gerade nicht so viel Blut. Und du redest viel. Ich kann mir unmöglich alles merken.«

Er spürte, wie sie den Kopf schüttelte, aber offenbar wollte sie nichts weiter dazu sagen. Das war fast ein bisschen schade, denn er mochte es, wenn sie sich aufregte und ereiferte.

»Über Sex«, sagte sie.

Aha. Ja, daran erinnerte er sich ganz deutlich.

»Ach so, das«, sagte er, so unberührt er konnte, wobei sein Herz hinter seinen Rippen einen Schlagbohrer imitierte.

»Als ich das gesagt habe, war ich bereit. Und ein bisschen wild.«

»Und jetzt?«

»Jetzt bin ich verwirrt. Du küsst ganz fantastisch, FANTASTISCH. Aber mit einem Mann, den ich gerade erst kennengelernt habe, über den ich mich ungefähr die Hälfte der Zeit ärgere, ins Bett zu gehen ... Ich weiß nicht. Du bist Vater. Bauer.«

Thor antwortete nicht sofort. Seine Sinne waren angenehm satt. Das Geräusch von Insekten und Vögeln in der Luft, die sanfte Brise, die die Blätter rauschen ließ. Und der berauschende Duft von Stella, der seine Nase erfüllte. Es fühlte sich so richtig an, sie in seinen Armen zu halten. Eine weiche Frau, auf seine Brust hingebreitet. Er wusste nicht, wann er sich zuletzt so gut gefühlt hatte.

»Ich habe nichts gegen Sex«, sagte er, und das stimmte zu einhundert Prozent. Stella durfte sich seiner gern bedienen, wenn er irgendwie von Nutzen sein konnte. »Aber ich bin nicht deswegen hergekommen.«

»Nicht?«

»Vielleicht ein bisschen«, gab er zu. »Aber ich habe es nicht eilig. Vielleicht bin ich auch noch nicht bereit. Ich habe Kinder. Hunde. Ziegen.«

Sie hob den Kopf von seiner Brust und befreite sich aus seinem Griff. Thor protestierte. Er wollte Stella weiter bei sich haben.

Aber sie verschränkte die Arme auf seinem Brustkorb und legte ihr Kinn darauf. »Mir war gar nicht klar, dass Haustiere ein Hinderungsgrund für Sex sind«, sagte sie und strich mit dem Zeigefinger über seine Oberlippe. »Ist das so auf dem Land?«

Die federleichte Berührung ließ seinen Puls in die Höhe schnellen. Er wollte sie berühren, an ihren Armen entlangstreichen, sich in ihre Kleidung wühlen, ihren Po drücken, ihre Brüste berühren. Ihren Körper mit seinem bedecken. Ihr schmutzige Sachen ins Ohr flüstern und sie küssen, bis sie wimmerte. Stella zu küssen war magisch gewesen. Anders konnte er es nicht beschreiben. Vielleicht wie ein Schlag auf den Kopf, bei dem man Sterne sah. Und jetzt hatte er schon wieder den Faden verloren.

»Worüber haben wir gesprochen?«

»Dass du wegen deiner Haustiere keinen Sex haben kannst.«

»Habe ich Tiere? Das hatte ich vergessen«, sagte er, schloss sie in die Arme und drehte sie auf den Rücken.

Sie kicherte.

Ihr dunkles Haar lag wie ein Fächer ausgebreitet auf der Decke. Er beugte sich vor und liebkoste ihre Oberlippe mit seinem Mund, knabberte spielerisch an ihrer Unterlippe. Sie lächelte an seinem Mund, erwiderte den Druck, schickte Wogen der Lust und Pfeile aus Hitze durch ihn hindurch.

Ihre Hände legten sich auf seinen Rücken, auf sein Shirt, bewegten sich auf und ab, pressten ihn fester gegen sie. Sie war stark und sicher.

Er senkte seinen Mund zwischen ihre Brüste.

»Au«, sagte sie und entzog sich ihm.

»Au?«

»Ich habe einen Stein im Rücken«, erklärte sie und rückte zur Seite. »Und noch einen«, als er sagte:

»Uff. Jetzt habe ich einen Ast unter dem Knie.« Jetzt merkte er, dass ihn überall Dinge stachen und piksten.

»Die Natur hat ihre Mängel«, erklärte sie und stand auf. Sie war herrlich zerzaust. Ihre Lippen waren geschwollen, und sie hatte dieses Glühen, das entstand, wenn man erregt war. Thor hatte das Gefühl, als würde er im Dunkeln leuchten.

»Ich habe noch nie draußen Sex gehabt«, sagte er und merkte, dass das stimmte. In Bootshäusern, Schuppen und Kellern, ja, aber nicht draußen in der Natur.

»Ich schon«, sagte sie und bürstete etwas Gras von ihrem Pulli. Sie sah ihn an und hob eine ihrer fantastischen Augenbrauen. Natürlich war sie erfahrener.

»Ja?«

»Jepp. Total überbewertet.«

Er lächelte sie an.

Plötzlich veränderte sich ihr Gesicht. Sie richtete sich auf, als ob etwas passiert wäre. Besorgt folgte Thor ihrem Blick.

Ein Mann stand da. Ein großer Mann mit dickem Haar, das aussah, als hätte er reichlich Haarpflegeprodukte verwendet. Ein Sakko, das auf diese hässliche, moderne Art zu klein wirkte, und schmale Hosen. Eine überhebliche Miene. Bartstoppeln, die wohl einen Bart darstellen sollten. Thor wusste gleich, dass er diesen Mann nicht ausstehen konnte, und zwar noch ehe Stella sagte:

»Peder? Was machst du denn hier?«

~ 18 ~

Stella schien es, als wäre Peder aus dem Nichts aufgetaucht. Mit seiner empfindlichen, modischen Kleidung passte er überhaupt nicht zu Unkraut und unironischem Landleben. Peder starrte abwechselnd sie und Thor an, der sich erhoben hatte und jetzt mit verschränkten Armen dastand und auf Macho machte. Die Luft war testosterongeschwängert.

»Was machst du hier?«, fragte Stella noch einmal.

Die Feindseligkeit zwischen den beiden Männern war mit den Händen zu greifen. Sie war bestimmt ein sehr schlechter Mensch, weil sie es spannend fand, dass zwei Männer sich ihretwegen aufplusterten.

Vor allem aber war sie überrascht.

»Wie kommst du hierher?« Sie hatten erst vor ein paar Stunden getextet, und sie war sich sicher gewesen, dass er in Stockholm war. Mit Stylisten-Ann, Liebhaberin der Farbe Beige und Beischläferin der Freunde anderer Frauen.

»Ich wollte mit dir reden, und du antwortest ja nicht auf meine SMS. Ich bin mit dem Auto hier.« Peder betrachtete missmutig ihren Garten, die Bäume und das Haus. »Wo sind wir hier?«

Stella strich sich das Haar zurück und straffte den Rücken. »Natürlich antworte ich dir. Und dies war das Haus meiner Großeltern.«

Peder machte einen Schritt nach vorn. Er blieb stehen, bückte sich und rieb an einem Fleck auf seinen Markensneakern, bevor er sich wieder aufrichtete.

»Ich vermisse dich. Deswegen bin ich hier.«

Stella verschränkte die Arme. Peder konnte schon immer gut reden.

Und sie hatte eine Schwäche dafür. Für Männer, die sich gut ausdrücken konnten, die smart waren. Nicht, dass das immer zusammengehörte.

»Wie geht es meinem Atelier?«

»Stella. Gibt es nicht wichtigere Dinge, über die wir sprechen sollten? Klamotten? Ist das alles, was dich interessiert?«

»Allerdings«, sagte sie. Sie liebte ihre Kleider mehr als irgendetwas sonst. Und ihre Stoffe. Sie verspürte eine geradezu körperliche Sehnsucht. Ihre Stoffe waren ihre Babys.

»Ich vermisse dich.« Peders Stimme war leise und warm.

Thor schnaubte. Laut und vernehmbar. Er war offenbar nicht beeindruckt.

»Was macht der denn hier?«, fragte Peder.

»Die Luft ist für alle da«, antwortete Thor.

Stella ignorierte Peders Frage.

»Was ist mit Ann?«, fragte sie, denn Ann war in dem Zusammenhang ja nicht ganz unwichtig.

Peder trat näher. Sein Gesichtsausdruck war ganz weich. »Hier geht es um uns, nicht um sie.«

Aber Stella war nicht gewillt, das Thema so schnell fallen zu lassen. Peder hielt sie wohl für dumm. Sie spürte Thors breite Schultern in ihrer Nähe. Er sagte nichts, stand einfach da und war auf ihrer Seite und schnaubte hin und wieder. Kein Fan von Peder, sozusagen.

»Angesichts der Tatsache, dass du mit ihr im Bett warst, geht es hier wohl doch ein bisschen um Ann?«

»Du hast Post aus New York«, wechselte Peder das Thema.

Das funktionierte.

»Was? Seit wann?«

Er zuckte mit den Schultern. »Letzte Woche?«

Argh. Sie hätte ihn ermorden können. »Was steht drin?« Ihr Herz galoppierte.

»Der Brief liegt zu Hause, ich habe ihn nicht gelesen.« Peder warf Thor einen langen, feindseligen Blick zu. »Läuft da was zwischen dir und diesem …«

»Hast du den Brief nicht mitgebracht?« Männer und ihre Schwanzvergleiche waren Stella im Moment völlig egal.

»Was?«

»Meinen Brief!« Stellas Stimme überschlug sich fast. War sie angenommen worden? Oder abgelehnt? Warum hatten sie keine Mail geschickt?

»Du hast doch wohl nicht mit ihm geschlafen?« Peder deutete mit dem Kopf auf Thor. »Das hätte ich nicht von dir gedacht.«

»Hör schon auf damit. Da ist nichts.«

Sie warf Thor einen entschuldigenden Blick zu. Sie hörte selbst, wie das klang, aber sie meinte es nicht so, das verstand er hoffentlich. Es war nur so, dass es Peder nichts anging und dass sie einen Brief aus New York bekommen hatte!

»Ich fasse es nicht, dass du den Brief nicht mitgebracht hast«, sagte sie, aber gleichzeitig wurde ihr klar, dass er den Brief natürlich benutzte, um sie zu manipulieren, um seinen Willen durchzusetzen. Das war seine Spezialität: seinen Willen durchzusetzen.

»Der Brief liegt zu Hause. Alles ist zu Hause. Das Einzige, was fehlt, bist du. Ich habe das Auto hier. Komm mit mir, dann können wir reden. Wir können noch vor Mitternacht zu Hause sein.« Seine Stimme war eindringlich.

»Aber du bist doch schon den ganzen Tag gefahren.«

»Egal. Wir müssen reden. Und du willst doch den Brief lesen.«

»Du hättest ihn mitbringen können«, warf Thor ein.

»Es ist schon okay, Thor, ich kann mich nicht ewig hier verstecken.« Peder hatte recht. Sie mussten reden, *sie* musste reden.

»Tust du das? Dich verstecken?«, fragte Thor.

Sie versuchte seinen Gesichtsausdruck zu deuten, aber es gelang ihr nicht.

»Ich weiß nicht. Ich weiß nur, dass ich diesen Brief haben muss.«

Peder lächelte siegesgewiss.

»Du fährst also mit ihm?«, fragte Thor leise. Jetzt war es nicht mehr schwer zu sehen, was er fühlte, denn er sah mutlos aus. Resigniert. Als ob er es schon die ganze Zeit geahnt hätte. Dass sie fahren würde. »Bist du dir sicher?«

»Ich muss.« Stella war sich nicht sicher, ob das eine gute Entscheidung war, aber es war ihr wichtig, diese Sache zu regeln.

»Kannst du ihm vertrauen?« Thors Gesicht war ein Bild der Besorgnis.

»Keine Ahnung. Aber ich komme schon zurecht. Er ist nicht gefährlich.«

Peder hatte sie in übelster Weise betrogen. Aber sie hatten ein gemeinsames Leben gehabt, ein Zuhause. Und sie spürte ein Bedürfnis nach Wiedergutmachung, nach einem Abschluss. Vielleicht war es das, was sie brauchte – mit Peder nach Hause zu fahren? Egal, was sonst war, sie musste auf jeden Fall diesen Brief haben. Sie hätte Peder ermorden können, weil er ihn nicht mitgebracht hatte.

Thor sah sie lange an.

Sie wünschte sich, dass er sie packen würde, sie küssen, ihr sagen, was er fühlte. Aber das tat er nicht. Denn das hier war das ganz gewöhnliche Leben, keine verrückte Leidenschaft oder Romanze. Er war Vater, sie war ... eine Frau, die ein paar Dinge klären musste. Er sagte nur: »Ruf mich an, wenn du mich brauchst. Egal wann. Ich bin hier.«

»Danke«, sagte sie.

Er sah aus, als wollte er noch etwas sagen, aber stattdessen wandte er den Blick ab.

Vertrauen.

So schnell konnte man es zerstören, dachte sie.

~ 19 ~

Am nächsten Tag arbeitete Thor auf dem Feld. Er jätete in den Erdbeeren und arbeitete mit der Hand statt mit der Maschine, hackte tief in die Erde, entfernte das Unkraut und begann wieder von Neuem. Er arbeitete methodisch und versuchte nicht daran zu denken, dass Stella die Nacht vermutlich mit ihrem Ex verbracht hatte. Um Mitternacht hatte sie ihm getextet, dass sie angekommen war. Er hatte tausend Fragen gehabt, sich aber auf ein »Gut« beschränkt. Was sollte er auch sagen? Er hackte energisch. Er hatte sie zwar nicht gefragt, aber er vermutete, dass Stella »zu Hause« schlief. Er hackte so heftig, dass er eine Pflanze zerstörte.

Sein Telefon klingelte. Er wischte sich den Schweiß von der Stirn und fischte mit erdigen Fingern das Handy aus der Tasche. Er hoffte, dass es Stella war. Dass sie anrief, um ihm zu sagen, dass sie in ihrer Hütte sei und er kommen solle, damit sie sich wieder küssen könnten. Aber sie war es nicht. Beide Kinder waren in der Schule, und als Thor die Nummer des Rektors sah, wurde ihm vor Angst ganz kalt. Keiner, der schon länger als zwei Sekunden Kinder hatte, konnte ruhig atmen, wenn plötzlich die Schule anrief. Er hasste das. So hatte es damals angefangen. Vor sechs Jahren hatte Ida angerufen, mitten am Tag, während seiner Arbeit, und ihm erzählt, dass sie beim Arzt in Laholm gewesen sei und dass er keine Angst haben solle, aber sie habe schlechte Nachrichten.

Ganz schlechte.

Noch heute wurde ihm bei jedem unerwarteten Telefonklingeln übel. Diesen Reflex konnte er seinem Körper nicht abgewöhnen.

»Ja«, meldete er sich kurz angebunden.

»Hallo, hier ist Linus Jönsson. Rektor der Lagaschule.«

»Ist mit den Kindern alles in Ordnung?«, fragte er noch knapper. Er wusste sehr gut, wer Linus war, schließlich waren sie zusammen in die Schule gegangen.

»Ja, doch, aber es ist etwas passiert.«

Thor atmete ein wenig auf. »Was?«

»Es wäre sicher am besten, wenn du herkommen könntest. Juni ist in einen Streit geraten, und wir müssen mit dir reden.«

»Geht es meiner Tochter denn gut?« Kapierte Linus, welche Sorgen er sich machte?

»Ja, es geht ihr gut.«

»Ich komme.« Er legte auf, ohne eine Antwort abzuwarten.

Als Thor in der Schule eintraf, eilte er mit seinen erdigen Schuhen gleich in das Büro des Rektors. Hier war er schon öfter gewesen, war selbst auf diese Schule gegangen, und sowohl er als auch Klas waren oft herzitiert worden.

Drinnen erwartete ihn eine unangenehme Überraschung. Erik und Paula Hurtig saßen da und sprachen mit Rektor Linus Jönsson. Alle vier waren zusammen auf diese Schule gegangen. Sie waren keine Freunde gewesen, und daran hatte sich auch nichts geändert. Auf den ersten Blick konnte Thor erkennen, dass das Ehepaar Hurtig völlig aufgebracht war. Paula Hurtig, die schon immer nah am Wasser gebaut war, hatte ein vom Weinen verquollenes Gesicht und knetete ihr Taschentuch. Erik war hochrot im Gesicht.

Neben ihnen saß ihr Sohn, Nils, ein großer blonder Junge mit muskulösem Hals und einem Mund, der immer verstohlen über einen heimlichen Witz zu lächeln schien.

Und dort saß seine Tochter, sein Baby, seine Juni, allein auf einem

Stuhl in der Ecke. Er wollte sich am liebsten auf sie stürzen und sie in den Arm nehmen. »Wie geht es dir?«, fragte er.

Sie warf ihm einen ausdruckslosen Blick zu und zuckte die Schultern. Sie schien unverletzt zu sein, jedenfalls körperlich. Aber er wagte sich noch nicht zu entspannen.

»Was ist passiert?«, fragte Thor scharf.

»Was passiert ist?« Eriks Stimme klang vor Wut erstickt. »Das kann ich dir sagen. Deine Tochter hat meinen Sohn angegriffen.«

»Erik ...«, begann der Rektor, wurde aber von Paula unterbrochen, die mit schriller Stimme sagte: »Wir sollten sie anzeigen.«

»Eine Sechzehnjährige anzeigen? Weshalb? Ich habe immer noch nicht verstanden, was passiert ist.« Thor wandte sich an den Rektor. »Ich will alles wissen. Jetzt.«

»Sie hat Nils angegriffen«, sagte Erik und erhob sich abrupt.

»Wir sollten vielleicht ...«, sagte der Rektor.

»Genug mit den Schikanen«, unterbrach Erik ihn.

Thor wusste, dass das Ehepaar Hurtig mit Linus und dessen Frau Tennis spielte und sie sich gegenseitig zu Cocktailpartys einluden. Linus fühlte sich offenkundig unwohl.

»Könnten wir bitte in Ruhe darüber reden«, versuchte er es. Sie waren in derselben Klasse gewesen und schon als Kind hatte Linus über Schwule hergezogen und Erik angeschleimt. Thors Vertrauen in ihn war gleich null.

Erik schnaubte. »Für Ruhe ist es ein bisschen zu spät. Wenn du dich nicht darum kümmerst, zeige ich dich und die Schule an. Das Ganze ist nicht akzeptabel.«

Nils grinste verstohlen, als wäre das alles ein einziger Witz. Juni blickte zu Boden.

»Jetzt will ich endlich wissen, was passiert ist«, brüllte Thor, und als Erik den Mund öffnete, brüllte er wieder: »Halt's Maul, Erik.«

Eriks erboste Antwort wurde davon übertönt, dass Paula in lautes Weinen ausbrach und der Rektor sich erhob. Er fuchtelte mit den Händen, als wollte er einen Angriff abwehren. Verdammter Idiot.

»Würden sich jetzt bitte alle beruhigen. Wenn du dich setzen könntest, Thor, und du auch, Erik, dann können wir alles besprechen. Wie erwachsene Menschen.«

Der Zug war ja wohl abgefahren, dachte Thor, setzte sich aber neben Juni.

»Ist alles okay?«, fragte er und nahm ihre Hand.

Sie seufzte und zog die Hand weg. »Das ist alles übertrieben. Er hat angefangen. Das tut er immer.«

»Hast du ihn denn geschlagen?«

»Pff, ich habe ihn kaum getroffen.«

»Aber du kannst ihn doch nicht einfach schlagen.«

»Du kapierst gar nichts. Du weißt ja nicht mal, was er gesagt hat.«

»Egal, was jemand zu dir sagt, du sollst dich nicht prügeln.«

»Du hast dich auch geprügelt, als du klein warst.«

Ja, und sieh dir an, was für ein tolles Leben ich habe.

»Juni«, begann Thor, wurde aber vom Rektor unterbrochen, der versuchte, das Kommando wieder zu übernehmen.

»Soweit ich weiß, sind Nils und Juni wegen eines Projekts in einen Wortwechsel geraten.«

»Wir sollten Männer aus der Gegend erforschen, aber ich wollte über Frauen schreiben«, eiferte sich Juni.

»Ja, und das artete aus und endete damit, dass Juni Nils schubste«, ergänzte der Rektor.

»Sie hat ihn angegriffen, und er ist hingefallen!«, rief Erik.

»Er hätte eine Gehirnerschütterung bekommen können. Sie ist gemeingefährlich«, heulte Paula.

Du liebe Güte. »Regt euch mal ab«, sagte Thor, denn das war doch lächerlich. Juni war nur halb so groß wie Nils, und auch wenn Gewalt nicht akzeptabel war, war das alles doch völlig unverhältnismäßig. »Er scheint nicht verletzt zu sein. Juni, du entschuldigst dich bei Nils.«

Juni starrte ihn an. »Ist das dein Ernst? Er hat doch angefangen. Er sollte mich um Entschuldigung bitten. Er ist ein Frauenhasser. Ein Ekel.«

»Jetzt pass aber mal auf, Freundchen«, begann Erik.

Thor war nahe daran, ihm die Zähne zu zeigen. Machte er auch nur einen Schritt in Richtung seiner Tochter, dann ... »In unserer Familie wird sich nicht geprügelt«, sagte er rasch.

»Verdammtes Pack«, brummelte Erik.

Thor warf ihm einen finsteren Blick zu, einen Blick, der Erik warnte, nicht zu weit zu gehen.

»Juni?«, sagte er dann auffordernd.

»Entschuldige, dass ich dich geschlagen habe«, murmelte Juni durch zusammengebissene Zähne.

Nils grinste. Er machte keinen besonders verletzten Eindruck. Thor wartete, aber keiner äußerte sich dazu.

»Dann gehen wir jetzt. Ich nehme sie mit nach Hause«, sagte er und wollte nur noch schnell weg hier mit seiner Tochter.

»Kannst du mir sagen, was passiert ist?«, fragte er auf dem Weg zum Auto. »Ich möchte das gern verstehen. Erzähl es mir.«

»Das hat doch eh keinen Zweck. Du kapierst es nicht. Keiner kapiert das.«

»Aber so kannst du doch nicht weitermachen.«

»Weitermachen? Warum glaubst du denen?«

»Ich weiß nicht, was ich glauben soll, wenn du mir nichts sagst.«

»Er hat angefangen, habe ich doch gesagt!«

»Womit angefangen? Was hat er gesagt?«

»Hör auf. Können wir nicht einfach nach Hause fahren?«

»Juni, du weißt doch, dass du mir vertrauen kannst?«

Sie lachte höhnisch. »Kann ich das?«

»Natürlich.« Er war schockiert. »Du kannst mir alles erzählen.«

»Wenn du nicht so beschäftigt damit wärst, Stella hinterherzulaufen.« Sie wandte sich ab und starrte aus dem Fenster. »Du bist megapeinlich.«

Thor schluckte hart, er hasste dieses Gefühl der Ohnmacht.

Erik hatte den Rektor auf seiner Seite. Juni entglitt ihm Tag für Tag mehr, ohne dass er etwas dagegen tun konnte. Und Stella war mit Peder mitgefahren. Hatte die Nacht mit Peder verbracht.

Er umklammerte das Lenkrad und fühlte ein Brennen im Hals, als er daran dachte, was Stella wohl gerade machte.

In einem Punkt hatte Juni jedenfalls recht. Er war peinlich.

~ 20 ~

Die Autofahrt nach Stockholm war lang gewesen, dachte Stella und gähnte. Es war elf Uhr vormittags, Peder und sie waren gegen ein Uhr nachts angekommen. Es war dunkel und ungemütlich gewesen, als Peder in »ihre« Straße eingebogen war, und es war ihr ganz natürlich vorgekommen, mit ihm in die Wohnung zu gehen. Dort hatte alles genauso ausgesehen wie immer. Keine Spur von Ann, weder in Beige noch in anderen Farben. Stella hatte ihren Brief geöffnet, während Peder im Badezimmer war.

»Ich soll noch eine Arbeitsprobe schicken«, hatte sie gerufen, nachdem sie den Brief herzklopfend rasch überflogen hatte. Dann hatte sie ihn noch einmal durchgelesen. The NIF bat sie, als nächsten Schritt im Bewerbungsprozess ein Stück aus ihrer Kollektion zu nähen, eine langärmelige Bluse mit bezogenen Knöpfen in frei wählbarem Material, und es in einer Woche einzuschicken. Sie fluchte wieder darüber, dass Peder ihr den Brief nicht sofort gegeben hatte, dann hätte sie fast zehn Tage Zeit gehabt, aber nun musste sie deutlich schneller sein, wenn sie die Frist nicht verpassen wollte. Es würde eng werden, aber es nicht zu schaffen war keine Alternative.

Peder hatte einfach weiter im Badezimmerschrank herumgesucht. Ohne zu antworten, hatte er das Schränkchen geschlossen und angefangen, sich die Zähne zu putzen.

»Ich schlafe auf dem Sofa«, hatte sie gerufen und ein kurzes »Ich bin k. o., mach, was du willst« zur Antwort bekommen. Und er hatte gegurgelt.

Dann hatte sie auf dem Sofa in ihrem ehemaligen Wohnzimmer gelegen und an Thor gedacht, bis sie einschlief. Heute Morgen war sie schon früh aufgewacht, noch mit Schlaf in den Augen, aber begierig anzufangen.

»Ich fahre mit dir zum Atelier«, sagte Peder.

Er stand mit dem Autoschlüssel in der Hand da, und alles wirkte so vertraut. Als wenn nichts vorgefallen wäre. Als wäre alles so wie immer. Peder und Stella.

»Okay«, sagte sie, ohne ihn anzusehen.

Als sie ins Atelier kamen, sah sie, dass alles noch an seinem Platz war. Vor Rührung bekam sie feuchte Augen. Ihre Stoffe, ihre Sachen.

»Also schon wieder die Schule«, sagte Peder, »die Ausbildung, die dir wichtiger ist als deine Beziehung.«

Er lehnte sich an den Türrahmen, während sie die Kleidungsstücke auf dem Ständer durchsah. Alle waren noch da, stellte sie erleichtert fest. Sie hob eine Stoffrolle mit Spitzen hoch. »Die Ausbildung ist wichtig für mich, aber ich habe nie gesagt, dass sie wichtiger ist als unsere Beziehung.« Sie umklammerte die Rolle mit alter französischer Spitze. »Ich war nicht diejenige, die untreu war«, konnte sie sich nicht verkneifen hinzuzufügen.

Er seufzte tief, als ob das Thema erschöpft wäre.

Sie legte die Rolle wieder hin. »Ich freue mich jedenfalls, dass ich weitergekommen bin. Ich habe hart dafür gearbeitet.« Die letzten zwei Jahre hatte sie sich wirklich angestrengt, sich selbst geprüft und herausgefordert, sich weiterentwickelt.

»Ja, du hast es ja immer so verdammt drauf«, sagte er beinahe vorwurfsvoll.

Sie faltete ein Sakko zusammen, an dem sie gearbeitet hatte, und packte es in eine Tasche. »Bei dir klingt das, als wäre es etwas Schlechtes.«

»Das kann schon sein.«

»Was meinst du damit?« Diese Stimme kannte sie nicht an ihm. Er klang frustriert.

»Ich weiß nicht. Manchmal ist es mir vorgekommen, als würdest du mich nicht brauchen. Ein Mann will das Gefühl haben, gebraucht zu werden.«

Er hatte recht, sie war es gewohnt, allein zurechtzukommen. Aber das bedeutete nicht, dass sie ihn nicht gebraucht hätte. Und es bedeutete nicht, dass er gleich gemein sein musste.

Sie packte auch ihr Nähkästchen ein. »Hast du dich deswegen in Ann verliebt? Weil sie so hilflos ist?«

Sie hatte sich immer darüber lustig gemacht, dass Ann so verloren und unselbstständig war. Das hatte sie nun davon.

»Ich würde nicht sagen, dass ich mich in sie verliebt habe. Nicht direkt.«

Stella ging zwischen den Regalen umher. Sie fragte sich, ob er log. Als sie zusammenkamen, hatte es Peder gefallen, dass sie so selbstständig war. Vor anderen hatte er sie oft deswegen gelobt. Aber offensichtlich gab es eine Grenze dafür, wie fähig sie als Frau sein durfte, damit sich der Mann nicht überflüssig vorkam. Sie hatte das schon bei anderen Paaren beobachtet, aber nie geglaubt, dass sie selbst einmal in die gleiche Situation kommen würde. Sie hätte nie gedacht, dass Peder so war. Mal abgesehen davon, dass sie es gewusst hatte. Irgendwo tief in sich hatte sie es geahnt. Dass er ihr den Erfolg nicht gönnte, dass er nicht wollte, dass sie sich weiterbildete. Dass er sich in der Rolle des Stars in ihrer Beziehung gefiel, als der gefeierte Kulturmann, zu dem alle aufsahen. Er hatte in der Tat ein außergewöhnlich ausgeprägtes Talent dafür, sich selbst und sein Leben todernst zu nehmen. War Peder untreu gewesen, um sie zu bestrafen? Das hätte sie kein bisschen gewundert.

»Wieso bist du wirklich nach Laholm gekommen?«, fragte sie.

»Ich habe dich vermisst.«

»Wirklich?«

»Ja.«

Sie vermutete, dass das stimmte. Oder besser gesagt, dass es ein Teil der Wahrheit war. Aber hatte sie nicht anfangs selbst davon geträumt?

Dass Peder es sich anders überlegen würde und sie zurückhaben wollte. Von Tütenwein und Selbstmitleid berauscht hatte sie sich vorgestellt, wie sich das anfühlen würde, wie Triumph, Erleichterung und Glück sie durchströmen würden. Stella spürte in sich hinein. Doch, ein wenig Triumph war dort tatsächlich.

»Und was willst du jetzt?«, fragte sie, denn wenn sie etwas mit Sicherheit wusste, dann das, dass alle Entscheidungen von Peder sich immer darum drehten, was er selbst wollte.

Er rieb sich das Kinn. »Es ist alles so chaotisch«, sagte er und warf ihr einen anerkennenden Blick zu. »Du bist hübsch. Du hast dich verändert.«

Das hatte sie nicht getan. Oder? Vielleicht.

»Aber *warum* hast du mit Ann geschlafen? Warum hast du mich betrogen?«

Hatte sie noch mehr falsch gemacht? Sie musste es wissen. Das Gefühl, hinters Licht geführt, hintergangen worden zu sein, nagte an ihr.

»Es ist einfach passiert«, antwortete er und kratzte sich an seinem kurzen Bart.

»Bist du mit dem Schwanz vorausgestolpert?«

Er schnitt eine Grimasse. »Du brauchst gar nicht vulgär zu werden, Stella.«

»Kannst du es mir denn erklären?«

»Dafür gab es viele Gründe.«

Aha, tja dann, da fühlte sie sich doch gleich viel besser. Weil es viele Gründe gab, sie zu betrügen.

»Kannst du mir einen nennen?«

Peder verzog das Gesicht. »Ich dachte, du freust dich, dass ich dich hole. Es ist noch gar nicht so lange her, dass du angerufen und mich angefleht hast, dich zurückzunehmen.«

»Danke, dass du mich daran erinnerst.«

Er schenkte ihr einen herzlichen Blick. »Es tut mir leid, dass ich dich so verletzt habe.«

Allerdings hatte Stella den Verdacht, dass es Peders Ego gutgetan hatte, sie so am Boden zerstört zu sehen. Dass es sein Selbstwertgefühl gestärkt hatte, dass eine Frau um seinetwillen so verzweifelt war.

»Es ist jedenfalls gut, dass wir uns noch einmal getroffen haben«, sagte sie aufrichtig. Sie verabscheute, was er ihr angetan hatte, aber sie hasste ihn nicht, er war es gewissermaßen nicht wert.

»Da hast du's.«

Er durfte gern glauben, was er wollte. Sie war fertig mit ihm.

Peder machte einen Schritt auf sie zu und sagte: »Was diese Ausbildung angeht. Wenn sie nun so furchtbar wichtig für dich ist. Wenn du möchtest, kann ich dir Geld leihen.«

»Peder, wir ...«

In diesem Moment flog die Tür auf. Ann mit der zitternden Lippe und der hohen Stimme, ganz in Beige.

»Was macht ihr denn hier?«, piepste sie.

»Ich dachte, du wärst heute bei dir zu Hause«, sagte Peder irritiert.

Interessant, dachte Stella. Peder hatte offensichtlich auch vor seiner neuen Freundin einige Geheimnisse.

»Wo bist du gewesen?«, fragte Ann. Sie starrte Stella mit Augen an, die aussahen, als könnten sie ihr jeden Augenblick aus dem Kopf springen.

Stella musterte die beiden. Rein objektiv betrachtet passten sie besser zueinander als Peder und Stella. Hellhäutig, hellhaarig und selbstsüchtig.

Sie würde nicht so weit gehen zu behaupten, dass sie froh war, dass er sie betrogen hatte, aber es war schön, wieder klar denken zu können.

»Ich habe mich um Stellas Atelier gekümmert. Warum bist du hier?«

»Ich habe gesehen, dass du hier bist.« Ann riss ihre Augen noch weiter auf. »Ich kann sehen, wo dein iPhone ist.«

Stella schnaubte. Das machte ja nun wirklich gar keinen gestörten oder kontrollfreakmäßigen Eindruck.

»Also, ich bin hier fertig«, mischte sie sich in das Gespräch ein.

Peder drehte sich zu ihr um. »Soso. Glaubst du, du kannst jetzt etwas Besseres kriegen? Ist es das? Das ist nämlich gar nicht so einfach. Du hast völlig unrealistische Vorstellungen, Stella.«

»Dass der Mann, mit dem ich zusammen bin, kein Arschloch ist, ist das wirklich zu viel verlangt?«

»Du musst immer gleich übertreiben. Du hast bei mir gewohnt, ich habe dafür gesorgt, dass du das Atelier günstig mieten konntest, ich habe dir alles Mögliche geboten. Ich habe die letzte Stromrechnung übernommen, ohne darüber ein Wort zu verlieren, obwohl du die Hälfte hättest zahlen müssen.«

Sie sah rot. »Du verdienst dreimal so viel wie ich«, sagte sie. »Du hast mich rausgeworfen. Und dafür gesorgt, dass ich meinen Job verloren habe.«

»Das habe ich nicht«, sagte er, aber sie konnte in seinen Augen die Wahrheit sehen. Sie hatte es geahnt. Dass er dafür gesorgt hatte, dass sie ihre Arbeit verlor, damit Ann ihr in Zukunft nicht begegnen müsste. »Und, Peder, *du hast eine andere gevögelt!*«

Ihm das alles vor die Füße zu werfen, endlich klar zu sehen und mit dem ganzen Mist abzuschließen fühlte sich an, als ob sie einen fünfzehn Kilo schweren Pulli ausgezogen hätte. Sie fühlte sich federleicht. Leicht und froh.

Ann sah sie mit ihren kugelrunden Augen an. Die Wände im Atelier waren schwach lattefarben. Wenn Ann einen Schritt zurücktrat, würde sie mit der Wandfarbe verschmelzen.

Stella schloss die Schubladen und griff sich so viele Tüten, wie sie in einer Hand tragen konnte. Mit der anderen nahm sie die Nähmaschine. »Ich liebe dich nicht«, sagte sie und das stimmte. Es war vorbei. Vielleicht war das schon passiert, bevor Peder nach Laholm gekommen war. Vielleicht auch erst im Auto, als Peder die ganze Zeit nur von sich geschwafelt hatte.

Wie auch immer, es war vorbei. Sie war fertig, und es war vorbei.

Stella wandte sich an Ann. »Du kannst ihn haben. Aber du solltest wissen, dass er zu mir gesagt hat, dass das zwischen euch nichts Ernstes ist. Dass du klammerst und ein Fehler warst. Denk daran, wenn er dir erzählt, wie sehr er dich liebt. Wenn er versucht, dich dazu zu bringen, etwas zu fühlen, was du in Wirklichkeit nicht fühlst, und zu machen, was er will. Vergiss nicht, wie geizig er ist. Was für eine schreckliche Mutter er hat.« Sie war sich nicht ganz im Klaren, warum sie das sagte. Vielleicht, weil sogar die beige Ann etwas Besseres verdient hatte.

Ann reckte ihr blasses Kinn. Ihr Lippenstift hatte dieselbe Farbe wie alles andere an ihr. »Zu mir hat er gesagt, du bist dick, nervig und peinlich. Und der Meinung bin ich auch.«

Oder auch nicht.

Stella trug alles auf die Straße hinaus, ließ einen lamentierenden Peder und Ann zurück, nahm ein Taxi, das sie sich eigentlich nicht leisten konnte, und fuhr zu Maud. Draußen vor dem Autofenster glitt Stockholm vorbei. Der Fahrer hatte Radio Stockholm eingeschaltet, und sie genoss den vertrauten Mix aus Lokalnachrichten, Verkehrsmeldungen und bekannten Radiostimmen. Wie sie diese Stadt liebte!

Sie warf einen Blick auf ihr Smartphone und schickte dann Thor eine Nachricht.

> STELLA: *Hier ist alles in Ordnung. Wie geht es dir?*

Keine Antwort. Er hatte natürlich viel zu tun. Sie berührte das Display und wartete. Gerade als das Taxi hielt, kam eine Antwort.

> THOR: *Das ist gut. Kommst du zurück? Nach Laholm?*

Stella bezahlte, und der Taxifahrer öffnete den Kofferraum und stieg aus, um ihre Sachen auszuladen. Sie antwortete schnell:

> STELLA: *Muss mich erst noch um ein paar Dinge kümmern. Wir reden später!*
> THOR: *Alles klar. Pass auf dich auf.*

Sie überlegte, wollte ihm ein Herz schicken, traute sich aber nicht richtig, weil sie nicht wusste, wie er das aufnehmen würde. War er kurz angebunden gewesen? Oder? Sie ließ es erst einmal auf sich beruhen, denn sie hatte sich gerade erst von einem Mann getrennt, an den sie sich anpassen musste und der sie ständig analysierte, und sie hatte genug davon, wollte nicht gleich wieder in dieselbe Falle tappen. Entschlossen steckte sie das Smartphone weg. Sie sehnte sich so sehr nach Maud, dass es wehtat. Also schnappte sie sich ihre Tüten und die Nähmaschine und klingelte an der Tür.

»Was machen wir jetzt?«, fragte Maud, als Stella eingetreten war. Ihre weißblonden Haare hatte sie in einem geflochtenen Zopf um den Kopf gelegt. Sie trug ein gestricktes Kleid mit isländischem Muster und Silberohrringe mit dem feministischen Symbol. Der Name Maud bedeutete kraftvoller Krieger, und so sah sie auch aus, wie eine moderne Kriegerin. Wenn man mal von dem riesigen Schwangerschaftsbauch absah.

»Er ist noch gewachsen, seit wir uns das letzte Mal gesehen haben. Kann man damit überhaupt schlafen?«

»Heute Morgen bin ich davon aufgewacht, dass ich mich durch die Nase übergeben habe«, sagte Maud. »Aber ansonsten ist alles okay. Zum Beispiel lebe ich noch.«

»Man muss sich auch über die kleinen Dinge freuen können«, befand Stella und hakte in Gedanken wieder eine Erfahrung ab, die sie nie machen wollte – sich durch die Nase zu übergeben.

»Rickard meint, Schwangerschaft sei etwas Natürliches, keine Krankheit.«

Rickard Olsen war Mauds Mann, ein großer, leicht gebeugter Revisor, den Maud auf einer Party kennengelernt hatte. Maud hatte ihm in der Küche eine Brandrede über Feminismus gehalten, und er hatte ihr in allem widersprochen. Dann hatte sie ihm erzählt, dass alle Frauen, die sie kannte, beim Penetrationssex einen Orgasmus nur vortäuschten, dass Männer keine Ahnung hätten, wo die Klitoris lag, und dass vaginaler Sex überbewertet sei. Er hatte geschwiegen und anti ausgesehen, aber zur Überraschung aller waren sie danach zu ihr nach Hause gegangen. Laut Maud hatten sie total irren Sex gehabt, und sie war »unzählige Male« gekommen. Seitdem waren sie zusammen. Einmal im Monat machten sie Schluss, sie stritten sich in einer Tour, und ihre Beziehung war ein Mysterium für Stella. Rickard war Norweger, schlank und einsilbig. Maud war Isländerin, pummelig und geräuschvoll, und sie waren über alles unterschiedlicher Ansicht: über Politik, Feminismus und Ökonomie.

Maud wedelte mit der Hand, an der ihr Ehering funkelte. Rickard hatte ihr einen neuen aus Gold schenken wollen, mit großen Diamanten, sie hatte aber einen alten verlangt und trug jetzt einen Allianzring aus Platin mit Saphiren.

»Ich habe ihm deshalb alle Arten aufgezählt, durch die Frauen während einer Schwangerschaft sterben können, und wie Frauen überall auf der Welt an diesem natürlichen Zustand sterben. Dann habe ich ihn gezwungen, einen Film über eine Entbindung zu sehen, und habe seine Golfschläger im Internet verkauft und das Geld an Ärzte ohne Grenzen gespendet. Ich war so wütend, dass ich dachte, ich explodiere. Das sind vermutlich die Hormone.«

Stella wusste nie, ob Maud und Rickard sich gerade trennten oder ob ihre lauten Auseinandersetzungen normal und gesund waren. Rickard glaubte an die freie Entscheidung des Individuums und nicht an Strukturen, was Maud verrückt machte und worüber sie mindestens einmal im Monat stritten. Aber alle seine Golfschläger zu verkaufen ...

»Er ist gar nicht so verkehrt«, murmelte Stella, die fand, dass Rickard dafür, dass er ein privilegierter Mann war, eigentlich ganz okay war. Er hatte zum Beispiel noch nie etwas gesagt, was auch nur minimal rassistisch war, nicht einmal im Scherz. Und er war nicht mit einer glupschäugigen beigen Stylistin in die Kiste gehüpft. Das sprach definitiv für ihn.

»Er müsste es besser wissen. Ich musste mich auf Twitter wieder abregen.« Wenn Maud richtig wütend war, suchte sie sich irgendeinen Mann auf Twitter, über den sie sich ärgerte, irgendein misogynes Chauvinistenschwein, und machte ihn fertig. »Das hat Rickard viele Schimpftiraden erspart«, sagte sie immer und suchte sich dann jemanden, der sie besonders ärgerte.

»Ich muss pinkeln. Das Kind tritt mir in die Blase.«

Als Maud wiederkam, setzte sie sich hin und faltete die Hände über dem Bauch.

»Ich habe genug vom Schwangersein.«

»Du hast noch viele Wochen vor dir, also beiß die Zähne zusammen.«

»Meine schlechteste Disziplin.«

»Ich weiß. Ich bin übrigens eine Runde weitergekommen.«

»Bei The NIF? Mensch, Stella! Herzlichen Glückwunsch! Das ist ja großartig!«

»Ich bin stolz. Und nervös.«

»Du bist sicher die Beste.«

Stellas Telefon gab ein Piepen von sich, und sie griff gierig danach, hoffte wie immer, dass es Thor war. Maud warf ihr einen vielsagenden Blick zu, den Stella ignorierte. Es war nur eine Nachricht von Erik Hurtig. Ihn hatte sie total vergessen.

ERIK: *Kommst du her, damit wir einen Vertrag machen können?*

»Shit«, sagte sie.

»Was?«

»Das ist der Gutsbesitzer, der mein Land haben will. Ich muss zurückfahren.« Das Geld brauchte sie jetzt noch dringender. Sie hatte vergessen, dass sie ihm das Grundstück praktisch versprochen hatte. Und dass sie es sich dann anders überlegt hatte, als Thor und sie alles geklärt hatten. Nicht besonders professionell von ihr, musste sie zugeben. Aber sie konnte ja jetzt nicht mehr an ihn verkaufen.

»In das Kaff?«

»In mein Haus, Maud. Und es ist kein Kaff. Es ist schön da und ruhig. Die Leute kannten meine Mutter.«

»Ich kannte deine Mutter auch.«

»Ich weiß. Aber die Natur da unten hat irgendetwas, ich habe mich schon lange nicht mehr so kreativ gefühlt. Vielleicht tut mir die Luftveränderung gut. Es inspiriert mich.«

Maud sah sie lange an.

»Was ist?«

Maud kratzte sich am Bauch. »Stella, ich hoffe, dir ist klar, dass du dort nicht bleiben kannst?«

»Das weiß ich sehr gut. Ich habe auch gar nicht vor zu bleiben. Aber ich muss noch einmal hin.«

»Wann?«

»Am besten gleich.«

Maud sah nachdenklich aus. Dann stand sie schnaufend auf.

»Okay, wir nehmen den Volvo.«

»Du brauchst nicht mitzufahren.«

»Glaub mir, ich muss hier mal raus. Und ich will das Kaff mit eigenen Augen sehen.« Maud machte eine Handbewegung. »Bevor wir fahren, Stella. Was ist das da eigentlich?«

Stella schaute an sich hinab. »Das ist eine Latzhose. Ich mag sie.«

»Oh mein Gott, okay. Ich muss schon wieder pinkeln. Danach fahren wir.«

Sie stopften alles in Mauds großen Volvo und fuhren dann zum Atelier, wo Stella rasch alles in Kisten packte, die sie mitgebracht hatten. Sie suchte noch ein paar Stoffe aus, die sie mitnehmen wollte. Sie wollte in Laholm mit dem Nähen beginnen. Wenn der Strom in der Kate nicht funktionierte, musste sie wohl mit der Tretnähmaschine oder mit der Hand nähen – oder einen Raum finden, in dem sie nähen konnte. Das würde schon irgendwie gehen. Sie war schon so weit gekommen, jetzt durfte nichts mehr dazwischenkommen.

Maud musterte die Kisten und Tüten. »Ich sage Rickard, er soll den Rest abholen und erst einmal bei uns zu Hause lagern.«

»Danke.« Sie traute Peder nicht über den Weg. Sie hatten Schluss gemacht, also war auch Schluss.

Gleich nach dem Mittagessen fuhren sie zusammen nach Laholm, wobei sie sich beim Fahren abwechselten.

»Ist denn wirklich Schluss mit Peder, definitiv?«, fragte Maud, als sie gerade die ungefähr zehnte Pinkelpause einlegten.

»Zu einhundert Prozent.«

»Gut. Ich habe ihn nie gemocht.«

»Nein?«

Nicht, dass Maud Menschen generell gemocht hätte, aber das war Stella in der Tat neu.

»Nö. Ich finde, ihr habt nicht zueinander gepasst. Du bist viel zu gut für ihn. Und du hast dich in eurer Beziehung sehr angepasst.«

»Kann sein.« Sie schwieg und räumte dann ein: »Ich schäme mich, dass ich mich so habe unterdrücken lassen.«

»Stella, bist du eine Frau, die sich schämt?«

»Äh …«

»Die einzig richtige Antwort darauf lautet: Nein!«

»Okay, ich bin keine Frau, die sich schämt. Aber mal ehrlich. Ich vertraue mir selbst nicht, wenn ich mit einem Mann zusammen bin. Ich mache viel zu schnell Kompromisse, gebe Dinge auf. Ich habe Angst, wieder abhängig zu werden.«

»Ich verstehe, dass das schwierig ist.«

»Oder habe ich vielleicht zu hohe Ansprüche? Kann es das sein?« Peders Worte hatten sich ihr eingebrannt.

»Ich bin überzeugt, dass keiner der Partner mit jemand anderem vögeln sollte«, sagte Maud trocken.

Stella lächelte. »Stimmt. Peder hat einmal gesagt, dass man sich leicht in mich verlieben, mich aber nur schwer lieben kann.«

»Seine Dummheit kennt wirklich keine Grenzen. Es ist total leicht, dich zu lieben. Erzähl jetzt mal von deinem Bauern. Immer wenn du seinen Namen erwähnst, strahlst du.«

»Er ist nicht mein Bauer.«

Stella erzählte aber trotzdem von ihrem Flirt, und von den Küssen.

»Du hast also ein bisschen rumgeknutscht. Wie war das?«

»Er küsst fantastisch.« Sie verstummte und verlor sich in ihren Gedanken. Dieser Mann wusste, wie man küsste. Hungrig, hart. Ganz bei der Sache.

»Was willst du denn in Laholm machen?«, fragte Stella und versuchte sich zusammenzureißen. Es gab ja nicht gerade viel zu sehen, vorsichtig ausgedrückt.

»Ich muss arbeiten. Einen Artikel schreiben und ein Interview vorbereiten.«

»Solltest du dich nicht lieber ausruhen?«

Maud antwortete nicht. Hinter all ihren spitzen Bemerkungen und den Zynismen lag echtes Engagement für Benachteiligte und für die Gleichberechtigung. Sie betrieb einen umfangreichen Instagram-Account, hielt Vorträge und war mit Drohungen und Hass in einem Ausmaß konfrontiert, das Stella kaum fassen konnte. Während Stella Seiten über Mode, Design und Modegeschichte folgte, folgte Maud den großen Feministinnen und Politikerinnen.

»Ich versuche halt so viel wie möglich zu erledigen, bevor das Kind kommt«, sagte Maud. »Falls es überhaupt kommt«, fügte sie finster hinzu.

Manchmal erschien es geradezu unwirklich, dass Maud tatsächlich ein Kind bekam. Ein Baby.

»Und du? Wie geht es dir? Du scheinst weniger traurig zu sein, auch wenn du Bauern küsst und bizarre Klamotten trägst. Die Landluft muss ein Schock gewesen sein.«

»Mir geht es gut«, sagte Stella und spürte, dass das sogar stimmte. Es war bemerkenswert, wie schnell man mit etwas abschließen konnte. Und es half natürlich, dass sie jetzt ganz auf die Zukunft fokussiert war. Darauf, das beste Stück zu nähen, das die Welt je gesehen hatte. Darauf, angenommen zu werden und allen zu beweisen, dass man mit Mode arbeiten konnte, auch wenn man ihrer Herkunft war, nicht weiß war, keine Kontakte hatte und nicht in einer großen kreativen Familie aufgewachsen war.

»Weißt du schon, was du nähen willst?«

Darüber dachte sie die ganze Zeit schon nach. Grübelte über Stoffe, Farben, Details. »Ich bekomme so langsam eine Idee. Hier ist es«, sagte sie. Maud bog auf die kleine Straße ein, und gleich darauf waren sie da.

»Es ist schön, hier zu sein. Hörst du, wie still es ist?«, fragte Stella, als sie ausstiegen.

Es war fast acht Uhr abends. Wegen all ihrer Pinkelpausen hatte die Reise ungewöhnlich lange gedauert. Aber es hatte Spaß gemacht, mit Maud unterwegs zu sein.

Maud rieb sich die Arme und sah richtig unglücklich aus. »Das ist doch total unheimlich. Das kann nicht normal sein. Was hast du hier den ganzen Tag lang gemacht?« Sie schien die Natur kein bisschen pittoresk zu finden.

»Ich habe mir einen Job besorgt«, sagte Stella und ihr fiel auf, dass sie nach Stockholm gefahren war, ohne einen Gedanken an Nawal zu verschwenden. »Ich nähe für eine Frau hier in Laholm.« Sie musste sich so schnell wie möglich bei Nawal melden.

Stella schloss auf, öffnete die Tür und sie gingen hinein.

Maud rieb sich die Stirn. »Es war also dein Ernst, als du gesagt hast, es sei eine Bruchbude. Wo schläfst du?«

Sie sagte es, als ob sie hoffte, dass irgendwo in der Nähe ein großer, luxuriöser Anbau wäre.

»Das ist mein Bett«, sagte Stella und zeigte entschuldigend auf die Küchenbank.

Sie hatte den Kopf so voll gehabt – die Ausbildung, das Musterstück, Thor und die Zukunft –, dass ihr nicht aufgefallen war, dass sie kein Bett hatte. Und keine funktionierende Toilette. Die Toilettenschüssel war immer noch voller Gras, und sie zweifelte daran, dass die Rohre noch funktionstüchtig waren. Sie ging immer nach draußen. Du lieber

Gott, das wagte sie Maud gar nicht zu erzählen. Tatsache war, dass sie keine Ahnung hatte, wie sie das Schlafproblem lösen sollten. Die Küchenbank war viel zu schmal und unbequem für eine Schwangere. Sie selbst müsste dann auf dem Boden schlafen, und sie hatte nur die eine Decke. Das würde nicht gehen.

»Maud, ich muss dir etwas beichten«, begann sie betreten.

Maud hob die Hand. »Sag nichts. Egal, was du sagen willst, ich will es nicht hören. Nicht, wenn du diesen Gesichtsausdruck hast. Ich habe eine Idee.« Maud griff zu ihrem Handy.

»Empfang ist nur am Fenster«, informierte Stella sie hilfsbereit.

Maud warf ihr einen Blick zu und schwankte brummelnd davon. Stella hörte sie telefonieren. Dann kam sie wieder. Sie sah sich in der Hütte um, als ob sie sich fragte, ob sie an einem Set für einen Film über Entbehrungen in historischer Zeit gelandet war.

»Zack, zack, auf geht's.«

~ 21 ~

»Klas ist unterwegs«, sagte Thors Mutter am nächsten Tag ins Telefon. Vivi klang fröhlich. Natürlich. Vivi und Gunnar Nordström hatten sich in Thors und Klas' Jugend immer bemüht, gerecht zu sein, aber Thor wusste, dass sie ihren studierten Sohn ganz besonders liebten. Beide Eltern waren Akademiker. Sein Vater war Schwedischlehrer und Rektor, seine Mutter hatte viele Kurse im Fernstudium absolviert, während sie gleichzeitig die Buchhandlung der Stadt führte, die eine beliebte Institution war. Seine Eltern wohnten in einem wohlgeordneten Haus mit einem mustergültig gepflegten Garten, in dem nie Chaos herrschte. Sie gingen ins Theater, lasen Klassiker und waren gebildet. Es war kein Wunder, dass sie sich ganz besonders darüber freuten, dass Klas all ihre Träume erfüllt hatte. Er hatte Jura studiert und war Anwalt geworden. Thor hatte mit Ach und Krach das Gymnasium abgeschlossen, bevor er ein Mädchen geschwängert hatte.

Thor seufzte laut in den Hörer.

»Kommt er heute schon?«, fragte er und hoffte wider besseres Wissen, dass er seine Mutter missverstanden hatte und sein Zwillingsbruder nicht schon auf dem Weg war.

»Er sitzt im Zug.«

Na großartig, das konnte er ja jetzt ganz besonders gut gebrauchen. Dass sein selbstverliebter Bruder auftauchte. Dass sich die ganze Familie Nordström versammelte. Dass die Zwillinge miteinander verglichen wurden. Er stieß die Luft aus.

Seine Mutter redete weiter:

»Ich bin heute allein im Laden, und Papa hat keine Zeit. Könntest du ihn abholen?«

Thor ließ den Blick über die Hügel und Felder schweifen und spürte, wie seine Schläfen zu pochen begannen. Er hatte den ganzen Morgen EU-Formulare ausgefüllt, bis er am liebsten seinen Kopf auf die Tischplatte geschlagen hätte. Dann hatte er sich bemüht, einen kaputten Traktor zum Laufen zu bringen, ohne anderes Ergebnis, als dass er sich von oben bis unten mit Maschinenöl eingesaut hatte. Trouble war wieder abgehauen und hatte in einem Zaun festgesessen, und bis Thor sie befreit hatte, waren seine Klamotten halb zerfetzt und von oben bis unten schmutzig. Schließlich hatte sie ihn in den Daumen gebissen und war erneut weggerannt. Und er sorgte sich um Juni. Sie hatte keine seiner Fragen über die Schule beantwortet. War einfach nur mit dem Fahrrad weggefahren.

Er schloss die Augen und atmete aus.

»Natürlich, Mama«, sagte er. Er würde auf eine solche Frage niemals Nein sagen.

»Danke. Wie ist denn das Nachbarmädchen? Wallins Enkelin?«

»Sie ist nichts Besonderes«, sagte er abwehrend und beendete das Gespräch mit einer gemurmelten Entschuldigung. Dann ließ er die Arbeit Arbeit sein und fuhr los, um Klas abzuholen. Er hatte ja nun wirklich nichts Besseres zu tun, dachte er, als er am Bahnhof aus dem Auto stieg, um auf Klas zu warten.

Als Klas zu Weihnachten nicht nach Hause gekommen war, war ihre Mutter am Boden zerstört gewesen. Im Jahr davor war er aber zu Weihnachten hier gewesen, oder? Thor konnte sich nicht erinnern. Doch, er war doch mit seinem damaligen Freund gekommen, einem gelangweilten Börsenmakler. Thor wusste nicht einmal, ob Klas immer noch mit dem Typen zusammen war, konnte sich auch nicht an seinen Namen erinnern, was natürlich bezeichnend dafür war, wie die Beziehung zwischen ihm und Klas in den letzten zwanzig Jahren ausgesehen hatte.

Als Kinder und Jugendliche hatten sie sich sehr nahegestanden, so wie man es nur bei einieigen Zwillingen für möglich hielt. Sie waren die unzertrennlichen Nordström-Brüder gewesen, bis es eines Tages vorbei war. Es war so viel Scham im Spiel, das Gefühl, versagt zu haben, und eine enorme Erschöpfung, weil alle immer meinten, einem erzählen zu müssen, wie Zwillinge zu sein hatten. Sie waren Geschwister, das war alles. Und die Leere, die er manchmal spürte – tja, das Leben war, wie es war.

Mit dreizehn hatte Klas in der Familie sein Coming-out gehabt, aber das war ziemlich undramatisch gewesen und hatte nichts mit dem Abstand zwischen ihnen zu tun, dessen war sich Thor sicher. Ihre Eltern waren aufgeklärt und hatten ihn unterstützt und ermuntert. Thor hatte ein paar Tage lang nachgedacht und gegrübelt, aber dann hatte er sich einfach daran gewöhnt. Er hatte immer schon geahnt, dass Klas die Mädchen nicht auf die gleiche Weise mochte wie er selbst.

Als Kinder hatte sie niemand auseinanderhalten können. Ihre Mutter hatte sie gern in die gleiche Kleidung gesteckt, was Thor gleichgültig gewesen war, Klas aber gehasst hatte. In den Jahren, in denen sie sich in so unterschiedliche Richtung entwickelt hatten, waren sie sich fremd geworden. Heute konnte man leicht erkennen, wer der Staranwalt war und wer der Bauerntrampel. Heute gab es nur noch Unterschiede. Im Blick und in der Haltung.

Der Zug hielt mit einem Kreischen, und Thor spürte, dass Klas da war, noch bevor er ihn sah. Aufrecht, selbstsicher und in teurer Markenkleidung. Die Laptoptasche auf seiner Schulter glänzte, und die schicke Reisetasche sah ganz neu aus. Es war eigentlich kaum zu glauben, dass sie eineiige Zwillinge waren. Klas und er hätten genauso gut von unterschiedlichen Planeten kommen können. Zum ersten Mal stellte Thor sich die Frage, ob ihr Verhältnis heute anders wäre, wenn sie nicht so viel hätten zusammen sein müssen. Er sah das ja an seinen eigenen Kindern. Das Bedürfnis, einmalig zu sein, ein Individuum.

Klas sah auf seine glänzende Armbanduhr aus Stahl, erblickte Thor und blieb stehen.

Thor ging auf ihn zu, zögerte und reichte ihm dann seine Hand. Seinem Bruder. Er kam sich vor wie ein Idiot.

Sie schüttelten sich die Hände. Thor umarmte Klas, und Klas erwiderte die Umarmung, unnötig fest.

»Ich bin hier, um dich abzuholen«, sagte Thor knapp.

»Das wäre nicht nötig gewesen.«

»Mama hat mich darum gebeten. Soll ich dich zu ihnen fahren?«

Er hoffte, dass Klas nicht auf dem Hof wohnen wollte. Hätte er ihm das anbieten sollen?

»Ich wohne im Hotel. Du hättest nicht kommen müssen«, wiederholte er.

»Jetzt bin ich aber hier. Kommst du mit oder nicht?«

Sie setzten sich ins Auto, und er fuhr in die Stadt. Klas sagte kein Wort, saß hinter seiner undurchsichtigen Sonnenbrille mit Metallrahmen und sprach in sein Telefon, über Personen, die angeklagt werden sollten, und Fälle, die vor Gericht gehen sollten. Das war seine Arbeit. Er war darin sehr gut, laut seinen Eltern, die es liebten, von ihrem Juristensohn zu sprechen.

Thor konnte ums Verrecken nicht begreifen, was sein vielbeschäftigter Bruder schon so früh hier machte. Es dauerte noch lange bis zum Fest, und für Klas war Zeit gleichbedeutend mit Kronen, Dollar und Euro. Schon als kleiner Junge hatte er Geld geliebt. Er hatte sein Taschengeld gespart, hatte es nie verschwendet, immer nur beiseitegelegt. Ein Sparkonto eröffnet und den Aktienmarkt studiert.

Thor parkte auf dem Marktplatz. Die kleine Restaurantterrasse an der Delihalle füllte sich, und die Menschen spazierten dort herum. Es war ein schöner Tag, ganz objektiv betrachtet. Klas stieg aus, streckte sich und sagte etwas, aber Thor hörte nicht zu.

Stella war hier.

Sie stand da, verschlafen und zerzaust und *hier*.

Er hatte nicht mehr von ihr gehört, seit sie ihm geschrieben hatte, sie würden später reden.

Er hatte sie nicht unter Druck setzen wollen. Hatte den Gedanken, dass sie zu Peder zurückgekehrt war, verdrängt, weil er ihn fast in den Wahnsinn getrieben hatte. Gestern Abend hatte er gegoogelt: »Wie spricht man mit Frauen aus Stockholm« – ein Geheimnis, das er mit ins Grab nehmen würde, so peinlich war es ihm. Aber er hatte es getan und nicht mal einen einzigen Treffer gehabt, seltsamerweise.

Und jetzt stand sie hier.

Stella. Seine Stella.

Ihr Gesicht war rosig und ihre Augen klar. Ihre fantastischen Haare wogten wild um sie herum und glänzten in der Sonne.

Als ob sie gerade erst aufgewacht wäre, warm und behaglich in einem Hotelbett. Er sah es genau vor sich. Stella in einem weichen Bett. Stella, Stella, Stella.

Sie starrte ihn an.

Das hatte er ganz vergessen.

»Das ist Klas. Mein Bruder«, stellte er vor und spürte die Anspannung in seinem Körper. Starke Spannung, aus vielen Gründen.

Sie schaute von einem zum anderen. Schüttelte den Kopf. Wie es die Leute immer taten.

»Mein Zwillingsbruder.« Diese Information war genau genommen überflüssig. »Und das ist Stella«, sagte Thor knapp. Er war sich nicht ganz sicher, warum die Begegnung der zwei ihm die Laune verdarb.

Stella und Klas begrüßten einander höflich.

Sie sagte nichts von all dem, was die Leute normalerweise sagten. *Ihr seid euch aber ähnlich. Unglaublich. Das muss euch Spaß gemacht haben.* Nichts dergleichen. Aus irgendeinem Grund war er dafür zutiefst dankbar. Dass er nicht verglichen wurde.

~ 22 ~

Oh mein Gott. Das sind ja zwei, dachte Stella und ließ ihren Blick zwischen den beiden hochgewachsenen, dunkelhaarigen und identischen Männern hin und her wandern.

Es war fast ein bisschen zu viel. Die Brüder sahen absolut gleich aus. Aber gleichzeitig waren sie völlig verschieden. Jedenfalls für sie. Von Thor wurde sie angezogen wie eine hungrige Hummel von einer Riesensonnenblume, wie ein extrastarker Magnet von einer Kühlschranktür, während sie für Klas absolut nichts empfand.

Stella sah Thor an.

Und er sie. »Du bist hier«, sagte er mit einer vor Gefühl ganz tiefen Stimme.

Sie nickte.

»Ich habe im Hotel übernachtet.« Sie hätte ihm natürlich eine SMS schicken und mitteilen sollen, dass sie wieder da war, aber es war alles gestern ein bisschen viel gewesen.

Sie war heute Morgen früh mit dem Gedanken aufgewacht, dass Hotels doch eine verdammt gute Erfindung waren. Gestern hatte Maud mit dem Telefon in der Hand verlangt, dass sie beide in Laholms einzigem richtigem Hotel einchecken. Maud hatte sich ein großes Zimmer genommen, auch eins für Stella bezahlt und keinerlei Proteste gelten lassen. Stella musste zugeben, dass sie nicht besonders energisch protestiert hatte. Sie war auf die Toilette mit Wasserspülung gegangen, hatte heiß geduscht und dann ein ausgiebiges Bad genommen, mit allen Pflegeprodukten, die sie gefunden hatte. Das Frühstücksbuffet war in einem Raum mit Aussicht über den Fluss serviert worden, und Stella hatte über das Wasser geblickt in dem Wissen, dass Thor auf der anderen Seite wohnte, dass seine Tiere dort auf den grünen Hügeln weideten und er selbst dort auf den Feldern arbeitete.

Maud war noch auf ihrem Zimmer, mit Roomservice und Computer, aber Stella musste sich um ihre Angelegenheiten kümmern. Und dann war sie gleich als Erstes mit Thor zusammengestoßen. Und mit seinem Zwilling.

»Ich checke ein«, sagte Klas mit einem zurückhaltenden Nicken. »Stella, nett dich kennenzulernen.« Eilig und steif verschwand er durch die Eingangstür. Er war eine metallgerahmte und verschlankte Version von Thor. Ihrem Thor.

»Hast du in Stockholm alles erledigen können?«, fragte der leise und suchte mit seinen Blicken in ihrem Gesicht. Sie wollte die Hand ausstrecken und ihn berühren, seine stoppelige Wange.

»Ja«, sagte sie.

»Hast du deinen Brief bekommen?«

Sie nickte. Thor war wunderbar. Er erinnerte sich an den Brief, war aber nicht neugierig, nur interessiert.

»Und Peder?«, fragte er durch zusammengebissene Zähne.

Jetzt konnte sie nicht länger an sich halten. Sie strich ihm schnell über die Wange. »Es ist vorbei. So was von vorbei.«

Sein ganzer Körper schien vor Erleichterung weicher zu werden. Er hatte sich Sorgen gemacht. Sie hätte ihm sagen müssen, dass er keinen Grund hatte, sich Sorgen zu machen.

»Und du? Schon eine Neue getroffen?«, fragte sie.

Er schüttelte langsam den Kopf. »Ich wünschte, mir würde eine smarte Antwort einfallen. Aber ich habe dich vermisst, Stella. Ich dachte, du kommst nicht zurück.«

Oh. Diese Ehrlichkeit und Verletzbarkeit. Das ging ihr verdammt nahe.

»Es tut mir leid. Aber jetzt bin ich hier.«

Er steckte die Hände in die Hosentaschen, aber seine Augen liebkosten sie unaufhörlich. »Fährst du in die Hütte?«

»Ich bleibe wohl noch eine Nacht im Hotel. Meine beste Freundin Maud ist auch hier. Wir haben Duschen.«

Er lachte leise. Und obwohl Passanten zu ihnen herübersahen, hob er die Hand zu einer ihrer Haarsträhnen und rieb sie zwischen seinen Fingern. Oh Gott, sie wäre fast schon davon gekommen.

»Heißes Wasser ist etwas sehr Angenehmes«, murmelte er, als ob er genau wüsste, welche Wirkung er auf sie hatte. »Habt ihr heute noch etwas vor?«

»Ich weiß nicht, sie ist ungefähr im hundertsten Monat schwanger.«

»Der Hotelpub, Pärlan.« Er nickte in Richtung des weißen Hotelgebäudes. »Die Afterwork-Party dort ist in Laholm weltberühmt.«

»Immerhin.«

»Wollen wir uns treffen? Heute Abend?«

Ob sie sich mit Thor treffen und trinken und reden wollte?

»Gerne«, sage sie und konnte einfach nicht aufhören zu lächeln.

Sie machte einen Schritt auf ihn zu, wollte sich an ihn schmiegen, an ihm schnuppern.

»Ich muss nach Hause«, sagte er, ohne sich zu bewegen.

Sie schloss die Augen und atmete ihn ein.

»Entschuldige, dass ich einfach gefahren bin«, sagte sie leise und kam noch etwas näher.

»Stella«, sagte er mit brüchiger Stimme.

»Ich muss auch ... noch Dinge erledigen«, sagte sie.

»Sehen wir uns dann heute Abend?«

Sie hob sich auf die Zehenspitzen, berührte seine Wange mit dem Mund und flüsterte: »Ja.«

Als Stella die Tür von Nawals Laden öffnete, ertönte ein fröhliches Bimmeln.

»Stella. Ich dachte, du wärst für immer verschwunden.« Nawal klang reserviert.

»Entschuldige«, sagte sie betreten. »Ich musste mich um eine dringende Angelegenheit kümmern.«

Als Friedensangebot gab Stella ihr die Hosen, die sie gekürzt und aus der Hütte mitgebracht hatte. Als Nawal die ausgezeichnete Arbeit sah, schien sie ein wenig versöhnt.

»Willst du noch mehr Aufträge haben?«

»Furchtbar gern. Und ich verspreche auch, nicht wieder abzuhauen, ohne zu sagen, wohin.« Stella legte sich eine Hand aufs Herz, als ob sie einen Eid schwüre.

»Jaja, ich werde dir wohl mal glauben. Aber keine weiteren Dramen.«

Nawal verschwand und kam mit einer ganzen Tüte voller Kleidungsstücke wieder, die gekürzt oder ausgelassen werden mussten oder wo ein neuer Knopf einzunähen war. »Außerdem wüsste ich gern, ob du einer Kundin helfen könntest, ein Kleid in der Taille weiter zu machen«, fragte sie, während sie die Kleider einzeln durchsahen.

»Lass mal sehen«, sagte Stella, und dann vertieften sie sich in eine Diskussion über die beste Vorgehensweise, bis Stella ihr zweites Anliegen wieder einfiel. »Darf ich hier bei dir nähen? Ich habe meine Nähmaschine dabei und ich habe ein extrem wichtiges Stück, an dem ich arbeiten muss.« Sie hatte ja gesehen, wie viel Platz im Lager war, und das Licht dort war perfekt. Von der Tatsache, dass es dort Strom gab, ganz zu schweigen. In der Nacht hatte sie den Plan aufgegeben, die Elektrik in der Hütte zu reparieren. Die Leitungen waren uralt. Das wäre ein zu großes und zu teures Projekt für sie. »Sag ehrlich, wenn es nicht geht«, sagte sie und hoffte, dass Nawal genau das nicht sagen würde. Sie war auf den Arbeitsplatz angewiesen, und zwar dringend.

»Selbstverständlich«, sagte Nawal gnädig, wie eine Kaiserin, die gerade gut gelaunt ist.

Erst nach geraumer Zeit verließ Stella Nawals Laden, erleichtert und voller neuer Energie. Die Zeit war mehr als knapp, aber sie würde es schaffen. Sie nahm einen anderen Weg, spazierte über mittelalterliches Kopfsteinpflaster, roch an Fliederblüten und spähte in kleine Gärten.

Nach einer Weile kam sie an einem Friseursalon vorbei, Salon Silberglocke. Sie wurde langsamer, drehte dann um und ging wieder zurück. Im Schaufenster hingen ausgebleichte Fotos von Haarmodels, Reklame für Ohrlöcher und jede Menge Zitate in verschlungenen Buchstaben: *Carpe diem, Wer den Wind sät, wird Sturm ernten, Durch die Risse fällt das Licht hinein* und Ähnliches. Das war wirklich nicht ihr Stil, aber heute schienen die ausgelutschten Plattitüden sie anzusprechen. Während sie noch dort stand, trat eine Frau mit klirrenden Ohrringen und knallroten Haaren auf die Treppe hinaus. Sie musterte Stella eingehend.

»Willst du reinkommen? Ich habe geöffnet. Du kriegst auch Rentnerrabatt.«

»Ich bin keine Rentnerin.«

»Trotzdem. Komm rein.«

Zwei Minuten später saß Stella drinnen, einen Plastikumhang über den Schultern.

»Du hast eine starke Aura«, sagte die Friseurin, die Ulla-Karin hieß. »Ich bin medial«, fügte sie hinzu und zeigte auf ein Regal mit Kristallkugeln, Tarotkarten und etwas, von dem Stella inständig hoffte, dass es keine getrocknete Fledermaus war.

»Okay«, sagte sie abwartend und fragte sich, ob sie einen Fehler gemacht hatte.

»Wie viel soll ich abschneiden?«

Die rothaarige Friseurin wühlte mit den Fingern in Stellas Haaren. Sie zog an den schwarzen Locken, schob sie mal zur einen, dann wieder zur anderen Seite.

»Du hast wunderbares Haar, dick und kräftig. Soll ich die Spitzen nachschneiden? Da ist ja kaum Spliss.« Sie klang ein wenig enttäuscht.

Stella beobachtete die Hände, die in ihrer Mähne wühlten.

Eine richtige Frau hat langes Haar, pflegte Peder immer zu sagen. Als Maud das gehört hatte, hatte sie fast eine Gehirnblutung bekommen. Aufgewühlt hatte sie ihn gefragt, ob er ihr den Unterschied zwischen richtigen und unrichtigen Frauen erläutern könne. Aber Stella hatte ihr Haar dennoch wachsen lassen, es geglättet, Haarpackungen gemacht und es gepflegt. Sie begegnete ihrem eigenen Blick im Spiegel, sah ihren Haarschwall und wusste auf einmal, warum sie hier war. Warum es so bestimmt war. Sie hatte so dunkle Haare, dass ihre Achseln, selbst nachdem sie sich dort rasiert hatte, noch dunkel waren. Sie hatte sogar darüber nachgedacht, ihren Anus zu bleichen, Peder zuliebe. Wie krank war das denn? Und jetzt saß sie hier mit Haaren auf den Beinen und herausgewachsenem Muschihaar und hatte sich seit Langem nicht so sehr wie sie selbst gefühlt.

»Bis hier«, sagte sie entschlossen und zeigte mit der Hand.

Ulla-Karins Ohrringe klirrten bestürzt, als sie zurückschreckte, und es schien ein kalter Wind durch den Salon zu pfeifen. Stella glaubte zwar nicht an Übersinnliches, aber trotzdem liefen ihr kalte Schauer den Rücken hinunter.

»Nein!«, rief Ulla-Karin mit aufgerissenen Augen und schüttelte den Kopf, sodass ihre roten Haare zitterten.

»Doch«, sagte Stella.

»Bist du sicher?«

»Bombensicher«, entgegnete Stella, halb ängstlich, halb euphorisch. »Fang an«, sagte sie und sah ihr eigenes Spiegelbild an. »Schneid einfach los.«

Als Stella ins Hotel zurückkam, schnarchte Maud auf einem Sofa in der Lobby.

»Ich lasse sie schlafen«, flüsterte die Rezeptionistin.

»JinJing?«, sagte Stella erstaunt, denn es war wirklich JinJing aus dem Secondhand-Laden. »Arbeitest du auch hier?«

JinJing winkte mit ihren schmalen Fingern einem Gast zu. »Ich nehme alle Jobs, die ich kriegen kann.«

»Ich schlafe nicht«, sagte Maud in diesem Moment verschlafen.

»Dir läuft Speichel aus dem Mundwinkel«, teilte Stella ihr mit. »Willst du nicht aufs Zimmer gehen und dich da ausruhen?«

Maud wischte sich den Mund mit dem Handrücken ab und blinzelte.

»Hier geht ja echt was ab«, sagte sie und inspizierte Stellas Haare mit großen Augen.

»Ich war beim Friseur«, sagte Stella überflüssigerweise, wobei sie ihre kurzen unbändigen Locken berührte. Sie musste einräumen, dass ihr die Frisur länger vorgekommen war, als die Haare noch nass waren. Jetzt war es kahl und kalt im Nacken. Ihr Kopf fühlte sich so leicht an, als hätte die Friseurin zwei Kilo Haare heruntergeholt.

»Das sehe ich«, sagte Maud trocken.

»Ich bin zufrieden damit«, behauptete Stella mit mehr Überzeugung in der Stimme, als sie tatsächlich fühlte. Sie war immer noch ganz überwältigt von dem, was sie getan hatte. Maud schien geschockt zu sein, und vielleicht war Stella das ebenfalls. Aber gleichzeitig mochte sie ihren neuen Look, sie sah damit cooler aus. Wie eine Frau, die selbst Entscheidungen traf, die sich nahm, was sie wollte.

Maud stemmte sich aus dem Sofa hoch.

»Ich finde dich verdammt hübsch«, sagte sie mit Nachdruck.

JinJing zeigte Daumen hoch.

»Verdammt hübsch«, echote sie und nickte. Und fügte dann hinzu: »Supermutig«, was vielleicht das Kompliment etwas abschwächte.

...

Nachdem Stella ihre Nähmaschine, das Nähkästchen, Stoffe und alles, was sie noch so brauchte, zu Nawal hinübergetragen und ein bisschen skizziert und überlegt hatte, ging sie zum Hotel zurück, mit steifen Schultern, aber unglaublich zufrieden. Bisher lief alles gut. Sie holte ein Top mit V-Ausschnitt von Malene Birger in Rot, Orange und Rosa heraus. In ihrer vollgestopften Kulturtasche, die sie aus Stockholm mitgebracht hatte, fand sie Cremes, Deo, Schminke und einen knallroten Lippenstift. Sie hatte Unterwäsche, Kleidung zum Wechseln und ein Kissen eingepackt. Aber sie musste damit aufhören, Dinge zu kaufen, sonst würde sie nicht alles mit nach Hause bekommen. Während die Haarpackung einwirkte, hatte die Friseurin ihr angeboten, ihre Gel-Nägel abzufeilen, und jetzt hatte Stella zum ersten Mal seit Ewigkeiten kurze, natürliche Nägel. Eigentlich waren lange Nägel ganz schön abartig, sie behinderten einen nur. Sie zog das farbenfrohe Top an, malte sich die Lippen an, trug Kajal auf und betrachtete sich in dem vergoldeten Spiegel. Eine neue Stella blickte ihr entgegen. Eine Frau, die ihre Farben und ihr Äußeres bestimmte. Das war das Geld wert, sagte sie sich. Die Geschwindigkeit, mit der ihr Geld sich verflüchtigte, bereitete ihr ein wenig Kopfschmerzen. Aber es war hier alles viel billiger als in Stockholm, tröstete sie sich, und sie würde es in Nullkommanichts dadurch wieder einsparen, dass sie ihre Nägel nicht mehr ständig machen lassen musste.

Sie klopfte an Mauds Tür und wurde hereingelassen.

»Heute Abend ist im Hotelpub Afterwork-Party. Thor kommt auch. Willst du mitkommen?«

Maud sagte Ja, und kurz darauf saßen sie, jede mit einem Glas Wein vor sich, an einem dunkel lackierten Tisch.

Stella trank Rosé und schaute sich die Speisekarte an.

»Wollen wir Knoblauchbrot und Pommes mit Aioli, oder sollen wir uns einen Pubteller teilen?«, fragte sie, schon etwas beschwipst, weil sie das halbe Glas auf leeren Magen gekippt hatte. Das Essen im Pärlan schien sich auf zwei Hauptzutaten zu fokussieren: Fett und Knoblauch. Aber sie hatte Hunger und lag mehrere warme Mahlzeiten im Rückstand.

»Hallo«, hörte Stella.

JinJing, schon wieder.

»Hallo«, sagte Stella.

»Ich habe jetzt Feierabend.«

Stella betrachtete die schwarz gekleidete junge Frau eingehender. »Sind das meine Schuhe?«, fragte sie und ließ den Blick auf den wohlbekannten hochhackigen Louboutins ruhen. »Und meine Tasche?«, fügte sie hinzu, als sie sah, was JinJing über der Schulter hängen hatte.

JinJing nickte schuldbewusst.

»Ich habe sie auf Ratenzahlung gekauft. Ich muss dafür ungefähr zwanzig Nachmittage extra arbeiten, aber das macht nichts. Das ist das Schickste, was der Laden jemals hatte.« Sie schob die Tasche ehrfürchtig auf die andere Schulter. »Bist du sauer?«

Stella machte eine wegwerfende Handbewegung.

Sie fühlte sich großzügig. Sie war immer schon eine glückliche Betrunkene gewesen, und hier ging es nur um Dinge. In ein paar Jahren tat es vermutlich gar nicht mehr weh.

»Setz dich«, sagte sie.

JinJing begrüßte Maud und bestellte beim Ober ein Lager.

Maud nippte an ihrem Rotwein und stöhnte vor Wohlbehagen. Ein Mann starrte sie vielsagend an. Dann schüttelte er noch vielsagender seinen Kopf. Ausdauernd. Wirklich subtil.

»Wenn du irgendwann einmal eine Melone durch eine enge Stelle deines Körpers pressen musst, darfst du mir gerne passiv-aggressive Blicke zuwerfen«, rief Maud kampflustig.

Der Mann wandte sich mit der Geschwindigkeit einer aufkommenden Nackensperre ab.

Sie bestellten Knoblauchbrot, Pommes, Burger und eine Wurstplatte.

»Was isst du hier in Laholm eigentlich?«, fragte Maud, als das Essen gekommen war und Stella sich daraufstürzte.

»Hauptsächlich Brot und Obst«, sagte Stella mit dem Mund voller Sriracha-Burger. »Aber ich koche irre leckere Sachen auf meinem eisernen Herd. Alles wird darauf besser: Toast, Spiegeleier.«

Maud sah völlig unbeeindruckt aus. »Und wo gehst du aufs Klo? Wo duschst du?«

Stella wischte sich die Finger ab, trank von ihrem Wein und dippte eine Pommes in etwas, das Aioli darstellen sollte, aber eher wie eine weiße Soße aussah. »Das willst du gar nicht wissen«, sagte sie.

»Wenn ich es nicht besser wüsste, würde ich glauben, dass du nicht mehr alle Tassen im Schrank hast«, sagte Maud. Stella ließ den Blick durch den Raum schweifen. Vier Männer mittleren Alters, Ordner auf dem ganzen Tisch verteilt, lachten brüllend. Drei Frauen, die sich eine

Flasche Rotwein teilten, sangen laut zu dem Refrain *»I don't want a lover, I just need a friend«*, der aus den Lautsprechern dröhnte. Er wurde bald von einem Titel von Tom Jones abgelöst, oder von Bruce Springsteen – Stella hatte keinen Schimmer.

»Hier ist richtig was los«, sagte JinJing.

Stella freute sich, dass Maud sich eine sarkastische Bemerkung über das Essen, den Pub oder die Musik verkniff. Aus irgendeinem Grund wünschte sie sich, dass Maud Laholm nicht hassen würde.

Als Stella sich das meiste des Essens einverleibt und alles mit Wein hinuntergespült hatte, lehnte sie sich zurück. »Das war nötig«, stöhnte sie. »Und apropos Toilettenbesuch. Ich muss mal.«

Auf dem Weg zur Toilette sah sie My Svensson. Die Gynäkologin saß allein, über ihr Handy gebeugt, vor einem Glas Weißwein. Als sie aufblickte und Stella bemerkte, winkte sie diskret.

»Hallo, hübsche Frisur.«

»Danke.«

»Wie geht es dir?«, fragte My und sah höflich besorgt aus. Da Stella bei ihrer letzten Begegnung wie eine Verrückte aus ihrem Behandlungszimmer gestürmt war, war das verständlich.

»Gut«, antwortete Stella. Aber dann runzelte sie die Stirn, sie hatte gar nicht mehr an eventuelle Geschlechtskrankheiten gedacht, die vielleicht dabei waren, ihren Körper zu kapern. »Oder nicht? Es geht mir doch gut?«, fragte sie, unruhig geworden.

»Doch, doch. Es sieht alles gut aus. Ich habe die Laborergebnisse kurz vor Feierabend bekommen und wollte dich morgen früh anrufen. Es gibt keinerlei Grund zur Beunruhigung.«

»Gut«, sagte Stella mit Nachdruck. Sie war frei von Geschlechtskrankheiten. Halleluja.

Sie musterte My. »Ich habe was mit Thor«, sagte sie und hörte selbst den Besitzanspruch in ihrer Stimme.

My schien nachzudenken. »Jetzt wird mir klar, dass es für dich vielleicht so klang, als ob Thor immer noch mein Freund wäre?«

Stella verschränkte die Arme und machte sich so groß, wie sie konnte. »Allerdings.«

»Ah, okay, das ist dann wohl falsch rübergekommen. Wir sind nicht mehr zusammen, wie du sicher schon weißt.«

»Thor hat es mir erzählt. Aber es ist gut, dass wir das geklärt haben.« Sie sah My direkt ins Gesicht.

My lächelte blass.

»Geht es dir denn gut?«, fragte Stella und leistete es sich, besorgt zu sein, wo sie sich ja jetzt in Bezug auf Thor als das Alphaweibchen etabliert hatte.

»Ja, es war einfach ein langer Tag. Danke, dass du mir von Thor und dir erzählt hast. Hier im Ort verbreiten sich Neuigkeiten schnell, und es ist gut, dass ich es von dir erfahren habe. Thor ist wirklich ein guter Mann. Nur nichts für mich.«

Nachdem sie auf der Toilette gewesen war, setzte sich Stella wieder zu Maud und JinJing. Der Pub füllte sich, und Thor musste jetzt bald da sein.

Während Stella noch mehr Wein trank, stupste Maud sie plötzlich in die Seite und machte eine Kopfbewegung in Richtung Bar. »Ist das vielleicht dein Thor? Und sein Bruder? Sind die das?«

Stella drehte sich um und merkte, wie sie dümmlich zu grinsen begann. »Jepp, das ist er. Und Klas.« Thor bestellte etwas an der Bar. Er hatte sie noch nicht gesehen.

Maud wurde deutlich munterer. »Verdammt hot, Stella. Du hast dich verbessert.«

»Quatsch«, sagte Stella und wurde rot.

JinJing trank von ihrem Bier und folgte den Blicken der anderen. »Meint ihr die zwei alten Männer an der Bar?«

»Gib hier nicht den nervigen Teenager«, sagte Stella.

»Genau, du hast ihre Schuhe und ihre Tasche geklaut, jetzt nimm ihr nicht auch noch ihre Freude.«

Stella winkte Thor mit den Fingern und schickte ihm einen Komm-zu-mir-Blick, der ihn die Augen aufreißen ließ.

»Der ist ja toll«, sagte Maud. »Oder spielen mir meine Schwangerschaftshormone da einen Streich? Scheiß drauf. Sag ihm, er soll herkommen, damit ich ihn mir genauer anschauen kann. Beide. Mein Gott, wie verwirrend.«

~ 23 ~

Thor stellte sein Bierglas auf dem Tresen ab und ließ seine Augen auf Stella ruhen. Er würde gleich zu ihr hinübergehen. Ihre Blicke waren eine unverblümte Aufforderung, sich zu beeilen, dachte er, aber er wollte noch ein kleines bisschen hier stehen und sie anschauen. Sie war so schön, dass es wehtat. Ein guter Schmerz. Er war überwältigt von all den Gefühlen, die sie in ihm auslöste. Er hatte nicht einmal gewusst, dass er so fühlen konnte.

Neben ihm brummelte Klas irgendetwas von der Temperatur des Weins und falschem Glas. Er hatte einen edlen Rotwein bestellt und war offensichtlich nicht damit zufrieden, wie er serviert worden war. Der Pub war heute Abend voll und Klas' Gesicht war ein Bild gequälter Überlegenheit.

»Warum bist du mitgekommen, wenn du das so verabscheust?«, konnte Thor sich nicht verkneifen zu fragen.

»Ich verabscheue es nicht«, sagte Klas und nippte an seinem Wein.

Als sie klein waren, konnten sie ganz ohne Worte miteinander kommunizieren. Sie sahen einander an und wussten genau, was der andere dachte und fühlte. Deshalb wusste Thor, wann Klas log. »Klar.«

Während sie sprachen, hatte Thor immer weiter Stella angesehen. Mit ihrem bunten Shirt und dem funkelnden Blick war sie wie ein strahlendes Zentrum, das ihn lockte, eine Bienenkönigin, die auf ihre Drohne wartete. Noch spektakulärer, seit sie aus Stockholm zurück war. Sie saß neben einer Frau mit fast weißen Haaren und dem größten Babybauch, den er je gesehen hatte. Das musste ihre Freundin Maud aus

Stockholm sein. Daneben saß auch noch eine schlanke junge Frau mit glattem schwarzem Haar, die Bier aus der Flasche trank und die ihm vage bekannt vorkam.

»Ich gehe hin und sage Hallo«, murmelte er und ließ seinen Bruder einfach stehen. Klas konnte allein vornehm sein, er selbst hatte Besseres zu tun. Er wurde von Stella angezogen wie ein Fisch von einem Fluss, wie eine Knospe von der Sonne, wie alle Gleichnisse, die ihm jemals eingefallen waren und von einer unaufhaltsamen Kraft handelten. Sie sah ihn mit ihrem ausdrucksvollen Blick an, und er ging zu ihr. Willenlos oder hoch motiviert, der Unterschied spielte keine Rolle.

»Hallo«, sagte er laut, um die Musik zu übertönen. Gerade lief eine elektronische Karaokeversion eines irischen Volksliedes.

Stellas Augen waren riesig, schwarz wie Ruß, mit den längsten Wimpern, die er je gesehen hatte. Immer wenn Stella ihn ansah, spürte er ein Ziehen im Zwerchfell, egal, ob sie ihn lachend oder ernst ansah, oder so wie jetzt flirtend und mit Lust, die Wirkung war immer gleich stark und erfüllte jede einzelne Zelle seines Körpers. Ihr Mund war rot und glänzte, und an ihrer Lippe klebte ein Salzkorn. Und dann dieser Fleck am Mundwinkel, der neckend seinen Blick anzog.

Thor schaffte es, nicht in den Ausschnitt ihres roten Tops zu starren. Zumindest fast.

»Hallo. Das ist Maud.«

Er begrüßte die Schwangere und die junge Frau, die JinJing hieß. »Dich habe ich schon einmal irgendwo gesehen«, sagte er.

»Ich war vor einigen Jahren Juniortrainerin ins Frans' und Junis Schule«, sagte sie und trank von ihrem Bier. Sie war erwachsen geworden. Daran gewöhnte man sich nie, wie Kinder groß wurden. Wie aus Teenagern erwachsene Frauen wurden, die ganz offiziell Bier trinken durften.

Thor wandte sich Stella zu. Sie lächelte. Vorsichtig streckte er die Hand aus und griff sich eine kurze schwarze Locke. Er zog daran und ließ sie wieder los, sodass sie zurücksprang.

»Du warst beim Friseur«, sagte er. Die Locke war weich und duftete, und er wollte sein Gesicht darin vergraben.

»Ja. Bei einem Medium.«

»Heißt es Ulla-Karin?«

»Ja, und sie hat irgendwas davon gesagt, dass ich einem großen dunklen Fremden begegnen würde. Ich warte immer noch.«

»Du bist hübsch«, sagte er, denn das war sie, mit ihrer neuen elastischen Frisur, ihren roten Lippen und ihren rußfarbenen Augen. Wie immer wurde ihm in ihrer Gegenwart schwindelig. Er konnte es nur einfach so hinnehmen.

»Danke«, sagte sie. »Will dein Bruder nicht zu uns kommen?«

Sie blickten alle zur Bar hinüber, wo Klas immer noch stand und unerträglich gehemmt aussah. Er merkte, dass sie ihn ansahen, stellte sein halb volles Glas auf den Tresen und drängte sich zu ihrem Tisch durch.

»Hallo«, sagte er und begrüßte sie mit einem alle einbeziehenden Nicken.

Thor betrachtete die drei Stockholmer, Stella, Maud und Klas. Sie waren wie exotische Besucher auf Durchreise und würden bald wieder in die große weite Welt verschwinden. Er schluckte einen unwillkommenen Klumpen im Hals hinunter. Er wusste ja, dass Stella weiterziehen würde, das war nichts Neues, kein Grund, den Kopf hängen zu lassen. Es war, wie es war. Er würde nehmen, was er kriegen konnte.

»Wohnst du hier?«, fragte Maud und sah Klas an.

»Ich wohne im Hotel. Aber sonst wohne ich in Stockholm. Ich bin nur wegen des vierzigsten Hochzeitstages meiner Eltern hier«, fügte er hinzu, als ob er erklären müsste, warum er sich in Laholm befand.

»Setz dich«, lud Stella ihn ein.

»Danke, aber ich muss nach oben gehen und arbeiten.«

Klas stand einen Moment schweigend da. Dann nickte er kurz und ging. Sie sahen ihm nach, wie er sich einen Weg durch die lärmenden Pubgäste bahnte.

»Na dann prost«, sagte JinJing und hob ihre Flasche.

Thor setzte sich neben Stella. Dicht. Sie lehnte ihren Kopf an seine Schulter, kuschelte sich an ihn. »Übrigens. Ich habe My getroffen.«

»Und wie war's?«

»Gut.« Sie legte ihm unter dem Tisch ihre Hand auf das Bein. Ihm blieb die Luft weg. »Ich habe ihr gesagt, dass du mir gehörst und dass ich sie töten würde, wenn sie dich mir wegnimmt.«

»Ernsthaft?«

Sie warf den Kopf in den Nacken. »Zumindest habe ich daran gedacht. My ist okay. Besonders jetzt, wo du nicht mit ihr zusammen bist.«

Thor sagte nichts, hob nur die Hand und legte seine Finger in Stellas Nacken, streichelte sie und spürte, wie sich kleine Erhebungen aus Gänsehaut bildeten. Sie lehnte sich an ihn, berührte seine Schulter mit ihrer, presste ihr Bein gegen seins und alles Blut strömte in seine Haut. Er stöhnte. Alles um sie herum verschwand, wurde zu undeutlichen Bildern und gedämpften Stimmen, es gab nur ihn und sie, die Bank, auf der sie saßen, ihre Nähe.

»Rickard kommt morgen her«, sagte Maud plötzlich.

Thor versuchte sich zusammenzureißen. »Dein Mann?«

»Ja. Jetzt, wo ich seinen Nachkommen in mir trage, hat er eine Art Gluckeninstinkt entwickelt. Schwer zu sagen, wer darüber erstaunter ist, er oder ich. Er kommt also her. Und ich bin total dafür, an öffentlichen Orten rumzuknutschen, also macht ruhig weiter, aber ich bin völlig fertig, deswegen gehe ich jetzt ins Bett und sage dem Kind, dass es jetzt bald rauskommen soll.«

»Nicht zu bald«, sagte Stella.

»Jajaja.« Maud stützte sich auf den Tisch und schob sich aus der Bank, stemmte sich hoch und erhob ihr Weinglas. »Prost«, rief sie dem Mann zu, der sie vorhin angestarrt hatte. Als sie seine Aufmerksamkeit hatte, schüttete sie ihren Wein mit einer trotzigen Geste hinunter.

»Ich muss morgen früh aufstehen, da gehe ich wohl besser auch gleich«, sagte JinJing und stand abrupt auf.

»Komm, JinJing, ich verstehe, dass du nicht mit den beiden allein bleiben willst«, sagte Maud, legte ihr den Arm um die Schultern und schwankte von dannen.

Thor sah den beiden Frauen nach. Sie hatte nicht ganz unrecht. Stella und er waren keine gute Gesellschaft. Und das war ihm so was von egal.

»Maud ist eine von den richtig Guten«, sagte Stella lächelnd. »Weißt du, wer sie vielleicht mögen würde?«

»Wer?«

»Deine Tochter. Teenie-Mädchen stehen auf Maud.«

Das konnte er sich tatsächlich gut vorstellen. Juni hatte mit dreizehn Jahren die feministische Anthologie *Fittstim* gelesen und sofort verkündet, dass sie Feministin sei und dass sie alle Feministen werden sollten. Juni und Maud würden eine explosive Kombination abgeben. Genau, was ihm in seinem Leben fehlte. Mehr Drama.

Er sah Stellas Glas an, außerstande, jetzt an irgendwas anderes zu denken als an sie.

»Willst du noch etwas trinken?«, fragte er.

Sie sah ihn lange an. Ihre Handfläche brannte auf seinem Oberschenkel, und sein Hals wurde ganz trocken. Dieser Abend konnte nur auf eine Art enden. Hoffte er.

~ 24 ~

Als Thor zur Bar ging, um noch etwas zu trinken zu bestellen, folgte Stella ihm mit den Blicken. Sein Shirt lag eng an Schultern und Oberarmen an, sein sonnengebräunter Hals stach von dem weißen Stoff ab, und sie war nicht die einzige Frau im Pub, die ihn lüstern ansah, wie sie bemerkte. Er kam mit einem Glas Rosé für sie und einem Bier für sich selbst wieder, und sie bewunderte seine breiten Finger mit den kurzen, sauberen Nägeln, die ihr Glas umfassten. Sie wollte diese Finger auf sich spüren, wollte sie liebkosen, daran schnuppern, sie in sich spüren. Sie nahm ihm den Wein ab und nippte daran, ungeduldig und mit trockenem Mund. Noch wusste Thor nichts davon, aber sie würde ihn verführen. Irgendwo zwischen dem Rosé und dem ganzen Geknutsche hatte sie ihre Entscheidung getroffen. Thor setzte sich, trank einen Schluck Bier und wischte sich mit dem Handrücken den Mund ab. Was würde er sagen, wenn sie seine Hand ergriff und den Tropfen Bier ableckte, den er gerade abgewischt hatte? Sie rückte näher an ihn heran. Ihre Beine berührten einander wieder. Sie spürte, wie seine Wärme sich wie Feuer durch ihre Haut und in ihrem Blut ausbreitete. Sie atmete aus. Und wieder ein. Sie legte ihre Hand auf seinen Oberschenkel.

Als er sich räusperte, spannten sich seine Muskeln unter ihrer Hand an. Wahnsinn, was für Muskeln. Was für ein Körper. Sie wollte seinen Körper. Sie wollte ihn.

»Also«, sagte sie.

Er nahm ihre Hand. »Also«, sagte er leise.

Sie verschränkte ihre Finger mit seinen. Überall, wo ihre Haut sich traf, entstanden kleine Blitze. Natürlich nicht wirklich, aber es fühlte sich so an, als ob jede einzelne ihrer Zellen auf jede einzelne seiner Zellen reagierte, als ob ihr Puls, ihre Lungen miteinander kommunizierten, Informationen austauschten und sich miteinander verwoben.

»Ich bin ganz schön verknallt in dich, Thor«, sagte sie und lachte leise über die Untertreibung. Sie war nicht verknallt. Sie brannte, heiß, war besessen. Er hatte kleine Narben auf seinen Fingern und dem Handrücken. Sie wollte jede einzelne küssen, wollte sehen, wo seine Sonnenbräune aufhörte, ob er Haare auf der Brust hatte, ob seine Augen immer so offen und verletzlich aussahen.

»Bist du das?«, fragte er mit heiserer Stimme.

»Sehr.«

»Ich bin mir nicht ganz sicher, was du von mir möchtest«, sagte er.

Mind-Blowing-Sex war das, was sie wollte. Und sie war nicht besonders subtil. Seine Hose schien eng zu werden, sein Atem ging kurz und stoßweise, ihm war heiß, er kochte fast.

»Wirklich?«

Ihre Blicke verfingen sich ineinander. So intensiv, dass sie zu schwitzen begann.

»Wir sind uns einig, dass nichts Dauerhaftes daraus werden kann, oder?«, sagte sie.

»Ja«, antwortete er. Er streichelte jetzt ihren Schenkel, ließ seine Hand ganz nach oben wandern und war sich nicht mehr sicher, wer hier wen verführte.

»Weil wir es beide so wollen. Nicht in etwas Ernstes verwickelt werden. Du hast deinen Hof, und ich werde nicht in Laholm bleiben«, sagte sie und schloss die Augen, ließ seinen Duft ihre Nasenflügel anfüllen.

»Im Prinzip stimme ich dir zu«, sagte er.

Sie öffnete die Augen. »Aber ...?«

»Man hat so etwas nicht immer unter Kontrolle.«

Damit hatte er natürlich recht. Die Intensität seiner Anziehung beunruhigte sie schon jetzt.

»Wir können doch einfach sehen, was passiert?«, sagte sie, denn sie konnte nicht verzichten, es war physisch unmöglich, Thor nicht haben zu wollen, ihn nicht hier und jetzt zu verführen, sich einfangen und verzaubern zu lassen. Sich zu nehmen, was sie bekommen konnte. Sie würden gar nicht genug Zeit haben, um starke Gefühle zu entwickeln, redete sie sich ein. Vielleicht war sie so heiß auf ihn, dass sie nicht mehr klar denken konnte. Vielleicht war ihr die Vernunft auch einfach egal.

»Absolut.«

»Wir sind selbst für unsere Gefühle verantwortlich. Ich mag dich. Ich will dich nicht verletzen.« Sie hatte ihn verletzt, als sie mit Peder mitgefahren war. Das würde sie nicht noch einmal tun.

»Ich mag dich schrecklich gern. Und ich habe nicht vor, dich zu verletzen«, sagte er.

Er nahm ihre Hand, hob sie zu seinen Lippen und küsste ganz langsam ihre Knöchel. Sie zitterte.

In der Bar herrschte immer noch Gedränge, obwohl die Happy Hour schon lange vorbei war, die lachenden Mädchen ausgetrunken hatten und nach Hause gegangen waren, die Männer mit den Ordnern ihre Gläser geleert hatten und die Gäste allmählich weniger wurden.

Doch Thor und sie saßen noch da, in ihrer eigenen Blase. Als der müde Kellner an ihnen vorbeiging, bestellte Thor noch etwas zu trinken.

»Wann bist du zu Rosé übergegangen?«, fragte sie, als ihre Drinks kamen.

Sie prosteten sich zu. »Das schmeckt besser, als ich dachte«, stellte er pragmatisch fest.

»Dann bist du jetzt also ein Rosé-Mann?«

»Wenn du möchtest, dass ich ein Rosé-Mann bin, dann bin ich einer ...«

Sie stützte die Wange in die Hand und sah ihn an.

»Ich habe ja ein Zimmer hier im Hotel«, sagte sie und hatte keine Kraft mehr, subtil zu sein. »Wollen wir den Abend da fortsetzen?«

»Um was zu tun?«

»Ist das wirklich noch irgendwie unklar? Ich will Sex mit dir haben.«

»Nein«, sagte er.

»Nein?«

»Ja. Nein.«

Sie nahm einen Schluck und dachte über diese Wendung der Dinge nach. »Warum?«

»Prinzipiell habe ich nichts gegen Sex und Alkohol, wirklich nicht. Aber zum einen bin ich 36, nicht 18, deshalb ist es sicher besser, nüchtern zu sein, wenn ich mich nicht völlig blamieren will, zum anderen mag ich dich. Ich will dich beeindrucken, es gut machen. Und dafür muss ich nüchtern sein.«

Stella seufzte tief. »Leider verstehe ich dich sehr gut.« Für sie war es so ähnlich. Sex auf Alkohol war selten richtig gut. Deprimierend, aber wahr. Jetzt wünschte sie sich, sie wären nüchtern geblieben, aber sie waren alle beide betrunken.

Thor schaute auf die Uhr. »Außerdem muss ich nach Hause zu den Kindern. Meine Mutter ist zwar da, aber es wird allmählich spät.«

»Wie kommst du denn nach Hause?«

Er hatte getrunken, also konnte er wohl nicht mehr fahren.

»Der einzige illegale Taxifahrer Laholms schuldet mir noch was. Aber du sollst wissen, dass ich es schon jetzt bereue«, sagte er und spielte mit ihrer Hand.

»Aber wollen wir nicht ...«, begann sie. Jede seiner Berührungen fuhr wie ein Stromstoß durch ihren Körper. Die Anziehung war stark, es war wie verrückt. Am liebsten hätte sie sich wie Tesafilm an seinen Körper geklebt.

»Wenn ich jünger wäre. Und keine Verpflichtungen hätte ... Aber ich bin ein alter Mann mit jeder Menge Pflichten.«

Er küsste sie sanft. Die Deckenlichter gingen an, und die Musik verstummte. Als sie sich umsah, waren sie fast allein in dem Lokal. Der Mann hinter der Bar blickte sie auffordernd an.

»Was für eine Party-Location«, sagte Stella und suchte kichernd ihre Sachen zusammen.

Als sie aufstand, schwankte sie. Vielleicht absichtlich, denn Thor legte ihr einen Arm um die Schultern, genau wie sie es erwartet hatte.

»Ich bringe dich auf dein Zimmer«, sagte er.

»Es ist im ersten Stock.« Stella zeigte auf die breite Treppe, die zu ihrem Stockwerk führte. »Glaubst du, ich schaffe es nicht allein?«

»Es ist besser, wenn ich mitgehe«, sagte er entschlossen.

»Und mich beschützt?«

»Genau.«

Tja, keine Einwände. Er durfte sie gern die ganze Nacht lang beschützen. Er kam bis zu ihrer Zimmertür mit.

»Hier wohne ich«, sagte sie und sah ihm in die Augen. Sie ließ ihre Hände um seine Taille gleiten und hörte, wie er nach Luft rang. Ihre Hände folgten seinen Konturen und legten sich auf seine Brust. Er zitterte, und sie schluckte.

Küss mich, dachte sie. Ihre Hände schlossen sich um seinen Nacken, ihre Finger streichelten seine Haare. Sie zog seinen Kopf und Mund zu sich heran. Das war nicht genug, sie wollte mehr. Küss mich.

»Stella«, murmelte er.

»Küss mich«, sagte sie, dieses Mal laut.

Aber Thor brauchte keine Aufforderung, er war schon dabei und legte ihr die Arme um die Taille, zog sie an sich und küsste sie, gierig und hungrig, presste sie gegen die Tür und folgte ihr. Und immer noch reichte es nicht, sie wollte mehr. Sie vergrub sich tiefer in seinem Haar, zog ihn dichter an sich heran, stützte sich mit dem Rücken an der Tür ab, ließ sich von seinen Armen auffangen und küsste ihn heftig, fast schon aggressiv.

Sie spürte seine Erregung an ihrem Bauch, und es war immer noch nicht genug. Mehr, sie wollte mehr.

»Komm mit rein«, wimmerte sie zwischen den Küssen.

Sein Oberschenkel war zwischen ihren Beinen, und sie rieb sich an ihm, atmete immer schwerer und heißer.

»Ich sollte ... irgendwas. Ich kann mich nicht erinnern, es war sicher nicht wichtig«, sagte er, und sie stürzten in ihr Zimmer, ohne einander loszulassen.

Stella zog an seinem Shirt. Sie wollte ihn haben. Ganz. Der Hunger in seinem Blick. Die geschickten Finger. Sie füllte ihre Hände mit dem körperwarmen weißen Stoff und zog ihn ihm über Schultern und Kopf, legte die Hände auf seinen nackten Brustkorb. Er küsste sie, während er gleichzeitig an ihren Kleidern zog, ihren Ausschnitt mit seinen Händen bedeckte, eine Hand ihre Brüste liebkosen ließ. Sie ging rückwärts, bis sie das Bett an der Rückseite ihrer Schenkel fühlte, und ließ sich fallen. Thor folgte ihr, überschüttete sie mit Küssen, wo immer er konnte. Er zog ihr Shirt hoch. Ihre Brüste wogten im BH, und er bewunderte sie ausgiebig. Es war ein hübscher BH, dunkelrot, stabil, aber mit schmalen roten Bändern, die über die Körbchen liefen und keine andere Funktion hatten, als sexy zu sein. »Du bist so verdammt schön«, sagte er mit erstickter Stimme und beugte sich vor, küsste ihr Dekolleté, schnupperte an ihrer Haut und stöhnte. Sie war froh, dass er ihre Brüste mochte. Und dass sie den passenden Slip trug. Ihre Brüste waren groß, sehr groß, und auch wenn sie sich damit schon vor langer Zeit abgefunden hatte, war es nicht immer einfach gewesen. Teils war es schwierig, Kleidung zu bekommen, teils waren ihre Brüste schon früh gewachsen und sie war deswegen gehänselt und begrabscht worden, hatte sich alle fiesen Kommentare anhören müssen, die ein früh und gut entwickeltes Mädchen zu hören bekommen konnte. Kurz, sie war sich ihrer Brüste ständig bewusst. Thor war jedoch erfreulich enthusiastisch. Und wie gesagt, der BH war magisch. Er küsste weiter ihre Brüste durch den Stoff hindurch, biss spielerisch hinein und murmelte und dann arbeitete er sich abwärts, liebkoste ihren weichen Bauch.

»Nicht den Bauch«, bat sie.

»Wieso nicht?«

Sie wand sich verlegen. Sie hielt sich zwar für eine selbstbewusste Frau und sollte eigentlich kein schlechtes Selbstwertgefühl wegen ihres Körpers haben, aber mit ihrem Bauch war sie unzufrieden. »Er ist so dick.«

»So etwas Dummes habe ich noch nie gehört. Er ist perfekt. Stör mich jetzt nicht, ich muss mich konzentrieren.«

Sein dunkler Kopf bewegte sich über ihren Bauch. »Er.« Kuss. »Ist.« Knabbern. »Perfekt.« Thor gab ein leises, zufriedenes Knurren von sich. Stella schloss die Augen und lauschte dem Geräusch seiner Küsse und seiner Bewunderung ihres offenbar perfekten Bauchs.

Er knöpfte ihre Hose auf, und gemeinsam schälten sie sie heraus und warfen die Hose auf den Boden. Stella keuchte, als er sich vorbeugte und mit der Zunge über ihren weinroten Slip fuhr. Sein dunkler Kopf über ihren Beinen, die großen, derben Hände, die ihre Haut so sanft berührten. Er überschüttete ihren Slip mit kleinen Küssen, und sie stöhnte. Er zog an dem Stoff und schob ihn beiseite.

»Du musst das nicht tun«, sagte sie, als er ihren Duft einsog.

»Ich möchte aber«, sagte er und riss ihr den dünnen Stoff vom Leib. »Ist das okay?«

Sie nickte, und er wölbte seine Hand über ihr kurzes schwarzes Haar. Er schien kein Problem mit Haaren zu haben. Er küsste sie auf die Innenseite der Oberschenkel, sanfte Zärtlichkeitsbekundungen, die sie zum Schnurren brachten, bevor er sie mit zwei Fingern spreizte, sich hinabbeugte und sie leckte.

Sie stöhnte dumpf und wühlte sich ins Bettzeug.

»Du bist fantastisch«, murmelte er und leckte sie wieder, während er gleichzeitig seinen Finger kreisen ließ, mit genau dem richtigen Druck. »Du schmeckst gut.« Er zog die Luft ein. »Und du duftest fantastisch.«

Sie zog an seinen Haaren, bewegte ihre Beine, rieb sich an seinen Bartstoppeln, an seinem Mund.

»Thor«, atmete sie. »Thor.«

Wieder und wieder. Sie liebte es, seinen Namen zu sagen, liebte es, wie es ihn erregte. Er war gut. Sehr geschickt. Er benutzte sowohl seine Zunge als auch seine Finger, suchte und drückte, streichelte, küsste, biss, bis sie unter ihm erbebte. Wenn das Haus um sie herum eingestürzt wäre, hätte sie das nicht bemerkt, sie wollte nur, dass er weitermachte, dass seine Zunge, seine Hände und seine supergeschickten

Finger sie weiterbearbeiteten, sie weiterdrängten. Sie betrachtete die breiten Schultern, die sich zwischen ihren Beinen bewegten und spannten, fühlte, wie sich in ihr alles zusammenzog, wie der Genuss pulsierte, wuchs, sich konzentrierte. Ihm war es ernst, das konnte man merken. Er wiederholte, wie gut sie schmecke, wie er das genieße, dass er sie lecken wolle, bis sie nicht mehr denken könne. Ruhig und gleichmäßig machte er weiter, änderte nicht das Tempo, sondern blieb bei dem, von dem er merkte, dass es funktionierte, brachte sie dazu, sich zu entspannen, sich hinzugeben.

»Thor!« Ihre Finger gruben sich in seine Schultern. Sie keuchte und bebte. Näherte sich.

Er machte weiter, gleichmäßig, leckte und murmelte, und dann kam sie in seiner Hand, gegen seinen Mund. Presste ihre Schenkel gegen seinen Kopf, ihren Venushügel gegen seinen Mund, ihren Höhepunkt gegen seine Zunge und spannte sich zur Brücke im Bett.

»Ich sterbe, es ist so wunderbar«, hauchte sie und atmete aus, als sie mit einem langen Seufzer der Befriedigung wieder gelandet war.

Er legte sich neben sie, die Hose immer noch an. Sie war zerstrubbelt, ihr Shirt hatte sich um ihren Hals gewickelt, der BH war heruntergezogen, und der Rest ihrer Kleidung lag auf dem Fußboden.

»War es schön?«, fragte er und küsste sie. Sein Mund duftete nach ihr, seine Wangen und sein Kinn glänzten, und er sah unverschämt zufrieden mit sich selbst aus. Das konnte er auch sein. Der Orgasmus war überwältigend gewesen.

»Ich will mich nur ganz kurz ausruhen, dann kann ich wieder sprechen«, sagte sie und lehnte sich an seine Schulter.

Thor streichelte ihren Arm. »Du bist fantastisch«, sagte er. Sie schmiegte sich an ihn, erschöpft, kraftlos, befriedigt.

»Du bist auch gar nicht so übel«, murmelte sie. Sie ließ ihre Finger über seine Brust gleiten. Er hatte Haare auf der Brust. Dunkle Haare. Kleine, steife Brustwarzen.

Sein Arm spannte sich unter ihr. Ein starker Arm. Sie schloss die Augen, glitt weg.

Als das Bett schwankte, zuckte sie zusammen. Sie musste eingeschlafen sein.

»Nein«, protestierte sie, als er aufstand.

»Ich muss nach Hause«, sagte er und küsste sie aufs Haar.

»Das gefällt mir nicht«, sagte sie. Sie konnte ihre Augen nicht öffnen. Ihre Stimme war schwer. Aber sie wollte, dass Thor blieb, dass er neben ihr lag. »Ich will noch mehr Sex«, verkündete sie. Dann gähnte sie breit. Gott, war das Bett bequem.

»Ich auch.«

»Bleib noch ein bisschen«, sagte sie schläfrig. Sie wollte noch etwas sagen. Wieder gähnte sie. »Ich ruhe mich nur aus, dann können wir weitermachen.«

»Gute Nacht, Stella. Schlaf gut.«

»Okay«, murmelte sie und schlief schon, bevor sich die Tür hinter ihm geschlossen hatte.

~ 25 ~

Am folgenden Tag war Stella wieder zu Hause.

Seltsam, wie ihre Kate sich in den letzten Tagen aus einer hoffnungslosen Bruchbude in ihr Zuhause verwandelt hatte. Allerdings war es überhaupt das erste Mal in ihrem Leben, dass sie so richtig allein wohnte. Als ihre Mutter überraschend gestorben war, hatte sie zunächst bei Maud gewohnt, danach zur Untermiete und bei dem einen oder anderen Freund und schließlich mit Peder in seiner Wohnung. Die Kate gehörte nur ihr.

»Willst du denn wirklich hier wohnen?«, fragte Maud, die sie hergefahren hatte und jetzt herumging und die Kate mit unfreundlichen Blicken bedachte. »Das ist ja der Prototyp von unbewohnbar.«

Statt einer Antwort hob Stella den Arm und winkte einer schwarz gekleideten Figur, die sich auf einem Fahrrad näherte.

Maud bedeckte ihre Augen mit der Hand. »Wer ist das?«

»Thors Tochter. Juni.«

Juni stoppte. Sie warf Stella einen kühlen Blick und ein kurzes Hallo zu. Kein Wunder, eigentlich, denn als sie sich das letzte Mal begegnet waren, war Stella drauf und dran gewesen, ihren Vater aufzureißen. Juni wandte sich Maud zu und sah sie mit großen Augen an.

»Ein Nachbarin hat dich gesehen, da musste ich einfach herkommen«, sagte sie und starrte sie an.

Maud faltete die Hände über ihrem Bauch und lächelte leise. Sie war es gewohnt, dass man sie erkannte. Sowohl von Leuten (meist Frauen), die sie mochten, und von solchen (fast nur weißen Männern), die sie hassten. »Ich fahre gleich.«

»Ich konnte gar nicht glauben, dass du es wirklich bist, aber ich habe deine Haare wiedererkannt«, sagte Juni ehrfürchtig. Sie zückte ihr Telefon. »Ich folge dir auf Insta. Du bist großartig.«

So viele Worte auf einmal hatte Stella noch nie von Juni gehört.

»Danke«, sagte Maud. »Das ist lieb von dir.« Sie holte auch ihr Telefon heraus. »Wie heißt du auf Insta?«, fragte sie und hatte daraufhin Juni schnell gefunden und tippte auf Folgen.

Juni blinzelte heftig.

»Wollen wir ein Selfie machen?«, fragte Maud, stellte sich neben sie und ließ sich fotografieren, nachdem Juni sich den Helm heruntergerissen hatte.

Als Juni dann durch die Bilder blätterte, schien sie den Tränen nahe.

»Danke«, grimassierte Stella zu Maud.

Juni blickte Stella an und sah etwas weniger feindlich gesinnt aus. Instafeministinnen stachen offenbar Väteraufreißerinnen aus.

»Wir Schwestern müssen zusammenhalten«, sagte Maud ernst. »Vor allem in diesen Zeiten.«

Juni nickte, ehe sie den Helm wieder aufsetzte und sich auf ihr Fahrrad schwang. »Ich muss los.«

»Hat mich gefreut«, sagte Maud.

»Du hast ihr sicher den Tag gerettet, die Woche, vielleicht den ganzen Monat«, sagte Stella, als Juni mit geradem Rücken und fröhlichen Bewegungen losfuhr.

Maud wedelte mit der Hand. »Also. Du und diese Kate – bleibt es dabei?«

»Jedenfalls noch für eine Weile.«

»Und Thor?«

Thor, ja. Er hatte sie diese Nacht nach allen Regeln der Kunst verwöhnt, dachte Stella und verlor sich eine Sekunde lang oder zwei in der Erinnerung, denn das Ganze war erstaunlich gewesen.

»Stella?«, holte Mauds Stimme sie wieder zurück. »Du bist ziemlich rosig geworden. Bist du sicher, dass gestern zwischen dir und Thor nichts abgegangen ist, nachdem ich ins Bett gegangen bin?«, fragte sie, nicht zum ersten Mal.

»Nichts, worüber ich jetzt gerade reden möchte«, antwortete Stella. Alles war noch so neu und privat, und sie wollte es noch ein bisschen für sich behalten. Später, wenn es vorbei war, würde sie alles gemeinsam mit Maud analysieren.

»Ich hasse es, wenn du integer bist«, sagte Maud beleidigt. »Ich bin schwanger, ich muss ein bisschen aufgemuntert werden.«

»Wolltest du nicht losfahren und deinen Mann abholen?«

»Er muntert mich nicht auf.«

Stella klopfte ihr auf den Arm. Der Plan war, dass Rickard in Laholm aus dem Zug ausstieg und Maud und er mit dem Auto nach Göteborg fuhren. »Wo wir schon einmal in diesem merkwürdigen Landesteil sind«, wie Maud es ausgedrückt hatte. Sie wollten gute Freunde besuchen.

»Ich weiß, dass du zurechtkommst«, sagte Maud und hängte sich bei Stella ein, genau wie früher, als sie klein waren. »Aber versprich mir anzurufen, wenn etwas ist.«

»Ich verspreche es. Fahrt vorsichtig und passt auf das Baby auf.«

Nachdem sie Maud hinterhergewinkt hatte, blieb Stella draußen stehen, in Gedanken und schmutzige Erinnerungen versunken. Man stelle sich vor, dass sie hier gelandet war. Und einen Mann kennengelernt hatte, dessen Superkraft Cunnilingus war. Sie blinzelte in die Sonne und lauschte dem Vogelzwitschern. Dann nahm sie ihr Handy und textete an Thor:

STELLA: *Danke für gestern. Noch mal danke. Und noch mal.*

Er antwortete sofort, als ob er auf ihre Nachricht gewartet hätte.

THOR: *Ich habe zu danken.*

STELLA: *Wie wohlerzogen.*
THOR: *Soll ich rüberkommen? Und noch mal wohlerzogen sein?*

Stella brach in Lachen aus. Sie konnte Thor vor sich sehen, wie er mit seinen sexy Händen auf dem Handy tippte. Sie fühlte eine Welle der Lust durch ihren Körper rollen, sobald sie nur an ihn und seine Finger und seine Zunge und unerwartete Supersexyness dachte. Das war genau das, was sie brauchte. Einen heißen und bestärkenden Flirt.

STELLA: *Gern.*
THOR: *Ich bin in dreißig Minuten da. Tu nichts ohne mich, besonders nichts Wohlerzogenes.*

Stella lachte wieder laut. Sie schickte ihm ein »Daumen hoch« und machte es sich in der Sonne und der Natur gemütlich. Keine Spielchen, keine Umstände zwischen ihnen. Das war verdammt schön. Das Smartphone vibrierte und sie lächelte schon, bevor sie die Nachricht las, überzeugt, dass sie von Thor käme.

Aber sie war von Erik Hurtig.

ERIK: *Sollen wir den Vertrag unter Dach und Fach bringen? Wie abgesprochen. Morgen?*

Sie musste sich wirklich darum kümmern. Nach Aussage der Kommune war ihr Wasser von ausgezeichneter Qualität, also pumpte sie einen Emaille-Topf voll, ging hinein, zündete den Holzherd an und stellte den Topf aufs Feuer. Sie briet Zwiebeln und Tomaten in reichlich Öl an, gab gekörnte Brühe hinzu und goss Wasser auf. Sie rührte darin, während es vor sich hin köchelte, und dann war Thor da, die Sonne im Rücken und eine sanfte Brise im Haar, gleichzeitig großartig und alltäglich. Ihr ganzes Wesen jubelte bei seinem Anblick. Sie trat auf die Treppe hinaus und winkte ihm zu, er überbrückte den Abstand zwischen ihnen mit entschlossenen Schritten, ergriff ihren Nacken, zog sie an sich und küsste sie, fest. Sie klammerte sich an ihn, als ob er eine Klippe und sie gerade aus dem Meer errettet worden wäre. Später, sagte sie sich. Später würde sie ihm von Erik erzählen, von dem Grundstück und dass sie es ihm versprochen hatte. Alles würde sich klären lassen, da war sie sich sicher.

»Komm rein«, sagte sie atemlos und lebhaft und sehr, sehr froh.

Thor trat ein und sah sich in ihrem Häuschen um. Er lächelte über die ordentlich zusammengefaltete Wolldecke auf ihrer Küchenbank, bewunderte die Nähmaschine und ihre diversen Nähprojekte. Dann schnupperte er.

»Ich habe gekocht«, sagte sie zufrieden.

»Das riecht gut.«

»Wir können später essen, wenn es dir recht ist.«

»Gern.« Er blickte zur Treppe, eine stabil gebaute Treppe, die auf den Dachboden führte.

»Wie sieht es eigentlich da oben aus?«, fragte er, während sein Blick immer wieder zu ihr zurückkehrte, sie verschlang. Oh Gott. Sie konnte keinen klaren Gedanken fassen, wenn er sie so ansah, als ob sie eine frisch gebackene Bisquitrolle wäre und er ein von Süßigkeiten besessener Mann.

»Keine Ahnung. Ich habe mich da noch nicht hochgewagt.«

Er kam auf sie zu und es prickelte in ihrem Körper, aber er ging an ihr vorbei, allerdings ganz nah und langsam, und fasste das Treppengeländer an.

»Sie ist stabil gebaut«, sagte er und betrachtete die Treppe mit Kennermiene. Er rüttelte an den robusten Treppenstufen und strich mit der Hand über das glatte Holz.

»Die hält«, konstatierte er, und Stella zwang sich, sich auf das Gespräch zu konzentrieren.

»Sicher hält sie, aber ich hatte Angst vor der Treppe, als ich klein war, und das steckt noch in mir. Ziemlich albern.«

Sie kam zu ihm und fasste die Treppe an. Sie war aus dicken Brettern gebaut, schwer und massiv, wie eine kräftige Leiter oder eine Lofttreppe.

Er legte eine Hand um ihre Taille, zog sie an sich und biss sie in den Hals.

»Thor«, murmelte sie.

»Stella«, sagte er zwischen seinen Küssen auf ihre Haut, auf ihren Puls.

»Oh Gott«, sagte sie atemlos, während sich ihr ganzes Blut neu im Körper verteilte, ihre Brustwarzen zu kleinen, steifen Knospen werden ließ und sie sich wild und warm zu fühlen begann.

Sie rieb sich an ihm, und seine Hände suchten sich einen Weg unter ihr Shirt.

»Das ging schnell«, sagte sie, denn er war ganz hart.

»Das ist schon seit gestern Nacht so. Du warst so sexy, als ich dich geleckt habe. Als ich dich im Mund hatte, als du gekommen bist.«

Sie wand sich noch mehr. Wer hätte gedacht, dass ein so stiller Mann wie Thor so wortgewandt sein konnte, wenn es darauf ankam?

Er biss sie in den Nacken. Sie drehte sich um, stützte sich mit einer Hand an dem glatten Holz der Treppe ab, während er sie mit seinem Körper umschloss, sie berührte, sie umarmte. Wenn er so weitermachte, würde sie gleich kommen, dachte sie benommen. Allein und wenn sie in Stimmung war, schaffte sie es manchmal in weniger als einer Minute, aber mit einem Mann dauerte es meist. Aber nicht mit Thor. Das hier war die Mutter aller Vorspiele, dachte sie, während ihr Körper unter seinen Liebkosungen und Bissen erbebte. So etwas hatte sie noch nie erlebt. Er knöpfte ihre Hose auf, fuhr mit seiner Hand hinein und strich über ihren Slip, warm und fest. Sie schloss die Augen, bewegte sich gegen seine Handfläche und bekam schon fast einen Orgasmus. Als er den Druck verstärkte, musste sie sich keuchend mit beiden Händen an der Treppe abstützen.

»Du bist feucht«, sagte er mit rauer Stimme und presste seinen Ständer gegen ihren Rücken.

Sie war mehr als feucht, sie bebte praktisch vor Lust.

»Ich will dich«, sagte sie ungeduldig über ihre Schulter. »In mir.«

Sie drehte sich um und half ihm, sein Shirt auszuziehen. Sie liebte es, dass er einen gewöhnlichen, normalen Körper hatte. Stark und kraftvoll von der Arbeit, aber ohne Sixpack, ohne sorgfältig im Fitnessstudio antrainierte Muskeln, nur mit den Alltagsmuskeln eines hart arbeitenden Mannes. Er zog zuerst seine Socken aus und danach die Hose, und Stella lächelte darüber, dass er wusste, wie man es machte.

»Was ist?«, fragte er, als er ihren Blick sah.

»Ich mag deinen Körper«, sagte sie.

Das tat sie wirklich. Sein Hals, seine Arme und Hände waren sonnengebräunt, sein Brustkorb heller, ein erwachsener Mann, der draußen arbeitete, kein Junge, der sich im Ausland oder im Solarium seine Sonnenbräune holte. Seine Beine waren kräftig, die Hüften schmal und aus seinen dunklen Haaren richtete sich sein Schwanz auf, hart und erwartungsvoll.

»Und ich liebe es, dass du so geil bist«, sagte sie. Denn so war es.

~ 26 ~

Thor stand vor ihr. Verschwitzt. Fokussiert.

»Zieh dich aus«, befahl er. »Ich will dich auch anschauen.«

Er wollte sie sehen. Jetzt war er nur noch Mann – nicht Vater oder Bauer oder Sohn –, nur ein Mann, der diese Frau wollte. Stella zog sich aus, langsam, mit einem kleinen Lächeln, aber auch mit Verletzlichkeit im Blick, als ob sie die Situation nicht gewohnt wäre, es aber dennoch wollte. Auch wenn eine Herde durchgegangener Kühe vorbeigaloppiert wäre, hätte er nicht den Blick von ihr abwenden können. Stella zog ihren Pulli aus, und ihr hübscher, goldbrauner Bauch kam zum Vorschein. Thor bekam einen trockenen Mund. Heute trug sie einen grauen BH, und er beschloss, dass das die schönste Farbe war, die er je gesehen hatte. Grauer, glänzender Stoff, der auf ihrer goldenen Haut spielte. Kleine Bändchen und dann noch all das sinnliche Fleisch. Thor dröhnte das Blut in den Adern. Sie stieg aus ihrer Hose, runde, feminine Oberschenkel, Seidenslip, und er hatte bereits aufgehört zu denken. Eine Frau, die sich auszog, sich ihm nackt darbot. Ganz unbefangen, auf Lust fokussiert.

Sie wollte heißen und unverbindlichen Sex und den gab er ihr nur zu gern. Es war nur eine vorübergehende Sache, sagte er sich. Wenn er Gefühle entwickeln sollte, würde er damit umgehen können.

Er starrte sie an. »Du bist wunderschön«, sagte er heiser, als er das Sprechvermögen wiedererlangt hatte.

Sie war ein Wunder. Er legte ihr seine Hand auf die Hüfte, zog sie fest an sich und senkte sein Gesicht auf ihre Brüste. Er küsste die warme

Haut dazwischen und sog ihren Duft ein, zog sanft, einen nach dem anderen, die BH-Träger herab und küsste die Abdrücke auf ihrer Haut. Er hakte den BH auf und zog ihn langsam herunter, wollte jede Sekunde auskosten. Er war kein komplizierter Mensch. Er mochte Brüste. Und Beine. Und Hintern. Er hatte keine Vorlieben. Oder hatte bisher keine gehabt. Ab heute waren große braune Brüste mit dunklen Brustwarzen absolut seine erste Wahl. Er beugte sich vor und küsste die warme Haut, umschloss mit seinen Lippen eine dunkelbraune Brustwarze, zog daran, saugte, hörte sie nach Luft schnappen. Nachdem er ihre Brüste geküsst hatte, drehte er sie sanft um. Sie ließ ihn gewähren, ließ ihn ihren ganzen Körper studieren. Er strich ihr mit rauen Handflächen über Rücken und Po. Er hatte geschickte Hände, wenn er sich selbst loben durfte, war ein Experte darin, komplizierte Mechanismen zu verstehen und sie zum Laufen zu bringen. Diese Fingerfertigkeit wollte er sich jetzt zunutze machen. Er ließ seine Hände über ihre Oberschenkel gleiten, zwischen die Schenkel und wieder hinauf. »Dein Hintern ist das Heißeste, was ich je gesehen habe«, sagte er, ehrlicher als je zuvor.

Sie stützte sich am Treppengeländer ab und drückte ihm ihren Po entgegen. Er zog sie an sich, sie presste sich gegen seinen Schwanz und er stöhnte.

»Nicht so schnell, sonst komme ich sofort.«

»Tu das nicht«, bat sie höflich.

»Ich werde mich bemühen. Kannst du eine Stufe höher gehen?«, fragte er.

Sie tat, um was er sie gebeten hatte, beugte sich vor und stützte sich auf Armen und Händen ab. Ein dumpfer Laut dröhnte die ganze Zeit in seiner Brust. Ihr Gehorsam, ihr Wunsch zu tun, um was er sie bat, ihr fantastischer Hintern versetzten ihn in einen Zustand, der ihm wie das Paradies vorkam.

Er schloss die Hand um ihre Schenkel, drückte ihr Fleisch, bloß weil er es konnte. Er wies sie an, ihr eines Bein noch eine Stufe höher zu stellen. Sie wimmerte, setzte aber ihren Fuß dorthin, nach ganz oben. Er beugte sich über sie und küsste ihren Nacken. Wie die Tiere es machen, ihren Partner in den Nacken beißen.

»Magst du es, wenn ich dich da küsse?«, fragte er.

»Sehr.«

Er küsste sie wieder, leckte, während er sich von hinten an ihr rieb. »Ist das schön?«

»Oh Gott, ja«, sagte sie mit erstickter Stimme.

»Zeig mir, was dir gefällt«, sagte er und biss sie noch einmal. »Zeig mir, was du dir wünschst.«

Sie nahm seine Hand und legte sie sich auf ihre rechte Brust. Er drückte sie leicht.

»Mehr«, flüsterte sie, und er gehorchte sofort.

Er riss ein Kondom auf. Stella drehte sich um, um zuzusehen, wie er es überzog.

»Ich liebe diesen Anblick«, sagte sie und sah zu, wie er seinen Schwanz festhielt.

Er schüttelte den Kopf. »Du machst mich fertig.«

»Nicht, bevor du mich ordentlich genommen hast, hoffe ich«, sagte sie, und er stürzte sich regelrecht auf sie.

Mit einer Hand um ihre Brust und der anderen um ihre Taille drang er in sie ein, nicht hart, aber auch nicht besonders sanft. Sie stöhnte, und er hielt inne.

»Fühlt sich das gut an?«, fragte er.

»Ja«, keuchte sie und spornte ihn an. »Mehr, gib mir mehr«, sagte sie und er presste sie gegen die Treppe, begrub sich in ihr, nahm sie im Stehen, hart und schwitzend, und sie rief laut seinen Namen, und er drang tief in sie ein, zuckte und stöhnte.

Sie keuchte gegen das Treppengeländer, seine Hände umklammerten hart ihre Pobacken und Brüste.

»Geht es dir gut?«, fragte er mit erstickter Stimme.

»Mehr als gut. Und dir?«

»Ich glaube, ich bin gestorben und im Himmel gelandet«, sagte er, denn so fühlte es sich an, und er hatte nichts dagegen. So würde er glücklich sterben.

»Hast du Hunger?«, fragte Thor, als sie sich notdürftig und sehr langsam wieder angezogen hatten, weil sie immer wieder pausierten und einander anfassten, sich küssten und kicherten.

Ihre Augen erstrahlten. »Immer«, antwortete sie, breitete ein Deckchen auf der Küchenbank aus und deckte mit nicht zueinanderpassendem Geschirr und zwei Schälchen mit der duftenden Suppe. Thor holte den mitgebrachten Käse, Kuchen und Erdbeeren, und sie machten sich darüber her, frisch gevögelt und glücklich.

»Ich werde nie mehr diese Treppe ansehen können, ohne daran zu denken, was wir dort gemacht haben«, sagte Stella und griff nach einer Erdbeere. Sie waren von der allerersten Ernte, kleine süße Erdbeeren aus dem Gewächshaus, fast noch sonnenwarm.

Er beugte sich vor, küsste ihre süßen Lippen und leckte ihr den Fruchtsaft ab.

»Und ich kriege bestimmt immer, wenn ich eine Dachluke sehe, einen Ständer.«

»Das klingt unpraktisch.«

»Das war es mir wert. Das war der beste Sex, den ich je hatte.«

»Wirklich?«

»Definitiv«, sagte er und gab ihr noch eine Erdbeere. Durch Stella fühlte er, lebte er und war froh. Sie war voller Leben und weckte Leidenschaft in ihm. Sollte er das beschreiben, dann würde er sagen, dass sie ein Funke war, der ihn entzündete. Wie sie ihm so gegenübersaß und hungrig das Essen verschlang, hatte sie eine Präsenz, die etwas in seiner Brust zum Glühen brachte.

»Zwischen uns gibt es wirklich eine starke Anziehung«, sagte sie pragmatisch. »So etwas habe ich noch nie erlebt.«

Ihre Worte erfüllten ihn mit Optimismus. Er hoffte, dass sie diese Anziehung auch weiterhin erforschen würden.

Sie schwiegen einen Moment. Nach einer Weile sah Stella ihn an. »Wo siehst du dich in fünf Jahren?«, fragte sie mit schief gelegtem Kopf.

»Hier«, antwortete er ganz selbstverständlich. »Und du?«

»Keine Ahnung. Vielleicht in New York?«

Er legte ihr seine Hände aufs Haar, beugte sich vor und küsste sie. »Dann sollten wir unsere gemeinsame Zeit so effektiv wie möglich nutzen«, sagte er zwischen den Küssen.

»Thor?«

»Ja?«

Sie biss ihn ins Ohrläppchen und flüsterte: »Für mich war es auch der beste Sex, den ich je hatte.«

Eine halbe Stunde später kam Thor wieder in den Genuss, Stellas fantastischen Hintern zu liebkosen. Sie stöhnte leise und heiser, und er wusste bereits, dass das bedeutete, dass ihr etwas gefiel. An der Treppe zum Dachboden blieb sie stehen.

»Geh weiter nach oben«, sagte er streng.

Sie wandte den Kopf und sagte über ihre Schulter: »Dann hör auf, mich zu betatschen.«

Sie stand hoch über ihm und er hatte ihren Hintern direkt vor dem Gesicht, ihre Aufforderung zu befolgen war also ein Ding der Unmöglichkeit.

»Dann hör du auf, so sexy zu sein«, sagte er, gehorchte aber. Er war neugierig, was sie oben finden würden.

Die Treppenstufen knarrten, als sie hinaufstieg.

»Alles in Ordnung?«, fragte er.

»Ja, meine Angst ist weg. Es ist nur eine Treppe.«

»Und außerdem gründlich eingeweiht.«

»Ja. Ich melde ein Patent an: Sex als Heilmittel gegen Treppenphobien«, sagte sie, öffnete die Luke mit einem kräftigen Stoß und steckte den Kopf durch die Öffnung.

»Siehst du was?«, fragte er.

Sie nieste. »Hier ist es staubig. Und fast leer. Nur ein paar Kartons stehen hier rum.«

»Soll ich vorgehen?«, bot Thor an, schon zum dritten oder vierten

Mal. Konnte es eine störrischere Frau geben? Wieso durfte er nicht beweisen, wie groß und stark und mutig er war?

»Nein, nimm das mal.«

Thor nahm die zwei Kartons, die Stella ihm reichte, stellte sie auf den Fußboden und reichte ihr dann seine Hand, um ihr die Treppe hinunterzuhelfen. Genau genommen brauchte sie keine Hilfe, es waren nur noch ungefähr zwanzig Zentimeter bis zum Boden, aber er wollte ihre Hand halten. Sie drückte sie fest. Er erwiderte den Druck, und sie schaute ihn an.

»Du solltest mich nicht so ansehen«, murmelte er, von der Stärke seiner Gefühle überrumpelt. Lust und Geilheit, definitiv, aber noch etwas anderes, ein wachsendes Gefühl der Zusammengehörigkeit.

»Wieso?«, fragte sie.

»Tu nicht so. Ich sehe die Lüsternheit in deinem Blick.« Er war nicht so dumm, sich in sie zu verlieben. Nur weil sie sexy und lustig war. Nicht einmal, weil sie smart und selbstständig war. Er hatte selbstständige Frauen schon immer gemocht. Ida war so gewesen. My ebenfalls. Aber mit keiner hatte er so gelacht, wie er mit Stella lachte. Es waren schöne Beziehungen mit klugen Frauen gewesen, Beziehungen, die auf Respekt und Rücksichtnahme basierten. Aber nicht auf Humor. Auch nicht auf verrückte Leidenschaft. Vielleicht war es anders, wenn man vereinbart hatte, dass es vor allem um Sex ging?

»Wollen wir die Kartons nicht aufmachen?«, schlug er vor.

»Gute Idee«, sagte sie.

»Ja?«

»Zuerst öffnen wir die Kartons, und dann fallen wir übereinander her?«

»Prima Plan«, sagte er und hoffte, dass er sich noch so lange beherrschen konnte. Sie weckte das Tier in ihm, eine wilde und dunkle Lust, sie zu nehmen. Immer wieder.

Der Inhalt der Kartons bestand aus Sachen, die wohl niemand für besonders wertvoll erachtet hatte, aber Stella saß mit Tränen in ihren dunklen Augen da und drückte ein Bündel Briefe an ihre Brust.

»Was ist das?« Thor streckte die Hand aus und wischte ihr mit dem Daumen eine Träne ab.

»Briefe von Mama an Oma und Opa«, sagte sie und wischte sich mit dem Handrücken über die Nase. »Ich weiß kaum etwas über sie. Sie haben ihr ganzes Leben in Laholm verbracht, hier gearbeitet und ein bescheidenes Dasein gefristet. Sie haben meine Mutter wohl kaum verstanden, das hat niemand, glaube ich.«

Er hielt es nicht aus, sie traurig zu sehen. Er wollte sie in den Arm nehmen und alles wegküssen. Er würde seine Eltern fragen, ob sie noch etwas wussten, etwas, das sie wieder froh machte.

Stella öffnete einen Umschlag, und ein kleines Foto fiel heraus.

»Guck mal. Das sind Mama und ich«, sagte sie und zeigte ihm ein Bild von sich in rotem Overall und mit runden Wangen und ihrer Mutter, einer großen blonden Frau mit hellem Mantel und hochhackigen Stiefeln. Sie hatten beide die gleichen hohen Wangenknochen, wie er sah. Im Übrigen wirkte Stellas Mutter kühl. Stella las rasch.

»Es ist fast, als könnte ich Mamas Worte hören«, sagte sie. Ihre Stimme klang vor Bewegung brüchig.

»Was schreibt sie?«

»Eigentlich nichts Besonderes. Sie erzählt, dass ich meinen ersten Zahn verloren habe, dass ich Fräulein Agnes in der Vorschule mag. Dass ich Waffeln mit Zucker liebe.« Sie öffnete einen weiteren Brief und überflog ihn. »Hier das Gleiche. Kleine alltägliche Dinge. Aber über meinen Vater steht nichts darin.«

Die Enttäuschung war ihr anzusehen.

»Gar nichts?«

»Kein einziges Wort. Eigentlich hatte ich auch nicht daran geglaubt. Aber andererseits hat diese Hütte und Laholm etwas in mir wiedererweckt. Und vielleicht hatte ich gehofft, einen Hinweis auf meinen Vater zu finden. Aber hier ist nichts dergleichen. Manchmal bin ich so wütend auf Mama.« Sie öffnete noch einen Umschlag. »Diese sture Frau, die nicht damit gerechnet hatte, dass sie so jung sterben würde.«

»Damit rechnet niemand«, sagte Thor und streichelte ihren Arm.

»War das bei Ida auch so?«, fragte sie.

Thor nahm ihre Hand und küsste ihre Fingerknöchel, einen nach dem anderen, weil er so froh war, dass sie hier war.

»Ich glaube, Ida hat akzeptiert, dass sie sterben würde. Wir konnten uns verabschieden, die Kinder und ich.«

Das war zweifellos das Schlimmste, was er je erlebt hatte. Zuzusehen, wie seine Kinder sich von ihrer Mutter verabschiedeten. Idas panikartige Trauer und Wut darüber zu sehen, dass sie sterben musste. Dass der Krebs sie töten würde. Dass Thor weiterleben würde.

Stella drückte seine Hand.

»Es tut mir so leid«, sagte sie, und irgendwie strömte ihre Wärme durch ihre Hände in ihn hinein und legte sich schützend um die Wunde. Niemand konnte ihm die Trauer abnehmen, aber es war schön, sie mit einem anderen Menschen zu teilen, ein wenig Kraft von ihr zu tanken.

»Danke.«

Sie schien noch etwas fragen zu wollen, öffnete dann aber einen weiteren Brief und überflog ihn.

~ 27 ~

Stella blieb auf der Bank liegen, während Thor in die Küche ging und dort herumfuhrwerkte. Er kam mit einem Becher für sie und einem Thermosbecher mit Kaffee für sich selbst wieder.

Stella wedelte mit einem der Briefe.

»Wieder das Gleiche?«, fragte er.

»Nichts von Papa. Vielleicht hatte meine Mutter seinen Namen tatsächlich vergessen? Wäre das möglich?«

»Den Namen deines Vaters?«

»Mhm.«

»Ich vermute, alles ist möglich«, sagte er und nippte an seinem Kaffee.

»Ich kann es kaum begreifen. Ich hatte drei One-Night-Stands«, sagte sie.

Thor hob die Augenbrauen.

Sie verzog das Gesicht. »Was? Hat man in Laholm keine One-Night-Stands?«

»Doch. Ich war nur nicht auf das Thema gefasst. Erzähl weiter.«

»Ich meine, ich kann mich noch ganz genau daran erinnern, wie meine drei One-Night-Stands hießen. Das waren ganz gewöhnliche schwedische Jungs. Wahrscheinlich sind sie bei Facebook, falls ich auf die Idee käme, sie zu suchen. Was mir nie einfallen würde.«

Thor lehnte sich zurück, und sie ließ sich vorübergehend von seiner nackten Haut ablenken. Er war absolut wunderbar. Sie durfte ihn nicht verletzen, sagte sie sich. Nicht dadurch, dass sie ihr Land an Erik verkaufte. Nicht dadurch, dass sie seine Kinder hier in etwas mit hineinzog. Nicht dadurch, dass sie ihm von New York und The NIF erzählte. Es wurde immer schwieriger, alles auseinanderzuhalten. Wer hätte gedacht, dass ein zweifacher Vater, der Bauer war, derart viele Gefühle, eine solche Leidenschaft wecken könnte? Das war mit Abstand der beste Casual Sex, den sie je hatte. Der beste Sex, Punkt. Sie hatte nicht gelogen, als sie ihm das gesagt hatte. Abgesehen davon, dass es so viel mehr war als Sex. Thor war magisch.

»All meine One-Night-Stands wohnen in Laholm«, philosophierte Thor währenddessen auf ihrer Küchenbank. »Und mit allen meine ich alle beide. Wobei ich mit der einen nur rumgeknutscht habe, als wir fünfzehn waren. Sie arbeitet im Supermarkt an der Kasse.«

»Kurze blonde Haare und Nasenpiercing?«

Thor nickte.

»Dann habe ich sie getroffen.«

»Klar.«

»Ich begreife nicht, wieso ich sie nicht mehr unter Druck gesetzt habe, also meine Mutter.«

»Du warst in der Pubertät. Da hat man andere Dinge im Kopf. Juni spricht nie über ihre Mutter. Nicht, dass sie zurzeit überhaupt viel sagen würde.«

»Sie war hier, um Maud kennenzulernen.« Stella war immer noch ein wenig unsicher, wie sie sich Thors Kindern gegenüber verhalten sollte. Einerseits wünschte sie sich, dass sie sie mögen würden, worauf Juni nicht besonders scharf zu sein schien. Andererseits hatte sie den Eindruck, dass Thor gern einen Abstand zwischen seine beiden unterschiedlichen Leben legen würde: Familienvater und heißer Provinz-Liebhaber.

»Und wie lief es?«

»Gut, aber es ist wirklich nicht leicht, in ihrem Alter zu sein. Ich kann mich noch gut daran erinnern. Als ich sechzehn war, hatte ich meine Hoffnung, Antworten zu meiner Herkunft zu bekommen, begraben. Ich habe mit Maud abgehangen und gedacht, ich kümmere mich später darum.«

»Aber aus später wurde nichts?«

»Mamas Tod kam so überraschend. Von einem Tag auf den anderen.«

»Was ist passiert? Ist das okay, dass ich das frage?«

»Absolut. Es ist kein Geheimnis, es war nur so verdammt unnötig. Eines Abends fühlte sie sich schlapp, du weißt schon, als ob sie eine Erkältung bekäme. Am nächsten Tag ging sie aber trotzdem zur Arbeit. Ich kann mich nicht erinnern, dass meine Mutter jemals krank zu Hause war. Wegen ein bisschen Halsschmerzen und Fieber zu Hause zu bleiben, war in ihrer Welt nicht vorgesehen.«

»Was ist passiert?«

»Wir hatten abends Leute zum Essen eingeladen. Danach ging es ihr schlechter, aber sie ist am nächsten Tag zur Uni arbeiten gegangen und dort plötzlich zusammengebrochen. Sie haben einen Rettungswagen gerufen, aber da war es schon zu spät. Sie hatte überhaupt keine Erkältung, sondern eine Blutvergiftung, Sepsis heißt das.«

»Oh mein Gott.«

»Ja, sie hatte eine unbehandelte Harnwegsentzündung, die auf die Nieren übergegangen war. Es ging alles so unglaublich schnell. Sie starb im Krankenhaus, obwohl ihr Antibiotika direkt ins Blut gespritzt wurden. Sie ist einfach so gestorben. Nach ein paar Stunden war alles vorbei. Ich habe es nicht mal rechtzeitig aus der Schule ins Krankenhaus geschafft.«

Thor nahm ihre Hand.

»Nach ihrem Tod, nach der Beerdigung und so, habe ich mich an die Anwaltskanzlei gewendet, die den Nachlass verwaltete, um zu erfahren, ob sie wissen, wer mein Vater ist, ob meine Mutter irgendwelche Informationen hinterlassen hat, aber sie wussten nichts. Meine Mutter war extrem verschlossen. Niemand stand ihr wirklich nahe. Sie hatte eine enorme Integrität.«

»Ihr scheint sehr unterschiedlich gewesen zu sein.«

Stella warf ihm über ihren Becher einen Blick zu. »Findest du, dass es mir an Integrität mangelt?«

»So habe ich das nicht gemeint. Ich finde, du bist eine gute Freundin und ein außergewöhnlich warmherziger Mensch.«

»Danke.«

Sie bewegte ihre Zehen. Der Nagellack war ein wenig abgeblättert. »Ich habe mich später immer gefragt, ob sich meine Mutter für den Mann geschämt hat, der mein Vater war? War er verheiratet? Oder kriminell? Das konnte mich wahnsinnig machen.«

»Das kann ich verstehen.«

»Eine Hälfte von mir stammt von ihm, aber ich weiß nichts darüber. Habe ich seine Augen? Seinen Mund? Meine Mutter war blond und blauäugig, also kommen meine Haarfarbe und Augenfarbe von dem unbekannten Vater. Aber alles andere? Ich habe sogar einmal so getan, als hätten wir in der Schule die Aufgabe aufbekommen, Familienforschung zu betreiben. Ich bin nach Hause gegangen und habe sie alles Mögliche gefragt und fand mich total schlau. Aber meine Mutter hat keinen Mucks gesagt. Später habe ich mir vorgenommen, irgendwo DNA-Proben einzuschicken oder mich ans Fernsehen zu wenden.«

Zeitweise war sie wie besessen gewesen. Nur um dann aufzugeben, kurzzeitig, weil sie dachte, es spiele keine Rolle. Sie dachte, es nicht zu wissen sei besser, als eine Enttäuschung zu riskieren.

»Und hast du es gemacht?«

»Nein.«

»Warum nicht?«

»Keine Ahnung. Die Zeit verging. Oder vielleicht habe ich mich vor der Wahrheit gefürchtet? Was, wenn mein Vater von meiner Existenz weiß, aber nichts von mir wissen will? Vielleicht hätte er lieber gewollt, dass meine Mutter mich abgetrieben hätte, und sie hat mich nur geschützt? Ich habe im Laufe der Jahre so viele seltsame Gedanken und Fantasien gehabt.« Sie stellte den Becher hin und begann die Briefe wieder einzusortieren.

Die Fotos behielt sie und stapelte sie ordentlich aufeinander. Sie waren doch irgendwie ein Schatz. Dass man jemanden so sehr lieben und gleichzeitig so wütend auf ihn sein konnte!

»Was für seltsame Fantasien?«

»Ich habe sicher die verrücktesten Ideen gehabt, die man so haben kann. Und das viele Googeln hat es definitiv nicht besser gemacht. Was, wenn sie mich gekidnappt hatte? Wenn sie vergewaltigt worden war? Das Nichtwissen macht einen ganz verrückt. Aber man gewöhnt sich an alles. Es wird zur Normalität. Keinen Vater zu haben. Sich nicht trauen zu fragen. Das wird Alltag. Eigentlich merke ich nur noch, wie seltsam das alles klingt, wenn ich mit anderen darüber spreche.«

»Könnte sich in diesen Kartons ein Hinweis verstecken?«, fragte Thor.

»Vielleicht. Aber ich bezweifle es. In all den Jahren, in denen ich gehofft habe, dass meine Mutter mir einen Tipp aus dem Jenseits gibt, ist nichts passiert. Warum sollte hier etwas sein?« Sie hatte sich so sehr gewünscht, dass ihre Mutter ihr ein Zeichen gab. Man hörte doch ständig von so etwas, warum passierte es nicht auch ihr? Sie wusste nicht mehr, wie oft sie am Grab ihrer Mutter gesessen und darauf gewartet hatte, dass etwas Übernatürliches geschah.

»Willst du mit Rakel sprechen? Du hast gesagt, dass sie deine Mutter kannte?«

»Ja, vielleicht mache ich das.«

Sie musste sich nur innerlich darauf vorbereiten, dachte Stella. Rakel war ja nicht so superzugänglich.

»Aber ich habe eigentlich keine große Hoffnung. Zum einen ist meine Mutter mit achtzehn von hier weggezogen. Sie hat aufgehört, hierher zu Besuch zu kommen, als ich noch klein war, und sie hat den Kontakt zu meinen Großeltern abgebrochen. Zum anderen war meine Mutter nicht der Typ Mensch, der mit jemandem gesprochen hätte. Sie war zwar bei Rakel Babysitter, aber ich kann mir nicht vorstellen, dass sie ihr etwas erzählt hat. Nein, ich habe kaum noch Hoffnung, etwas über meinen Vater zu erfahren.«

»Ich wünschte, ich könnte dir helfen«, sagte Thor frustriert. Er war ganz offenkundig ein Mann, der die Dinge anpacken und regeln wollte.

»Das kannst du«, sagte Stella, legte die letzten Briefe zurück und stand auf. Er wandte seinen Blick nicht vor ihr ab, was ihr schmeichelte.

»Womit?«, fragte er und schluckte sichtbar. Er hatte so einen männlichen Hals. Sonnengebräunt und muskulös. Wie ein Zugochse. Oder ein Sexsklave, der ein Meister des Cunnilingus war.

Sie stemmte eine Hand in die Seite.

»Was für eine Frage. Was glaubst du?«

»Willst du Sex?«, fragte er, und seine Augen funkelten.

»Schrecklich gern.«

Also hatten sie Sex. Schon wieder.

Und wieder.

~ 28 ~

Früh am nächsten Morgen fuhr Thor die Kinder zur Schule.

Juni saß still, schlecht gelaunt und ganz in Schwarz gekleidet auf dem Rücksitz. Sie hatte sich wie mit einer distanzierenden Glasglocke umgeben, mit kleinen scharfen Stacheln versehen, die sie ausfuhr, sobald er sie ansah. Als wäre sie eine Festung und er der Feind.

Neben ihm auf dem Beifahrersitz saß Frans. Wann war sein Sohn eigentlich so groß geworden, fragte er sich. Frans hatte Kopfhörer im Ohr und sah aus dem Fenster. Man konnte die Musik hören. Hin und wieder tippte er etwas auf seinem Smartphone.

»Wie ist es denn jetzt in der Schule?« Thor blickte in den Rückspiegel, um Juni ansehen zu können.

Statt einer Antwort zuckte sie mit den Schultern.

»Wie läuft es denn zwischen dir und Nils? Schlechter? Besser?«

Er hatte nichts mehr darüber gehört und er machte sich ständig Sorgen. Am liebsten würde er im Klassenzimmer sitzen, um Nils Hurtig im Auge zu behalten.

Junis Mund war ein schmaler Strich. Sie wich seinem Blick im Rückspiegel aus.

Thor umfasste das Lenkrad fester. Er hatte gehofft, dass sich auf der Autofahrt ein Gespräch entwickeln würde, aber er hatte sich getäuscht. Sein ewiges Problem.

»Juni, sprich mit mir.«

»Worüber?«

Darüber, wie es dir geht. Was vor sich geht. Was ich falsch mache.

»Warum du ständig so wütend bist. Damit ich dir helfen kann.«

»Bist du jetzt irgend so ein Beziehungsexperte, oder was?«

»Nein, ich will nur sagen, dass ...«

Juni beugte sich auf einmal zwischen den Sitzen nach vorn und unterbrach ihn. »Bist du mit Stella zusammen?«

»Nein«, antwortete er viel zu schnell. »Wieso fragst du?«

»Weil ich euch gesehen habe, weil ich weiß, dass du mit ihr zusammen bist.«

»Das bin ich nicht.« Jedenfalls nicht richtig, dachte er schuldbewusst.

»Du lügst«, sagte sie verbittert. »Du hast viele Freundinnen. Erst warst du mit My zusammen, und jetzt mit Stella. Alle wissen das. Du machst mit Frauen rum und bist total peinlich. Du lügst und erwartest von mir, dass ich ehrlich bin.«

Thor war schockiert. Darüber machte sie sich Gedanken? Und er machte nicht rum. Doch, das tust du wohl, sagte eine schwache innere Stimme. »Ich will ehrlich sein, aber ich weiß nicht, was ich sagen soll. Ich bin nicht mit Stella zusammen, aber ja, ich mag sie, und ja, wir treffen uns. Ich bin erwachsen, Juni, und das ist mein Privatleben, das ich nicht mit dir diskutieren will.«

»Aha. Aber du willst schon, dass ich mit dir über mein Privatleben spreche? Klar.«

Er verstand sie, wirklich. »Wenn du mit mir nicht sprechen möchtest, könntest du ja vielleicht zum Schulsozialarbeiter gehen?«, schlug er vorsichtig vor.

»Hör auf. Hör einfach auf.«

»Was ist los?«, fragte Frans und nahm die Ohrstöpsel heraus. »Warum müsst ihr euch immer streiten?«

»Wir streiten uns nicht«, log Thor.

»Ihr streitet ständig.«

Thor lockerte seinen immer krampfhafter werdenden Griff ums Lenkrad. Er war wirklich der schlechteste Vater der Welt.

»Ich wollte nur wissen, wie es für Juni in der Schule läuft. Weißt du das vielleicht?«, fragte er.

Frans schüttelte den Kopf.

»Da hast du's«, sagte Juni triumphierend.

»Interessiert mich nicht. Ich habe eigene Probleme«, sagte Frans und sah unendlich traurig aus.

»Was für Probleme?«, fragte Thor. Irgendetwas bedrückte Frans, er schien jeden Tag ein wenig niedergeschlagener zu werden. Das war Thor schon aufgefallen, und bald würde er sich darum kümmern müssen. Auch das noch.

»Nichts.« Frans ließ sich in seinen Sitz zurückfallen. »Nichts. Du interessierst dich ja sowieso nur für sie.«

»Ich interessiere mich für euch beide. Jetzt erzähl.«

Aber sie waren angekommen, und mit einem schnellen Tschüs waren die Kinder verschwunden.

Zu Hause warteten schon Thors Eltern, Vivi und Gunnar, auf ihn. Er hatte völlig vergessen, dass sie kommen wollten.

Er atmete tief durch, um sich zu sammeln. Er liebte seine Mutter und seinen Vater, keine Frage, aber …

»Hallo, Mama«, sagte er.

»Papa braucht Hilfe mit seinem Computer, hast du das vergessen?« Vivi warf ihm einen ihrer fragenden Blicke zu, mit denen sie in Erfahrung bringen wollte, wie es ihm ging, ohne dass er es merkte, was er aber trotzdem immer merkte. So fühlten sich wahrscheinlich auch Frans und Juni, wurde ihm schmerzlich bewusst.

»Hallo, Papa«, sagte Thor. Kaffee. Er brauchte einen Kaffee. Er stellte die Kaffeemaschine an und setzte sich dann an den Laptop, den sein Vater auf den Küchentisch gestellt hatte. Keiner sagte etwas. Sie waren noch nie gut im Small Talk gewesen. Oder überhaupt im Reden.

Thor war kein Computerfachmann, aber verglichen mit seinem fünfundsechzigjährigen Vater war er ein Genie. Es war immer wieder schön, sich zur Abwechslung mal als der Schlaue in der Familie fühlen zu dürfen.

»Immer wenn ich ihn hochfahren will, leuchtet er nur blau«, erklärte Gunnar mit einer Sorgenfalte zwischen den Augenbrauen.

»Ich sehe mir das mal an«, sagte Thor und klappte den Rechner auf.

»Ich wollte die Buchführung für Mama machen, aber er ist einfach tot«, sagte Gunnar.

Thor schaltete den Rechner aus und startete ihn neu. Wartete, während der Bildschirm hochfuhr. Er sah auf den ersten Blick, dass der Desktop mit Icons, Programmen und Verknüpfungen zugemüllt war. Es gab kaum noch ein freies Fleckchen. Er sah die verschiedenen Icons durch, räumte auf und löschte. Einiges verschob er in die Cloud, und dann startete er den Laptop neu.

»So«, sagte er, als der Bildschirm aufleuchtete, deutlich schneller als vorher.

»Läuft er jetzt?«

»Ja, Papa, er läuft wieder.«

Gunnar brummelte etwas von moderner Technik und nahm seinen Laptop.

Thor stand auf, holte sich Kaffee und trank einen großen Schluck. Seine Mutter hantierte mit dem Spüllappen. »Mama, das sollst du doch nicht«, sagte er, aber sie hörte nicht zu.

»Wie geht es den Kindern?«, fragte Gunnar und schenkte sich ebenfalls Kaffee ein.

Thor sprach normalerweise so wenig wie möglich mit seinen Eltern über die Kinder. Er fühlte sich sehr schnell kritisiert. Er war nicht stolz darauf, doch so war es nun einmal. Sein Vater hatte zu allem eine Meinung. Zur Ernährung. Zur Erziehung. Zu »solchen Computerspielen«.

»Wie läuft es?«, fragte Vivi, als sie die Spüle abgewischt und seine Pflanzen gegossen hatte.

Als wäre er nicht in der Lage, sich selbst um seinen Haushalt zu kümmern.

»Thor meint, er hat ihn wieder zum Laufen gebracht«, sagte Gunnar zweifelnd.

»Ich *habe* ihn wieder zum Laufen gebracht. Du hattest viel zu viel Müll auf dem Desktop liegen.«

»Ich habe gehört, dass du dich mit Stella Wallin triffst?«, sagte Vivi und musterte ihn aufmerksam. Denselben Blick hatte sie gehabt, wenn er mit Briefen wegen Nachsitzen oder schlechten Zensuren nach Hause gekommen war. Besorgnis. Kummer.

»Wer ist das?«, fragte Gunnar.

»Ingrid Wallins Tochter. Erinnerst du dich an sie?«

Gunnar nickte. »An Ingrid kann ich mich erinnern. Sie ist nach Stockholm gezogen. Sie war älter als ich. Ich glaube, ich muss damals vierzehn oder etwas älter gewesen sein, als sie wegzog, aber sie war immer mal wieder hier.« Er nahm einen Schluck Kaffee und schien sein Gedächtnis zu durchforsten. »Sie war schön und machte die Menschen unglücklich, daran erinnere ich mich. Ihre Eltern wurden immer gebeugter. Alte Arbeiterklasse, Ur-Laholmer, die sich nie etwas zuschulden kommen ließen. Aber ihre Tochter war ihnen ein Rätsel.«

Vivi wandte sich wieder an Thor. »Ist das wirklich eine gute Idee mit euch?«

»Ach, Mama«, sagte er müde.

Wieso wussten alle, dass Stella und er sich trafen, und warum waren alle so dagegen? Das ging niemanden etwas an, und seine Eltern schon gar nicht. Es war ja gar nichts zwischen ihnen.

»Ich finde nur, du solltest vorsichtig sein. Sie ist mehrere Jahre jünger als du, und du weißt nichts über sie.«

»Das stimmt doch nicht. Ich weiß vieles über sie. Wir haben geredet.« Er klang wie ein Zwölfjähriger, der erklärte, wieso er die Erlaubnis bekommen sollte, doch auf diese Party zu gehen.

Vivi schnappte sich den Spüllappen und scheuerte an einem Fleck herum, den sie offenbar übersehen hatte. Sie runzelte die Stirn. »Sie ist nicht von hier.«

»Mama!«, sagte er entsetzt. So hatte Vivi noch nie geredet, sie war immer offen und vorurteilsfrei gewesen.

»Ich meine nur, dass sie aus Stockholm kommt, weiter nichts. Und ihre Mutter hat Laholm gehasst, alle wissen das. Vielleicht ist sie genauso. Sie scheint besser nach Stockholm zu passen.«

»Dann wird es dich sicher freuen, dass sie nach Stockholm zurückkehrt, sobald sie ihr Grundstück verkauft hat.«

»Du brauchst gar nicht so unfreundlich zu sein, Thor.«

»Entschuldigung.«

»Sie will also nicht bleiben?« Vivi wirkte erleichtert.

»Nein. Sie will die Kate und das Grundstück verkaufen. Ich habe ihr ein Angebot gemacht.«

»Hast du denn so viel Geld? Brauchst du einen Kredit?«

»Vielen Dank, Mama, aber ich kümmere mich um meinen eigenen Kram.«

»Sei bitte vorsichtig.«

»Wenn ich etwas bin, dann vorsichtig, Mama«, antwortete er finster. Das brauchte ihm wirklich niemand zu sagen. Er war immer vorsichtig.

»Du weißt schon, was du tust«, sagte Vivi und räumte Dinge in den Schrank und knipste Blätter von seinen Pflanzen ab.

»Es ist im Moment nur alles etwas viel.«

»Auf dem Hof?«, wollte sein Vater mit gerunzelter Stirn wissen.

»Nicht mehr als sonst zu dieser Jahreszeit. Doch ja, es ist viel.«

Mit dem Hof. Und mit allem anderen. Er hatte eine Tochter im Teenageralter, die ihn brauchte. Einen Sohn, um den er sich immer mehr Sorgen machte. Das ständige Gefühl, dass er beide Kinder vernachlässigte. Erik und dessen verwünschter Sohn. Und zu allem Überfluss auch noch eine unwiderstehliche Nachbarin.

Guter Sex war eine erstklassige Erfindung, da war er der Letzte, der das bestritten hätte. Und der Sex mit Stella war eine Erfahrung, die alles übertraf, was er bisher erlebt hatte. Aber er war wohl nicht dafür geschaffen, sich im Stroh herumzuwälzen, ohne dass mehr daraus wurde.

»Sag Bescheid, wenn wir dir helfen können«, sagte Gunnar. Er schien besorgt. Als ob er die Verantwortung trüge. Dass seine Eltern aber auch nicht einsehen wollten, dass Thor zurechtkam.

Sein Smartphone summte. Eine Nachricht landete auf dem Display.

STELLA: *Vermisse dich. Alles an dir.*

Er berührte das Display. Ihr Tonfall war locker und flirtend.

Er blickte auf, fing den unruhigen Blick seiner Mutter auf und sah wieder weg. Vivi brauchte sich keine Sorgen zu machen. Stella würde Laholm wieder verlassen. Ob er nun Gefühle für sie hatte oder nicht.

~ 29 ~

Stella stieg auf ihr Moped, schloss den Kinnriemen ihres Helms und knatterte nach Laholm hinein zu ihrem morgendlichen Treffen mit Erik Hurtig. Das Moped roch gut oder stank, je nachdem, was man von der besonderen Duftnote von Benzin und verbranntem Gummi hielt. Die Leute drehten sich nach ihr um, und sie winkte. Sie war sich ganz sicher, dass sie den Weg finden würde, schaffte es aber natürlich, sich zu verfahren, und landete auf Straßen, die sie nicht kannte. Als ob Laholm sie daran erinnern wollte, dass nichts so einfach war, dachte sie und wendete gegen die Verkehrsregeln. Sie fuhr langsamer, versuchte sich zu orientieren und kam an einem Friedhof vorbei. Sie wurde noch langsamer, und bevor sie es sich anders überlegen konnte, bog sie ein und stieg ab.

Sie klemmte sich den Helm unter den Arm und ging über den stillen, gepflegten Friedhof. Wie durch ein Wunder fand sie das Grab sofort, fast, als ob irgendetwas ihre Schritte gelenkt hätte. Mit Gänsehaut auf den Armen blieb sie stehen. Hier lagen sie. Oma und Opa. Vor so langer Zeit geboren und gestorben. Sie stand vor dem einfachen, gemeinsamen Grabstein und wünschte sich, sie hätte eine Blume, um das Grab damit zu schmücken. Sie legte eine Hand auf den rauen Stein.

»Tschüs«, sagte sie leise.

Langsam ging sie zu ihrem Moped zurück. Die Melancholie blieb, bis sie nach einigem Hin und Her und Herumirren schließlich am Ziel war. Sie stellte das Moped ab. Sie hatte kein Schloss dafür und vertraute darauf, dass niemand das rostige Ungetüm stehlen würde.

»Erik ist noch nicht da«, begrüßte die Rezeptionistin sie.

Stella setzte sich in einen Sessel und wartete. Schön, dass sie am Grab gewesen war. Sie nahm ihr Smartphone und öffnete die Nachrichten von Thor, wollte die Wehmut abschütteln und sich auf die Lebenden konzentrieren. Sie war immer noch ganz erschöpft, dachte sie, während sie herunterscrollte und den gestrigen Tag noch einmal Revue passieren ließ. Sie hatten so viel miteinander gelacht. Sie konnte sich nicht daran erinnern, dass Sex jemals so viel Spaß gemacht hatte. Wie ein lustiges und abenteuerliches gemeinsames Erkunden von Lust und Grenzen. Als ob nichts verboten wäre, als ob man alles ausprobieren und um alles bitten durfte. Ihre Wangen glühten, und sie fächelte sich mit der Hand Luft zu.

Sie vermutete, dass Thor heute arbeitete, und verstand nicht, wie er das alles schaffte: den Hof, die Kinder, seine Familie. Was er jetzt am wenigsten gebrauchen konnte, war zusätzliche Verantwortung. Nicht, dass er etwas dagegen zu haben schien, sie zu treffen, aber trotzdem.

Thor wusste nicht, dass sie Erik heute traf. Sie hatte nicht gelogen, hatte ihm nur gesagt, dass sie bei Nawal arbeiten musste, und dabei nicht erwähnt, dass sie 1) Erik treffen und 2) ein Kleidungsstück nähen würde, das ihr den Weg nach New York ebnen sollte. Aber sie würde das hinbiegen, Erik Hurtig, der übrigens jetzt schon deutlich verspätet war, mitteilen, dass sie ihre Meinung geändert hatte, und das war's. Und dann würde sie Thor anbieten, das Land zu kaufen. Diesen störrischen, rechtschaffenen Mann zwingen, einen fairen Preis zu akzeptieren. Sie freute sich schon auf die Diskussion. Denn sie hatte vor, als Siegerin daraus hervorzugehen.

Sie schaute auf ihr Display. Thor wusste immer noch nichts von ihrer Ausbildung. Das machte ihr Sorgen und war scheußlich. Denn Stella ertappte sich immer häufiger bei dem Gedanken, dass sie vielleicht doch nicht unbedingt in diesem Jahr nach New York gehen musste. Das erschreckte sie zutiefst. Wie konnte sie überhaupt auf so eine Idee kommen? Schließlich hatte sie genau diese Ausbildung für Peder aufgegeben. Und sie waren immerhin zusammen gewesen. Sie hatten zusammen gewohnt und waren ein Paar. Zwischen ihr und Thor war es ganz anders. Sie kannten einander gerade mal eine Woche. Von dieser Beziehung konnte sie doch keine lebenswichtigen Entscheidungen abhängig machen.

Als Erik endlich auftauchte, brachte er den Anwalt Hassan Johansson mit.

»Hallöchen, da bist du ja schon, meine Liebe.«

»Du kommst zu spät«, sagte sie.

»Nur ein oder zwei Minuten. Aber jetzt bin ich ja hier, also alles im grünen Bereich.«

Stella warf ihm einen irritierten Blick zu und stand auf. Erik trabte in sein Büro. Hassan ließ ihr den Vortritt, und sie bedankte sich mit einem Nicken.

»Also. Wollen wir unser kleines Geschäft jetzt unter Dach und Fach bringen?«, sagte Erik und nahm unter dem Porträt in Öl Platz.

Ohne zu antworten, zog Stella sich einen Stuhl heran und setzte sich ebenfalls. Dass Erik den Deal abschließen wollte, war offensichtlich. Ihm war mehr daran gelegen, als er zeigen wollte, und Stella fühlte noch deutlicher, dass sie nicht wollte, dass er das Grundstück bekam. Ihr kleiner Teich sollte so lange wie möglich erhalten bleiben.

Ein verbotener Gedanke huschte vorüber, verharrte und lockte. Stellaaa. Was, wenn du das Land einfach behalten würdest? Wenn du hierbleiben würdest? Pah. Sie hatte sie ja wohl nicht mehr alle. Sie konnte ja wohl schlecht hier wohnen.

Oder doch?

»Ich finde, wir sollten das Ganze jetzt abschließen. Laholm ist doch wirklich nichts für dich«, sagte Erik, als ob er ihre Gedanken gelesen hätte.

Stella musterte ihn eingehend, diesen selbstgerechten Mann, der immer seinen Willen durchsetzen musste. Sie hatte schon öfter neben Männern wie Erik gesessen, bei Abendeinladungen, bei Vorträgen, in Restaurants. Männer, die nur von sich sprachen, die keine Fragen stellten, die überzeugt davon waren, dass es nichts Interesanteres gab als sie selbst und ihre Erlebnisse.

»Was meinst du damit, dass Laholm nichts für mich ist?«, fragte sie in neutralem Tonfall.

Es war schwer zu erkennen, ob jemand rassistisch war. Als Nichtweiße hatte sie dafür ein Gespür entwickelt, für die scheinbar unschuldigen Kommentare, Blicke und Missachtungen. Solche Strukturen wurden erst sichtbar, wenn man einen Schritt zurücktrat und sie objektiv analysierte. Dass man häufiger als seine weißen Freunde vom Zoll für eine Routinekontrolle ausgewählt wurde. Dass einen das Personal in Geschäften beobachtete. Immer wieder bekam sie zu hören, sie sei überempfindlich. Nicht zuletzt von privilegierten Männern wie diesem Gutsherrn Erik. Lustig, dass ausgerechnet Männer wie er, weiße Männer mit allen Privilegien, immer meinten, andere seien zu leicht gekränkt und überempfindlich. Sehr lustig.

Eriks Augen wurden schmal, und die übertrieben wohlwollende Fassade bekam Risse. »Du scheinst Zweifel zu haben.« Er stellte das Foto mit seiner Familie gerade hin. »Hat Thor Nordström über mich hergezogen?«

»Nein. Wieso?«

»Ich habe gehört, dass du Zeit mit ihm verbringst. Du solltest nicht alles glauben, was er sagt. Falls er etwas sagt.«

»Weißt du, Erik, ich bin durchaus in der Lage, eigene Entscheidungen zu treffen. Ich würde …«

Erik fiel ihr ins Wort, offenbar konnte er das Thema nicht fallen lassen. »Ich glaube dir nicht. Irgendetwas ist vorgefallen. Hat das hier etwas mit seinem Kind zu tun?«

Erik beugte sich nach vorn über den Tisch, wie um das Gespräch zu dominieren. Sein Schlips hatte einen Fleck. Das störte sie.

Sie lehnte sich zurück. Sie hatte für aggressive Männer nichts übrig, welche Frau hatte das schon? Aber sie war nicht ängstlich, sie war wütend. Das hatte ihre Mutter sie gelehrt.

»Das hier? Welches *das hier*? Und welches Kind? Wovon redest du?«

»Du musst wissen, dass seine seltsame Tochter meinen Sohn in der Schule schikaniert. Mit der stimmt etwas nicht, mit der ganzen Familie übrigens. Die beiden Nordström-Brüder waren schon damals in der Schule Schweine. Du hättest mal sehen sollen, wie sie sich aufgeführt haben. Und jetzt versucht Thor anscheinend, mir dieses Geschäft zu vermiesen.«

»Ich weiß nicht, was dahintersteckt, aber ich kann mir nicht vorstellen, dass Juni jemanden schikaniert«, entgegnete sie kühl.

»Vielleicht sollten wir beim Thema bleiben, Erik«, sagte Hassan leise.

Erik machte eine wegwerfende Handbewegung. »Die mit ihrem ständigen Gelaber von Gleichberechtigung im Klassenzimmer und der Bevorzugung von Jungen in der Schule. Dabei ist sie doch diejenige, die sich Vorteile zu verschaffen sucht, die stört. Die spinnt doch. Sie hat meinen Sohn geschlagen.«

Stella schaute sich die Wand mit den vielen gerahmten Männern an. »Findest du, Gleichberechtigung ist etwas Schlechtes?«, fragte sie.

Erik schnaubte. »Niemand hat mehr für die Frauen in dieser Gemeinde getan als ich. Ich liebe Frauen. Aber mittlerweile ist das aus dem Ruder gelaufen. Jetzt werden nämlich die Männer unterdrückt. Man traut sich ja kaum noch aus dem Haus. Zu Anfang war der Feminismus sicher eine gute Sache. Aber heute macht er alles nur kaputt.«

Das hatte Stella schon sehr, sehr oft gehört. Frauen sollten sich mäßigen. Ihre Forderungen möglichst auf zurückhaltende und ansprechende Art vertreten. Sie sollten sich nicht zu sehr in den Vordergrund spielen und sich innerhalb gewisser Grenzen bewegen. Das Problem waren schließlich die Feministinnen und nicht die Männer.

Stella schaute Hassan an, der das Gespräch verfolgt und sich hin und wieder Notizen gemacht hatte. Sie fragte sich, ob dieser Hassan Johansson auch der Meinung war, dass Feministinnen das Leben zerstörten. Man konnte nie wissen, wer zu den Verbündeten gehörte. Erik Hurtig hatte sich in Rage geredet, denn er redete weiter, offenbar von ihrem Schweigen angespornt.

»Ich bin der Erste, der sich für Gleichberechtigung einsetzt, keiner will gleichberechtigter sein als ich, da kannst du jeden fragen.« Er verschränkte die Arme vor der Brust und wippte mit seinem Stuhl. »Aber müssen Feministen so aggressiv sein? Wenn sie ihre Ansichten auf eine andere Art vortragen würden, würden ihnen auch mehr Leute zuhören. Außerdem fokussieren sie sich auf die falschen Dinge. Wir leben schließlich im gleichberechtigtsten Land der Welt und sie sollten lieber für die wichtigen Dinge kämpfen. Nicht für genderneutrale Kitas und Personalpronomen und solchen Schwachsinn.«

Stella unterdrückte ein Gähnen. Immer dieselben ausgelutschten Argumente. Dass er dafür noch Energie hatte. Sie hatte Erik Hurtig gegoogelt. Wenn sie es richtig verstanden hatte, kämpfte er für niedrigere Steuern auf Benzin, für mehr Grundstücke in Strandnähe und für einen asphaltierten Verkehrskreisel. So viel zu »wichtigen Dingen«.

Sie setzte sich gerade hin und lächelte freundlich.

»Ich stimme dir zu. Ich finde, dass die Leute damit aufhören sollten, sich Feministen zu nennen.«

Erik lachte leise. »Nicht wahr?«

»Ja. Ich finde, dass sich stattdessen all die, die sich nicht zu den Feministen zählen, einfach Sexisten nennen sollten. Denn das sind sie schließlich.« Sie lächelte noch freundlicher, wusste aber, dass ihr Blick und ihr Rücken stahlhart waren.

Erik fiel alles aus dem Gesicht.

Hassan schaute auf seinen Schreibblock hinunter, aber Stella hatte noch gesehen, dass er ein Lächeln verbarg. Vielleicht war er doch ein Verbündeter.

»Äh, reden wir nicht mehr darüber«, sagte Erik, wobei er sich offensichtlich bemühte, seinen Blutdruck unter Kontrolle zu bekommen. So viel Drama an so einem kleinen Ort. Sie freute sich, hier so schnell wie möglich rauszukommen.

Erik schob ihr einen Vertrag über den Tisch.

Sie schob ihn zurück. »Eigentlich bin ich hier, um dir zu sagen, dass ich nicht unterschreiben kann«, sagte sie.

Sie hatte zwar nicht erwartet, dass er erfreut sein würde, aber sein Gesicht wurde dunkelrot. Er schlug mit der Hand auf den Tisch und stemmte sich mit seinen Fäusten hoch.

»Willst du mehr Geld, oder was?«

»Nein danke. Ich will einfach nur nicht an dich verkaufen.«

»Wir hatten eine mündliche Abmachung. Du hast mich angerufen. Was soll das jetzt?« Er sah Hassan an. »Du hast es auch gehört.«

Hassan schwieg.

»Es tut mir leid, wenn das jetzt überraschend kommt«, sagte Stella. »Aber ich habe nichts unterschrieben, und jetzt habe ich es mir anders überlegt.«

»Aha. Und jetzt willst du selbst dort wohnen?« Seine Augen wurden schmal, und er lehnte sich vor. Sie zwang sich dazu, nicht zurückzuweichen. »Verkaufst du an jemand anderen?«, brüllte er. »An wen? Denn dann zeige ich dich wegen Vertragsverletzung an.«

Jetzt war Stella erstmals wirklich beunruhigt, und sie wandte sich an Hassan. »Kann er das machen?« Konnte man in Schweden wirklich Leute deswegen anzeigen?

Hassan schien zu überlegen. »Ja, das könnte er schon. Ihr hattet eine mündliche Übereinkunft.«

Erik zeigte auf Hassan. »Du bist mein Zeuge. Du hast sie gehört.«

»Du kannst mich doch nicht zwingen. Wir haben nichts unterschrieben.«

»Leidest du an PMS oder was? Oder macht es dir Spaß, meine Zeit zu vergeuden? Weißt du nicht, wer ich bin?«

Stella packte ihre Sachen zusammen. Sie warf ihm einen kühlen Blick zu. »Ich habe gesagt, was ich sagen wollte. Kein Grund, gleich hysterisch zu werden.«

Sie wandte ihm den Rücken zu, marschierte nach draußen und blinzelte in die Sonne. Sollte er doch zum Teufel gehen.

Sie hatte gerade ihre Sonnenbrille aufgesetzt, als Erik ihr nachkam.

»Für wen hältst du dich eigentlich? Du kannst mich nicht einfach so stehen lassen«, sagte er wütend.

»Doch, das kann ich«, entgegnete sie. Sie war nicht hier, um Erik Hurtig zu gefallen, das sollte er wissen.

Völlig überraschend packte er ihren Oberarm. Reflexmäßig versuchte sie ihn wegzuziehen, aber da wurde sein Griff fester.

»Au.« Sie konnte es nicht glauben, dass er zu roher Gewalt griff. Er war ja total durchgeknallt.

»Du hörst mir jetzt zu«, sagte er.

»Lass mich los.«

»Erik …«, bat Hassan, der seinem Klienten gefolgt war.

Erik hörte nicht auf ihn, sondern zog an Stellas Arm, und jetzt tat es wirklich richtig weh. Sie hatte zwar nicht direkt Angst, aber die Situation war demütigend. Sein Griff wurde immer schmerzhafter.

»Lass mich«, sagte sie und war wütend darüber, dass sie so verängstigt klang.

»Lass sie los«, erklang plötzlich eine leise, brutale Stimme hinter ihnen. Stella wandte den Kopf und erblickte Thor. Er sah mörderisch aus.

Erik hielt sie fest. »Misch du dich nicht ein, du Loser. Sie hat mir das Grundstück versprochen. Ursprünglich hat es sowieso mir gehört, also ist das nur gerecht. Wir hatten eine mündliche Absprache.«

Erik zerrte an Stellas Arm, und sie fragte sich, ob er womöglich lebensmüde war, denn Thors Blick war schwarz vor Wut, wie ein Unwetter, das die totale Zerstörung auf seiner Zugbahn ankündigte. Sie hatte ihn noch nie so außer sich erlebt.

Thor kam einen Schritt auf sie zu und legte Erik eine massive Hand auf die Brust. »Lass. Sie. Los.«

Erik blinzelte. Seine Lippen bewegten sich. Stella wagte nicht zu atmen. Es schien, als ob ganz Laholm den Atem anhielt. Dann lockerte sich der Griff, und Stella zog ihren Arm weg.

Thor wandte sich ihr zu und musterte sie eingehend. »Stella?«

Sie rieb ihren Arm. »In der Sache hat er recht. Ich habe ihm das Grundstück versprochen.«

»Verstehe«, sagte Thor. »Geht es dir gut?«

»Aber ich habe es mir anders überlegt«, erklärte sie. Das Ganze war völlig aus dem Ruder gelaufen. Es ging hier um ein kleines Fleckchen Erde, das Grundstück ihrer Mutter. Sie wollte es nicht an Erik verkaufen.

»Verdammtes wankelmütiges Frauenzimmer. Genau das, was wir hier bei uns nicht gebrauchen können. Weißt du, was ich glaube?«

»Kein Wort mehr!«, donnerte Thor.

»Ich glaube, du solltest nach Hause fahren! Dahin, wo du hingehörst!«

Hassan legte Erik eine Hand auf die Schulter. »Es reicht jetzt«, sagte er entschieden.

Erik schüttelte die Hand ab. Er starrte sie an. Stella spürte, wie Thor wie ein gereizter Bär neben ihr stand.

Erik zeigte seine Zähne, Thor warf sich in die Brust und sie starrten einander wütend an, bis Erik sich auf dem Absatz umdrehte und ohne ein Wort ging.

Stella atmete auf. »Witzig«, sagte sie trocken.

Sie sagte das, um die enorme Spannung, die in der Luft lag, zu verringern. Thor bebte vor Wut. Er warf ihr einen finsteren Blick zu, kein bisschen entspannt. Sie sah, dass er verletzt war. Und böse. Auf sie.

Sie streckte ihre Hand aus. »Thor ... Ich ...«

Er wich zurück. »Du brauchst nichts zu erklären. Du bist mir nichts schuldig. Ich hatte dich gebeten zu warten, aber du kannst machen, was du willst.«

Er wirkte verärgert und unnahbar.

»So ein Unsinn. Hör auf. Natürlich schulde ich dir eine Erklärung.«

»Ich habe etwas zu erledigen. Ich muss gehen.« Er wich noch weiter zurück.

»Lauf nicht weg. Bleib stehen.«

Er blieb stehen und rammte die Hände in die Hosentaschen.

»Können wir reden?«, fragte sie.

Er verzog das Gesicht. »Klar. Reden. Meine Lieblingsbeschäftigung.«

~ 30 ~

Thor war überhaupt nicht scharf darauf zu reden. Er hatte keine Lust, darüber zu diskutieren, dass Stella ihn offenkundig hintergangen und sich mit Erik Hurtig getroffen hatte.

Aber natürlich blieb er, wenn sie rief.

Es war nicht ihre Schuld, dass er sauer war. Sie konnte tun, was sie wollte, und verstandesmäßig war ihm das auch klar. Aber seine Gefühle, die offenbar meinten, sich einmischen zu dürfen, sagten etwas anderes. Stella machte Geschäfte mit Erik, obwohl er sie gebeten hatte, noch abzuwarten, und das schmerzte ihn mehr, als er sich eingestehen wollte.

Er hatte sie erblickt, wie sie gerade aus einer Tür trat und ihre Sonnenbrille aufsetzte. Dann war Erik ihr nachgelaufen. Er hatte sie angebrüllt, und als er Stellas Arm gepackt hatte, war Thor fast blind vor Wut aus dem Auto gesprungen. Was zum Teufel machte Erik da?

Er war drauf und dran gewesen, sich auf ihn zu stürzen und ihn in Stücke zu reißen.

Jetzt versuchte er sich von dem bitteren Geschmack des Verrats zu befreien.

»Ich verkaufe nicht an ihn«, sagte sie atemlos. »Kannst du mal aufhören wegzurennen?«

Ihm war gar nicht bewusst gewesen, dass er losgelaufen war, als ob er seinem eigenen Unbehagen entfliehen wollte.

»Ich renne nicht«, sagte er, verkürzte aber seine Schritte.

»Ich habe doch gesagt, dass ich es mir anders überlegt habe«, sagte sie, als sie ihn einholte.

»Warum glaubt er dann, dass das Grundstück ihm gehört?« Thor suchte in ihrem Gesicht nach der Wahrheit. Allein schon sie zu sehen, ihr nah zu sein, entfachte tausend Stürme in seiner Brust.

Ihre Nasenflügel bebten. »Ich habe ihn wohl angerufen und es ihm versprochen«, sagte sie entschuldigend.

»Wann?«

Sie sah verlegen aus. »Nachdem ich My getroffen hatte.«

Thor begriff nicht.

Stella kreuzte die Arme vor der Brust. Sie trug ein Shirt mit V-Ausschnitt, und Thor musste sich beherrschen, um sie nicht wie ein liebeskranker Teenager anzustarren. Doch das fiel ihm schwer. Es war ihm fast unmöglich, seine Sehnsucht nicht bei jeder Begegnung, bei jedem Blick zu verraten. Sie war so verdammt schön. Und sie hatten gestern so viel Sex gehabt, dass er ganz durch den Wind war.

»War es albern, an ihn verkaufen zu wollen, weil ich sauer auf dich war?«, fragte sie. »Ja, ich muss wohl zugeben, dass es albern war.«

»Warum warst du sauer?«

Sie räusperte sich und machte eine unbestimmte Handbewegung. »Ich dachte, du wärst mit My zusammen.«

Er betrachtete sie genau. »Warst du eifersüchtig?«, fragte er. Warum war ihm dieser Gedanke noch gar nicht gekommen?

»Sauer, habe ich gesagt.«

»Du warst eifersüchtig«, sagte er und konnte ein Lächeln nicht unterdrücken.

»Können wir uns darauf konzentrieren, dass ich meine Meinung geändert habe? Ich bin nämlich ein netter Mensch. Und jetzt droht er damit, mich vor Gericht zu bringen. Oder so etwas.«

Sie strich sich über den Arm, als hätte sie Schmerzen, und Thor konnte kaum atmen. Er legte seine Hand sanft auf ihre und streichelte sie mit dem Daumen. Eriks Hand hatte einen roten Fleck hinterlassen.

»Hat er dir wehgetan?«, fragte er mit erstickter Stimme.

Dann würde er ihn erwürgen. Oder ihm zumindest eine rechte Gerade verpassen. Er hatte Kinder und konnte es sich nicht leisten, ins Gefängnis zu kommen.

»Alles in Ordnung. Du hast mich ja gerettet. Obwohl ich sicher bin, dass ich auch allein mit ihm fertig geworden wäre. Was machst du überhaupt hier?«

Thor schob seine Mordgedanken vorerst beiseite. Sie schien unverletzt zu sein, sie lächelte und ihre Augen glänzten, und er wollte lieber mit ihr sprechen, als an Erik zu denken. Stella war eifersüchtig gewesen. Seltsam, wie ihm alles andere daneben unwichtig vorkam. Wenn Stella eifersüchtig war, bedeutete das doch, dass ihr etwas an ihm lag.

»Ich treffe Klas und meine Eltern.« Er schaffte es fast, das zu sagen, ohne das Gesicht zu verziehen. Kaffeetrinken mit der Familie. Keine seiner Lieblingsbeschäftigungen. Sie wollten über die Feier in der nächsten Woche sprechen. In einem außergewöhnlich optimistischen Moment hatte er vorgeschlagen, das Fest auf dem Hof zu veranstalten, und wenn er nicht allzu viel darüber nachdachte, bereute er den Vorschlag fast gar nicht.

Er begann wieder zu gehen, und Stella lief neben ihm her. Ihre Haare berührten seine Schulter, und ihr Duft trieb wie Schleier durch die Luft. Seine Laune stieg um ungefähr tausend Prozent.

»Gut, dass du es dir anders überlegt hast. Man munkelt, dass Erik den Bau einer riesigen Düngerfabrik plant. Er will mit Sicherheit den kleinen Bach und den See trockenlegen. Abreißen und planieren.«

»Wie schrecklich«, sagte sie ehrlich schockiert.

»Er nennt es Fortschritt.«

»Was ist Fortschritt?«, fragte Klas, der aufgetaucht war und sich ihnen angeschlossen hatte.

»Hallo«, sagte Stella. »Ich soll anscheinend angezeigt werden. Du bist doch Anwalt?«

»Ja. Wer will dich anzeigen?«

»Erik Hurtig.«

Klas wechselte einen Blick mit Thor. Worte waren überflüssig.

»Erik Hurtig. Der Stolz von Laholm. Schau an«, bemerkte Klas tonlos.

»Ich wusste nicht einmal, dass das geht«, sagte Stella.

»Wenn Erik die Auseinandersetzung sucht, vertrete ich dich, das verspreche ich dir. Es wäre mir ein Vergnügen.«

»Mit Klas an deiner Seite kann dir nichts passieren.« Denn wenn Thor sich einer Sache sicher war, dann, dass Klas gut in seinem Job war.

Klas warf ihm einen Blick zu, den er nicht deuten konnte, und dann standen sie vor der Buchhandlung. Die Glocke bimmelte, als sie den vertrauten Laden betraten, und der Geruch von Büchern schlug ihnen entgegen. Ihre Mutter betrieb die Buchhandlung schon seit vielen Jahren, Thor hatte unzählige Nachmittage hier verbracht, in Kinderbüchern geblättert, im Lager und beim Weihnachtsgeschäft geholfen. Jetzt organisierte sie Autorenabende und lud Schulklassen ein und wusste alles über alle.

»Hallo«, sagte Vivi und blickte von einem zum anderen. Thor bemerkte, dass sie Stella forschend ansah.

»Mama, das ist Stella Wallin«, sagte er.

Die Frauen schüttelten sich die Hände. »Schön ist es hier«, sagte Stella.

»Danke. Wir geben uns Mühe.«

»Ich bin auf der Suche nach Informationen über meine Mutter. Thor sagte, du kanntest sie vielleicht?«

»Sie war acht Jahre älter als ich, und wir haben uns in unterschiedlichen Kreisen bewegt. Aber die meisten erinnern sich sicher noch an Ingrid Wallin, sie galt als die Schönheit dieser Gegend. Und als Skandalnudel, wenn ich das sagen darf. Damals haben alle Eltern über Ingrid und ihre Eskapaden geredet.«

»Wirklich?«

»Vielleicht erinnert sich mein Mann noch an einiges. Und dann habe ich natürlich noch ihr Buch.«

»Ihr Buch?«, fragte Stella erstaunt.

Vivi ging zu einem Regal, an dem »Poesie« stand. Sie zog einen dünnen, gehefteten Band heraus und reichte ihn Stella.

Thor las den kurzen Titel: *Gedichte*, und den Namen der Autorin, *Ingrid Wallin*.

»Wusstest du nicht, dass deine Mutter ein Buch veröffentlicht hat?«, fragte Vivi.

Stella schüttelte langsam den Kopf. Die Überraschung war ihr anzusehen.

»Dass meine vernünftige, pragmatische Mutter Gedichte geschrieben hat? Nein, davon hatte ich keine Ahnung.«

Stella las den kurzen Rückentext durch. Thor konnte das Porträtfoto ihrer Mutter erkennen. Sie blickte direkt in die Kamera, ohne dabei einschmeichelnd zu lächeln. Eine schöne, aber strenge Frau.

»Das ist typisch meine Mutter«, sagte Stella und sah das Foto lange an, als ob sie darin nach verborgenen Informationen suchte. »Als ich klein war, habe ich mich vor ihrer direkten Art ein bisschen gefürchtet. Sie hat klar gesagt, wenn jemand sich schlecht benahm, war nicht gefallsüchtig und legte keinen besonderen Wert darauf, alle bei Laune zu halten. Heute bewundere ich das. Raum einzunehmen und Respekt einzufordern.«

Vivi sah Stella lange an. »Ingrid war eine beeindruckende Frau«, sagte sie langsam.

»Nicht wahr?«, entgegnete Stella mit einem schmalen Lächeln.

»Sie passte wohl besser nach Stockholm, das wussten alle in Laholm. Nicht alle sind dafür gemacht, sesshaft zu werden, sich mit dem einfachen Landleben zu begnügen. Sie erwartete so viel von der Welt, Dinge, die sie nicht bekommen konnte. Die niemand bekommen kann.«

Thor warf seiner Mutter einen warnenden Blick zu. Sie ging zu weit.

Vivi tat so, als sähe sie es nicht. »Behalt das Buch ruhig«, sagte sie.

»Wirklich? Danke.«

Vivi nickte und beschäftigte sich mit den Stiften auf dem Tresen.

Stella biss sich auf die Lippen und sah Thor an.

»Ich habe gehört, dass du Nawal hilfst, während du hier bist?«, sagte Vivi und hörte auf, mit den Stiften zu hantieren.

»Ja, ich liebe es, zu nähen und kreativ zu sein«, antwortete Stella.

»Wie schön. Und fährst du bald wieder zurück nach Stockholm?«

»Mama!«

Vivi lächelte. Sie wandte sich von Stella ab, nicht unfreundlich, aber endgültig, und sagte zu Thor: »Möchtest du heute Abend mit den Kindern zum Essen zu uns kommen? Klas kommt auch.«

Als klar war, dass die Einladung Stella nicht mit einschloss, entstand ein unbehagliches Schweigen.

Vivi sah Thor ernst an. Klas sagte nichts und wartete ab.

»Ich gehe jetzt wohl besser. Vielen Dank für das Buch«, sagte Stella und blickte die anderen an.

»Keine Ursache. Es war nett, dich kennenzulernen.«

»So unfreundlich zu sein, sieht dir gar nicht ähnlich«, sagte Thor verärgert, nachdem Stella gegangen war.

»Ich war nicht unfreundlich, nur direkt.«

»Das läuft manchmal auf dasselbe hinaus.«

»Diese Frau ist nichts für dich. Das solltest du einsehen.«

»Lass es«, sagte er, allerdings ohne Nachdruck. Vielleicht hatte seine Mutter ja recht.

~ 31 ~

Ein paar Stunden später ließ Stella sich in einem Café auf einem der Laholmer Plätze im Schatten nieder. Die Sonne schien, Brunnen plätscherten und die Menschen aßen Eis, tranken Kaffee oder saßen einfach nur da und genossen die lang ersehnte Wärme. Sie war bei Nawal im Laden gewesen, hatte an ihrer Bewerbungsbluse weitergenäht und war dabei ganz in ihrer Tätigkeit aufgegangen. Jetzt hatte sie einen Bärenhunger und machte eine verspätete Mittagspause. Beim Nähen wagte sie weder etwas zu essen noch zu trinken, weil sie eine Heidenangst vor Krümeln und Flecken hatte. Bei ihrer Rückkehr würde sie ihre Hände gründlich schrubben, denn kaum etwas versetzte einen Schneider so in Panik wie die Gefahr, einen Stoff schmutzig zu machen. Einmal hatte eine Frau bei der letzten Anprobe ihres Brautkleids zuerst geniest und dann Nasenbluten bekommen. Noch nie hatte Stella jemandem ein Kleidungsstück so schnell ausgezogen wie dieses. Aber alles war gut gegangen, und sie hatte die Flecken wieder herausbekommen.

Thor und Klas waren vermutlich unterwegs, um Kaffee zu trinken, zu reden oder einfach nur Zeit miteinander zu verbringen.

Ohne sie, verstand sich.

Puh. Das war ihr doch schnuppe, sagte sie sich zum ungefähr zwanzigsten Mal. Genau wie es ihr auch egal war, dass Thors Mutter sie offensichtlich nicht mochte, obwohl das schon seltsam war. Mütter mochten sie normalerweise. Tja, das war ein Reality Check gewesen. Vielleicht war es auch besser so.

Sie studierte die Speisekarte und weigerte sich, sich einzugestehen, dass sie down war. Es gab gar keinen Grund, den Kopf hängen zu lassen. Die Bluse wurde super, die Sonne schien und sie bestellte sich etwas zu essen. Das Leben war so verdammt großartig. Sie hatte heute ihren letzten Lohn von Nettans bekommen und wollte das jetzt mit einem Mittagessen, Kaffee und vielleicht auch noch einem Hefeteilchen feiern. Als sie sich gerade für einen Toast mit Mozzarella und Pesto entschieden hatte, sah sie Juni.

»Hallo«, sagte sie und fragte sich, ob das Mädchen womöglich die Schule schwänzte. Sie würde niemanden deswegen verurteilen, schließlich hatte sie selbst schon alles Mögliche geschwänzt.

»Hallo«, sagte Juni muffelig.

»Keine Schule?«

»Wir hatten früher Schluss. Papa fährt mich nach Hause. In einer Stunde oder so.«

»Darf ich dich so lange zu etwas einladen?«, fragte Stella, die sich nicht ganz sicher war, wie man mit trotzigen Teenagern umging. Aber sie erinnerte sich daran, dass Juni gern Süßes mochte.

Juni bestellte sich ein Eis, zwei Kugeln im Becher, Erdbeere und Schokolade, und setzte sich zu Stella an den Tisch.

»Wie läuft's?«, fragte Stella.

Juni nahm einen Löffel voll rosa Eis und zuckte mit den Schultern. Die Standardantwort.

Sie schwiegen. Stella bereute es schon, dass sie Juni zu sich gerufen hatte. Worüber sollten sie sich unterhalten? Dass Juni gesehen hatte, wie sie und Thor sich küssten, und davon vielleicht traumatisiert worden war? Besser nicht.

Juni blickte Stella verstohlen an. Sie aß noch einen Löffel Eis. »Papa hat heute Morgen gesagt, dass ihr zusammen seid.«

Stellas Essen kam. Es duftete nach Basilikum und Knoblauch, getoastetem Brot und geschmolzenem Käse. Sie legte sich die Serviette auf den Schoß. »Das hat er gesagt?«, fragte sie ruhig.

»Jepp.«

Juni betrachtete Stella eingehend, als wollte sie ihre Reaktion abschätzen.

Stella schnitt einen Bissen von ihrem Toast ab und schmunzelte verstohlen. Sie mochte ja in Junis Augen schon alt sein, aber es war noch gar nicht so lange her, dass Maud und sie wilde Teenager gewesen waren. Sie beherrschte die meisten Spielchen und wusste genau, was Juni da tat: Sie fischte nach Informationen.

»Aha«, sagte sie nur und kaute genüsslich. Es war saulecker.

»Er war mit My zusammen. Ich mag sie.«

Stella lächelte wieder. »Ich mag My auch«, sagte sie freundlich. »Sie ist okay. Aber dein Vater und sie sind nicht mehr zusammen, oder?«

»Kann sein«, murmelte Juni. »Hast du noch einmal mit Maud gesprochen?«, fragte sie nach einer Weile.

»Wir reden jeden Tag.«

»Sie schreibt so kluge Sachen.«

»Sie ist verdammt klug. Wir waren zusammen in der Schule, und sie hatte in allen Fächern die besten Noten.«

Juni ließ ihren Blick über den Platz schweifen und aß schweigend ihr Eis. Sie schien sich entspannt zu haben.

Stella arbeitete sich weiter durch ihren Toast. »Und sonst so?«, fragte sie.

Juni hatte ihr Eis aufgegessen und wischte sich die Hände an einer Papierserviette ab. Sie spähte zum Brunnen hinüber, wo ein paar Jugendliche herumlungerten. »Manchmal finde ich, Jungs sind solche Idioten«, sagte sie.

»Allerdings«, sagte Stella nachdrücklich.

Juni seufzte tief, wischte sich den Mund ab und versetzte dem Tischbein einen Tritt.

»Geht es um etwas Bestimmtes?«, fragte Stella.

Juni zuckte mit den Schultern.

Stella legte ihr Besteck hin, lehnte sich zurück und griff zu ihrem Wasser. »Erzähl«, sagte sie.

»Ach, in der Schule ist es so nervig.« Juni blickte Stella unter ihrem schwarzen Pony verstohlen an. »Hat Papa erzählt, dass ich nicht zum Ball gehe?«

Stella schüttelte den Kopf. »Warum nicht?«

»Ich erzähle es dir, wenn du Papa nichts sagst.«

»Okay«, sagte Stella zögerlich und nicht ganz sicher, ob es eine gute Idee war, so etwas zu versprechen.

»Versprich es. Schwör bei dem Grab deiner Mutter.«

Stella nickte. »Ich schwöre.«

»Ein Junge in meiner Schule ist total versaut.«

»Inwiefern?«

Juni starrte in die Luft. »Na, so insgesamt.«

Stella wusste nicht, was sie davon halten sollte. Das konnte ja alles bedeuten. Zog der Junge sie an den Haaren? Grapschte er? Schlug er? Oder Schlimmeres?

»Was macht er denn?«

Juni antwortete nicht.

Stella überlegte. »Dieser Junge, ist das möglicherweise der Sohn von Erik Hurtig?«

»Ja, Nils. Woher weißt du das?«

»Ich habe Erik kennengelernt. Kein besonders netter Typ, wenn ich das sagen darf.«

»Nils ist richtig fies.« Juni schlang sich einen Arm um die Brust, wie um sich zu schützen.

»Das klingt übel.«

Juni nickte. Sie wischte sich schnell über die Augen. »Ich weiß, dass ich da drüberstehen sollte, aber er zieht die anderen auf seine Seite.«

»Was sagt er denn?«

»Dass ich langweilig bin, dass ich hässlich bin. Dass Feministen alle Jungs ausrotten wollen. Und so.«

Sie schwieg, und Stella schwante, dass es noch um mehr ging. Und wegen ihres eigenen Gepäcks, ihrer eigenen Geschichte, ahnte sie auch, um was. Sie betrachtete Junis ausgebeulten Pulli und ihre zusammengekauerte Körperhaltung. Wie aus dem Nichts erwachte ihr Beschützerinstinkt. Sie wollte zu Junis Schule fahren und diesen Jungen anschreien. Ihn an den Ohren aus dem Gebäude schleifen und ihm eine Tracht Prügel verpassen.

»Hilft dir jemand?«

»Er ist so gut darin, mich zu provozieren, wenn keiner zuschaut. Ich werde wütend, und wenn ich mich wehre, bekomme ich Ärger.«

»Total ungerecht«, sagte Stella energisch.

»Früher war es ein bisschen leichter.«

»Warum?«

»Da hatte ich Cassandra. Meine beste Freundin. Da war es wir gegen die.«

»Ist sie weggezogen?«

»Nein. Wir reden nicht mehr miteinander.«

»Oh. Darf ich fragen, weshalb?«

»Wir waren BFF, aber wir haben uns gestritten.«

»Über was?«

»Es war meine Schuld. Ich habe etwas Blödes gesagt, und dann haben wir uns gestritten, und jetzt reden wir nicht mehr miteinander.«

»Was sagen denn deine anderen Freunde?«

»Also.« Juni zog einen Faden aus ihrem Ärmel. »Ich habe nicht so viele Freunde«, sagte sie dann leise und verlegen.

Stella schluckte den Kloß in ihrem Hals hinunter. »Ich verstehe.«

Zum ersten Mal bekam sie eine Ahnung davon, wie es sein musste, ein Kind zu haben. Das war sauschwierig.

Juni war blass, und ihre unförmigen schwarzen Klamotten ließen sie noch blasser wirken. Die Pubertät war wirklich nicht für alle angenehm. Stellas eigene war in vielerlei Hinsicht die Pest gewesen. Da war zum einen das mit der frühen körperlichen Entwicklung, zum anderen die Tatsache, dass all ihre Klassenkameradinnen weiß waren. Sie war zwar nicht gemobbt worden, aber sie hatte sich oft als vollbusiges, dunkelbraunes Ufo gefühlt.

»Dann hast du keinen, mit dem du reden kannst? Und dein Vater?«

Juni zog an den Ärmeln ihres überdimensionierten Pullovers.

Er war mindestens zwei Nummern zu groß, und Stella begann den Grund dafür zu ahnen. Eigentlich brauchte man dafür nur ein wenig Kombinationsgabe. Aber sie wusste nicht, wie sie das Thema ansprechen sollte.

»Papa gibt sich ja wirklich Mühe, aber über einige Dinge will ich lieber nicht mit ihm sprechen«, sage Juni leise und riss ihre Serviette in kleine Streifen. »Wie alt warst du, als deine Mutter gestorben ist?«, fragte sie, und ihre Stimme klang jetzt etwas weniger brüchig, aber verletzlich. Sie war eine junge Frau, aber sie war auch noch ein Kind, ein Mädchen ohne Mutter.

Stella ging das Herz auf. »Achtzehn, ich war also schon ziemlich erwachsen. Aber ich denke jeden Tag an sie.«

»Ich denke nicht mehr so oft an Mama. Frans kann sich kaum noch an sie erinnern. Wir haben uns daran gewöhnt, dass wir mit Papa allein sind.«

Stella wusste so wenig über Väter. Sie hatte noch nie einen Vater wie Thor kennengelernt. So sicher, so engagiert, so fähig. Aber es gab Dinge, die man lieber mit einer Frau besprach, egal, wie alt man war. Sie wollte sich nicht einmischen, aber sie würde gern helfen.

Als Stella sich von Juni verabschiedet hatte, ging sie wieder in den Laden zurück. Dort gefiel es ihr immer besser. Die Kunden waren freundlich, das Angebot war perfekt an die Klientel angepasst und Nawal war eine echte Expertin in Sachen Mode.

»Wie geht es voran?«, fragte Nawal.

»Ich bin bald fertig, und dann muss ich das Ganze noch verpacken und wegschicken.«

»Wenn du möchtest, kann ich das Paket morgen mit nach Halmstad nehmen. Da gibt es einen DHL-Shop. Schreib mir einfach die Adresse auf, dann kümmere ich mich darum.«

»Tausend Dank, sehr gern.«

Stella nähte ihre Bluse fertig. Sie hängte sie auf einen bezogenen Bügel, bewunderte den duftigen Stoff, die gut genähten Manschetten, die Knöpfe und Knopflöcher. Die Bluse war perfekt und einfach fantastisch. Scheinbar simpel, aber mit komplizierten Details und einer außergewöhnlichen Passform. Sie konnte das, dachte sie stolz, und ihre Gedanken wanderten zu einem anderen Kleidungsstück, das sie gern nähen würde. Denn wenn ihre Theorie richtig war, gab es vielleicht etwas, was sie für Juni tun konnte.

Sie schlug die Bluse in mehrere Lagen Seidenpapier ein und legte sie in einen Karton. Mit sicherer Hand schrieb sie die Anschrift von The NIF darauf und kontrollierte sie noch mehrere Male. Das Porto würde teuer, aber das nahm sie gern in Kauf.

»Bist du so weit?«, fragte Nawal.

Stella nickte. Sie hatte das Gefühl, dass sie gerade Zeugin von etwas wirklich Großem war.

»Respekt.«

Stella packte ihr Maßband, ihre Nadeln und einen der Skizzenblöcke ein, die sie aus Stockholm mitgebracht hatte, und verließ den Laden. Sie hatte es geschafft.

Zurück in ihrer Kate leerte Stella alle ihre Tüten aus Laholm, Klamotten von Nawal sowie ihre diversen Nähutensilien. Außerdem hatte sie etwas zum Abendessen eingekauft, weil sie schon wieder Hunger hatte. Während sie herumwerkelte und über ihre Bluse, ihre Skizzen und das Essen nachdachte, fiel ihr auch das Buch wieder in die Hände, das Thors Mutter ihr geschenkt hatte. Das hatte sie völlig vergessen. Behutsam schlug sie es auf.

Das Buch war »Meinem lieben Dev« gewidmet.

Das war ihr in der Buchhandlung gar nicht aufgefallen.

Stella las die Widmung noch einmal, und ihre Haut begann zu kribbeln. Dev. Das war ja beinahe ihr mittlerer Name, denn sie hieß Stella Devi Wallin. Das Buch war in dem Jahr vor ihrer Geburt erschienen, also konnte es ja wohl nicht ihr selbst gewidmet sein. Ihre Mutter musste aber mit ihr schwanger gewesen sein – oder schwanger geworden sein, während das Buch entstand. Ein Verdacht keimte in ihr. Dev. Das war doch indisch? Ein indischer Männername. Wie der Schauspieler Dev Patel. Könnte es sich bei diesem Dev um einen indischen Mann handeln, den ihre Mutter gekannt hatte? Könnte er ...

Stella hatte gar nicht gemerkt, dass sie den Atem anhielt. Aber es war nicht unmöglich, nicht einmal undenkbar. Dev musste ihr Vater sein. Das konnte doch kein Zufall sein. Ihre Mutter hatte einem Dev ihre Liebesgedichte gewidmet. Und dann hatte sie ihrer Tochter denselben Namen gegeben, nur in seiner weiblichen Form.

Dev war ihr Vater.

Ihr Hals war so trocken, dass sie kaum schlucken konnte. Sie starrte auf den Namen. Wie konnte ihre Mutter das nur vor ihr geheim halten? Schnell blätterte sie das dünne Buch durch, doch der Name tauchte nicht noch einmal auf.

»Mein Papa«, flüsterte sie und strich mit den Fingern über die Buchstaben. Mein Papa heißt Dev.

Sie blinzelte die Tränen weg.

»Blöde Mama, wieso bist du tot? Ich will das doch wissen!«

Sie holte Küchenpapier und putzte sich die Nase, dann schaute sie aus dem Fenster. All diese Jahre, in denen sie auf irgendein Zeichen gewartet hatte, in denen sie gehofft hatte, dass ihre Mutter sie so sehr liebte, dass sie sich aus dem Jenseits meldete – und dann geschah es auf diese frustrierende und armselige Weise.

Stella legte Holz im Ofen nach, bereitete sich rasch ein Rührei zu, schnitt Kräuter darüber und rief dann Maud an.

»Willst du ihn googeln?«, fragte Maud.

»Könnte ich machen, aber das ist die Nadel im Heuhaufen. Oder noch schlimmer. Es ist so was wie der häufigste Name der Welt. Vielleicht sollte ich einfach die Hoffnung aufgeben.«

»Steht nicht noch mehr drin?«, wollte Maud wissen.

»Ich habe alles wirklich gründlich durchgelesen. Ein Gedicht handelt von jemandem, der bewegte Bilder macht. Aber damit kann genauso gut jemand anders gemeint sein.«

»Aber er könnte etwas mit Film zu tun haben?«

»Möglich«, sagte Stella skeptisch.

»Und in der Hütte hast du nichts über ihn gefunden?«

»Nichts. Ich hab alles umgekrempelt.«

Sie hatte wirklich jeden Millimeter der Kate durchsucht.

»Und in den Wänden?«

»Die sind meist nicht isoliert. Ich habe sie abgeklopft und alles überprüft. Ich gebe auf. Wie geht es dir?«

»Tja. Erinner mich daran, dir irgendwann vom Göteborger Humor zu erzählen. Ganz übel.«

Am nächsten Morgen erwachte Stella vom Geräusch des Regens. In der Hütte war es kalt, und ihre Nasenspitze war verfroren. Der Fußboden war eisig, und draußen war es richtig ungemütlich, deswegen zog sie Socken an, bevor sie in ihre Gummistiefel schlüpfte und zum Pinkeln und Wasserholen nach draußen ging. Dann tapste sie bibbernd in die Küche, um den Holzherd anzufeuern.

Sie fragte sich, was Thor wohl heute machte. Gestern hatten sie nicht miteinander gesprochen. Er war sicherlich mit seiner Familie beschäftigt. War ja auch sein gutes Recht, dachte sie mürrisch. Sie sah nach draußen, aber dort war nichts außer Regen und grauen Wolken. Kein Thor. Keine Kinder.

Nicht einmal eine Ziege.

Sie setzte sich auf die Küchenbank und schaltete das batteriebetriebene Transistorradio an, das sie bei JinJing erstanden hatte, fand einen lokalen Musiksender und nahm die Hosen zur Hand, die sie für Nawals Kunden kürzen sollte. In den Nähkursen auf dem Gymnasium hatten ihre Klassenkameraden immer darüber gestöhnt, dass sie mit der Hand nähen mussten. »Es gibt doch Nähmaschinen, wozu sollen wir so etwas überhaupt machen?«, hatte sich ein Mädchen beklagt, das heute Bühnenkostüme entwarf. Aber Stella mochte diese Arbeit, die Sorgfalt und Konzentration erforderte. Sorgfältig steckte sie alle mitgebrachten Hosen mit Nadeln ab und nähte sie mit ordentlichen, fast unsichtbaren Stichen um. Nachdem sie den letzten Faden abgeschnitten hatte, bewunderte sie ihre Arbeit. Sie war richtig gut, wenn sie sich einmal selbst loben durfte. Sie arbeitete systematisch und ignorierte die Tatsache, dass Thor sie ignorierte.

Das war der Haken an Sex ohne jede Verpflichtung.

Es war nämlich gar nicht so einfach, wie die Leute gern glaubten, oder vielleicht war sie auch einfach nur grottenschlecht darin.

Tja.

Sie hatte es ja so haben wollen, also durfte sie sich jetzt nicht beklagen.

Sie kochte noch mehr Teewasser und arbeitete weiter.

Am frühen Nachmittag meldete sich endlich ihr Smartphone.

> MAUD: *Mein Kind wird in Göteborg geboren! Nicht zu glauben, es wird ein GÖTEBORGER!!!*
> STELLA: *Unfassbar.*

Sie legte das Telefon hin.

Da gab es nur eins.

Sie musste nach Göteborg.

~ 32 ~

»Hast du auch alles dabei?«, fragte Thor am nächsten Tag geduldig.

Stella antwortete nicht. Sie schoss wie eine Flipperkugel durch die Hütte, während er in der Tür darauf wartete, dass sie fertig war, damit er sie nach Göteborg fahren konnte.

Sie blieb in der Diele stehen, strich sich die Haare aus der Stirn, schien intensiv nachzudenken und rannte dann zurück, um noch etwas zu holen.

»Bist du dir wirklich sicher, dass du mich fahren kannst?«, fragte sie.

»Ich fahre dich«, antwortete er, genauso wie in der letzten halben Stunde, in der sie ihn einmal pro Minute gefragt hatte.

Es gab keine andere Möglichkeit. Er würde dafür sorgen, dass Stella nach Göteborg kam, zu Maud und dem Baby. Keine Diskussion.

»Aber was ist mit den Kindern?«, fragte Stella und nahm eine dünne Strickjacke aus dem Regal.

»Meine Eltern sind bei ihnen und haben ihnen Süßigkeiten, Filme und Pizza versprochen. Klas will außerdem vorbeischauen und mit Frans zocken.« Das war ziemlich nett von Klas, dachte er. »Alle sind zufrieden.«

»Und die Tiere?«

»Das wird schon. Ich habe Leute, die einspringen können.« Er bat so selten um Hilfe, war daran gewöhnt, alles selbst zu machen, aber es war tatsächlich gar kein Problem gewesen, ein paar der Jugendlichen zu bitten, sich zu kümmern. Sie schienen sogar froh zu sein, helfen zu können. »Das klappt schon«, versicherte er ihr.

Sie blieb stehen und sah ihn nervös an, ihr Gesichtsausdruck war besorgt. »Ich sollte besser den Zug nehmen«, sagte sie.

»Stella?«

»Ja?«

»Steig ins Auto. Jetzt.«

Zwei Stunden später hielt Thor vor dem Eingang des Sahlgrenska-Krankenhauses in Göteborg. Er stellte den Motor ab und ging dann um den Wagen herum, um ihr die Tür zu öffnen.

»Du weißt, dass du das nicht zu tun brauchst? Ich kann auch allein aus einem Auto aussteigen.«

Sie ergriff aber doch seine Hand und ließ ihn die Autotür wieder hinter ihr schließen. Sie musste ziemlich durcheinander sein, wenn sie sich auf diese nichtfeministische Art umsorgen ließ, dachte er. Er freute sich zwar nicht darüber, dass sie durcheinander war, aber er mochte es, sie zu berühren. Man musste die Dinge halt so nehmen, wie sie waren.

»Ruf an, wenn du abgeholt werden willst«, sagte er.

Sie nickte und sah nach, ob sie all ihre Taschen hatte. Sie hatten unterwegs haltgemacht, damit Stella für das Baby einen Teddy und für Maud Blumen kaufen konnte. »Was machst du in der Zwischenzeit?«, fragte sie.

»Ob du es glaubst oder nicht, aber ich bin durchaus in der Lage, mich allein zu beschäftigen. Geh zu deiner besten Freundin, Stella, und wenn du wiederkommst, bin ich hier. Mach dir um mich keine Sorgen.«

Stella verschwand im Krankenhaus, und Thor rief seine Mutter an.

»Den Kindern geht es gut«, sagte sie als Erstes. »Wie geht es dir?«

»Stella ist auf dem Weg zu ihrer Freundin, und ich drehe jetzt eine Runde durch die Stadt.«

»Wie schön.« Sie verstummte. Sie hatte sich nicht negativ darüber geäußert, dass er mit Stella weggefahren war, allerdings auch nicht positiv.

»Kann ich mit Juni sprechen, ist sie da?«

»Juni! Dein Vater will mit dir sprechen«, hörte er, und dann hatte er seine Tochter am Ohr.

»Hallo, Papa.«

»Wie läuft es?«

Sie stöhnte. »Papa, willst du irgendetwas Bestimmtes? Hier ist alles in Ordnung.«

Im Hintergrund hörte er Pumba kläffen und die gedämpfte, raue Stimme seines Vaters, der etwas sagte, das er nicht verstehen konnte. Alles klang alltäglich.

»Wie geht es deinem Bruder?«

»Gut.«

»Habe ich dir schon gesagt, wie toll ich es finde, wenn du so gesprächig bist?«

»Mann, Papa.«

»Sei nett zu Oma und Opa.«

»Tschüs, Papa.«

Thor legte auf und machte einen Spaziergang durch den Stadtteil Haga. In einem Souvenirladen kaufte er ein Shirt für Frans und in einer Buchhandlung ein Buch für Juni. Dann kaufte er beiden noch eine Tüte mit Fruchtgummischnüren und für sich selbst einen großen Kaffee im Pappbecher. Er fand eine freie Bank und setzte sich. In der Ferne war das typische Kreischen der Straßenbahnen zu hören. Touristen und Göteborger spazierten vorbei. Vielleicht könnte er so was in Zukunft öfter machen. Sich ein bisschen Zeit für sich selbst nehmen. Die Kinder wurden langsam groß, und die Tiere überlebten auch ein paar Stunden ohne ihn. Die Welt ging nicht gleich unter, wenn er sich mal eine Pause gönnte. Das war eine nützliche Erkenntnis. Er nahm einen Schluck Kaffee, drehte die Nase in die Sonne und schloss die Augen.

Er war gut darin, im Jetzt zu leben.

Er trank wieder vom Kaffee und rutschte ein Stück weiter. Dann schaute er auf die Uhr. Sein Körper schrie nach Bewegung, und er stand auf. Er hatte mehrere Minuten lang im Jetzt gelebt, das musste reichen.

~ 33 ~

»Hat es wehgetan?«, fragte Stella.

Mauds Gesicht auf den Krankenhauskissen war blass, und nur ihre blauen Augen strahlten. Der größte Strauß aus langstieligen roten Rosen, den Stella je gesehen hatte, stand auf dem Tisch neben ihrem kleineren bunten Strauß.

Maud zog eine Grimasse. »Es war, als ob man einen Schuhkarton aus Metall durch den Körper presst. Ich wusste gar nicht, dass man solche Schmerzen haben kann. Ich bin da unten gerissen und habe es nicht mal gemerkt. Kannst du dir vorstellen, dass ein Mensch kaputtgehen kann und es nicht mal merkt, weil ein anderer Schmerz noch schlimmer ist?«

Stella schüttelte den Kopf, ihr war ein wenig übel. Vorsichtig ergriff sie die Hand des kleinen Babys mit ihren Fingern.

»Ein Kind. Ein Baby.« Vor lauter Rührung versagte ihre Stimme. Die Finger mit den weichen Nägeln und der schrumpeligen Haut waren winzig. Es war unbegreiflich, dass er bis vor wenigen Stunden noch in einem anderen Menschen drin gewesen war.

»Hast du überhaupt gehört, was ich gesagt habe? All das habe ich durch meine Vagina rausgedrückt. Er wiegt so viel wie ein durchschnittlicher Weihnachtsschinken.«

Maud wühlte sich tiefer in die Kissen. »Ich werde nie wieder sagen, dass Säuglinge klein sind.«

Rickard stand da und betrachtete mit Tränen in den Augen seine Frau und sein Kind. Seine Haare waren zerstrubbelt, er war unrasiert und sein Hemd hing über der Hose. Stella hatte den normalerweise so ordentlichen, fast schon trockenen Revisor noch nie so aufgelöst gesehen. Rickard wischte sich über die Augen.

»Ich freue mich, dass ich herkommen durfte«, sagte Stella. »Euer Sohn ist ein Wunder. Habt ihr schon einen Namen für ihn?«

»Wir sind uns nicht ganz einig«, sagte Rickard mit einem schnellen Seitenblick auf seine Frau.

Mauds Augen verengten sich zu zwei horizontalen Schlitzen. »Ich möchte, dass er einen isländischen Namen bekommt, aber Rickard will nicht.«

»Ich habe nicht grundsätzlich etwas gegen isländische Namen, aber muss unser Sohn einen Namen haben, der Schwan bedeutet?« Rickard sah Stella aus geröteten Augen wie um Rückhalt flehend an.

»Er soll Svanur heißen. Das ist ein guter, solider Name«, entschied Maud. »Stella ist meiner Meinung, oder?«

Stella blickte in die dunklen Augen des Kleinen. Er betrachtete sie ernst.

»Ich bin klug genug, dazu keine Meinung zu haben«, antwortete Stella, die kein Interesse daran hatte, sich zwischen die beiden zu stellen. »Wie die Leute ihre Kinder nennen, ist ganz allein ihre eigene Angelegenheit. Wie lange bleibt ihr hier?«

»Wir fahren heute Abend. Alles ist so, wie es sein soll, also überlassen wir anderen den Platz und fahren nach Hause.«

Stella setzte sich auf. Das klang doch verrückt. »Willst du wirklich so früh schon reisen?«

Sollten Frauen, die gerade ein Baby auf die Welt gebracht hatten, sich nicht einen Monat lang ausruhen? Maud war stark, aber sogar sie wirkte ziemlich lädiert. Ganz zu schweigen von Rickard, der aussah, als hätte er selbst ein Kind geboren. Keiner der beiden schien fit genug, um die Entbindungsstation zu verlassen.

Maud warf stolz den Kopf in den Nacken. »Ich bin Isländerin. Wir sind stark. Es ist nur gut, sich zu bewegen. Unser Sohn ist kerngesund und wird schlafen und trinken, oder, Schwan?«

»Maud ...«, begann Rickard, gab dann aber auf.

Das Baby gab ein klägliches kleines Brüllen von sich, und Rickard nahm es und legte es sich vorsichtig über die Schulter und klopfte ihm auf den Po, während Maud ihre Kleider in Ordnung brachte.

»Soll ich nicht lieber mit euch fahren? Ich könnte euch helfen.«

»Ich liebe dich, Stella, das weißt du. Aber wenn du einverstanden bist, fahre ich lieber nur mit Rickard und unserem kleinen Schwanenkind.« Jetzt seufzte Rickard laut, aber Maud ignorierte ihn und fügte hinzu: »Ich sehne mich nach meinen Sachen und nach meinem eigenen Bett. Und wenn wir jetzt nicht fahren, kommt meine Mutter her und den Zirkus halte ich nicht aus. Du kannst uns in Stockholm besuchen, wenn du wieder zu Hause bist. Du kommst doch wieder nach Hause?«

Stella umarmte sie. »Natürlich komme ich nach Hause.«

Maud stöhnte. »Vorsicht mit meinen Titten. Die tun saumäßig weh.« Sie warf Rickard einen Blick zu. »Beim nächsten Mal kannst du gebären und stillen. Das tut tierisch weh.«

»Auf jeden Fall«, sagte er.

Maud nahm ihren Sohn und blickte auf ihn herab, während er nach ihrer Brust suchte. »Oder wir begnügen uns mit einem. Dieser hier ist perfekt. So einen kriegen wir nicht noch einmal hin.« Maud hob den Kopf und starrte Stella vorwurfsvoll an.

»Es ist deine Schuld, dass mein Kind ein Göteborger geworden ist, nur damit du es weißt.«

»Das tut mir leid.«

Stella wartete noch, bis das Baby getrunken hatte und einschlief und Maud schläfrig auszusehen begann.

»Ich gehe jetzt«, sagte sie. »Ich rufe jeden Tag an. Und simse.«

Maud gähnte.

»Tschüs, Rickard, tschüs, Schwan«, sagte Stella und ließ die kleine Familie allein.

Vor dem Krankenhaus wartete Thor auf sie. Er lächelte, und ihr einfältiges Herz machte bei seinem Anblick einen Sprung. Als ob Thors Lächeln direkt mit ihren Synapsen verbunden wäre.

»Warst du bei der Geburt deiner Kinder dabei?«, fragte sie, als sie zum Auto gingen. Sie berührten einander nicht, aber das spielte keine Rolle. Zwischen ihren Körpern summte es, wie ein Hitzeflimmern an einem Sommertag.

»Ich war sowohl bei Juni als auch bei Frans dabei. Ich habe ihre Nabelschnur durchgeschnitten und sie gleich im Arm gehalten, als sie rauskamen.«

»Wie war das?« Rickard hatte wirklich völlig fertig ausgesehen. Als ob er eine extreme Form von Bootcamp absolviert hätte. Aber es war noch etwas anderes an ihm gewesen, etwas ganz Neues, als ob die Tatsache, dass er Vater geworden war, ihn grundlegend verändert hätte. Auch Thor strahlte das aus. Oder war es so, dass sie, die Vaterlose, die Vaterschaft romantisierte?

»Es war krass, ein Erlebnis, das ich nie vergessen werde.«

»Willst du noch mehr Kinder haben?«

Er war schließlich immer noch jung. Männer konnten auch spät noch Kinder bekommen. Wenn er wollte, könnte Thor sich theoretisch noch eine ganze Fußballmannschaft aus Kindern anschaffen.

»Darüber habe ich bisher noch nicht nachgedacht. Ich habe wohl damit abgeschlossen. Kleine Kinder sind toll, aber es gefällt mir, große Kinder zu haben. Und du? Möchtest du Kinder haben?«

»Das dachte ich jedenfalls immer. Aber jetzt bin ich mir nicht mehr sicher. Es kommt mir total gruselig vor.«

Thor lachte. Er zeigte in Richtung Parkplatz, und sie steuerten auf sein Auto zu.

»Es ist auch gruselig. Als wir mit Juni nach Hause gefahren sind, konnte ich es gar nicht fassen, dass sie uns gehen ließen. Mit einem Neugeborenen. Einfach so. Wir hatten keinen Schimmer.«

»Aber es ist gut gegangen.«

»Man lernt das. Kinder teilen einem deutlich mit, was sie brauchen. Und wir hatten ja keine Wahl, wir waren eine Familie.«

Maud hatte jetzt auch eine Familie. Das war ganz deutlich zu spüren gewesen.

Sie waren jetzt beim Auto, und Thor schloss auf. Aber er öffnete nicht gleich die Tür.

»Ich habe eine Idee. Hättest du Lust, auf einer anderen Strecke nach Hause zu fahren?«

»Eine andere Strecke?«

»Eine weitere und verschlungenere, langsamere. Aber viel schöner. Damit du etwas mehr von der Westküste siehst.«

Die Sonne schien, und der Himmel war so blau wie in einer Touristenbroschüre. Sturmmöwen kreischten, und Stella konnte sich kaum etwas Verlockenderes vorstellen als eine gemächliche Autofahrt an der Küste.

»Wie ein Roadtrip?« Sie bekam vor Erwartung eine Gänsehaut.

»Genau, ein Westküsten-Roadtrip.«

»Aber geht das mit deiner Familie?« Sie wusste ja, wie verantwortungsvoll er seinem Hof, seinen Kindern, den Tieren und seinen Eltern gegenüber war. Der Mann war das Pflichtgefühl in Person.

»Ja. Offenbar bin ich nicht unersetzlich.«

»Was!?« Sie machte eine abwehrende Bewegung mit den Händen.

»Ich weiß. Ich bin schockiert. Juni hat mir das Versprechen abgenommen, nur anzurufen, wenn Gefahr im Verzug ist, weil ich so nervig bin. Undankbare Familie. Wenn ich etwas anderes besäße als Schulden, würde ich sie enterben. Aber ich habe schon mit meiner Vertretung und mit der Familie gesprochen. Es geht in Ordnung.«

»Wenn das so ist: Ja.«

Stella hätte vor Begeisterung am liebsten in die Hände geklatscht. Sie wollte schrecklich gern mit Thor einen Ausflug machen und konnte sich kaum etwas Schöneres vorstellen. Sie hatte mit Nawal gesprochen: Die Bluse war in der Post und würde rechtzeitig in New York ankommen. Jetzt konnte sie nur noch auf den Bescheid warten. Diese Tage könnten die letzten in Freiheit sein. Die Art, wie Thor sie ansah, machte sie ganz kribbelig, ließ Wärme in ihren Bauch strömen und sie nahm alle Einzelheiten bewusst wahr – den Puls in seiner Halsgrube, seine sonnengebräunten Unterarme und seine dunkelblauen Augen. Sie setzte sich ins Auto, schnallte sich an, ließ das Fenster auf ihrer Seite herunter und lächelte in sich hinein.

Sonnenschein, ein Ausflug mit Thor und pure Lebensfreude.

Das klang wie das Rezept für einen gelungenen Tag.

~ 34 ~

Thor konnte sich nicht erinnern, wann er zuletzt so spontan gewesen war.

Vielleicht, als er eine gestrandete Stadtfrau zu ihrer Kate fuhr. Er sah Stella an, die froh und erwartungsvoll neben ihm saß.

Was, wenn er sie an jenem Abend am Bahnhof stehen gelassen hätte? Würde sein Leben dann anders aussehen? Oder war es ihnen bestimmt, sich zu begegnen? Manchmal fühlte es sich so an.

Er hatte ebenfalls sein Fenster geöffnet, seinen Arm heraushängen lassen, die Sonne und den Fahrtwind genossen.

Sie hatten sich unterhalten, seit sie Göteborg verlassen hatten, über Kaffeepausen – diese Frau liebte ihre kleinen Mahlzeiten zwischendurch –, über die Schwierigkeiten, sich mit dem Auto zwischen Straßenbahnen durchzulavieren, und über den Unterschied zwischen Sturmmöwen und Silbermöwen. Einmal hatten sie sich an den Händen gehalten. Das hatte sich so richtig angefühlt. Ihre Hand in seiner.

Jetzt spürte er ihren Blick von der Seite.

Mit ihrer dunklen Sonnenbrille und den wippenden Haaren sah sie cool aus.

»Wie geht es den Kindern? Hast du sie angerufen?«

»Es geht ihnen gut.«

»Du bist ein guter Vater«, sagte sie überzeugt.

»Danke.«

Vater zu sein, war nicht einfach. Eltern zu sein, war ein andauernder Schockzustand, weil alles so schwierig war. Als Ida gestorben war, schien es ihm, als ob alle Luft aus seinem Körper gesaugt würde. Trauer hatte seine Lunge und sein Herz gefüllt, als er zusah, wie der Sarg in die Erde gesenkt wurde. Alles wurde grau und leer. Es hatte gedauert, bis sich das langsam wieder änderte. Bis er wieder einen Sinn im Leben erkennen konnte. Es hätte alles auch noch viel schlimmer kommen können, hatte er oft gedacht, und seltsamerweise hatte das geholfen. Natürlich auch die Kinder. Er war so dankbar, dass es sie gab. Er wusste noch, wie sie in Idas Bauch gewesen waren. Die Ultraschalluntersuchungen. Die Entbindungen. Das Gefühl, eine Familie zu sein. Die Verantwortung, in die er hineingewachsen war. Die Freude darüber, dass die Kinder heranwuchsen, sich zu Individuen entwickelten, auf dem Hof spielten. Als sie im Heu herumsprangen und die Lämmer fütterten. In die Schule kamen. Aber auch das Gefühl, dass er immer noch nicht wusste, wie man das eigentlich machte, Vater zu sein. Die verschiedenen Altersstufen. Wenn der eine schmollte und der andere heulte, wenn er selbst nonstop Essen kochte und sich unaufhörlich Sorgen machte, erschien es ihm manchmal unerträglich. Es war einfach nicht zu schaffen. Und dann wieder waren sie so wunderbar und er war so verdammt glücklich darüber, dass ausgerechnet er der Vater dieser beiden sein durfte.

»Juni hat Probleme in der Schule«, sagte er nach einer Weile. Darüber hatte er noch mit niemandem gesprochen. »Mit Nils Hurtig, Eriks Sohn.«

»Das hat sie mir erzählt.«

»Wirklich?«, fragte er überrascht. Er hatte nicht gewusst, dass Stella und Juni miteinander sprachen.

»Ja, wir sind uns in Laholm begegnet, als du mit Klas und deinen Eltern Kaffee trinken warst.« Stella biss sich auf die Lippe.

»Das tut mir leid«, sagte er beschämt. Er hatte sich nicht gut verhalten, und er hatte sie verletzt. Das war das Letzte, was er wollte.

»Es ist wunderschön hier«, sagte sie, als sie um eine Kurve fuhren und sich vor ihnen das weite dunkelblaue Meer mit seinen weißen Schaumkronen öffnete. »Bist du schon oft hier langgefahren?«

»Heute ist es das erste Mal.«

»Ehrlich?«

Ehrlich. Er hatte das schon oft machen wollen, aber immer war etwas dazwischengekommen. Ida. Der Hof. Die Kinder. Das Leben.

Er hatte Küstenlandschaften schon immer geliebt. Und die Westküste mit ihren kargen Felsen und dem kalten Meer war die schönste.

»Ich verstehe nicht richtig, warum deine Mutter mich anscheinend nicht leiden kann.«

»Wahrscheinlich merkt meine Mutter, dass ich ...« Er unterbrach sich und wusste nicht, wie er fortfahren sollte.

»Was?«

»Dass ich Gefühle für dich habe.«

Sie schwieg, und er fragte sich, ob er zu schnell vorgeprescht war.

»Stella?«

»Du hast Gefühle für mich?« Eine Locke blies ihr ins Gesicht, und sie strich sie sich hinters Ohr.

»Klar. Du bist eine fantastische Frau. Aber ich weiß nicht genau, was das ist zwischen uns.« Sie hatten Göteborg hinter sich gelassen, und vor ihnen lag die Straße nach Süden.

Sie wandte ihm ihr Gesicht zu. Ihr kurzes Haar flatterte im Wind, der durch das heruntergelassene Fenster hereinblies. Sie nahm die Sonnenbrille ab.

»Ich weiß auch nicht, was das zwischen uns ist«, sagte sie.

»Wir haben zwar gesagt, dass es nur, ja ...«

»Sex ist?«

»Genau. Sex. Aber Gefühle entstehen. Oder täusche ich mich?«, fragte er.

»Es ist, wie du sagst. Gefühle entstehen.«

Sie legte ihre Hand leicht auf sein Bein. Gluthitze breitete sich in ihm aus, rauschte durch sein Blut.

»Ich mag dich schrecklich gern, Thor«, sagte sie.

Er räusperte sich und ging vom Gaspedal, das er, ohne es zu merken, ganz durchgetreten hatte.

»Mir geht es genauso«, sagte er, was eigentlich eine Untertreibung war.

Ihre Hand brannte auf seinem Bein, und er wünschte sich, dass sie für immer dort liegen bliebe.

»Wir könnten doch auch weiterhin von Tag zu Tag leben? Was hältst du davon?« Sie setzte die Sonnenbrille wieder auf.

»Wir sind erwachsen, und wir haben das sehenden Auges begonnen«, pflichtete er ihr bei und hatte das Gefühl, dass nicht mehr so viele Tage folgen würden, wie er es sich wünschte. Er konnte nichts dafür, dass er dabei war, sich in sie zu verlieben, genauso, wie er nichts für die Jahreszeiten konnte oder für Ebbe und Flut.

»Und lass uns miteinander reden. Wenn sich etwas nicht gut anfühlt, sprechen wir darüber«, sagte sie.

»Absolut.«

Sie schwiegen.

Lange. Während sie durch die offene Landschaft fuhren und einen Lastwagen nach dem anderen überholten.

»Ich habe keine Erwartungen an dich«, sagte Thor nach einer Weile. »Wir leben unterschiedliche Leben und sehen die Zukunft sicher unterschiedlich.«

»Du hast recht«, stimmte sie ihm zu. Sie zog ihre Hand zurück und begutachtete ihre Nägel. Sie waren jetzt kurz, und das passte zu ihr. Er liebte ihre Hände. Und er vermisste ihre Handfläche.

»Ich habe die Kinder, den Hof. Du hast dein ganzes Leben vor dir, in Stockholm.«

»Stockholm, ja, oder ...«

»Ich möchte nicht, dass du dich irgendwie unter Druck gesetzt fühlst«, unterbrach er sie. Ihm lag wirklich daran, dass sie das wusste. »Durch mich, meine ich.«

Sie sah aus dem Autofenster. Die Sonnenbrille hatte sie wieder abgesetzt.

»Ich habe auch keine Erwartungen, und ich werde nicht mehr lange in Laholm bleiben. Lass uns jeden Tag für sich nehmen.«

»Gut«, stimmte er zu. Er nahm ihre Hand und legte sie wieder auf sein Bein. Sie antwortete mit einem leichten Druck und lächelte.

»Lass uns hier anhalten«, sagte er und zeigte auf den Wegweiser nach Varberg, dem Badeort und Handelsplatz aus dem Mittelalter. Noch hatten sie Zeit füreinander.

Es würde einsam und leer werden, wenn sie verschwand, aber er konnte damit umgehen.

Da war er sich fast ganz sicher.

~ 35 ~

»Das ist wunderschön«, sagte Stella und blickte zum Horizont, wo Meer und Himmel sich trafen. Der salzige Geruch, ein ausfahrendes Segelboot – es war wie auf einem Plakat.

Sie gingen nebeneinanderher. Hin und wieder berührten sie sich flüchtig, mit der Schulter oder mit einem Finger, und jedes Mal verspürte sie ein Prickeln, angenehme kleine, erwartungsvolle Schauer. Erwartung lag in der Luft, die sie umgab. Eine Ahnung, dass das zwischen ihnen noch nicht zu Ende war.

Sie deutete mit dem Kopf in Richtung eines Gebäudes mit Türmen und Zinnen. Es stand weit draußen im Meer, war durch eine lange Brücke mit dem Strand verbunden und sah aus, als schwebe es über dem Wasser.

»Ist das ein Schloss?«, fragte sie. Es sah aus wie ein Gebäude aus einer anderen Zeit oder aus einem Märchen.

»Das ist das Kaltbadehaus, mit Pools und Sauna. Und es ist ein FKK-Bad.«

»Schau an.«

Sie spazierten am Wasser entlang. Diese kleinen schwedischen Orte waren etwas ganz Besonderes, wie sie jetzt merkte. Alles war klein, kühl und sauber. Die Touristensaison in Varberg hatte noch nicht begonnen, und es waren nur wenige Menschen unterwegs.

Später setzten sie sich in ein kleines Restaurant. Es war ein einfaches Lokal, dessen Hauptattraktion die Aussicht war. Thor streckte die Beine aus. Stella lehnte sich zurück, aß Brot und blickte über das

Meer und den Hafen. Sie wurde allmählich wieder sie selbst, dachte sie bei sich. Die Frau, die sie vor Peder gewesen war und bevor sie sich selbst verloren hatte. Eine wilde, freie und abenteuerlustige Frau. Eine Frau, mit der sie sich wohlfühlte. Eine Frau, die alles erreichen konnte. Eine Frau, die einen Roadtrip unternahm und am Meer Wein trank und drauf und dran war, einem Mann mit warmen Augen und einer herrlich schmutzigen Fantasie zu verfallen.

»Was ich dich noch fragen wollte: Hast du das Buch deiner Mutter gelesen? Wie ist es?« Thor sah sie über seine Speisekarte hin an, und sie legte ihre auf den Tisch. Sie wollte sich Wein und ein Riesen-Krabbenbrot bestellen. Das Leben war schön.

Sie hatte es ihm schon längst erzählen wollen. »Der Name meines Vaters steht darin. Ich habe das immer noch nicht verarbeitet. Aber er existiert und er hat einen Namen. Dev. Ich wünschte, es gäbe jemanden, den ich fragen könnte.«

»Mehr weißt du nicht?«

Der Kellner kam an ihren Tisch. Während Thor Wein und für sie ein Krabbenbrot bestellte und für sich selbst den Fisch des Tages, betrachtete sie ihn. Es kam ihr vor, als ob sie ihn jetzt mit anderen Augen sähe, als ob ihr bisher unbekannte Dinge an ihm auffielen. Zum Beispiel wie sein dunkles Haar in der Sonne braun und golden schimmerte. Dass seine Oberlippe schmal war und immer einen Bartschatten hatte, seine Unterlippe aber voll war. Und sie merkte, dass ihr Blick ihn die ganze Zeit suchte, seinen hochgewachsenen Körper, und dass ihr ganz warm wurde, wenn sie ihn ansah. Natürlich war sie ganz high. War ja auch kaum zu vermeiden. Seine Hände waren überall auf ihrem Körper gewesen. Sein Mund zwischen ihren Oberschenkeln, seine Zunge in ihr. Sie hatte seinen Mund auf jedem Zentimeter ihres Körpers gespürt, an ihrer Klitoris und ihren Brüsten.

»Stella?«

»Was? Nein, ich weiß quasi gar nichts über ihn. Dass er Inder ist. Dass sie sich in Stockholm kennengelernt haben. Und dass ich neun Monate später geboren wurde.«

Ihre Mutter hatte eines Abends Sekt getrunken, um eine Publikation oder so etwas zu feiern. Sie bekam gute Laune, wenn sie trank. Sie hatte Musik aufgelegt, Stella angelächelt und ihr gesagt, dass sie ihre hübschen Augen von ihrem Vater geerbt habe. Der habe die schönsten Augen gehabt, die sie je gesehen habe. Am nächsten Morgen hatte sie nicht darüber sprechen wollen und behauptet, Stella hätte sich verhört. Bei einer anderen Gelegenheit war ihrer Mutter herausgerutscht, dass sie nie Kinder wollte, sich aber entschieden hatte, es zu behalten, als sie mit vierzig Jahren schwanger wurde. Es. Diese Information war schwerer zu verdauen.

»War dein Vater irgendwann einmal in Laholm?«

»Das glaube ich nicht. Sie müssen sich in Stockholm getroffen haben. Sonst hätte längst jemand erwähnt, dass ein Inder zusammen mit Ingrid Wallin in Laholm aufgetaucht ist. Aber genau genommen weiß ich gar nichts. Waren sie zusammen? War es nur eine Nacht?« Sie selbst war ziemlich dunkelhäutig, also musste ihr Vater auch dunkelhäutig sein, dachte Stella. Deswegen stammte er vermutlich aus dem südlichen Indien.

»Ich könnte sicherheitshalber meine Eltern fragen. Wenn sie nichts wissen, war da auch nichts.«

»Danke.« Sie war sich zwar nicht sicher, ob es Thors Eltern gefallen würde, aber natürlich, wenn er fragen wollte. »Wahrscheinlich könnte ich selbst auch noch mehr herumfragen«, sagte sie. »Nawal könnte sich zum Beispiel an etwas erinnern.«

Ihr Getränk kam, und Stella nippte an dem Rosé. Ein einfacher Hauswein, aber frisch und kühl. Thor folgte ihren Bewegungen mit intensivem Blick.

»Möchtest du probieren?«, fragte sie und fing mit der Zunge einen Tropfen im Mundwinkel auf. Thor streckte die Hand aus und nahm das Glas, drehte es und nahm einen langsamen Schluck von der Stelle, an der ihre Lippen gelegen hatten. Sie konnte den Blick nicht von seinem Mund losreißen, fokussierte sich ganz darauf und auf das, was sie wollte, dass er mit ihr machte.

»Wusstest du, dass unsere Rakel und deine Nawal früher einmal beste Freundinnen waren?«, fragte Thor. Es war eine ganz gewöhnliche Frage, aber seine Stimme war heiser, und Stella überlegte, dass sie ihre sündigen Gedanken vielleicht doch nicht so gut verbarg, wie sie glaubte, denn in seinem Blick glomm etwas.

Sie versuchte sich auf das Gespräch zu konzentrieren, aber das fiel ihr schwer. Ihr Körper war der Meinung, sie solle ihre Mutter, Nawal und Rakel vergessen und sich stattdessen auf Thor stürzen, ihm die Kleider vom Leib reißen und ihn reiten, bis er schwitzte. Sie nahm einen großen Schluck Wein. Alles hatte seine Zeit. Jetzt Wein und Gespräche. Später Sex.

»Man kann sich kaum zwei unterschiedlichere Frauen vorstellen.« Rakel mit ihrer asketischen Ausstrahlung und dem wertenden Blick. Nawal mit ihrer offenen Einstellung und ihrer schillernden Persönlichkeit.

»Das stimmt. Aber aus irgendeinem Grund zerbrach ihre Freundschaft. Ich weiß nicht, wieso, aber meine Mutter weiß es sicher. Wie gesagt, meine Mutter hat den Durchblick.«

Thors Finger spielten mit dem Glas, und Stella verlor sicher schon zum fünften Mal den Faden. Sie musste nachdenken, um wieder auf Spur zu kommen. Sie hatte sich an Thors Handgelenken festgeguckt. Ein faszinierender Körperteil, warum war ihr das früher nie aufgefallen? Braun gebrannte Handgelenke mit dunklen Härchen und einer Uhr aus Stahl. Richtig hübsch.

»Manchmal glaube ich, meine Mutter war verrückt«, sagte Stella langsam, während sie darüber nachdachte. »Man kann Frauen nicht trauen«, hatte Ingrid einmal gesagt. »Männern auch nicht«, hatte sie hinzugefügt, und erst viel später wurde Stella klar, dass einem mit dieser Einstellung nicht mehr viele Menschen blieben, denen man trauen konnte. Die liebe Mama. Sie hatte es sicher schwer gehabt. Stella nahm ihr Weinglas, trank und ließ ihren Blick weiterwandern. Jetzt zu Thors Hals. Er trug heute ein schwarzes T-Shirt mit V-Ausschnitt, unter dem sich sein Schlüsselbein abzeichnete. Sie hatte V-Ausschnitte immer für etwas dick aufgetragen gehalten, denn bei Männern fand sie einen runden Ausschnitt besser. Aber Thor sollte immer V-Ausschnitt tragen, dachte sie, damit man seinen sehnigen Hals sehen und das Obere seines Brustkorbs mit den schwarzen Haaren erahnen konnte. Jetzt starrte sie wohl auch noch auf seine Brustwarzen. Wenn sie genau hinschaute, zeichneten sie sich durch den schwarzen Stoff ab.

»Familien können schon speziell sein«, sagte er. »Man sucht sie sich ja nicht aus«, fügte er hinzu, und dann wurde ihr Essen serviert. Frische, große Krabben von der Westküste für Stella, dampfender Fisch mit Meerrettich und Pellkartoffeln für Thor. Sie schaffte es zu essen, ohne dabei an Sex zu denken.

Beinahe.

Als sie Varberg hinter sich gelassen hatten, stützte Stella das Kinn in die Hände und ließ ihren Blick in die Ferne schweifen. Sie fuhren auf einer Nebenstraße an Wäldern und Wiesen, Feldern und Bauernhöfen vorbei. Das viele Grün blendete sie geradezu. In der Ferne konnte man das Meer erahnen, und auf der Wiese an der Straße blühten lila Veilchen. Es war so schön, dass es wehtat. Sie kamen an Kirchen und Steinhaufen vorbei. Ein orangeroter Fasanenhahn pickte auf einem Acker. Wie gesagt: wunderschön.

»Müde?«, fragte Thor, die eine Hand am Lenkrad und die andere auf ihrem Bein.

»Ich wünsche mir, dass dieser Tag nie zu Ende geht«, sagte sie.

»Ich auch.«

»Musst du nach Hause zu den Kindern?«

»Nein, die kommen ganz wunderbar zurecht. Ihr Onkel ist megacool, laut Frans.«

»Und die Hunde?«

Statt zu antworten, nahm Thor ihre Hand, hob sie an seinen Mund und drückte seine Lippen darauf. Da war sie wieder. Seine Wirkung auf sie, die ihr den Atem nahm, der Kontakt und die Spannung zwischen ihnen, wie ein kleines Feuerwerk in der Luft. Sie betrachtete ihre

Hände. Ihre eigenen hatten kleine goldene Flecken, während seine dagegen groß waren, hart im Vergleich zu ihrer Weichheit.

Sie kamen an einem Wegweiser nach Falkenberg vorbei.

All diese Namen und Orte. Glommen. Björnhult. Skogstorp. So viele Orte, die sie nie besuchen würde, Dörfer, die sie vergessen würde.

»Es gibt hier ein ganz besonderes Hotel«, sagte Thor mit einem Kopfnicken in Richtung eines weiteren Falkenberg-Schilds. Sogar die Schilder waren pittoresk, verschnörkelter als andere Wegweiser. Handgeschriebene Informationen zu Malkursen, Hofcafés und zu Fremdenzimmern.

»Ich habe geholfen, den neuen Pub zu bauen, daher weiß ich das. Übernachtet habe ich da aber noch nie.«

»Mit niemandem?«, fragte sie.

»Nein.«

»Dann würde das nur uns gehören. Dir und mir. Ein einmaliges Erlebnis.«

Noch ein einmaliges Erlebnis. Wie viele davon konnte man ansammeln, bevor man sie umbenennen musste? Zwei? Drei? Zehn? Aber sie wollte ihn. Jetzt. Heute. Und sie wollte einfach nicht an die Zukunft denken, die wurde sowieso nie so, wie sie es sich ausgemalt hatte.

Also blieben sie in Falkenberg, wo es überall nach Meer und Salz roch. Sie checkten in dem Hotel auf den Sanddünen ein und bekamen ein Zimmer ganz oben mit Meerblick vom eigenen Balkon. Mit Kronleuchter und luxuriösen Möbeln.

Sie gingen an den Strand. Die Sonne wärmte noch, sank aber langsam zum Horizont und tauchte alles in ein mildes Licht.

Es war noch Vorsaison, und sie waren auf dem weißen Strand fast allein, abgesehen von vereinzelten Joggern und segelnden Sturmmöwen.

»In Stockholm kann man die Sonne nicht im Meer untergehen sehen, nur aufgehen«, bemerkte Stella. Der Sand war so weich, dass das Gehen anstrengte.

Er zog sie an sich und strich ihr über den Arm.

»Du fühlst dich so seidig an«, sagte er und streichelte Gänsehaut und Wärme auf ihre Haut.

Sie lehnte ihren Kopf an seine Schulter und schnupperte an seinem Hals. »Und du riechst so gut.«

»Das ist sicher nur Weichspüler und gewöhnliche Seife.«

Sie schnupperte noch einmal. »Das ist mein Lieblingsduft.« Es sollte ein Scherz sein, aber es stimmte. Niemand duftete so gut wie er. »In der letzten Zeit handeln hundert Prozent meiner Träume von dir.«

Sie sah, wie sich seine Härchen aufstellten, und sie fühlte ihren eigenen hämmernden Puls – im Hals, in den Handgelenken und in den Kniekehlen.

»Und wovon träumst du dann?«, fragte er, und seine Handfläche liebkoste ihren Arm.

»Von allem, was wir getan haben. Und von allem, was ich mit dir machen möchte.«

»Was möchtest du denn mit mir machen?«

Sie bückte sich und hob ein rosa Schneckengehäuse auf. »Ich will dich am ganzen Körper küssen und beißen. Dich in den Mund nehmen. Bis du schreien musst.« Die Worte kamen ganz ungefiltert, und sie waren die Wahrheit. Sie wollte ihm ganz nah sein, ihn verletzbar und aufgelöst sehen.

Sie spürte, wie er schluckte. In seiner Gegenwart war sie sich ihres eigenen Körpers ganz besonders bewusst. Er wusste Dinge von ihr, die niemand sonst wusste, und sie beide waren miteinander verbunden. Durch die Intimität lernte man einander kennen. Sie hatte das früher noch nie so erlebt, die offene Vertrautheit, den Sex, durch den man sich so nah kam. Sein Arm umfing sie, und ihre ganze Welt bestand nur noch aus seinem Duft und seinen Muskeln.

»Ich will auch Sachen mit dir machen«, sagte er gedämpft, und sie erschauerte, denn seine Stimme war die eines Mannes, der bereit war, dunkle, unanständige Dinge mit ihr zusammen auszuprobieren.

Sie beeilten sich, zurück auf ihr Zimmer zu kommen. Dort lehnte Stella sich schwer atmend an die Wand, während Thor die Tür aufschloss, dann zog er sie mit sich hinein und warf sie mehr oder weniger auf das Bett. Sie lachte und setzte sich auf, packte seinen Hosenbund und zog ihn zwischen ihre Beine. Sie knöpfte seine Hose auf, griff mit der Hand hinein und hielt in fest umschlossen. Er war steinhart und bereit für sie.

Sie blickte zu ihm auf und sah, dass er sie hungrig betrachtete.

»Ich will dich in den Mund nehmen«, sagte sie.

»Stella«, sagte er erstickt. Er streichelte über ihre Wange, beugte sich hinab und küsste sie.

»Das musst du nicht«, sagte er, aber sie hörte, was er wollte, mehr als alles andere, sie spürte seine Verzweiflung am ganzen Körper.

»Ich will aber. Zieh dich aus.«

Er zog sein Shirt aus. Ein physisch hart arbeitender Mann, dessen Körper das auch anzusehen war.

»Komm«, sagte sie und zog ihn zu sich heran, half ihm, alles auszuziehen, bis er nackt war. »Komm näher«, befahl sie ihm. Er trat wieder zwischen ihre Schenkel, und sie umfasste seinen Penis. Er war steif, fühlte sich heiß an und pulsierte, und er hatte genau die richtige Größe, nicht außergewöhnlich lang, aber kräftig. Natürlich war die Größe nicht das Wichtigste, aber sie würde sich nicht darüber beschweren, dass er reell war. Sie beugte sich vor und wölbte ihre Hände sanft um seine Hoden, umschloss ihn mit einer Hand und führte sie dann vorsichtig auf und ab, hörte sein leises Keuchen, bevor sie sich nach vorn beugte und die äußerste Spitze behutsam in ihren Mund nahm.

»Oh mein Gott, Stella«, sagte er mit erstickter Stimme.

Sie machte sich mit seinem Geschmack und dem Gefühl vertraut, half mit der Hand nach, ließ sich Zeit, um einen Rhythmus zu finden, der ihm angenehm war. Er schmeckte gut und sauber, ein bisschen salzig, und duftete nach Seife. Sie nahm ihn tiefer in ihren Mund und spürte, wie er seine Hände in ihren Haaren vergrub. Er hielt ihren Kopf, und sie mochte es, dass er ihr zeigte, was ihm gefiel. Sie steigerte das Tempo, wurde schneller und schneller, bis sie fühlte, wie seine Schenkel zitterten und sein Körper sich spannte.

»Ich komme gleich«, sagte er erstickt und versuchte sich ihr zu entziehen. Aber sie nahm ihn nur noch tiefer in sich auf und machte weiter, bis er mit einem lang gezogenen Stöhnen in ihrem Mund kam. Sie schluckte, ohne nachzudenken. Es schmeckte nach gar nichts, dachte sie erstaunt, nur warm und etwas salzig. Sie hatte das noch nie gemacht, hatte es sich auch nicht vorstellen können, aber mit Thor hatte sie es einfach so getan. Und offensichtlich hatte sie es drauf, wenn sie sich mal selbst loben durfte.

Als Thor sah, wie Stellas dunkler Kopf sich über seinem Penis bewegte, als er fühlte, wie ihre warme Zunge und ihre weichen Lippen ihn umschlossen, als er ihre Seufzer und die schmatzenden Laute hörte, dachte er, dass er jetzt so ungefähr alles erlebt hatte, was er sich je gewünscht hatte. Ihre Hände auf der Rückseite seiner Oberschenkel kratzten ihn, morgen würde er dort bestimmt Striemen haben. Er bewegte sich in ihrem Mund, langsam und zielstrebig. Seine Bauchmuskeln zogen sich zusammen, all seine Sinne schärften sich, er hörte alles, sah ihre Haut, die von Schweiß glänzte, spürte, wie ihre vollen Lippen an ihm auf und ab glitten. »Stella«, stöhnte er, und als er kam, als sie ihn in ihrem warmen, feuchten Mund behielt, als sie ihn aufnahm, ja ... Er hatte keine Worte dafür. Das war das befriedigendste Erlebnis, das er je gehabt hatte.

Offenbar war er ins Bett gekippt und eine Weile abwesend gewesen, denn plötzlich hörte er sie:

»Hallo, alter Mann, willst du einschlafen? Meine Pussy ist immer noch very unbefriedigt.«

Thor stemmte sich auf seinen Ellenbogen.

Stella betrachtete ihn mit zerzaustem Haar und rosigen Wangen.

»Bei dir klingt es so, als stünde ich mit einem Bein im Grab«, sagte er und streckte eine Hand nach ihr aus.

»Du bist der älteste Liebhaber, den ich je hatte. Ich hätte dich nicht kommen lassen dürfen.«

Er zog sie auf die Matratze, wälzte sich auf sie und blickte in ihr fröhliches Gesicht hinunter.

»Es war fantastisch. Und jetzt werde ich dich lehren, Respekt vor Älteren zu haben.«

»Ich glaube nicht, dass Respekt meine stärkste Seite ist«, kicherte sie und aalte sich mit all ihrem weichen, duftenden Fleisch unter ihm.

Er packte ihre Arme und hielt sie über ihrem Kopf fest. »Lieg still und lass mich verschnaufen. Was ist denn deine stärkste Seite?«

»Im Moment würde ich sagen, das Schlucken«, sagte sie grinsend und presste sich lüstern an ihn, erinnerte ihn daran, dass sie immer noch unbefriedigt war, was ganz gegen seine Prinzipien ging.

»Gib mir fünf Minuten«, sagte er, denn er war noch immer benommen von dem besten Orgasmus seines Lebens. Danach würde er sich revanchieren.

»Ich sollte aber duschen, ich bin überall sandig. Und die Zähne putzen«, sagte sie.

Er zog sie hoch und hinter sich her in die Dusche, wo er sie gründlich einseifte.

»Ich glaube, ich bin da jetzt sauber«, sagte sie, als er wieder und wieder seine Finger in sie hineingleiten ließ.

»Bist du sicher?«, murmelte er, sank vor ihr auf die Knie, spülte sie ab und leckte sie dann, was gar nicht so einfach war in all dem Wasser und Schaum.

Danach leckte er sie im Bett, was für beide sehr viel befriedigender war. Er arbeitete zielbewusst, um ihr einen Orgasmus zu schenken. Er wollte, dass sie so fühlte wie er, dass dies etwas ganz Besonderes war. Er lauschte ihren Lauten, erspürte, was sie zum Zittern brachte, dazu, sich zu winden und zu wimmern. Er schloss die Augen und spürte, wie sie sich näherte. »Ich liebe deine Muschi«, sagte er. »Ich liebe es, wie sie schmeckt. Ich liebe es, dass es sie gibt.« Sie keuchte mit offenem Mund, während er weitermachte. Sie war wie eine weiche, saftige Frucht, wie ein süßes Gebäckstück, eine warme Blume, dachte er, während er sie weiterleckte, und immer weiter.

»Nicht aufhören«, wimmerte sie.

Niemals. Er leckte sie in gleichmäßigem Rhythmus, saugte, knabberte und streichelte, und als sie kam, kraftvoll und laut schreiend, hielt er sie mit der Hand umschlossen, presste und drückte, bis ihr Orgasmus verebbte und sie völlig erschöpft auf dem Bett lag. Und dann massierte er sie noch einmal, ihren ganzen Venushügel, drückte auf die kleinen, feinen Nervenbahnen unter der Haut und spürte, wie sie noch einmal kam, wie in einem Nachbeben. Ein Bonusorgasmus, den er ihr entlockte.

»Wunderschön«, sagte sie mit schwerer Stimme. Kissen und Decken und Bettüberwurf lagen in einem Knäuel auf dem Bett.

Sie riefen den Room Service, weil ihre Beine sie kaum noch trugen, und bestellten alles, worauf sie Lust hatten. Stella lag im Bett und dirigierte. Thor ging nackt im Zimmer umher und holte Wasser und alles, worum sie ihn bat, und fühlte sich wie ein König.

Und nach dem Essen bewies er ihr, dass er noch nicht zu alt war, um sie eine ganze Nacht lang zu befriedigen.

Es war heiß und wunderschön. Aber auch herzzerreißend. Denn wie er vorhin gesagt hatte: Gefühle entwickeln sich. Und es gab nichts, was er dagegen tun konnte.

Gar nichts.

~ 36 ~

»Wusstest du, dass mein Onkel Klas schwul ist?«, fragte Juni am nächsten Tag.

Stella bedeutete ihr, ihr eine Stecknadel zu reichen.

Sie steckte penibel die Nadeln fest. »Ja, ich habe davon gehört. Gib mir noch eine.«

Juni gab ihr noch eine der dünnen Nadeln.

Stella hielt den Stoff gegen das Licht und fuhr dann fort, ihn abzustecken. Eine Kundin des Ladens hatte sie darum gebeten, an ihrem alten Lieblingsrock eine Naht auszubessern und den Saum umzunähen. Sie mochte diese Arbeit, sich liebevoll eines gut genähten Kleidungsstücks anzunehmen und seine Lebensdauer zu verlängern. Juni reichte ihr eine weitere perlmuttverzierte Stecknadel.

Juni hatte nach der Schule auf ihrem Fahrrad im Lager vorbeigeschaut, und Stella hatte sie sofort zur Arbeit herangezogen. Sie brauchte jede Hilfe, die sie bekommen konnte. Ihre Fähigkeiten hatten sich herumgesprochen, und sie hatte kurzerhand ihre Tätigkeit ganz in Nawals Lagerraum verlegt. Hier gab es mehr Platz, besseres Licht und richtige Kleiderständer. Und hier konnten die Kunden die Sachen auch gleich anprobieren. Außerdem brauchte sie Ablenkung davon, ständig an Thor zu denken.

Den fantastischen Super-Thor. Sie beugte den Kopf, damit Juni ihr zufriedenes Grinsen nicht sah. Sie freute sich, dass das Mädchen ihr verziehen zu haben schien, und wollte das zwischen ihnen aufkeimende Vertrauen nicht aufs Spiel setzen.

»Wie denkst du darüber?«, fragte Juni.

»Dass Klas schwul ist? Ich denke gar nichts Besonderes.«

Unter Stellas Freunden waren Lesben und Schwule, die nicht anders waren als alle anderen. Sie schauten Netflix, verbrachten den Freitagabend mit Snacks vor dem Fernseher und hassten Montage. Sie kannte auch zwei Transsexuelle, und abgesehen davon, dass der eine ein musikalisches Genie und der andere von Pelargonien geradezu besessen war, waren sie Menschen wie alle anderen auch. Eventuell mit Ausnahme der Sache mit den Blumen. Pelargonien! Und sie sahen sich einem Haufen an unfairen Vorurteilen gegenüber. Von Leuten, die von der Norm abwichen, konnte man viel lernen und man wurde dabei auch gleich noch zu einem besseren Menschen, fand Stella. Sie entsprach ja selbst auch nicht in jeder Hinsicht der Norm. Zum einen war sie eine Frau, zum anderen war sie dunkelhäutig. Das Leben war auch so schon anstrengend genug, warum musste man es noch komplizierter machen, indem man über andere urteilte? Das konnte sie nicht begreifen. Waren Krebs und Kriege noch nicht genug? Mussten die Leute wirklich gemein sein zu Menschen, weil sie anders waren als sie selbst?

Für Thor, der sowohl ein Mann als auch weiß war, war das alles vielleicht etwas ungewohnter. Man sah den Menschen ihre Einstellungen ja nicht an. Männer, die nach außen okay wirkten, konnten sich als richtige Schweine entpuppen. Meine Güte, wenn er mit der sexuellen Orientierung seines Bruders nicht zurechtkam, wäre sie furchtbar enttäuscht von ihm.

»Was sagt dein Vater dazu?«, fragte sie.

Juni schnitt eine Grimasse. »Papa und Onkel Klas streiten sich dauernd. Da ist immer krass schlechte Stimmung. Aber dabei geht es um etwas anderes. Man kann über meine durchgeknallte Familie sagen, was man will, aber nicht hetero zu sein, ist kein Problem. Ich mag meinen Onkel. Aber ich bin ein Teenager, wir haben andere Sorgen.« Juni biss sich auf die Lippe und reichte Stella noch eine Nadel. »Ähm. Ich weiß nicht. Glaubst du, dass ich doch auf den Schulball gehen sollte?«

Aha. Stella hatte sich gefragt, was Juni auf dem Herzen hatte, als sie sich erkundigt hatte, ob sie kurz hereinkommen dürfe.

Sie unterbrach ihre Arbeit.

Juni wich ihrem Blick, so gut es ging, aus, starrte konzentriert auf einen Stoffrest und hatte verdächtig rote Wangen. Stella wollte am liebsten aufstehen, sie fest in die Arme nehmen und ihr versichern, dass alles besser würde. Teenager zu sein war so verdammt anstrengend. Sie hatte nie verstanden, wie manche Menschen diese Phase im Leben so verklären konnten, die doch von Anfang bis Ende grässlich war.

»Was glaubst du selbst?«, fragte Stella, vorsichtig, als zöge sie an einem antiken Seidenfaden, der sich verknotet hatte und den sie zu entwirren versuchte. Man durfte nicht zu stark ziehen, sonst riss er.

»Ich weiß nicht«, sagte Juni.

»Warum wolltest du eigentlich nicht hingehen?«

Juni wandte den Blick ab.

»Ich höre dir gern zu, wenn du darüber reden möchtest«, ermunterte Stella sie behutsam, aber unbeirrt.

»Bist du auf deinen Schulball gegangen?«, fragte Juni schließlich nach ewig langem Schweigen.

Stella nickte. »Das war allerdings im Gymnasium.«

»Hattest du Spaß?«

»Ja, das hatte ich. Es ist eine schöne Erinnerung.«

Sie hatte sich ihr Kleid selbst genäht. Ihre Mutter war noch gesund gewesen. Das Leben war noch ein paar Wochen lang völlig okay gewesen. Ein Lächeln umspielte ihre Lippen. Sie hatte ihre Mutter sehr geliebt – war aber auch wütend auf sie gewesen. Zwei Gefühle, die man offenbar gleichzeitig haben konnte. Liebe und Wut.

»War das in Stockholm?«, wollte Juni wissen.

»Ja, ich bin zusammen mit Maud hingegangen.«

Junis Miene hellte sich auf. »Wie geht es Maud?«

Stella nahm ihr Smartphone und zeigte Juni ein Bild des Babys und eins mit der ganzen Familie in Stockholm. Juni sah sie sich genau an.

»Ich soll dich ganz lieb von Maud grüßen«, sagte Stella.

»Echt?«

»Ja.«

»Ich glaube, hier auf dem Land ist das anders«, sagte Juni und runzelte die Stirn. Sie zog wieder an ihrem zu großen Pulli.

»Das kann schon sein. Geht Cassandra auf den Ball?«

Juni imitierte wieder eine Muschel – verschloss sich.

Stella zerbrach sich den Kopf nach einer klugen Bemerkung. Es war offensichtlich, dass diese Sache mit ihrer Freundin Juni belastete. Als Sechzehnjährige war man sehr eng mit seiner besten Freundin, es gab keine intensivere Beziehung als diese, daran konnte sie sich nur zu gut erinnern. Maud und sie hatten einander ewige Treue geschworen, als sie sechzehn waren. Und es war ihnen ernst gewesen.

»Ach, scheiß drauf«, murmelte Juni. »Ich habe sowieso nichts zum Anziehen. Ich würde nie irgend so ein langweiliges Ballkleid anziehen.«

»Verstehe. Aber könntest du dir vorstellen, ein unlangweiliges Ballkleid anzuziehen?«, fragte Stella, die sich zum ersten Mal auf sicherem Terrain befand.

Juni zuckte mit den Schultern. Aber Stella war das kurze sehnsuchtsvolle Glänzen in ihren Augen nicht entgangen.

»Ich kann nämlich zufällig ziemlich gut nähen, falls du es noch nicht mitbekommen hast.«

»Ich weiß ja nicht mal, was mir stehen würde«, nörgelte Juni, aber Stella witterte ihre Chance.

»Das lässt sich herausfinden.«

Das war doch das halbe Vergnügen! In Gedanken hatte sie schon bei Juni Maß genommen. Über Farben, Material und Stil nachgedacht. Jede Frau war einzigartig, darum ging es schließlich im Modedesign, nicht um wechselnde Trends, sondern darum, ein Kleidungsstück zu erschaffen, das das Besondere, Spezielle hervorhob. Das die Persönlichkeit betonte, den positiven Seiten schmeichelte und mit den schwierigeren freundlich umging. Ach, das ließ ihr Herz höherschlagen.

»Wir könnten doch durch den Laden gehen, damit ich ein Gefühl dafür bekomme, was dir gefällt«, schlug sie vor, schnappte sich das Maßband und war schon auf dem Weg in den Laden.

»Gibt es da nicht nur Sachen für alte Tanten?«, murrte Juni hinter ihr.

»Irgendwo müssen wir ja anfangen.«

Zusammen gingen sie durch den Laden. Stella hielt ein Kleid nach dem anderen hoch, und Juni hatte immer etwas daran auszusetzen. Aber das sollte so sein, sonst wäre es ja keine Herausforderung.

»Das hier«, sagte Stella und hielt ein dunkelblaues Kleid hoch. Doch Juni reagierte nicht. Sie stand stocksteif da und schaute aus dem großen Fenster auf die Straße.

»Wer ist das?«, fragte Stella und folgte ihrem Blick. Ein junges Mädchen stand draußen und blickte starr durch das Fenster.

»Das ist Cassandra«, sagte Juni leise.

»Deine Freundin?« Stella hängte das Kleid zurück. Juni sollte kein Blau tragen, das fühlte sie deutlich.

»Ex-Freundin.«

»Was hast du Schreckliches zu ihr gesagt?«

Juni schaute weg. »Ich habe sie aufgezogen, weil sie arm ist. Ich habe es nicht so gemeint. Es war idiotisch, und ich schäme mich zu Tode. Sie war total verletzt und hat gesagt, dass sie mich hasst.«

Stella schaute wieder aus dem Fenster.

»Manchmal treffe ich sie zufällig«, sagte Juni mit schwacher Stimme.

»Redet ihr nie miteinander?«

Juni schüttelte den Kopf. Die Mädchen standen da und sahen einander an. »Meinst du, ich sollte rausgehen?«, fragte Juni.

Jaaaa, wollte Stella schreien, sagte aber nur: »Was meinst du selbst?«

Juni antwortete nicht, hob aber ihre Hand zu einem kaum erkennbaren Winken. Stella hielt den Atem an. Cassandra schaute. Und schaute.

Und dann, nach einer endlosen Pause, hob sie ebenfalls grüßend die Hand.

»Wollt ihr nicht miteinander reden?«

»Ich weiß nicht, ob sie das will. Was, wenn sie mich immer noch hasst?«

»Tja, wenn man das bloß irgendwie herausbekommen könnte.«

Juni verdrehte die Augen, legte aber ihre Hand auf die Türklinke und öffnete die Tür. »Hallo«, sagte sie.

Stella wartete. Cassandra kam näher.

»Ich habe dich gesehen«, sagte Juni zögerlich.

»Ich dich auch. Was machst du hier?« Cassandra fingerte an ihrer Fransenweste, biss sich auf die Lippe und sah Stella wachsam an.

»Hallo, ich heiße Stella. Juni hilft mir. Ich arbeite hier.«

»Ich weiß, wer du bist.« Cassandra sah wieder Juni an. Die zog an ihren Ärmeln. Cassandra kaute auf ihrer Unterlippe.

Die Spannung zwischen den beiden erinnerte an einen unerträglichen Jugendfilm.

Juni räusperte sich. »Es tut mir leid, was ich gesagt habe.«

Cassandra zuckte mit den Schultern. »Ist schon okay.«

»Das war blöd von mir.«

Stella zog sich zurück. Sie wusste noch, wie ausgeliefert man sich in diesem Alter manchmal fühlte. Wie unüberlegte Worte einer guten Freundin einen verletzen konnten. Dass es Themen gab, die tabu waren, die man nie ansprach.

»Vielleicht können wir demnächst mal zusammen Netflix gucken«, hörte sie Juni sagen.

»Klar«, sagte Cassandra.

Verstohlen beobachtete Stella die Mädchen, wie sie sich einander näherten, ihre Beziehung kitteten, etwas auf ihren Smartphones verglichen, sich über Dinge im Internet unterhielten, von denen sie noch nie etwas gehört hatte. Cassandra war ungefähr so groß wie Juni, aber zierlicher und aufrechter. Sie hatte ziemlich kurze Beine, kleine Brüste, gerade schmale Schultern und helle Augen. Damit konnte sie arbeiten. Stella fiel noch mehr auf. Denn in ihrer eigenen Jugend waren sie zeitweise sehr arm gewesen. Ihre Mutter, die sich mit befristeten Anstellungen in der Kulturbranche durchschlug, hatte sich Obst, Schulsachen oder neue Stiefel für den Herbst nicht immer leisten können, und Stella sah die gleichen verräterischen Anzeichen auch bei Cassandra. Billige Schuhe, Kleidung von schlechter Qualität, schlecht geschnittene Haare.

Stella ging ins Lager. Sie nahm eins der Kleider, die Juni überhaupt nicht gestanden hätten. Es war Größe XS und Nawal hatte es im Lager, weil sie es nicht einmal im Schlussverkauf losgeworden war. Es hatte für Juni die völlig falsche Farbe, und man brauchte außerdem eine ganz andere Figur dafür. Das Kleid war speziell, aber an der richtigen Person würde es spektakulär aussehen.

»Das könnte dir gut stehen«, sagte sie, als sie zu den Mädchen zurückkehrte. »Beim Schulball, meine ich.« Es müsste hier enger und dort weiter gemacht werden und rundherum gekürzt, aber das wäre eine Kleinigkeit für sie.

Cassandras Augen leuchteten auf, doch sie schüttelte schnell den Kopf. »Ich gehe nicht hin.«

»Aber ...«

»Ich muss nach Hause«, sagte sie rasch. »Tschüs.«

»Tschüs, Cassie«, sagte Juni leise. Cassandra ging, und Juni sah ungefähr tausendmal fröhlicher aus, als Stella sie je erlebt hatte.

»Wie fühlst du dich?«, fragte Stella sie.

»Wir wollen uns treffen und zusammen chillen, haben wir beschlossen.«

»Das klingt gut.«

»Ich muss auch nach Hause«, sagte Juni. »Ich habe tonnenweise Hausaufgaben.«

Stella winkte, als Juni losradelte. Ihr zu großer Pulli flatterte und erinnerte Stella daran, dass es noch etwas gab, um das sie sich kümmern musste. Eine wichtige Sache im Leben jeder Frau, nicht zuletzt im Leben einer vollbusigen Frau. Eine Sechzehnjährige, der viel zu schnell viel zu große Brüste gewachsen waren und die keine Mutter hatte, mit der sie hätte reden können. Stella kannte das. Wie von einem Tag auf den anderen die Brüste da waren. Die Blicke. Das Unbehagen. Die Jungs. Dafür würde sie eine Lösung finden, bevor sie Laholm verließ, beschloss sie und kehrte hochgradig zufrieden mit sich selbst zu ihrer Arbeit zurück. Sie hatte doch wirklich ein Händchen für Teenager.

~ 37 ~

Am folgenden Tag parkte Thor das Auto am Fluss Lagan und ließ die Hunde hinaus. Er leinte den Welpen an, ließ Nessie aber frei laufen und ging zu der Stelle hinüber, an der Klas angelte. Er und einige ältere Männer warfen ihre Angeln in das kalte, schnell fließende Wasser aus. Es gab reichlich Fisch im Fluss, denn es waren noch keine Touristen da.

Klas drehte sich nicht um, aber Thor wusste, dass sein Bruder ihn bemerkt hatte.

So war das zwischen ihnen.

»Stella ist auf dem Weg hierher«, sagte Klas statt einer Begrüßung. Er warf die Angel aus. »Sie hat angerufen, weil sie mich treffen wollte, und ich habe sie gebeten herzukommen, damit ich meinen Platz nicht verliere.« Langsam und konzentriert holte er die Angel ein. »Dies ist eine gute Angelstelle, und die Typen hier sind wie die Geier.«

Thor stellte sich neben seinen Bruder und schaute auf das wirbelnde Wasser. »Ich weiß. Sie hat mich nach deiner Nummer gefragt. Was ist passiert?«

Thor war später auch noch mit Stella verabredet, aber sie hatte darauf bestanden, mit dem Moped zu fahren.

Klas zögerte. Er hielt sich eisern an die Schweigepflicht.

»Sie hat Post von diesem Anwalt bekommen, Hassan«, sagte er schließlich, als er vermutlich zu dem Schluss gekommen war, dass es sich wohl kaum um ein Geheimnis handelte. »Ein Brief mit einer Klage wegen Vertragsbruchs, von Erik Hurtig. Du hast ja gehört, was Erik gesagt hat. Ich will es mir für sie ansehen.«

»Erik ist ein Arschloch«, sagte Thor.

»Das stimmt mit der Wahrheit überein.«

Klas warf wieder die Angel aus. Sie starrten darauf, aber nichts geschah.

»Beißen sie?«, fragte Thor.

»Nö.«

Thor streichelte Nessie, die angelaufen kam, um die Lage zu checken. Der Welpe buddelte in einem Loch. Alles war wie immer. Und auch wieder nicht. Vor zwei Tagen hatten Stella und er in ihrem Hotelzimmer in Falkenberg gefrühstückt. Sie hatten geredet und gelacht und dann hatten sie sich wieder geliebt, mit dem Meer als Hintergrund. Auf halbem Weg nach Laholm hatten sie angehalten und am Auto Sex gehabt, einfach nur, weil sie es beide vorher noch nie ausprobiert hatten. Wenn er ehrlich war, war das wohl nicht der beste Sex gewesen. Zum einen törnte ihn die Gefahr, erwischt zu werden, überhaupt nicht an, zum anderen war die Karosserie für keinen von ihnen angenehm, sondern einfach zu heiß, zu kalt, zu glatt. Aber Thor liebte es, Stella zum Orgasmus zu bringen, auf ihren Körper zu hören, sich von ihr führen zu lassen. Der Sex mit ihr war nicht von dieser Welt. Das Wochenende hatten sie wie in einer Blase verbracht, er hatte alles andere vergessen, wollte einfach nur mit ihr zusammen sein. Ein bisschen von diesem Schimmer hielt sich immer noch, dachte er und verlor sich in Fantasien darüber, was sie getan hatten und was er noch mit ihr anstellen wollte.

»Was ist das eigentlich zwischen dir und Stella?«, fragte Klas mit einem fast schon unheimlichen Gespür dafür, was in Thor vorging. Aber der war nicht bereit, mit seinem Zwillingsbruder darüber zu sprechen.

»Nichts.«

»Sie wird nicht in Laholm bleiben, das hast du hoffentlich nicht vergessen?«

»Ich weiß«, sagte er gereizt, weil Klas offenbar glaubte, ihn daran erinnern zu müssen.

Klas hatte ihm am Wochenende mit den Kindern geholfen, und Thor war ihm wirklich dankbar dafür, aber jetzt kehrte die alte Irritation zurück, denn anscheinend hatten Klas und ihre Eltern über ihn gesprochen? Er ballte die Fäuste, er hasste es, derjenige in der Familie zu sein, über den man sprach. Vielleicht würde Stella ja doch hierbleiben, schließlich waren schon durchaus seltsamere Dinge als das geschehen. Je länger sie hier war, desto besser schien ihr Laholm zu gefallen. Und seine Gegenwart, das, was sie zusammen hatten. War es wirklich derart undenkbar, dass sie sich für ihn entscheiden könnte?

»Du wirkst angespannt. Hast du viel zu tun?«, fragte Klas und warf wieder die Angel aus.

»Es ist immer viel zu tun«, schnaubte Thor, denn die Frage klang wie ein Vorwurf.

»Hm«, meinte Klas unberührt und holte die Angel ein. »Papa hat gesagt, dass du sie nie um Hilfe bittest. Du bist so verdammt stur.«

Thor hatte nicht übel Lust, seinen unausstehlichen Bruder ins Wasser zu schubsen. Hier aufzutauchen und seine Beobachtungen zu verkünden. Zwar hatte er nicht ganz unrecht, Thor war stur. Aber so war es nun einmal. Ein Bauer gab nicht klein bei. Ein Bauer kämpfte bis zum Ende.

»Ich komme zurecht, ich brauche ihre Hilfe nicht«, sagte er schroff.

»Nee, du musst ja immer beweisen, dass du der Beste bist.«

»Mir ist gar nichts anderes übrig geblieben«, konnte er sich nicht zu sagen verkneifen. Schließlich hatte Klas nie seine Hilfe angeboten. Das schmerzte ihn tatsächlich immer noch.

»Du hättest nur zu fragen brauchen, dann wäre ich da gewesen.«

»Ich wollte nicht stören«, sagte er eingeschnappt. Er hatte gelernt, die Zähne zusammenzubeißen und allein zurechtzukommen, das war am besten so. Die Leute sagten, wenn man jemanden habe, der an einen glaube, könne man alles schaffen. Bei Thor war es genau andersherum. Je weniger seine Eltern, Rakel, die ganze Welt ihm zutrauten, desto mehr wollte er allen beweisen, was er konnte.

»Du störst nie«, sagte Klas. »Du bist mein Bruder.«

Thor schnaubte in sich hinein und beobachtete seine Hunde, die schwanzwedelnd herumtollten. Diese Treulosen, sie waren Klas bedingungslos ergeben. Pumba verschenkte für einen freundlichen Blick oder ein Leckerli seine Liebe zwar an jeden, aber seine vernünftige Nessie müsste es eigentlich besser wissen.

Bei einem der Angler hatte etwas angebissen, und sie sahen zu, wie er einen glänzenden Fisch herauszog. Thor sah, dass Klas schon einen Sonnenbrand hatte, beschloss aber, es ihm nicht zu sagen. Von ihm aus durfte Klas gern mit verbrannter Stirn und Nase herumlaufen. Als er ankam, war er blass gewesen. Thor fragte sich, was Klas dazu bewogen hatte, schon so lange vor dem Fest nach Laholm zu fahren. Das sah ihm gar nicht ähnlich. Hatte Klas mit ihren Eltern darüber gesprochen? Hatten sie ihn überhaupt gefragt? Thor betrachtete seinen Bruder prüfend. War etwas passiert? War er krank? Arbeitslos? Unglücklich verliebt?

Ihren Sohn nach seinen Partnern zu fragen, fiel Vivi und Gunnar schwer, das wusste Thor. Auf Klas' Coming-out hatten ihre Eltern kaum reagiert. Sie hatten zwar nicht direkt darüber gesprochen, aber die Familie hatte Klas zu einhundert Prozent akzeptiert und unterstützt. Über die Jahre hatte Klas genau zwei Freunde nach Laholm mitgebracht. Aber ihre Eltern sprachen darüber nicht so, wie sie mit Thor über Frauen und Freundinnen sprachen. Merkte Klas das? Dass es ihnen schwerfiel, ungezwungen darüber zu sprechen?

»Und wie läuft es sonst so? Im Allgemeinen?«

»Im Allgemeinen?«, fragte Klas sarkastisch.

Thor kniff die Augen zusammen. Krank wirkte Klas nicht. Und für einen Arbeitslosen arbeitete er zu viel. Er sollte ihn nach der Liebe fragen, dachte er. Aber Klas und er sprachen so selten über dieses Thema, dass er nicht wusste, wie er anfangen sollte.

»Es liegt ein Gewitter in der Luft«, sagte er stattdessen und blickte zum Horizont. Es war warm, fast schon schwül, und in der Ferne türmten sich dunkle Wolken auf.

Klas schlug sich auf den Hals. »Verdammte Insekten.«

»Die Großstadt hat dich verweichlicht.«

»Die Großstadt hat mich gewisse Dinge zu schätzen gelehrt.«

»Ja, wie viele Polohemden besitzt du jetzt?«

Klas machte den Mund auf, wurde aber von Stella unterbrochen, die auf ihrem rostigen Kamikazemoped angeknattert kam. Sie fuhr langsam und sicher, und sie hatte einen Helm auf, aber Thor wollte dennoch vor ihr hergehen, den Boden ebnen, Hindernisse beseitigen und ihr den Weg freimachen.

»Du liebe Güte, was ist das denn?«, fragte Klas und wedelte mit der Hand die Abgase weg. Die anderen Angler warfen böse Blicke in Richtung des Krachs. Thor konnte sie verstehen, Stella hatte sicher jeden einzelnen Fisch im Lagan verscheucht.

Sie bremste, nahm den Helm ab und schüttelte ihre schwarzen Locken, und seine Welt geriet ins Wanken. Im Ausschnitt ihres dünnen weißen Shirts zeichnete sich ihr Schlüsselbein ab. Thor war noch nie auf die Idee gekommen, dass dieser Körperteil so schön sein konnte, und er hatte auch noch nie bemerkt, dass er beim Anblick eines sanft gerundeten Unterarms Herzklopfen bekommen hätte. Stella nahm so viel Raum in seinem Leben ein. Beim Aufwachen dachte er an sie. Wenn die Tiere etwas Lustiges machten, wollte er ihr davon erzählen, und wenn sie in seiner Nähe war, wollte er sie die ganze Zeit ansehen. War sie nicht da, sehnte er sich nach ihr. Sein Blick ruhte auf dem Puls in ihrer Halsgrube, und er hätte schwören können, dass ihre Herzen im selben Takt schlugen. Die Anziehung war allgegenwärtig, wie die Energie der Sonne und die Bewegungen von Wellen, er sah sie in jeder Linie, jeder Form, jedem Winkel. Sie allein. Er wollte sie an sich ziehen, in seine Arme, ihre Weichheit umfangen, sie lieben. Langsam. Schnell. Lange.

Klas warf ihm einen langen Blick zu. »Du bist so was von am Arsch«, sagte er, jedoch nicht unfreundlich.

Stella fuhr sich mit der Hand durchs Haar, und Thor starrte sie an. Ihr Shirt war tief ausgeschnitten, und ihre großen, runden goldbraunen Brüste wogten, und er hörte auf zu denken, sein Gehirn schaltete sich einfach ab. Sie lächelte und nickte, aber nur wie eine Freundin, nicht verräterisch oder intim. Dann begrüßte sie Klas und holte den Brief heraus, den sie bekommen hatte. Während sie die Hunde streichelte, las Klas ihn rasch durch. Und dann noch einmal.

»Jepp. Das ist eine anwaltliche Benachrichtigung.«

»Er sagt, ich müsste an ihn verkaufen und an niemanden sonst.«

»Ist der Verkauf denn so eilig? Kannst du das Grundstück nicht einfach behalten?«, wollte Thor wissen.

»Der Anwalt schreibt, dass eine mündliche Zusage an Erik bindend sein kann«, sagte Klas, den Blick auf den Brief gerichtet. »Dass Erik das Grundstück als sein Eigentum betrachtet.«

»Ich möchte aber an Thor verkaufen«, sagte Stella. »Erik will eine Düngerfabrik bauen. Thor will die Kröten schützen. Das muss doch möglich sein.«

Sie sah Klas aus ihren schwarzen Augen flehend an, und Thor dachte, wenn sie ihn so ansähe, würde er in die Welt hinausziehen und für sie Drachen erschlagen. Es mit Erik, dem Anwalt und der ganzen Welt aufnehmen.

»Es kommt nicht so häufig vor, dass jemand in Schweden wegen so etwas verklagt wird, aber es passiert«, sagte Klas und faltete den Brief zusammen. »Lass mich darüber nachdenken. Ich melde mich dann.«

»Vielen Dank.«

Thor fiel auf, dass Stella nicht auf seine Frage geantwortet hatte. Warum lag ihr so viel an einem Verkauf? Könnte er sie dazu bringen, ihre Meinung zu ändern?

Könnte er sie dazu bringen, noch etwas zu bleiben?

~ 38 ~

Thor und Stella überließen Klas seinem Angeln, nahmen die Hunde mit und gingen zusammen zu Fuß ins Zentrum. Thor schob das Moped für sie, er wollte es unbedingt so haben.

»Ich bin froh, dass Klas mir hilft«, sagte sie.

»Ja, er ist derjenige von uns beiden, der das Gehirn abbekommen hat.«

Sie blieb stehen und stemmte die Hände in die Seiten. »Tu das nicht.«

»Was?«

»Dich mit ihm vergleichen und dich schlechter machen.«

»Aber du wirst mir doch zustimmen, dass er in … quasi allem besser ist.«

»Das ist nicht witzig. Glaubst du das wirklich?« Sie betrachtete ihn. War das sein Ernst? Sie war noch nie einem fähigeren Menschen begegnet als Thor Nordström. Woher kam sein schlechtes Selbstbewusstsein?

»Nicht, wenn ich mit dir zusammen bin, dann fühle ich mich wie ein König.«

Sie lächelte. Sie wusste, was er meinte, denn ihr ging es genauso. Mit Thor war sie eine bessere Ausgabe ihrer selbst, ihr bestes Ich. Sie beugte sich zu Pumba hinunter und streichelte ihn, um ihr Gesicht und ihre Gefühle zu verbergen. Dies war gefährlich. Sie merkte ja, wie sie zweifelte, wie sie immer öfter davon träumte zu bleiben. Sie war Thors Frage ausgewichen, aber sie wusste, dass er sich wunderte, warum sie es mit dem Verkauf so eilig hatte. Obwohl sie sich die ganze Zeit versichert hatten, dass nicht mehr daraus werden würde, dass ihre Beziehung zeitlich begrenzt sei, war er von ihr enttäuscht. Sie sollte ihm sagen, dass sie auf die Antwort aus New York wartete. Sie hatte die Bestätigung erhalten, dass die Bluse angekommen war und dass sie schnellstmöglich Bescheid bekäme. Sie sollte es ihm sagen. Aber sie wollte nichts beschreiben. Oder vielleicht log sie sich auch nur in die eigene Tasche. Sie richtete sich wieder auf.

Warum musste Thor alles nur noch schwerer machen? Und sie?

Thor lehnte das Moped an eine Wand und legte ihr die Arme um die Taille.

»Was machst du?«, fragte sie, obwohl das ziemlich offensichtlich war. Er zog sie an sich, presste ihren Körper an seinen und schob sie beide unter einen tief herabhängenden Fliederbusch. Duft umgab sie, als er seinen Mund auf ihren senkte. »Darauf habe ich schon viel zu lange gewartet«, sagte er und küsste sie hungrig. Sie klammerte sich an seinem Shirt fest. Sie hatte auch gewartet und fand, er hätte das schon vor zehn Minuten tun sollen, spätestens.

»Ich habe darauf gewartet, dass du mich küsst«, sagte sie und drängte sich gegen seine Erektion.

Er stöhnte und führte ihr die Arme hinter den Rücken, richtete sich über ihr auf. »Und ich habe darauf gewartet, dass *du* mich küsst«, sagte er gegen ihren Mund und biss in ihre Unterlippe.

»Ich mag es, wenn du das tust«, sagte sie und presste ihre Brüste nach oben, ihm entgegen. Sie hatte sich nur deswegen für das ausgeschnittene Shirt entschieden, weil sie wusste, was der Anblick ihres Dekolletés in ihm auslöste.

Er ließ ihre Hände los.

»Ich weiß«, sagte er und legte seine Hand an ihre Wange, liebkoste sie mit dem Daumen. Er hatte so starke und wettergegerbte Finger, raue Hände, die Holz hacken und Pfähle tragen konnten, sich auf ihrer Haut aber so zärtlich anfühlten. Er umschloss ihren Nacken mit seiner Hand, hielt sie fest und küsste sie, bis sie nur noch wimmern konnte. Sie zog an seinem Shirt, wollte hinein, seine warme Haut spüren und seine kurzen dunklen Haare.

»Stella ...«

Es war fast unmöglich, all das zu verlassen, das wusste sie. Und das, was sie hier taten, machte es nicht besser. Aber sie konnte noch nicht aufhören. Sie brauchte ihn nötiger als Sonnenlicht, Wasser und Schlaf. Nur noch ein bisschen Glück, dachte sie benommen. Dann würde sie kaputtgehen, aber noch nicht jetzt.

Er lehnte seine Stirn an ihre. Sein Atem kam in kurzen, heftigen Stößen, er fühlte sich heiß an, und seine Arme, die sie umfingen, waren wie ein Bollwerk gegen die Außenwelt. Auch wenn die Außenwelt im Moment lediglich aus Flieder, Kopfsteinpflaster und Laholm bestand. Aber sie fühlte sich bei ihm geborgen. Sie spürte, dass sie bei ihm bleiben wollte. Für immer. Sie wand sich, ihr war unwohl dabei. Dies war zu riskant.

Sein Smartphone summte. »Entschuldigung«, sagte er und zog es aus der Tasche.

Sie machte sich los und tat so, als bürste sie Blätter und Staub ab, während er die SMS las. Sie blinzelte den Hunden zu, die sie ansahen, die Köpfe auf der Erde. »Euer Herrchen ist toll«, flüsterte sie. Pumba wedelte mit dem Schwanz, und Nessie schnupperte an einer unsichtbaren Fährte.

»Das war einer meiner Angestellten, der den Traktor fährt. Er hat schon wieder eine Panne. Also muss ich wohl nach Hause fahren.« Er küsste sie wieder.

»Ich habe noch ein paar Sachen zu erledigen«, sagte sie.

»Fährst du auf deiner Kamikazemaschine?«

»Mein geliebtes Moped schafft höchstens dreißig Stundenkilometer. Alles gut.«

»Fahr vorsichtig, versprich es mir. Ich bin ganz verrückt vor Angst, wenn du mit dem Ding in der Gegend herumfährst.«

Das war süß von ihm. Dass er sich ihretwegen Sorgen machte. Noch nie hatte sich jemand ihretwegen Sorgen gemacht. Ihre Mutter hatte meist vergessen, dass es sie gab, und ihre männlichen Freunde, tja, die hatten in erster Linie an sich selbst gedacht. Also an die Hauptperson.

»Stella, ich ...« Mehr sagte er nicht, aber sie ahnte, dass er über das Grundstück sprechen wollte. Über die Zukunft.

»Lass uns später darüber sprechen«, sagte sie und gönnte sich noch eine Gnadenfrist. Als ob das etwas nützte.

Als Stella den Laden betrat, sortierte Nawal gerade Blusen und Blazer nach Größe. Eine Kundin schlenderte umher, und Stella begutachtete die Accessoires, die eben hereingekommen waren.

»Darf ich dich etwas fragen?«, sagte sie und hielt eine Silberkette mit Seesternanhänger hoch. Gold stand ihr am besten, aber sie hatte Seesterne schon immer gemocht und sie als »ihr« Symbol betrachtet.

Nawal nahm einen falsch einsortierten Mantel, hängte ihn ordentlich auf den Bügel und brachte ihn an seinen richtigen Platz. »Kann ich dich daran hindern?«

»Warum habt ihr euch eigentlich entzweit, du und Rakel?«

Nawal arbeitete konzentrierter. Sie runzelte die Stirn und kniff den Mund zusammen – die ganze Person signalisierte, dass sie darüber nicht sprechen wollte.

»Ich will es wissen«, sagte Stella. Sie hatte darüber gegrübelt, seit Thor es erwähnt hatte.

»Weil Rakel unausstehlich ist«, sagte Nawal knapp und ging weiter durch den Laden.

Natürlich. Rakel war ziemlich schwer zu ertragen.

»Ihr wart einmal befreundet, habe ich gehört«, beharrte Stella und folgte ihr.

»Ja.« Nawal bückte sich und schob ein paar Pumps auf einem Regalbrett zurecht.

»Was ist passiert?«

»Wir haben uns auseinandergelebt.«

»Wieso?«

Nawal warf ihr einen gequälten Blick zu. »Müssen wir darüber reden?«

»Wir könnten auch darüber reden, dass du mir eine Gehaltserhöhung geben solltest.«

»Du weißt vielleicht, dass Rakels Mann sie verlassen hat?«

»Wegen einer Sängerin.«

»Ja, die beiden leben jetzt in Spanien. Sonnen sich zu Tode. Als ich sie letztens auf Facebook gesehen habe, waren sie so runzelig wie Wellpappe.«

»Sonne ist nicht gesund«, sagte Stella, die sich am liebsten im Haus aufhielt.

»Rakel will nicht einsehen, welches Glück sie hat, dass sie ihn los ist. Er war kein guter Mann.«

»Inwiefern?« Ob er Rakel wohl geschlagen hatte? Es gab solche Männer. Keine Frau hatte es verdient, geschlagen zu werden. Keine.

Aber Nawal schüttelte den Kopf, als ob sie Stellas Gedanken gelesen hätte. »Keine Gewalt. Aber er schlief sich durch die Betten, sowohl hier als auch in Halmstad. Hat das Geld für sich und seine Hobbys rausgeschmissen. Hat sich aufgeführt, als ob ihm die Sonne aus dem Arsch scheinen würde. Rakel und er waren viel zu unterschiedlich, und er hat sie unglücklich gemacht, aber das hat sie nicht begriffen. Sie war am Boden zerstört, als er sie verließ.«

»Das ist doch aber verständlich?«, fragte Stella.

Vielleicht war Nawal noch nie betrogen worden, hatte noch nie die totale Demütigung erlebt, die darauf folgte.

»Ja, absolut. So meinte ich das nicht. Aber das Leben ging weiter, und Rakel kam irgendwie nicht drüber weg. Sie saß in ihrer Verbitterung fest. Dann wurde ihre Tochter Ida schwanger. Das machte es nicht besser, kann ich dir sagen.«

»Von Thor?«

»Ja, von deinem Thor.«

»Er ist nicht mein Thor.«

Nawal warf ihr einen Blick zu, der deutlich sagte, wer's glaubt, wird selig, bevor sie weiterredete. »Thor und Ida heirateten jedenfalls. Und Rakel fühlte sich wieder allein gelassen. Einige Menschen kommen nie darüber weg.«

»Oder sie trauern lange«, bemerkte Stella.

Nawal sah skeptisch aus. Sie fing an, einen Tisch mit preisreduzierten Accessoires aufzuräumen.

»Ich habe sie jeden Tag angerufen. Sie war verbittert und beklagte sich in einer Tour. Außerdem war sie neidisch.«

»Worauf?«

»Auf mich und auf das, was ich hatte, vermute ich. Meine Ehe war gut, mein Geschäft lief hervorragend, aber wir sprachen nur darüber, wie schrecklich alles in ihrem Leben war. Es war so anstrengend, all ihre Negativität aufzunehmen, denn es nahm kein Ende. Einmal – ein einziges Mal – habe ich ihr die Meinung gesagt. Ich war müde, und ich war krank gewesen, und ich sagte ihr, dass sie all meine Energie aufsaugte, denn so fühlte es sich an, als wenn sie ein einziges großes schwarzes Loch wäre. Sie nahm mir das schrecklich übel und legte einfach auf.«

»Habt ihr euch danach gestritten?«

»Nein. Vielleicht hätten wir das tun sollen. Ich hatte vor allem das Bedürfnis, erst einmal durchzuatmen. Aber sie hat das so aufgefasst, dass ich gar nichts mehr mit ihr zu tun haben wollte. Dass ich sie auch allein gelassen habe, wie alle anderen.«

»Ich verstehe.«

Nawal lächelte traurig. »Wir waren seit der Schule beste Freundinnen, haben jeden Tag miteinander geredet. Aber das zählte für Rakel offenbar nicht. Ich durfte keinen einzigen Fehler machen, mehr war ihr unsere Freundschaft nicht wert. Zwölf Jahre lang haben wir kein einziges Wort miteinander gesprochen.«

»Zwölf Jahre?«

Das war ja eine Ewigkeit, dachte Stella. Mit Maud sprach sie jeden Tag, manchmal sogar mehrmals. Maud wusste alles von ihr. Schon der Gedanke, Maud könnte aus ihrem Leben verschwinden und sie würden mehrere Jahre lang nicht voneinander hören, war undenkbar.

»Und was ist dann passiert?«, fragte Stella.

Nawals Ton war scharf, aber Stella konnte sehen, dass sie all das sehr belastete, sie vielleicht schon seit vielen Jahren quälte. Nawals Augen füllten sich mit Tränen. »Ida ist gestorben. Das war schrecklich. Kinder sollten nicht vor ihren Eltern sterben.«

Stellas Kehle wurde eng.

»Ich hatte gar nicht gewusst, dass Ida krank war. Ich habe Rakel sofort angerufen, wollte für sie da sein. Ihr in dieser Situation eine Freundin und Stütze sein.« Nawals Miene war gequält, als ob die Wunde immer noch frisch und schmerzhaft wäre. »Sie wurde böse und sagte, ich solle sie nicht mehr anrufen. Irgendwann habe ich aufgegeben. Das ist jetzt sechs Jahre her. Du kannst dir nicht vorstellen, wie nah wir uns standen. Aber sie ist ein Sturkopf, und das ist vielleicht auch gut so. Wir haben uns auseinandergelebt.«

»Das ist traurig.«

»Kann sein. Als wir jung waren, hatten wir so viele Pläne. Wir haben immer davon gesprochen, gemeinsam zu reisen. Rakel war noch nie im Ausland.«

»Noch nie?«

»In ihrer Jugend hatte sie kein Geld. Und ihr nichtsnutziger Mann warf das bisschen Geld, das sie verdienten, zum Fenster hinaus. Ihr Traum war eine Reise mit der Transsibirischen Eisenbahn.« Nawal verzog das Gesicht. »Total unrealistisch.«

Die Ladenglocke bimmelte, und Nawal ging ihre Kundin bedienen.

Stella nahm ein Kleid von dem Ständer mit siebzig Prozent Rabatt. Sie sah Rakel vor sich, ihre Farben, ihre Silhouette und düstere Ausstrahlung. Ihr war eine Idee gekommen. Eine brillante Idee, wenn sie das selbst sagen durfte.

Sie hielt das Kleid hoch. »Darf ich das mitnehmen? Statt Geld?«

»Wenn du aufhörst, über Rakel zu sprechen, darfst du mein Erstgeborenes mitnehmen.«

»Das Kleid reicht, danke.«

Als Stella kurz darauf ihre Sachen ordentlich auf das Moped lud, war die Luft warm und drückend, und am Horizont schoben sich dunkle Gewitterwolken vor die Sonne. Eine Entladung schien bevorzustehen.

»Stella!«

Sie blickte sich um, um zu sehen, wer gerufen oder eher geschrien hatte.

»Stella!«

Es war Cassandra auf ihrem Fahrrad, ganz atemlos und verschwitzt.

»Cassandra? Was ist passiert?«

Cassandra machte eine Vollbremsung. »Es geht um Juni. In der Schule ist etwas Schreckliches passiert. Du musst sofort kommen!«

~ 39 ~

»Wir sollten deinen Vater anrufen«, sagte Stella, so vernünftig und erwachsen sie konnte.

»Nein! Sag Papa nichts!« Juni war außer sich. Sie hatten sie laut weinend vor der Schule auf einer Bank gefunden.

»Aber was ist denn los? Erzähl es mir!«

Stella war vor Angst ganz kalt. Juni schien unverletzt zu sein, aber ganz offensichtlich war irgendetwas Schreckliches passiert.

»Darf ich es ihr sagen?«, fragte Cassandra.

»Das ist so eklig, ich drehe durch!« Juni atmete stoßweise und keuchend.

»Juni«, sagte Stella sanft.

»Ich sage es ihr«, sagte Cassandra. »Sie kann dir helfen.«

Juni nickte schniefend, sah aber Stella dabei nicht an, sondern vergrub das Gesicht in den Händen, als ob die Scham zu groß wäre, und schluchzte herzzerreißend.

»Nils hat ihr den Pulli hochgezogen«, sagte Cassandra.

Juni heulte in ihre Hände.

»Dann hat er ihr den BH heruntergerissen, und alle seine Freunde haben es gesehen. Er hat sie angegrabscht und gelacht, und einer hat das gefilmt. Nils hat gesagt, er stellt es bei Snapchat ein. Das hat er schon einmal gemacht.« Cassandras Stimme klang jetzt beinahe hysterisch.

Stella befahl sich selbst, die Ruhe zu bewahren, aber in ihr herrschte Chaos.

»Alle werden das sehen! Ich halte das nicht aus!« Junis Atemzüge kamen in flachen Stößen.

»Wir müssen mit ihm reden«, sagte Stella und zwang sich, ruhig zu klingen. Dieser verdammte kleine Dreckskerl.

»Das nützt doch nichts«, weinte Juni.

»Aber dann müssen wir mit seinen Eltern reden. Wir …«

»Nein!«, rief Juni. »Sag nichts, niemandem!«

»Aber Juni …«

»Mein Leben ist zerstört.« Sie weinte noch heftiger.

Stella blickte Cassandra ratlos an. Dann stand sie auf und streckte Juni ihre Hand hin.

»Komm, hier kannst du nicht sitzen bleiben. Wollen wir nach Hause fahren?«

»Nein, ich muss wieder rein. Sonst rufen die bei Papa an.«

»Dann komme ich mit.«

»Sag nichts, davon wird es nur schlimmer. Versprich es mir«, flehte Juni sie wieder an, als sie Stella und Cassandra widerstrebend zum Eingang folgte.

»Ich verspreche es«, sagte Stella, die sich fragte, ob sie damit einen Fehler beging. Sie fühlte sich ziemlich ratlos.

»Soll ich nicht doch deinen Vater anrufen?«, versuchte sie es. Thor musste schließlich informiert werden.

Juni blieb abrupt stehen. »Nein, tu das nicht! Versprich es! Bitte, versprich es mir! Wenn du ihn anrufst, bringe ich mich um. Ich schäme mich zu Tode.«

Die Heftigkeit von Junis Protest war erschreckend.

Der Wind ließ Stella in ihrem dünnen Top frösteln. Die Temperatur fiel rasend schnell.

Juni blieb wieder stehen.

»Oh nein«, sagte Cassandra.

Stella folgte den Blicken der Mädchen. »Ist das Nils?«

Ein großer blonder Junge starrte sie an. Sie erkannte ihn von dem

Foto auf Erik Hurtigs Schreibtisch wieder. Um ihn herum standen noch fünf, nein, sechs weitere grölende Jungen.

»Ja, das ist er«, bestätigte Cassandra.

Juni wimmerte nur.

Je näher Nils ihnen kam, desto höhnischer sah er aus.

»Heulst du etwa?«, rief er Juni zu. »Das würde ich auch, wenn ich so fett und hässlich wäre wie du.«

»Halt's Maul«, rief Cassandra.

»Schau an, die kleine Bettelschwester hat ihre Sprache wiedergefunden, wie niedlich«, rief einer der anderen Jungen.

»Ihre Titten sind bestimmt genauso hässlich wie die von der anderen Hure.«

»Haha. Hure!«

Irgendetwas brannte in Stella durch.

Sie baute sich vor Nils auf, der ganz offensichtlich der Anführer der Meute war. Er war groß und gut gewachsen, breitschultrig und muskulös wie ein Hockeyspieler.

Aber Stella war außer sich, und seine körperliche Erscheinung interessierte sie nicht die Bohne.

»Wie kannst du so etwas sagen?«

»Ganz einfach. Sie mag das. Sie mag Aufmerksamkeit.«

Hätte er dabei nicht gegrinst, hätte sie sich vielleicht beherrscht. Gewalt ist keine Lösung, davon war sie fest überzeugt. Aber als Nils Hurtig ihr höhnisch ins Gesicht grinste und sagte: »Sie muss nur einmal ordentlich durchgevögelt werden, dann beruhigt sie sich schon wieder«, explodierte sie vor Wut wie ein Molotowcocktail.

Ohne nachzudenken, holte sie aus und verpasste ihm eine Ohrfeige direkt in sein feixendes Gesicht. Der Schlag war nicht besonders hart, aber er saß perfekt und Nils gab ein gedemütigtes Winseln von sich.

»Du alte Schlampe«, jaulte er, die Hand an seiner Nase. Mit der anderen Hand schubste er sie, sodass sie stolperte.

»Du verdammter Feigling«, schrie Cassandra und ging mit erhobenen Fäusten auf ihn los.

Stella warf sich schnell dazwischen. Wenn Nils Cassandra oder Juni schlug, würde sie einen Mord begehen.

Chaos brach aus. Nils fluchte und brüllte. Seine Kumpel lachten wie Hyänen, während Juni sie anschrie: »Aufhören, aufhören!«

Mit blutender Nase brüllte Nils, dass Stella ihn misshandelt habe, dass er sie anzeigen werde. Über die Familie Hurtig konnte man sagen, was man wollte – aber sie schienen keinerlei Schwierigkeiten damit zu haben, andere anzuzeigen.

»Shit, da kommt jemand«, sagte einer der Jungen.

Stella drehte sich um. Tatsächlich strömten aus allen Richtungen Leute herbei, Erwachsene, die aussahen wie besorgte Lehrer. Das wurde aber auch Zeit, dachte sie und ordnete ihre Kleidung.

»Was ist hier los?«, erkundigte sich eine Frau streng. Offensichtlich eine Lehrerin, die daran gewöhnt war, dass man ihr gehorchte. Sie unterrichtete sicher Sport. Sportlehrer sahen meistens so aus: gerader Rücken, forsch und immer bereit, so etwas zu sagen wie »Es gibt kein schlechtes Wetter, nur falsche Kleidung«.

»Diese Irre hat mich angegriffen«, sagte Nils und hielt die Hand vor seine Nase, die, wie Stella zugeben musste, ziemlich stark blutete. Aber trotzdem: angegriffen? Wirklich?

»Dieser junge Mann hat sich höchst unangemessen verhalten«, sagte sie, so hochtrabend und streng sie konnte.

»Cassandra?«, fragte die Lehrerin und ignorierte Stella vollkommen.

»Also. Nils hat angefangen.«

Nils protestierte lauthals, und die Lehrerin hob die Hand. Stella hätte sich nicht gewundert, wenn sie in eine Trillerpfeife geblasen hätte.

»Es reicht. Zum Rektor, alle zusammen.«

Stella ging mit. Sie drückte Junis Hand, aber die entzog sie ihr.

»Musstest du ihn unbedingt schlagen? Das macht alles nur noch schlimmer.«

»Es wird sicher alles gut«, sagte Stella. Die Situation war nicht optimal, musste sie zugeben, aber sie hatte ja gesehen, was passiert war, sie würde alles berichten und war sich sicher, dass es eine Lösung gab. Sie würde Nils um Entschuldigung bitten, aber er musste sich ebenfalls verantworten.

Alles wird gut, sagte sie sich.

»Nein!«, sagte Juni und blieb stehen, als eine Stimme donnerte.

»Was ist hier los?« Thor war da, er bebte vor Wut. Hinter ihm türmten sich dunkelgraue Wolken auf. Der Wind nahm zu.

»Papa, nicht«, wimmerte Juni.

Stella sah Thor an.

Hinter ihm wurde der Himmel plötzlich von einem Blitz erhellt.

Thor sah nicht glücklich aus.

Eine gewaltige Untertreibung.

~ 40 ~

Thor war so wütend, dass es ihm vor den Augen flimmerte. Er versuchte tief durchzuatmen, aber es war, als ob seine Lungen sich weigerten, ihren Dienst zu tun. Sein ganzer Körper war im Kriegsmodus. Seine Tochter, sein Augapfel, seine kleine Juni war blass und rot geweint, und das Entsetzen krallte sich in sein Herz, pumpte das Blut in die Muskeln und ließ ihn laut werden.

»Was ist hier los?« Er starrte Stella an. »Und was machst *du* hier?« Seine Stimme war grob, das hörte er selbst, aber er war wütend und hatte Angst.

»Juni brauchte mich.«

»Und warum hat mich niemand angerufen? Was zum Teufel ist hier los?«

»Es ist alles in Ordnung«, sagte Stella.

Falls es ihre Absicht gewesen war, ihn zu beruhigen, klappte das jedenfalls nicht. Er wollte mehr Informationen.

Junis Mentor hatte ihn angerufen und gesagt, dass Juni nicht da sei. Thor hatte ihr eine Nachricht geschickt, aber keine Antwort bekommen, und sich daraufhin ins Auto geworfen. Er hatte sich solche Sorgen gemacht, dass er beinahe einen Unfall gebaut hätte. Und dann stellte sich heraus, dass Stella die ganze Zeit hier gewesen war. Warum hatte sie ihn nicht angerufen? Begriff sie wirklich nicht, wie schrecklich es war, hören zu müssen, dass das eigene Kind verschwunden war? Sie hätte ihn sofort anrufen müssen. Juni war sein Kind, seine Verantwortung.

»Was ist los?«, wiederholte er.

»Nichts, Papa. Du hättest nicht zu kommen brauchen.«

Thor betrachtete Nils' blutige Nase, Junis verweintes und Stellas schmutziges Gesicht und zerzauste Haare. Irgendetwas stimmte hier ganz offensichtlich nicht, und wenn ihm nicht bald jemand antwortete, würde er Amok laufen.

»Wir warten auf Erik und Paula«, sagte der Rektor, und im gleichen Moment hörte man vor seinem Büro wütende Stimmen.

Erik Hurtig kam als Erster herein, bereits laut brüllend und rot im Gesicht, dicht gefolgt von Paula, die beim Anblick von Nils' blutiger Nase aufschrie.

»Nils!« Sie lief zu ihm. »Nils, du bist verletzt! Du blutest ja!« Sie blickte wild um sich. »Wer hat meinem Sohn das angetan?«

Erik verzog den Mund. »Juni Nordström, natürlich. Wie immer, wenn wir hierher gebeten werden. Ich verlange, dass die Schule das ein für alle Mal klärt.« Er wandte sich Juni zu und drohte ihr mit dem Finger. »Du solltest dich schämen!«

Thor trat drohend einen Schritt vor. Seine Schultern zogen sich hoch, wie bei einem Stier, der zum Angriff übergeht. Niemand brüllte seine Tochter an. Niemand.

»Nein!«, schrie Cassandra gellend. »Es war nicht Junis Schuld. Er ist schuld.« Sie zeigte auf den mürrisch dreinschauenden Nils. »Er schikaniert sie, schon lange.«

»Wer bist du denn? Bist du nicht eins von Natalies Kindern? Was hast du dich hier einzumischen? Solltest du nicht zusehen, dass du nach Hause kommst, wo du hingehörst?«, herrschte Erik Cassandra an und warf ihr einen verächtlichen Blick zu, bevor er sich wieder an den Rektor wandte. »Ich hoffe, dir ist klar, wer in dieser Situation am glaubwürdigsten ist.«

Thor ballte seine Fäuste an den Hosennähten und war gefährlich nahe daran, die Kontrolle zu verlieren.

»Was ist hier los?«

Cassandras Mutter, Natalie, war eingetreten. Sie trug immer noch ihre Arbeitskleidung aus dem Restaurant und sah ganz verwirrt aus. Mittlerweile war das Büro so voll, dass nicht für jeden ein Sitzplatz da war. Nicht, dass Thor hätte sitzen wollen.

Alle redeten gleichzeitig und versuchten sich gegenseitig zu überschreien.

Stella flüsterte Juni etwas zu, die nickte und einen Schritt vortrat.

»Nils hat angefangen«, sagte sie leise, aber entschlossen. »Er hat ein Foto von mir gemacht.« Sie nahm Anlauf. »Er hat meinen Pulli hochgezogen und, und ...« Sie verstummte und sah Stella verzweifelt an. »Ich kann nicht«, flüsterte sie.

Thor bekam kaum noch Luft.

»Er hat gegen ihren Willen Fotos gemacht und gefilmt«, sagte Stella scharf. »Soweit ich das beurteilen kann, liegt hier ein Fall sexueller Belästigung vor. Und das geht schon eine ganze Weile so. So etwas ist kriminell.«

»Das würde mein Sohn niemals tun!«, keuchte Paula.

»Er kann doch jede haben, warum sollte er das tun?«, fügte Erik herablassend hinzu.

Juni sah Thor flehend an, als ob er ihr ebenfalls misstrauen könnte. Thor stöhnte innerlich. Er war ein miserabler Vater, wenn sie das von ihm glaubte.

»Er hat es getan, ich schwöre. Und, Papa, ich habe Cassandra gebeten, Stella zu holen.«

»Aber warum hast du mich nicht angerufen?«, fragte er Stella. Bitte, dräng dich nicht zwischen mich und meine Kinder, schien er sagen zu wollen. Wie kam sie auf die Idee, dass sie ihn nicht anzurufen brauchte? Er war Junis Vater. Ihr einziger Elternteil. Er schämte sich. Er hatte komplett versagt.

»Papa, ich habe sie gebeten, das nicht zu tun«, flehte Juni.

»Sie hätte mich trotzdem anrufen müssen.«

»Du hast meinen Sohn misshandelt«, sagte Erik und zeigte auf Stella.

Alle sahen Nils an. Das Blut begann anzutrocknen, und er machte einen halbwegs wiederhergestellten Eindruck. Außerdem war er fast doppelt so groß wie Stella und die Idee, dass sie ihn misshandelt haben könnte, war beinahe komisch.

»Ich habe ihm eine Ohrfeige gegeben«, räumte Stella ein. »Ich bitte deshalb um Entschuldigung, Gewalt ist nie richtig. Aber du hast damit gedroht, Nacktaufnahmen im Internet zu veröffentlichen, Nils.«

Juni wimmerte, und Stella drückte ihre Hand.

»Mir ist die Sicherung durchgebrannt«, sagte Stella.

Thor drehte sich langsam und eiskalt vor Wut zu Nils um. Er konnte die Rage, die in ihm hochstieg, kaum noch kontrollieren, er spürte, wie sie ihn zu überwältigen drohte, wie sein Puls hämmerte wie eine Kriegstrommel. Er nagelte den Teenager mit dem Blick fest und sah, wie Nils zusammenschrumpfte. Thor wurde selten wütend. Aber jetzt ...

»Ist das wahr?«, fragte er langsam und mit beherrschter Betonung auf jeder Silbe. »Hast du Fotos. Von meiner Tochter. Nackt, gegen ihren Willen. Auf deinem Smartphone?« Er brachte kaum die Worte heraus.

»Also, das war doch nur Spaß ...«, stammelte Nils.

»Du hast zehn Sekunden, um alles zu löschen. Zehn. Sonst garantiere ich für nichts.«

»Hör mal ...«, begann Erik, aber Thor reagierte nicht. Er war so rasend, dass es sich anfühlte, als stünde er in Flammen. Nils hatte offenbar genügend Geistesgegenwart, um zu verstehen, dass es Thor ernst war, denn er griff zu seinem Telefon und tippte auf dem Display herum.

»So, sie sind gelöscht, bist du zufrieden?«

»Ob ich zufrieden bin? Du fragst mich, ob ich zufrieden bin?« Thors Stimme hallte durch den Raum. Er war keineswegs zufrieden, falls jemand das angenommen hatte. »Und jetzt bittest du meine Tochter um Entschuldigung.«

»Entschuldige«, sagte Nils kleinlaut.

»Gibt es noch irgendwo Kopien?« Er konnte seine Stimme immer noch nicht richtig kontrollieren, und seine Worte füllten den kleinen, warmen Raum.

Nils schüttelte den Kopf.

»Sicher?«

Nils nickte heftig.

»Mein Bruder ist Anwalt. Ein Wort zu ihm und er wird eure ganze Familie verklagen, bis ihr euch wünscht, ihr wärt nie geboren worden, verstanden?«

»Du kannst uns gar nicht drohen«, begann Erik.

Thor schob sein Gesicht ganz dicht vor Eriks und sagte: »Wag es nicht, Erik. Wag es nicht.«

Alle hielten den Atem an.

Erik trat einen Schritt zurück.

»Wir gehen jetzt«, sagte Thor zu Juni und führte sie aus dem Raum. Er wollte ihr am liebsten einen Arm wie den Mantel eines Superhelden um die Schultern legen, sie in Sicherheit bringen, aber sie war stocksteif und hielt Abstand zu ihm. Stella lief ihnen nach.

»Und du«, sagte Thor über seine Schulter, immer noch bebend vor Wut, »du hältst dich verdammt noch mal aus Dingen heraus, die dich nichts angehen.«

»Bist du böse auf mich? Auf mich?«

»Wundert dich das?« Sie hatte ihn schon wieder hintergangen. Was war ihr Problem? Er pfiff auf ihren Ex und auf ihr Grundstück, aber seine Kinder standen auf einem anderen Blatt. Was zum Teufel war mit ihr los?

»Ja, das wundert mich sehr«, sagte Stella, und er konnte hören, dass sie wütend war.

Draußen schüttete es wie aus Kübeln, und sie blieben mit Cassandra und Natalie auf der Treppe stehen.

»Soll ich euch fahren?«, fragte Thor knapp und merkte, wie seine Wut verrauchte.

»Ich bin mit dem Auto hier«, sagte Natalie. Sie und Cassandra liefen eilig durch den Regen zu einem klapprigen Toyota und stiegen ein.

»Juni, ruf mich an oder sims, wenn etwas ist«, sagte Stella.

Sie strich sich das nasse Haar aus dem Gesicht und sah Thor nicht an.

»Wohin willst du?«, fragte er und schämte sich ein wenig über seine heftige Reaktion eben.

»Ich fahre nach Hause«, antwortete sie und lief los, setzte sich auf ihr schrottreifes Moped und ließ den Motor an.

»Darauf kannst du jetzt nicht fahren«, rief er.

Sie würde erfrieren.

Statt einer Antwort wendete sie scharf und fuhr los, in Wind und Regen auf ihrem lauten, lebensgefährlichen Moped.

»Du bist doch verdammt noch mal zu blöd«, sagte Juni zwischen zusammengebissenen Zähnen.

»Du sollst nicht fluchen.«

»Du kannst doch nicht auf Stella wütend sein. Sie hat mir geholfen. Cassandra hat sie geholt.«

»Seid ihr wieder Freunde, du und Cassandra?« Er startete den Wagen.

»Ja, das haben wir Stella zu verdanken. Die meinetwegen zur Schule gekommen ist, weil ich das wollte. Und sie hat dich nicht angerufen, weil sie es mir versprechen musste. Sie hat sich total Sorgen gemacht, und du warst gemein zu ihr.«

»Ich hatte Angst«, sagte er und schämte sich immer mehr. »Und sie hat Nils geschlagen«, fügte er noch hinzu. Das war jedenfalls nicht okay. Nicht, dass er sich deswegen weniger beschämt gefühlt hätte.

»Und dann hat Nils sie geschlagen, als sie mich beschützen wollte.«

»Hat Nils Stella geschlagen?«

Die Welt stand still.

Auf einmal wollte Thor den Wagen wenden und zurückfahren und das kleine Arschloch gründlich verprügeln. Niemals Gewalt. Er umklammerte das Lenkrad so fest, als wollte er es zerquetschen.

»Zumindest hat er sie geschubst. Aber Stella ist tough.« Juni grinste. »Ich glaube, er hatte Angst vor ihr. Sie ist cool.«

Als sie auf dem Hof ankamen, war der Sturm losgebrochen. Der Regen peitschte, der Wind heulte und die Fenster klapperten. Er musste nach den Tieren und den Feldern sehen, dachte er beunruhigt. Und er machte sich Sorgen um Stella. Dieses Wetter sollte man nicht auf die leichte Schulter nehmen.

Juni rannte ins Haus. Thor wollte ihr gerade nachlaufen, als Frans auftauchte, völlig durchnässt und mit verzweifeltem Gesichtsausdruck.

»Papa!«

»Was ist los?« Er hatte vergessen, dass Frans schon zu Hause war. Verdammt, kannte sein Versagen als Vater gar keine Grenzen?

»Ich habe nach den Schafen gesehen, Papa. Es geht ihnen gut, aber Trouble ist verschwunden. Sie ist weg!«

Ein Blitz teilte den schwarzen Himmel.

~ 41 ~

Nach der Fahrt durch das Unwetter war Stella bis auf die Unterwäsche nass.

Zitternd, unterkühlt und stinksauer versuchte sie den Holzherd in Gang zu bringen. Es blitzte und donnerte und ihre Kate bebte. Zwischen Blitz und Donner verging ziemlich viel Zeit, deswegen vermutete sie, dass das Gewitter weit weg war, aber krass, wie Regen, Wind und Donner ihre Hütte erschütterten.

Endlich brannte das Feuer. Sie fror so, dass ihr die Zähne klapperten. Es krachte wieder, und das klang, als ob das Gewitter näher käme.

Okay, jetzt hatte sie wirklich Angst, aber sie würde das durchstehen. Sie würde nicht bei Thor anrufen und um Hilfe bitten. Sie war sauer auf ihn. Aber sie war auch froh. Dass er zur Schule gekommen war und dass Juni und er nun gezwungen waren, darüber zu sprechen, was geschehen war. Die beiden mussten dringend miteinander reden.

Ein Blitz erhellte die Hütte, und der darauffolgende Knall ließ sie zusammenfahren. Hilfe, das Gewitter war genau über ihr. Als der Donner verhallt war, heulte der Wind.

Über das Geräusch des Windes hinweg hörte sie plötzlich ein schwaches Määäh. Und dann einen gigantischen Knall, wie das Armageddon, ein Donner, der in den Ohren dröhnte. Stella hatte solche Angst, dass sie aufschrie. Der Blitz musste ganz in der Nähe eingeschlagen sein.

Määäh, hörte sie wieder, ein verlassenes Blöken, das sie leicht wiedererkannte. Trouble war da draußen!

Während sie ihre durchweichte Strickjacke überzog und mit den Füßen wieder in die Stiefel fuhr, ertönte ein seltsames Geräusch. Ein Krachen. Alles um sie herum begann zu vibrieren, als ob die Erde, auf der die Hütte stand, zitterte.

Nein, nein, nein!

Die Eiche.

Der Blitz musste in die Eiche eingeschlagen haben. Es knackte und krachte.

Die Erde bebte.

Stella rannte nach draußen, von Regen und Wind fast blind. Aber sie sah, dass die Eiche getroffen war und sich bewegte, nicht nur vom Wind, sondern dass sie fiel. Sie bemerkte einen Geruch nach Schwefel und Rauch. Der Baum fiel genau auf ihre Kate.

»Trouble!«, schrie sie fast hysterisch.

Dann rannte sie in die Hütte zurück. Alles, was sie besaß, war da drinnen. Alles.

»Määäh!«

Und dann fiel der Baum.

~ 42 ~

Thor war auf der Suche nach Trouble, als er den riesigen Blitz sah, der in den Baum einschlug, breit und weiß und furchterregend. Flammen schlugen aus dem Baum. Dann sah er, wie Stella in die Hütte rannte, während gleichzeitig die verbrannte und beschädigte Eiche genau darauf fiel. Sie war verrückt. Das Haus war eine Todesfalle.

»Stella!«, brüllte er und rannte auf die Kate zu.

Die Eiche fiel in Zeitlupe wie ein Urzeitriese. Wurzeln wurden herausgerissen, Erde spritzte, es krachte und donnerte. Die Baumkrone rauschte, während der Baum fiel und fiel. Es ging gleichzeitig unheimlich schnell und unerträglich langsam. Obwohl Thor rannte, so schnell er konnte, war es noch weit.

In dem Moment, als die Zweige ins Dach einschlugen, kam sie wieder aus der Tür.

»Stella!« Er warf sich auf sie und riss sie mit sich. Sie fielen, er fing den Fall mit seinem Rücken ab und rollte sich mit ihr in den Armen zur Seite, schützte sie mit seinem Körper.

»Ist alles okay?«, fragte er, als das Splittern um sie herum verstummt war. Er hatte den Mund voller Erde und Staub und war mit Gras, Blättern und Zweigen bedeckt. Der Regen peitschte ihm wütend in den Nacken, auf Rücken und Beine. Rauchgeruch und der scharfe, an Chlor erinnernde Geruch des Blitzes lagen in der Luft.

Sie antwortete mit erstickter Stimme, als hätte sie Schmerzen.

»Stella? Bist du verletzt?«

»Du erdrückst mich«, sagte sie und kämpfte sich aus seinem Griff.

Er sah sie forschend an, aber sie schien nicht verletzt zu sein. Beide drehten sich zum Ort des Unglücks um und betrachteten die Verwüstung. Die Kate lag in Trümmern. Der Baum hatte sie praktisch dem Erdboden gleichgemacht. »Ich muss meine Sachen holen«, sagte sie verwirrt.

»Stella. Du kannst da nicht reingehen, das ist dir doch klar?«

Sie blinzelte. »Wieso nicht?«

»Das ist gefährlich. Lass es liegen, es ist alles zerstört.«

»Alles, was ich besitze, ist also weg«, sagte sie, während der peitschende Regen Briefe, Zeitungen und Papier aufweichte. Zwischen den Blättern konnte sie Teile ihrer Küchenbank erkennen. Die Küche existierte nicht mehr.

»Alles okay?«, fragte er verunsichert und versuchte zu erkennen, wie es ihr ging.

Ihr Gesicht war grau, sie war über und über schmutzig und in ihren Haaren hingen Zweige und Unrat.

»Ich habe wohl einen Schock«, sagte sie und starrte auf die Überreste ihrer Kate. Sie blinzelte. »Meine Bruchbude. Sie ist verschwunden.«

»Aber du lebst.« Er war so schrecklich erleichtert. Das hätte böse ausgehen können. »Warum bist du ins Haus gerannt? Bist du verrückt?«

»Nein, nein, bei mir ist alles in Ordnung«, sagte sie und brach dann in Tränen aus.

Thor nahm sie fest in den Arm.

»Trouble«, schluchzte sie an seiner Brust. »Ich habe Trouble gehört. Ich glaube, sie ist tot.«

Sie weinte und weinte. Er umarmte sie, küsste sie, wo immer er an sie herankam. Sie klammerte sich an ihn und suchte seinen Mund, und dann küssten sie sich verzweifelt, während der Regen auf sie herunterrauschte. Es war wie im Film. Nur verdammt kalt. Bald zitterte Stella in seinen Armen vor Kälte und vielleicht auch wegen des Schocks.

»Die kleine Trouble«, weinte sie. Tränen und Regen strömten ihr übers Gesicht.

Er umarmte sie und legte sein Kinn auf ihren Kopf. »Stella?«, sagte er mit gerunzelter Stirn.

Sie schluchzte und schniefte.

Er umfasste ihre Arme. »Stella. Schau!«

Sie drehte sich um.

Die kleine Ziege stand da und musterte sie. Sie kaute an einem Zweig und wedelte mit dem Schwanz.

»Trouble! Du lebst!«, sagte Stella und brach schon wieder in Tränen aus.

»Komm, wir müssen zusehen, dass dir warm wird«, sagte Thor.

Er zog seine Regenjacke aus und legte sie ihr über die Schultern. Dann band er seinen Gürtel um Troubles Hals, und so gingen sie zum Hof hinüber. Das Unwetter flaute bereits ab.

Nachdem sie im Sonnenblumenhof ihre tropfende Kleidung gewechselt hatte, umarmten sich Stella und Juni fest. Thor sah ihnen zu, er war immer noch aufgewühlt. Sie waren der Katastrophe nur knapp entgangen. In so kurzer Zeit hatte sich so viel ereignet. Er schluckte, von all seinen Gefühlen überwältigt. Aber jetzt waren sie zu Hause. In Sicherheit. Seine ganze Herde.

»Ich habe Trouble gefunden«, sagte Thor, als Frans herunterkam. »Sie steht im Stall, und es geht ihr gut.« Seine Stimme zitterte ein wenig, und er räusperte sich. Alles war gut, rief er sich in Erinnerung.

»Meine Kate hat das Unwetter nicht überlebt«, sagte Stella. Die Kinder rissen die Augen auf.

Sie erzählte rasch, was passiert war.

»Die Hauptsache ist, dass alle leben«, sagte Thor.

Nachdem sie wieder halbwegs trocken waren und sich alle in der Küche versammelt hatten, sagte Stella: »Ich könnte etwas backen.«

»Solltest du dich nicht lieber ausruhen?«, fragte Thor.

»Ich brauche etwas zu tun«, sagte sie, und ein paar Minuten später rührte sie bereits einen Apfelkuchen zusammen. Es fühlte sich richtig an, dass sie bei ihm war. Er war so nahe daran gewesen, sie zu verlieren.

Er wollte nicht mehr daran denken, beschloss er, sonst würde er durchdrehen.

Thor machte Milch auf dem Herd warm, und während der Duft von Zimt und Äpfeln durch die Küche zog, aßen sie Käsebrote und tranken heißen Kakao.

Das Gewitter war in einen leichten Regen übergegangen, und durch das Küchenfenster strömte der aromatische Duft von Natur und Feuchtigkeit herein.

»Papa, darf ich zu Tristan fahren?«, fragte Frans nach einer Weile. Beide Kinder hatten ihren Kuchen verputzt, und der Tisch war mit Krümeln übersät. »Er hat das Computerspiel bekommen, auf das wir gewartet haben. Wenn ich möchte, darf ich auch da übernachten.«

»Hast du Hausaufgaben auf?«

Frans schüttelte den Kopf, und Thor rief Tristans Eltern an. Als er wieder aufgelegt hatte, sagte er: »Um neun Uhr ist Schluss.«

»Danke, Papa, ich verspreche es«, sagte Frans und verschwand auf sein Zimmer, um zu packen. Sein Sohn wirkte jetzt fröhlicher, fand Thor, und der Gedanke erwärmte sein Vaterherz.

Nachdem auch Juni verschwunden war, saßen Stella und Thor allein in der Küche. Stella kratzte mit dem Löffel auf dem Grund ihres Bechers herum. Ihre Haare waren viel lockiger als sonst, und sie trug einen seiner Kapuzenpullis, in dem sie fast versank.

»Entschuldige meinen Ausbruch in der Schule«, sagte Thor. Er wollte die Hand nach ihr ausstrecken, ihr sagen, dass sich noch nie etwas so richtig angefühlt hatte, wie dass sie jetzt hier in seiner Küche saß.

Sie schob ihren Becher beiseite und sah ihn mit ihren klugen schwarzen Augen an. »Du hast dir Sorgen gemacht. Das verstehe ich.«

»Aber es war nicht nur Besorgnis. Ich habe mich geschämt und mich als schlechter Vater gefühlt. Manchmal ist das alles so hart, und ich dringe kaum zu Juni durch. Kannst du mir sagen, was passiert ist? Ich möchte es gern wissen.«

Stella erzählte ihm, dass Cassandra sie alarmiert hatte, dass sie eine verzweifelte Juni vorgefunden hatten und dass Nils sich wie ein Schwein verhalten hatte.

»Es war, als ob bei mir eine Sicherung durchgebrannt wäre, und dann habe ich ihm eine geknallt. Ich schlage normalerweise nicht.«

»Du hast meine Tochter beschützt. Und als Dank habe ich dich angeblafft. Kannst du mir das verzeihen?«

»Du bist der großartigste Vater, den ich kenne. Und ich verzeihe dir. Weil ich ein guter Mensch bin.« Sie lächelte. »Und weil du so toll mit deinen Kindern umgehst.«

Juni kam wieder herunter, sie hatte sich umgezogen und das Haar zum Pferdeschwanz gebunden. Thor zog schnell seine Hand zu sich heran, die auf dem Weg zu Stella gewesen war. Juni nahm sich ein Stück Käse und schmuste ein bisschen mit Pumba.

»Papa, darf ich bei Cassandra übernachten?«, fragte sie zaghaft. »Wir wollen zusammen lernen. Ihre Mutter holt mich ab.«

»In Ordnung«, sagte Thor und hatte vor Glück einen Kloß in der Brust, weil Juni so fröhlich aussah. »Aber – Juni?«

»Ja?«

»Ist zwischen uns alles in Ordnung?«

»Glaube schon.«

»Bekommt dein Vater eine Umarmung?«

Juni verdrehte die Augen, umarmte ihn aber lange. Er vergrub seine Nase in ihren Haaren und atmete ihren Duft ein, bevor sie sich ihm wieder entzog.

Eine halbe Stunde später kamen Natalie und Cassandra, um Juni abzuholen. Die Mädchen flüsterten und kicherten in der Diele, und so aufmerksam Thor sie auch betrachtete, schien keine von beiden irgendwelchen Schaden von den Ereignissen davongetragen zu haben. Er warf Natalie einen fragenden Blick zu. Sie lächelte – ein wortloser Dialog zwischen zwei alleinerziehenden Eltern, denen es gut ging, wenn es ihren Kindern gut ging.

»Kann Frans bei euch mitfahren?«, fragte Thor.

»Selbstverständlich«, sagte Natalie und eskortierte drei schnatternde Teenager zu ihrem Auto. Die Tür fiel zu, und mit einem Mal war es ganz still im Haus.

Als Thor wieder in die Küche kam, saß Stella auf dem Fußboden und streichelte die Hunde. Pumba saß auf ihrem Schoß, und Nessie ließ sich den Bauch kraulen. Manchmal hatten seine Tiere doch einen guten Geschmack.

»Wie geht es dir?«, fragte er.

»Ich weiß nicht. Ich bin schockiert und traurig und gleichzeitig erleichtert.«

Er verstand sie sehr gut.

»Aber es geht mir schon wieder besser. Ich habe nur Dinge verloren, ich lebe.«

»Du lebst«, sagte er gefühlvoll. Er war so unerhört dankbar dafür. »Ich muss mal eine Runde über den Hof drehen«, sagte er.

»Darf ich mitkommen?«

Stella sah ihn wieder mit diesem Blick an, bei dem er so ein Ziehen verspürte, dem Blick, der seine Welt ins Wanken brachte und machte, dass er sich gleichzeitig stark und schwach fühlte. Seine Gefühle waren so intensiv, dass er kaum sprechen konnte. Sie hatte sich für Juni geschlagen. Sie hatte den Baum überlebt, der sie hätte töten können. Sie erfüllte seine Küche mit dem Duft von Zimt und mit Lachen.

»Gern«, sagte er, und sie gingen gemeinsam zu den Tieren. Kontrollierten, dass bei den Kühen und den Hühnern alles in Ordnung war.

Trouble stand in einer Box und kaute zufrieden an ihrem Heu. Thor gab Stella einen Apfel, mit dem sie die Ziege füttern konnte. Sie biss kleine Stücke ab und gab sie dem Tier. Trouble schloss die Augen und ließ sich streicheln, während sie die Apfelstücke fraß.

»Sie liebt mich«, sagte Stella lächelnd.

»Ich lasse sie über Nacht hier drin«, sagte Thor. Er persönlich hatte für heute genug von Trouble.

Stella wusch sich im Stall die Hände, und Thor reichte ihr ein Handtuch.

»Danke«, sagte sie und trocknete sich langsam die Hände ab, wobei sie seinen Blick festhielt. Sie hängte das Handtuch wieder hin und berührte ihn, liebkoste seine Wange.

Thor stand ganz still. Sie hob sich auf die Zehenspitzen und küsste ihn auf den Hals. Sie mochte seinen Hals, dachte er benommen und spürte, wie sich unter ihrer Berührung seine Sehnen und Muskeln spannten, auf ihre Nähe reagierten.

»Du schmeckst so gut«, sagte sie und umfasste mit einer Hand seinen Bizeps und drückte ihn. Sie knabberte an seinem Hals, und das fühlte sich an wie ein elektrischer Schlag, der von ihrem Mund ausging und sich über seine Haut durch seinen ganzen Körper bis zu seinem Penis fortpflanzte. Thor erzitterte.

Sie presste sich an ihn und umschlang ihn mit den Armen. »Danke, dass du gekommen bist und mich gerettet hast.«

»Stella ...«, sagte er erstickt, während sie ihn weiter mit Küssen und Bissen überschüttete.

Er liebte ihren Mund, er liebte verdammt noch mal alles an ihr. Ihren Humor. Ihre Aufmerksamkeit und Beharrlichkeit und ihre Stirn. Er legte ebenfalls seine Arme um sie, hielt sie ganz fest und innig, während sie ihn mit Küssen überschüttete und ihm liebevollen Unsinn ins Ohr murmelte.

Er atmete ein und schloss die Augen.

Er liebte sie.

Thor wurde ganz ruhig. Musste den Gedanken noch einmal denken, damit er ihn wirklich erfasste.

Ich liebe diese Frau. Ich liebe Stella Wallin. Ich liebe sie mit meinem Körper, meinem Herzen, meinem ganzen Wesen.

Er wusste nicht, wieso ihn das überraschte.

Er hatte Stella geliebt, seit ... seit jenem Abend, als er sie am Bahnhof gesehen hatte, glaubte er. Als sie ihn durch ihre Sonnenbrille ansah und die Augenbrauen hochzog, war es um ihn geschehen gewesen. Sie war in sein Leben katapultiert worden, und er hatte sich verliebt.

Stella blickte zu ihm hoch. Ihre schrägen Augen, ihre golden schimmernde Haut. Ihr Mund und ihr Lachen. Ja, er liebte sie. Er hatte auch

Ida geliebt, aber sie waren jung gewesen und es war eine junge Liebe gewesen. Dies war etwas ganz anderes. Erwachsen. Stark.

»Was ist?«, lächelte sie.

»Wollen wir reingehen?«, fragte er nur. Er musste erst einmal in diesem welterschütternden Gefühl ankommen.

Sie nickte. Thor ergriff ihre Hand und nahm sie mit ins Haus, in sein Schlafzimmer, in sein Bett. Das hatte er nach Idas Tod ausgetauscht, es war ihm verhasst gewesen, dass sie darin gelegen hatte, als sie so krank war. In dem neuen Bett hatte er noch keine Frau gehabt, einfach weil er die Kinder hatte, und die paar Frauen, mit denen er geschlafen hatte, hatte er bei ihnen zu Hause getroffen.

Er bezog das Bett frisch mit weißen Bezügen. Dann zog er ihr den Pulli aus und betrachtete sie. Zog den einen Träger ihres BHs herunter und küsste ihre Schulter, dann die andere Seite.

Mit seinen Lippen fand er ihre Brustwarzen unter dem BH und saugte an dem Stoff, bis er nass war. Sie liebkoste seinen Kopf und legte sich aufs Bett. Lächelnd öffnete sie die Beine für ihn. Eine ganz einfache Geste, aber dass sie ihre schönen Oberschenkel für ihn spreizte, erfüllte ihn mit Ehrfurcht. Mit Ehrfurcht und Lust. Definitiv sehr viel Lust.

Er wollte in sie eindringen, jetzt sofort. Wollte Anspruch auf diesen kurvigen, sinnlichen Körper erheben, sie besitzen. Sie lieben, bis sie ihn nie mehr verlassen wollte. Schnell zog er sich aus, streifte sich ein Kondom über und kam zu ihr auf das Bett.

»Du bist wundervoll«, sagte sie, als er in sie eindrang.

Das war nichts dagegen, wie es sich anfühlte, als sie ihn mit ihrer Wärme und ihrer Feuchtigkeit umschloss. Langsam bewegte er sich in ihr, suchte nach dem Rhythmus, der ihr die größte Lust verschaffte. Er wollte ihr gefallen, ihr alles geben, was sie sich wünschte und brauchte. Er wollte ihr Sklave sein und ihr Diener, und gleichzeitig derjenige, der die Macht über ihre Lust hatte. Wollte der Einzige sein, der ihr geben konnte, was sie haben wollte.

Thor feuchtete seine Finger an und suchte mit seiner Hand zwischen ihren nassen warmen Falten, öffnete sie, spreizte sie noch weiter und massierte ihre Klitoris, beobachtete dabei ihr Gesicht, bewegte sich in ihr, nicht tief, nur in kleinen, kurzen, oberflächlichen Stößen, während er drückte, massierte, presste.

»Oh mein Gott«, wimmerte sie, und ihre Finger gruben sich in die Laken und klammerten sich daran fest.

Er machte weiter, bis Stella unter ihm erbebte, bis sie ihm die Hüften entgegenhob und er schwitzte.

»Nicht aufhören«, flehte sie. Er packte ihre Taille und gab ihr alles, was er hatte, hart und rücksichtslos, und er konnte sehen, dass es ihr gefiel. Sie umschloss ihn und zog ihn noch tiefer hinein, spannte sich zum Bogen und hob ihm ihre Hüften entgegen. Er umfasste ihre Brüste, nahm sie, wieder und wieder, und sah zu, wie sie kam. Er ließ ihr Gesicht nicht aus den Augen, während sie ihn umschloss, ihn in ihren warmen Körper hineinzog, um ihn herum erbebte und kam. Sie hatte Tränen in den Augen.

Er liebkoste ihre Schenkel und konnte nicht aufhören, sie zu berühren. Er war so hart in ihr, dass er ewig dort hätte bleiben können.

»Dreh dich auf den Bauch«, flüsterte er, und sie gehorchte sofort, drehte sich um. »Liegst du gut?«

Sie nickte.

Er streichelte ihren Po und packte dabei fest zu. Sie gab ein schwaches Stöhnen von sich.

»Ist das schön?«

Sie nickte ins Laken. »Fast zu schön.« Sie drehte ihren Kopf, sodass sie ihn über ihre Schulter ansehen konnte. Er streichelte weiter ihren Hintern. »Fester«, sagte sie und fügte hinzu: »Aber nicht schlagen.«

Das hatte er auch nicht vorgehabt, aber er kam ihrer Bitte, sie fester anzufassen, nur zu gern nach.

Sie sah ihn weiter aus dunklen Augen an, während er ihren Po und ihre Oberschenkel drückte und liebkoste.

»Spreiz deine Beine«, sagte er, und sie tat es und öffnete ihre seidigen Oberschenkel.

Sie hob ihm ihren Hintern entgegen, und er stöhnte.

Er umfasste seinen Schwanz mit der einen Hand, hob sie mit der anderen ein wenig an und drang in sie ein, langsam und lustvoll. Er hatte sich nie für einen außergewöhnlichen Liebhaber gehalten. Nicht, dass sich jemand beschwert hätte. Und nicht, weil er nicht alles liebte, was mit Sex zu tun hatte. Aber mit Stella ... Sie machte ihn in allem besser. Besser im Oralsex, zärtlicher, einfach besser.

Sie legte ihren Kopf wieder ab, und er machte weiter, rhythmisch, tief, bis alles um ihn herum verschwand und es nur noch ihren Körper gab, der seinem begegnete, und seinen Körper, der wieder und wieder in sie hineinstieß, und dann kam er in einem Orgasmus, der so lang und intensiv war, dass ihm alles vor den Augen verschwamm, es in seinen Ohren dröhnte und er gleichzeitig laut lachen und weinen wollte. Er hörte einen lauten Ruf, der durch das Zimmer hallte.

Hinterher lag Stella schwer und entspannt in seinen Armen.

Er strich ihr über den Arm und sah, wie ihre dunklen Haare im Sonnenlicht, das in das Zimmer strömte, golden schimmerten. Die weißen Gardinen flatterten, und die Gerüche des reingewaschenen Gartens, des blühenden Flieders und des Kräutergartens drangen zu ihnen hinein. Die Laken unter ihnen waren kühl, und außer den Vögeln und Insekten war kein Geräusch zu hören.

Stella liebkoste seine Brust und küsste sie. Leckte vorsichtig. Thor erschauerte, er war am ganzen Körper überempfindlich.

Sie legte ihren Kopf auf sein Herz, und er fühlte, wie es gegen ihre Wange schlug.

Sie seufzte.

»Was ist?«, fragte er, denn irgendetwas stimmte nicht.

»Mein Haus ist weg. Was soll ich jetzt machen?«

»Du sollst hier bleiben«, sagte er.

Sie sollte für immer hier bleiben, dachte er und zog sie noch dichter an sich. Sie sollte für immer in seinem Bett, in seinem Haus und in seinem Leben bleiben.

Stella nickte an seiner Brust.

»Danke«, sagte sie. Aber sie schien nicht froh zu sein.

~ 43 ~

Am nächsten Morgen musste Stella feststellen, dass Thor ungefähr mitten in der Nacht aufstand, oder jedenfalls um 4.30 Uhr. Das war so dermaßen früh, dass sie es zuerst für einen Scherz hielt.

»Was ist das für ein Lärm«, stöhnte sie und zog sich das Kissen über den Kopf, um das Geräusch auszusperren.

»Das ist der Hahn. Schlaf weiter«, sagte er.

Stella kuschelte sich ins Bett und wurde ein paar Stunden später davon wach, dass Thor sich zu ihr legte, frisch geduscht, kalt und nass.

Sie schrie auf, und er umarmte sie lachend und bedeckte sie mit seinem großen feuchten Körper.

»Wärme mich«, sagte er und küsste sie gierig.

»Du kannst mich wärmen«, sagte sie und setzte sich auf. Sie wälzte ihn auf den Rücken und setzte sich rittlings auf seine Oberschenkel. Er beobachtete sie dabei, wie sie sich vor und zurück bewegte. Sie war nackt, und seine Hände ergriffen ihre Brüste und liebkosten sie, sanft und ehrfürchtig. Sie beugte sich vor, stützte sich auf seinem Brustkorb ab und legte ihm ihre Brüste in die Hände. »Ich liebe sie«, sagte er.

Und sie liebte es, sich selbst und ihren Körper durch seine Augen zu sehen. Sich so begehrt zu fühlen, zu wissen, dass er heiß darauf war, sie zu ficken, wild und schwitzend. Es war fantastisch, so starke Gefühle in ihm zu wecken und selbst ebenso zu fühlen. Sie ließ sich liebkosen, spürte seine Hände auf ihrer Haut, fühlte, was ihr Körper mit seinem tun wollte, mit seinem Mund, seinem Schwanz. Das war so elementar, so primitiv. Sie rieb sich an ihm. »Ich liebe es, mit dir zu vögeln«, sagte sie ehrlich.

»Ich bin nicht so erfahren wie du«, sagte er, und seine Hände glitten zu ihren Hüften hinab.

»Du bist erfahren genug«, sagte sie. Bis jetzt machte er alles richtig.

»Aber du sagst es mir, wenn du mehr möchtest?«

Sie beugte sich vor und küsste ihn, leckte seinen Mundwinkel. »Mehr?«

»Du weißt schon. Dildos, Fantasien. Ich bin zu allem bereit.«

»Ich verspreche, dir zu sagen, wenn ich Dildos in unser Sexleben einführen will.« Sie merkte, wie sie das anmachte. Das hatte etwas – offene Gespräche und wertfreies Erkunden waren extrem erregend. Nicht beurteilt zu werden – gab es etwas Befriederenderes? Sie legte den Kopf schräg. »Hattest du schon mal Analsex? Gefällt dir das?«

»Noch nicht«, antwortete er. »Möchtest du das?« Er ließ seine Hände über ihren Hintern gleiten und drückte leicht zu.

»Nicht heute«, antwortete sie. Das stand nicht oben auf ihrer Wunschliste. Vielleicht mit dem kleinen Finger, aber sie war vollauf zufrieden mit dem, was er ihr bisher gegeben hatte. »Hast du ein Kondom hier?«

Er zeigte auf eine Schublade, sie streifte ihm das Kondom über und setzte sich auf ihn, führte ihn in sich ein und ließ sich langsam auf ihn heruntersinken, ohne ihn auch nur eine Sekunde aus den Augen zu lassen. Seine Pupillen verdunkelten sich, als sein Schwanz sie ausfüllte, und dann begann sie ihn langsam zu reiten, in einem Rhythmus, der sie maximal stimulierte, mit fließenden, rotierenden Bewegungen. Er bewegte sich kontrolliert und folgte all ihren Manövern.

»Ich will dich sehen«, sagte er. »Ich will dich und mich zusammen sehen. Und ich will sehen, wie du kommst.«

Sie sagte nichts, sondern ritt ihn, zuerst langsam, dann hart und heftig, liebkoste sich selbst, während er ihr zusah, und kam dann, dicht gefolgt von ihm, in einem wahnsinnigen Orgasmus, der sie fast aus dem

Bett katapultierte. Sie brach auf seiner Brust zusammen, verschwitzt, aufgelöst und befriedigt. Sie küsste seine glatte, warme Haut.

Nicht die schlechteste Art aufzuwachen.

Hinterher zogen sie sich an, kichernd und ineffektiv, weil sie immer wieder pausierten, um sich zu küssen und zu liebkosen. Stella versuchte, nicht zu analysieren, was Thor tat oder sagte, oder wie er es sagte und was er eigentlich meinte. Sie versuchte, den Dingen keine tiefere Bedeutung zu geben, aber das fiel ihr schwer. Sie frühstückten gemeinsam in der sonnendurchfluteten Küche. Kaffee, Tee und frische Eier. Toast mit Käse und Butter vom Hof. Thor trug heute ein grünes T-Shirt. Sie mochte alle Farben an ihm. Weiß, worin er besonders sonnengebräunt aussah. Blau, das seine Augen zum Strahlen brachte. Schwarz, das ihn cool aussehen ließ. Oder halt Grün.

Thor leerte seine Kaffeetasse. »Ich muss wieder raus«, sagte er, gab ihr den sicher schon zwanzigsten Kuss und verschwand nach draußen, um seinem landwirtschaftlichen Tagesablauf zu folgen.

Als Stella auf die Uhr sah, war es nicht einmal acht, aber sie hatte das Gefühl, der halbe Tag wäre bereits vorbei. Sie gähnte, dass ihre Kiefer krachten, sie war noch nie ein Morgenmensch gewesen. Dann zog sie ihre Schuhe an und ging hinüber zu ihrer Kate. Der Weg dorthin war idyllisch, Schmetterlinge flatterten umher, Insekten summten und die frisch gewaschene Luft war aromatisch. Am Teich blieb sie stehen. Vögel zwitscherten, das klare, frische Gewässer war schilfbewachsen und die Wasseroberfläche von kleinen grünen Pflanzen bedeckt. Zumindest die Kröten und Salamander hatten keinen Baum auf den Kopf bekommen.

Das Herz wurde ihr schwer, als sie sich die Verwüstung ansah. Der Schuppen und der Garten waren glimpflich davongekommen. Aber der Rest ... Der Blitz hatte die Eiche zermalmt, Splitter waren durch die Gegend geflogen, und das Holz war großflächig verbrannt. Der größte Teil der Eiche lag wie ein gefallener Riese direkt auf dem Haus. Äste, Rinde und Splitter bedeckten die ganze Umgebung, als ob der Baum explodiert wäre. Die Briefe ihrer Mutter waren von Regen und Wind zerstört. Die antike Nähmaschine war völlig kaputt. Ihre paar Schnäppchen aus dem Secondhand-Laden hatten ebenfalls nicht überlebt. Das waren nur Dinge, sagte sie sich, wobei ihre Kehle sich zuschnürte, aber die Anzahl ihrer Besitztümer war beunruhigend geschrumpft. Sie stocherte vorsichtig in den Überresten und konnte einen Löffel und eine Schachtel mit Nadeln retten, musste die Decke, die Thor ihr gegeben hatte, aber zurücklassen, weil sie unter verbrannten Holzbalken und anderen Resten des Hauses festklemmte.

Unter dem Schutt fand sie auch eine alte, schon ganz vergilbte Ausgabe von der Tageszeitung Dagens Nyheter in einer Plastikhülle. Das war seltsam, denn zum einen lasen die Leute hier hauptsächlich lokale Nachrichten, zum anderen hatte sie die Zeitung vorher nie gesehen. Ihr Smartphone meldete sich, also steckte sie die Plastikhülle einfach in eine mitgebrachte Tüte, in der auch schon der Löffel und die Nadeln lagen. Das war aber auch schon alles, was sie hatte retten können.

> THOR: *Wie sieht es aus?*

Stella fotografierte die Verwüstung und schickte das Bild zusammen mit ihrer Antwort:

> STELLA: *Aber das Moped hat überlebt.*
> THOR: *Ich kann meine Freude kaum im Zaum halten.*
> STELLA: *Du liebst das Teil halt. Ich fahre nach Laholm.*
> THOR: *Soll ich dich hinfahren?*

Sie runzelte die Stirn. Das Angebot war nett, aber ihm war doch wohl klar, dass er nicht für sie verantwortlich war? Dass sie nicht zu seinen zahlreichen Verpflichtungen zählte? Sie antwortete *Nein danke*, fuhr mit dem Moped nach Laholm und parkte es vor Nawals Laden. Den Helm hängte sie an den Lenker.

Anfang der Woche hatte sie bei Nawal einen Teil ihrer Kleidung gewaschen und aufgehängt, und sie hatte dort glücklicherweise auch eine kleine Umkleidekabine, in der sie sich nun umziehen konnte. Aber der Rest ihrer Sachen aus Stockholm lag unter der Eiche, für immer dahin.

»Meine schönen Seidenslips, kommt zu Mama«, flüsterte sie zärtlich, als sie ihre Unterwäsche, ein paar Tops und eine leichte Hose vom Wäscheständer nahm und einpackte.

»Wie geht es dir?«, fragte Nawal.

»Ich stehe wohl immer noch unter Schock«, sagte Stella, wobei sie ihre Nähprojekte in Augenschein nahm, erleichtert, dass hier alles in Sicherheit war. »Stell dir vor, ich hätte all das bei mir in der Kate gehabt«, sagte sie schaudernd. Dann wären die Sachen aller Kunden zerstört worden. Sie mochte gar nicht daran denken. Stattdessen setzte sie sich an die Nähmaschine, liebkoste sie, fädelte das Garn ein und begann zu arbeiten. Es war schön, sich in die Arbeit zu vertiefen, zermalmte Katen und unmögliche Gefühle einfach zu vergessen. Schon bald nahm sie die allerletzten Änderungen an den allerletzten Stücken vor. Als sie dann ihren Rücken streckte, war sie zufrieden. Aber auch melancholisch, denn es fühlte sich an, als ob sie, indem sie die Arbeit abschloss, sich auch bereit machte, aus Laholm zu verschwinden. Sie packte die Nähmaschine ein, schützte die Nadel, indem sie sie in ein Stück Stoff senkte, wischte die Maschine ab und zog den von ihr selbst genähten Überzug darüber. Bevor sie den Laden verließ, schickte sie eine SMS an Juni und Cassandra und bat sie, morgen zu Nawal zu kommen. Die Mädchen antworteten jeweils mit »okay«.

Nawal brachte zwei Gläser Wasser, und sie stießen damit an. Stella trank und lächelte, wurde aber das Gefühl nicht los, dass dies das Letzte war, was sie hier machte, dass ihre Tage hier ab jetzt gezählt waren.

Nachdem sie den Laden verlassen hatte, ging Stella noch eine Runde durch die Stadt. Sie brauchte Bewegung und wollte den Kopf frei bekommen von den Gedanken, die sich immer nur um Thor, Thor und Thor drehten. Sie sah in alle Schaufenster, kaufte sich in der Konditorei Cecil einen großen Becher edlen Tee, liebäugelte lange mit den Kuchenstücken und nahm dann doch ein Käsebrot und setzte sich damit auf dem Marktplatz auf eine Bank. Sie wollte nachdenken, kam aber aus irgendeinem Grund nicht wirklich zur Ruhe. Sie legte das halb aufgegessene Käsebrot weg, mit einem seltsamen Gefühl, das sie nicht richtig einordnen konnte. Nachdenklich nippte sie an ihrem Tee und versuchte darauf zu kommen, was sie so störte. Es fühlte sich an, als würde sie beobachtet. Als sie sich umblickte, fiel ihr nichts Ungewöhnliches auf, aber das Gefühl blieb. Als ob viele Augen sie anstarrten. Sie blickte sich verstohlen noch einmal um. Bildete sie sich das ein, oder standen da drüben Leute und flüsterten? Sahen sie zu ihr hinüber? Schüttelte die Frau da drüben gerade den Kopf in ihre Richtung, oder entsprang das ihrer eigenen Fantasie? So war das Leben auf dem Land wohl einfach. Die Leute wussten, wer kam oder ging und wer ein neues Auto hatte. Sie hatte ja die Bewegungen hinter den Gardinen gesehen.

Rasch trank sie ihren Tee aus, stand von der Bank auf und ging hinüber zur Delihalle. Die war groß und gepflegt, und sie shoppte ausgiebig Delikatessen. Dann ging sie zu ihrem Moped zurück, lud all ihre Sachen auf und wollte gerade den Helm aufsetzen, als Rakel auftauchte.

»Hallo, Stella. Du warst beim Friseur.«

»Ja«, sagte Stella abwartend, nicht sicher, ob Rakel eine Verbündete war oder nicht.

»Ich habe gehört, was in der Schule vorgefallen ist«, begann Rakel.

Aha.

»Wirklich?«, sagte Stella in neutralem Ton.

»Was du gemacht hast, spricht sich schnell herum. In diversen Kreisen in Laholm.«

Rakel sah sie auffordernd an, als hätte Stella etwas dazu beizutragen.

»Was ich gemacht habe?«

»Du bist Nils Hurtig angegangen. Die Leute wissen Bescheid. Und sie reden.«

»Und ich dachte schon, ich bilde mir ein, dass mich alle anstarren.«

»Nein, du bist jetzt hier bekannt.« Es klang, als sei es nicht besonders erstrebenswert, in Laholm ein Promi zu sein.

»Danke für die Info«, sagte Stella und verspürte kein bisschen Dankbarkeit.

Rakel verzog den Mund. »Ich habe das gar nicht böse gemeint. Ich wollte dich nur vorwarnen, dass die Hurtigs dir auf der Spur sind.« Rakel nickte, und tatsächlich sah Stella, wie Erik und Paula mit entschlossenen Schritten auf sie zukamen.

»Auweia«, sagte Stella und fühlte den unwürdigen Impuls, sich aus dem Staub zu machen.

Rakel musste das geahnt habe, denn sie sagte scharf: »Bleib.«

Stella sah das Paar an, das geradewegs auf sie zustrebte. Sie straffte die Schultern. Ja, es war dumm gewesen, Nils eine Ohrfeige zu geben, das wusste sie selbst sehr gut und sie hatte sich mehrfach bei ihm entschuldigt.

»Was glaubst du, was sie von mir wollen?«, fragte Stella aus dem Mundwinkel.

»Das werden wir gleich erfahren«, antwortete Rakel und faltete die Hände vor dem Bauch.

Dass sie Rakel an ihrer Seite hatte, verlieh ihr unerwartete Sicherheit.

Aus dem Augenwinkel sah sie, dass die Menschen rund um den Marktplatz stehen geblieben waren. An der Ecke der Konditorei. Vor dem Grill. Vor dem ICA-Supermarkt.

»Hallo. Wie geht es Nils?«, fragte Stella höflich, als Erik und Paula sich vor ihnen aufbauten. Sie waren doch alle erwachsene Menschen. Das Ehepaar Hurtig würde schließlich keinen Aufstand anzetteln und sie mit einer Horde mit Heugabeln bewaffneter Menschen aus der Stadt jagen. Hoffte sie.

»Mein Sohn ist es nicht gewohnt, brutal angegriffen zu werden«, machte Erik mit erhobenem Kinn als Erstes seinen Standpunkt klar.

Nee, Nils Hurtig war eher der Typ Junge, der andere attackierte, dachte Stella, beschloss aber, ihre Meinung für sich zu behalten.

»Wie gesagt, ich entschuldige mich dafür, noch einmal«, sagte sie nachsichtig.

»Hrmph.«

»Und Juni geht es gut«, fügte sie hinzu. Schließlich redeten sie hier von Kindern und sollten daher auch an Juni denken.

Paula lächelte kühl und schien sich herzlich wenig dafür zu interessieren, wie es Juni ging.

Jetzt mischte sich Rakel ein. »Ich habe gehört, was Nils getan hat. Juni gemobbt. Gemeine Fotos gemacht.«

»Ach was. Das war doch nur ein Spaß, ich verstehe nicht, warum wir überhaupt darüber reden. Jungs sind nun einmal so«, sagte Paula.

»Ich hoffe sehr, ihr sprecht mit ihm darüber, wie man sich anderen Menschen gegenüber verhält«, sagte Rakel, die einen Schritt vorgetreten war. Sie umklammerte ihre Handtasche und schob ihr Gesicht ganz nah an Paulas. »Über Belästigung von Frauen. Über Respekt.«

»Wenn hier jemand Respekt lernen sollte, dann Thors Tochter«, fauchte Erik.

Paula nickte heftig. »Genau.«

»Wir reden hier von meinem Enkelkind, und soweit ich weiß, verhält sie sich anderen gegenüber sowohl respektvoll als auch freundlich«, sagte Rakel. »Sie ist eine sehr engagierte junge Frau. Rücksichtsvoll.«

Erik verzog das Gesicht. »In unserer Familie glauben wir an den Humanismus und daran, dass alle den gleichen Wert haben. Wir halten nichts von diesem neuen Kram, der völlig aus dem Ruder läuft und alles kaputt macht.«

»Genau«, sagte Paula wieder. »Vielleicht solltest du mit deiner Enkelin mal über ihren Hass auf Männer sprechen.« Sie wirkte unerhört zufrieden mit sich.

Rakel verzog den Mund. »Du solltest aufhören, solch einen Unsinn zu reden, Paula. Dabei machst du einen sehr ungebildeten Eindruck. Und du, Erik, solltest es wirklich besser wissen. Falls du auf den Feminismus anspielst, so geht es dabei nur um Gleichberechtigung, nichts weiter. Hör auf, dich hinter Floskeln zu verstecken.«

Es wurde mucksmäuschenstill. Paulas Blick flackerte. Stella warf einen Seitenblick auf all die Leute, die ihnen jetzt ganz offen zuhörten.

»Typisch für die Familie Nordström, dass sie immer Streit vom Zaun brechen muss.« Paula räusperte sich und fügte mit lauter Stimme hinzu: »Und dass sie meinen, sie müssten ihre Feste auf genau den Tag legen, an dem wir unsere große Party veranstalten. Sie müssen sich wieder mal wichtig machen.«

»Es ist ihr Hochzeitstag, und das Datum steht seit vierzig Jahren fest«, sagte Rakel scharf. »Sei jetzt still, bevor du dich vollends lächerlich machst.«

»Jaja, wir beide verkehren ja nicht ganz in denselben Kreisen«, zischte Paula und verstummte dann.

Aber Erik war noch nicht fertig. Er wandte sich an Stella und drohte ihr mit dem Finger. »Glaub nicht, dass ich die Sache mit dem Grundstück vergessen habe.«

»Du hast mich ja verklagt«, sagte Stella.

»Du hast unsere Abmachung gebrochen«, brüllte Erik. »Das kommt dich teuer zu stehen, denn mich betrügt man nicht. Hörst du?«

Sie starrten einander an.

»Du bist ja irre«, sagte Stella dann, denn er sah wirklich ein bisschen verrückt aus.

»Wir sind hier fertig. Aber es ist noch nicht vorbei, darauf kannst du Gift nehmen.«

»Genau«, sagte Paula zum dritten Mal, und dann ging das Ehepaar Hurtig seiner Wege.

Stella schüttelte den Kopf. Du liebe Güte. »Danke«, sagte sie dann zu Rakel.

»Keine Ursache. Die beiden sind eine echte Plage. In der Schule waren sie schon genauso. Und dass sie dann geheiratet haben ... gar nicht gut, wenn du meine Meinung wissen willst. Sie bringen das Schlechteste im jeweils anderen zum Vorschein.«

Sie schauten dem Paar nach, das jetzt vor einer kleinen gebannten Zuschauergruppe redete und gestikulierte.

»Rakel, ich würde gern etwas mit dir besprechen«, sagte Stella nachdenklich. Ehrlich gesagt, waren ihr das Ehepaar Hurtig und dessen alberne Probleme herzlich egal. Sie waren völlig unbedeutend. Sie konnte nicht einmal die Klage ernst nehmen. Klas' Theorie besagte, dass da jemand am Amtsgericht verkatert gewesen sein musste, als er sie entgegennahm. »Sie hätte direkt abgewiesen werden müssen«, hatte er gesagt.

»Können wir uns irgendwo treffen, wo wir in Ruhe miteinander reden können?«, fragte Stella.

Rakel musterte sie und sagte dann: »Du könntest wohl zu mir nach Hause kommen.« Sie seufzte vielsagend und fügte hinzu: »Wenn es denn sein muss.«

»Danke«, sagte Stella und tätschelte Rakels grau bekleideten, schmalen Arm. Aus ihrer Sicht musste es sogar dringend sein.

Stella knatterte zum Hof zurück. Sie hatte beschlossen, für die ganze Familie zu kochen, und ihr wurde auf einmal bewusst, dass sie ihren Holzherd vermisste. Nachdem sie ihre Einkäufe ausgepackt hatte, durchstöberte sie die Küche nach Töpfen, Küchengerätschaften und Vorratsschränken. Sie kochte Teewasser und setzte sich dann eine Weile hin, um sich zu sammeln und sich die Zeitung anzusehen, die sie in der Kate gefunden hatte. Sie fragte sich, wo die hergekommen war. Vorsichtig blätterte sie die zusammengeklebten Seiten um und wunderte sich, wieso jemand sich die Mühe gemacht hatte, eine alte Tageszeitung in einer Plastikhülle aufzubewahren. Und dann stieß sie auf einen Artikel, der angestrichen war und der alles veränderte.

Es war ein Artikel über einen gewissen Dev Kapor. Einen indischen Filmemacher. Stella sah sich sein Foto an. Er sah gut aus, hatte markante Augenbrauen und dickes Haar. Als sie den Artikel durchlas, richtete sich jedes einzelne Härchen an ihrem Körper auf, bis sie überall Gänsehaut hatte.

Sie hatte ihren Vater gefunden.

Hier war er.

Mit Namen und Bild. Sehr viel jünger als ihre Mutter. Stella rechnete nach. Dev Kapor musste zwanzig gewesen sein und ihre Mutter vierzig, als sie sich kennenlernten. Ein gewaltiger Altersunterschied. Aber er war es. Sie war sich ganz sicher, denn zum einen hatte sie seine Augenbrauen, zum anderen waren es ihre eigenen Augen, die ihr aus dem Foto entgegensahen. Ihr Vater hieß Dev Kapor und war Filmemacher in Indien. Sie lehnte sich in ihrem Stuhl zurück und starrte in die Luft.

Wahnsinn.

Der Artikel war alt. Jemand hatte ihn all die Jahre aufgehoben, und als ihre Kate zerstört wurde, war die Zeitung aus dem Versteck gefallen, in dem sie die ganze Zeit gelegen hatte. Also hatte sie es schließlich doch noch geschafft.

Das, weshalb sie hergekommen war, hatte sie geschafft.

Stella konnte nicht länger sitzen bleiben und erhob sich.

Sie hantierte mit Töpfen und Zutaten, während ihre Gedanken kreisten. Sie bereitete eine ihrer Lieblingsspeisen zu, einen vegetarischen Eintopf mit Süßkartoffeln, indischen Gewürzen und Koriander. Dazu kochte sie Reis in Kokosmilch und machte einen großen Salat. Sie deckte den Tisch hübsch mit Thors ungleichem Geschirr und stellte eine Vase mit Blumen hin, die sie im Garten gepflückt hatte. Sie kochte gern, mochte das beinahe Meditative daran, aber im Moment war sie so von ihrer Entdeckung erfüllt, dass sie kaum merkte, was sie tat. Diesen Brocken musste sie erst einmal verdauen.

Es klingelte an der Tür, und als sie öffnete, stand der Briefträger draußen.

»Ich habe gehört, dass du jetzt auf dem Sonnenblumenhof wohnst. Das ist für dich gekommen«, sagte er und überreichte ihr einen großen Umschlag.

Der Brief war in New York abgestempelt, und der Briefträger sah sie neugierig an. Stella schloss die Tür, sie hatte keine Kraft für noch mehr kleinstädtische Neugier. Sie machte den Brief auf und überflog ihn rasch. Dann schlug sie die Hand vor den Mund und schluchzte.

Großer Gott. Sie war angenommen worden! The NIF hatte sie angenommen!

Sie musste sich hinsetzen.

»Hallo, ist jemand zu Hause?«, hörte sie, und Juni kam in die Küche, dicht gefolgt von Frans.

»Das riecht aber gut«, sagte Thor, der ebenfalls aufgetaucht war, und schnupperte.

Sie sah ihn an. Sie musste der Schule sofort Bescheid geben, ob sie den Ausbildungsplatz haben wollte.

Während des Essens blickte sie Thor an. Und die Kinder. Sie redeten und lachten und lobten das Essen.

Sie musste es ihnen sagen.

Dass sie nicht bleiben konnte. Nichts hielt sie noch in Laholm. Sie wusste jetzt, wer ihr Vater war. Und sie war zu der Ausbildung angenommen worden.

Drei Jahre New York. Eine Ausbildung, die ihr alles abverlangen würde, die all ihre Zeit in Anspruch nehmen und sie in die Welt hinauskatapultieren würde.

Stella begegnete Thors Blick.

Und auf einmal wurden ihr zwei Dinge klar.

Sie liebte Thor Nordström.

Und es war vorbei.

~ 44 ~

»Wo soll ich das alles hinstellen?«, fragte Klas am nächsten Tag. Er lud weiße Partyzelte aus dem Auto seiner Eltern aus und sah dabei ziemlich gequält drein.

»Wie ich sehe, sorgt unsere Mutter dafür, dass du beschäftigt bist«, grinste Thor seinen verschwitzten Zwillingsbruder an.

»Ich hatte keine Chance zu entkommen.«

Thor reichte Klas ein Glas Wasser, und der trank es durstig. Die Sonne brannte und seine Stirn glänzte.

»Hast du keine Aufgaben? Bisher habe ich schon Bier eingekauft, Klappstühle abgeholt und jetzt das hier. Es scheint, dass Mama nicht klar ist, dass ich auch eine Arbeit habe.«

»Ich stelle ja den Hof zur Verfügung, und mit der Organisation habe ich genug zu tun«, sagte Thor.

Der ganze Hof wurde gebraucht. Tische, Stühle und Getränkekisten mit Alkohol trudelten bereits ein. Und das würde noch zwei Tage so weitergehen, bis Sonnabend. Eine Liveband aus der Gegend sollte spielen, und Thor, der gerne handwerkelte, wollte eine Bühne bauen.

Stella trat auf die Treppe hinaus, setzte sich in den Schatten und winkte ihnen zu. »Ich gehe die Hühner füttern«, rief sie und hielt eine Tüte mit Krümeln hoch.

»Okay«, antwortete Thor, der sofort von ihrer Erscheinung geblendet war. Sie hatte sich ein rotes Tuch um ihre schwarzen Locken geschlungen und die Hosenbeine hochgekrempelt, und ihre braunen Fesseln ließen sein Gehirn zu Gummi werden. Seit wann waren braune Fesseln das Erotischste, was er sich vorstellen konnte?

»Sie ist wirklich eine Stadtpflanze«, sagte Klas.

»Ja«, sagte Thor.

Aber er konnte sie nicht mehr objektiv betrachten. Er sah nur ihre sanften Kurven, ihre Perfektion. Hörte nur ihr tiefes Lachen, spürte nur ihren Duft. Er wollte sie so sehr, dass es wehtat. Was konnte er diesem Geschöpf eigentlich bieten? Außer großartigem Sex, frischer Luft und Kleinstadtdramen. Sie war gestern so sentimental gewesen. Sie hatte ihren Vater gefunden. Er konnte sich nicht einmal vorstellen, wie das sein musste, einen Teil von sich zu finden, der einem immer gefehlt hatte. Ihr Vater war einer der Gründe gewesen, warum sie hergekommen war, und so sehr er sich auch für sie freute, war ihm auch klar, dass damit noch ein Band gekappt war, das sie mit Laholm verband. Er seufzte leise.

Klas musterte ihn nachdenklich.

»Was ist?«, fragte Thor.

Klas trocknete sich noch einmal die Stirn ab. »Nichts.«

»Gefällt es dir in Stockholm?«, fragte Stella, als Klas die letzten Sachen abgeladen, sich Wasser geholt und sich auf der Bank neben der Treppe niedergelassen hatte. »Ich meine, du bist ja hier aufgewachsen. Laholm und Stockholm sind ziemlich unterschiedlich.«

Thor hörte interessiert zu. Er wusste kaum etwas darüber, wie es Klas in den letzten Jahren ergangen war. Mochte sein Bruder seinen fancy Anwaltsjob? Leute zu verklagen und sich zwischen gestressten Machos zu bewegen? Fühlte er sich dort freier?

»Es gefällt mir«, sagte Klas nachdrücklich. Er bürstete sich Staub und Gras von der Hose und trank noch mehr Wasser.

Thor hatte bisher kaum darüber nachgedacht, wie Klas' Jugend gewesen war. Klas hatte ihnen eröffnet, dass er Männer liebte, und damit hatte es sich gehabt. Verrückt eigentlich, dass daraus eine große Sache gemacht werden musste. Dass es ein Coming-out brauchte. Als ob das irgendjemanden etwas anginge. Thor selbst hatte über so etwas nie nachdenken müssen. Er hatte sich nie Sorgen darüber machen müssen, dass ihm jemand die Liebe nicht gönnen könnte, dass ihm jemand das Recht auf seine Gefühle absprechen könnte.

Stella und Klas tauschten sich über Restaurants in Stockholm aus, die sie besucht hatten. Klas hatte schon lange nicht mehr so fröhlich und unbekümmert gewirkt. Natürlich war er weggezogen, sobald er konnte. In Stockholm konnte er bestimmt freier atmen. Es war weniger eine Flucht vor etwas, wurde Thor plötzlich klar, als zu etwas hin.

»Gehst du viel aus? In Clubs und so, meine ich?«, fragte Stella. Sie lächelte Klas an, und Thor musste beschämt feststellen, dass er eifersüchtig war. Darauf, wie die beiden in einen Jargon fielen, der ihm völlig fremd war. Er war noch nie in einem Club gewesen.

»Ja, sowohl in Stockholm als auch im Ausland. Je großstädtischer, desto besser«, sagte Klas.

Stella nickte, als verstünde sie genau. Und das tat sie wohl auch.

»In Laholm war es bestimmt nicht so einfach, Männer kennenzulernen?«, sagte sie.

Klas lächelte. »Nicht wirklich.«

Darüber hatten sie zu Hause nie gesprochen, wie Thor jetzt klar wurde. Oder jedenfalls nur in allgemeinen Floskeln. Hätten sie darüber sprechen sollen? Und wusste Klas eigentlich, dass Thor auf seiner Seite war, egal was passierte? Egal, mit wem er auch ausging? Er hatte noch nie darüber nachgedacht, dass dieses Phänomen, dass die Leute einen anstarrten, sich einmischten und eine Meinung dazu hatten, wen man traf, noch tausendmal schlimmer war, wenn man schwul war. Verdammt anstrengend.

»Ich habe das von deinem Haus gehört. Es tut mir leid«, sagte Klas.

»Und dazu noch die Klage.«

»Das wird schon, versuch nur Geduld zu haben, das kriegen wir schon hin.«

»Danke«, sagte Stella mit Nachdruck.

»Sehnst du dich nie zurück? Hierher, meine ich?«, fragte Thor. Er hatte sich auf die unterste Treppenstufe gesetzt. Er wollte Stella nicht anfassen, wenn Klas zusah, aber so konnte er sie bis in die Haarspitzen, bis unter seine Haut spüren.

»Nein. Wenn man einmal in einer Großstadt gelebt hat, fällt es einem schwer zurückzukehren. In seinem Innersten ist man wohl entweder Landei oder Großstadtmensch. Hat man sich erst einmal an all das gewöhnt, was einem die Großstadt zu bieten hat, gibt man sich nicht mehr mit weniger zufrieden. Stimmt's, Stella?«

»Kann schon sein«, sagte sie und runzelte die Stirn.

»Auch wenn es heutzutage in Laholm anders ist als damals«, überlegte Klas und ließ seinen Blick zum Himmel schweifen.

Verdammt. Da lag so viel Bedeutung zwischen den Zeilen. Thor erinnerte sich an die Gespräche in den Umkleiden, wenn die Jungen zusammenstanden und heimlich rauchten und über Mädchen sprachen. An den Machojargon unter den Jungen in der Schule und in der Freizeit. Er wünschte, er könnte mit Sicherheit behaupten, dass er nie etwas Dummes oder Verletzendes gesagt hatte. Dass er sich nie über Schwule oder warme Brüder geäußert hatte. Dass ihm schon damals bewusst gewesen war, wie rau der Umgangston war. Plump und idiotisch. Aber er wusste, dass auch er Dummheiten von sich gegeben hatte. Zwar nicht mehr, nachdem Klas sich geoutet hatte, aber das war nur ein schwacher Trost.

Thor konnte nachvollziehen, dass Klas seine Heimatstadt so schnell wie möglich verlassen hatte. Er selbst hätte es vermutlich genauso gemacht, denn als Jugendlicher hatte er davon geträumt, die Welt zu sehen. Das war einer der Gründe für seine negativen Gefühle Klas gegenüber. Dass Klas mehr Möglichkeiten gehabt hatte.

»Ich hatte Angst, du könntest krank sein, als du so früh vor dem Fest hier aufgetaucht bist«, sagte Thor. Es war schon mehrmals vorgekommen, dass er eine Art Vorahnung gehabt und gewusst hatte, dass bei Klas etwas nicht stimmte. Aber jetzt machte er sich Sorgen, dass ihm vielleicht etwas entgangen war. Schon seltsam. Dass diese Zwillingssache in manchen Situationen wirklich existierte.

»Ich bin nicht krank, das würde ich euch sonst sagen. Glaube ich.« Klas lächelte ironisch und wandte sich an Stella. »Mein lieber Bruder geht mit meinen Offenbarungen immer so geschickt um.«

»Was willst du damit sagen?« Thor richtete sich auf, denn er fühlte sich angegriffen. »Du erzählst ja nichts, du brichst einfach mit allen den Kontakt ab.«

»Kannst du mir das vorwerfen?«

»Ich verstehe dich nicht. Ich bin doch hier, ich mache mir Gedanken. Mama und Papa machen sich ständig Sorgen um dich. Aber du verschwindest immer ohne ein Wort.«

»Ganz so ist es ja aber nicht.«

»Aha. Und wie ist es dann?« Er hörte selbst, dass er klang wie ein Zwölfjähriger.

Klas sah ihn ernst an, und Thor spürte einen Kloß im Hals.

»Weißt du das wirklich nicht mehr? Ich habe mich geoutet, und keiner hat was gesagt. Nennst du das, sich Gedanken zu machen? Ich verrate euch das größte Geheimnis meines Lebens, etwas, wegen dem ich mir das Leben nehmen wollte, und du sagst nichts?«

Stella sah Thor missbilligend an.

»Ich habe doch etwas dazu gesagt«, verteidigte Thor sich. »Ich habe gesagt, dass es okay ist.«

Stella kniff die Augen zusammen.

»Findest du das angemessen?« Klas sah seinen Bruder müde an. »Ich erzähle, dass ich schwul bin, und du sagst ›okay‹?«

Stella schüttelte den Kopf.

»Aber das ist es doch. Was hätte ich sonst noch sagen sollen?«

»Aber, Thor ...«, sagte Stella.

»Wenn du das nicht kapierst, dann ist es verdammt noch mal nicht meine Aufgabe, es dir zu erklären«, sagte Klas, und Thor erkannte alle Anzeichen dafür, dass es gleich Streit geben würde. Als sie jünger waren, hatten sie sich so viel gestritten, dass ihre Mutter Angst hatte, sie könnten sich gegenseitig verletzen.

»Ist es vielleicht besser zu schmollen? Mama und Papa zu verletzen? Du bist ihr Lieblingssohn, also denk auch mal an sie.«

Klas lachte auf.

»Ich? Machst du Witze? Du hast ihnen doch Enkelkinder geschenkt. Du bist geblieben und bist so verantwortungsbewusst. Auf dich verlassen sie sich. Du bist hier der Lieblingssohn.«

Stella schaute vom einen zum anderen.

Jetzt war Thor an der Reihe zu lachen, ein bitteres Lachen. Wenn Klas ihre Jugend so sah, hatte er wohl Wahnvorstellungen.

»Ich pfeife drauf, dass du dich nicht für mich interessierst, aber du hast dich nicht um Mama und Papa gekümmert.« Und auch nicht um deine Nichte und deinen Neffen, dachte er. Das tat fast noch mehr weh: dass Klas sich nicht für Juni und Frans zu interessieren schien.

»Natürlich interessiere ich mich für Mama und Papa. Und auch für dich und die Kinder. Für euch alle. Ich liebe euch doch, verdammt.«

»Du hast eine seltsame Art, das zu zeigen. Aber dir ist ja immer alles so leichtgefallen.«

Klas hatte die Schule in Rekordzeit durchlaufen und jeden Job bekommen, um den er sich beworben hatte, interessante, gut bezahlte Jobs mit hohen Boni.

»Leicht? Entschuldige bitte. Ich bin schwul – in der Schule, beim Wehrdienst, in der Anwaltskanzlei. Weißt du, wie das ist? Wie sich die Leute einem gegenüber verhalten?«

»Bist du sicher, dass die Leute sich nicht vielmehr daran stören, dass du selbstgefällig und materialistisch bist? Du bist doch geradezu geldgeil.«

»Es können ja nicht alle so perfekt sein wie du.«

»Perfekt?«, brüllte Thor.

Stella rieb sich die Stirn, als bekäme sie Kopfschmerzen.

»Du bist doch derjenige, der hier geblieben ist und sie unterstützt hat. Du bist so ekelhaft selbstverleugnend. Und du würdest nie um Hilfe bitten.«

»Hätte ich dich denn um Hilfe bitten sollen?«

»Weißt du was? Verpiss dich doch, wenn es dir nicht zuzumuten ist, das anzunehmen, was ich dir anbieten kann. Fuck off!« Klas stampfte von dannen.

»Tolles Gespräch«, rief ihm Thor hinterher. »Idiot«, brummte er.

Stella warf ihm einen langen Blick zu. »Na, das hast du ja prima hingekriegt«, sagte sie mit hochgezogenen Augenbrauen.

Sein Plan, ihr zu zeigen, wie seriös er war und was für eine gute Idee es wäre, bei ihm zu bleiben, war wohl nicht ganz aufgegangen, wie er vor sich selbst zugeben musste. Er zweifelte daran, dass dieser kindische Auftritt Stella überzeugt hatte.

~ 45 ~

»Komm rein«, sagte Rakel und ließ Stella in ihre Wohnung. Die war klein, und es war nirgends ein Staubkorn zu sehen. Ein Kreuz an der Wand über dem Sofa. Ein Sekretär mit gerahmten Fotos von Frans und Juni in verschiedenen Altern und mit Bildern von einer Frau, die wohl Ida sein musste. Ein Hochzeitsfoto von Thor und Ida. Sie waren so jung gewesen.

Rakel servierte Kaffee in kleinen Tassen mit einem Dekor aus schwedischen Landschaftsblumen. Stella bat sie nicht um Tee. Sie war nicht hier, um in einen weiteren Streit zu geraten, es reichte ihr, dass Thor und Klas wie zwei Gewitterwolken auf dem Hof herumliefen.

Männer.

»Danke, dass du gestern gegen Hurtigs Partei für mich ergriffen hast«, begann sie.

Rakel nippte an ihrem Kaffee. »Danke, dass du Juni verteidigt hast.«

Sie lächelten sich abwartend an.

Stella schob ihre Tasse zur Seite. »Du weißt vielleicht schon, dass ich nähe?«, sagte sie.

»Ich habe davon gehört.«

»Ich wollte mich erkundigen, ob ich etwas für dich tun kann?«

Rakel faltete ihre Hände im Schoß.

»Warum solltest du etwas für mich tun wollen?«

»Weil es Spaß macht.«

Weil ich glaube, dass es lange her ist, seit jemand dich umsorgt hat. Weil du es brauchst. Weil ich, wenn du meine Mutter wärst, nicht wollte, dass du nach meinem Tod alle Lust am Leben verlierst.

»Spaß?« Rakel rührte in ihrer Tasse. Kling, kling.

»Wann fühlst du dich hübsch, in welchen Kleidern?«

Rakel sah in ihren Schoß. Ihre schmalen Schultern waren bewegungslos, ihre Hände immer noch gefaltet.

»Rakel?«

»Darüber habe ich noch nie nachgedacht«, sagte Rakel leise und lächelte blass. »Ich fühle mich wohl nie hübsch.«

»Ist das wahr?«

Das war furchtbar, erklärte aber auch vieles.

»Mein Mann, ich meine, mein Ex-Mann, Idas Vater, hat gesagt, dass er es nicht mehr mit ansehen könne, dass ich so langweilig und hässlich sei. Das hat sich eingebrannt, glaube ich.«

Wie traurig.

Es anderen zu überlassen, einen zu definieren. Aber Stella kannte das ja auch. Peder, der sich über ihre wuscheligen Haare beschwerte, woraufhin sie sie ständig glättete. Ein Klassenkamerad in der Neunten, der sich über ihre »Riesentitten« lustig machte. Kleine, verletzende Sticheleien. Aber es war möglich, darüber hinwegzukommen.

»Du hast eine schöne Figur, Rakel. Klare Farben, eine gute Haltung und perfekte Proportionen.«

Rakel starrte sie an, als spräche sie Hebräisch rückwärts.

»Würdest du dich gern hübsch fühlen?«

Rakel rührte in ihrer Kaffeetasse. »Dafür ist es zu spät. Ich bin zu alt.«

Doch Stella konnte sehen, dass ihr Interesse geweckt war.

»Du bist im gleichen Alter wie Madonna. Wusstest du das? Weißt du, wer Madonna ist?«

Rakel schnitt eine Grimasse. »Ich bin noch nicht steinalt, natürlich weiß ich das. Aber ich bin nicht Madonna.«

Richtig. Aber wer war das schon?

»Darf ich dir etwas zeigen?«, fragte Stella und zog, ohne auf eine

Antwort zu warten, ein Kleid aus der Tasche, das sie bei Nawal gefunden hatte. »Als ich dieses Kleid gesehen habe, wusste ich sofort, dass es dir stehen würde.«

Rakel saß stocksteif da.

Das Kleid leuchtete in der Sonne, die in die kleine Wohnung fiel. Es war scheinbar simpel, aber handwerklich hervorragend gemacht.

»Ich kann es ja mal anprobieren«, sagte Rakel mit einem übertriebenen Seufzer. Aber der Glanz in ihren Augen verriet sie. Als sie in dem Kleid wieder auftauchte, lächelte Stella zufrieden. Die Farben waren wie für Rakel gemacht, sie spiegelten das helle Blau ihrer Augen, ließen ihr grau meliertes Haar edel wirken und verliehen ihrer Haut einen leichten Perlmuttschimmer.

»Es müsste noch ein bisschen geändert werden. Hast du einen Hocker, auf den du dich stellen könntest?«

»Muss das wirklich sein?«, sagte Rakel, holte aber trotzdem den Hocker.

»Rauf mit dir«, sagte Stella.

Rakel stieg auf den Hocker, und Stella zupfte am Saum.

»Kennst du Junis Freundin Cassandra?«, fragte sie, während sie die Taille absteckte.

»Ist das nicht die Tochter von Natalie? Die im Gröna Hästen arbeitet?«

»Ja, das wird sie sein. Sie und Juni haben sich wieder vertragen.«

»Hatten sie sich zerstritten?«

»Ja, lange. Beide waren deswegen unglücklich, sehr unglücklich.«

Rakel schwieg eine Weile. »Warum habe ich das Gefühl, dass du mir etwas sagen willst? Spuck es einfach aus.«

»Könntest du mir erzählen, was eigentlich mit Nawal vorgefallen ist?«

In Rakels Gesicht zuckte es. »Du arbeitest doch mit ihr zusammen. Hat sie nicht über mich hergezogen?«, fragte sie mürrisch.

»Nein, nicht hergezogen«, sagte Stella aufrichtig. »Erzähl es mir. Ich möchte es wirklich gern verstehen.«

»Sie hat mich hintergangen. Sie ist mir in den Rücken gefallen.«

»Aber ihr standet euch doch nahe, oder?«

»Ja, zumindest habe ich das geglaubt. Aber sie hatte genug von mir und hat gesagt, ich sei verbittert und unausstehlich.«

»Das hat sie gesagt?«

»Etwas in der Art.«

»Das klingt sehr verletzend«, sagte Stella freundlich.

»Ich war am Boden zerstört. Zuerst hat mein Mann mich betrogen, dann meine beste Freundin. Ich dachte, ich überlebe das nicht.«

Sie umklammerte mit ihren Fingern das kleine goldene Kreuz, das sie um den Hals trug.

»Und dann hat sie den Kontakt abgebrochen?«, fragte Stella.

»Gott bewahre, es war ihr offenbar zu anstrengend, mit mir zu tun zu haben. Nawal war mit ihrer Familie beschäftigt.«

»Warst du neidisch?«, fragte Stella vorsichtig. Neid war so ein kompliziertes Gefühl, abscheulich und schambehaftet. Aber gleichzeitig allzu menschlich.

»Auf sie?«

»Ja.«

Rakel wandte ihren Blick ab und sagte lange nichts.

»Hat Nawal sich danach nie mehr gemeldet?«, wollte Stella wissen.

»Nach Idas Tod hat sie angerufen.« Rakel schnaubte, aber ein Teil ihres Zorns schien verraucht zu sein. »Besser spät als nie«, murmelte sie und lächelte schmal. »Glaub nicht, ich wüsste es nicht zu schätzen, dass du dich bemühst. Du meinst es gut. Aber Nawal und ich werden nie wieder Freundinnen. Was Nawal gesagt und getan hat, ist unverzeihlich.«

Stella beließ es dabei. Sie steckte das Kleid ab, erhob sich und trat einen Schritt zurück. Es war sogar noch besser, als sie erwartet hatte. Sie hatte ein gutes Auge dafür, fand sie.

»Du hast eine gute Figur, Rakel. Und du bist noch nicht alt.«

»Ich habe nie Lust gehabt, mich herauszuputzen. Für wen auch?«

Diese Frage war am leichtesten zu beantworten.

»Für dich selbst.«

»Wozu soll das gut sein?«

»Wir haben nur ein Leben. Es kann jederzeit zu Ende sein.«

»Glaubst du, das weiß ich nicht?« Rakels Augen füllten sich mit Tränen.

»Glaubst du nicht, Ida würde wollen, dass du wieder froh bist?«

Rakel rang ihre Hände. »Es ist so, als ob ich nichts mehr will«, sagte sie leise.

»Was hast du denn gewollt, als du noch etwas wolltest?«, fragte Stella.

»Ich wollte nur meine Familie«, antwortete Rakel. »Meine Tochter. Meinen Mann.«

»Ich bin auch betrogen worden«, sagte Stella sanft. »Ich will das gar nicht vergleichen. Was du erlebt hast, war schlimmer. Aber trotzdem. Ich weiß, wie sich das anfühlt, so gedemütigt zu werden.«

»Das ist schrecklich.«

»Ja«, pflichtete Stella ihr bei. Hintergangen zu werden hinterließ seltsame Wunden.

»Die Leute meinten, das Leben müsse weitergehen, und schlugen sich auf seine Seite. Mir kam es vor, als hätte er mir alles genommen.«

»Er war ein Schwein.«

»Allerdings. Er war wirklich ein Schwein.« Plötzlich lächelte Rakel. »Danke, es war sehr schön, das einmal laut auszusprechen.« Sie legte ihre schmale Hand auf Stellas Schulter. »Ich möchte mich bei dir entschuldigen. Ich habe mich vielleicht unpassend ausgedrückt, und das tut mir leid. Du bist ein guter Mensch, Stella.«

»Danke.«

»Und das Kleid ist gar nicht so schlecht.«

»Es steht dir.«

Stella half ihr vom Hocker herunter. Als Rakel sich wieder umgezogen hatte, setzten sie sich an den Küchentisch. »Das hatte ich vergessen: Möchtest du lieber Tee?«

»Alles gut, danke.«

Rakel rührte in ihrer Tasse und wischte winzige Krümel vom Tischtuch. »Deine Mutter war ein besonderer Mensch.«

»Inwiefern?«

»Sie war eine intensive Persönlichkeit. Sie hat ein paarmal bei uns babygesittet, als ich klein war. Sie war acht Jahre älter als ich und sehr streng, aber auch interessant. Du bist ihr in vielem ähnlich. Du bist entschlossen und weißt, was du willst.«

»Vielleicht, vielleicht auch nicht.«

»Ich gebe dir jetzt einen Rat, auch wenn du nicht darum gebeten hast.«

Sofort wusste Stella, dass sie diesen Rat lieber nicht haben wollte. Aber sie sagte nichts. »Gib gut auf Thor acht. Er ist nicht so tough, wie er aussieht. Ich merke, dass du in die Welt hinaus willst. Für dich ist das ein Abenteuer. Ich weiß, dass ich Thor gegenüber manchmal schroff bin, aber er wird immer mein Schwiegersohn bleiben, der Vater meiner Enkelkinder, und er bedeutet mir viel. Er ist groß und stark, aber jeder Mensch hat einen Schwachpunkt. Gib bitte gut auf ihn acht.«

Stella wusste nicht, was sie sagen sollte.

Es war ja nicht so, dass sie nicht schon selbst ähnliche Gedanken gehabt hätte.

...

»Oma will bei dem Fest nur Fleisch servieren, weil sie glaubt, dass alle alten Leute das mögen«, sagte Juni einige Stunden später erbost.

»Was würdest du den Leuten denn anbieten?«, fragte Stella. Sie war ins Atelier gefahren, um Juni und Cassandra zu treffen.

»Vegetarisch natürlich«, antwortete Juni.

»Aber was genau? Welche Gerichte?« Stella sah Cassandra an, die auf einem Bürostuhl saß und sich damit drehte. »Gibst du ihr bitte auch den da«, sagte sie und zeigte auf einen BH.

Juni nahm ihn und verschwand hinter dem Vorhang.

»Quinoasalat. Vegetarische Frühlingsrollen, Nudelsalat. Es gibt doch so viel«, rief sie von der anderen Seite. »Bohnensalat, Hummus, Falafel. Auberginenspieße. Tofu.«

»Hast du denn mit deiner Großmutter darüber gesprochen? Oder hast du nur geseufzt, gestöhnt und mit den Augen gerollt?«

Nawal klopfte an und trat ein.

»Wie läuft's?«, fragte sie, als Juni den Vorhang beiseiteschob und in dem cremefarbenen BH heraustrat.

Mit geübter Hand zog Nawal die Körbchen zurecht, richtete die Träger und studierte den BH mit Kennermiene.

»Eindeutig der beste. Den nehmen wir.«

»Wunderschön«, sagte Cassandra. »Ich wünschte, ich hätte größere Brüste.« Sie betrachtete finster ihren schmalen Oberkörper.

»Du hast schöne Brüste«, sagte Stella. Denn alle Brüste waren schön, basta.

Der BH passte Juni perfekt. Die stabilen Träger hielten die schwere Büste, die Körbchen trennten die beiden Brüste und er saß auch am Rücken und am Brustkorb gut.

Stella hielt das Kleidungsstück hoch, an dem sie gearbeitet hatte.

»Das kannst du jetzt auch anprobieren.«

Sie hatte alle Stücke in Nawals Lager durchgesehen. Dort hingen jede Menge unverkäufliche Größen, Sachen aus dem Ausverkauf sowie Fehlkäufe. Sie hatte ein einfaches, süßes Kleid gefunden, das sie für Juni umgeändert hatte. Nawal, wie immer geschäftstüchtig, hatte es ihr verkauft.

»Schenken kann ich es dir nicht, aber du bekommst es billig«, hatte sie gesagt und den Betrag von Stellas Lohn abgezogen.

Vorsichtig schlüpfte Juni in das Kleid. Der glänzende, etwas elastische Stoff fiel schmeichelnd um ihren Körper.

»Du bist ein Genie«, konstatierte Nawal und verschwand nach vorn, wo die Ladenglocke klingelte.

»Wie findest du es?«, fragte Stella.

Juni drehte und wendete sich vor dem Spiegel. »Was sagst du, Cassandra?«

»Wunderschön«, sagte Cassandra leise.

»Und an dir würde dieses hier fantastisch aussehen«, sagte Stella zu Cassandra und hielt ein weiteres Kleid hoch. Sie würde Nawal zwingen, ihr auch dafür einen guten Preis zu machen.

Cassandras Augen glänzten sehnsuchtsvoll. »Ich gehe aber nicht zum Ball. Außerdem ist er schon in einer Woche.«

»Das schaffe ich. Und es kostet dich nichts«, sagte Stella. »Keine einzige Krone. Es wird mir nur guttun, ich nähe so selten für so junge Leute und muss dringend üben. Du würdest mir einen Gefallen tun.«

Cassandra blickte unsicher Juni an.

»Es ist ihr Ernst«, sagte Juni. »Und die Farbe ist an dir total krass. Du kannst es doch wenigstens einmal anprobieren«, sagte sie ermunternd.

»Aber ich habe keine Schuhe«, sagte Cassandra und sah zutiefst unglücklich aus. Stella begriff. Es war durchaus möglich, dass die Stoffschuhe, die Cassandra anhatte, ihr einziges Paar waren. Wer nie arm gewesen war, konnte das nicht verstehen. Dass Stoffschuhe aus einem Supermarkt die einzigen waren, die man besaß. Aber sie verstand es.

»Ich finde, die kannst du dazu tragen«, sagte Stella. »Ihr könnt alle beide Stoffschuhe tragen.«

Wenn sie fertig war, würden beide Mädchen jugendliche Ballkleider mit einem modernen Touch haben. Nichts Altbackenes, sondern etwas, das zu jungen Feministinnen passte.

»Ja!«, sagte Juni.

»Meine Freundin Maud hätte euch applaudiert. Sie ist der Meinung, Frauen sollten stabile Schuhe tragen.«

»Maud Katladottír? Von Insta? Kennst du sie?«, fragte Cassandra mit großen Augen.

Stella nickte. »Juni hat sie kennengelernt.«

»Sie ist supercool. Besonders für einen so alten Menschen.«

Hm.

Irgendwann würde Stella das mit den alten Menschen einmal ansprechen. Aber nicht jetzt.

Es klopfte an der Tür. »Darf man eintreten?«, hörte sie Thors

Stimme und alles andere verschwand. Wenn er nicht bei ihr war, dachte sie unaufhörlich an ihn. Und wenn er dann auftauchte, wurde sie sich ihrer selbst überdeutlich bewusst. Sie wusste kaum, wie sie sich verhalten sollte, damit man ihr ihre Gefühle nicht ansah. Das war alles einfach viel zu viel für sie.

Stellas Herz pumpte ihr Blut in ihre Wangen. »Komm rein«, sagte sie atemlos.

Thor und sie sahen sich an.

»Ich will meine Tochter abholen«, sagte er.

»Wie läuft es mit Klas?«, fragte sie. Alltägliche Fragen, jedoch mit Unterströmungen, die von etwas ganz anderem handelten. Ich habe dich vermisst. Ich will dich.

»Keine Ahnung. Wir schmollen anscheinend immer noch. Du hattest recht. Ich hätte besser damit umgehen müssen.« Er lächelte, und sie konnte sich nicht gegen die Gefühle wehren, die in ihr aufwallten. Thor nicht zu lieben, war schlicht unmöglich.

~ 46 ~

»Papa, kann Cassandra mit zu uns kommen?«

»Natürlich.«

Thor lächelte Stella an. Er liebte es, sie so zu sehen, umgeben von Stoffen und Nähsachen. Es war offensichtlich, dass sie sich damit wohlfühlte, dass es ihre Berufung war.

»Juni«, fiel Stella ein, als sie den Laden verließen.

Juni drehte sich um. »Ja?«

»Sprich mit deiner Großmutter über das, wovon wir geredet haben. Mit Worten.«

»Okay.«

»Worüber sollst du mit deiner Großmutter sprechen?«, wollte Thor wissen, als sie zu dritt in seinem Auto saßen.

»Ach, nichts.«

Aber dieses Mal gab er sich nicht damit zufrieden. »Erzähl«, forderte er sie auf.

Juni seufzte ausgiebig. »Also. Auf dem Fest. Warum müssen da so viele tote Tiere auf der Speisekarte stehen? Warum muss Oma unbedingt Leichen servieren?«

Thor packte fest das Lenkrad, zählte bis zehn und atmete tief durch, bevor er mit neutraler Stimme antwortete: »Hast du einen anderen Vorschlag?«

»Vielleicht. Ja, habe ich.«

»Dann sollten wir mit Oma sprechen.« Er sah in den Rückspiegel. »Aber du?«

Seine Tochter begegnete seinem Blick. »Ja, Papa?«

»Wir könnten doch versuchen, andere Ausdrücke zu benutzen als tote Tiere und Leichen?«

Ihre Augen wurden schmal, und sie seufzte wieder tief auf, als ob sie ihren Körper bis zu den Kniekehlen mit Sauerstoff füllen wollte. Aber sie explodierte nicht. »Okay«, sagte sie nur und sah aus dem Fenster.

Im Rückspiegel sah Thor, dass Cassandra kicherte.

Teenager waren doch etwas Wunderbares. Wenn sie einen nicht gerade in den Wahnsinn trieben, waren sie fantastische Geschöpfe.

Während Stella bei Nawal war, pusselte Thor daheim herum. Er wollte das Haus wohnlich haben und räumte im Schlafzimmer auf, saugte Staub und wischte. Dachte daran, wie sie sich geliebt hatten, wie er sie heute Nacht lieben wollte. Lange, langsam, grob – was immer sie sich wünschte. Er würde sie dazu bringen, ihm ihre geheimsten Fantasien zu verraten, und dann würde er sie ihr erfüllen. Er wollte ihr Sklave sein, ihr Liebhaber, ihr Hafen.

Ihm wurde klar, dass er ihr sagen wollte, was er fühlte. Ihr sagen, dass dies für ihn mehr war als eine vorübergehende Affäre, dass er Gefühle für sie hatte, dass … Er unterbrach sich. Beim Aufräumen hatte er auch einen Stapel Post durchgesehen und automatisch alle Briefe geöffnet. Der eine war von der Schule der Kinder, hatte er gedacht. Aber das war er nicht. Der weiße Umschlag enthielt einen Aufnahmebescheid von einer Schule, die The New York Institute of Fashion hieß. Er ließ den Brief sinken. Stella war zur Ausbildung an einer Modeschule angenommen worden, die schon bald beginnen sollte. In einem anderen Teil der Welt, einer anderen Zeitzone. Es könnte genauso gut auf einem anderen Planeten sein.

Er steckte den Brief wieder in den Umschlag. Er hatte gespürt, dass da etwas war, das sie ihm nicht erzählte, und jetzt wusste er, was es war. Bald würde sie ihn verlassen, doch er war so dumm gewesen und hatte sich etwas anderes gewünscht. Aber klar. Stella hatte ihr ganzes

Leben noch vor sich. Eine Karriere in der Modebranche war ihr größter Wunsch, das wusste er ja.

Er versuchte den glühenden Schmerz zu ignorieren, der ihn durchzuckte. Er wusste, dass er sich für sie freuen sollte.

Als Stella müde und hungrig nach Hause kam, erwähnte sie die Schule nicht, auch nicht den Brief und auch nicht, ob sie zu- oder abgesagt hatte.

Sie gingen zusammen ins Bett und liebten sich.

Sie sagte immer noch nichts.

Also sagte er ebenfalls nichts. Fühlte nur, wie das Ende nahte.

Unerbittlich.

~ 47 ~

Zwei Tage später erschien Stella frisch geduscht und umgezogen in der Küche. Es war Samstag, und sie hatte den ganzen Vormittag lang bei den Vorbereitungen für das Hochzeitsfest geholfen, das hier auf dem Sonnenblumenhof stattfinden sollte. Sie hatten alles mit Blumen geschmückt und Stühle aufgebaut, die Jugendlichen angewiesen, die helfen sollten, während sie gleichzeitig versucht hatte, nicht über die aufgekratzten Hunde zu stolpern. Jetzt hatte sie ihr Haar in große glänzende Locken gelegt und mit der Schminke, die sie noch übrig hatte, ein festliches Make-up zustande gebracht. An den Füßen trug sie Sandalen, die sie in der Secondhand-Boutique aufgetrieben hatte. Sie waren schon ziemlich abgetragen und geradezu lächerlich billig gewesen, aber sie passten ihr perfekt, und sie hatte sich in die bunten Perlen und die farbigen Lederriemen verliebt, die um die Fußknöchel gebunden wurden. Große bunte Ohrringe baumelten an ihren Ohrläppchen, und der Stein an ihrer geliebten Kette glänzte in der Sonne. Damit fühlte es sich beinahe so an, als wäre ihre Mutter immer noch bei ihr. Sie zog ihr sommerliches Kleid zurecht, noch so ein Schnäppchen aus Nawals Laden. Ein farbenfrohes schulterfreies Kleid mit Rüschen. Allerdings fühlte sie sich darin ein wenig unsicher, denn das Kleid war nicht nur ziemlich weit ausgeschnitten, sondern hatte auch einen sehr langen Schlitz. Kurz, sie zeigte darin viel Haut. Eventuelle Zweifel verflüchtigten sich allerdings, als Thor in die Küche trat und sie erblickte. Er blieb stocksteif stehen und starrte sie an, als wäre sie eine biblische Offenbarung.

»Wie sehe ich aus?«, fragte sie und war sich durchaus bewusst, dass sie nach Komplimenten fischte. Aber es war so offensichtlich, dass ihm gefiel, was er sah, und sie war Frau genug, um sich gern in der Bewunderung eines gut aussehenden Mannes zu sonnen. Sie hatte ihre Zehennägel rot lackiert, sich Smokey Eyes geschminkt und großzügig Lippenstift aufgetragen. Im Ganzen genommen hatte sie den ländlichen Kitschfaktor vielleicht etwas übertrieben, es war von allem ein bisschen zu viel, aber an einem Tag wie heute war das wohl okay. Sie hatte vor, diesen Tag nach Kräften zu genießen – ein echtes Fest auf dem Land mit Grillbuffet, Liveband und jeder Menge Alkohol. Sie wollte essen, bis sie platzte, unter dem Sommerhimmel tanzen, lachen, Sekt trinken und jede Sekunde bei Thor sein.

Gleich hinter Thor kamen die Kinder in die Küche, deshalb begnügte er sich mit einem »Du bist wunderschön«, aber sie sah seine Blicke, spürte sie bis in ihre DNA. Thor sah aus, als wolle er gleich über sie herfallen. Er hatte sich ebenfalls umgezogen und – aber hallo! – er war zum Anbeißen! Stella verschlang ihn mit ihren Blicken. Frisch rasiert und duftend. Breitschultrig mit einem eng anliegenden kurzärmeligen Shirt und einer guten Hose, die auf seinen geraden Hüften saß.

»Du bist auch wunderschön«, sagte sie mit einem breiten Grinsen. Seine Augen wurden gefährlich dunkel. Oh Gott, wenn sie so weitermachten, würden sie gleich hier auf dem Fußboden Sex haben. Wie aus dem Nichts tauchte plötzlich der allerunwillkommenste Gedanke auf: Auf sie wartete eine andere Zukunft. Eine Zukunft ohne diesen Mann. Das fühlte sich total unwirklich an.

Aber sie musste gehen.

Oder?

Ach, ihre verräterischen Gedanken und Gefühle kamen immer im unpassendsten Moment hoch. Zum Beispiel wenn Thor sie ansah, als wolle er ihr jede einzelne ihrer Sexfantasien erfüllen. Als wolle er sie lieben, bis sie nicht mehr konnte. Dann wäre sie gern hiergeblieben. Aber sie konnte doch nicht auf Gefühle bauen, die zwei Wochen alt waren. Oder?

»Papa, meine Freunde kommen gerade, kann ich zu ihnen gehen?«, fragte Frans.

»Hast du alles erledigt?«

Frans nickte.

»Aber seid nicht zu wild, denkt dran, dass es Omas und Opas Fest ist.«

»Ich verspreche es«, sagte Frans und flitzte los.

»Cassandra ist hier«, sagte Juni und hob den Kopf von ihrem Smartphone. »Und ich habe auch alles erledigt.«

»Ihr helft dann nachher beim Aufräumen?«

»Logisch. Oma und Opa bezahlen uns schließlich dafür, im Gegensatz zu gewissen anderen Sklaventreibern«, sagte sie und verschwand mit federnden Schritten.

»Undankbare Brut«, sagte Thor, umarmte Stella fest und küsste sie fordernd. Nachdem sie gegen die Spüle gelehnt geknutscht hatten, als gäbe es kein Morgen, trug Stella neuen Lippenstift auf und sie gingen gemeinsam nach draußen.

Der Hof war heute so idyllisch, dass es fast schon kitschig war, wie aus einem Märchen oder einem Buch von Astrid Lindgren. Stella erblickte Rakel unter den ersten Gästen. Sie war so hübsch in ihrem neuen Kleid. Rakel winkte, kam aber nicht herüber, sondern unterhielt sich weiter mit einem silberhaarigen Mann und sah zufrieden aus.

»Meine Schwiegermutter sieht heute anders aus«, stellte Thor fest.

»Das ist das Kleid«, antwortete Stella. Rakel wirkte wie eine völlig andere Person. Während sie herumspazierten, erzählte sie ihm von dem Treffen mit Rakel.

»Du bist sehr aufmerksam«, sagte er. »Menschen sind dir echt wichtig.«

Sie wusste nicht, was sie darauf antworten sollte. Sie streifte seine Finger, und er drückte ihr zur Antwort die Hand. Während Thor stehen blieb und mit einem gleichaltrigen Mann über Aussaat oder Ernte sprach, sie wusste nicht welches von beiden, dachte sie darüber nach, ob sie hier leben könnte. Auf dem Land? In einer Kleinstadt wie Laholm? Die meisten waren nett zu ihr gewesen, aber nicht alle, dachte sie und erinnerte sich an gewisse Blicke. In Stockholm farbig zu sein, war schon schwer genug, doch in einer Kleinstadt war es noch offensichtlicher, dass sie nicht der Norm entsprach. Und dann all ihre Zukunftspläne, die konnte sie in Laholm nicht verwirklichen. Ganz zu schweigen vom Winter, oh Gott, dem langen, langweiligen Winter.

Und dann die Kinder.

Juni hatte angefangen, sie zu mögen, das war deutlich zu sehen. Auch Frans betrachtete sie mit immer offenerem Blick. Diese Kinder hatten schon genug Verlust erlebt. Sie brauchten jetzt Stabilität.

Wenn sie die Argumente dafür und dagegen auflisten würde, dann würde die Dagegen-Spalte ellenlang, dachte sie und merkte, wie sich ihre festliche Stimmung verflüchtigte. Thor entschuldigte sich, um jemandem rasch etwas zu zeigen, was mit Traktoren zu tun hatte, und Stella folgte ihm mit dem Blick, hin- und hergerissen zwischen zwei unvereinbaren Wünschen. Denn sie musste eine Entscheidung treffen. Und sie musste die richtige Entscheidung treffen. Sie hatte einen Sommerflirt erlebt, den sie niemals wieder vergessen würde, sowie den besten Sex ihres Lebens. Sex auf einem ganz neuen Niveau. Aber es war natürlich viel mehr als das. Aufkeimende Gefühle, die alle ihre Sinne komplett überschwemmten. Verliebtheit, Lust und Freude.

Aber es war nicht die Zukunft.

Oder doch?

Sie wurde fast verrückt. Ihre widersprüchlichen Gefühle brachen ihr noch das Genick.

Hofplatz und Rasen füllten sich rasch mit festlich gekleideten Gästen. Ab vierzehn Uhr war das Haus für alle Gäste geöffnet, den ganzen Nachmittag und Abend über. Mehrere der Gäste trugen Stellas Kreationen, farbenfrohe, schöne Kleidung, die Stella geändert oder entworfen hatte. Es war schön zu sehen, wie viel Freude sie damit bereitete.

Thor war immer noch verschwunden. Er hatte wirklich eine solide Frau verdient, dachte sie. Seine ganze Familie hatte das verdient. Jemand, der blieb und der gern auf dem Land lebte. Jemand, der nicht von einer internationalen Karriere und einem Leben in New York träumte. Hatte Klas nicht gesagt, dass man nicht mehr in einer Kleinstadt leben könne, nachdem man sich an all das gewöhnt hatte, was eine Großstadt zu bieten hatte? War das eine Warnung an sie gewesen oder einfach eine Tatsache?

»Hallo, wie geht's?«, fragte Ulla-Karin und trat zu ihr.

»Gut«, antwortete Stella und versuchte die Melancholie zu vertreiben, die die ganze Zeit unter der Oberfläche lauerte. Blöde Melancholie. Sie wollte fröhlich sein. Juni und Cassandra flatterten vorbei, kichernd und unbeschwert. Frans stand etwas entfernt bei seinen Freunden, die Luftgitarre zu spielen schienen. Sie wollte im Hier und Jetzt leben und in Partystimmung sein.

»Bist du mit deiner Frisur zufrieden?«, fragte Ulla-Karin. Sie trank Rotwein und trug unter anderem einen kirschroten Turban und passende Cowboystiefel, ein Outfit, von dem Stella nicht erwartet hätte, dass es funktionierte ... perfekt. Außerdem war Ulla-Karin in einem schockrosa Cadillac aus den Fünfzigerjahren vorgefahren. Sie machte wirklich keine halben Sachen.

»Sehr«, erwiderte Stella und berührte vorsichtig eine Locke.

Ulla-Karin musterte sie durchdringend. »Ist alles in Ordnung? Du siehst bedrückt aus? Gehört die Kate dir? Ich habe gehört, dass sie zerstört wurde. Und all deine Sachen.«

»Ja, das war schrecklich. Aber es waren ja nur Sachen. Nein, ich mache mir eher Sorgen um die Zukunft. Ich weiß nicht, was ich machen soll.«

»Soll ich dir die Zukunft weissagen?«

»Nein danke«, entgegnete sie rasch. Ganz so verzweifelt war sie dann doch nicht. Noch nicht. »Darf ich dich etwas fragen? Wohnst du schon immer hier?«

»Ja.«

»Hast du dich nie weggesehnt?«

»Ehrliche Antwort?«

Stella nickte.

»Ich sehne mich oft weg.«

Stella seufzte. Das half ihr nun gar nicht.

Ulla-Karin leerte ihr Glas zur Hälfte, wischte sich den Mund ab und streckte ihre Hand aus, um irgendetwas an Stellas Frisur zu richten. »Du musst schon selbst eine Entscheidung treffen«, sagte sie dann freundlich. »Du kannst nicht das Rauschen anderer Menschen deine innere Stimme übertönen lassen.« Sie trank den Rest Wein aus. »Jetzt habe ich ein Date mit einem Rotwein.« Sie nickte zum Abschied und schwankte von dannen.

Stella hoffte, dass sie nicht vorhatte, mit dem Auto nach Hause zu fahren. Theoretisch hatte Ulla-Karin recht, dachte sie. Das Problem war nur, dass ihre innere Stimme verrücktspielte.

Thor kam auf sie zu und reichte ihr ein beschlagenes Glas mit rosa Sekt. »Hallo, Schönheit«, sagte er und liebkoste sie mit seinem Blick.

Stella nippte an ihrem Glas. Sie hatte so derart viele Gefühle für diesen Mann. Natürlich bereitete ihr das körperliche Zusammensein mit ihm Lust und Freude, denn in Sachen Sex war er der Hauptgewinn. Sie wollte am liebsten die ganze Zeit nackt und schwitzend mit ihm verbringen, absolut. Aber es war noch so viel mehr als das. Sie wollte in der Abenddämmerung in Thors Küche sitzen und mit ihm über den vergangenen Tag sprechen, seine Hand halten und gemeinsam mit ihm lachen.

»Hallo, ihr zwei«, sagte Vivi und wandte sich dann an Thor: »Ich habe Nawal versprochen, dass du sie gleich abholst?«

»Selbstverständlich«, antwortete er, genauso verantwortungsbewusst wie immer, und Stella bemühte sich, es nicht so zu empfinden, als ob Vivi sie auseinanderbringen wollte. »Ich fahre sofort los.«

Während Thor sich auf den Weg machte, spazierten Stella und Vivi über den Rasen zu einem Porträt des Brautpaares. Es stand auf einer Staffelei und war mit Efeu und Wildblumen geschmückt.

»Wir haben 1979 geheiratet«, sagte Vivi und betrachtete liebevoll das Foto. Das Bild zeigte einen jungen Gunnar mit Koteletten in einem Anzug mit Schlaghosen. Sein Hemdkragen hatte riesige Flügel. Die Braut trug ein weißes Sommerkleid mit Rüschen und Puffärmeln. »Wir haben uns bei einem Scheunenfest hier in der Gegend kennengelernt. Auch in den Siebzigern und obwohl viele Hippies waren, gab es Scheunenfeste. Für Gunnar und mich war es Liebe auf den ersten Blick.«

»Das klingt wunderschön«, sagte Stella. Sie hatte sich in Thor genauso schnell verliebt. Konnte das ein Zeichen sein?

»Wir haben in der Kirche von Laholm geheiratet, auf ein eigenes Haus gespart und es dann gekauft. Damals konnte man das. Und ich war so glücklich, als die Zwillinge geboren wurden. Es hat lange gedauert, bis ich schwanger wurde.«

»Ihr seht wunderbar aus«, sagte Stella. Auch wenn das Foto oldschool war und die Klamotten alles andere als modern, konnte man die Liebe und Freude im Bild erkennen. »Vierzig Jahre. Das ist eine lange Zeit.«

Vivi strich sich über das Kinn und zupfte ihr Halstuch zurecht. Unter ihren Freundinnen waren mehrere, denen Stella mit ihren Festkleidern geholfen hatte. Aber Vivi hatte sie nicht darum gebeten.

Vivi räusperte sich. »Weißt du, ich habe dich kennengelernt, als du klein warst, du musst so ungefähr sieben Jahre alt gewesen sein und warst mit deiner Mutter hier. Meine Jungen waren damals Teenager.«

»Daran kann ich mich nicht erinnern.«

»Du bist ja so viel jünger als Thor.« Sie lächelte, aber das Lächeln erreichte nicht ihre Augen.

»Nicht so viel jünger«, sagte Stella. Acht Jahre waren ja nicht *so* viel, oder?

»Du warst jedenfalls noch sehr klein. Und natürlich ganz bezaubernd.«

Vivi spazierte über den Rasen, und Stella kam mit.

»Thor ist schon früh Vater geworden«, sprach Vivi weiter. »Ich muss zugeben, dass ich mir für ihn etwas anderes gewünscht hätte, als so jung schon Kinder zu bekommen und Erik Hurtigs Vater diesen verfallenen Hof abzukaufen.« Sie schüttelte den Kopf, als ob die Erinnerung daran sie immer noch quälte. »Und er hat geschuftet. Sowohl Ida als auch er, natürlich, aber Thor hat Unmenschliches geleistet. Er wollte wohl beweisen, dass er wusste, was er tat.«

»Waren die beiden denn glücklich?«, konnte Stella sich nicht verkneifen zu fragen. Sie wusste, dass sie nicht über ihn reden sollte, konnte aber nicht anders.

Vivi seufzte kaum hörbar. »Ich mochte Ida wirklich sehr, aber ich fand, dass Thor und sie nicht zusammenpassten. Und Rakel und ich haben uns natürlich nie besonders gut verstanden. Wir sind in dieselbe Klasse gegangen, hatten aber so gar nichts gemeinsam. Als Ida dann starb, wurde alles nur noch schlimmer. In jeder Hinsicht.«

»Das kann ich gut verstehen.« Stella hatte einen Kloß im Hals, der nicht verschwinden wollte.

Vivi legte ihre Hand auf Stellas Arm. »Was ich damit sagen will, ist, dass Thor in seinem Leben schon genug Tragödien erlebt hat. Mehr kann er nicht gebrauchen. Gunnar und ich halten zusammen, weil wir uns ähnlich sind und dasselbe wollen. Das ist wichtig, besonders wenn Kinder im Spiel sind.«

Stella nickte zustimmend, doch der Kloß in ihrem Hals wurde noch größer. Vivi meinte es gut, aber sie vermittelte Stella das Gefühl, dass sie eine gefühlskalte Verführerin sei, die mit Thors Gefühlen spielte. Rakel hatte sie ebenfalls gewarnt. Glaubte denn niemand, dass sie und Thor zusammenpassten? Glaubte sie es denn eigentlich selbst?

»Alles ist so fantastisch organisiert«, sagte Stella und blickte über die Festgesellschaft hin, um zu verbergen, dass sie verletzt war. Man hatte die großen Grills angezündet, und ein herrlicher Duft zog durch den Garten. Kinder und Hunde tollten herum, und von irgendwoher war Musik zu hören. Sie versuchte sich auf das Hier und Jetzt zu konzentrieren. Eigentlich hatte Vivi ja einfach Offensichtliches ausgesprochen. Am Buffettisch blieben sie stehen.

»Juni und ich haben über das Essen gesprochen«, sagte Vivi. »Sie hat mich überzeugt, mehr von diesem vegetarischen Essen anzubieten. Wir haben asiatische Gemüsespieße, Tofutapas und viele verschiedene Sorten Bohnenpüree und Salate mit Quinoa und was nicht noch alles.

Das ist gar nicht schlecht. Es scheint mir angemessen modern.« Sie verstummte und drehte an ihrem Ehering, bevor sie fortfuhr: »Aber es gibt Grenzen dafür, wie viele Veränderungen die Menschen mitmachen.«

Wurde Stella jetzt paranoid, oder klang wirklich jedes von Vivis Worten wie eine Warnung?

Ein wenig panisch hielt sie nach Thor Ausschau. Stattdessen gesellte Gunnar sich zu ihnen. Thor war seinem Vater ähnlich, dachte Stella und schüttelte dem älteren Mann die Hand. Er hatte die gleichen Augen und das gleiche wettergegerbte Gesicht.

»Herzlichen Glückwunsch zu eurem Ehrentag«, sagte sie höflich.

»Danke, meine Liebe. Ich freue mich sehr, dich endlich kennenzulernen.« Er betrachtete die Unmengen von Gerichten. »Thor hat erwähnt, dass du wissen möchtest, ob ich mich an deine Mutter erinnere.«

»Ja?«

»Ich bin Ingrid tatsächlich einige Male begegnet. Sie war eine komplexe Frau. Wollte immer weg von hier. Ich hoffe, dass sie in Stockholm glücklich war, denn hier war sie es nicht. Manche fühlen sich einfach auf dem Land nicht wohl. Sie verkümmern hier.« Er lächelte sie freundlich an.

Vivi tätschelte ihm die Hand, als hätte er etwas richtig gemacht. »Bitte entschuldige uns, Stella, wir müssen noch weitere Gäste begrüßen.« Sie hakte ihren Mann unter und beide verschwanden.

Stella leerte ihr Sektglas. Nach diesem Erlebnis brauchte sie noch mehr Alkohol, merkte sie und erblickte Thor, der gerade wiedergekommen war. Sie sah ihn an, wie er dort stand, unerschütterlich wie ein Fels. Ein Biobauer in eng anliegendem Shirt und schwarzen Hosen vor seinem Land und seinem Hof als Hintergrund.

Scheiß drauf, was Rakel, Vivi, Gunnar und der Rest der Welt sagten. Sie liebte Thor so sehr, dass es wehtat.

~ 48 ~

Thor betrachtete den Überfluss an Gerichten auf dem Buffet. Zwischen gegrilltem Fleisch, Würsten und Burgern standen große Schüsseln und Teller mit farbenfrohem Veggie-Essen. Er musste unwillkürlich lächeln. Juni hatte lange für ihre Alternativen gekämpft und seine Mutter war nur schwer zu überzeugen gewesen, bis sie schließlich eingelenkt hatte und Juni ein teilweise neues Menü hatte erstellen lassen. Thor hoffte, dass die Gäste damit genauso zufrieden waren wie er selbst. Wenn nicht, war es ihm auch egal. Er war stolz auf seine Tochter.

»Das ist unglaublich viel, es bleibt sicher ganz viel übrig«, sagte Vivi, als sie und Gunnar sich am Buffet bedienten.

»Ich weiß, dass ihr glaubt, dass ich die Kinder übertrieben beschütze«, sagte Thor. Stella war mit einem Gast verschwunden, der mit ihr über Seide oder Samt oder was auch immer reden wollte, und er vermisste sie jetzt schon.

Sein Vater beäugte misstrauisch einen Grillspieß mit mariniertem Tofu. »Ja«, begann Gunnar.

»Und ich weiß, dass ich vieles anders hätte machen können«, unterbrach Thor ihn. »Dass ich Fehler gemacht habe und noch mache. Und dass ich ganz viele Dinge bei den Kindern ändern sollte.« All die unzähligen Dinge, an denen sie sich störten, wie er wusste. Zu viele Computerspiele. Zu wenige Aktivitäten. Zu viele Elterntaxidienste, zu wenige Grenzen. Das, was er in all den Jahren zu hören bekommen hatte.

Vivi warf Gunnar einen ratlosen Blick zu.

»Thor, wir …«, begann sie.

»Und ich weiß, dass ihr gegen vegetarische Ernährung seid«, sagte Thor, »aber Juni bekommt alle Nährstoffe, die sie braucht, und ich finde, dass sie das sehr gut macht.«

»Thor!« Seine Mutter stellte ihren Teller mit einem Klirren auf den Tisch.

Thor verstummte. Er hatte nicht die Absicht gehabt, ihnen eine Szene zu machen, schließlich war dies ihr Fest, ihr Tag.

»Entschuldige, Mama«, sagte er.

»Wir finden nicht, dass du ein Helikoptervater bist!«, rief sie.

»Du bist ein großartiger Papa«, ergänzte sein Vater. »Viel besser, als ich es je war. Ich ... wir – Mama und ich –, wir bewundern dich.«

Thor starrte seine Eltern an. »Ihr bewundert mich?«

Sein Vater hielt seinem Blick stand. »Ich habe dir das nicht oft genug gesagt. Vielleicht sogar noch gar nicht. Aber du bist für mich ein Vorbild. Ich wünschte, dass ich meine Kinder mehr umsorgt hätte. Dass ich es gemacht hätte wie du, mich auf die Beziehung zwischen dir und Klas konzentriert und euch geholfen hätte. Dann wäre vielleicht alles anders zwischen euch, weniger Streit. Du nimmst die Bedürfnisse deiner Kinder wahr.« Seine Stimme brach.

»Thor, wir sind so stolz auf dich. Wir dachten, du wüsstest das«, sagte Vivi mit Tränen in den Augen und drückte seinen Arm ganz fest. »Das Essen ist fantastisch, ich habe nur lobende Worte darüber gehört«, fügte sie hinzu. »Und du hast alles so hübsch arrangiert. Du hast sogar deinen schönen Hof zur Verfügung gestellt. Wir sind dankbar und stolz. Sowohl auf dich als auch auf deine Kinder.«

Gunnar nickte energisch.

»Danke«, sagte Thor überwältigt. Er hatte ja keine Ahnung davon gehabt.

Er zögerte, aber dann umarmte er seinen Vater, zum ersten Mal seit Langem. Seinen Vater, der nach Kaffee und nach billigem Rasierwasser roch. »Danke«, wiederholte er und spürte, wie eine Wunde in ihm zu heilen begann.

»Hallo«, sagte Stella, als sie sich kurz darauf an einer Wanne mit Proseccoflaschen auf Eis begegneten. Sie schenkte Thor ein Tausend-Watt-Lächeln, das er in jeder einzelnen seiner Zellen spürte. Im Herz und im Kopf. Ihr Haar glänzte und duftete, ihr Mund war von einem dramatischen Rot und das reichte aus, damit einem Mann seine Fähigkeit, logisch zu denken, komplett abhandenkam.

»Hallo«, sagte er, erschöpft von all den Gefühlen, die unkontrolliert in ihm aufstiegen. Jeder seiner Sinne verlangte danach, Besitz von ihr zu ergreifen, sie nicht entwischen zu lassen, sie dazu zu bringen, dasselbe zu wollen wie er. Er reichte ihr ein Glas Sekt. Sie nahm es und lehnte ihren Kopf ganz kurz an seine Schulter, wie ein flüchtiger Liebesbeweis.

»Stella!«

»Stellaaaa!«

Juni und Cassandra kamen kichernd und flüsternd angelaufen.

»Komm, wir müssen mit dir reden. Über etwas.«

Stella warf ihm einen entschuldigenden Blick zu, der bedeutete: Ich bin gleich wieder da, und ließ sich von den Teenagern mitziehen. Ihr Duft hing noch in seinem Shirt und an seiner Brust und er sog ihn ein, sah sehnsüchtig ihrem Rücken hinterher und begegnete dem Blick seines Bruders über dem Gewimmel aus Gästen.

Klas zog die Augenbrauen hoch und steckte seine Hand in die Hosentasche. »Das scheint ja was Ernstes zu sein?«, sagte er, als sie sich auf dem Rasen begegneten.

»Das zwischen uns ist nichts Ernstes, das haben wir so vereinbart.« Die Worte klangen sogar in seinen eigenen Ohren hohl.

»Aber man kann seinen Gefühlen nichts befehlen«, sagte Klas freundlich, fast schon mitfühlend. »Man entscheidet nicht, in wen man sich verliebt.«

Thor fuhr sich mit der Hand über das Gesicht. »Glaubst du, das weiß ich nicht? Aber es spielt keine Rolle, was ich fühle. Sie wird nicht bleiben.« Thor schluckte und spürte die Bitterkeit der Niederlage. »Und dann habe ich ja auch die Kinder.«

Klas kräuselte seine Oberlippe. »Ja, um Gottes willen, tu bloß nie etwas für dich selbst.«

»Was soll das denn jetzt heißen?«

»Das weißt du.«

»Äh, nein.«

Klas signalisierte ihm mit einer Geste, dass sie zum Tisch mit den Getränken gehen sollten. »Thor. Du machst immer nur alles für andere«, sagte er müde. Er erhob seine Stimme, denn es war laut hier. »Das nervt ziemlich«, fügte er hinzu und zog gerade noch rechtzeitig sein gut geschnittenes Hosenbein zur Seite, bevor ein kleines, mit Erdbeermarmelade verschmiertes Mädchen danach greifen konnte.

Thor kniff die Augen zusammen. Hatte er richtig gehört? »Willst du damit sagen, es ist schlecht, dass ich mir um andere Gedanken mache?« Das war ja vollständig verdreht. »Dass ich kein Egoist bin?«

»Das kann problematisch sein«, sagte Klas ruhig und zuckte mit den Schultern. Er warf Thor denselben Blick zu wie damals, als er ihn herausforderte, in der Schwimmhalle vom höchsten Turm zu springen.

»Da täuschst du dich aber gewaltig.«

»Oder auch nicht.«

»Idiot.«

»Hornochse.«

Doch keiner von beiden schien es ernst zu meinen. Sie blieben an einem langen Tisch stehen, auf dem Zinkwannen mit zerstoßenem Eis standen. Darin lagen Flaschen mit Wein, Bier und Limonade und diverse Dosen. Thor fischte für sich und Klas je ein Bier heraus. Sie prosteten sich zu.

»Du, ich möchte mich bei dir entschuldigen«, sagte Thor, nachdem sie eine Weile lang nachdenklich ihr Bier getrunken hatten.

»Wofür?«

»Dafür, dass ich nicht der Bruder war, der ich hätte sein sollen, glaube ich.«

Klas nickte, als pflichte er ihm bei. »Du konntest manchmal ganz schön nerven.«

Thor schnaubte.

»Aber du hast nichts falsch gemacht«, fuhr Klas fort und wischte sich den Bierschaum von der Oberlippe. »Und ich möchte mich ebenfalls entschuldigen. Es hat mich einige Therapiestunden gekostet, alles irgendwie zu verstehen.«

»Therapie?«

»Im letzten Winter ist meine Langzeitbeziehung in die Brüche gegangen, und ich war am Boden zerstört.« Klas nahm noch einen Schluck aus der Bierflasche. »Ich war so fertig, dass mein Chef mich schließlich zu jemandem schicken wollte, mit dem ich reden konnte. Zuerst habe ich mich gesträubt. Allein der Gedanke, mit einem Psychologen zu sprechen. Ich habe mich derartig geschämt. Mich als Versager gefühlt. Schwach. Aber dann bin ich doch hingegangen.«

»Und wie war das?«, fragte Thor.

»Gut.«

Thor war nach Idas Tod zur Krisenberatung gegangen. Er konnte sich an kaum etwas von diesen Gesprächen erinnern, aber sie waren für ihn wie ein Rettungsring gewesen. Ein Ort, an dem er zusammenbrechen durfte, ohne dass sein Gegenüber aus Langeweile oder eigenem Schmerz gleich gequält wirkte.

»Geht es dir jetzt besser?«

»Mhm. Aber ich bin deswegen schon so früh hierhergekommen, weil noch ein Mann mit mir Schluss gemacht hat. Offenbar liegen mir Beziehungen nicht so.«

»Das ist dann sein Pech«, sagte Thor aus vollem Herzen.

»Danke. Und du sollst wissen, dass ich wünschte, ich wäre mehr für deine Kinder da gewesen. Und für dich. Entschuldige.«

»Ich dachte, ich hätte etwas falsch gemacht.« Um ehrlich zu sein, dachte er das immer noch.

»Nein, nicht wirklich. Aber es ist schwierig, in einer kleinen Stadt zu leben, wenn man Männer liebt. Und ich hatte das Gefühl, ich bräuchte einen Tapetenwechsel. Und dann diese Zwillingsmasche. Fandst du das nicht anstrengend?«

Thor nickte. Er hatte es nicht laut sagen wollen, aber es hatte ihn belastet. Ständig miteinander verglichen zu werden. Teil eines Sets zu sein. Unbedingt alles gemeinsam machen zu müssen. Und Klas hatte immer schon ein starkes Bedürfnis gehabt, ein Individuum zu sein.

»Ich musste mich selbst finden, auch wenn das sehr klischeehaft klingt«, sagte Klas.

»Aber du bist einfach abgehauen.« Das hatte sehr wehgetan.

»Ich weiß. Ich wollte mich melden, aber die Zeit verging, und es war so befreiend, einfach nur solo zu sein. Und dann habe ich ein paar negative Erfahrungen gemacht und musste selbst damit fertigwerden.« Er lächelte. »In dem Punkt sind wir uns vielleicht sogar ähnlich, wenn ich es mir genau überlege. Ich wollte immer anrufen, aber je länger es dauerte, desto schwieriger wurde es. Und dann starb Ida, und ich war nicht da und habe dich nicht unterstützt, und dafür habe ich mich so sehr geschämt. Ich habe mich gefühlt wie ein Scheißkerl. Das war ich auch.«

»Du bist kein Scheißkerl. Im Gegenteil. Du warst doch immer der perfekte Sohn.«

»Aber nicht der perfekte Bruder.« Klas runzelte die Stirn. »Auch nicht der perfekte Sohn, ich frage mich, wie du darauf kommst. Du bist doch derjenige, der alles kann. Du bist so verdammt fähig und zuverlässig. Das nervt. Und dann deine Hemden …«

Thor starrte Klas ungläubig an. »Meine Hemden?«

Klas fuchtelte mit seinem Bier in der Luft herum. »Ja, dieses ganze Machoding. Das Überlebensding. Bauen und hämmern und Essen auf den Tisch bringen. Vater und Hausbesitzer sein. Du bist so kompetent, das macht einen fertig. Es nervt.«

Schau an.

Während er selbst sich wie der Dumme von ihnen beiden fühlte, hatte Klas einen ganz anderen Eindruck von der Dynamik zwischen ihnen. Das war vielleicht nicht die neueste Erkenntnis der Weltgeschichte, dass zwei Geschwister ihre Jugend unterschiedlich beurteilten, aber Thor war trotzdem erschüttert. Hatte all das zwischen ihnen gestanden?

Jahre des Schweigens und der Missverständnisse. So verdammt unreif. Er legte Klas eine Hand auf die Schulter.

»Ich möchte, dass du weißt, dass ich für dich da bin. Zu einhundert Prozent. Verstanden? Wenn ich etwas falsch mache oder etwas Blödes sage, hoffe ich, dass du mir das sagst. Ich meine es ernst, wir sollten nicht noch mehr Zeit verschwenden.«

»Dasselbe gilt auch für dich. Und dann will ich dir noch sagen, dass du tolle Kinder hast. Das hast du gut gemacht. Ich möchte gern ein Teil ihres Lebens sein. Wenn sie mich als Onkel haben wollen.«

»Sie werden sich freuen«, sagte er dankbar und nahm seinen Bruder in den Arm.

Sie umarmten einander lange und fest. Kein halbherziges Schulterklopfen, sondern eine warmherzige und innige Umarmung zwischen zwei Brüdern, die einander liebten.

Als die Gäste pappsatt waren, einige von ihnen auch schon ziemlich betrunken, räumten die angeheuerten Jugendlichen schnell die Reste und das Geschirr ab, füllten Müllsäcke und begannen den Kaffee aufzudecken.

Thor zog Stella mit sich zu einem langen Tisch in einem der Zelte, wo Kaffee und Dessert serviert wurden. »Jetzt lasse ich dich nicht mehr los«, sagte er und füllte einen Teller mit Himbeertörtchen, Schokoladenkuchen, Vanilleteilchen und allem, auf das sie noch zeigte. »Du bist leicht bei Laune zu halten«, sagte er.

»Torte auch noch«, befahl sie.

»Heute ist einiges passiert, wie ich gesehen habe«, sagte sie dann, den Mund voller Erdbeertorte. »Du hast mit deinem Bruder gesprochen?«

»Ja, und mit meinen Eltern. Wir haben uns ausgesprochen.«

Sie langte nach einem Schokobällchen und ließ es sich genussvoll in den Mund fallen.

»Soll ich Nachschub holen?«

»Ich wünschte, ich könnte noch, aber es geht nichts mehr rein.«

»Dann will ich mit meiner Begleitung tanzen.«

»Tanzen? Ich hatte eigentlich vor, mich hinzulegen und auszuruhen. Ich bin so satt«, stöhnte sie.

»Das ist schwedischer Country aus der Gegend. Das muss man erleben.«

»Ich habe noch nie Paartänze getanzt, jedenfalls nicht ernsthaft«, sagte Stella, legte ihre Hand in seine und ließ sich auf die improvisierte Tanzfläche führen – die ebenste seiner Wiesen. Eine Band spielte Coverversionen schwedischer Titel, vor allem Countrymusik, und die Tanzfläche war voller Gäste, die sich mit unterschiedlichem Geschick zur Musik bewegten. Thor legte die Arme um sie.

»Hallo, Hassan«, hörte er sie sagen. Sie winkte fröhlich.

Als Thor sich umdrehte, erblickte er den jungen Anwalt, der schwungvoll mit Natalie tanzte.

»Ich wusste gar nicht, dass du meine Eltern kennst«, sagte er zu Hassan.

»Ich tanze Swing mit Vivi und Gunnar«, erklärte er atemlos, wobei er Natalie gekonnt herumschwenkte. »Wir sind im selben Abendkurs.« Die beiden verschwanden in einer koordinierten, wirbelnden Bewegung.

Thor zog Stella an sich und hielt sie fest an sich gepresst, ihre Brüste an seiner Brust, seine Hüften an ihren. Ihr Atem an seinem Hals, seine Arme um sie geschlungen. Er wollte sie nie wieder loslassen.

Gegen Abend verließen die älteren Gäste allmählich das Fest, aber die Party war noch lange nicht vorbei. Die Leute saßen in Grüppchen zusammen und unterhielten sich, während die Kinder mit Schalen voller Chips ins Haus verschwanden, um sich Filme anzuschauen.

»Komm«, sagte Thor und legte Stella eine dünne Fleecejacke um die Schultern.

»Wohin gehen wir?«

»Ich möchte dir etwas zeigen.« Er nahm ihre Hand und sie spazierten durch den Garten, bis das Stimmengewirr und die Musik nicht mehr zu hören waren. Es war ein warmer heller Abend und bald würde es nachts nur noch ganz kurz dunkel werden. Es duftete nach Pflanzen und Kräutern, Flieder und Schlüsselblumen. Er brachte sie zu dem kleinen, versteckten Wasserfall, den er ihr schon lange zeigen wollte. Vielleicht, damit sie verstand, was ihr hier geboten wurde und warum sie bleiben sollte. Vielleicht auch nur, um sie einmal ganz für sich allein zu haben.

Als sie fast dort waren, blieb Thor stehen. Er umfasste ihr Gesicht mit seinen Händen, die Finger um ihren Nacken, und legte all seine Gefühle in seinen Kuss. Stella klammerte sich an ihn wie Efeu an einen Baumstamm. Er liebte es, wenn sie ihre Arme um seinen Hals schlang, wenn ihre Nägel sich in seine Oberarme gruben. Er wollte, dass sie ihn zeichnete, dass sie kratzte und biss zum Zeichen, dass er ihr gehörte.

Sie machte sich los, mit wilden Augen und vom Küssen geschwollenen Lippen. »Was ist das für ein Geräusch?«

Er nahm wieder ihre Hand und ging voraus zu dem brausenden Wasserfall. Mit touristischem Maß gemessen war er nicht gewaltig, aber er rauschte und donnerte und um diese Tageszeit waren sie ganz allein hier.

»Wow«, sagte sie, blieb stehen und betrachtete die brodelnden Wassermassen. »Das ist ein magischer Ort.«

»Ja, wenn es irgendwo Magie gibt, dann hier.« Er liebte diesen Platz. Er legte die Arme um sie, und sie lehnte sich mit dem Rücken an ihn.

»Könntest du dir vorstellen, von hier wegzuziehen? In eine Großstadt?«

»Nein, niemals«, sagte er, das Kinn auf ihrem Scheitel. Die Antwort kam ganz spontan und erst eine Sekunde zu spät ging ihm auf, was er da gesagt hatte. Aber er wünschte sich so sehr, dass Stella alles sah, was dieser Ort zu bieten hatte, dass sie so fühlte wie er, dass sie zusammengehörten. Doch sie drehte sich um und sah ihn mit ernstem Blick an.

»Thor, es gibt da etwas, worüber ich mit dir sprechen muss.«

Er wollte es nicht wissen, es nicht hören.

»Okay«, sagte er, und sein Herz war bleischwer.

Verlass mich nicht, schrie er innerlich. Verlass mich nicht.

~ 49 ~

Es fiel ihr furchtbar schwer, aber sie musste es ihm sagen. Sie nahm Anlauf. »Ich bin an einer Schule angenommen worden, bei der ich mich beworben hatte. Es ist eine lange Modeausbildung. In New York. Sie beginnt schon bald.«

Er sah sie an. Das Donnern des Wassers erfüllte die Luft. »Und was willst du jetzt machen?«, fragte er schließlich und drückte ihre Hand.

»Ich habe zugesagt. Das ist mein Traum, schon seit Langem, vielleicht schon mein ganzes Leben lang.«

»Ich verstehe.« Er küsste einen ihrer Finger. »Wann fährst du?«, flüsterte er gegen ihre Haut.

»Schon bald«, sagte sie und lehnte ihre Stirn gegen seine.

»Du willst also nicht bleiben? Ich bin im Paket mit inbegriffen.« Die Worte klangen unbekümmert, aber sein Tonfall war es nicht.

Sie sah ihn lange an, strich ihm über die Stirn und küsste sie. »Ich kann mein Leben nicht nach jemand anderem ausrichten«, sagte sie, so weich sie konnte, auch wenn sie wusste, dass ihn jedes einzelne Wort verletzte. Sie ließ ihren Kopf an seinem Brustkorb ruhen. Vielleicht sollten sie einfach hier so stehen bleiben, bis die Natur sie überwucherte. Sie konnte seinem starken Herzen lauschen, und er konnte ihr über den Rücken streichen.

»Und wenn ich dich bitte zu bleiben?«, sagte er leise.

Sie schloss die Augen. »Es geht nicht«, sagte sie dann und legte eine Handfläche an seine Brust.

Thor sagte nichts und atmete nur einmal angestrengt ein.

»Mein Traum ist nicht verhandelbar, nicht noch einmal«, fuhr sie fort, weil es ihr wichtig war, dass er sie verstand.

»Noch einmal?« Er entzog sich ihr und blickte sie forschend an. »Du meinst, du hast das für Peder schon einmal gemacht?«

»Ja, und ich habe es seitdem jeden einzelnen Tag bereut.«

»Ich verstehe«, sagte er, aber es war ihm anzusehen, wie traurig er war.

»Können wir nicht einfach die Zeit genießen, die uns noch bleibt«, sagte sie, hob sich auf die Zehenspitzen und küsste ihn. Seine Zunge begegnete ihrer, und die Lust, die immer zwischen ihnen war, entzündete sich, vielleicht noch von dem Gefühl befeuert, dass ihre Zeit begrenzt war. Sie packte sein Hemd, er zog ihr das Kleid herunter, umfasste ihre Brüste und küsste sie. Beide zerrten an den Kleidern des anderen und ließen sie ins Gras fallen. Sie lehnte sich gegen einen Baum, und er hob eines ihrer Beine an und legte es sich um die Taille, und mit dem donnernden Wasser und der Natur als einzige Zeugen drang er in sie ein. Sie rang nach Atem, als Thor sie ausfüllte. Das fühlte sich so richtig an.

»Schön?«, fragte er.

Stella nickte keuchend, sie konnte nicht sprechen. Er bewegte sich sanft in ihr, hielt mit einer Hand ihren Oberschenkel fest, stützte sich mit der anderen am Baum ab und drang noch tiefer ein. »Berühr dich«, sagte er.

Sie legte ihre linke Hand auf seine Schulter, führte die rechte nach unten und liebkoste sich selbst, während er sie hielt. Unter seinem intensiven Blick kam sie zuckend, eingeschlossen zwischen seinem Körper und dem Baum, und er bewegte sich immer heftiger, bis er sich atemlos aus ihr zurückzog.

»Ich will, dass du auf mich abspritzt«, wünschte sie sich, immer noch zwischen ihm und dem Baum eingeschlossen. Er packte seinen Schwanz und mit einigen kräftigen Handbewegungen kam er auf ihren Bauch. Es fühlte sich warm an und wurde dann schnell kalt. Sie liebte es, von ihm gezeichnet zu sein, dachte sie, während er ihr Bein herunterließ und sie die Balance wiedergewann.

Er reichte ihr die Fleecejacke und sie suchten ihre Schuhe und Klamotten zusammen, als Thors Smartphone sich plötzlich mit einer Nachricht meldete. Stella band ihre Sandalen, während Thor las. Sein Gesichtsausdruck wurde ernst und in ihr stieg eine böse Vorahnung hoch. Oh Gott, sie hoffte, dass nichts mit den Kindern war.

»Was ist los?«, fragte sie.

Thor blickte auf. »Es ist von Klas. Anscheinend passiert irgendetwas auf dem Hof. Wir müssen zurück.«

~ 50 ~

Der Lärm kam aus der Richtung des Hofs. Thor konnte laute Rufe hören und dann das Geräusch quietschender Autoreifen. Jemand hupte mehrmals, und ein Motor heulte auf. Thors Unruhe wuchs. Irgendetwas stimmte da nicht. Irgendjemand drehte da durch.

Er ging schneller und Stella lief neben ihm her, bis sie den Hofplatz erreichten. Er war voller Menschen, aber Musik und Gelächter waren verstummt. Die festliche Stimmung war wie weggeblasen. Es war nicht schwer zu erkennen, was die Ordnung gestört hatte.

»Erik Hurtig ist hier«, konstatierte Thor scharf, als das Auto, das herumgefahren war und wie ein Nebelhorn gehupt hatte, eine Vollbremsung machte. Die Autotür flog auf und Erik stieg aus und schrie: »Ihr verdammten Idioten! Was glotzt ihr so?«

Sein Gesicht hatte rote Flecken, er schwankte und nuschelte und war ganz offenbar betrunken. Das war aber nicht das Schlimmste, dachte Thor. Auch nicht, dass er die Gäste beschimpfte.

Erik stand da, betrunken und wütend, und fuchtelte mit einem Jagdgewehr.

»Um Gottes willen, glaubst du, es ist geladen?«, fragte Stella.
»Ich hoffe nicht.«

Aber Thor war sich da keineswegs sicher. Das war das Problem mit Erik, dass man sich bei ihm nie sicher sein konnte.

Thor blickte sich nach seiner Familie um.

Klas begegnete seinem Blick. Die Kinder sind drinnen, grimassierte er.

Wenigstens das. Thor wollte im Augenblick weder seine noch jemand anderes Kinder hier haben. Zahlreiche verstörte Erwachsene und eine Horde bellender Hunde waren völlig genug.

Vivi und Gunnar standen natürlich ganz vorne und versuchten Erik zu beruhigen. Seine Eltern fühlten sich wirklich für alles verantwortlich.

Thor fing den Blick seiner Mutter auf. »Geht ins Haus«, sagte er laut. »Ich kümmere mich darum.« Doch Vivi schüttelte nur den Kopf.

»Was ist los, Erik?«, fragte Thor, so ruhig er konnte.

Er stellte sich vor Stella und hörte, wie sie protestierte. Klas war auch einen Schritt vorgetreten und hatte sich vor Vivi und Gunnar geschoben. Sie brauchten nicht miteinander zu sprechen, sondern kommunizierten ohne Worte. Um sich herum sah er die gleichen subtilen Bewegungen. Männer, die vortraten, um einen Schutzwall zu bilden.

»Ich habe die Schnauze voll!«, schrie Erik und gestikulierte mit dem Gewehr, sodass sich Thor der Magen umdrehte.

»Ich will ja nicht hysterisch erscheinen, aber das sieht gefährlich aus«, murmelte Stella und stellte sich neben Thor.

»Stella, bitte stell dich hinter mich.«

»Vergiss es«, sagte sie und blieb stur neben ihm stehen. »Was glaubst du, was er will?«

Thor hatte nicht die leiseste Ahnung. »Erik, warum bist du hier?«

Erik drohte mit dem Gewehr, und es ging ein Raunen durch die Menge.

Thor hielt den Atem an.

»Verdammter Irrer«, murmelte Stella.

Erik starrte Thor mit blutunterlaufenen Augen an.

»Das ist mein Land! Du hast es mir weggenommen!«

Nicht schon wieder. »Erik …«, flehte er.

»Du hast mein Land gestohlen! Das einzige Land, das etwas abwirft. Du hast meinen Vater übers Ohr gehauen. Er war ein guter Mann. Viel zu gut für diese Welt.«

Ganz so hatte Thor es nicht in Erinnerung. Erik senior war eins der größten Arschlöcher gewesen, denen Thor je begegnet war. Es war allgemein bekannt, dass er seinen Sohn geschlagen hatte, aber nie deswegen angezeigt worden war. Er legte sich mit allen an und war ein unverhohlener Rassist und Frauenhasser.

»Als Ida und ich deinem Vater das Land abgekauft haben, war er froh, es loszuwerden und Geld dafür zu bekommen«, sagte Thor. »Jeder weiß, dass damals hier nur Steine und minderwertiger Boden waren. Wir haben das Land erst urbar gemacht. Es ging alles mit rechten Dingen zu.«

Sie hatten teure Kredite aufgenommen und sie lange abbezahlt. Daran gab es nichts zu kritteln. Du liebe Güte, sie waren damals viel zu jung gewesen, um überhaupt nur auf die Idee zu kommen, jemanden übers Ohr zu hauen. Hier ging es einzig und allein um Eriks Frustration.

»Das Land ist viel besser als meins, also müsst ihr irgendetwas gemacht haben.«

»Wir haben extrem hart gearbeitet«, erwiderte Thor.

Die Wahrheit war, dass Erik ein lausiger Landwirt war. Er hatte kein Gespür für Aussaat oder Ernte und auch nicht für die Tierhaltung. Er verpasste den Termin zum Pflügen im Herbst, vernachlässigte seine Tiere, pflegte seine Maschinen nicht und hatte seinen Bauern trotz mehrerer Jahre mit schlechten Ernten die Pacht erhöht, als wäre er ein Gutsherr alter Schule und kein moderner Landbesitzer. Er war einfach nicht für das Leben eines Landwirts gemacht.

Thor hingegen liebte sein Land und seine Tiere, kümmerte sich um seine Maschinen, lag nie auf der faulen Haut, hatte das notwendige Gespür und war gewillt, im Schweiße seines Angesichts sein Brot zu verdienen.

»Du lügst!«

Hassan trat einen Schritt vor. Klas tat gleichzeitig dasselbe. Sie wechselten einen Blick, zwei Anwälte, die sich mit dem Gesetz auskannten.

»Thor hat zweifellos ein Anrecht auf das Land, Erik«, sagte Hassan.

Klas nickte zustimmend. »Ja, ich habe mir die Dokumente mehrfach angesehen. Ich kann es auch gern noch einmal tun, aber alles ging mit rechten Dingen zu, das kann ich bezeugen. Der Preis war angemessen, da gibt es keinen Zweifel.«

Er sah Hassan an, der zustimmend nickte.

»Es ist ein Standardvertrag, Erik, und dein Vater hatte zwei Anwälte dabei.«

»Niemand wurde übers Ohr gehauen.« Klas sprach mit lauter Stimme, damit ihn alle hörten. Die Zuschauer nickten und murmelten ihren Beifall.

»Du verdammter Schwulenanwalt!«

»Ja, Erik, ich bin sowohl schwul als auch Anwalt. Aber du solltest jetzt langsam mal Ruhe geben.«

»Erik, bitte«, flehte Hassan.

»Ein Schwuler und ein Kanake, warum sollte ich euch vertrauen?«

»Jetzt mach aber einen Punkt, Erik«, rief Ulla-Karin, die von ihrem Mann flankiert wurde, einem großen Kerl mit tätowierten Unterarmen.

»Ja, hör auf mit dem Quatsch«, rief ein Vater von vier Kindern, der oft mit Thor Floorball spielte und meistens nach dem ersten großen Bier einschlief.

»Geh nach Hause und kümmere dich um deinen eigenen Kram. Hier hast du nichts zu melden«, sagte der Mann, mit dem Thor sich vorhin über Traktoren unterhalten hatte.

Aus der Menge war zustimmendes Gemurmel zu hören. Einer nach dem anderen schloss zu Thor, Klas und Hassan auf.

»Es ist deine eigene Schuld«, sagte ein Automechaniker und verschränkte die Arme vor der Brust.

Erik ließ eine Tirade von Flüchen los.

Plötzlich kam noch ein Auto auf den Hof geschlittert. Staub und Kies wirbelten auf und dann machte es eine Vollbremsung. Die Fahrertür flog auf und Paula erschien, zerzaust und mit geschwollenen Augen.

»Erik!«

»Paula!«, heulte Erik.

Und fuchtelte dann wieder mit der Waffe in der Luft herum. Es schien, als ob Paulas Auftauchen den Druck auf ihn noch erhöht hätte. Als ob er jetzt wirklich ihre Ehre zu verteidigen glaubte.

»Beruhige dich«, sagte Thor und ging langsam auf Erik zu.

»Sei vorsichtig«, hauchte Stella.

Thor nickte, er hatte definitiv keine Lust, hier und jetzt zu sterben. Aber er musste etwas unternehmen. Die Situation schien außer Kontrolle zu geraten.

Er tauschte einen Blick mit Klas.

Ist es geladen?

Keine Ahnung.

»Es ist alles deine Schuld! Dass ich gedemütigt und lächerlich gemacht wurde«, schrie Erik, und Thor blieb stehen, denn jetzt zielte Erik direkt auf ihn.

Stella stockte der Atem.

Thor hob seine Hände, zeigte die Handflächen und verdrängte all seine Irritation, Angst und Frustration.

»Ich weiß nicht, wovon du sprichst. Leg das Gewehr weg, dann können wir reden und die Angelegenheit klären?!«

»Reden! Man kann nicht über alles reden!«, schrie Paula im Falsett.

»Ihr sollt Respekt vor mir haben, kapierst du? Respekt«, brüllte Erik gleichzeitig.

»Du machst den Leuten Angst, Erik. Hattet ihr zwei nicht heute euer eigenes Fest?«

»Das ist zu Ende. Die Leute waren offenbar *verhindert*«, sagte er und deutete in der Luft Anführungszeichen an. »Aber ich habe mehrere dieser sogenannten Freunde hier gesehen.«

Erik sah die Gruppe vor sich vorwurfsvoll an, bevor er wieder Thor anstarrte.

Paula nickte. Sie wischte sich über den Mund und murmelte etwas. War sie auch betrunken? Wenn die Situation nicht so gefährlich gewesen wäre, hätte das Ganze eine gewisse bizarre Komik. Thor blickte zum Haus hinüber. In den Fenstern standen Zuschauer, überwiegend Kinder. Er fühlte einen Kloß im Magen.

»Papa!«, hörte man die Stimme von Frans. Thor schüttelte leicht den Kopf und wagte nicht zu antworten, weil er fürchtete, die Aufmerksamkeit auf die Kinder zu lenken und die Kontrolle über die Situation zu verlieren.

Er bemühte sich um eine ruhige und empathische Stimme und schob die Angst beiseite, die sich in seiner Brust ausbreitete und in seinen Fingern kribbelte. Lieber Gott, lass das hier gut ausgehen, betete er.

»Erik. Paula. Das ist doch alles kein Beinbruch. Bleibt und redet mit uns, ihr seid willkommen«, log er.

Oder verschwindet, wollte er eigentlich sagen. Bitte, bevor noch jemand verletzt wird.

»Geht nach Hause!«, rief jemand aggressiv.

»Nach Hause?« Erik lachte bitter. »Es gibt kein Zuhause mehr. Ich habe kein Zuhause.«

»Was redest du da? Du hast doch alles.«

»Kapierst du's immer noch nicht? Ich habe kein Zuhause. Alles ist bis unter den Dachfirst mit Hypotheken belastet. Wir haben gar nichts.«

Paula begann zu weinen.

»Wir machen Konkurs«, jammerte Erik.

Die Leute murmelten. Paula schniefte noch lauter.

»Und das ist alles bloß deine Schuld, du wolltest mich schon immer kleinkriegen.« Erik kam einen Schritt näher.

Plötzlich stand Nessie neben Thor. Sie knurrte leise.

Erik zielte mit dem Gewehr auf sie. »Halt die Schnauze, du Köter.«

Hinter Thor begann Pumba aufgeregt zu bellen. Thor merkte, dass ihm die Situation entglitt.

Eriks Gesicht wurde immer röter und Schweiß lief ihm herunter. Paula schrie und weinte abwechselnd.

»Hau ab, Erik!«, kam es aus der Menge. »Du machst dich bloß lächerlich!«

Auch wenn Thor mit seinen Gästen sympathisierte und sich nichts mehr wünschte, als dass Erik und Paula verschwanden, war das nicht die beste Strategie, um die Gemüter zu beruhigen.

Erik umklammerte seine Waffe.

»Loser!«, rief jemand aus der hinteren Reihe.

»Verpiss dich!«, schrie ein anderer. Das Gemurmel, die Rufe und die feindliche Stimmung nahmen zu.

»Können jetzt alle bitte mal tief durchatmen?«, rief Thor.

»Du Arschloch! Das ist alles deine Schuld!«, spuckte Erik aus.

Nessie bellte noch einmal. Erik stützte das Gewehr gegen seine Schulter und richtete den Lauf direkt auf den Hund.

»Ich habe die Schnauze voll von diesem verdammten Köter.«

»Nein!«, rief Stella.

»Nessie!«, schrie Juni, die aus dem Haus gerannt war.

»Papa!«, rief Frans verzweifelt, der sich Juni an die Fersen geheftet hatte.

Thor wurde es eiskalt. Nicht die Kinder. Nicht hier draußen.

Nessie duckte sich.

Paula starrte sie mit glasigen Augen an.

Juni und Frans weinten.

»Papa!«, rief Frans verzweifelt.

Erik grinste. Er krümmte den Finger, und ein Schuss löste sich.

~ 51 ~

Der Knall hallte über den Hof.

Stella konnte es nicht glauben. Sie war sich nicht einmal sicher, ob sie schon jemals einen Gewehrschuss gehört hatte. Würde jetzt jemand sterben müssen? Wegen eines gekränkten Irren? Das war total krank, schoss es ihr durch den Kopf, während sie sich nach vorn warf, um Juni und Frans zu schützen. Mit ihrem Körper zwang sie sie auf die Erde.

Um sie herum herrschten Geschrei und Tumult, sodass sie sich nicht zu rühren wagte.

»Nein!«, schrie Juni verzweifelt. »Nessie!«

Nein, nein, nein!

Nessie war auf dem Hofplatz zusammengebrochen und blutete stark aus der Seite. Sie stand wieder auf und hatte Schaum vor dem Maul. Erik zielte noch einmal.

Stella brüllte: »Nein!«, und die Kinder schrien: »Aufhören!«

Der mutige Hund erreichte Erik genau in dem Moment, als der wieder abdrücken wollte, und stürzte sich auf ihn. Das Gewehr fiel ihm aus der Hand, schlug auf dem Boden auf, sprang wieder hoch und ging dann mit einem Riesenknall los. Ein Schrei ertönte, bei dem einem das Blut in den Adern gefror. Der Hofplatz sah aus wie ein Tatort. Nessie lag unbeweglich in einer Blutlache auf der Erde. Auch Eriks Gesicht war blutüberströmt.

Paula schrie nur noch unartikuliert. Mehrere der Gäste umringten Erik, der blutend und schreiend zu Boden gesunken war. Klas hob das Gewehr auf, klappte den Lauf ab und rief: »Ruft die Polizei!«

»Hat jemand einen Krankenwagen gerufen?« Das war Vivi.

Plötzlich bewegte sich Nessie.

»Wir brauchen einen Tierarzt!«, schrie Stella. Sie nahm an jede Hand ein Kind und rannte zu Nessie hinüber.

Als die Polizei eintraf, gingen Thor und Klas den Beamten entgegen. Das Blaulicht erleuchtete den Abendhimmel. Thor erzählte in knappen Worten, was geschehen war, und ein paar der Gäste ergänzten seinen Bericht. Ein Polizist kniete neben Erik, der immer noch blutend auf der Erde lag. Ein anderer ging zu Paula.

»Wir sind angegriffen worden, verhaften Sie sie, sie sind verrückt!«, schrie sie.

»Beruhigen Sie sich«, sagte der Beamte, ein junger Mann mit dunkler Hautfarbe.

Paula starrte ihn feindselig an. »Ich will einen schwedischen Polizisten, hören Sie. Keinen Ausländer. Wo kommen Sie eigentlich her? Ich will mit einem Schweden reden, ist das klar?«

»Was ist hier passiert?«, fragte der Polizist unbeeindruckt von ihren Beleidigungen.

Paula straffte sich. »Undankbare Menschen, das ist passiert. Wir haben alles für diesen Ort getan. Die Leute begreifen das nicht. Sie wollen immer noch mehr und mehr. Und jetzt ist mein armer Erik verletzt.« Paula blickte über den Hofplatz. »Alles ist eure Schuld. Ihr seid Idioten!«, schrie sie.

Die Leute sahen sie nur an.

Einige der Gäste schüttelten die Köpfe. Stella fragte sich, ob die nüchterne Paula morgen bereuen würde, was die betrunkene Paula heute gesagt hatte. Sie verbrannte gerade viele Brücken hinter sich.

Der Polizist legte Paula eine Hand auf die Schulter, wie um sie zu beruhigen.

Sie schwang herum und schlug ihm mit der flachen Hand ins Gesicht.

Er fasste sich an die Wange. »Jetzt ist es genug«, sagte er müde, holte Handschellen aus seiner Tasche und legte sie der fluchenden und schäumenden Paula kurzerhand an.

»Hilfe, Polizeigewalt«, schrie sie, während sie wild strampelnd in das Polizeiauto verfrachtet wurde.

»Wo ist ihr Sohn?«, fragte Vivi, die das Spektakel beobachtete.

Das fragte Stella sich auch.

»Keine Ahnung«, sagte Klas. »Darum darf sich die Polizei kümmern.«

In diesem Moment traf der Krankenwagen ein. Die Besatzung untersuchte routiniert Erik, schloss ihn an einen Tropf an, lud ihn auf einer Trage ins Auto, schlug die Türen zu und fuhr mit Blaulicht, aber ohne Sirene wieder ab. Das Ganze hatte höchstens drei Minuten gedauert.

Die Gäste standen noch in Gruppen auf dem Hofplatz und redeten. Diese Ereignisse waren der Skandal, über den man in der nächsten Zeit sprechen würde, das stand fest.

»Der Tierarzt ist unterwegs«, sagte Thor besorgt.

Mehr brauchte er nicht zu sagen, denn es war offensichtlich, dass es Nessie nicht gut ging.

Thor nahm Frans und Juni in den Arm, die beide rot geweint waren. Sie setzten sich gemeinsam neben den Hund, streichelten Nessie und flüsterten Trostworte.

Stella versuchte, nicht zu weinen. Nessies schwarz-weißes Fell war mit Blut und Staub bedeckt. Sie konnte den Kopf nicht heben und lag einfach nur ganz still da.

Die festliche Stimmung war unwiderruflich zerstört. Die Gäste verabschiedeten sich und fuhren nach Hause. Rasch leerte sich der Hofplatz, bis schließlich nur noch die Familie, die Hunde und Stella übrig waren. Pumba lag neben Nessie und winselte.

»Geht es dir gut?«, fragte Thor.

Stella nickte. »Lebt sie?«

»Es sieht nicht gut aus«, sagte er leise.

Kurz darauf traf die Tierärztin ein, eine robuste Frau in den Vierzigern mit grünen Gummistiefeln, ruhigem Blick und kontrollierten Bewegungen.

»Hallo, mein Freund, wie geht es dir?«, sagte sie zu Nessie.

»Sie wurde angeschossen«, sagte Stella.

»Das klingt nicht gut.« Die Tierärztin untersuchte Nessie vorsichtig, während Pumba wütend und beschützend bellte. »Die Kugel scheint gerade durchgegangen zu sein. Sie braucht jetzt Ruhe«, konstatierte die Veterinärin, nachdem sie Nessie eine Spritze gegeben, Pumba gestreichelt und dann an Ort und Stelle fünf Stiche genäht hatte. Nessie bekam einen Plastiktrichter um den Hals und warf Thor einen gekränkten Blick zu, bevor sie den Kopf ablegte und die Augen schloss.

»Sie sollte nach Möglichkeit nicht laufen«, sagte die Tierärztin, also hob Thor sie hoch und trug sie ins Haus.

»Morgen wird es ihr schon besser gehen«, sagte die Ärztin und schrieb ein Rezept über Salbe und Tabletten aus. »Achtet darauf, die Wunde sauber zu halten und ihr schmerzstillende Medikamente zu geben.« Sie streichelte Pumba noch einmal. Der Welpe hatte sich in dem für Nessie hergerichteten Bett dicht an ihren Rücken geschmiegt.

Den angebotenen Kaffee lehnte die Veterinärin ab. »Ich muss zurück nach Laholm. Möchte jemand mitfahren?«

Klas, Vivi und Gunnar nahmen das Angebot an. »Aber was ist mit Aufräumen?«, sagte Vivi besorgt.

»Aber, Mama, mach dir doch darum keine Gedanken.«

»Papa, wird Nessie es schaffen?«, fragte Frans, als alle abgefahren waren und sie in der Küche saßen.

»Ja«, sagte Thor.

Stella war nicht sicher, ob er recht hatte, aber er wirkte so überzeugt, dass sie zu hoffen wagte. Gemeinsam stellten sie Teebeutel, Honig und Milch auf den Tisch. Die Kinder tranken jeweils eine Tasse, fingen aber schon bald an zu gähnen, als die Ereignisse und die späte Stunde ihren Tribut forderten. Stella sah Thor an und wusste, dass er dasselbe dachte wie sie: Der Abend hätte böse ausgehen können.

»Müssen wir uns die Zähne putzen?«, fragte Frans gähnend. Thor nickte nachdrücklich, und Stella lächelte. So ein Vater war er. Ein guter Vater. Ein guter Mann. Mit einem großen und lädierten Herzen. Sie liebte ihn so sehr.

Die Kinder sagten Gute Nacht, und als Thor nach zehn Minuten wieder in die Küche kam, sagte er: »Sie schlafen tief und fest.«

»Wie geht es dir?«, fragte Stella. Er hatte bei allem, was heute passiert war, die Ruhe bewahrt, aber sie sah, wie seine Hand zitterte, als er seinen Teebeutel eintauchte. Nicht stark, aber doch.

»Es hätte jemand sterben können.« Er sah sie an. »Jeder von uns hätte getroffen werden können.«

»Ich weiß.« Sie hatte dasselbe gedacht, immer wieder.

Sie legte ihre Hand auf seine, und er betrachtete die Stelle, an der sie sich berührten. Sie wunderte sich, dass in der Luft zwischen ihnen keine Funken zu sehen waren.

»Du hast so schöne Hände«, sagte er, drehte seine Handfläche nach oben und verschränkte seine Finger mit ihren. Das war eine so intime Geste, die Hand von jemandem zu halten, das hatte sie schon immer gemocht. Sie versuchte, nicht daran zu denken, dass sie es schon bald nicht mehr tun könnten.

Thor zog sie an sich, legte ihre Hand auf seine Brust, auf sein Herz, und schlang seinen anderen Arm um sie, bedeckte ihren Mund mit seinem. Sie liebte es, seinen Mund auf ihrem zu spüren, denn dort gehörte er hin. Sie öffnete die Lippen, ließ ihre Zunge in seinen Mund gleiten, spürte seinen Geschmack und seinen Duft, hörte, wie er nach Luft rang und ihren Atem verschlang. Hungrige Lippen bedeckten ihre Lippen, Zähne knabberten sacht und schickten Wellen der Erregung in ihren Bauch, ihre Schenkel, ihre Brüste. Mit ihm ging das so schnell. Sie war immer bereit, wollte immer mehr haben.

»Bleib bei mir«, sagte er und biss sie ins Ohrläppchen, zog und saugte daran.

»Ich bin doch hier«, sagte sie benommen.

»Du weißt, was ich meine, Stella. Hier. Bei mir.«

Er zog sie noch fester an sich. Seine starken Arme lagen um sie wie ein eisernes Band und sie konnte kaum atmen, und trotzdem wollte sie ihm nur noch näher sein.

»Bleib«, wiederholte er an ihrer Haut, immer und immer wieder, verlockend wie ein Teufel, der alles anbot, wenn er dafür ihre Seele bekäme. Es war so verführerisch, denn sie wusste ja, was er meinte.

»Bleib«, sagte er und nahm eine ihrer Brustwarzen zwischen seine Finger, zog vorsichtig daran, wobei er gegen ihre Schulter atmete.

Mit Mühe entzog Stella sich ihm. Die volle Bedeutung seiner Worte begann zu ihr durchzudringen.

»Du verstehst das nicht«, sagte sie traurig und frustriert.

Wie sollte sie ihm nur verständlich machen, wie wichtig es war? Für sie?

»Natürlich verstehe ich das. Ich bin der verständnisvollste Mensch, den es gibt.« Es war ihm gelungen, ihren BH zu öffnen, und er begrub sein Gesicht zwischen ihren Brüsten. Jetzt ergriff er ihre Halskette und hielt sie fest, während er sie gleichzeitig mit Küssen überschüttete. Sie erbebte und versuchte sich daran zu erinnern, was sie ihm sagen musste. Sie zog an seinen Haaren, nicht grob, aber auch nicht gerade sanft.

Er stöhnte.

»Du willst doch nur, dass ich hier bleibe und so lebe wie du«, sagte sie.

Er drückte sie wieder an sich. »Was ist falsch daran, so zu leben wie ich? Es gefällt dir hier.«

Er biss sie sacht in die Brustwarze, und es fühlte sich an, als ob ihr Herz nach Luft schnappte.

»Aber das ist doch kein Kompromiss«, sagte sie. Es war unmöglich, in diesem Gespräch einem roten Faden zu folgen. Sie schloss die Augen und ließ sich einen Moment lang treiben. Vieles von dem, was er sagte, klang sehr überzeugend. Und ein immer größerer Teil von ihr wollte sich überreden und verlocken lassen. Vor allem jetzt, wo er ihre Brust in seinem Mund hatte.

»Ich muss erwachsen sein«, sagte Thor zwischen zwei Küssen.

Sie analysierte seine Worte und zog wieder an seinen Haaren. »Meinst du damit, dass ich nicht erwachsen bin?«

Er liebkoste ihren Hals und ließ seine Finger zwischen ihren Brüsten hinabgleiten. »Du bist sehr, sehr erwachsen. Niemand weiß das mehr zu schätzen als ich.«

Er küsste sie, bis sie wimmerte.

»Aber du hast keine Kinder, das ist ein großer Unterschied«, sagte er und rieb seine Erektion an ihr. Er wollte sie haben. Sie wollte ihn noch mehr. Seinen Schwanz in sich spüren und nicht darüber nachdenken, was sie tun musste, die Gewissheit verdrängen, die wie eine innere Wunde war. Jetzt, in diesem Augenblick, wollte sie nur geben und nehmen.

Vielleicht hatte Thor ja recht, dachte sie, während sie sich gegen seinen Mund presste. Vielleicht war sie ja uneinsichtig. Vielleicht erwartete sie zu viel vom Leben? Hier zu bleiben, all das hier zu bekommen – war das nicht mehr, als ein Mensch sich wünschen konnte?

Er hob sie hoch, und sie konnte nicht einmal aufkeuchen, bevor er sie schon auf den Tisch gesetzt hatte und zwischen ihren Beinen stand.

»Es hätte nie mehr zwischen uns sein sollen als das hier«, sagte sie, wobei ihre Hände ein Eigenleben führten und ihn überall liebkosten, wo sie konnten.

So hatten sie es vereinbart. Eine rein körperliche Beziehung zwischen zwei Erwachsenen, die sich in unterschiedlichen Phasen ihres Lebens befanden.

In der Theorie ganz einfach.

»Aber es ist mehr daraus geworden«, sagte er.

Er schälte sich aus seiner Hose, zog ihr das Kleid über den Kopf und half ihr, den Slip auszuziehen. Dann legte er seine Handflächen auf ihre Oberschenkel und schob sie auseinander.

»Ja«, hauchte sie und umschlang ihn mit den Beinen.

Er legte einen Finger unter ihr Kinn und hob ihr Gesicht.

»Hast du keine Angst, dass die Kinder aufwachen könnten?«, fragte sie, ohne ihn aus den Augen zu lassen. Diese Augen sahen sie mit so viel Gefühl an.

»Ein bisschen«, sagte er und küsste sie, wobei er mit seiner Zunge tief eindrang. »Wir könnten ja schnell machen?«, sagte er hoffnungsvoll.

Sie lächelte. »Ja, nimm mich schnell«, stimmte sie zu und rieb ihre Schenkel an seinen Beinen. Ihre glatten Schenkel an seinen behaarten. Konnte es eine bessere Kombination geben? Nimm mich schnell, dachte sie, langsam, hart – aber nimm mich, dring in mich ein.

»Nicht bewegen«, sagte er, und sie wartete, während er ein Kondom holte und es sich überzog.

»Das ist das erste Mal, dass ich mit jemandem Sex habe, der Kondome im Küchenschrank aufbewahrt.«

»Das ist das erste Mal, dass ich in der Küche Sex habe«, sagte er.

»Hält der Tisch?«, fragte sie, denn sie hatte wirklich keine Lust, damit zusammenzubrechen. Möbel, die unter einem zusammenbrachen, waren nicht der Wunschtraum einer schweren Frau.

»Der hält«, sagte er überzeugt, ergriff ihre Beine und zog sie an sich. Oh, sie glitt auf der glatten Tischplatte nach vorn, bis sie gegen seine Hüften stieß. Seine Augen glühten hungrig.

Sie lehnte sich zurück und stützte sich auf die Ellenbogen. Er umfasste seinen Penis, hielt ihn fest und liebkoste sie mit der Eichel.

»Du bist nass«, sagte er.

Nass. Geil. All das war sie. Aber auch verletzbar und der Kraft ihrer Gefühle vollständig ausgeliefert. Vielleicht waren es die gewaltsamen Ereignisse der Nacht, die ihr dieses schicksalhafte Gefühl vermittelten, vielleicht auch alles andere. Sie wollte ihn. Jetzt.

Er drang in sie ein, langsam, vorsichtig und bis zur Wurzel, zog ihn heraus und drang wieder in sie ein. Es war herrlich, wie er sie ausfüllte. Urplötzlich traten ihr Tränen in die Augen.

»Ist alles in Ordnung?«, fragte er.

Sie nickte. Seine eine Hand lag auf ihrer Hüfte, seine andere auf ihrer Brust, er hielt sie und er nahm sie.

»Du bist ganz warm«, sagte er mit vor Gefühl ganz erstickter Stimme. »Ganz nass. Ist das für mich? Bist du für mich so nass, Stella?«

»Für dich«, sagte sie mit brüchiger Stimme. *Nur für dich.*

Er bewegte sich tief in ihr, zitterte und bebte. Sie fand es herrlich, dass Sex für ihn etwas Natürliches war, dass er Schweiß und Körperflüssigkeiten liebte, dass er Dinge ausprobierte, dass er unkompliziert war.

»Streichel dich selbst«, befahl er ihr heiser. »Ich sehe dir so gern dabei zu.«

Er zog sich zurück, drang dann wieder ein. Sie schloss die Augen und konzentrierte sich auf ihre Empfindungen.

»Tu, was schön für dich ist.« Er drang noch tiefer in sie ein. »Zeig es mir, Stella. Mach es dir selbst.«

Seine Worte waren grob, aber der Ton war innig. Sie ließ ihre Hand über ihren Bauch gleiten, bis hinunter zum Venushügel, liebkoste sich, ließ nasse Finger kreisen und reiben, während Thor sie rhythmisch gegen den Tisch nahm. Hitze stieg in ihr auf, heiß und schwer, und sie presste die Schenkel zusammen, verlängerte und verstärkte ihre Empfindungen, spannte ihre Muskeln an. Sie würde gleich kommen ... Sie hatte den Gedanken gerade zu Ende gedacht, als der Orgasmus ihre Hüften erschütterte und ihre Muskeln zusammenzog. Sie umschlang Thor, warf ihren Kopf zurück und überließ sich den Wellen, ließ sich von ihrer Lust mitreißen, von seinem verschwitzten Körper in ihr und über ihr. Thor drang tief in sie ein, seine Arme, mit denen er sich auf dem Tisch abstützte, zitterten, und als sie die Augen aufschlug, sah er sie mit so viel Gefühl an, dass sich ihr die Kehle zuschnürte.

Thor wartete, bis Stellas Orgasmus verebbt war, bis sie befriedigt und hingegossen auf seinem Küchentisch lag.

Er selbst war immer noch hart und von all der Nähe und Intimität ganz aufgewühlt. Er wollte mehr, wollte am liebsten ewig so weitermachen, wollte sie nehmen, wieder und wieder, bis sie ihm gehörte, ihm allein – aber vielleicht nicht gerade hier, wo sie überrascht werden könnten.

Widerstrebend zog er seine Unterhose und Hose wieder an und wand sich, um es in den viel zu engen Sachen halbwegs bequem zu haben.

»Du bist nicht gekommen«, konstatierte sie und stützte sich auf die Ellenbogen. Ihre Stimme war warm und schwer, ihr schwarzes Haar zerstrubbelt, ihre Lippen von seinen Küssen und Bissen geschwollen.

Er reichte ihr ihren Slip und das Kleid und küsste sie, verharrte auf ihren Lippen.

»Ich muss mich um die Tiere kümmern«, sagte er und zog rasch seinen Pulli über. »Bleib du hier«, befahl er.

»Ich warte oben auf dich«, nickte sie.

Als Thor zurückkam, lag sie in seinem Bett. Er duschte und kam dann zu ihr, immer noch feucht, aber so warm, dass er dampfte.

Er brannte. Für sie.

Stella zog ihn zu sich herunter. Er legte die Arme um sie, schloss die Augen und sog ihren Duft ein, den Geschmack ihrer Haut, das Salz und das Parfum, das Stella war.

»Warte noch mit dem Kondom, ich will dich in den Mund nehmen«, sagte sie leise.

Er legte sich neben sie, aber sie robbte im Bett herum, bis sie mit dem Gesicht an seinem Penis lag und er ihre Oberschenkel und ihre Muschi direkt vor sich hatte. Er legte sich bequem hin und spürte, wie ihre Lippen und ihr Mund ihn einsaugten. Er spreizte ihre feuchten Falten, fand mit Fingern und Zunge seinen Weg und leckte sie, während sie ihn mit dem Mund verwöhnte. Er versuchte sich zu beherrschen, wünschte sich so verzweifelt, dass all diese Sinnlichkeit andauern sollte.

»Stella, ich komme gleich«, sagte er und zog sich aus ihrem Mund zurück. Er änderte seine Stellung, wollte ihr in die Augen sehen, in sie eindringen.

Sie streckte ihm ihre Hand hin, er gab ihr das Kondom und sie rollte es ihm über.

Sie öffnete ihre Beine, und er bemühte sich, kontrolliert und langsam zu machen, aber es gelang ihm nicht und er pflügte sich in sie hinein, nahm ihren warmen, nachgiebigen, bereiten Körper und begrub sich darin, hielt sie fest, ganz fest, und als sie sich liebten, gab er ihr alles, was er zu geben hatte. Er zeigte ihr mit seinen Händen und seinem Körper, mit dem Mund und den Fingern, was er fühlte, was er ihr schenken würde, wenn sie sich nur für ihn entschied.

Er wollte immer bei ihr sein.

»Ich liebe dich«, sagte er.

Sie sah ihn lange an und legte ihre Arme um ihn, während er sich in ihr bewegte. Es war nicht nötig, dass sie ihm dasselbe sagte, dachte er. Es war genug, dass er es sagen konnte. Und dass sie ihn auf diese Weise ansah.

»Ich liebe dich«, wiederholte er und spürte, dass sie es sich anders überlegt hatte, dass sie bleiben würde. Sie würden dafür sorgen, dass es funktionierte. Er würde Kompromisse machen, ihr alles geben, was sie sich wünschte.

»Ich liebe dich«, sagte er noch einmal.

~ 52 ~

Stella lag still im Bett und lauschte dem Zwitschern der Vögel und dem Rauschen der Bäume. Sie wartete darauf, dass Thor neben ihr einschlief. Als sie ihm sanft über die Stirn strich, bewegte er sich nicht. Der Tag forderte seinen Tribut. Er hatte sie gründlich und ausgiebig geliebt und ihr mehrere Orgasmen verschafft, und jetzt schlief er den Schlaf des gerechten Liebhabers. Morgen würde sie ziemlich wund sein. Sie lächelte. Eine Erinnerung für später: Thor und sie, wie sie sich liebten, bis sie beide zerschlagen, wundgeküsst und befriedigt waren. Wie sie sich dem anderen gezeigt hatten, sich so nah gewesen waren, dass sie wusste, so etwas würde sie nie wieder erleben.

Als sie sicher war, dass er fest schlief, stand sie leise auf und suchte ihre Kleidung zusammen. Bei Morgensonne und Vogelgezwitscher zog sie rasch ihren Slip und BH, ein Top und eine Hose an und streifte sich einen Hoodie über. Sie warf noch einen allerletzten Blick auf Thor, der groß und braun gebrannt auf dem Bauch im Bett lag. Er hatte sich an einen Platz in ihrem Herzen geschlichen, wo noch niemand vor ihm gewesen war, und nun wollte dieses Herz, dass sie wieder zu ihm ins Bett ging. Dass sie die Arme um ihn legte und für immer blieb.

Bevor sie es sich noch anders überlegen konnte, ging sie in die Küche hinunter.

Sie hängte die Bügel mit Junis und Cassandras Ballkleidern über die Tür.

Die Kleider waren wirklich gut gelungen.

Sie setzte sich hin und schrieb einen Zettel, und dann legte sie den

Kaufvertrag über ihr Grundstück für Thor gut sichtbar auf den Küchentisch. Er war eine Naturbegabung als Landwirt, er würde sich gut um Felder und Frösche und Boden kümmern. Sie hatte mit Klas darüber gesprochen und ihn um Hilfe gebeten, und zusammen hatten sie einen angemessenen Preis errechnet. Thor hatte sich all die Jahre um das Land gekümmert, und das wollte sie von der Summe abziehen, die Erik ihr geboten hatte. Außerdem wusste sie, dass Thor dafür sorgen würde, dass der umgestürzte Baum und die Trümmer abtransportiert wurden. Sie wusste das, weil Thor Nordström nun einmal so war. Am liebsten hätte sie ihm das Stück Land einfach geschenkt. Aber zum einen glaubte sie nicht, dass er das annehmen würde, zum anderen war sie tatsächlich auf jede einzelne Krone angewiesen, die sie zusammenkratzen konnte. Also hatte sie den Preis um die Hälfte gesenkt und Klas gebeten, sich um die praktische Abwicklung zu kümmern. Sie wünschte, sie hätte mehr, was sie ihm hinterlassen könnte, etwas, das Thor zeigte, wie viel er ihr bedeutet hatte, aber die Wahrheit war, dass sie praktisch pleite war. Das Geld aus dem Grundstücksverkauf würde nicht lange reichen. Sie ließ außerdem für Frans einen Button da, den sie bei JinJing gefunden hatte, von einer der Bands, die er so mochte. Sie hoffte, er würde wissen, dass das Geschenk von Herzen kam. Dann tat sie die paar Dinge, die sie noch besaß, in eine Plastiktüte, denn sie hatte nicht einmal mehr eine Tasche. Sie packte Kleidung und Schminke ein sowie die Zeitung, in der ihr Vater erwähnt wurde, und umklammerte ihre Halskette. Alles andere hatte sie verloren.

Sie lauschte, aber es war immer noch alles still im Haus, und schlich sich dann zu Nessie.

»Du siehst ja schon munterer aus«, flüsterte sie und erhielt ein schwaches Schwanzwedeln zur Antwort. Sie beugte sich vor und umarmte Pumba, der immer noch neben Nessie wachte. Der Welpe leckte ihr, eifrig wie immer, über Nase und Augenlider.

Stella zog die Tür zu, nahm ihre Tüte und ging zum Stall hinüber.

Auf dem Rasen verstreut lagen noch die Überreste des Festes. Ein junger Fuchs leckte an einem Teller und rannte weg, als er Stella bemerkte.

Trouble begrüßte sie mit einem fröhlichen Määäh.

»Tschüs, Trouble«, sagte sie zu der Ziege, die sofort auf einem der Bänder ihres Hoodies herumzukauen begann.

Stella entwand ihr das Band, trocknete sich die Tränen, die nicht aufhören wollten zu laufen, und fütterte Trouble mit einem Apfelschnitz, den sie im Kühlschrank gefunden hatte. Dann ging sie zu ihrem Moped. Sie setzte den Helm auf und schob es ein Stück, bevor sie den Motor startete und mit einem letzten Blick über ihre Schulter den Sonnenblumenhof verließ.

Auf der Hauptstraße gab sie Gas, und schon bald hatte sie Laholm hinter sich gelassen.

Sie umklammerte den Lenker, während die Landschaft vorbeihuschte. Sie hatte alle Verbindungen gekappt. Sie würde zuerst nach Stockholm fahren und dann weiter nach New York.

Genau wie Ingrid vor ihr verließ auch sie das Land für die Großstadt.

Verließ Laholm, weil sie dort keine Zukunft hatte, obwohl ihr Herz offensichtlich immer noch bei Thor war, denn in ihrer Brust war nur eine große Leere.

Am Bahnhof hielt sie an und hängte den Helm ein letztes Mal an den Lenker. Das Moped hatte immer noch kein Schloss, und sie fragte sich, was daraus werden würde. Würde jemand es stehlen, oder würde es bis in alle Ewigkeit hier stehen bleiben?

Wie im Nebel ging sie auf den Bahnsteig und hörte den Zug in der Ferne.

Schlafwandlerisch stieg sie in den Zug, der sie von Laholm wegbringen würde. Weg von Thor.

Sie würde sich besser fühlen, wenn sie erst einmal wieder dort war, wo sie hingehörte, redete sie sich ein.

Dann würde es sich richtig anfühlen.

Aber jetzt tat es nur weh.

So verdammt weh.

~ 53 ~

»Deine Mutter wäre sehr stolz auf dich gewesen«, sagte Thor zehn Tage später und räusperte sich verlegen. Er wollte vor seiner Tochter nicht weinen, nicht bei so einem freudigen Ereignis, dem ersten Ball ihres Lebens. Doch dass Juni ihre Mutter nicht dabeihatte, dass seine Kinder bei wichtigen Ereignissen in ihrem Leben für immer ihrer Mutter beraubt waren, war beinahe unerträglich.

»Du bist super hübsch«, sagte Frans fröhlich, der gerade eine Möhre aß. Er war in einer Phase, in der er die ganze Zeit aß, Obst, Gemüse, Butterbrote und Reste.

Juni drehte sich noch einmal in der Küche, und das Ballkleid schwang um ihre Beine. »Ich hoffe, dass Mama mir aus dem Himmel zusieht.« Sie blies sich das Haar aus der Stirn und schwieg einen Moment. »Aber ich bin deswegen nicht mehr traurig«, sagte sie dann vorsichtig, als wolle sie sich vortasten. »Damals war ich es, natürlich. Als sie starb.«

Frans hatte aufgehört zu kauen. Beide Kinder sahen Thor an.

Der sagte nichts, aber er ahnte, dass irgendeine Veränderung bevorstand.

»Das war sehr traurig«, sagte er versuchsweise und hatte keine Ahnung, ob er damit etwas verschlimmerte oder ob er einfach etwas falsch machte.

»Ich kann mich kaum daran erinnern«, sagte Frans.

Thor schwieg und wartete.

»Deinetwegen mache ich mir mehr Sorgen«, murmelte Juni nach einer Weile.

Frans nickte zustimmend. »Ich auch«, sagte er nachdrücklich.

»Was? Wieso das?«, fragte Thor.

Juni stieß einen ihrer abgrundtiefen Seufzer aus. »Weil du so traurig bist, Papa. Als wenn du es nicht erträgst, dass jemand von ihr spricht. Es ist traurig, dass sie gestorben ist, aber um ehrlich zu sein, ist es noch schwieriger, wie du damit umgehst. Alle glauben, dass ich wegen meiner Mutter depri bin.« Juni kratzte sich frustriert den Arm. »Aber ich bin eher wegen meines Lebens depri. Ja, meine Mutter ist tot. Aber mein Alltag und mein Leben drehen sich nicht mehr nur darum.«

»Nicht?«

»Nee. Ich kann über sie sprechen, wenn du das möchtest. Es zieht mich nicht runter.«

»Mich auch nicht«, sagte Frans und nahm sich einen Apfel.

»Aber ihr sprecht doch nie über sie«, sagte Thor. Das hatte ihn beunruhigt. Er fürchtete, dass sie sie vergessen könnten. Vielleicht, weil er selbst dabei war, sie zu vergessen, ihr Gesicht, ihre Stimme. Das kam immer öfter vor, und er schämte sich dafür.

»Wir haben Angst, dass dich das traurig macht«, sagte Frans zwischen zwei Bissen.

Juni, die sich bückte, um ihre Schuhe zuzubinden, nickte energisch. Hin und wieder erinnerte sich Thor daran, was Stella über bequeme Schuhe gesagt hatte, und freute sich, dass sich auch seine Tochter nicht durch das Patriarchat aus dem Gleichgewicht bringen ließ.

»Aber ich fürchte immer, dass ihr traurig sein könntet«, sagte er und schloss seine Gedanken an Stella innerlich weg, rasch, bevor ihn der Schmerz in die Knie zwang.

»Das wissen wir doch. Das fürchtest du immer. Aber es ist nicht gefährlich, traurig zu sein, Papa. Das gehört dazu, wenn man ein Teenager ist. Du willst uns beschützen, und es fällt dir schwer, uns traurig zu sehen. Das ist für uns manchmal sehr anstrengend.«

»So habe ich das noch nie gesehen«, entgegnete Thor. Sie hatte ja recht. Beide hatten recht. Seit wann hatte er so schlaue Kinder?

»Es ist schwer, heutzutage jung zu sein«, fuhr Juni fort. »Die Umweltverschmutzung. Trump. Die Welt. Keine Chance auf einen Job. Keine Zukunft. Das ist super hart. Aber wir sind dankbar, dass wir dich haben. Es gibt so viele böse und schlechte Eltern.«

Thor schnürte sich der Hals zu, sodass er nicht sprechen konnte. Waren sie dankbar? Dass sie ihn hatten?

»Früher hatten wir Angst, dass du auch noch sterben könntest«, sagte Frans ernst.

Juni nickte. »Dass wir zu anstrengend sein könnten und dass du es nicht schaffen würdest«, fügte sie hinzu.

Seine geliebten Kinder.

Hatten sie all das mit sich herumgeschleppt?

»Habt ihr davor immer noch Angst?«, fragte er.

Frans biss sich auf die Lippe, nickte aber.

War er deshalb so bedrückt? Thor wusste nicht, ob er erleichtert oder bestürzt sein sollte. Er war drauf und dran, sich vor sie hinzustellen und ihnen zu erklären, was es bedeutete, erwachsen zu sein, und dass sie sich keine Sorgen machen sollten, ihnen all ihre Angst zu nehmen zu versuchen, aber es gelang ihm, diesen Impuls zu unterdrücken. Manchmal war es besser, einfach nur zuzuhören. Ihnen ihre Gefühle zuzugestehen. Tatsache war, dass er nach Idas Tod völlig am Ende gewesen war. Er hatte an ihrem Sterbebett gewacht und dafür gesorgt, dass die Kinder sauber und ordentlich waren, wollte, dass es ihnen an nichts fehlte. Er war wie ein Motor ohne Treibstoff gewesen, wie ein Auto, das nur noch auf den Felgen fuhr. Diese Angst, dass man als Eltern nicht gut genug war, dass einem die Kraft fehlen könnte, dass man einfach nur noch weglaufen wollte. Und er hatte ebenfalls große Angst gehabt, den Kindern wegzusterben, denn wer sollte dann für sie sorgen? All das hatte er zu verbergen versucht. Aber natürlich hatten sie sich Sorgen gemacht. Und natürlich hatten sie nicht darüber gesprochen.

Die besten Kinder der Welt.

Jetzt sahen sie ihn auffordernd an.

»Ich verstehe«, sagte er, um sich auf das Wesentliche zu beschränken.

Denn er verstand sie wirklich. Sie brauchten ihn. Und sie brauchten, dass er stark war, dass er aufrichtig war und dass er da war. Das war gleichzeitig leicht und schwer.

»Wir hatten Angst, als Erik geschossen hat«, sagte Juni, und Frans nickte nachdrücklich.

»Ich auch«, sagte Thor. Er bekam immer noch vor Angst weiche Knie, wenn er an jenen Abend dachte. »Aber uns ist nichts passiert, das ist das Wichtigste. Und ich bin völlig gesund und sehr stark.«

Sie wirkten ziemlich erleichtert. Er hatte ja keine Ahnung gehabt, dass sie das alles so belastete. »Ich habe wohl versucht, euch zu schützen und euch dafür zu entschädigen, dass euch ein Elternteil fehlt.«

Sie sahen einander an und lachten. »Ja, Papa, du machst alles«, sagte Juni.

»Aber wir wollen mithelfen«, sagte Frans.

»Wirklich?«

Beide nickten. »Ich will Essen kochen«, sagte Juni. »Frans kann mehr bei den Tieren helfen, wir beide können das machen. Und ich will mir einen Job suchen.«

»Okay«, sagte Thor.

»Papa?«, fragte Frans und nahm sich eine Banane.

»Ja.«

»Was fehlt dir an Mama am meisten?«

Thor lächelte ihn an. Das war einfach zu beantworten. »Sie mit euch zu teilen. Sie hat euch so sehr geliebt.«

»Ich vermisse ihre Pfannkuchen«, sagte Frans mit vollem Mund. »An die kann ich mich erinnern.«

»Was haltet ihr davon, jeden Freitagabend gemeinsam zu essen? Und dass ihr vielleicht jeweils einmal in der Woche das Abendessen kocht?«

»Ja, gute Idee«, sagte Juni.

»Sweet«, sagte Frans, und Thor musste sich einfach zu ihm hinüberbeugen und ihm durch die Haare fahren. Sein lieber, großer Sohn.

»Ich vermisse, wie Mama gerochen hat«, sagte Juni. »Aber wir haben ja dich, Papa. Und wir haben uns. Und Oma und Opa. Die sind eigentlich noch gar nicht so alt. Und Onkel Klas. Und Rakel, auch wenn sie meistens total nervig ist. Wir haben jede Menge Menschen.«

Das stimmte. Thor war das gar nicht bewusst gewesen, er war völlig davon in Anspruch genommen gewesen, Schuldgefühle zu haben, wegen all dem, was seinen Kindern genommen war. Sie hatten schon sehr lange nicht mehr über ihre Trauer wegen Ida gesprochen, und vielleicht noch nie auf diese Weise.

»Bist du immer noch traurig, weil Stella weg ist?«, fragte Juni, ohne ihn direkt anzusehen. Sie war so empfindsam, seine Tochter. Die Luft entwich aus seiner Lunge. Ein Gefühl der Unwirklichkeit ergriff von ihm Besitz, das so stark war, dass er sich an der Tischplatte festhalten musste. Frans hörte auf zu kauen und sah sie beide abwechselnd an.

Thor versuchte sich zusammenzureißen. An dem Morgen, als Stella ihn ohne ein Wort verlassen hatte, war er so wütend gewesen, so völlig am Boden zerstört. Als er aufgewacht war, war sie weg gewesen, nur ein Zettel mit ein paar knappen Worten, dass sie gehen musste, hatte auf dem Tisch gelegen.

Zwei Tage lang hatte er die Zähne zusammengebissen, hatte gearbeitet und versucht, den stechenden Schmerz in seiner Brust auszuhalten. Dann war er in den Wald gegangen und hatte gebrüllt, bis er heiser war.

Aber natürlich musste er sie loslassen, das hatte er ja die ganze Zeit gewusst.

Und er verstand auch genau, was Stella meinte, als sie sagte, dass er nicht zu Kompromissen bereit sei. Er konnte das nicht. Nicht, wenn seine Entscheidungen so viele andere Menschen betrafen. Konnte seine eigenen Bedürfnisse nicht über die der anderen stellen.

»Das ist okay«, sagte er und sah aus dem Fenster, um seine Fassung wiederzugewinnen. Es musste okay sein. Aber das änderte nichts daran, dass er ein schwarzes Loch in sich spürte. Mit Stella hatte er sich gefordert und durch und durch lebendig gefühlt. Hatte es genossen, bei ihr zu sein, sie zu umsorgen, aber auch umsorgt zu werden, in seiner

Elternrolle bestätigt zu werden und den besten Sex zu haben. Aber er kam zurecht.

Trouble war schon wieder abgehauen, stellte er fest, als er aus dem Fenster sah. Sie stand im Blumenbeet und fraß die Rosen. Thor hatte nicht das Herz, sie wegzujagen. Seit Stella nicht mehr da war, ließ die Ziege den Kopf hängen.

Das taten sie wohl alle.

Nessie, die fast wiederhergestellt war, schnüffelte draußen herum. Pumba machte in der Sonne ein Nickerchen. Sein Schwanz schlug hin und wieder auf den Boden, als träumte er etwas Schönes. Das Leben auf dem Hof ging weiter.

»Wie geht es euch damit?«, erkundigte er sich vorsichtig. Auch seine Kinder hatten sich ja mit Stella angefreundet.

»Es ist schade, dass sie weg ist«, sagte Juni.

»Sie war cool«, sagte Frans, und dann sprachen sie über etwas anderes.

Thor hörte ihnen zu und ließ seine Gedanken schweifen. Er würde nicht sagen, dass er sich verändert hatte, seit Stella abgereist war. Oder vielleicht hatte er sich verändert. Er war kein Fan von großen Veränderungen, wie er zugeben musste. Er hatte sich die Überreste der Kate angesehen und einen Holzfäller beauftragt, den Baum fortzuschaffen. Er hatte die Trümmer durchsucht und alles weggeworfen, es war nichts dabei, was sich aufzuheben lohnte. Das hatte er zumindest gesagt, aber für sich selbst hatte er einen kaputten Becher und eine kleine zerrissene Tischdecke mitgenommen, die ihn an sie erinnerten. Alles andere ließ er, wo es war. Die Natur würde das Grundstück allmählich zurückerobern, Insekten und Kleintiere hatten sich dort schon eingefunden, und das Leben würde weitergehen. Zuerst hatte er sich geweigert, den von Stella geforderten Preis zu akzeptieren. Der war geradezu lächerlich niedrig und er wollte keine verdammten Almosen. Aber Klas hatte argumentiert, ihn überredet und mit ihm geschimpft, und schließlich hatte er eingelenkt und Klas die viel zu niedrige Summe überwiesen, damit er sie an Stella weiterleitete. Diese Frau war hartnäckig. Aber das war ja nichts Neues für ihn. Sie hatte das Moped am Bahnhof stehen lassen. Während der ersten Tage war er jeden Abend hingefahren, um nachzusehen, ob es noch dort stand, und hatte natürlich gehofft, dass sie zurückgekommen war. Aber schließlich gab er es auf und nahm es mit nach Hause, weil er den Gedanken nicht ertrug, dass es dort allein und verlassen herumstand. Es kam ihm so vor, als hätte er sein ganzes Leben in einem Nebel verbracht, der sich durch Stella gelichtet hatte. Mit ihr war er er selbst gewesen. Auf eine Art, wie er es noch mit keiner Frau gewesen war, nicht mit Ida und auch nicht mit My. Bestimmte Worte würden ihn immer an sie erinnern, bestimmte Geräusche, Düfte, Geschmäcker und Anblicke. Irgendwann würde er sich damit abfinden, dass sie fort war, sich vielleicht sogar daran gewöhnen. Und wer weiß, eines schönen Tages würde er vielleicht morgens aufwachen und nicht als Erstes, Zweites und Drittes an Stella denken.

Er war natürlich nicht der Einzige, der sich in letzter Zeit an neue Umstände hatte anpassen müssen. Erik Hurtig war aus der Untersuchungshaft entlassen worden. Sein Gut stand seit ein paar Tagen zum Verkauf, und man munkelte, laut Ulla-Karin, dass ein reicher Stockholmer schon Interesse daran bekundet hatte.

Erik wohnte allein in einer Etagenwohnung, im gleichen Haus wie Natalie, und auch von dort hörte man so einiges. Paula Hurtig hatte – der gleichen Quelle zufolge – schon mit einem grauhaarigen Mann in Halmstad zu Abend gegessen. »Er sah aus wie ein Bösewicht aus einem Film«, hatte Natalie mitgeteilt.

»Weißt du, was aus Nils geworden ist?«, fragte Thor seine Tochter.

»Sie haben ihn nach Rumänien geschickt, zur Freiwilligenarbeit. Er bleibt den ganzen Sommer da.«

Thor wusste nicht, ob das stimmte, und auch nicht, ob das den Rumänen gegenüber fair wäre. »Was wollt ihr diesen Sommer machen?«, fragte er.

»Ich will zu einem Death-Metal-Festival in Halmstad. Onkel Klas hat mir versprochen mitzukommen.«

»Cassandra und ich wollen so viel wie möglich schwimmen gehen.«

»Papa? Wenn Klas Kinder bekommt, haben wir dann Cousins und Cousinen?«, fragte Frans mit dem Kopf im Kühlschrank. »Können zwei Männer Kinder bekommen? Oder brauchen sie dafür eine Frau?«

»Hör schon auf«, brummte Juni.

»Sie können ein Kind adoptieren«, sagte Thor. Er war sich nicht ganz sicher, ob Klas vorhatte, eine Familie zu gründen. Er beschloss, ihn zu fragen.

»Cousinen wären cool«, sagte Juni widerstrebend. »Und was ist mit dir, Papa?«

»Was?«

»Wir mochten Stella«, sagte Juni und warf Thor einen langen Blick zu.

Er atmete tief und wartete, bis der Schmerz verebbte, bevor er so ruhig antwortete, wie er konnte. »Ich mochte sie auch. Sehr. Aber niemand kann eure Mutter ersetzen«, versprach er.

Juni und Frans sahen einander an. Thor sah, wie sie wortlos Informationen austauschten, als ob sie schon über das Thema gesprochen hätten.

»Wir haben Klassenkameraden, die neue Mütter bekommen haben. Es ist ja nicht so, dass eine neue Mutter die alte verdrängt«, sagte Frans ernsthaft.

Juni nickte zustimmend. »Genau.«

Himmel, was für kluge Kinder ich da bekommen habe, dachte Thor. Offenbar hatte er irgendetwas richtig gemacht. Sie hatten ja recht. Niemand konnte Ida ersetzen. Sie würde immer ihre Mutter bleiben.

»Also, Papa, für uns ist es okay, wenn du mit Stella zusammen bist«, sagte Frans und strich sich Butter auf eine Scheibe Knäckebrot.

»Ja. Und wir haben doch ein großes Haus«, sagte Juni achselzuckend. »Wir haben genug Platz für sie.«

Thor lächelte schwach. Wenn das Leben nur so einfach wäre.

Er fuhr Juni zu Cassandra, wo sie von Natalie übernommen wurde. Sie würde den Mädchen bei den Haaren helfen, was immer das auch bedeuten mochte, und sie dann zum Schulball fahren.

Thor legte Juni seine Hände auf die Schultern. »Ich bin zu Hause, schreib mir eine SMS, wenn etwas passieren sollte. Sofort. Ich bin da wie der Blitz.«

»Tschüs, Papa.«

»Versprich mir, dass du dich meldest.«

Sie nickte mit einem gequälten Gesichtsausdruck. »Du kannst jetzt gehen.«

Frans war gegangen, um mit Freunden Fifa zu spielen, und Thor war allein auf dem Hof.

Er nahm die Hunde mit auf einen Spaziergang auf den Hügel, ließ seine Gedanken schweifen und dachte, dass er die Kinder bald zu Idas Grab mitnehmen würde. Es war schon lange her, seit sie das letzte Mal zusammen dort gewesen waren, und es war ihm wichtig. Er verlangsamte seine Schritte und runzelte die Stirn. Irgendetwas war anders, aber er wusste nicht, was. Langsam sah er sich um.

Sein Blick blieb an der Magnolie hängen.

Die Magnolie, die Ida vor so vielen Jahren gepflanzt hatte und die noch kein einziges Mal geblüht, sondern immer nur traurig und verkümmert ausgesehen hatte – sie stand in voller Blüte.

Und wie.

Es war nicht einmal die Jahreszeit dafür, aber über Nacht hatte sich der Busch vollständig mit leuchtend weißen Blüten geschmückt.

Sternförmigen Blüten.

Er ging näher, ergriffen. Es war fast schon unwirklich schön. Er berührte eine der weißen Blüten und ein sanfter Duft stieg in seine Nase. Plötzlich erinnerte er sich daran, dass genau diese Magnolienart mit ihren gelappten durchsichtigen Blüten *Magnolia stellata* hieß. Sternmagnolie.

Stella.

Vielleicht war das ein Zeichen. Idas Art, ihm mitzuteilen, dass es an der Zeit war, nach vorn zu schauen. Oder vielleicht auch nicht. Er ließ die Blüte los. Denn er brauchte keine Zeichen. Er hatte ja gesehen, wie Stellas Augen jedes Mal aufleuchteten, wenn sie vom Nähen sprach und davon, kreativ zu sein. Er musste es Stella zugestehen, sich für die Freiheit zu entscheiden.

Selbst wenn er daran zerbrach.

~ 54 ~

Ungefähr zwei Monate später

Das Tempo New Yorks war nicht von dieser Welt. Restaurants, Erlebnisse, Eindrücke. Es gab keine Pause. Das Leben drehte sich ununterbrochen. Stella war noch nie in so vielen Clubs, Bars und Restaurants gewesen. Ihr schwirrte der Kopf von all den Erlebnissen und dem unaufhörlichen Strom an Aktivitäten, rund um die Uhr.

Die Schule, The NIF, war AMAZING. Sie war wirklich all das, wovon sie geträumt hatte, und noch viel mehr. Die Lehrer kamen aus der Modeindustrie, von den Designerlabels und aus anderen Bereichen der Branche, sie forderten und inspirierten die Schüler. Es schien ihr, als hätte sie in diesen Monaten in New York mehr übers Nähen, Designen und Zeichnen gelernt als in ihrem ganzen bisherigen Leben. Ihr Mentor war ein Student im letzten Jahr, der nonstop redete. Und Stellas größtes Idol, ein innovativer und berühmter Designer, den sie unbedingt kennenlernen wollte, seit sie erfahren hatte, dass er eine Gastvorlesung halten würde, war cool, maßlos und laut und sein Vortrag total krass. Auch wenn er zu seinen beiden Vorlesungen zu spät gekommen war. Und sein unberechenbares Temperament ziemlich anstrengend war. Genialität war kein Ersatz für gutes Benehmen, befand Stella krude.

Sie teilte sich eine winzige Wohnung mit zwei anderen Studentinnen: einem ehemaligen russischen Fotomodell im Rollstuhl und einer Australierin mit kurz geschorenen Haaren, die davon besessen war, Kleidung aus Papier herzustellen. Die Wohnung lag in keiner besonders guten Gegend, allerdings definitiv auch nicht in der schlechtesten. New Yorker Wohnungen waren durchweg nicht in so gutem Zustand wie die in Schweden, das musste man einfach hinnehmen. Und die Hitze war höllisch. Stella war ständig schweißgebadet und trank von morgens bis abends Eiswasser, Eistee und Limo.

Aber die Schule hatte eine Klimaanlage, und Stella durfte endlich das tun, wovon sie fast ihr ganzes Leben lang geträumt hatte.

Die Einschreibezeremonie und die Anwesenheitskontrolle waren wie in einem amerikanischen Film gewesen, junge, hippe Menschen in extremen Klamotten, die sich selbstsicher bewegten, bereit, die Welt zu erobern. Sie hatte jede einzelne Sekunde genossen. Eine Unterkunft zu finden, der ganze Papierkram, sich an das Tempo, die Sprache, die Geräusche zu gewöhnen, war alles atemberaubend und unheimlich und völlig verrückt gewesen. Aber sie hatte alle Prüfungen bestanden und eine Herausforderung nach der anderen hinter sich gebracht. Und jetzt studierte sie also an einer der prestigeträchtigsten Modeschulen der Welt und würde drei Jahre lang in New York bleiben. Das klang sogar in ihren eigenen Ohren völlig unwirklich.

Das Lernpensum war so umfangreich, wie sie es noch nie erlebt hatte. Eine schwedische Ausbildung kam ihr im Vergleich dazu wie eine Fußball-AG vor und die amerikanische wie die Weltmeisterschaft. In ihrer Klasse waren zweihundert Studenten, die alles von Modewissenschaft und Modegeschichte bis zu Design und Materiallehre studierten. Sie hatten etwas drauf, beantworteten Fragen, diskutierten und argumentierten. Sie besuchten kleine Modenschauen in Brooklyn, Vorlesungen auf dem Campus und machten Exkursionen zu verschiedenen Orten in Manhattan.

Abends nähte sie und zeichnete Skizzen bis spät in die Nacht. Lernte. Entwickelte sich weiter.

Manchmal ging sie auch aus und saß zusammen mit anderen Kreativen in Bars.

Es war herrlich.

Oder?

»Es ist wirklich eine fantastische Erfahrung. Und ich habe schon so viel gelernt«, sagte sie am Telefon.

»Aber?«, fragte Maud von der anderen Seite des Atlantiks.

Es war acht Uhr morgens in New York und zwei Uhr nachmittags in Stockholm. Maud stillte gerade, und sie hatten sich angewöhnt, um diese Zeit miteinander zu telefonieren. Stella schlug auf ihrer kleinen, unebenen Matratze die Beine übereinander. Die erste Unterrichtsstunde begann heute um Viertel nach zehn und die Fahrt mit der U-Bahn dauerte zwanzig Minuten, also hatte sie noch etwas Zeit.

»Ich weiß nicht. Wie kann es einem in New York nicht gefallen? Das ist doch verrückt, oder?«

Sie schämte sich, es zuzugeben, aber sie fühlte sich mit jedem Tag elender. So. Jetzt hatte sie es gesagt. Oder jedenfalls gedacht.

»Vielleicht muss ich mich noch akklimatisieren«, fuhr sie zögernd fort, als Maud nicht reagierte. »Hallo? Bist du eingeschlafen?«

»Warte, ich muss eben die Brust wechseln. So. Du bist jetzt seit fünf Wochen da.«

»Seit zwei Monaten.«

Sie hatte das schwedische Mittsommarfest verpasst, aber dafür den vierten Juli auf amerikanische Art mit Bier, Barbecue und Feuerwerk in einem kleinen Park gefeiert.

»Normalerweise hast du keine Anpassungsschwierigkeiten«, sagte Maud.

»Nein.« Sie war immer schon eine Meisterin der Anpassung gewesen. Sie war mit einer anspruchsvollen und egozentrischen Mutter aufgewachsen und hatte gelernt, geschmeidig zu sein. Aber im Moment störte sie alles. Das aggressive Hupen, die lebensgefährlichen Fahrradfahrer, alle, die nur auf ihre Telefone starrten, Männer mit der falschen Haarfarbe.

Sie fühlte sich ratlos. Sollte das Leben nicht mehr Spaß machen? Mehr Zufriedenheit schenken? Natürlich gab es Menschen, die niemals eine Wahl hatten. Die diesen Luxus nicht kannten. Die um ihr Essen und ihr Überleben kämpfen mussten. Aber das galt nicht für sie. Sie gehörte zu der Minderheit, die das Glück hatte, wählen zu können. Und die Wahrheit war, dass sie sich, vielleicht als die einzige Schwedin auf der Welt, in New York nicht wohlfühlte.

»Du musst kein Klischee erfüllen«, sagte Maud mit untrüglichem Gespür dafür, wo bei Stella der Schuh drückte. »Und du musst ja auch nicht in New York wohnen, wenn du es hasst. Du bist schon immer deinen eigenen Weg gegangen und noch nie ängstlich gewesen. Lass doch die anderen bloggen oder podden oder sich in New York selbst verwirklichen. Scheiß auf die.«

»Aber ich habe so viel Geld investiert«, klagte sie. Trotz der Summe, die sie für das Grundstück bekommen hatte, hatte ihr Geld nicht für alle Ausgaben gereicht. Also war sie mit ihrer geliebten Halskette zu einem Juwelier gegangen, um den Wert schätzen zu lassen, und beinahe in Ohnmacht gefallen, als sie erfuhr, dass die Kette an die hunderttausend Kronen wert war. »Es ist ein indischer Diamant von einem Karat«, hatte der Juwelier gesagt, und diese Information hatte sie wie ein Schlag in ihren Solarplexus getroffen. Indisch. Holy crap, hatte sie gedacht, total geschockt. Aber obwohl die Kette vermutlich von ihrem Vater stammte und ihre einzige Verbindung zu ihm darstellte, hatte sie sie verkauft – sich die Augen ausgeheult und derartig um den Verlust ihres einzigen Erbstücks getrauert, dass sie sich volllaufen ließ –, und das alles nur, um nach New York zu kommen. Wo sie nun also wieder wegwollte.

»Ich glaube, Laholm hat mir gefallen«, sagte Stella, wobei beinahe ihre Stimme brach. Wenn sie an die Wochen dachte, die sie dort verbracht hatte, konnte sie kaum atmen. Sie musste sich unheimlich anstrengen, um *nicht* an diese Zeit zu denken.

»Ja, ich weiß. Ich kapiere zwar nicht, wieso, aber ich habe schon gemerkt, dass du das Kaff mochtest«, sagte Maud.

Stella hatte sich in Laholm wohlgefühlt. Als sie die Ballkleider für Juni und Cassandra aussuchte. Als sie Rakel half, sich hübsch zu machen. Als ihr die Kleidung der Laholmer anvertraut wurde. Da war es ihr besser gegangen als jetzt, wo sie in einer der coolsten Städte der Welt Modedesign studierte.

Noch nie war sie so froh gewesen wie in Laholm, als sie das Schöne in allen Menschen zum Vorschein brachte. Als sie Nawals Kunden half und Dinge nähte, die einen praktischen Nutzen hatten und auch gleich getragen wurden, an denen sich die Leute erfreuten und die darüber hinaus auch noch umweltfreundlich waren.

Das hatte sie geliebt, wie ihr jetzt überraschend klar wurde. Sie hatte sich lebendig gefühlt. Erfüllt.

Glücklich.

Und als sie mit Thor zusammen war, natürlich.

Damit war der Damm gebrochen.

Stella ließ sich von ihren Erinnerungen mitreißen. Von ihren Gefühlen. Der Freude. Dem Glück.

So glücklich, wie sie mit Thor gewesen war – es war ein Geschenk, so etwas erleben zu dürfen. Es war anders als alles, was sie bisher erlebt hatte. Wie war sie bloß auf den Gedanken gekommen, dass das etwas Vorübergehendes war? Im Gegenteil. Mit jedem Tag, mit jeder Stunde vertieften sich ihre Gefühle und schoben alles andere beiseite. Peder hatte sie nie so vermisst, wie sie jetzt Thor vermisste. Das konnte man überhaupt nicht miteinander vergleichen.

»Ich vermisse die Kinder«, sagte sie, und es stimmte. Junis seltenes Lächeln und ihr Händchen für Hunde. Ihre starken Überzeugungen. Frans' sanfter Blick und seine Sehnsucht nach der weiten Welt.

»Du vermisst anderer Leute Kinder? Um Gottes willen. Ich liebe mein eigenes Kind, aber die von anderen, nee.«

Stella brummte zur Antwort. Ihre Gedanken überstürzten sich. Es war notwendig gewesen, dass sie hierhergekommen war, dessen war sie sich sicher. Nach dem Tod ihrer Mutter war sie ohne Anker herumgetrieben. Sie hatte es sich zum Ziel gesetzt, eine gute Ausbildung zu machen. Nach Peders Untreue hatte sie noch einmal für eine kurze Zeit den Boden unter den Füßen verloren. Und das hatte wiederum eine ganze Reihe von Ereignissen in Gang gesetzt, die sie grundlegend verändert hatten.

»Ich glaube, ich habe mich verändert«, sagte sie.

»Inwiefern?«

Das war schwer zu beantworten. Aber es fühlte sich so an, als wäre sie mit Thor sie selbst gewesen, hier aber nicht.

»Was, wenn ich mich darin täusche, was wichtig für mich ist? Bleibe ich noch dieselbe Person, wenn sich meine Prioritäten ändern? Ich will das hier schon so lange.« Irgendetwas war aber mit ihr passiert. »Es klingt zwar schwammig, aber es fühlt sich so an, als ob ich einen wichtigen Teil von mir selbst gefunden hätte, als ich in Laholm war.« Stella verstummte, sie hatte sich nicht exakt genug ausgedrückt. Sie versuchte noch einmal, ihre Erfahrungen in Worte zu fassen.

»Ich habe mich ... zu Hause gefühlt.« Genau. Es hatte sich angefühlt, wie nach Hause zu kommen. Erstaunlich. Aber es ging dabei weniger um den Ort als um Thor. Bei Thor hatte sie eine Geborgenheit, eine Ruhe gefunden, die sie vorher nicht gekannt hatte. Und als sie sich geborgen fühlte, traten plötzlich andere Dinge in den Vordergrund. Als ob sie bestimmte Dinge erst zu erkunden wagte, nachdem alle ihre anderen Bedürfnisse befriedigt waren. Sie hatte ihr Leben lang einen Vater vermisst, aber immer versucht, dieses Gefühl zu unterdrücken.

»Ich dachte, es würde reichen, wenn ich ein bisschen darüber erführe, wer mein Vater war.«

»Aber?«

»Ich will mehr wissen.« Ihre Vaterlosigkeit hatte alle ihre Beziehungen beeinflusst. »Es ist, als ob ich aufgewachsen wäre, ohne zu wissen, wie Männer in einer Beziehung ticken«, überlegte sie laut, während Maud ihr auf der anderen Seite der Erde zuhörte. »Ich war immer von einer Mutter abhängig. Das war nicht nur schlecht. Ich bin dabei kompetent und selbstständig geworden. Als ob ich dafür sorgen müsste, dass ich niemals einen Mann brauche. Und das tue ich ja auch nicht.«

»Das hast du schon oft bewiesen, Stella«, sagte Maud sanft.

»Ja. Aber jetzt, wo ich mich selbst gefunden habe, will ich versuchen, auch meinen Vater zu finden.« Es war nötig gewesen, nach New York zu fahren. Zu zeigen, dass sie auch das schaffte. Das Problem war nur, dass sie zwar ausgezeichnet zurechtkam, aber dass ihr klar geworden war, dass sie nicht hierher gehörte. Es müsste sich eigentlich so anfühlen, als hätte sie komplett versagt, aber das tat es nicht. Es fühlte sich richtig an.

Und sobald sie sich selbst erlaubte, Gefühle für Thor zu haben, als sie sich diese Gefühle eingestand, brachen sie über sie herein wie eine Explosion aus Lust und Glück. Das Gefühl, dass er der Richtige war. Sie liebte ihn doch, natürlich liebte sie ihn. Sie konnte ihn gar nicht gehen lassen.

»Ich glaube, ich liebe Thor«, sagte sie unglücklich. Wie konnte sie nur so dumm sein, sich gegen ihn zu entscheiden?

»Ach, liebste Stella. Natürlich liebst du ihn.«

»Hast du das etwa gewusst?«

Svan wimmerte kläglich. »Ich glaube, alle, die euch zwei zusammen gesehen haben, wissen das. Das hat doch ein Blinder gesehen.«

Nachdem sie sich verabschiedet hatte, packte Stella ihre Schultasche. Sie nahm einen Joghurt aus dem Kühlschrank. Hatte der immer schon so künstlich geschmeckt? Sie öffnete den Schrank unter der Spüle und schnaufte. Der Abfalleimer war schon wieder voll. Es fiel so viel Müll an, war das wirklich schon immer so gewesen? Das war so gar nicht umweltfreundlich. Und die hübschen Parks, an denen sie vorbeikam, kamen ihr nur übertrieben und fehl am Platz vor. Sogar die Hunde hier waren falsch. Es war idiotisch, aber sie hielt die ganze Zeit nach einem pummeligen Welpen und einem schlanken Hütehund Ausschau, wie ihr bewusst wurde, als sie zur U-Bahn hinunterging.

Acht Stunden später verließ Stella nach einem weiteren ereignisreichen Tag die Schule. Ihr schwirrte der Kopf. Sie hatten den ganzen Tag lang darüber gesprochen, was man bedenken sollte, wenn man eine Kollektion erstellte. Sie sollte das herrlich finden, und in gewisser Weise tat sie das wohl auch. Aber merkten denn ihre Mitstudenten wirklich nicht, wie sie zu gesteigertem Konsum und noch mehr Wegwerfmentalität beitrugen?

War sie wirklich jemand, der mithilfe der Mode eine Nachfrage schaffen wollte, damit die Leute noch mehr kauften?

Nein, das war sie wohl nicht.

Stella kam an einer Wand mit buntem Graffiti vorbei. *Die beste Zeit deines Lebens hast du noch nicht gelebt* las sie und blieb lange davor stehen. Um sie herum flimmerte die heiße New Yorker Luft. Sie hatte bewiesen, dass sie mit harter Arbeit ihre Träume verwirklichen konnte. Dass hier ein Platz für sie war, wenn sie wollte. Dass sie hier eine Zukunft haben könnte.

Es war nur so, dass sie das nicht mehr wollte.

Ihr fehlte die frische Luft. Die Stille, die sich abends auf die Landschaft senkte. Eier und frische Milch.

Ihr fehlte die schwedische Kaffeepause.

Und ihr fehlte Thor. Mein Gott, sie sehnte sich so sehr nach ihm. Mit jedem Atemzug, in jeder Sekunde. Und die Kinder. Die Tiere. Sie fehlten ihr so schrecklich.

Zwar standen Thor und sie nicht in Kontakt, aber von Juni und Frans hörte sie auf Snapchat.

Sie schickte ihnen Links, und sie schickten Bilder von den Tieren. Bilder, bei deren Anblick sie gleichzeitig kichern und vor Sehnsucht weinen musste.

Pumba wuchs.

Trouble büxte aus.

Das Leben auf der anderen Seite des Atlantiks ging weiter wie immer, und alles, was sie fühlte, vierundzwanzig Stunden am Tag, war, dass sie dort sein sollte.

Sie sollte mit Juni über Menstruation, Schwesternschaft und die Welt sprechen. Sie sollte Frans über verschiedene Metalbands ausfragen und aufpassen, dass er ordentlich aß, und ihm zuhören, wenn er ihr von Computerspielen und YouTube-Videos erzählte. Sich mit ihm darüber unterhalten, wie man ein guter und moderner Mann wurde, sich seine Probleme und Gefühle anhören. Und Thor. All das, was sie mit Thor anstellen wollte ... Sie konnte nicht an ihre gemeinsamen Tage und Nächte denken, ohne von einer solchen Sehnsucht überwältigt zu werden, dass sie den Boden unter den Füßen verlor.

Sie hatte alles hinter sich gelassen. Etwas aufgegeben, was vermutlich echte Liebe war, um nach New York zu gehen und in einer kleinen WG zu hausen.

Wie dumm von ihr.

Oder vielleicht nicht direkt dumm, wahrscheinlich war es notwendig gewesen. Die alte City-Stella hatte das gebraucht.

Aber jetzt hatte sie bewiesen, was sie beweisen musste.

Als sie die fünf Schlösser aufschloss und die Wohnungstür aufstieß, weinte sie.

Sie wusste nicht, ob aus Freude über das, was ihr klar geworden war, oder aus Trauer über das, was sie verloren hatte.

~ 55 ~

»Du solltest sie anrufen«, sagte Klas und sah Thor eindringlich an.

Diese Diskussion hatten sie schon viele, viele Male geführt.

»Um ihr was zu sagen?«, fragte Thor erschöpft. Er war erschöpft. Denn er kämpfte mit sich, jeden Abend. Kämpfte jede Woche gegen den Impuls an, Stella anzurufen, zu bitten und zu betteln. Klas machte es ihm nicht leichter.

»Dass du sie liebst?«

Thor blickte zur Seite und dachte, nicht zum ersten Mal, dass Liebe einen wirklich fertigmachen konnte.

Der Regen peitschte gegen die Windschutzscheibe. Eine endlose Autokolonne kam ihnen entgegen. Graue, graue Autos. Ein knallrosa Amerikaner, der Thors Aufmerksamkeit auf sich zog, und dann wieder graue. Die ganze Welt war grau. Möglicherweise mit Ausnahme von Klas, der in letzter Zeit richtig Farbe bekommen hatte. Allerdings nervte er genauso wie immer.

»Es nützt nichts. Ich habe ihr gesagt, dass ich sie liebe«, gestand Thor schließlich. »Mehrmals. Und sie ist trotzdem gefahren. Und ich möchte, dass sie das tut, was sie glücklich macht.« Das stimmte, er wollte, dass sie das machte, was ihr guttat, auf der anderen Seite des Globus. Auch wenn es ihn allmählich kaputtmachte. Auch wenn er sich erlaubt hatte, ihr nahezukommen. Sich, vielleicht zum ersten Mal in seinem Leben, gestattet hatte, als Mann rundherum glücklich zu sein. Nicht nur als Vater, Ehemann, Sohn oder Bruder, sondern als heißblütiger Mann.

Er fragte sich, wie es ihr wohl ging. Ob sie schon jemand anderen hatte.

Dieser Gedanke war ihm durchaus schon gekommen.

Ungefähr hundert Mal am Tag.

»Du solltest dir ein Auto anschaffen, wenn du vorhast, weiterhin so oft hierherzukommen«, sagte Thor verärgert, als er in die Straße zum Bahnhof einbog, wie so häufig in den letzten Wochen. Klas datete Hassan und war deshalb jetzt oft in Laholm. Sehr oft.

»Bloß nicht. Ich mag es, wenn du mich fährst«, sagte Klas. »Damit wir uns mal sehen.«

Thor hielt an und stellte den Motor ab. Hassan hatte weder ein Auto noch einen Führerschein, also fuhr Thor seinen Bruder, natürlich.

»Sich mal sehen ist überbewertet«, sagte er, legte aber keinen Nachdruck in seine Worte. Er freute sich wirklich für seinen Bruder.

»Tschüs, Bruderherz.« Klas nahm seine Tasche und lief durch den Regen zum Zug, der gerade einfuhr. Er stieg ein, und Thor wartete, bis der Zug abgefahren war, obwohl das eigentlich nicht nötig war.

Einige Menschen kamen aus dem Bahnhofsgebäude, duckten sich unter dem Regen, stiegen in Autos und fuhren ab.

Er wartete noch ein wenig.

Es kam niemand mehr. Keine Stella. Er wusste nicht, was er sich erhofft hatte. Warum er sich selbst auf diese Weise belog. Sein Leben war keine romantische Komödie. Stella war in New York und lebte das Leben, für das sie bestimmt war. Sie hatte ihn verlassen, und er musste einen Weg finden, damit zurechtzukommen. Nach vorn zu schauen. Seinem Leben Farbe zu verleihen.

Vielleicht sollte er sich ein Hobby suchen.

Mit dem Gefühl, total versagt zu haben, drehte Thor den Zündschlüssel um.

Nichts geschah.

Wind und Regen peitschten gegen die Scheiben.

Es half nichts, sich zu ärgern. Er versuchte es noch einmal, ruhig und beharrlich. Trat das Gas und die Kupplung durch, drehte den Zündschlüssel. Aber der Wagen sprang nicht an. Thor versuchte es ein drittes Mal, aber es war sinnlos.

Und er hatte natürlich niemanden, der ihn abholen konnte. Alle waren bei der Arbeit, und er wollte nicht stören. Nicht, dass das eine Rolle spielte, der Akku seines alten Smartphones war leer und er konnte sich sowieso keine Hilfe rufen. Er umklammerte das Lenkrad und senkte den Kopf.

Er wollte auch gar nicht um Hilfe bitten. Er wollte sich in Ruhe einsam und elend fühlen.

Er lehnte die Stirn ans Lenkrad. Der Regen prasselte auf das Autodach, die Scheiben beschlugen und das Auto hatte seinen Geist aufgegeben. Er konnte nur noch aussteigen. Allein zurechtkommen, wie er das immer tat.

Noch ehe er die Autotür zugeschlagen und abgeschlossen hatte, war er schon bis auf die Haut durchnässt. Der Regen prallte vom Boden ab nach oben, sodass das Wasser jetzt aus zwei Richtungen kam. Großartig.

Er schlug den Kragen hoch, zog den Kopf ein und versuchte, durch die Wassermassen etwas zu erkennen, als er sich auf den Weg machte.

Einige wenige Autos überholten ihn, aber er blickte nicht auf, er wollte einfach nur noch traurig und einsam und durchweicht sein.

»Hallooo«, hörte er plötzlich eine gedämpfte Stimme hinter sich.

Er ging langsamer. Konnte er seinen Ohren trauen?

»Thor!«

Er blieb stehen. Drehte sich um. Langsam. Sah einen knallrosa Cadillac, der neben ihm bremste. Der Fahrer lehnte sich über den Sitz und ließ die Seitenscheibe herunter.

Durch das offene Fenster sah er einen breit lächelnden Mund, der mitten in all dem Grau und Regen strahlte wie die Sonne. Thor blinzelte den Regen weg.

»Hallo«, sagte Stella im Auto.

»Hallo«, sagte Thor, und das Blut begann in seinen Adern zu pochen. Poch-poch. Stella-Stella. In ihm breitete sich Wärme aus, erblühte rot und intensiv wie eine Päonie. All das Grau, das ihn umgab, bekam Farbe. Düfte kehrten zurück, und Vögel zwitscherten.

Er begann wieder zu gehen, langsam und rückwärts.

Den Regen und die Nässe spürte er nicht mehr, nur noch ein glückliches Prickeln in der Brust.

Stella, Stella, Stella.

Sie fuhr in Schrittgeschwindigkeit neben ihm am Straßenrand. Andere Autos überholten sie, sodass es spritzte.

»Es regnet«, sagte sie.

»Tatsächlich?«

Sein Mund konnte offenbar nicht aufhören zu lächeln.

Sie lenkte den Wagen mit einer Hand und sie sah cool aus, mit lockigen Haaren und roten Lippen. Das Auto passte zu ihr. Natürlich. Alles passte zu ihr.

»Du bist hier auf dem Land. Weißt du nicht, dass du dich vom Bahnhof abholen lassen musst?«, fragte sie mit wichtiger Stimme, aber mit einem Lächeln in den Mundwinkeln. Er wollte ihr Mundwinkel sein, wollte ihrem Lächeln immer ganz nah sein.

Glück keimte in seiner Herzgegend und verbreitete sich durch seinen ganzen Körper. Er konnte sich nicht erinnern, wann er sich zuletzt so leicht gefühlt hatte.

Dass Stella hier war – das musste etwas zu bedeuten haben.

»Was machst du hier in Laholm?«, fragte er.

»Ich hatte eine Verabredung in der Stadt.«

»Mit wem?«

»Nawal. Ulla-Karin hat mir ihr Auto geliehen. Ich erzähle dir später alles.«

»Bist du nur wegen der Verabredung hier?«, wollte er wissen.

Aber er wagte zu hoffen, dass sie auch seinetwillen hier war. Er wagte das zu hoffen, weil er sah, wie sie ihn anblickte.

Stella bremste. »Spring rein.«

Thor öffnete die Autotür und beugte sich hinunter. Ihr Duft schlug ihm entgegen und riss ihn fast von den Füßen. Er setzte sich neben sie auf den Beifahrersitz, und sie sahen einander an. Wie konnte sie nur so gut riechen? Sein Körper hatte sich nach ihr gesehnt, er war schon hart und vibrierte. Ihre Beziehung war so viel mehr als nur Sex, aber trotzdem. Er wollte sie. Unter sich, über sich. Ganz nah.

Stellas Mundwinkel zuckte, seine Nähe wühlte sie auf, das erkannte er an einem Strahlen, ihrem Puls, der leichten Röte in ihrer Halsgrube.

»Ich kann einfach nicht fassen, dass du hier bist«, sagte er und berührte ihren Oberschenkel.

»Ich habe jeden Tag an dich gedacht.«

»Ich auch. Jede Sekunde. Ich liebe dich«, sagte er und lehnte sich zu ihr hinüber, fand ihren Mund und küsste sie.

Er war bereit, alles für sie zu tun. Das war ihm schon vor langer Zeit klar geworden. Den Hof zu verkaufen. Ins Ausland zu gehen. Die Kinder aus ihrer gewohnten Umgebung zu reißen. Die Wahrheit war, dass er nicht ohne sie leben konnte. Wenn sie nicht gekommen wäre, wäre er zu ihr gefahren. Auf Gedeih und Verderb.

Sie nahm einen tiefen Atemzug und lächelte.

»Deswegen bin ich hier. Weil ich dich liebe, Thor.« Sie schaltete herunter. »Ich wollte herkommen, um es dir persönlich zu sagen. Ins Gesicht. Es fühlt sich nicht richtig an, das am Telefon zu klären.«

»Ich bin so froh«, sagte er, und die Worte stockten ihm in der Brust. Froh stimmte nicht so ganz. Überschäumend glücklich traf es eher.

Sie bog ab. »Ich habe dich vermisst. Und die Kinder. Und die Hunde.«

Noch immer konnte er nicht aufhören zu lächeln.

Er nahm ihre Hand, und ein Glücksgefühl durchströmte ihn. Die Hand fühlte sich wie zu Hause an. Stella war sein Zuhause. Sein Mittelpunkt, sein Anker. Wenn sie ihn ließ, würde er den Rest seines Lebens damit verbringen, sie glücklich zu machen. Er verschränkte seine Finger mit ihren. Sie zu küssen. Sie zu lieben.

»Seit du weg bist, hat Trouble den Kopf hängen lassen.«

»Oh.« Sie drückte fest seine Hand.

Thor blickte auf. Erst jetzt bemerkte er, dass sie unaufhörlich um den Verkehrskreisel herumfuhren.

Er sah aus dem Autofenster und sah die Ausfahrten vorbeihuschen. Noch einmal. Und noch einmal.

»Stella?«

»Ja?«

»Wohin fahren wir eigentlich?«

»Ich weiß nicht. Ich finde mich in dieser Gegend so schlecht zurecht, es verwirrt mich immer noch alles so. Als ich von Nawal zum Bahnhof wollte, habe ich mich mehrmals verfahren.«

»Es gibt aber nur eine Straße.«

Sie kratzte sich an der Wange. »Also. Es gibt doch jede Menge Straßen.«

Thor ergriff wieder ihre Hand und legte sie sich aufs Knie. Für ihn gab es nur einen Weg. Den, auf dem Stella sich befand.

»Da, jetzt teilt sich die Straße schon wieder«, sagte sie verärgert, zog ihre Hand zurück, blinkte und legte die Hand wieder auf sein Bein. Wo sie hingehörte.

Sie fuhr natürlich in die falsche Richtung, aber Thor sagte nichts. Früher oder später würden sie schon ankommen.

»Ich kapiere diese Stadt nicht. Ist es noch weit?«, fragte sie.

Er schaute durch die Windschutzscheibe. Der Regen hatte aufgehört.

»Thor?«

Er lächelte, hob ihre Hand an seine Lippen und küsste sie. »Nur noch ein kleines Stück«, sagte er.

Epilog

Ungefähr ein Jahr später

»Die Pastorin hat angerufen«, sagte Thor und kam mit einer Sorgenfalte auf der Stirn auf Stella zu. »Sie verspätet sich.«

»Wir haben Zeit«, entgegnete Stella, so ruhig sie konnte. Doch sie waren beide nervös.

Es fiel ihr nicht leicht, den Blick von Thor abzuwenden. Er sah so verdammt sexy aus im Anzug. Der dunkelblaue Stoff saß wie angegossen auf seinen Schultern, ließ ihn eleganter wirken, spielte mit Schultern und Brustkorb und schmeichelte seinen schönen Linien. Sie liebte diesen Stoff. Fast genauso sehr, wie sie ihn liebte.

»Was ist?«, fragte er mit einem Raubtierlächeln.

»Du bist hübsch«, antwortete sie. Und du gehörst mir, dachte sie. Mir allein.

Er strich ihr eine Locke hinter das Ohr, beugte sich zu ihr und gab ihr einen flüchtigen Kuss. »Nicht so hübsch wie du.«

Nun ja, sie hatte heute einen guten Tag, dachte sie bei sich und berührte die Halskette, die Thor ihr geschenkt hatte. Eine lange Kette mit einem Seestern, der in ihrem Dekolleté ruhte. Sie hatte sich kleine glitzernde Laholmsperlen ins Haar gesteckt und trug ein scheinbar einfaches Kleid, das ihren Körper umspielte wie Wasser und Luft. Es hatte Monate gedauert, bis sie das perfekt hingekriegt hatte. Und dazu hohe Absätze. Denn der heutige Tag und dieses Kleid verlangten nach teuren hohen Absätzen, und es gab schließlich gewisse Grenzen dafür, wie sehr sich ein Citygirl verändern konnte. Thors Augen funkelten gefährlich. Stella legte eine Hand um seinen frisch ausrasierten Nacken und drängte sich an ihn, wie immer bereit, sich auf ihn zu stürzen.

»Oh nein, könnt ihr zwei mal damit aufhören«, sagte Juni und verdrehte die Augen.

Stella trat einen Schritt zurück, denn sie waren hier nicht wirklich unter sich, im Gegenteil, auf dem Rasen wimmelte es von Leuten, Verwandten, Freunden und jeder Menge aufgebrezelter Stockholmer.

Juni war selbstverständlich von Kopf bis Fuß schwarz gekleidet. Nicht einmal eine Hochzeit in der Familie Nordström konnte daran etwas ändern.

Pumba kam angelaufen und schnupperte würdevoll. Der Labradorwelpe hatte sie alle überrascht, indem er zu einem schlanken und gut erzogenen Hund herangewachsen war.

»Komm, Pumba«, sagte Juni und trabte zu Frans hinüber. Stella folgte den beiden Jugendlichen mit dem Blick.

»Sie sind so groß geworden«, sagte sie. Sie würde sich nie daran gewöhnen, wie schnell das ging. Wie schnell sich alles veränderte. Sowohl bei den Kindern als auch im Leben.

Stella hatte im vergangenen Herbst Nawals Laden übernommen. Das war die Verabredung gewesen, von der sie vor einem Jahr gekommen war, als sie Thor in der Nähe des Bahnhofs aufgelesen hatte. Nawal wollte verkaufen und sie wollte kaufen. Es war ein arbeitsreiches Jahr gewesen, aber sie hatte den Beschluss, sich selbstständig zu machen, sich auf die Herstellung neuer Kleidungsstücke aus alten zu spezialisieren, und vor allem auf Brautkleider, nicht bereut.

Juni half an den Wochenenden im Laden aus. Manchmal schaute auch Frans bei ihr rein und packte Waren aus oder staubte Regale ab. Wenn er nicht gerade mit der Schule, dem Computer oder seiner Musik beschäftigt war.

»Soll er wirklich in diesem Shirt gehen?«, fragte Thor und betrachtete resigniert das schwarze T-Shirt seines Sohnes, auf dem Totenköpfe und Blut abgebildet waren.

»Lass ihn doch«, sagte Stella, die schon vor langer Zeit gelernt hatte, sich auch einmal locker zu machen. Es war ja keine superkorrekte Hochzeit. Und sie waren auch keine superkorrekte Familie.

»Das sind wirklich die unglaublichsten Sonnenblumen, die ich je gesehen habe«, sagte Rakel, die mit einem Glas Wein in der Hand auf sie zukam, während sie gleichzeitig den Blick über die gelbe Pracht schweifen ließ, die um sie herum wogte.

Da konnte ihr Stella nur beipflichten. Die Sonnenblumen waren geradezu explodiert, und es kamen Leute von überall her, um sie sich anzusehen.

»Nur schade, dass das Wetter nicht mitspielt«, sagte Stella. Zwei Wochen lang hatte die Sonne ununterbrochen geschienen, aber jetzt war der Himmel bedeckt und Regen lag in der Luft.

»Das Wetter können wir nicht beeinflussen«, stellte Rakel philosophisch fest. Sie hatte sich im letzten Jahr eine Carpe-diem-Einstellung zugelegt, die sowohl ungewohnt als auch extrem nervig war. Von ihrer Reise mit Nawal war sie noch sonnengebräunt. Sie waren mit dem Zug in die Champagne und nach Bordeaux gefahren und hatten zwei Wochen lang Wein getrunken.

»Wie läuft's?«, fragte Nawal, die sich ebenfalls mit einem Weinglas in der Hand und einem großen Sonnenhut auf dem Kopf zu ihnen gesellte. Sie prostete Rakel zu. Die beiden machten schon einen ziemlich angeheiterten Eindruck.

»Die Pastorin verspätet sich«, informierte Stella sie und versuchte, ganz relaxt auszusehen.

»Die Leute wissen nicht, was sich gehört«, sagte Nawal.

»Apropos schlecht erzogene Leute. Ich habe gehört, dass Erik Hurtig im Herbst in der Reality-Show *The Luxury Trap* mitmachen will«, sagte Rakel. »Wohl zu viele Sofortkredite«, fügte sie schadenfroh und nicht besonders carpe-diem-mäßig hinzu.

Nachdem Erik Hurtig ausgezogen war, hatten Paula und Nils Laholm verlassen. Man munkelte, dass sie jetzt in Malmö wohnten. Oder vielleicht in Lund.

»Habt ihr gehört, dass das Gut endlich verkauft ist?«

Ein neureicher Stockholmer hatte das hochverschuldete Gut gekauft, es mit einem Zaun umgeben und weigerte sich nun standhaft, mit den Einwohnern Laholms irgendetwas zu tun zu haben.

Wie gesagt. Das letzte Jahr hatte viele Veränderungen mit sich gebracht, große und kleine. Zum Beispiel hatte Nessie Junge bekommen. Zehn schwarz-weiße Welpen, die heranwuchsen und den ganzen Hof terrorisierten. Es würde schön sein, wenn sie erst in ihre neuen Zuhause umzogen. Nicht zuletzt Nessie, die ihnen eine vorbildliche Mutter gewesen war, schien ihre Nachkommen jetzt gründlich leid zu sein.

Trouble war auch ausgewachsen, büxte aber immer noch bei jeder Gelegenheit aus. Erst gestern hatte Thor sie unten am Teich abholen müssen, wo sie alles gefressen hatte, was in ihrer Reichweite war, während die Enten und Schwäne sie beschimpften.

»Die Pastorin ist da!«, rief Juni.

Gott sei Dank. Stella war schon ein ganz kleines bisschen unruhig geworden. Zwar war ja nicht sie die Hauptperson des Tages, aber sie hatte so viel mit den Vorbereitungen zu tun gehabt, dass sie trotzdem ganz aufgeregt war. Stella hatte für einige der weiblichen Gäste die Kleider genäht, und ihre Kreationen, gut genähte Unikate, tauchten hier und da im Gedränge auf. Sie war im Laufe des letzten Jahres mutiger geworden und traute sich mehr. Sie nickte einer großen, vollbusigen Frau zu, die ein luftiges grünes Kleid trug, das Stella entworfen und genäht hatte. Wegen der zahlreichen Details war das Kleid kompliziert zu machen gewesen und am Ende schweineteuer geworden, aber die Frau hatte die Rechnung bezahlt, ohne mit der Wimper zu zucken.

Die Hochzeitsgäste nahmen auf den weiß bezogenen Stühlen mit blauen Bändern um die Rückenlehnen Platz. Vor dem Flüsschen Lagan als Hintergrund stand ein Bogen aus Grünpflanzen und einzelnen blauen Blumen.

Die Pastorin trocknete sich den Schweiß von der Stirn, richtete ihren weißen Talar und nickte den Musikern zu, zwei Männern mit Gitarre, die daraufhin anfingen, »Take Me to Church« zu spielen und zu singen, sodass sich die Haare auf Stellas Armen aufstellten.

Die Gäste erhoben sich, als das Paar Hand in Hand über den Rasen schritt.

»Solche guten Jungs«, sagte Vivi, die jetzt schon weinte und sich geräuschvoll die Nase putzte.

Auch Stella blinzelte ein paar Tränen weg. Klas und sein zukünftiger Mann, Hassan, waren so offensichtlich ineinander verliebt, dass sie von einem Schimmer umgeben zu sein schienen. Die ergreifende Musik schallte über die Hügel, und der Text ließ Stella erschauern. Thor legte einen Arm um sie.

»Das ist wunderschön«, sagte Stella.

»Und sie sehen auch noch so gut aus«, flüsterte Maud neben ihr. Es hatte sich herausgestellt, dass Mauds Mann, Rickard, mit Klas befreundet war, und deswegen waren die beiden hier und hatten Svan in Stockholm gelassen.

Beide Bräutigame sahen in ihren Anzügen unglaublich elegant aus, Klas in seriösem grauen Dreiteiler mit braunem Gürtel und braunen Schuhen, Hassan im dunkelroten Anzug. Sie trugen dazu passende Krawatten und hatten sich jeder einen kleinen grünen Zweig angesteckt.

Die Musik verstummte. Die Pastorin hob ihre Hände und hieß alle willkommen.

»Vor dem Angesicht Gottes und vor der Natur haben wir uns heute hier zur Hochzeit von euch beiden, Klas Nordström und Hassan Johansson, versammelt. Wir sind hier, um Gott um seinen Segen für euch zu bitten und um eure Freude mit euch zu teilen.«

Stella schniefte.

»Die Ehe einzugehen bedeutet, Ja zueinander zu sagen, Ja zur Liebe als Geschenk und als Aufgabe und dazu, gemeinsam zu einer besseren Gesellschaft beizutragen. Als Eheleute zu leben heißt, in Vertrauen und gegenseitigem Respekt in guten und in schlechten Tagen zu leben«, fuhr die Pastorin fort.

Jetzt schluchzten mehrere Gäste ganz offen. Hassans Mutter knetete ihr Taschentuch, und seine Schwester trocknete ihre Tränen. Thor fuhr sich rasch mit dem Finger über die Augen.

Es war so überwältigend schön, dass Stella das Herz aufging. So viele Veränderungen hatte das letzte Jahr gebracht. Thor und die Kinder, Laholm, der Laden.

Übrigens.

Stella hatte einen Vater bekommen.

Sie drehte sich um und lächelte dem groß gewachsenen, dunkelhäutigen Mann mit silbernen Strähnen im Haar zu, der die gleichen Wangenknochen hatte wie sie und der einige Reihen hinter ihr saß. Dev war den weiten Weg aus Indien gekommen, um seine Tochter kennenzulernen. Als Klas und Hassan hörten, dass er käme, hatten sie gesagt, dass er selbstverständlich ebenfalls zur Hochzeit eingeladen sei. Und nun war er hier. Ihr Vater. Wie erstaunlich.

Klas und Hassan tauschten die Ringe.

»Hiermit erkläre ich euch zu rechtmäßig verbundenen Eheleuten«, sagte die Pastorin, und in genau diesem Augenblick brach die Sonne durch die dunklen Wolken und schien direkt auf die Hochzeitsgesellschaft hinunter. Der Effekt war so dramatisch, dass mehrere der Gäste aufschrien. Die Sonnenstrahlen trafen hauptsächlich auf das frischgebackene Ehepaar, aber ein kleiner Strahl sprang hierhin und dahin und spiegelte sich in Stellas Ring. Den hatte sie sich selbst ausgesucht, als Thor und sie sich an ihrem Geburtstag verlobt hatten, und als der Sonnenstrahl jetzt direkt auf ihn fiel, blitzte er. Stella bekam eine Gänsehaut, denn das war wie eine Botschaft, als ob die Sonne selbst ihre Aufmerksamkeit forderte, und Stella schaute unwillkürlich zum Himmel. Obwohl sie nicht wirklich glaubte, dass Ingrid Wallin dort oben saß und auf sie herunterschaute, spähte sie trotzdem zu den Wolken und den Sonnenstrahlen hinauf.

»Hallo, liebe Mama«, flüsterte sie, aber nur im Stillen, damit niemand sie hörte. Der Ring blitzte noch einmal auf, und dann verschwand der Sonnenstrahl.

»Ist alles in Ordnung?«, fragte Thor.

Stella nickte und lehnte sich an seine Schulter. Sie würden den ganzen Tag und bis in den Abend feiern und tanzen und lachen, der Liebe zu Ehren.

Alles war gut und sie war genau dort, wo sie hingehörte. Sie schaute noch einmal zum Himmel und blinzelte.

Sie war zu Hause.